KNAUR

Über den Autor:
Christopher B. Husberg lebt in Utah und verbringt seine Zeit lesend, schreibend, spielend und wandernd und am liebsten mit seiner Familie. Wäre er nicht Autor geworden, würde er wohl immer noch an der Universität unterrichten und all seine Vorlesungen mit Zitaten aus »Buffy« bereichern.

Christopher B. Husberg

DIE CHRONIKEN DER SPHAERA

FROST FLAMME

Ins Deutsche übertragen
von Kerstin Fricke

KNAUR

Die englische Originalausgabe erschien 2016
unter dem Titel »Duskfall« bei Titan.

Besuchen Sie uns im Internet:
www.knaur.de

Besuchen Sie uns auch auf Facebook:
https://www.facebook.com/KnaurFantasy/

Vollständige Taschenbuchausgabe April 2018
Knaur Taschenbuch

Redaktion: Michelle Gyo
Covergestaltung: Nele Schütz Design
Coverabbildung: Melanie Korte / inkcraft Network
Satz: Sandra Hacke
Druck und Bindung: CPI books GmbH, Leck
ISBN 978-3-426-51921-9

2 4 5 3 1

Für Rachel

PROLOG

Im 170. Jahr des Zeitalters der Menschen
Im Golf von Nahl

Bahc stand am Bug seines Fischerbootes und hatte eine kleine Öllampe in der Hand. Ihr Licht drängte die Finsternis zurück und erhellte die dicken weißen Schneeflocken, die rings um ihn herum vom Himmel fielen. Der Schnee war über den Schein der Lampe hinaus bis in die unendliche Dunkelheit hinein zu erkennen. In der Ferne waren die Flocken nur noch zu erahnen, wie sie aus dem schwarzen Himmel in das noch schwärzere Meer herabsanken, wo sie sich in den ruhigen, kalten Wogen auflösten.

Bahc atmete tief ein und leckte sich das Salz von den Lippen. Er liebte den Geschmack des Meeres nach einem Sturm.

Nachdem er einen Handschuh ausgezogen hatte, strich er über die Reling der *Schmiedestochter* und spürte die kalte Maserung des Holzes unter seiner Handfläche. Bahc hatte das Boot vor Jahren mit der Hilfe der anderen Tiellaner in Pranna selbst entworfen und gebaut, damals, als die Zeiten noch andere gewesen waren.

Hinter ihm knarrte das Deck.

»Einfach so, was?«, fragte Gord.

Bahc sah über die Schulter. Gord hatte ebenfalls eine Laterne bei sich, und seine gewaltige Gestalt – für einen

Tiellaner war er riesig – warf einen langen Schatten. Er trug Kleidung aus grober Wolle und dicken Fellen, und in seinem langen, dichten Bart hatten sich Eiskristalle verfangen.

»Aye«, erwiderte Bahc und schob seinen breitkrempigen Hut etwas nach oben, damit er das Wasser besser überblicken konnte. »Einfach so.«

»Wenigstens haben wir es jetzt überstanden.«

»Wir wissen nicht, wo wir sind, Gord. Noch ist gar nichts überstanden.«

Gord lehnte sich an die Reling. Sein Atem bildete in der Kälte weiße Wölkchen. »Ich hatte es befürchtet. Nun können wir nur darauf warten, dass die Sterne wieder hinter den Wolken hervorkommen, was?«

»Aye«, sagte Bahc. »Bis dahin lassen wir uns treiben. Und hoffen, dass wir nicht an einem Ort landen, an dem wir nichts zu suchen haben.«

Mit diesen Worten drehte sich Bahc um. Er wollte unter Deck gehen und mit seiner Mannschaft reden, doch etwas ließ ihn innehalten und sich erneut umdrehen. Er sah in die Finsternis hinaus. Nichts als dunkles Wasser und dunkler Himmel.

Aber da war nicht nur Dunkelheit.

In der Ferne flackerte ein helles blaues Licht auf dem Wasser. Bahcs Magen zog sich zusammen.

»Mach die Lampe aus, Gord«, murmelte er, während er seine eigene bereits löschte. Dunkelheit hüllte sie ein.

»Glaubst du, sie haben uns gesehen?« Gords Stimme war kaum mehr als ein Flüstern.

»Ich weiß es nicht«, antwortete Bahc und knirschte mit den Zähnen. »Sie sind noch recht weit weg, und unsere Lampen sind nicht sehr hell. Aber die Nacht klart auf.«

»Sie haben den Wind im Rücken«, sagte Gord.

Es stimmte. Bahcs Schiff stemmte sich gegen den Wind, und wenn das Boot mit dem schaurigen blauen Licht, das an Steuerbord aufgetaucht war, sie bemerkt hatte und verfolgen wollte, dann würde der Wind es direkt zur *Schmiedestochter* bringen.

»Dann sollten wir schnellstmöglich wenden«, sagte Bahc.

»Also machen wir los?« Gord ging bereits auf den Hauptmast zu.

»Aye. In die entgegengesetzte Richtung.« Bahc ging zur Kabine. »Ich wecke die anderen. Wir werden jeden Mann brauchen.«

»Käpt'n«, sagte Gord. Bahc sah zurück. Die Mannschaft nahm es auf seinem Schiff mit der Etikette nicht allzu genau und redete ihn selten mit dieser Bezeichnung an. Das war ihm nur recht.

In Momenten der Unsicherheit brachte es jedoch eine gewisse Beständigkeit.

»Hast du das gehört?« Gord stand ganz still am Bug und legte den Kopf schief.

Zuerst hörte Bahc gar nichts. Aber dann war da ein leises Geräusch, ein kaum wahrnehmbares, rhythmisches Pochen im Einklang mit den Wogen, die gegen den Rumpf schlugen.

Er ging mit finsterer Miene zurück zur Reling und sah hinab. Irgendetwas schlug sanft gegen den Schiffsrumpf.

Bahc kniff die Augen zusammen.

Und sah einen Körper im Wasser.

Bahc fluchte leise. »Mach die Winde klar und versuch, ihn an Bord zu ziehen. Ich hole die anderen.«

»Bist du sicher?«, hakte Gord nach. »In dieser Kälte

kann niemand länger als ein paar Minuten im Wasser überleben. Das sieht nicht gut aus.«

»Hol ihn einfach an Bord. Das ist ein Befehl.«

Der Körper landete mit einem lauten Poltern auf Deck. Bahc starrte ihn an und spürte, dass die Augen der ganzen Mannschaft ebenfalls auf ihm ruhten.

Die blasse Haut, die in der Finsternis fast schon blau wirkte, bedeutete, dass die Kälte ihr Werk vermutlich bereits vollbracht hatte. Angesichts der beiden langen, dicken Pfeilschäfte, die aus dem Körper des Mannes ragten, war die Kälte allerdings die geringste seiner Sorgen.

Bahc musterte seine Tochter Winter, die den Fremden ebenfalls anstarrte. Auf einmal wünschte er sich, er hätte sie nicht mitgenommen. Obschon sie inzwischen zwanzig Sommer erlebt hatte, gefiel es ihm nicht, dass sie die leblose Gestalt sehen musste.

Da begriff er, dass er sich geirrt hatte. Der Mann war nicht leblos, er zitterte.

»Verdammt«, murmelte Gord, »ist er …«

Der Mann wurde von einem starken Husten geschüttelt und erbrach einen Schwall Wasser.

»Gord, übernimm das Ruder«, befahl Bahc. »Bring uns hier raus.« Er drehte sich zu dem Körper um. *Dem Menschen.* »Lian, hilf mir, ihn nach unten in die Kombüse zu schaffen.«

»Vater … Was tust du?«

Bahc schloss die Augen. Winter. Jetzt steckte sie wohl oder übel in der Sache mit drin. Wieder einmal dachte er an das flackernde blaue Licht in der Ferne. Er konnte den

Mann auch über Bord werfen und verschwinden, der Kerl war ohnehin so gut wie tot.

Er schlug die Augen wieder auf und packte die Beine des Mannes, während Lian, das jüngste Mitglied seiner Mannschaft, dessen Oberkörper anhob.

Seine Tochter hatte schon genug Tote gesehen, heute würde kein weiterer hinzukommen.

»Wir retten ihm das Leben«, antwortete er entschlossen.

Nach einigen Stunden bekam die Haut des Mannes langsam wieder etwas Farbe. Das war gut. Bahc hatte schon schlimmere Fälle gesehen, aber die Wunden machten die Sache kompliziert. Er hatte die Pfeilschäfte mit Lians Hilfe entfernt und die Wunden mit Feuer gereinigt, der stechende Geruch nach verbranntem Fleisch hing noch immer in der Luft. Sie hatten sich ausgezogen und mit dem Mann unter mehrere dicke Wolldecken gelegt, um ihn aufzuwärmen. Anfangs hatte Lian sich nicht nackt neben einen unbekleideten Menschen legen wollen, aber Bahc kannte keinen besseren Weg, um jemandem zu helfen, der so unterkühlt war. Nach Jahrzehnten im Golf von Nahl wusste Bahc, was die Kälte anrichten konnte. Es wäre zwecklos, nur die Gliedmaßen des Mannes zu massieren und ihn mit heißem Wasser zu übergießen. Man musste auch sein Blut erwärmen. Und sein Herz. Bahc war sich nicht einmal sicher, ob all das den Mann noch retten konnte.

Oder sie selbst. Bahc musste immer wieder an das denken, was da hinter ihnen her sein könnte. Das blaue Licht in der Ferne. Seine Mannschaft hatte das Schiff schnell in

Bewegung gesetzt, und Gord hatte bereits zwei Mal Bericht erstattet. Bisher machte es nicht den Anschein, als würde sie jemand verfolgen.

Dennoch war Bahc besorgt, vor allem wegen Winter.

Bahc legte eine Hand auf die Brust des Mannes, dessen Haut sich inzwischen wärmer anfühlte. Seine Gliedmaßen waren zwar noch kalt, aber nicht mehr eisig. Bahc schlug die Decke zurück und stand auf.

»Zieh dich an«, forderte er Lian auf und griff selbst nach seiner Hose. »Wir haben noch viel zu tun.«

Lian nickte, und nachdem sie sich angezogen hatten, hoben sie den Mann wieder auf den Tisch.

Hinter Bahc wurde die Tür geöffnet.

»Ich glaube, wir haben es geschafft, Käpt'n«, sagte Gord.

Bahc entspannte sich. »Konntet ihr unsere Position bestimmen?«

»Aye. Wir haben kurz ein paar Sterne gesehen, aber das war lange genug für Winter. Jetzt sollten wir in Richtung Süden unterwegs sein. Bald wird es hell, dann wissen wir es mit Sicherheit.«

Bahc nickte und drehte sich wieder zu dem Mann um. Dessen Haut war inzwischen blassweiß und nicht mehr bläulich, so dass man seine anderen Verletzungen besser erkennen konnte. Sein Körper war mit Schnitten, Prellungen und alten Narben übersät.

Gord blieb an der Tür stehen und starrte den Mann auf dem Tisch an.

»Wie geht es ihm?«

»So gut, wie unter diesen Umständen möglich. Er bekommt langsam wieder Farbe, aber das hat bei seinen ganzen Verletzungen nicht viel zu sagen.« Bahc runzelte die Stirn. Gord stand noch immer halb in der Tür. »Geh wieder raus und schließ die Tür, Gord. Du lässt die Kälte rein.«

Bahc wandte sich abermals zum Tisch um. Er wollte Lian bitten, den Eimer mit heißem Wasser aufzufüllen, als der Mann auf dem Tisch zu zucken begann. Dann sprang er auf, so schnell, dass Bahc seiner Bewegung kaum folgen konnte. Gerade hatte er noch von der Tür auf den Tisch zugehen wollen, jetzt schaute er erneut zur Tür und spürte das zackige Ende eines der zerbrochenen Pfeilschäfte an seinem Hals, während ihn ein starker Arm festhielt. Der Mann hatte sich unfassbar schnell bewegt. Die Metallpfanne, in der der andere Schaft und die Pfeilspitzen gelegen hatten, klapperte noch auf dem Boden.

Einige Sekunden lang regte sich niemand. Bahc blinzelte. Aus dem Augenwinkel konnte er Lians erschrockenes Gesicht erkennen. Gord, der noch immer in der Tür verharrte, machte langsam einen Schritt nach vorn, bewegte die rechte Hand unauffällig zu seinem Dolch und starrte den Mann an.

Der Pfeilschaft drückte kräftig gegen Bahcs Kehle.

»K… keine Bewegung«, stieß der Mann mit leiser, heiserer Stimme hervor. Bahc spürte seinen heißen Atem am linken Ohr. »Wer seid ihr?«

»Wir wollen dir nichts tun«, versicherte Bahc ihm und versuchte, ruhig zu bleiben. Er konnte spüren, dass der Mann hinter ihm zitterte.

»Ich … ich erinnere mich an gar nichts«, sagte der Mann, dessen Stimme kaum lauter war als ein Flüstern.

Die Tür fiel hinter Gord zu. Da sich niemand in der Nähe der Tür befand, fragte sich Bahc, ob Winter vielleicht hereingekommen war, und betete gleichzeitig, dass sie sich noch an Deck aufhielt. Was immer auch geschah, sie sollte da nicht mit reingezogen werden.

»Bei der Unterwelt …«, stieß Gord hervor und drehte sich um.

Ein Eimer flog durch die Luft und krachte knapp neben Gords Kopf gegen die Wand. Bahc dachte erst, jemand müsse ihn geworfen haben, doch in der Ecke, aus der er gekommen war, standen weder Lian noch der Mann.

Bahc spürte, wie der Griff des Mannes und der Druck des Pfeilschafts etwas nachließen. Dann brach um ihn herum Chaos aus.

Zinnbecher und Holzlöffel sausten wie von unsichtbarer Hand geworfen durch die Luft. Die Zange, mit der Bahc eben noch die Pfeilschäfte herausgezogen hatte, bohrte sich in die Decke. Eine Kiste mit verschmutzten Fischerhaken zerbarst, und Bahc schloss die Augen, als die Haken in alle Richtungen stoben. Der Tisch, auf dem der Mann gelegen hatte, zerrte an den Bolzen, mit denen er verankert war.

Bahc sah sich um. Gord hatte sich auf den Boden geworfen, als der Eimer durch die Luft geflogen war. Lian lag reglos auf der anderen Seite des Tisches.

Da spürte Bahc, wie ihn der Mann losließ. Er drehte sich langsam um. Der Mann schwankte und hatte die Hände an die Seiten sinken lassen. Mit einer Faust umklammerte er noch immer den Pfeilschaft. Bahc machte einen Schritt nach hinten, als er sah, wie der Mann die Augen verdrehte, bis nur noch das Weiße zu sehen war, das im Licht der Lampen glänzte. Der Mann verzog das Gesicht, in dem sich Verwirrung und Schmerz widerspiegelten.

Dann sank er zu Boden, und sein erstickter Schrei hallte in Bahcs Ohren wider. So plötzlich, wie er begonnen hatte, war der Tumult vorbei. Gegenstände, die eben noch durch die Luft geflogen waren, fielen mit lautem Klappern zu Boden.

Bahc stand schwer atmend da. Das war unmöglich. Oder zumindest sollte es unmöglich sein. Und doch hatte er so etwas schon einmal erlebt: an dem Tag, an dem seine Tochter geboren worden war.

In der Nacht, in der seine Frau gestorben war.

Gord stand langsam auf und murmelte etwas von Geistern. Lian stöhnte leise, bewegte sich jedoch nicht.

Der Fremde lag in sich zusammengesackt da, das Kinn auf der Brust und mit geschlossenen Augen. Er wirkte so friedlich, als wäre er eingeschlafen.

»Wir werden niemandem etwas davon erzählen«, flüsterte Bahc und sah sich das Durcheinander an. Überall lag Ausrüstung herum. In den Wänden steckten Haken, und Behälter waren umgeworfen worden. »Kein Sterbenswörtchen!«

Gord nickte langsam. »Was ist mit Lian?«

»Ich werde mit dem Jungen reden, aber mit niemandem sonst«, erwiderte Bahc. Sie mussten diesen Vorfall für sich behalten, alles andere wäre zu gefährlich. Keiner, weder Mensch noch Tiellaner, würde es verstehen.

»Was machen wir denn jetzt?«, fragte Gord und sah sich nervös um.

»Zuerst fesseln wir ihn«, antwortete Bahc und hob ein paar lange Lederriemen auf, die durch die Gegend geschleudert worden waren, um sie Gord zu reichen. »Und dann …«

Er sprach nicht weiter, da der Fremde aufstöhnte.

Bahc seufzte. Er hatte eine Entscheidung getroffen. »Dann bringen wir ihn zurück ins Dorf.«

TEIL I

SCHATTEN

KAPITEL 1

Ein Jahr später
Pranna, Nördliches Khale

Nachdem sie gebadet und sich angekleidet hatte, schlüpfte Winter leise aus dem Haus und trat in das blasse Morgenlicht hinaus. Sie war sich nicht sicher, ob ihr Vater bereits aufgestanden war, aber die cantische Tradition schrieb vor, dass die Braut vor der Zeremonie keinen Kontakt zu männlichen Familienangehörigen oder dem Bräutigam haben durfte.

»Die Braut«, flüsterte Winter. Manchmal musste sie es laut aussprechen, um es glauben zu können.

»Ich heirate«, versuchte sie es noch einmal. Sie hatte geglaubt, dies bis zu dem Tag der Hochzeit begriffen zu haben, aber das war offenbar nicht der Fall. Die Ehe kam ihr ebenso fremdartig vor, wie einem Fisch das Leben an Land erscheinen mochte.

Winter blickte auf das kleine Haus zurück, in dem ihre Familie lebte, und überlegte, ob sie ihren Vater nicht doch suchen sollte. Sie war noch nie sehr religiös gewesen, ebenso wenig wie Bahc selbst. Aber es wäre ihr dennoch seltsam vorgekommen, ihn zu sehen und eine Unterhaltung zu führen, bei der sie nicht wusste, ob sie dazu schon bereit war. Wie sollte sie ihm auch sagen, was in ihr vorging? Sie war sich ja nicht einmal sicher, ob sie es selbst überhaupt verstand.

Tief ein- und ausatmen, das war der Schlüssel – schon immer gewesen.

Sie fröstelte in der frischen Luft und ging weiter. Es war kalt, aber nicht so eisig, wie es in Pranna mitten im langen Winter sein konnte. Die Sonne versteckte sich hinter dicken grauen Wolken, und es sah aus, als würde es bald zu schneien beginnen.

Die cantischen Traditionen schrieben ebenfalls vor, dass die Braut am Morgen der Trauung Geschenke bekam von denen, die ihr nahestanden, die sogenannten Brautgaben. Da die meisten Tiellaner Pranna bereits verlassen hatten, hielten sich jedoch nur noch sehr wenige von ihrem Volk hier auf. Die Abdankung eines alten Königs und die Befreiung vor einhundertundeinundsiebzig Jahren hatten ein Jahrtausend der Sklaverei noch nicht auslöschen können. Die alten Vorurteile blieben weiterhin in den Köpfen verankert. Tiellaner waren kleiner als Menschen, hatten schmale, spitze Ohren, größere Augen und, abgesehen vom Haupthaar, nur selten Körperbehaarung. Nach Jahrhunderten der Inzucht gab es natürlich auch Ausnahmen, zu denen beispielsweise Gord mit seinem für Tiellaner ungewöhnlichen Körperbau und dem Vollbart gehörte.

Winter begriff noch immer nicht, wieso solche geringfügigen Unterschiede einen derart großen Konflikt hatten heraufbeschwören können. Das Ergebnis war jedoch offensichtlich: Gord, sein Bruder Dent, Lian und seine Familie sowie Darrin, Eranda und ihre Kinder waren die einzigen Tiellaner, die neben Winter und ihrem Vater in Pranna geblieben waren. Die Tatsache, dass so viele weggezogen waren, sprach Bände, da Tiellaner nur äußerst ungern ihr Heim verließen, und bei dem Gedanken daran wurde Winter das Herz schwer.

»Sie ziehen nur fort, wenn es nicht anders geht«, flüsterte Winter und blickte auf das Meer hinaus, das in der Ferne zu sehen war.

Sie sollte ihre Brautgaben in Darrins und Erandas Haus erhalten, aber Winter war an der kleinen Straßenkreuzung stehen geblieben. Zu ihrer Rechten, nicht weit die ungepflasterte Straße entlang, lag die Hütte von Darrin und Eranda, wo die wenigen Freunde, die sie auf der Welt hatte, auf sie warteten. Zu ihrer Linken erstreckte sich der Große Hügel bis hinunter zum Golf von Nahl. Sie sah das Dock und weiter hinten das Boot ihres Vaters. Der eine Weg führte zur Pflicht und jenen, die sie liebten, der andere in die Freiheit und die ebenso herrliche wie furchterregende Ungewissheit.

Winter verharrte noch eine Weile an der Stelle, auch wenn sie ihre Entscheidung längst getroffen hatte. Sie gestattete es sich, einem Tagtraum nachzuhängen und alles hinter sich zu lassen: In Pranna hatte sie nie das Gefühl gehabt, dazuzugehören. Sie hatte sich hier nie zu Hause gefühlt, kannte den Grund dafür aber selbst nicht genau. In der Gesellschaft ihrer Freunde und manchmal sogar bei ihrem Vater glaubte Winter stets, dass ihr irgendetwas fehlte. Ein Teil von ihr war nicht vorhanden, und es war ihr nie gelungen herauszufinden, was genau das war und wie sie es zurückbekommen konnte.

Sie malte sich aus, am Steuer eines eigenen Schiffes zu stehen. Eine kleine Mannschaft zu haben, die ihr unterstand. Vielleicht sogar einen Liebhaber. Vielleicht aber auch nicht.

Und sie dachte darüber nach, wie alles um sie herum zusammenbrechen würde. Schon jetzt gab es auf der Sphaera nicht mehr viel Platz für Tiellaner, und noch viel weniger für eine tiellanische Frau.

Wie kommst du auf die Idee, dass es dir auf einem Schiff und fern von Pranna bessergehen würde als jetzt? Winter schüttelte den Kopf. Es war ein sinnloser Tagtraum.

Mit einem Seufzen, das ein weißes Wölkchen in die kalte Luft schickte, zog Winter ihren Umhang enger um sich und ging nach rechts.

»Bist du bereit, dein Leben in die Hand eines Menschen zu geben?«, fragte Lian sie, als sie während der Brautgabe endlich einen Augenblick für sich hatten. Wie die meisten Tiellaner sprach auch Lian ruhig, mit leicht singendem Tonfall. Winter stellte dank ihres Vaters eine Ausnahme dar. »Die Sprache der Gefangenschaft«, hatte er es genannt und sie dazu angehalten, »zivilisiert zu reden«.

Darrin und Eranda waren vorübergehend abgelenkt gewesen durch ihre Unterhaltung über weitere Verfolgungen von Tiellanern in der nahe gelegenen Stadt Cineste, als sich Lian neben sie ans Feuer gesetzt hatte. Winter hatte dagesessen und den anderen zugehört. Sie liebte sie alle, aber sie wusste nicht, wie sie ihnen das zeigen sollte. Immer öfter stellte sie fest, dass sie sich wie eine Zuschauerin fühlte, die nicht wirklich dazugehörte, genauso wie jetzt. Sogar bei ihrer eigenen Brautgabe.

Als Winter sich zu Lian umdrehte, war sie sich nicht sicher, ob seine Frage spöttisch oder ernst gemeint war. Möglicherweise beides, denn er lächelte, wenngleich das Lächeln seine Augen nicht erreichte.

»Noth ist ein guter Mann«, erwiderte Winter, auch

wenn sich diese Worte abgenutzt anfühlten, da sie sie schon viel zu oft gebraucht hatte. »Die Menschen sind nicht alle schlecht, wie du weißt.«

»Das stimmt. Und du heiratest ja nur einen von ihnen.«

»Ich traue den Menschen nicht, aber das bedeutet noch lange nicht, dass ich sie deswegen hasse. Das kannst du viel besser als ich.«

Lian hob die Augenbrauen. »Aber diesem traust du?«

Winter erwiderte nichts. Anderen zu vertrauen war ihr schon immer schwergefallen, ebenso wie allen Tiellanern, zumindest vermutete sie das. Menschen verrieten und betrogen sich gegenseitig und alle anderen und nahmen einem alles, was man besaß, wenn man sie gewähren ließ. Tatsächlich würden einige Tiellaner dasselbe tun. Wenn sie ehrlich zu sich war, dann musste sich Winter eingestehen, dass sie nur sehr wenigen Leuten vertraute: sich selbst und natürlich ihrem Vater. Gord, Darrin und Eranda und auch Lian. Noth … Noth kam dieser Liste schon sehr nahe, aber nicht nah genug, um bereits dazuzuzählen.

Sie saßen einen Moment lang schweigend da. Das Geplapper der anderen schien im Hintergrund zu verblassen.

Winter wusste, was jetzt kommen würde. »Bitte, frag mich nicht noch einmal«, flehte sie. Sie war sich nicht sicher, ob sie es ertragen konnte. Nicht heute.

»Du hast mir noch immer keine direkte Antwort gegeben«, erwiderte Lian. »Und solange du das nicht tust, werde ich dich immer wieder fragen.«

»Die Vorteile liegen doch auf der Hand. Jeder Tiellaner, der einen Menschen heiratet, ist hinterher besser dran, unabhängig von dem jeweiligen Menschen.«

»Selbst wenn der Mensch nicht die leiseste Ahnung hat, wer er ist oder woher er kommt?«

Winter runzelte die Stirn. Sie hasste diese Unterhaltung aus gutem Grund. Einerseits war sie mit Lian einer Meinung und wusste, dass ihr Tun nur schwer zu rechtfertigen war.

Andererseits war in ihr ein Hauch von Hoffnung aufgekeimt. Falls Noth sie aus Pranna wegbringen konnte, hatte Winter vielleicht doch noch die Chance, wirklich zu leben – und nicht nur in einem sterbenden Dorf dahinzuvegetieren. Selbst wenn Noth nicht der Mann ihrer Träume war, würde sie mit allem fertig, solange sie nur von hier verschwinden konnte. Sie war schließlich Tiellanerin und konnte einiges aushalten, wenn es sein musste.

Und vielleicht fand sie ja endlich einen Ort, an den sie wirklich gehörte.

»Erinnerst du dich daran, wie du beinahe ertrunken wärst?« Lian schien ihr Schweigen nicht länger ertragen zu können. »Im Sommer, als wir noch jung waren.«

Winter blinzelte, aber sie konnte nicht verhindern, dass ein leises Lächeln ihre Lippen umspielte. »Welchen meinst du?«, hakte sie nach.

Lian grinste. »Fast zu ertrinken war für uns damals wohl ziemlich normal.« Er sah ihr in die Augen. »Aber du weißt genau, wovon ich spreche.«

Natürlich wusste Winter das. Sie war erst acht oder neun Jahre alt gewesen und hatte mit einem Andenken von ihrer Mutter am Dock gespielt: einem Ohrring, den sie aus dem Zimmer ihres Vaters stibitzt hatte. Auf dem Dock war ihr das Schmuckstück aus den Fingern geglitten und durch die Bretter ins Wasser gefallen.

Winter erinnerte sich noch genau daran, dass sie nicht

weiter nachgedacht hatte, sondern einfach ins Wasser gesprungen war, um nach dem Ohrring zu suchen.

Sie wusste noch immer, wie sie ins kalte Wasser getaucht, zum Luftschnappen an die Oberfläche gekommen und wieder hinuntergestoßen war. Es war schon dämmrig gewesen, aber das Wasser in der Nähe des Docks war ohnehin trüb, so dass Winter kaum etwas erkennen konnte. Immer, wenn sie hinuntertauchte, schob sie die Hände in den Schlamm am Meeresboden, fand jedoch nichts. Sie wusste nicht, wie lange sie so getaucht und nur zum Luftschnappen an die Wasseroberfläche gekommen war, aber sie erinnerte sich noch genau daran, wie sich ihre Brust schmerzhaft zusammengezogen hatte und wie sich ihre Tränen mit dem Meerwasser auf ihrem Gesicht vermischt hatten.

Die Sonne war untergegangen und das Wasser kälter geworden, aber sie hatte trotzdem weitergemacht, selbst dann noch, als sie Muskelkrämpfe bekommen hatte. Wenn sie daran zurückdachte, wusste Winter selbst nicht mehr, was damals über sie gekommen war. In diesem Augenblick hatte nichts anderes mehr gezählt, als dass sie den Ohrring wiederfand. Allein dieses Verlangen hatte ihren Verstand ausgefüllt.

Lian fand sie irgendwann, als sie zitternd und spuckend an die Oberfläche kam und sich bereitmachte, erneut unterzutauchen. Bis heute war er davon überzeugt, dass sie nie wieder aufgetaucht wäre. Er sprang ihr hinterher, als sie gerade erneut hinunterstieß und in den Schlamm griff, packte sie und zog sie nach oben.

Ihre Hand hatte den Ohrring ihrer Mutter umklammert.

Sie sah Lian an. »Soll ich mich etwa noch einmal bei dir bedanken?«

»Nein«, antwortete er lachend. »Ich wollte dich nur daran erinnern. Manchmal glaubt man, etwas zu brauchen, und man kann nur noch daran denken, so dass man nicht merkt, wann es genug ist. Dabei ist das oft das Beste, was man machen kann – eine Sache einfach aufgeben. Ich wünsche mir nur, dass du weißt, wann der richtige Zeitpunkt gekommen ist.«

»Ich auch«, flüsterte Winter.

Auf einmal streckte Lian eine Hand aus und strich ihr eine Haarsträhne aus dem Gesicht.

Ihre Hand schnellte vor und hielt seine fest.

»Tu das nicht.« Winter ließ die Hand wieder sinken. Freundschaftliche Zuneigung war eine Sache, aber dies war ihre Brautgabe, um Cantas willen. Und die Berührung drohte, sie in eine Zeit zurückzubringen, an die sich Winter lieber nicht mehr erinnern wollte.

»Tut mir leid«, murmelte er.

»Mir auch«, sagte sie, doch sie meinte es nicht so.

Die Brautgabe verlief so gut, wie es sich Winter nur hätte wünschen können. Das kleine Häuschen duftete nach frischem Brot und Zimt, und diese Gerüche erinnerten sie immer an ihre Mutter. Es kam ihr töricht vor, dass etwas sie an eine Frau erinnern konnte, die sie nie gekannt hatte, aber es war dennoch so.

Die Geschenke waren einfach, aber voller Bedeutung. Eine traditionelle tiellanische *Siara* aus wunderschöner weißer Wolle, eine kleine Holzschnitzerei eines Mannes und einer Frau, die dicht beisammenstanden, eine Halskette mit schwarzen Steinen, die ihre dunklen Augen betonten, und ein Wickeltuch – auch wenn sie bei dem Gedanken an ein Kind innerlich zusammenzuckte.

Dann, viel zu früh, klopfte es an der Tür. Drei cantische Elevinnen in rot-weißen Roben standen davor. Die Frauen, alles Menschen, machten Winter nervös. Das ging ihr immer so bei Menschen, aber sie versuchte, es sich nicht anmerken zu lassen. Winter sah an sich herab: Sie trug ein Kleid aus grober Wolle, das ihre Arme bis zu den Handgelenken bedeckte und ihr bis zu den Fußknöcheln reichte, und sie hatte sich die graue Siara, eine lange Stoffbahn, in Falten um den Hals und die Schultern gelegt. Sie sah auffallend anders aus als die schlankeren Menschenfrauen mit ihren enganliegenden Kleidern mit den tiefen Ausschnitten.

Winter durchfuhr ein Stich der Enttäuschung, als sie sah, dass es nur drei waren. Die cantische Tradition erforderte, dass neun Elevinnen eine Braut zu ihrer Waschung begleiteten, da die Zahl neun für die ursprünglichen Elevinnen von Canta stand. Jetzt fragte sich Winter, ob es nur drei waren, weil die Dorfbevölkerung in den letzten Jahren derart stark abgenommen hatte oder weil sie Tiellanerin war und die Elevinnen fanden, dass sie keine vollständige Eskorte verdient hatte. Das Ausmaß ihrer Enttäuschung überraschte sie. Bisher hatte sie geglaubt, dass ihr solche Einzelheiten nicht viel bedeuten würden.

Auf einmal stieg Panik in Winter auf, und ein schweres Gewicht schien sich auf ihre Brust zu legen. So sollte das alles nicht sein. Sie hatte sich das anders gewünscht.

Doch das niederschmetternde Gefühl verflog wieder. Sie würde tun, was von ihr erwartet wurde.

Winter verabschiedete sich von ihren Freunden, denen sie zum letzten Mal als Danica Winter Cordier, Tochter von Bahc, dem Fischer, gegenüberstand. Ob sie es nun wollte oder nicht, ihr stand eine Veränderung bevor, und es wurde Zeit, dass sie sich dafür wappnete.

»Kann das wirklich sein? Mein kleines Mädchen will tatsächlich heiraten?«

Winter lächelte, als ihr Vater das Jungfernzimmer betrat. Väter waren die einzigen Männer, die hier Zutritt hatten, und das auch nur direkt vor der Zeremonie. Sie war allein, da sich die drei Elevinnen entschuldigt hatten, um die Kapelle für die Hochzeit vorzubereiten.

Trotz ihrer Sorgen bewunderte Winter, wie gut ihr Vater aussah. Er trug den einzigen formellen Anzug, den er besaß und der aus einer locker sitzenden, ausgeblichenen grauen Hose und einem dunkelblauen Überzieher bestand, die noch nach altem Schnitt gefertigt worden waren. Damit sah er so anders aus als in seiner üblichen Fischerkleidung aus Fellen und Wolle.

»Hallo, Papa.«

Sie spürte seine Arme um sich und seine gebräunte, glatte Wange an ihrer.

Als sie sich voneinander trennten, musterte er sie von oben bis unten. Ihr rabenschwarzes Haar war am Hinterkopf mit einer Schleife zusammengebunden worden, und die Elevinnen hatten ihr die Kette mit den schwarzen Steinen umgelegt, die sie geschenkt bekommen hatte und die zu ihren tiefschwarzen Augen passte.

Winter trug nun ein rotes Kleid, das einzige Kleidungsstück ihrer Mutter, das ihr Vater aufgehoben hatte. Es bestand aus einfacher gefärbter Wolle, aber der Stoff war sehr fein und umschmeichelte elegant Winters schlanke

Gestalt. Auch die Ärmel dieses Kleides reichten ihr bis zu den Handgelenken, und der Stoff bedeckte sogar ihren Hals, aber es passte ihr sehr gut und lag eng an den Hüften und den Brüsten an. Im Großen und Ganzen entsprach es den tiellanischen Traditionen, aber insgeheim schien es Rebellion zu verkörpern. Winter stellte sich vor, wie ihre Mutter es Jahre zuvor getragen hatte und welchen Aufruhr sie unter den tiellanischen Ältesten und Matriarchinnen ausgelöst haben musste. Bei diesem Gedanken musste sie lächeln.

Sie wartete, dass ihr Vater etwas sagte, fragte sich aber gleichzeitig, ob er das tun würde. Er war kein Mann vieler Worte.

»Du hast die Augen deiner Mutter«, brachte er schließlich heraus. »So dunkel wie das Meer um Mitternacht.«

Sie lächelte und versuchte, sich ihre Schwermut nicht anmerken zu lassen. »Ich glaube, das hast du mir schon ein oder zwei Mal gesagt.«

»Sie wäre sehr stolz auf dich, Winter.«

Wäre sie das? Nach allem, was ihr Vater über sie erzählt hatte, war ihre Mutter immer eine starke, unabhängige Frau gewesen. Winter war sich nicht sicher, ob sie damit einverstanden gewesen wäre, dass ihre Tochter so leicht aufgab.

»Das hoffe ich«, flüsterte sie.

Ihr Vater seufzte und winkte mit einer Hand ab. »Es reicht, Winter. Ich weiß, dass du nicht glücklich darüber bist. Mir ist vollkommen klar, dass es nicht das ist, was du dir gewünscht hast.«

Winter starrte ihren Vater an. »Das weißt du?«

»Natürlich weiß ich das. Dachtest du, ich würde es nicht merken, wenn meine Tochter etwas in sich hineinfrisst und still vor sich hin leidet? Du bist in dieser Hinsicht genau wie deine Mutter. Ich weiß, dass du Bedenken hast. Aber Noth ist ein guter Mann. Er gehört nicht zu den Menschen, die … Er ist ein guter Mann, Winter. Er wird sich um dich kümmern. Und er kann dir ein Leben ermöglichen, wie ich es niemals könnte.«

Tief in ihrem Inneren wusste Winter, dass seine Worte der Wahrheit entsprachen. Selbst jemand wie Noth, der so wenig besaß, konnte ihr so viel geben. Wenn sie in die Stadt zogen, irgendwohin, wo sie einen neuen Anfang machen konnten …

»Was ist, wenn ich dieses Leben gar nicht will? Was ist, wenn ich genau das Leben will, das du mir geben kannst? Oder Lian? Was ist, wenn ich mein Leben selbst gestalten will, Vater?«

»Bei der aufsteigenden Göttin, du bist ihr so ähnlich, dass ich es selbst kaum glauben kann«, murmelte ihr Vater.

Winter setzte sich. Noch während sie die Worte ausgesprochen hatte, wusste sie, dass es unmöglich war. Sie konnte nicht selbst über ihr Leben bestimmen. Noth war tatsächlich ihre einzige Chance. Sie brauchte ihn.

»Es ist doch so, Winter«, sagte ihr Vater und nahm ihre Hände. »Du heiratest diesen Mann. Das lässt sich jetzt nicht mehr ändern. Aber das heißt noch lange nicht, dass du dein Leben aufgibst. Dein Leben ist, was du daraus machst. So war es schon immer, und so wird es immer sein. Möglicherweise überrascht uns Noth alle und entwickelt sich zu einem Tyrannen, und wenn das der Fall sein sollte, dann hast du meine Erlaubnis, ihn im Schlaf zu ermorden und zu fliehen, um dein Glück selbst zu suchen.«

Winter lächelte, auch wenn dieser Scherz einigen Vorfällen in der Stadt gefährlich nahekam, von denen sie gehört hatte.

»Aber ich bezweifle, dass es so sein wird«, fuhr ihr Vater fort. »Ich denke, er möchte, dass du glücklich bist, und ich gehe davon aus, dass er dir helfen und alles tun wird, damit du dieses Glück auch findest. Unterschätze dieses Band nicht, mein Schatz. Eine gut funktionierende Ehe macht dich freier, als du denkst. Ich bin davon überzeugt, dass ihr beide einander braucht.«

Winter wollte ihren Vater gerade fragen, was er damit meinte, als jemand an die Tür klopfte. »Die heilige Canta ruft ihre Jungferndienerin«, sagte eine Frauenstimme. »Wird sie antworten?«

Die Priesterin war bereit.

Winter musterte noch einmal ihr Spiegelbild. Das Mädchen, das sie anblickte, wirkte selbstsicher und ruhig. Das Mädchen im Spiegel hätte fast schon glücklich sein können. Sie konnte beinahe glauben, was ihr Vater ihr da sagte.

»Winter«, flüsterte Bahc. »Heute ist dein Tag. Nimm dein Glück an.«

Winter räusperte sich. »Sie wird antworten«, rief sie der Priesterin zu. Dann drehte sie sich um und ging zur Tür, blieb aber noch einmal stehen, um ihrem Vater einen Kuss auf die Wange zu geben.

»Ich liebe dich, Papa«, sagte sie, öffnete die Tür und betrat die Kapelle.

Sie zuckte nicht zusammen, als der kleine Dolch ihre Handfläche verletzte.

»Und du, Danica Winter Cordier, schwörst du bei deinem Blute und im Angesicht der heiligen Canta, dich jetzt und für immer Noth hinzugeben, durch Frost und durch Feuer, Sturm und Flaute, Licht und Dunkelheit, Abenddämmerung und Morgengrauen und durch den Wandel der Zeiten?«

»Ich schwöre es bei meinem Blute«, erwiderte Winter. Die Priesterin, eine rundliche Frau in der Blüte ihrer Jahre, blickte von ihrem großen Podest wohlwollend auf Winter herab. Sie nahm Winters Hand und legte sie in Noths, der zuvor eine ähnliche Wunde zugefügt bekommen hatte.

Winter sah Noth an. Er lächelte nicht, aber sie kannte ihn inzwischen gut genug, um auch nicht damit zu rechnen. Er wirkte zufrieden, und seine Augen waren hell und friedlich.

»Bei der Kraft der Neun, die Canta auserwählt hat«, fuhr die Priesterin fort, »und deren Macht in mir weiterlebt, gebe ich euch diese Segen.«

Die Worte schienen in Winters Kopf zu summen, und es fiel ihr schwer, sich zu konzentrieren. Sie war jetzt erneuert worden. Ob ihr neues Ich nun besser oder schlechter war, würde sich zeigen, aber ihr Leben würde sich für immer verändern.

»Dass ihr einander liebt«, sagte die Priesterin.

Winter sah sich in der kleinen Kapelle um. Fackellicht leuchtete bis hinauf zu den Dachbalken des langgestreckten Giebels, während die Seitenflügel des Gebäudes in dunkle Schatten getaucht waren. Sena, Darrins und Erandas Tochter, stand dicht neben Winter. Sie war das einzige tiellanische Mädchen, das ungefähr so alt war wie Winter und Brautjungfer sein konnte, wenngleich sie selbst fast noch ein Kind war.

»Dass ihr jenen um euch herum dient.«

Lian saß neben Eranda auf der vordersten der glattpolierten Holzbänke, und Gord und Dent einige Reihen dahinter. Winter konnte ihnen gar nicht genug danken, weil sie gekommen waren. Sie war zwar ein wenig enttäuscht, weil die anderen Bänke leer waren, gleichzeitig war sie sich aber auch bewusst, dass das dumm war. Bis zuletzt hatte sie selbst daran gezweifelt, ob sie die Zeremonie wirklich wollte, und doch grämte sie sich jetzt, dass es nicht mehr Zuschauer gab? Hätte die Zeremonie vor einigen Jahren stattgefunden, dann wäre die Kapelle am heutigen Tag bis auf den letzten Platz mit feiernden Tiellanern besetzt gewesen.

»Dass ihr vor den Dämonen dieser Welt und der jenseitigen beschützt werdet und dass eure Seelen nie in die Unterwelt eingehen werden.«

Als wären sie von Winters Gedanken heraufbeschworen worden, traten plötzlich mehrere Männer durch die hohen Türen im hinteren Teil der Kapelle.

Winter wusste sofort, dass dies keine Gäste waren, die sie bei ihrer Hochzeit sehen wollte. Aus dieser Entfernung konnte sie nur vermuten, dass es Menschen waren, da sie ebenso groß wie Lian und Gord oder sogar noch größer wirkten. Oder waren sie gar Kamiten? Sie schluckte schwer.

Alle sechs Männer trugen dunkelgrüne Roben mit Kapuzen, so dass ihre Gesichter im Schatten nicht zu erkennen waren. Und sie waren bewaffnet. Mit Schwertern und Dolchen, Schilden und Speeren.

Nur beiläufig bemerkte Winter, dass die Priesterin ihre Hand losließ. »Was hat diese Störung zu bedeuten?«, wollte die Frau wissen.

Die Männer standen einen Moment lang da, und das Fackellicht erhellte ihre vermummten Gestalten. Die Männer blickten zwischen der Priesterin und den Hochzeitsgästen hin und her.

Winters Befürchtung, dass es sich tatsächlich um Kamiten handelte, wurde zunehmend größer. Die Kamiten sprachen sich für die Wiedereinführung der tiellanischen Sklaverei aus oder gleich für den Tod aller Tiellaner. Sie waren nicht besonders beliebt und mieden meist die Öffentlichkeit, aber den Gerüchten zufolge gab es auch welche in Pranna.

Einer der Männer, der größte von ihnen, trat vor. »Wir wollen eigentlich niemanden stören«, sagte er mit einem abgehackten, rauhen Akzent. Er klang wie ein Rodeneser, war also kein Kamite, da sich der Orden der Kamiten nicht über die Grenzen von Khale hinweg ausgebreitet hatte. Winter seufzte, allerdings nicht vor Erleichterung. Die Rodeneser sprangen anders mit den Tiellanern um.

Der große Mann streifte seine Kapuze ab und trat in den vorderen Teil der Kapelle. Er war hässlich. Sein blondes Haar wurde bereits schütter, und er hatte eine viel zu lange Hakennase. Eine Seite seines Gesichts war von einer tiefen Narbe entstellt, die von der Stelle, an der sein Ohr hätte sein sollen, über die Wange verlief. »Man hätte uns einladen sollen«, fuhr er fort, als er neben Winter, Noth und der Priesterin stehen blieb. Er legte eine Hand auf Noths Schulter. »Wir sind schließlich alte Freunde von unserem guten Lathe hier.«

Winter sah Noth mit weit aufgerissenen Augen an. War das sein wahrer Name? Wussten diese Männer, wer Noth wirklich war?

Noth drückte Winters Finger.

Bahc erhob sich. »Noth, mein Sohn, wenn du diese Männer kennst …«

»Ich kenne sie nicht«, unterbrach Noth ihn mit sanfter Stimme. Er wandte den Blick nicht von dem Mann, der weiterhin eine Hand auf seiner Schulter liegen hatte.

»Am besten geht Ihr jetzt wieder und verlasst die Kapelle, mein Herr.«

Die Autorität in Noths Stimme überraschte Winter. Sie hatte ihn so auf dem Boot sprechen hören, wenn er Bahcs Befehle weitergab, aber sonst redete er immer ruhig und leise.

»Ach, das wäre also das Beste ... Wie war das doch gleich? Noth?« Der Mann kniff die Augen zusammen. »Du musst es ja wissen, was? Du schienst schon immer zu wissen, was für jeden das Beste ist. Tja, weißt du auch, was für all deine Freunde hier das Beste wäre, *Noth*? Weißt du, was das Beste für deine junge Braut hier wäre? Wenn du jetzt einfach mit uns mitkommst. Dann wird niemand verletzt.«

Winter blickte sich unruhig um. Was hatten diese Männer vor? Was würde Noth tun? Sie war wie erstarrt und sah alles um sich herum wie aus weiter Ferne, gebannt, aber nicht in der Lage, etwas zu unternehmen.

Der Priesterin ging es anscheinend nicht so. »Wie könnt Ihr es wagen, in eine Zeremonie der heiligen canti ...«

Eine Bewegung – Winter glaubte, der große Mann hätte die Priesterin geschubst. Die rundliche Frau keuchte auf und taumelte nach hinten. Als Winter sich zu dem großen Mann umdrehte, der nun einen Arm über Noths Schulter gelegt hatte, sah sie, dass er mit der anderen Hand einen Dolch festhielt, von dem Blut tropfte.

Die Priesterin brach auf dem Boden zusammen.

»Schade drum«, murmelte der große Mann, der Noth noch immer anstarrte.

»Oh, Göttin«, flüsterte Winter.

Der Mann sah sie an, und sein Gesicht schien durch die Narbe und sein Grinsen in vier Teile geschnitten zu werden. »Ich bezweifle, dass sie heute hier ist. Vielleicht solltest du später noch mal wiederkommen.« Er reckte den Hals und sah seine Männer an. »Greift sie euch!«

In dem ausbrechenden Chaos wusste Winter nicht, was sie tun sollte. Ihr Vater starrte sie mit bleichem Gesicht an und rief Eranda und Sena zu, sie sollten weglaufen. Gord sprang mit gerötetem Gesicht von seiner Bank auf. Die Elevinnen liefen hin und her und riefen nach ihren Göttinnenwachen.

Noth zog Winter mit starken, sicheren Händen an sich. Einige der Fackeln mussten zu Boden gefallen sein, und es wurde dunkler im Raum, das flackernde orangefarbene Licht wirkte unheimlich. Das Einzige, was Winter wieder in die Gegenwart zurückholen konnte, war Noths Stimme, als er sie zu sich umdrehte. Er legte ihr die Hände auf die Wangen und sah ihr tief in die Augen. Sie spürte sein Blut auf ihrer Wange, das noch aus der Wunde an seiner Hand sickerte. In seinen Augen war ein Glanz, den sie noch nie zuvor gesehen hatte – er war kalt und scharf wie ein Lichtblitz auf dem Wasser bei einem dunklen Wintersturm.

»Ich lasse nicht zu, dass sie dir weh tun«, versicherte er ihr.

Winter erschauderte beim Klang seiner Stimme.

Hinter Noth sah sie einen Schatten und aufblitzenden Stahl, als einer der Fremden mit gezücktem Schwert auf sie losstürmte. Bevor sie auch nur aufschreien konnte, wirbelte Noth herum, packte das Handgelenk des Mannes und nutzte dessen Schwung, um sich einmal um sich selbst zu drehen und den Angreifer mit dem Gesicht nach unten auf den Boden zu schleudern. Noth drehte den Arm des Mannes nach hinten, und Winter hörte ein schreckliches Knacken. Ihr stockte der Atem, und sie machte einen Schritt zur Seite. Das alles hatte gerade mal einen Atemzug lang gedauert. Das Fackellicht flackerte, und Noths Gesicht lag halb im Schatten.

Vielleicht hatte das Licht Winters Augen ja einen Streich gespielt. Aber der Mann mit der Robe lag stöhnend auf dem Boden, und Noth starrte erstaunt seine Hände an.

»Noth«, begann sie, »wie …?«

Er blickte auf und sah sie mit weit aufgerissenen Augen an. Dann schüttelte er den Kopf. »Ich weiß es nicht.« Seine Stimme war kaum lauter als ein Flüstern. Plötzlich schrie jemand hinter ihm, und Noth wandte sich von Winter ab.

Der große Mann stand vor Noth. Er hielt eine der Elevinnen fest und drückte ihr einen Dolch an die Kehle. Hinter ihnen lag eine weitere Elevin auf dem Boden, die aus dem Mund oder der Nase blutete – das konnte Winter nicht genau erkennen. In ihren Ohren hallten Schreie wider, und auch die Elevin kreischte.

Dann hörte Winter ihren Vater.

Bahc lag auf dem Boden, stöhnte und hielt sich den Bauch. Zwar sah er sie an, aber mehr konnte Winter in dem schlechten Licht nicht erkennen, denn sein Gesicht lag im Schatten. Blut sickerte zwischen seinen Fingern hervor, und einer der dunkel gekleideten Männer stand über ihm.

Winter schrie auf und wollte zu ihrem Vater laufen, als sie von irgendjemandem festgehalten wurde. Eine dreckige Hand legte sich auf ihren Mund, und ein Arm drückte gegen ihre Kehle. Sie spürte die Wärme ihres Atems, als sie dagegen anschrie, aber keinen Ton herausbrachte, und dann etwas Feuchtes auf ihrer Wange. Ob es Noths Blut war oder ihre Tränen, wusste sie nicht. Vergebens kämpfte sie gegen denjenigen an, der sie festhielt, aber sie konnte sich kaum bewegen. Der Druck auf ihren Hals verstärkte sich, und sie hatte das Gefühl, als müsse ihr Kopf explodieren, der sich gleichzeitig schwer und federleicht anfühlte. Winter blickte voller Angst um sich und entdeckte Noth. Zwei der Angreifer lagen in seiner Nähe auf dem Boden. Wieder leuchtete dieser kalte Glanz in seinen Augen auf, wie ein Blitz auf dunklem Wasser. Dann stürzte Noth vor und hieb seine Handfläche von unten gegen das Gesicht eines Vermummten. Der Kopf des Mannes flog nach hinten, und im nächsten Moment bewegte sich Noth so schnell, dass Winters Blick ihm kaum folgen konnte.

Vor vielen Jahren hatte Bahc Winter beigebracht, wie man Drachenmuränen mit einem Tiefseenetz fing. Sie erinnerte sich noch daran, wie er sie vorsichtig zu dem Bottich geleitet hatte, in den das Netz ausgeleert worden war. Er hatte hineingedeutet und ihr gesagt, dass sie jetzt ein echtes Raubtier sehen könne. »Wo ist es denn?«, hatte sie gefragt. In dem Bottich waren Hunderte von Tiefseefischen im flachen Wasser herumgehüpft, und ihre breiten, flachen Körper hatten geglitzert. Winter konnte keine Drachenmuräne sehen. Soweit sie wusste, existierten diese Tiere nicht einmal. Auf einmal sprang eine schlanke, sehnige Gestalt aus dem Wasser und zerfetzte einen Fisch mit rasiermesserscharfen Zähnen, so schnell, dass ihr Blick kaum folgen konnte. Die Muräne war erst in der einen Ecke und schon in einer anderen, dann wieder in der Mitte, sprang in die Luft und richtete unter den zappelnden Fischen ein wahres Gemetzel an. »Sie frisst sie nicht«, hatte Winter gesagt. »Warum frisst sie die anderen Fische nicht?« Ihr Vater hatte ihr erklärt, dass eine Drachenmuräne nicht tötet, um zu überleben, sondern weil sie Freude am Töten hat. Das Wasser hatte sich blutrot gefärbt, und Winter war langsam rückwärts gegangen und hatte sich gewünscht, in ihrem ganzen Leben keine Drachenmuräne mehr sehen zu müssen.

Als der Mann sie jetzt am Hals festhielt und ihr langsam schwarz vor Augen wurde, konnte sie nur noch an diese Drachenmuräne denken, während Noth durch den Raum voll hilfloser, zuckender Tiefseefische tobte.

KAPITEL 2

Noth fürchtete sich.

Die Angst an sich war nicht weiter schlimm. Nein, dieses dunkle Ziehen, das von seiner Kehle bis hinab zur Magengrube reichte, daran hatte er sich gewöhnt. Ihn versetzte es vielmehr in Schrecken, dass er sich nicht vor den Männern fürchtete, die seine Hochzeitsgesellschaft angegriffen hatten, sondern dass er sie mit solcher Leichtigkeit hatte töten können.

Der eiskalte Wind, der vom Golf herüberwehte, peitschte durch Noths Umhang, als er sich den Weg zum Haus von Darrin und Eranda bahnte. Winter lag bewusstlos in seinen Armen, ein warmes Wesen, das der kalten Luft trotzte. Es hatte angefangen zu schneien, und die weißen Flocken legten sich auf Winters Gesicht und schmolzen dort. Der Schnee fiel friedlich, und das kam ihm grausam vor.

Noth hatte neun Leichen in der Kapelle zurückgelassen. Die Männer mit den Roben waren ihm nicht bekannt vorgekommen, und Noth hatte keine Ahnung, wie es ihm gelungen war, sie auszuschalten. Dennoch hatte er sofort gewusst, dass er sie besiegen konnte, als er gemerkt hatte, dass sie eine Gefahr darstellten. Dieses Wissen war tief in seinen Knochen verankert gewesen, weit tiefer, als sein Verstand reichte. Sein Körper hatte die Arbeit rasch und ohne größere Anstrengung erledigt.

Die Priesterin und zwei ihrer Elevinnen waren tot, ermordet von den Angreifern. Die letzte Elevin hatte in dem Tumult entkommen können. Noth hatte vier der Männer getötet, während Lian, Gord und Dent einen weiteren ausgeschaltet hatten. Dabei war auch Dent ums Leben gekommen. Dem großen, vernarbten Mann, der als Einziger etwas gesagt hatte, war die Flucht geglückt.

Und dann war da noch Bahc.

Noth wusste, dass es ein Fehler gewesen war, in Pranna zu bleiben. Aber er war dennoch geblieben, und nun setzten ihm die Schuldgefühle zu.

Er war geblieben, weil Bahc ihn freundlich behandelt hatte. Außerdem war Bahcs Tochter wunderschön, das ließ sich nicht leugnen. Er schämte sich, als er sich jetzt eingestand, dass sie einer seiner Gründe gewesen war, zu bleiben, aber so war es nun einmal. Er war auch geblieben, weil es keinen anderen Ort gab, an den er gehen konnte. Seine Erinnerungen an sein Leben vor dem Augenblick, in dem er in Bahcs Haus aufgewacht war, waren bestenfalls bruchstückhaft und bestanden aus einem Wirbel unmöglicher Bilder und Gesichter, die er nicht zuordnen konnte. Sie waren verschwommen und trüb.

Vor allem aber war er geblieben, weil er geglaubt hatte, sich ein Leben aufbauen zu können. Dies hier waren einfache Leute, und ihr schlichtes Leben zog Noth an. Tag für Tag von dem zu leben, was man im eisigen Golf fing, das mochte er. Die tiellanischen Traditionen in ihrer altmodischen, unwandelbaren Art gefielen ihm. Ob ihn die Kluft zwischen Menschen und Tiellanern früher gestört hatte, wusste Noth nicht, aber jetzt machte sie ihm nichts aus. Er mochte die sachliche Art, wie sie die Dinge sahen. Sie machten das Beste aus dem, was das Leben ihnen schenkte.

Darum hatte Noth auch niemandem erzählt, an was er sich wirklich erinnerte. Und jetzt gab es neun Leichen, die er zu verantworten hatte, nur weil er geblieben war und sich selbst über alle anderen gestellt hatte.

Es schneite jetzt stärker, und dicke weiße Flocken schwebten durch die Dunkelheit und bedeckten die Straße, die Dächer und die Felder. Pranna bestand aus kaum mehr als einer Hauptstraße, die gen Norden zum Großen Hügel führte, und dem Dock, an dem einige Schiffe in dem kleinen Hafen vor Anker lagen, darunter auch Bahcs *Schmiedestochter.* Das tiellanische Viertel befand sich weiter im Osten, fern der Hauptstraße und des Docks, und war nur über einen schmalen Fußweg zu erreichen. Die Häuser der Tiellaner waren kaum mehr als Hütten mit dünnen Wänden aus Treibholz und schiefen Dächern, die ständig ausgebessert werden mussten, und sie bildeten einen starken Kontrast zu den robusteren Häusern und Geschäften der Menschen, die teilweise sogar mehrstöckig waren und im Zentrum der Stadt lagen. Die cantische Kapelle, das größte Gebäude der Stadt, ragte im Westen auf. Noth würde die Hauptstraße überqueren müssen, wenn er Darrins Haus auf der Ostseite erreichen wollte.

Als Noth sich dem Stadtrand näherte, hörte er das Knirschen von Schritten und sah in der Ferne das Licht einer Laterne. Instinktiv kniete er sich hinter der Schmiede auf den Boden, wobei er Winter an sich drückte. Er stützte Winter kurz auf seinen Beinen ab und drehte den rechten Arm, da sich seine Schulter nach der Pfeilwunde, die er vor einem Jahr erlitten hatte, nie wieder richtig erholt hatte. Die Narbe schmerzte häufig, und jetzt, da er Winter trug, wurde es schlimmer.

»Glaubst du das, was die Elevin erzählt hat? Die Gute

schien mir doch ein bisschen verwirrt zu sein«, sagte ein Mann. Noth konnte die beiden Männer jetzt deutlich im Lampenlicht erkennen. Sie trugen leichte Rüstungen und Speere und gehörten zur Stadtwache.

»Sie sagte, der Elfenfreund und die anderen Menschen wären für die Toten verantwortlich. Sie hätten die Tiellaner und die Elevinnen angegriffen und wären danach aufeinander losgegangen. Der Elfenfreund und einer der Fremden sind entkommen und haben die anderen zum Sterben zurückgelassen.«

Noth runzelte die Stirn. »Elfenfreund« war ein Begriff, den er im vergangenen Jahr sehr häufig zu hören bekommen hatte. Gaben sie *ihm* gerade die Schuld an dem ganzen Massaker?

Einen Augenblick lang herrschte Schweigen. Dann ergriff der zweite Wachmann wieder das Wort. »Ich bin ja ganz froh, dass wir die Elfen los sind. Inzwischen hätten sie alle längst weg sein müssen. Und mir ist es völlig gleich, ob sie fortgegangen oder tot sind. Aber das, was er mit den Elevinnen und erst recht mit der Priesterin gemacht hat, ist ein echtes Verbrechen.«

»Aye. Das ist auch der einzige Grund, warum ich hier draußen bin und die Schweinehunde suche. Wegen einem verdammten Elfen würde ich hier ganz bestimmt nicht herumlaufen.«

»Hoffentlich finden wir den Elfenfreund zuerst. Den Kerl wollte ich schon immer mal aufmischen.«

Der andere Wachmann knurrte zustimmend, und sie gingen an Noth vorbei in Richtung Stadtmitte. Wenn die Stadtwache bereits alarmiert worden war, dann wusste die Göttinnenwache ebenfalls Bescheid. Überdies wusste Noth – warum auch immer –, dass man bereits einen Boten nach Cineste geschickt hatte und dass innerhalb einer

Woche ein Trupp Gardisten hier eintreffen würde. Neun geheimnisvolle Todesfälle, darunter drei Angehörige des Klerus, damit konnte die Kleinstadt Pranna nicht allein fertig werden. Die cantische Denomination würde vielleicht sogar eine Hexenjägerin ins Dorf schicken, um den Vorfall genau zu untersuchen.

Noth wunderte sich nicht wirklich, dass die Stadtwache ihn der Morde bezichtigte. Die Menschen in dieser Stadt hatten ihn nie gemocht. Ihrer Meinung nach war ein Mensch, der sich in eine Tiellanerin verliebte, auch nicht besser als das ganze Elfengesindel.

»Die anderen toten Menschen geben uns das eigentliche Rätsel auf«, erklärte der erste Wachmann. »Der Vorsteher glaubt, sie kämen aus Maven Kol, zumindest hat er dort schon einmal solche Roben gesehen.«

»Der Vorsteher war doch noch nie in Maven Kol«, erwiderte der andere und schnaufte. »Er weiß nicht, was er da überhaupt redet.«

»Sag du ihm das.«

Noth zuckte zusammen. Die Männer irrten sich. Die Angreifer stammten nicht aus Maven Kol, ihr Akzent war rodenesisch gewesen. Er kannte das Land nur dem Namen nach und erinnerte sich nicht, jemals dort gewesen zu sein. Nichtsdestotrotz schien etwas am Rande seines Verstandes zu zupfen.

Die Unterhaltung der Wachmänner wurde leiser. Noth wartete, bis er das Licht ihrer Lampe nicht mehr sehen konnte, dann hob er Winter hoch und trat erneut auf die Straße. Wenn sie ihm all die Leichen anhängen wollten, war das umso besser. Es änderte nichts an seinem Plan.

»Es geht dir gut, Noth!« Eranda lief auf ihn zu und blickte ängstlich auf Winter herab. Noth war durch den frisch gefallenen Schnee, der mittlerweile fast eine Hand hoch lag, zu der kleinen Hütte gestapft.

»Oh, Göttin«, flüsterte Eranda und sah Noth ins Gesicht. »Ist sie …?«

»Bewusstlos. Aber sie wird überleben.«

Darrin, Erandas Mann, trat auf ihn zu. »Ich kann sie dir abnehmen«, bot er Noth an. »Du hast sie schon den ganzen Weg hierher getragen.«

»Nein«, erwiderte Noth und war selbst überrascht, dass er sie nicht loslassen wollte. »Ich … ich kann sie noch halten.«

Lian kam mit Tohn in den Armen herein, dem jüngsten Sohn von Darrin und Eranda, während ihm Sena und die jüngste Tochter Lelanda folgten. Er starrte Noth mit dunklen Augen an.

Noth stieß langsam die Luft aus. Lian musste nach den Ereignissen in der Kapelle direkt hierhergelaufen sein, um sich zu vergewissern, dass es Eranda und Sena gutging.

»Noth«, sagte Eranda, und ihre Stimme verriet ihre Anspannung. »Was im Namen der Unterwelt ist passiert? Lian weigert sich, darüber zu sprechen, wir wissen nicht, was …«

»Bitte«, unterbrach Noth sie. »Ich würde sie gern erst einmal hinlegen und nachsehen, ob sie unverletzt ist.«

Darrin sah zuerst Noth und dann Winter an. Der Mann war Noth gegenüber nie besonders freundlich gewesen, aber er hatte sich auch nie feindselig verhalten. Noth hatte Winter in sein Haus gebracht, weil er hoffte, dass er sich auch jetzt anständig verhielt.

»In Ordnung«, sagte Darrin und sah Eranda an. »Hol

die Kinder aus dem Schlafzimmer und gib den beiden einen Augenblick allein.« Er schaute Noth streng an. »Danach erzählt uns Noth, was passiert ist.«

Noth legte Winter auf das Bett und deckte sie sanft mit allen Decken zu, die er finden konnte. Sie regte sich und zuckte in der Dunkelheit einmal kurz. Noth erstarrte. Ihre Verletzungen waren nicht schwer, und sie würde am nächsten Morgen geschwächt, angeschlagen und mit Kopfschmerzen aufwachen, aber ansonsten würde es ihr gutgehen. Er hoffte, dass sie nicht aufwachte, während er noch da war, aber sie blieb still liegen.

Er erinnerte sich, wie er ihr einmal von dem Drang, Pranna zu verlassen, erzählt hatte. Das war bei einer der seltenen Gelegenheiten gewesen, als sie mit dem Boot ihres Vaters rausgefahren waren. Es war auch einer der wenigen Tage gewesen, an denen er ihre volle Aufmerksamkeit gehabt hatte. Sie hatte sich ebenfalls schon immer danach gesehnt, alles hinter sich zu lassen. Die tiellanischen Traditionen hatten Winter offenbar nie wirklich am Herzen gelegen.

»Warum tust du es dann nicht?«, hatte sie gefragt und auf das graue Meer hinausgestarrt. Der Himmel war wolkenverhangen gewesen, und über dem Golf hatte sich ein dünner Nebelstreif gebildet.

»Weil ich Angst habe«, hatte er geantwortet. »Dieser Ort hier hält mich bei Verstand. Wenn ich weggehe … Ich habe Angst vor dem, was dann aus mir werden könnte.« Er hatte gelacht. »Was nicht heißt, dass ich mich nicht vor dem fürchte, was ich tun könnte, wenn ich hierbleibe.«

Sie hatte ihn mit einem seltsamen Ausdruck in den Augen angesehen. In diesem Augenblick hätte er es ihr beinahe gesagt. Er hätte ihr fast alles erzählt, von seinen

Alpträumen, den Gesichtern, die er sah, wenn er die Augen schloss. Er war kurz davor gewesen, hatte es dann aber doch nicht getan.

»Wenn ich bei dir bin, bei Bahc und den anderen«, hatte er stattdessen gesagt, »habe ich das Gefühl, als könnte ich es schaffen. Als könnte ich ein gutes Leben führen. Vielleicht sogar ein guter Mann sein.« Es war nicht wirklich eine Lüge gewesen. Er hatte es so empfunden. Aber er konnte nicht ständig in ihrer Nähe sein.

Er wusste noch genau, wie die Wellen sanft gegen das Boot geschlagen hatten. Wie Winters schwarze Augen die Schönheit der Welt, die so strahlend und funkelnd vor ihr lag, trotz ihrer Dunkelheit in sich aufzunehmen schienen.

»Wenn ich in deiner Nähe bin«, hatte er ihr gestanden, »dann möchte ich irgendwie ... ein besserer Mensch sein.«

In diesem Moment hatte er gedacht, dass er dieses Mädchen lieben könnte. Aber er wusste, dass sie nicht dasselbe für ihn empfand, daher hatte er es dabei belassen. Dann war Bahc mit dem Heiratsangebot auf ihn zugekommen, und es hatte so ausgesehen, als würden sie beide davon profitieren ... Also hatte Noth ja gesagt. Er hatte seine eigenen Wünsche über alle anderen gestellt, sich für wichtiger gehalten. Obwohl er gewusst hatte, was sie sich wirklich wünschte, hatte er beschlossen, sie zu heiraten – weil er jemanden haben wollte, der ihn erdete, und sie war dafür nun einmal die beste Wahl.

Und jetzt war ihr Vater tot. Seinetwegen.

Noth erschauderte. Die dünnen Treibholzwände des Hauses schützten einen nicht vor dem Wind und der Kälte. Er kniete sich hin und legte den Kopf auf Winters Brust. So verharrte er lange Zeit, spürte sie unter sich, und nach und nach wurde die Angst, die an seinem Magen zerrte, von Leere ersetzt, während er an das dachte, was er als Nächstes tun musste.

Dann stand er langsam auf und berührte ihr Gesicht mit den Fingerspitzen. Es war jetzt seine Pflicht, diese Frau zu beschützen. Er schuldete es ihr. Und das konnte er am besten tun, indem er so weit wie möglich fortging.

»Bahc ist tot«, berichtete Noth. »Ebenso wie Dent.« Er bedauerte die Grausamkeit seiner Worte, aber ihm blieb nicht viel Zeit. Eranda keuchte auf, aber er ignorierte es und sprach weiter. »Die Priesterin und zwei ihrer Elevinnen wurden ebenfalls getötet. Ich musste Gord bewusstlos zurücklassen.«

»Was ist mit Winter?«, wollte Lian wissen.

»Es geht ihr bald wieder gut«, versicherte Noth ihm, sah seinem Gegenüber jedoch nicht in die Augen. Tohn war inzwischen in Lians Armen eingeschlafen, und Lelanda klammerte sich an das rechte Bein des jungen Mannes. Lian würde eines Tages einen guten Vater abgeben. Wieder stiegen Schuldgefühle in Noth auf, weil Bahc ihn gebeten hatte, Winter zu heiraten, und er zugestimmt hatte. Ansonsten hätten sie und Lian vielleicht ein glückliches Leben führen können und Bahc wäre jetzt nicht tot.

Was geschehen ist, ist geschehen, sagte er sich.

»Wegen ihr bin ich zu euch gekommen«, erklärte er und sah erst Eranda, dann Darrin und schließlich Lian an. »Kümmert euch um sie. Sie wird erst morgen früh wieder aufwachen, dann sollte jemand bei ihr sein. Jemand muss über sie wachen.« Noth biss die Zähne zusammen. Es fiel ihm ungewöhnlich schwer, die richtigen Worte zu finden. »Einer der Angreifer ist entkommen. Der Mann, der die Priesterin getötet hat. Wenn ich gehe, wird er mir folgen.«

»Du willst gehen?«, fragte Eranda und starrte ihn mit leerem Blick an.

»Noch heute Nacht«, bestätigte Noth. »Ich gehöre hier nicht hin. Das habe ich nie. Die Stadtwache sucht schon seit dem Tag, an dem ich hergekommen bin, nach einem Grund, um mich aus der Stadt zu vertreiben. Jetzt wird man mir die Schuld für das Massaker in der Kapelle in die Schuhe schieben, man wird mir alles anlasten. Aber ich möchte, dass ihr euch um Winter kümmert. Ihr seid jetzt alles, was sie noch hat.«

»Du bist ihr Mann.« Lians Augen blitzten auf. Den jungen Tiellaner hatte die Hochzeit schwer getroffen, und jetzt, da Noth Winter im Stich ließ, würde das Misstrauen des Jungen nur noch größer werden.

Aber Noth hatte keine Zeit, um ihm zu erklären, dass es keinen anderen Weg gab.

»Sie wird hier bei euch sicherer sein als bei mir. Soweit es mich betrifft, hat die Zeremonie niemals stattgefunden.« Lians Augen funkelten vor Zorn, aber Noth konnte ihm ansehen, dass er seiner Meinung war. Sein fehlender Widerspruch bestätigte das. Es schien, als hätte Noth die richtige Entscheidung getroffen.

»Werdet ihr das für mich tun?«, fragte er.

»Wir werden tun, was wir können«, versprach Darrin ihm. »Für sie.«

Das war gut genug. Noth wandte sich an Lian. Der Tiellaner starrte ihn noch einen Augenblick lang an, nickte dann aber doch.

»Wohin wirst du gehen?«, wollte Darrin wissen.

»Keine Ahnung«, behauptete Noth. Er musste sie anlügen, sie sollten ihm schließlich nicht folgen können. »Zuerst nach Cineste, aber danach … Ich weiß es noch nicht. Es ist das Beste, wenn ihr es ebenfalls nicht wisst.«

Bevor irgendjemand etwas sagen konnte, rüttelte es an der Tür. »Stadtwache!«, rief eine Stimme auf der anderen Seite, und Staub rieselte vom Türrahmen herunter.

Noth fluchte. »Tut, was ich sage, und keine Widerworte«, flüsterte er. Mit einer schnellen Bewegung hatte er Eranda vom Boden hochgehoben, ein Messer vom Tisch genommen und es ihr an die Kehle gedrückt.

Die Tür wurde aufgestoßen, und drei Wachen in Leder- und Kettenrüstungen stürmten mit Speeren und Knüppeln bewaffnet herein.

Noth blickte ihnen trotzig entgegen und hoffte, dass sein Trick funktionierte.

Einer der Wachleute grinste böse. »Bist du hergekommen, um die anderen auch noch umzulegen?« Er hatte ein breites, rundes Gesicht, das durch seinen dichten Bart noch plumper wirkte. »Ich kann nicht behaupten, dass uns das nicht entgegenkäme, aber du bist auch in den Mord an einer Priesterin verwickelt, und das können wir dir nicht durchgehen lassen.«

Lian wollte etwas sagen, aber Noth warf ihm einen wütenden Blick zu und drückte die Klinge fester an Erandas Hals, so dass etwas Blut hervorquoll. Er musste Erandas Augen nicht sehen, um zu wissen, dass sich darin echte Furcht spiegelte.

»Eine Bewegung und ich bringe sie um«, knurrte er Lian an.

Die Wachen waren langsam in den Raum getreten und versuchten, Noth zu umzingeln.

»Warum kommst du nicht einfach mit uns?«, schlug der bärtige Wachmann vor. »Lass dieses Elfenpack doch in Ruhe.«

Einer der anderen Männer kicherte. »Uns ist eigentlich egal, was aus ihnen wird. Wenn du das Weib tötest, ist uns das auch recht, aber dann bekommst du es mit ihrem Mann und mit uns zu tun. Es sieht nicht gut für dich aus, mein Freund.«

Noth sah sich wild um, ließ endlich das Messer sinken und schob Eranda in die Arme ihres Mannes. »Bringt mich hier raus«, murmelte er und versuchte, geschlagen zu klingen. »Diese Elfen stinken.«

Die Wachen umringten ihn und packten seine Arme. Noth warf Lian einen letzten Blick zu, der nickte kaum merklich, dann zerrten ihn die Wachleute nach draußen in den Schnee.

Noth wartete, bis sie weit genug von der Hütte entfernt waren, um jegliches Misstrauen gegen die tiellanische Familie im Keim zu ersticken. Es war noch immer dunkel, die Morgendämmerung würde erst in gut einer Stunde einsetzen, und der Schnee fiel friedlich in dicken Flocken zur Erde.

Zwei Dinge konnten Noth helfen. Das erste war der Schnee. Wenn es so weiterschneite, wären seine Spuren aus der Stadt hinaus bald nicht mehr zu sehen. Das zweite war die Tatsache, dass die Wachen ihn noch nicht gefesselt hatten. Sie zerrten Noth mit sich, wobei er je einen Mann an jedem Arm hatte, während der bärtige Kerl hinter ihm lief und ihm einen Speer gegen den Rücken presste. Ihr Fehler.

Noth stemmte die Füße gegen den Boden, und die Wachen blieben zusammen mit ihm stehen.

»Was zum …«

Schon hieb er seine Ferse mit aller Kraft auf die Kniescheibe des Mannes, der seinen rechten Arm festhielt. Der Knochen brach, und der Mann ließ Noth los und fiel schreiend in den Schnee. Noths Körper schien einfach zu wissen, was er zu tun hatte. Der Mann zu seiner Linken hatte ihn weiterhin fest im Griff, daher drehte sich Noth um und zerrte den Wachmann gerade noch rechtzeitig vor sich, damit er den Speerstoß des Bärtigen in den Rücken bekam. Die Wache, die Noth als Schild benutzt hatte, erschlaffte und sackte in den Schnee. Der bärtige Wachmann starrte seinen Kameraden, den er mit dem Speer aufgespießt hatte, ungläubig an.

Der Mann mit der zertrümmerten Kniescheibe schrie noch immer. Noth trat ihm ins Gesicht und brachte ihn so zum Schweigen. Schließlich wollte er nicht gleich die gesamte Stadtwache auf den Fersen haben, bevor er überhaupt aufgebrochen war.

Noth wich einem weiteren Angriff des Bärtigen aus, der mit dem Speer erneut zustach – aber er schien die Waffe nicht gewohnt zu sein, denn er verlor beinahe das Gleichgewicht. Geschickt näherte sich Noth dem Mann und schlug ihm mit der Handfläche ins Gesicht, wobei er dem Wachmann die Nase zertrümmerte. Dann duckte sich Noth, ging um den Kerl herum und hob einen Knüppel auf, den einer der anderen fallen gelassen hatte.

Man musste es dem Bärtigen zugutehalten, dass er ohne zu zögern erneut auf Noth losging. Noth parierte den Speerstoß mit seinem Knüppel, dessen Schwung ausreichte, um dem Bärtigen ins Gesicht schlagen zu können. Sofort fiel der Mann um und sagte keinen Ton mehr. Blut sickerte von seinem Kopf in den Schnee.

Noth hob den Speer auf. Er würde eine Wache am Leben lassen – den Mann, der nach dem Tritt das Bewusstsein verloren hatte –, damit dieser seine Beteiligung bestätigen und die Tiellaner von jeglicher Schuld freisprechen konnte. Die Speerspitze drang ohne Widerstand zwischen die Rippen der anderen beiden Wachen. Noth zögerte, aber nur für einen Augenblick. Ihn durchfuhr ein Schauder, als er die beiden Wachmänner tötete, dasselbe Gefühl, das er auch schon beim Töten der Männer aus Roden in der Kapelle gespürt hatte. Es machte ihm Angst, aber noch mehr fürchtete er sich, als ihm klarwurde, dass er dieses Gefühl unbedingt erneut erleben wollte. Er sehnte sich danach, auch diesen letzten Mann zu töten, ungeachtet der Konsequenzen. Noth stand zitternd da und war sich des dumpfen Schmerzes in seiner Schulter nur undeutlich bewusst.

Dann schleuderte er den Speer in den blutgetränkten Schnee und ging davon. Nach einigen Schritten krümmte er sich zusammen und erbrach sich.

KAPITEL 3

Winter starrte ins Feuer. Trotz der Hitze der Flammen und der dicken Wolldecke um ihre Schultern spürte sie nichts als Kälte. Eranda, die neben ihr saß, hatte einen Arm um Winters Schultern gelegt, aber die Geste fühlte sich kalt und starr an, als wäre der Arm ein erfrorener Ast mitten im Winter.

»Ich werde ihn suchen«, sagte Winter. Sie war sich nicht sicher, ob sie das schon einmal gesagt hatte oder ob die Worte nur wieder und wieder durch ihren Kopf gehallt waren. Nur am Rande bemerkte sie, wie Eranda und Darrin einander ansahen, bevor Darrin etwas erwiderte.

»Noth hat dir letzte Nacht das Leben gerettet. Vielleicht sogar uns allen. Aber er ist aus gutem Grund gegangen, Winter. Er ist gefährlich oder wird von sehr gefährlichen Menschen verfolgt. Wir haben das immer gewusst, auch wenn wir nie offen darüber gesprochen haben.«

»Sag das nicht«, flehte Winter. Sie wollte es nicht hören. Ihre Entscheidung war ohnehin gefallen.

»Winter«, versuchte es Darrin erneut, »er ist keiner von uns. Er ist kein …«

»Du sollst das nicht sagen«, wiederholte Winter. »Er ist das einzige Familienmitglied, das mir noch geblieben ist.«

»Das denkst du jetzt vielleicht«, schaltete sich Eranda ein, »aber wir sind für dich da. Wir sind von deiner Art. Noth war nur ein Mensch. Er hat nicht in unsere Welt gehört.«

Winter runzelte die Stirn und spürte, wie ein Teil der Kälte von ihr abfiel. Eranda hatte recht.

Und Noth ... Sie sagte sich immer wieder, dass er gute Gründe gehabt haben musste, um zu gehen, dass er nicht gegangen wäre, wenn es eine andere Möglichkeit gegeben hätte. Und doch nagte der Gedanke unablässig an ihr: Hatte er wirklich gehen *müssen?*

Oder war er einfach gegangen?

Er war schließlich ein Mensch. Vielleicht hätte Winter ihm nie vertrauen dürfen. Wieder starrte sie lange Zeit ins Feuer.

»Ihr habt recht«, meinte sie irgendwann. »Ich habe hier immer noch Freunde.« Sie versuchte sich an einem Lächeln. »Und ich brauche eure Hilfe.«

»Winter ...«, setzte Darrin an, aber sie unterbrach ihn.

»Ihr sollt mir nicht helfen, von hier wegzugehen«, versicherte sie ihnen, und Darrin entspannte sich sichtlich. »Bitte helft mir dabei, meinen Vater zu bestatten.«

Der Wind peitschte Winter das Haar ins Gesicht, während sie Lian und Darrin entgegensah, die den in Stoff eingeschlagenen Leichnam ihres Vaters über den Pier trugen. Eranda war mit ihren drei Kindern kurz zuvor eingetroffen und hatte eine Fackel mitgebracht.

Eigentlich hatte Winter geglaubt, sie könne helfen, Bahcs Leiche vorzubereiten, aber dann war es ihr sogar schwergefallen, sich ihm nur zu nähern. Sein Gesicht zu berühren und die kalte Haut zu spüren, war einfach unerträglich gewesen. Daher war Winter umso dankbarer, dass die anderen ihr bereitwillig geholfen hatten.

Hinter Winter schwankte die *Schmiedestochter* leicht auf dem Wasser am Pier, gefrorenes Holz an gefrorenem Holz. Selbst inmitten eines langen Winters fror der Golf von Nahl nie ganz zu.

In einer Hand trug Winter den Bogen, den ihr Vater ihr zu Beginn ihres dreizehnten Sommers geschenkt hatte. Das Fischen war ihr Beruf, das Jagen ihre Leidenschaft. Die Tage, die sie mit nichts als einer Decke unter sich und einem Bogen an ihrer Seite in der Wildnis verbrachte, fernab der Menschen, der Tiellaner und von allem anderen, schätzte Winter am meisten.

Sie hatte Lian losgeschickt, damit er Gord zur Bestattung einlud, aber dessen Verletzungen waren einfach zu schwer. Winter dachte nur ungern an Gord, der verletzt und allein in seinem kleinen Haus saß. Die Schuldgefühle, die sie wegen der Ereignisse empfand, waren so unausweichlich wie der Sonnenaufgang und so beständig wie ein Flusslauf.

Lian und Darrin nickten beide respektvoll, als sie an ihr vorbeigingen, und Winter bedeutete ihnen, ihren Vater auf ein kleines Segelboot zu legen, das neben der *Schmiedestochter* vertäut war. Auf diesem Boot hatte ihr Bahc das Segeln beigebracht. Winter hatte kurz überlegt, ob sie ihn auf seinem Fischerboot beisetzen sollte, aber sie wusste, dass sie das den anderen nicht antun konnte. Die *Schmiedestochter* bedeutete zu viel für die Gemeinde.

Vorsichtig betraten Lian und Darrin das Boot und legten Bahcs Leiche in die Nähe des Ruders. Dann drehten sie sich um und sahen Winter an.

»Setzt das Segel.« Der Wind schien Winters Stimme weit zu tragen.

»Kommst du nicht an Bord, Winter?«, fragte Darrin.

Winter schüttelte den Kopf. Sie hatte ihnen nicht verraten, was sie vorhatte, und sie war sich auch nicht sicher, ob die anderen es gutheißen würden. Zuerst hatten alle geglaubt, sie wollte ihren Vater nach cantischer Tradition in der Erde in der Nähe der Kapelle begraben und eine Steinstatue von ihm auf das Grab stellen, um ihn vor der Unterwelt zu schützen. Sie würden Dent auf jeden Fall in den nächsten Tagen dort begraben, falls die Menschen das erlaubten. Aber Winter, der immer noch übel wurde, wenn sie an diesen verdammten Ort nur dachte, würde nie wieder in seine Nähe gehen. Ihr Vater würde unter den Wellen bestattet werden, wie es bei den Tiellanern des Meeres einst Brauch gewesen war.

»Hebt den Anker und macht die Leinen los«, verlangte Winter, die wegen des Windes fast schon schreien musste. Während die anderen mit der Leiche beschäftigt gewesen waren, hatte sie den Schiffsrumpf mit so viel Öl getränkt, wie sie finden konnte.

Darrin kam dem Befehl nach, aber Lian stand da und starrte sie an. »Willst du das wirklich?«

»Tut es.« Winter versuchte, stark zu sein. »Bitte.«

Lian sah sie noch einen Augenblick lang an, während sein Atem weiße Wölkchen in die Luft schickte. Dann drehte er sich um und half Darrin mit dem Anker.

»Kappt die Taue«, befahl Winter, als die beiden wieder auf dem Pier standen.

Die beiden Tiellaner kamen der Aufforderung nach und schnitten mit ihren Dolchen die gefrorenen Taue durch, mit denen das Boot am Pier vertäut war. Kleine Eiszapfen fielen von den Tauen herunter, als diese an den Rumpf schlugen, zerbrachen und stürzten ins Meer.

Die Gruppe stand schweigend da und beobachtete, wie das Boot auf das graue Wasser hinaussegelte. Außer dem jaulenden Wind war kein einziges Geräusch zu hören.

»Möge Canta ihn nach Hause geleiten«, flüsterte Eranda.

»Canta ist tot«, sagte Winter. Dann hob sie den Bogen und berührte mit einem in Öl getränkten Pfeil die Fackel, die Eranda hochhielt. Der Pfeil fing Feuer, und Winter legte ihn an die Sehne und zielte.

Als sie ihn abschoss, sauste der Pfeil durch die Luft und zog eine grelle orangefarbene Linie vor dem grauen, trostlosen Himmel. Er stürzte ein halbes Dutzend Spannen vom Boot entfernt ins Meer.

Winter fluchte, und ihre Augen brannten. Sie zog einen weiteren Pfeil hervor und zündete ihn an. Aber dieser fiel noch weiter vom Boot entfernt ins Wasser als der erste.

Wieder nahm Winter einen brennenden Pfeil und schoss ihn ab. Auch diese Flammen erloschen im Meer. Der Wind trug die Pfeile mit sich, aber das war keine Entschuldigung. Sie hätte eigentlich in der Lage sein müssen, den Wind mit einzuberechnen und ihr Ziel dennoch zu treffen. Schließlich hatte ihr Vater ihr genau das beigebracht.

Schon bald würde das Boot außer Reichweite sein. Winter kämpfte gegen die Panik an, die in ihrer Brust aufstieg, und gegen die Scham, die sie erröten ließ, und schoss weiter.

Mit dem sechsten oder siebten Pfeil traf Winter endlich ihr Ziel. Der Pfeil schlug im Bug des Schiffes ein, und innerhalb von Sekunden stand das gesamte Boot in Flammen.

Alle wollten daran glauben, dass Canta sie vor der Unterwelt retten könnte. Sie wollten glauben, dass es in diesem Leben mehr gab, dass etwas von ihnen in Cantas Praeclara weiterexistierte. Aber als Winter mit ansah, wie das Boot ihres Vaters auf dem Wasser brannte, erkannte sie die Wahrheit. Es gab nur dieses Leben und die Unterwelt. Das war alles.

Sie würde sich selbst nie wieder so belügen.

Winter zuckte zusammen, als jemand die Arme um sie legte, und bemerkte erst in diesem Augenblick, dass sie leise schluchzte und in der Kälte wie Espenlaub zitterte. Es gelang ihr nicht, den Blick von dem brennenden Boot abzuwenden, das allein auf dem weiten, ruhigen Meer dahintrieb.

»Du hast immer noch vor, ihm zu folgen, nicht wahr?«, fragte Darrin Stunden später, als sie wieder in der Hütte seiner Familie saßen.

Winter nickte und zerrte an einem der Riemen des Rucksacks, der vollgepackt war mit Kleidungsstücken, Lebensmitteln, einer Decke und der Hälfte des Geldes, das sie besaß. Des Geldes, das ihrem Vater gehört hatte.

Das restliche Geld, das ihr Vater gespart und nicht für die Hochzeit ausgegeben hatte, hatte sie Darrin und Eranda gegeben. Ihnen hatte sie auch das Fischerboot überlassen. Sie wusste nicht, ob Darrin und Lian eine neue Mannschaft zusammenstellen konnten, selbst wenn Gord sich wieder erholte, aber es war das mindeste, was sie tun konnte. Die Menschen in Pranna würden sie nicht unterstützen.

»Du lässt dich nicht aufhalten, oder?«, wollte Darrin wissen.

»Nein«, antwortete Winter. »Mich kann niemand aufhalten.« Sie verspürte einen Stich, weil sie diese Familie verließ, die doch immer so gut zu ihr gewesen war. Aber sie wusste, dass sie nicht bleiben konnte. Sie hatten sie freundlich behandelt, aber es war nie ihre richtige Familie gewesen. Selbst wenn sie Noth niemals fand, musste sie dennoch gehen. Hier gab es zu viel, das sie für immer heimsuchen würde.

»Warum tust du das, Winter?«, fragte Eranda, die in der Nähe des Feuers saß und den schlafenden Tohn in den Armen hielt.

»Er ist mein Mann. Wir haben die Eide gesprochen.« Sie sah Eranda in die Augen. »Ein Tiellaner bricht niemals seinen Schwur.«

Eranda sah sie fragend an. »Seit wann scheren dich die tiellanischen Traditionen?«

Winter runzelte die Stirn. Eranda hatte recht, die Traditionen waren ihr immer fremd gewesen. Aber diese Dickköpfigkeit lag ihr im Blut. Noth hatte sie verlassen. Möglicherweise wollte er sie so beschützen, vielleicht hatte er sie auch einfach nicht mehr ertragen. Doch das alles war völlig ohne Belang. Sie hatte nicht vor, ihn so leicht davonkommen zu lassen.

Sie fühlte sich ihm verpflichtet. Und sie empfand etwas für Noth, das ließ sich nicht leugnen. Aber vor allem musste sie gehen. Ihr wurde klar, dass sie nicht Noth folgte, sondern vielmehr das, was von ihrem alten Leben übrig war, hinter sich ließ. Jetzt, da ihr Vater tot war, hielt sie hier nichts mehr. Sie hatte Pranna schon immer verlassen wollen, um die Welt zu sehen. Sie hatte sich immer nach mehr gesehnt, als diese Stadt ihr geben konnte.

Aber das konnte sie Darrin und Eranda nicht sagen. Die beiden würden sich mehr von ihrem Verantwortungsgefühl beruhigen lassen als von irgendwelchen obskuren Wünschen.

Lian betrat die Hütte, in warme Wolle und Felle gehüllt, und hatte sich ein ledernes Bündel über eine Schulter geworfen. Sein breitkrempiger *Araif* saß ein wenig schief auf seinem Kopf. Winters Blick ruhte kurz auf dem Dolch und dem kurzen Jagdmesser, die in seinem Gürtel steckten, und sie dachte an ihren Bogen und den Köcher, die sie mitnehmen würde.

»Was ist?«, fragte er, als er bemerkte, dass sie ihn anstarrte. »Du gehst auf keinen Fall allein. Und glaub ja nicht, dass du mich davon abbringen könntest.«

Unvermittelt musste Winter lächeln. Sie musste gehen, wollte es sogar, aber in ihrem tiefsten Inneren hatte sie große Angst davor gehabt, allein nach Cineste zu reisen – wo Noth angeblich zuerst hinwollte. Sie hatte schließlich keine Ahnung, was sie tun oder wie sie Noth finden sollte. Außerdem fürchtete sie, dass sie erstarren würde, sobald sie auf irgendeinen Menschen traf.

»Ich werde deine Gesellschaft wohl aushalten müssen«, entgegnete sie und versuchte, sich ihre Erleichterung nicht anmerken zu lassen. Ebenso wie ihre Überraschung. Lian liebte Pranna und hatte die Vorstellung, den Ort irgendwann verlassen zu müssen, kaum ertragen. Das war einer der vielen Gründe gewesen, aus denen ihre Beziehung zum Scheitern verurteilt gewesen war.

»Da ist noch Eintopf im Kessel, Lian. Greif zu«, forderte Eranda ihn auf. Sie wiegte Tohn hin und her, und ihr Stuhl knarrte. »Wir haben darauf bestanden, dass Winter noch etwas Warmes isst, bevor sie aufbricht. Dasselbe gilt auch für dich.«

»Das Angebot nehme ich dankend an«, erwiderte er lächelnd. »Für eine warme Mahlzeit ist immer Platz.« Er zog seinen langen Mantel aus Robbenhaut aus, nahm sich etwas Eintopf und setzte sich.

Winter sah Eranda an, und die nickte. »Darrin, Schatz, hilfst du mir, die Kinder ins Bett zu bringen?«

Darrin wollte schon protestieren, aber ein Blick seiner Frau reichte, um ihn zum Schweigen zu bringen. »Aber natürlich, ’Anda.« Er half ihr beim Aufstehen. »Ich bin auch schon ziemlich müde.« Sie gingen leise ins Nachbarzimmer.

Winter und Lian waren allein.

»Danke«, murmelte Winter, als sie nebeneinander am Feuer saßen.

»Wofür?«

»Lass diese Spielchen«, schimpfte sie und sah ihn ernst an. »Das ist mein Ernst. Dafür, dass du heute Morgen für mich da gewesen bist, mir mit meinem Vater geholfen hast, dass du jetzt für mich da bist … Danke.«

Lian nickte und schluckte schwer. »Dank mir noch nicht«, meinte er und schaute sie an. Seine Augen waren nicht so dunkel wie ihre, sondern eher grau, aber Winter hatte sie schon immer gemocht.

Sie erwiderte nichts, und eine Zeitlang saßen sie schweigend da.

»Dir ist doch klar, dass das verrückt ist?«, fragte Lian schließlich und sah sie ruhig an. Winter schnaubte und schlug ihm auf den Arm, so dass er zusammenzuckte und sich mit Eintopf bekleckerte.

»Ja«, gab sie dann zu. »Das weiß ich.«

»Warum tust du es dann?«

»Weil es das Einzige ist, das mir noch geblieben ist«, erklärte Winter und war erstaunt, wie gut es tat, die in ihr brodelnden Gefühle endlich in Worte zu fassen. »Ich kann hier nicht mehr länger bleiben.«

»Warum nicht?«, hakte er nach.

»Ich habe es dir doch eben gesagt, Lian. Hier gibt es nichts mehr für mich.«

»Ich werde immer für dich da sein«, versicherte er ihr. Sie sah ihn an. Das Feuer warf flackernde Schatten auf sein Gesicht. Winter schüttelte nur den Kopf. Sie hatte Lian früher einmal geliebt, aber so empfand sie seit Jahren nicht mehr für ihn. Er war ein guter Mann und ein guter Freund, aber er war nicht das, was sie wollte.

»Denk doch mal darüber nach«, bat er sie, stellte seine Suppenschale ab und nahm ihre Hände. »Wir könnten das Fischerboot deines Vaters übernehmen. Kinder haben und zusammen alt werden. Wir könnten glücklich sein, Winter. Das könnten wir wirklich, da bin ich mir ganz sicher.«

»Das gehört zu den Dingen, die du nie verstanden hast«, erwiderte Winter. »Ich wollte nie hier in Pranna bleiben. Nicht mit dir, nicht mit Noth, mit niemandem. Und jetzt, wo Papa fort ist ... Jetzt gibt es keinen Grund mehr für mich, so zu tun, als würde ich das wollen.«

Sie drückte seine Hände und entzog sich ihm dann. Wie sollte sie ihm erklären, dass sie nie das Gefühl gehabt hatte, wirklich nach Pranna zu gehören?

Lange schwiegen sie beide.

Irgendwann stand Winter auf. »Wir brechen sehr früh auf, noch vor Einbruch der Dämmerung«, erklärte sie und nickte in Richtung Hinterzimmer. »Ich möchte keinen Abschied voller Tränen. Die Kinder würden es sowieso nicht verstehen.« *Außerdem habe ich in den letzten beiden Tagen so viele Tränen vergossen, dass es für zehn Lebenszeiten reicht. Ich weiß nicht, ob ich über-*

haupt noch welche in mir habe, dachte sie, sprach es aber nicht aus.

Als Lian nicht antwortete, wurde Winter mulmig zumute. Furcht stieg in ihr auf, aber sie zwang sich, sie zu ignorieren.

»Natürlich nur«, fügte sie vorsichtig hinzu, »falls du mich noch immer begleiten willst. Ich verstehe es, wenn du deine Meinung geändert hast. Auch wenn ich gehe, kannst du hier noch ein gutes Leben haben.«

»Ich werde mit dir gehen, Prinzessin«, stellte er klar und starrte ins Feuer. Winter spürte, wie sie rot wurde. Lian hatte sie schon so genannt, als sie noch Kinder gewesen waren. »Aber ich tue das nur für dich. Nicht für ihn. Mir ist völlig gleichgültig, ob du ihn findest oder nicht.«

»Verstehe«, erwiderte Winter.

Als sich Lian zu ihr umdrehte, sah sie ihm an, dass er mit Widerworten gerechnet hatte.

»Was ist? Du hast auch manchmal recht.« Sie versuchte sich an einem Lächeln.

KAPITEL 4

Navone, Nördliches Khale

Cinzia Oden stand zum ersten Mal seit sieben Jahren vor der Tür des Hauses, in dem ihre Familie lebte. Ein seltsames Gefühl war in ihr aufgestiegen, als sie Triah vor Wochen verlassen hatte, und es war während ihrer Reise gen Norden stetig gewachsen. Beim Betreten ihrer Heimatstadt Navone an diesem Morgen hatte es sie schließlich vollkommen erfüllt, und erst da hatte sie verstanden, dass es Furcht war. Sie hätte nie geglaubt, dass es so schwer werden würde, nach Hause zu kommen.

Natürlich war sie auch nicht davon ausgegangen, dass sie heimkommen würde, weil ihre Schwester angeblich eine der gefährlichsten ketzerischen Bewegungen seit Einsetzung des Parlaments gegründet hatte.

Sie zog einen Handschuh aus und berührte die mit Schnitzereien verzierte Eichentür, an die sie sich noch gut aus ihrer Kindheit erinnerte und die nun abgenutzt und verwittert war. Unter ihren Fingern spürte sie das Holz, das sich glatt und kalt anfühlte. Die Schnitzerei zeigte Cantas erste Predigt, und die lauschenden Gestalten waren gesichtslos mit Ausnahme der neun weiblichen Figuren in der Ecke, die für die Frauen standen, aus denen später die Neun Elevinnen wurden. Eine von ihnen war Cinzias Namensgeberin. In Khale wurden erstgeborene Töchter traditionell nach einer der Neun benannt. Ihr Vater hatte dafür gesorgt, dass die Elevin auf der Tür Cinzia sehr ähnlich sah.

Cinzia erinnerte sich noch gut daran, wie sie ihrem Vater bei den Schnitzarbeiten geholfen hatte, ebenso wie an den Geruch des frisch bearbeiteten Holzes. Sie wusste auch noch genau, wie sie mit ihrer Mutter und ihren Geschwistern in die Kathedrale von Ocrestia gegangen war und wie ihr Vater ihnen zum Abschied lächelnd zugewinkt hatte. Und sie erinnerte sich daran, wie Jane, die Schwester, der sie sowohl vom Alter als auch vom Temperament her immer am nächsten gestanden hatte, geweint hatte, als Cinzia nach Triah aufgebrochen war.

Sie erschauderte und zog ihren Umhang enger um ihre Schultern. Dann sah sie ihre Göttinnenwache an, Kovac, der an ihrer Seite stand. »Das ist mein Zuhause«, sagte sie, um das Unausweichliche noch etwas länger hinauszuzögern. »Hier bin ich aufgewachsen.«

»Das ist ein wunderschönes Haus, Priesterin«, erwiderte Kovac.

»Das ist es in der Tat«, flüsterte Cinzia.

Jetzt tu es endlich! Aber noch bevor sie anklopfen konnte, wurde die Tür aufgerissen und jemand rief: »Und vergiss nicht, dass du vor dem Mittagessen wieder da sein musst!«

Plötzlich stand Ader im Türrahmen, ihr jüngster Bruder, das jüngste Mitglied ihrer Familie. Er war jetzt natürlich größer, und sein einstmals hellblondes, fast schon weißes Haar war nachgedunkelt. Doch er hatte noch immer dasselbe lange, knochige Gesicht und den gleichen breiten Mund, der so gern lächelte.

»Hallo, Ader«, sagte Cinzia und spürte, wie ihre Angst

sie zu überwältigen drohte. Er starrte sie einen Augenblick lang mit leerem Blick an, musterte dann erst ihre Trinacrya, dann Kovac und erneut ihre Trinacrya.

Endlich lächelte er.

»Mutter«, rief er über die Schulter. »Cinzia ist zu Hause!«

Im Inneren des Hauses war es warm, und sie wurde in einem Wirbel aus Gesichtern, Umarmungen, Gelächter und Tränen begrüßt. Sie war als Zweitälteste von neun Kindern aufgewachsen. Ihr ältester Bruder war gestorben, als Cinzia gerade einmal elf Jahre alt gewesen war, so dass sie von da an die Älteste gewesen war. Ihre Familie war groß, stand sich aber sehr nahe.

Cinzia zog irritiert die Augenbrauen hoch, als ihre Mutter den Tee servierte. Die Geste war ihr nach der langen, kalten Reise sehr willkommen, aber während ihrer Kindheit hatten stets die Dienstboten derartige Aufgaben übernommen. Seit dem Betreten des Hauses hatte sie keinen einzigen von ihnen gesehen, und sie nahm sich vor, sich später danach zu erkundigen.

Nachdem sich alle wieder beruhigt hatten, wurden Cinzia und Kovac in den Salon gebeten, wo ihre jüngeren Brüder die gepolsterten Stühle und mit Schnitzereien verzierten Bänke ignorierten und sich auf dem Boden niederließen. Ader war geblieben, anstatt wegzugehen, wie er es vorgehabt hatte. Eward, der Älteste der Brüder, stand mit vor der Brust verschränkten Armen da und starrte sie mit durchdringendem Blick an. Cinzia bemerkte, dass jemand fehlte.

»Wo ist Jane?«, erkundigte sie sich.

Ihre Eltern schauten einander an. Ihr Alter machte sich langsam bemerkbar und war ihnen deutlicher anzusehen als in Cinzias Erinnerung. Ehrams Haar war seit jeher schütter gewesen, inzwischen jedoch vollständig ausgefallen, und seine Kopfhaut glänzte. Selbst das sonnenblonde Haar ihrer Mutter wirkte blasser als früher.

»Jane hatte heute Abend … etwas zu erledigen«, antwortete ihr Vater ausweichend und sah weiter ihre Mutter an.

Cinzia schaute zwischen den beiden hin und her. Ihre Schwester hatte etwas zu erledigen? Ihr war völlig schleierhaft, worum es dabei gehen könnte. Jane war in ihrem einundzwanzigsten Jahr und somit zwei Jahre jünger als Cinzia. Alt genug, um sich mit jungen Männern zu treffen, auf Feste zu gehen und sogar über eine Ehe nachzudenken. Aber das war auch schon alles, was ihre Schwester »zu erledigen« haben konnte.

Es sei denn, es hatte etwas mit den Gerüchten zu tun.

Cinzia wollte schon nachfragen, als sie hörte, wie die Haustür ins Schloss fiel und Schritte die Stufen heraufkamen.

»Nun«, meinte Ehram lächelnd, »es scheint, sie ist wieder hier.« Er sah erleichtert aus. »Jane«, sagte er laut, als eine Frau an der Salontür vorbeihuschte und ihr langes blondes Haar hinter ihr herwehte, »hier ist jemand, den du bestimmt begrüßen möchtest.«

»Einen Moment, Vater.«

Cinzia spürte Sehnsucht in sich aufsteigen, als sie die Stimme ihrer Schwester hörte, und ihr war, als fülle sich eine Leere in ihr, die sie vorher gar nicht bemerkt hatte. Die Angst, die sie vor der Tür gespürt hatte, war im Schoß ihrer Familie verflogen, die sie weder vergessen hatte noch ihr die lange Abwesenheit nachzutragen schien. Doch als Cinzia sich jetzt fragte, was Jane nach all den Jahren von ihr denken würde, streckte die Furcht erneut ihre Finger nach ihr aus.

Oder auch bei dem Gedanken daran, was ihre Schwester über sich selbst dachte, das war vielleicht noch wichtiger. Es war schließlich eine beachtliche Leistung, einen religiösen Aufstand anzuzetteln, der sogar die Aufmerksamkeit der Hohen Kamarilla erregte.

»Hallo, Janey«, hörte sich Cinzia sagen. Der Name klang ungewohnt auf ihren Lippen, dabei hatte sie ihre Schwester seit ihrer Kindheit so genannt.

Die Gestalt im Gang erstarrte. Einen Moment lang herrschte Schweigen, und es war, als würden alle die Luft anhalten. Dann streckte Jane den Kopf ins Zimmer.

Sie riss die Augen auf, als sie Cinzia erblickte. Sofort breitete sich ein Lächeln auf Janes Gesicht aus, doch Cinzia zweifelte an dessen Aufrichtigkeit. Jane ließ ihr wohlklingendes Lachen ertönen und lief auf Cinzia zu. Cinzia erhob sich, und die Schwestern fielen einander in die Arme.

Cinzia holte tief Luft. Die Spannung zwischen ihr und Jane war fast schon greifbar. Warum sollte es auch anders sein? Cinzia war eine cantische Priesterin und Jane eine Ketzerin. Da musste es wohl oder übel Differenzen geben.

Dennoch empfand Cinzia eine starke Zuneigung zu Jane.

»Du hast mir gefehlt, Schwester«, flüsterte ihr Jane ins Ohr.

»Du mir auch.«

Sie verharrten kurz in den Armen der anderen, und Cinzia wollte ihre Schwester gar nicht mehr loslassen. Wenn sie das tat, musste sie sich der Wirklichkeit stellen.

Endlich lösten sie sich ganz langsam voneinander und sahen sich an.

Jane war jetzt eine Frau, das ließ sich nicht leugnen. Sie hatte das hellblonde Haar ihrer Mutter geerbt, als einzige der Töchter, ebenso wie deren blassblaue Augen. Inzwischen war Jane eine knappe Spanne größer als Cinzia, was allerdings nicht besonders schwer war, da diese Ader gerade so überragte. Ihre Eltern hatten immer ihre Späße darüber gemacht, dass sie der Zwerg der Familie sei.

Als Cinzia das schlichte Kleid aus gewebter Wolle ohne Stickereien oder Verzierungen an Jane sah, wurde sie sich der purpurnen und elfenbeinfarbenen Falten ihres cantischen Kleides überdeutlich bewusst, auf dessen Brust ineinander verschlungen ein gold-silbernes Dreieck und ein Kreis gestickt waren. Dieses Symbol, auch Trinacrya genannt, war das bekannte Wappen des Cantizismus, das sie heute zum ersten Mal verlegen machte.

Ihre Familie hatte nie unter Geldmangel gelitten. Ehram war zwar nicht in den Adelsstand hineingeboren worden, aber Pascia hatte sich trotz seiner niederen Geburt in ihn verliebt, und während sein Handwerk als Holzverarbeiter zwar erfolgreich war, hatten sie sich dank der Ländereien ihrer Familie, die sie verwaltete, immer alles leisten können. Nichtsdestotrotz hatten Ehram und Pascia stets auf eine ruhige Bescheidenheit sowohl im Auftreten als auch Benehmen bestanden. Cinzia und das verzierte cantische Gewand ihrer Göttinnenwache entsprachen nicht diesen Regeln, und sie spürte den Gegensatz überdeutlich, als sie jetzt neben ihrer Schwester stand. Auch das verstärkte ihre Sorge. Es war ein weiterer Punkt, in dem sie miteinander wetteiferten, ob nun bewusst oder nicht.

Und doch glichen sich ihre Gesichter trotz all der

Unterschiede. Man hatte sie schon häufig gefragt, ob sie Zwillingsschwestern wären. Als sie ihre Schwester nun anschaute, glaubte Cinzia beinahe, in einen Spiegel zu blicken, da sie beide dieselben hohen Wangenknochen und vollen Lippen hatten. Ihre Haar- und Augenfarbe unterschied sich natürlich, aber abgesehen davon sahen sie gleich aus.

»Ich muss dir so viel erzählen«, sagte Jane, deren Augen funkelten, wie es auch die ihrer Mutter immer taten, wenn sie aufgeregt war.

Cinzia war sofort wieder ernüchtert und dachte daran, was sie überhaupt erst nach Navone geführt hatte.

»Aber zuerst«, fuhr Jane fort und deutete auf Kovac, »stell mich doch bitte diesem gutaussehenden jungen Mann vor, den du mitgebracht hast. Ich weiß ja, dass es den Priesterinnen nicht gestattet ist, zu heiraten, daher musst du entweder eine gute Erklärung vorbringen oder …«

Cinzia errötete. Jane war schon immer frech und zum Kokettieren aufgelegt gewesen. Sie sah aus dem Augenwinkel, wie Kovac verlegen von einem Fuß auf den anderen trat, wobei sein Kettenhemd leise klirrte.

»Das ist Kovac«, stellte Cinzia ihn vor. »Meine Göttinnenwache.«

Kovac war schweigend an ihrer Seite geblieben, als sie das Haus betreten hatte, um sich nur auf Aufforderung leise vorzustellen. Nun bemerkte Cinzia, dass sich seine Wangen leicht gerötet hatten. Die Worte ihrer Schwester mussten einen Nerv getroffen haben. Kovac hatte seinen vierzigsten Sommer bereits hinter sich. Sein Bart, in den sich graue Haare mischten, war kurz gestutzt, und rund um seine blauen Augen zeichneten sich kleine Fältchen ab.

»Freut mich, Euch kennenzulernen«, sagte Jane und grinste Kovac an, der leicht den Kopf neigte.

»Ich kann es noch immer nicht glauben, dass unsere Tochter zu Hause ist«, rief Pascia, der noch immer Tränen der Wiedersehensfreude in den Augen standen.

»Endlich zu Hause«, fiel ihr Vater ein. Dann räusperte er sich, und Cinzia war erneut überrascht, wie leicht sie in die alten häuslichen Gewohnheiten zurückfiel. Wenn sich Ehram räusperte, dann hatte man zuzuhören. Cinzia drehte sich zu ihm um und spürte, wie Jane die Finger mit ihren verschränkte. Anspannung breitete sich aus, und Cinzia fragte sich, ob der Rest der Familie das ebenfalls spüren konnte. Aber sie drückte dennoch Janes Hand, da ihre Verbindung alles andere überwog.

»Dich wieder in unserem Heim zu haben, Cinzia, macht uns glücklicher, als wir es uns vorstellen konnten«, sagte ihr Vater. »Zu sehen, dass es dir so gutgeht und dass du derart erfolgreich bist, erfüllt uns mit Stolz. Aber Priesterinnen verlassen nicht grundlos ihre Gemeinden, und obschon wir von deiner Liebe zu uns wissen, kann dein Eintreffen nicht nur auf deiner Zuneigung zu uns beruhen.« Er machte eine Pause und warf Kovac einen kurzen Blick zu.

Cinzia verstand. »Mach dir keine Sorgen, Vater«, versicherte sie ihm. »Kovac ist vertrauenswürdig.«

»Gehen wir recht in der Annahme, dass du etwas über die Geschehnisse hier in Navone gehört hast?«, wollte Ehram wissen.

Als Cinzia nickte, umklammerte Jane ihre Hand fester. »Die Kunde hat sich verbreitet. Die Hohe Kamarilla wird etwas unternehmen, ich weiß nur nicht, wann.« Sie hielt inne. Es fiel ihr schwerer als erwartet, ihrer Familie diese Nachricht zu überbringen. Sie hatte mit sich gerungen, ob sie überhaupt kommen sollte, schließlich war ihr Glaube etwas, das nur sie betraf. Sie glaubte an Canta und die Denomination. Die Berichte über die Ketzerei in ihrer Heimatstadt hatte sie kaum glauben können.

»Ich weiß nicht genau, was hier vor sich geht, aber den Gerüchten zufolge könnten einige von euch in die Geschehnisse verwickelt sein. Doch ich bin aus zwei Gründen hergekommen. Ich will herausfinden, was hier wirklich vor sich geht.« Sie hielt inne und wusste nicht, was sie als Nächstes sagen sollte. Am besten war sie ehrlich und direkt.

»Und ich möchte euch warnen. Die Hohe Kamarilla scheint genug zu wissen, um eine Heilige Hexenjägerin nach Navone zu schicken, die von einer ganzen Kompanie Göttinnenwachen und der Söhne von Canta eskortiert wird.«

Einige der jüngeren Kinder keuchten auf. Cinzias Eltern, Jane und Eward verzogen keine Miene. Sie nickten nicht einmal. Cinzia versuchte, nicht darüber nachzudenken, was das zu bedeuten hatte. Im Allgemeinen reichte die bloße Erwähnung einer Heiligen Hexenjägerin aus, damit einem ein Schauder über den Rücken jagte.

Sie seufzte. Ungeachtet der Reaktion ihrer Familie war sie froh, das ausgesprochen zu haben, was ihr schon seit zu langer Zeit schwer auf der Seele lag. Aber dadurch allein änderte sich nichts. Jane drückte weiterhin fest ihre Hand.

Endlich ergriff Ehram das Wort. »Wir wussten, dass dieser Tag kommen würde«, sagte er. Cinzia spürte, wie ihr vor Zorn das Blut in die Wangen schoss. Konnte es tatsächlich wahr sein? Hatte ihre Familie etwas damit zu tun?

»Wir haben darüber gesprochen, was wir tun, wenn dieser Tag einmal kommt. Jetzt müssen wir unsere Pläne in die Tat umsetzen.« Cinzia bemerkte, dass alle Familienmitglieder nickten. Ewards Miene wirkte wie versteinert. Selbst die Kinder sahen ihren Vater mit weit aufgerissenen Augen, aber entschlossen an.

Bei der Göttin, dachte sie, *es ist wahr. Hier geht fürwahr irgendetwas vor sich.* Gehörte sie einer Familie von Ketzern an?

Wenn diese Leute Ketzer waren, konnte sie sie dann wirklich noch als ihre Familie betrachten?

»Jane«, sagte Ehram, »es ist deine Entscheidung, aber ich denke, jetzt wäre ein guter Zeitpunkt, um deiner Schwester zu erklären, was du in den letzten Jahren getan hast.«

Cinzia sah ihre Schwester fassungslos an. »Die letzten Jahre?« Erneut wurde sie beinahe von ihrer Angst übermannt.

Jane nickte. »Ja, Vater. Es ist Zeit.«

»Bei Cantas Atem«, erklärte Ehram, »mir war ganz entfallen, wo du heute Abend gewesen bist. Hattest du Erfolg?«

»Oh, ja«, bestätigte Jane lächelnd. »Und es wäre ein guter Anfang, Cinzia einfach zu zeigen, was ich heute gefunden habe.«

KAPITEL 5

Cineste, Nördliches Khale

Ich kann dich nicht dazu überreden, deine Meinung noch einmal zu überdenken?« Ildur hatte ihm diese Frage nun schon zwei oder drei Mal gestellt. Der alte Mann hatte auf ihrer Reise über die schneebedeckten Felder zwischen Pranna und Cineste eine gute Figur gemacht, hier, in den Straßen der Stadt, wirkte er fehl am Platz.

»Nein«, antwortete Noth.

»Zu schade. Ich könnte ein paar Hände wie die deinen gut gebrauchen. Jemanden, der mit Tieren umgehen kann. Der kämpfen kann. Eine Karawane stößt unterwegs immer wieder auf irgendwelche Hindernisse.«

Noth hatte sich Ildurs Karawane auf dem Weg nach Cineste angeschlossen. Sie hatten ihn inmitten eines Wintersturms gefunden – bei dem Schnee und Eis so rasend schnell durch die Luft wirbelten, dass man sich die Haut daran aufschneiden konnte – und ihm Unterschlupf gewährt. Rasch hatten sie gemerkt, dass er sich nützlich machen konnte. Er hatte Ochsen geführt, Vorräte auf- und abgeladen und sogar die Tiere gelenkt, die die drei Wagen zogen. Es fiel Noth ebenso leicht wie die Arbeit auf Bahcs Fischerboot oder wie das Töten.

Ildurs Bemerkung überraschte ihn jedoch, er hatte seit seinem Aufbruch in Pranna mit niemandem mehr kämpfen müssen.

»Ich kann nicht bleiben, Ildur. Tut mir leid.« Noth hätte Ildurs Karawane sehr gern weiter begleitet, aber sie reisten weiter nach Süden in Richtung Triah, während es Noth in die entgegengesetzte Richtung zog. Die Männer, die sie bei der Hochzeit angegriffen hatten, stammten aus Roden, und Noth fühlte sich auf unerklärliche Weise von diesem Ort angezogen. Er hoffte sehr, dort Antworten zu finden. Schließlich hatte er Pranna verlassen, um Winter zu schützen, und er musste mehr über seine Vergangenheit in Erfahrung bringen, bevor er erneut andere in Gefahr brachte.

Ildur nickte. »Wie du meinst, Junge.« Dann nahm er einen kleinen Beutel vom Gürtel und reichte ihn Noth. »Als Entschädigung. Du hast weitaus mehr als Kost und Logis bezahlt mit allem, was du für uns getan hast.«

Noth wollte eigentlich kein Geld von Ildur annehmen, der selbst kein reicher Mann war, aber er tat es dennoch. Er musste praktisch denken und war in Pranna aufgebrochen, ohne etwas von Wert bei sich zu haben.

»Danke«, sagte er und hoffte, Ildur hörte die Aufrichtigkeit in seiner Stimme.

»Das ist keine milde Gabe, Junge, sondern eine Bezahlung. Du hast sie dir verdient.« Ildur streckte den linken Arm aus. In khalischer Tradition zeigte man seinem Gegenüber auf diese Weise, dass man ihm nichts Böses wollte, dass man ein Freund war. Noth packte ihn mit der linken Hand.

»Mein Angebot steht, falls du je Geldsorgen haben solltest«, rief ihm Ildur über die Schulter hinweg zu, während er auf seine Karawane zuging. »Wir können immer Hilfe gebrauchen.«

Noth nickte, während er der Karawane nachsah, die

bald auf der überfüllten Straße verschwand, aber Ildur drehte sich nicht mehr um.

Er seufzte schwer. Vor ihm lag eine lange Reise, und er würde den Großteil der Strecke, wenn nicht gar den ganzen Weg, zu Fuß zurücklegen müssen. Anfangs hatte er überlegt, mit einem Boot von Pranna aus über den Golf von Nahl zu fahren – diese Reise hätte vielleicht eine Woche gedauert und nicht einen Monat wie auf seiner jetzigen Route –, aber die Gewässer rings um Roden wurden gut bewacht, und man ging dort nicht gerade zimperlich mit Fremden um. Außerdem hatte es Noth nicht besonders eilig, wie er sich eingestehen musste. Die Reisezeit ließ ihm Zeit zum Nachdenken und half ihm möglicherweise dabei, sich auf das vorzubereiten, was ihn in Roden erwartete.

Noth drehte sich um. Rings um ihn herum erhoben sich zwei- und dreistöckige Gebäude, die größtenteils aus hellem Holz und nur vereinzelt aus Stein errichtet worden waren. Überall waren Geschäfte und Zelte, und man schrie sich den aktuellen Preis für Seidenkleidung aus Alizia oder feinen Stahl aus Maven Kol zu. Noth erinnerte sich daran, dass es ein großes wichtiges Marktviertel im Zentrum der Stadt gab sowie weitere Läden und Geschäfte entlang der drei Hauptstraßen, dic vom Ringplatz zu jedem Tor führten.

Die Stadt war ihm unangenehm vertraut. Er konnte sich daran erinnern, einmal hier gewesen zu sein, als er mit Bahc, Winter und Gord das Fest der Lieder besucht hatte. Selbst damals hatte er Dinge über die Stadt gewusst, die er eigentlich gar nicht wissen konnte. Die genaue Höhe der Mauern und Wachtürme. Die Routen, die die Patrouillen der Stadtwache nahmen. Den Grundriss des Hauptwachhauses. Er wusste, dass Cineste gewaltig war, die Bevölkerung zählte an die einhunderttausend, ein knappes Zehntel davon Tiellaner.

Dieses Wissen bereitete ihm Sorgen.

Die Sonne war schon fast untergegangen. Er musste sich ein Gasthaus suchen. Während er weiter die Straße entlangging, spürte er ein leichtes Ziehen am Gürtel.

Rasch bewegte er die Hand und umklammerte ein schmales Handgelenk. Er blickte herab und sah in die weit aufgerissenen, strahlend grünen Augen eines kleinen Mädchens, das etwa acht oder neun Jahre alt sein musste und ihn anstarrte. Sie trug einen Umhang mit einer großen Kapuze und hatte eine Hand an der Geldbörse, die an seinem Gürtel hing.

Eine Taschendiebin.

»Mehr hast du nicht drauf?«, fragte Noth und grinste die Kleine schief an. Gut, sie hatte versucht, ihn zu berauben, aber sie war jung und sah schwach aus. Es war offensichtlich, welches Leben sie zu dieser Tat zwang, und er konnte sich denken, wie sie einmal enden würde.

»Ich bitte um Verzeihung, Herr«, murmelte das Mädchen und senkte den Blick. »Bitte, ich wollte doch nur ...«

Sie versuchte mit erstaunlicher Kraft, ihm ihren Arm zu entziehen. Noth hielt sie fest und war verblüfft über diesen plötzlichen Ausbruch. Sie hätte ihn beinahe umgeworfen.

»Warte«, sagte er, aber mit einem erneuten, gewaltigen Kraftaufwand gelang es der Kleinen, ihren Arm aus seinem Griff zu winden, und schon rannte sie die Straße entlang.

Was bei der Unterwelt? Noth war versucht, dem Mädchen zu folgen, nur um herauszufinden, wer sie eigentlich war.

Sie hat mich überrascht, sagte er sich. Es konnte keine andere Erklärung dafür geben, dass sie ihn beinahe aus dem Gleichgewicht gebracht hatte.

Doch dieser Vorfall hatte ihm auch vor Augen geführt, dass er eine Waffe brauchte. Wenn er das nächste Mal angegriffen wurde, dann vermutlich nicht von einem kleinen Kind.

Nach einiger Zeit entdeckte Noth ein Gasthaus, vor dem ein Holzschild baumelte, auf dem der eingravierte Name schon lange verblasst und unleserlich geworden war. Das Gebäude war alt, aus Kiefernholz erbaut und sah nicht besonders einladend aus. Und es war genau das, was Noth suchte. Er brauchte nur einen Ort, an dem er sich ausruhen konnte, bis er Cineste bei Tagesanbruch wieder verließ.

Der Schankraum war voll, aber gut beleuchtet und sauber. Er sah sich um und nahm jede mögliche Gefahr zur Kenntnis. Das war ihm schon zur Gewohnheit geworden, und er tat es, seitdem er in Pranna aufgewacht war. Es waren viele Gäste im Schankraum, aber nur wenige wirkten gefährlich. Einige Wachleute, die vermutlich nicht im Dienst waren, unterhielten sich lautstark an einem Tisch. Sie sahen nicht übermäßig fähig aus, aber zu viert und dank ihrer Kettenhemden, Speere und langen Dolche konnten sie in einem Kampf schon etwas ausrichten. Inzwischen musste die Kunde von den Ereignissen in Pranna hier angekommen sein, aber Noth war zuversichtlich, dass er nicht weiter auffallen würde. Die Wachleute schienen in ihr Gespräch vertieft zu sein und achteten nicht weiter auf ihn.

Ein Mann, der fast einen Kopf größer war als Noth, stand ruhig in der Nähe des Eingangs. Das musste ein Rausschmeißer sein. Trotz seines dicken Bauches vermutete Noth, dass der Mann im Zweifelsfall ein größeres Problem darstellen würde als alle vier Wachleute zusammen. Seine vernarbten Fäuste und Fingerknöchel sowie die schiefe Nase waren der deutliche Beweis dafür. Sogar die Art, wie er dort stand, entspannt, aber gleichzeitig wachsam, schien Gewaltbereitschaft auszustrahlen.

Ansonsten stellte niemand eine Gefahr dar. Die meisten Gäste waren entweder zu sehr mit sich selbst beschäftigt oder lauschten gequält dem untalentierten Lautenspieler, der in der Nähe der Feuerstelle stand.

»Was darf's denn sein?«, erkundigte sich der Wirt, der Noth von Kopf bis Fuß musterte. Noth legte seinen Geldbeutel auf die Theke.

»Ein Zimmer«, verlangte er. »Und etwas heißes Wasser.« Er konnte ein Bad gebrauchen, und Ildur hatte ihn überraschend großzügig entlohnt.

Der Wirt beäugte erst den Geldbeutel und dann erneut Noth.

»Geht in Ordnung, mein Freund«, sagte er. »Ein Silberstück für das Zimmer und drei Kupferstücke für das Wasser.«

Noth legte die Münzen auf den Tresen, und der Wirt steckte sie in eine große Schürzentasche.

»Zweiter Stock«, erklärte er, zog einen Schlüssel aus einer anderen Tasche und knallte ihn auf das Holz. »Am Ende des Gangs.«

Noth murmelte seinen Dank und wandte sich zur Treppe.

Er träumte von Chaos und Unsicherheit. Er träumte davon, eine schlafende Frau zu betrachten. Noth saß neben ihr auf einem Stuhl. Die Frau war wunderschön und in sanftes Licht getaucht. In einiger Entfernung stand ein Mann im Dunkeln und beobachtete sie. Noth konnte den Mann nicht sehen, aber er wusste, dass er da war und sie nicht aus den Augen ließ.

Noth stand auf und ging hinaus in das Licht und eine Stadt, die mit Schnee und Eis bedeckt war. Hunderte flacher, eckiger Hütten erstreckten sich rings um ihn herum. Izet, die Hauptstadt von Roden. In der Stadtmitte ragte ein großer, kuppelbewehrter Palast auf. Ein schwaches blaues Licht schimmerte an der Spitze der Kuppel, und Noth musste unbedingt herausfinden, woher dieses Licht kam. Ohne dieses Wissen würde er nicht weiterleben können.

Die Stadt war leer. Da waren keine Bewohner, keine Tiere, kein Wind, keine Geräusche. Noth ging auf die große, mit Schnee bedeckte Kuppel und das blaue Licht zu, aber das Licht schien einfach nicht näher zu kommen, wie weit ihn seine Füße auch trugen.

In der Ferne lief jemand rasch vorbei.

Noth eilte der Gestalt hinterher, aber als er an der Stelle ankam, an der er sie gesehen hatte, war die Straße leer.

Er wandte sich um, da er sich einbildete, jemanden hinter sich gehört zu haben. Kurz glaubte er schon, er hätte sich geirrt, doch dann sah er sie. Rabenschwarzes Haar.

Noth schrie auf. Sie lief weiter, als ob sie ihn nicht gehört hätte.

Zu seiner Linken sah er sie in einer Gasse wieder. Sie rannte.

Zu seiner Rechten lief sie ebenfalls.

Mit einem Mal war die Stadt voller dunkelhaariger

Frauen, die durch die Straßen und Gassen liefen und zwischen den Gebäuden umherhuschten. Noth streckte den Arm aus und versuchte, eine von ihnen zu berühren, aber sie verschwand, sobald er in ihre Nähe kam. Auch eine zweite, die er zu packen versuchte, entkam ihm.

Noth begann, andere Gesichter zu sehen. Bahc, Lian, Gord, Dent, die Wachleute, die er getötet hatte, den großen, hässlichen Mann aus der Kapelle, Ildur und andere, die er nicht erkannte.

Inmitten all der rennenden Gestalten standen zwei Männer. Einer war groß, kräftig und mittleren Alters mit einem rasierten Kopf und einem breiten Goldring am kleinen Finger. Noth erkannte den Mann, es war Grysole, der Kaiser von Roden. Woher in aller Welt wusste er, wie der Kaiser eines fernen Landes aussah? Der andere Mann trug eine Kapuze und war von Schatten umgeben, und Noth konnte ihn nicht einordnen.

Die Kuppeln von Izet in der Ferne waren verschwunden. An ihrer Stelle erschienen dort Cantas Tempel, die Zitadelle und das Haus der Ratsherren. Noth befand sich in Triah.

Alle, die um ihn herumrannten, Hunderte von Gestalten, Gesichter, die er erkannte oder noch nie gesehen hatte, blieben unvermittelt stehen. Sie verharrten entlang der Radialstraße, die direkt ins Zentrum von Triah führte. Die Menge wartete. Der kahle König und der Schattenmann waren verschwunden, und an ihrer Stelle stand ein anderer Mann mit dichtem blondem Haar, der Noth ansah. Der Mann hielt ein Schwert hoch und blickte an der Klinge vorbei zu Noth herüber. Er lächelte, aber seine Augen waren kalt.

Noth begriff, dass er unbewaffnet war, aber bevor er reagieren konnte, tauchte die kleine Taschendiebin aus

Cineste vor ihm auf. Ihre Augen waren so gleißend grün, dass er davon geblendet wurde.

»Noch nicht«, flüsterte sie.

Noth erwachte und setzte sich im Dunkeln ruckartig auf. Kalter Schweiß bedeckte seinen Rücken. Er blickte zu dem einzigen Fenster seines Zimmers hinüber, vor dem der wollene Vorhang in der Brise zitternd hin- und herschwang.

Dabei hatte er vor dem Schlafengehen die Fensterläden geschlossen.

»Was wollt Ihr?«, fragte Noth ruhig in die Dunkelheit hinein. Es war ihm eigentlich gleichgültig, was der Eindringling wollte, aber möglicherweise konnte er sich durch die Frage etwas Zeit verschaffen. Das Mondlicht zeichnete einen geisterhaften, eckigen weißen Fleck auf den Boden und stellte die einzige Lichtquelle dar.

Noth konnte keine Bewegung hören, aber aus der Zimmerecke drang eine Stimme durch die Dunkelheit.

»Ich habe von Euch gehört«, sagte die Stimme. »Es ist schon seltsam, dass die große Legende doch nur ... ein Mann ist.«

In Noths Kopf überschlugen sich die Gedanken. Es war eine Männerstimme, die erfahren, aber nicht alt klang. Der Mann konnte höchstens vierzig Sommer erlebt haben. Noth kniff die Augen zusammen, die sich langsam an die Lichtverhältnisse gewöhnten, und konnte endlich einen Umriss erkennen. Der Mann war groß, und seine schmale Gestalt wirkte eindrucksvoll.

»Ihr wisst ja nicht, was Ihr da redet«, sagte Noth zu der Gestalt im Dunkeln. »Aber wenn Ihr mir sagt, wer

Ihr seid, können wir einander vielleicht helfen.« Er griff nach dem Messingkerzenständer, der neben dem Bett stand.

»Ich bin kein Narr«, erwiderte der Mann, dessen Stimme jetzt härter klang. »Ihr habt beschlossen zu desertieren. Dabei müsst Ihr doch gewusst haben, dass wir Euch früher oder später finden würden.«

Noth legte die Finger um den Kerzenständer und warf ihn mit aller Kraft auf den Mann. Dann sprang er aus dem Bett, wirbelte die dicke Wolldecke herum und wickelte sie sich um den linken Arm. Falls der Mann eine Klinge bei sich trug, war dieser Schutz besser als gar nichts.

Aber Noth merkte, dass etwas nicht stimmte, als der Kerzenständer mitten in der Luft dicht vor dem Gesicht des Mannes verharrte. Auf einmal war er sich all der Dinge, die um ihn herum passierten, überdeutlich bewusst. Des Kerzenleuchters, der auf unheimliche Weise im Mondlicht schwebte. Der leichten Brise, die zwischen den Vorhängen hindurch hereinwehte. Er erschauderte. Ein Kribbeln manifestierte sich in seinem Kopf direkt hinter seinen Augen. Hier stimmte etwas ganz und gar nicht, aber eines störte ihn ganz besonders, und das nagte an ihm.

Schneller, als er ihn jemals hätte werfen können, kam der Kerzenleuchter zu ihm zurückgeflogen.

Noth hob gerade noch rechtzeitig den Arm, um ihn abzuwehren, so dass der Leuchter klappernd zu Boden fiel. Ein stechender Schmerz schoss durch seine Schulter, doch Noth hatte schon vor langer Zeit gelernt, Schmerzen zu ignorieren. Er sprang den Mann an. Metall schabte über Leder, und etwas blitzte im Mondlicht auf. Der Mann griff Noth mit seinem Schwert an, der dem Hieb ausweichen konnte. Er trat vor und hob den mit der Wolldecke umwickelten Arm, um den nächsten Schlag abzuwehren. Dann schlug er mit der anderen Hand zu und traf seinen Gegner im Gesicht. Der Mann griff erneut an, war dieses Mal jedoch langsamer, so dass Noth ihm einen ungelenken Tritt in die Magengrube verpasste, bevor er auf ihn zusprang und dabei die Decke von seinem Arm schüttelte. Seltsamerweise spürte er keine Furcht. Seinen Worten nach zu urteilen, konnte ihm sein Angreifer vermutlich einiges über seine Vergangenheit erzählen.

Und falls nicht, so war da immer noch die Freude am Töten.

Der Mann schlug erneut zu, aber Noth wich dem Schwert aus und warf die Decke über die Klinge, die in der dicken Wolle hängen blieb. Irgendetwas stimmte nicht. Noth trat den Mann erneut, zerrte gleichzeitig an der Decke, und das Schwert fiel scheppernd gegen die Wand.

»Ihr könnt gern jederzeit eingreifen«, keuchte der Mann.

Bevor Noths Verstand begriff, dass sich noch jemand im Zimmer befand, reagierte sein Körper bereits. Wieder spürte er dieses seltsame Kribbeln hinter den Augen, und dann wurde ihm die Decke aus der Hand gerissen. Noth drehte sich um und stürzte sich auf das Schwert, das in dem hellen Fleck aus Mondlicht unter dem Fenster lag.

Als würde es von seiner Hand abgestoßen, rutschte das Schwert weiter von ihm weg. Gleichzeitig spürte Noth, wie sich die Decke um seine Fußknöchel wickelte und an seinen Beinen nach oben kroch. Innerhalb weniger Sekunden war sein ganzer Körper fest in einen Kokon aus Wolle gewickelt.

Er konnte sich nicht mehr bewegen.

»Bei Cantas Knochen, das hättet Ihr auch gleich tun können«, sagte der Mann.

Als sich dieser vorbeugte, um das Schwert aufzuheben, stieß Noth mit seinen gefesselten Beinen nach den Füßen des Mannes und brachte ihn zu Fall. Noth wollte sich schon wieder auf das Schwert stürzen, als er spürte, wie sich sein ganzer Körper in die Luft erhob.

»Das reicht!« Eine Frauenstimme.

Nun schwebte Noth, war noch immer in die Wolldecke eingewickelt und hatte das Schwert an der Kehle, ohne dass es jemand in der Hand hielt.

Was war das nur für eine Nacht?

Die Klinge wurde gegen seinen Hals gedrückt, und er spürte, wie sie sich in die Haut bohrte. Wenn er auch nur zuckte, würde sie ihn verletzen. Daher hielt er so still wie möglich und starrte das schwebende Schwert an.

Ganz langsam kam eine Frau näher. Sie betrachtete Noth misstrauisch.

»Seid Ihr Euch sicher, dass er es ist?«, fragte sie und ließ Noth nicht aus den Augen.

»Ich würde sein Gesicht überall wiedererkennen«, bestätigte der Mann.

Noth verdrehte fast die Augen, um den Mann anzusehen, aber er erkannte ihn nicht wieder – weder aus seinen Träumen noch aus seinen bruchstückhaften Erinnerungen.

Der Mann wirbelte zu Noth herum und griff wütend nach dem Schwert, das er Noth sofort wieder an die Kehle hielt.

»Es wird Zeit, ein paar Fragen zu beantworten, Lathe«, erklärte er.

Lathe. So hatten ihn auch die Angreifer in Pranna genannt.

»Ich bin nicht der, für den Ihr mich haltet«, entgegnete Noth.

Der Mann schnaubte. »Ausflüchte? Ist das Euer Ernst? Gerade von Euch hatte ich mehr erwartet.«

Dann, bevor der Mann noch etwas hinzufügen konnte, zersplitterte die Tür des kleinen Zimmers mit lautem Knall und flog nach innen.

Der Mann schrie etwas. Noth sah, wie eine Gestalt durch den Raum schoss und gegen die Frau prallte. Er stürzte zu Boden, und die Wolldecke war wieder so gewöhnlich wie zuvor.

Er befreite sich, schwang den rechten Arm herum und traf den Mann mit dem Schwert. Zwar wusste Noth nicht, wer oder was ihm da zu Hilfe geeilt war, aber er hatte vor, diesen Vorteil auszunutzen.

Im nächsten Augenblick rammte er dem Mann auch schon seine Faust ins Gesicht, drückte dessen Schwertarm gegen die Wand und stieß ihm ein Knie zwischen die Beine.

Das Schwert fiel erneut zu Boden. Noth rammte seine Stirn gegen die Nase des Mannes. Nun musste er nur noch den Kopf seines Gegners packen und ihn mit einem festen Ruck drehen. Die Tat war einfach und erfüllte ihn mit Befriedigung.

Als Noth sich wieder umdrehte, sah er im Mondlicht den Kerzenleuchter auf sich zufliegen.

❖

Er erwachte erneut in Dunkelheit.

Fast hätte er wegen der Geräusche, die sein eigener Atem und sein Herzschlag machten, die leisen Schritte auf dem Holzboden überhört. In der Nähe des Waschtisches tröpfelte etwas, und dann kamen die beinahe unhörbaren Schritte zurück.

Noth lag still, bis jemand hinter ihm stehen blieb. Da sprang er vom Bett, wandte sich blitzschnell um, so dass er hinter seinem Angreifer stand, und wollte ihm die Arme um den Hals schlingen.

Doch Noth griff ins Leere und stolperte nach vorn.

»Es ist gelegentlich von Vorteil, klein zu sein«, sagte eine Stimme in der Dunkelheit. »Aber meine ungemeine Schnelligkeit ist auch nicht zu verachten.«

Noth erreichte das Fenster und riss es auf, so dass erneut Mondlicht ins Zimmer fiel. Er starrte blinzelnd in das silbrige Leuchten und wartete darauf, dass sich seine Augen anpassten.

»Entschuldige, aber ich arbeite lieber im Dunkeln«, fuhr die Stimme fort. »Wenn ich geahnt hätte, dass du so bald erwachst, hätte ich eine Kerze angezündet.«

Noth hörte das Schaben von Feuerstein auf Stahl, und dann stand eine brennende Kerze mitten im Zimmer – auf demselben Kerzenleuchter, mit dem Noth bewusstlos geschlagen worden war. In den Händen eines jungen Mädchens.

»Wer bist du?«, fragte Noth, dessen Kehle staubtrocken war.

Bevor das Mädchen antworten konnte, wusste er es bereits. Silberblondes Haar, strahlend grüne Augen. Sie wirkten jetzt sogar noch heller, falls das überhaupt möglich war, und schienen von innen heraus zu leuchten.

Es war das Mädchen, das früher am Abend auf der Straße versucht hatte, ihn zu berauben.

»Ich dachte mir, dass du mich wiedererkennen würdest«, sagte sie grinsend und deutete dann auf das Bett. »Leg dich wieder hin. Ich war gerade dabei, die scheußliche Schramme an deiner Stirn zu reinigen, als du plötzlich beschlossen hast, hier wie ein Berserker herumzuspringen.«

Noth konnte sie einfach nur anstarren.

»Und du solltest das Fenster lieber wieder schließen«, fügte sie hinzu. »Man kann zwar nur aus wenigen Fenstern in dein Zimmer sehen, aber du willst doch bestimmt nicht riskieren, dass man die Leichen sieht.«

Bilder des Kampfes blitzten in Noths Kopf auf. Er hatte einem Mann das Genick gebrochen, ohne auch nur darüber nachzudenken.

Und er hatte es irgendwie genossen.

Ihm wurde übel. Er kannte diese Leute doch gar nicht. Warum wollte er Menschen schaden, die er nicht kannte? Warum wollte er jemandem weh tun?

Weil sie versucht haben, dich zu verletzen. So läuft das nun mal. Töten oder getötet werden.

Dieser Gedanke war nicht gerade erfreulich. Er fühlte sich in seinem eigenen Körper wie ein blinder Passagier.

Der Mann, der ihn angegriffen hatte, lag in einer Zimmerecke, und sein Kopf war in einem unglücklichen Winkel verdreht. Die andere Leiche, bei der es sich nur um die Frau handeln konnte, war viel zu stark zerfleischt worden, als dass er sie wiedererkannt hätte.

»Was hast du überhaupt mit diesen Nazaniin zu schaffen?« Das Mädchen nickte mit dem Kinn zu den Leichen hinüber. »Acumanten und Teleniker sind wahrlich kein alltäglicher Anblick.«

Noth war sich nicht sicher, was ihn mehr verwirrte: das Mädchen mit den leuchtenden grünen Augen, das kaum älter als neun Sommer sein konnte, aber so sprach, als hätte sie schon dreißig erlebt. Oder die seltsamen Worte, die sie benutzte. Nazaniin, Acumanten und Teleniker, diese Begriffe kamen ihm schon irgendwie bekannt vor, auch wenn er keine dazugehörigen Bilder heraufbeschwören konnte. Oder die Tatsache, dass da zwei Leichen in der Zimmerecke lagen. Menschen, denen er noch nie zuvor begegnet war, die jedoch versucht hatten, ihn zu töten. Sie hatten ihn Lathe genannt, genau wie die Angreifer bei der Hochzeit. War das sein Name? Sein richtiger Name? Er sagte ihm nichts.

Außerdem waren wieder Dinge durch die Luft geschwebt, und das gefiel Noth überhaupt nicht.

»Was bei der Unterwelt geht hier eigentlich vor sich?«, murmelte er leise, eher zu sich selbst.

Das Mädchen sprang aufs Bett und sah ihn an. Es fiel ihm schwer, ihr nicht in die Augen zu sehen. Sie schienen ihn in ihren Bann zu schlagen.

»Das fragst du mich?« Die Kleine schnaubte. Wieder bedeutete sie ihm, näher zu kommen. »Na los. Wir sollten wirklich von hier verschwinden, bevor es hell wird. Komm hier rüber, damit ich mir diese Wunde ansehen kann.«

Noth runzelte die Stirn. Er verspürte den seltsamen Drang, dem Mädchen zu vertrauen, aber genau das war sein Problem.

Er vertraute niemandem mehr.

Langsam ging er auf sie zu. Sie konnte ihm ja eigentlich nicht wirklich schaden. Dann stutzte er. Die Frau hatte sich nicht selbst in Stücke gerissen. Noth entging irgendetwas.

»Keine Sorge«, versicherte ihm das Mädchen. »Ich beiße nicht.«

Da wusste Noth Bescheid. Die Erkenntnis erhellte eine Ecke seines Verstandes.

Ventus.

»Du bist ein Vampir«, erkannte er und setzte sich neben sie auf das Bett. *Wenn sie wirklich das ist, wofür ich sie halte, dann habe ich nicht die geringste Chance, ob ich nun weglaufe oder hierbleibe,* begriff er. Ein Teil seines Verstandes fragte sich, ob er nicht entsetzter sein sollte. Vampire seien längst ausgestorben, sagte man, aber nach allem, was Noth in den vergangenen Tagen – oder auch nur Minuten – erlebt hatte, war er kaum in der Position, die Existenz dieses Mädchens in Frage stellen zu können. Das erklärte auch, wie sie sich auf der Straße von ihm hatte losreißen können und warum sie in der Dunkelheit genug sah, um den Feuerstein über den Stahl zu ziehen.

Das Mädchen – der Vampir – sah ihn genervt an und drückte ihm einen feuchten Lappen an die Stirn.

»Sehr freundlich von dir, das zu bemerken. Ich fühle mich geschmeichelt.«

Es klang nicht, als meinte sie das ernst.

Noth gab sich die größte Mühe, nicht zusammenzuzucken, als sie mit dem Lappen auf der Wunde an seiner Stirn herumtupfte.

»Du hilfst mir«, stellte er fest und erinnerte sich an den Wirbel, der in sein Zimmer geschossen war, als man ihm ein Schwert an die Kehle gedrückt hatte.

»Bist du immer so scharfsinnig oder ist das nur bei mir so?« Das Mädchen zog die Augenbrauen hoch. Das Bett knarrte, als sie sich hinkniete, um sich seine Stirn genauer anzusehen.

»Warum?«

»Und dazu noch direkt«, murmelte sie und tupfte wieder an seiner Wunde herum. »Alles, was ich an einem Mann mag. Canta muss meine Gebete endlich erhört haben.«

Noth sagte nichts mehr.

»Erledigt«, rief sie und sprang auf. »Du bist so gut wie neu. Und jetzt lass uns von hier verschwinden. Die Sonne geht in etwa einer Stunde auf und …«

»Warum ist niemand hereingekommen?«, fragte Noth. »Du hast die verdammte Tür eingetreten. Das muss doch irgendjemand gehört haben.«

»Wer sagt denn, dass es niemand gehört hat? Auch ein Vampir muss manchmal etwas essen, weißt du.«

Noth fluchte leise. »Warum sie und nicht ich?«

Daraufhin seufzte das Mädchen und verdrehte die leuchtend grünen Augen. »Bei Cantas Knochen, ich habe niemanden gegessen. Das sollte nur ein Witz sein. Warum versteht mich denn niemand?« Sie zuckte mit den Schultern. »Ich habe nur ein paar Leute für eine gewisse Zeit … bewegungsunfähig gemacht, das ist alles. Sie sind alle noch am Leben, und sie sind weiterhin Menschen.«

Noth starrte sie mit zusammengekniffenen Augen an.

»Jetzt guck nicht so. Ich mag vielleicht ein Dämon sein, aber es gibt auch Dämonen, vor denen sich sogar Dämonen fürchten. Bete zu deiner Göttin, dass du *denen* niemals begegnest.«

Doch Noth runzelte nur weiter die Stirn. Niemand auf der Sphaera konnte ihm versprechen, dass es sicher war, der Kleinen zu trauen, und dennoch hatte sie etwas an sich, etwas, das Noth nicht verstand, aber …

»Glaube mir, du willst nicht hier sein, wenn sie merken, was passiert ist. Wir müssen weg, und zwar sofort.« Sie reichte ihm eine Hand. Ihre linke. »Ich bin übrigens Astrid.«

Ein Vampir, dachte Noth. Er rieb sich die Schulter, die nach dem Kampf noch immer schmerzte. *Bei Cantas verdammten Knochen.*

Dann ergriff er ihre Hand, da ihm ohnehin nichts anderes übrigblieb.

»Noth«, sagte er.

Er fragte sie nicht, warum er ihr trauen sollte. Sie hatte ihn gerettet, das musste fürs Erste reichen.

KAPITEL 6

Außenposten der Nazaniin, Cineste

Sie sind beide tot? Bist du sicher?«, fragte Nash.

»Meine Verbindung zu ihrer Acumantin ist unterbrochen«, erwiderte Kali. *Warum können sie nicht einfach die Befehle befolgen? Ist das denn so schwer?*

»Und ihr ist nicht nur der Frost ausgegangen?«

Kali schüttelte den Kopf. »Das ist unmöglich, es sei denn, sie besitzt die kürzestmögliche Empfänglichkeit. Sie hat ihn doch vor fünf Minuten erst genommen.« Sie standen im Hauptquartier der Nazaniin, aber der ansässige Agentenverbund – der bei den Nazaniin *Cotir* genannt wurde – war nirgendwo zu sehen. Als eine Acumantin konnte Kali eine mentale Verbindung zu anderen Acumanten herstellen, und das Band, das sie mit der Acumantin aus der cinesteanischen Cotir vereinte, war soeben durchtrennt worden. Kali spürte den Widerhall noch in ihrem Verstand, es fühlte sich an wie die Schwingungen einer Lautensaite, die zerschnitten worden war.

Nash seufzte. »Varianten«, murmelte er.

Kali schnaufte spöttisch und musterte Nash mit finsterer Miene. Er stand auf und schloss die Augen. Kali kannte die Anzeichen und wusste, dass er angespannt war.

Sie lehnte an einem großen Schreibtisch, der in einer Ecke des Zimmers stand. Ihre Lacuna Elsi verharrte in der Nähe und starrte ins Leere. Nash ging jetzt vor der Tür auf und ab, und Kali seufzte.

Sie hielten sich in einer Art Arbeitszimmer auf, hatten aber bereits das Hauptquartier durchsucht und alles Nützliche an sich genommen. Ein halbes Dutzend Frostkristalle, eine enttäuschend geringe Geldsumme – diese Cotir bekam anscheinend nicht besonders viele Aufträge – sowie ein Bündel Nachtbann.

Letzteres überraschte Kali, da es sich dabei um ein seltenes Kraut handelte, vor allem im Norden. Wie die beiden an diesen Schatz gelangt sein konnten, war ihr völlig schleierhaft.

Die Narren hatten nicht einmal eine Nachricht hinterlassen. *Werte Aktuale,* stellte sich Kali die Botschaft vor, *wir sind losgezogen, um uns in der vergeblichen Hoffnung auf Ruhm umbringen zu lassen. Wartet nicht auf uns.* Diese offenkundige Zurschaustellung von Unfähigkeit stellte eine traurige Metapher für alle Nazaniin dar, zumindest seit einiger Zeit. Sie waren eine Organisation von Assassinen, die einst auf der ganzen Sphaera gefürchtet gewesen waren, aber inzwischen kaum mehr als ein Netzwerk aus Spionen, das sich immer häufiger auch noch als nutzlos erwies.

Kali stand einfach nur da und schloss die Augen. Ihr Kopf klingelte noch immer ob der plötzlich beendeten Verbindung.

»Ich kann nicht behaupten, dass ich enttäuscht wäre«, sagte sie. »Tatsächlich hatte ich mich nicht besonders darauf gefreut, mit einer anderen Cotir zusammenzuarbeiten. Erst recht nicht mit einer, die sich aus zwei Potenziellen zusammensetzt.«

Sie konnte Potenzielle nicht besonders gut leiden, da sie ihrer Meinung nach nichts als minderwertige Psimanten waren. Potenzielle brauchten eine furchtbar gefährliche Droge, um Fähigkeiten zu nutzen, die Aktuale wie Kali und Nash von Geburt an einsetzen konnten. Außerdem nutzten die meisten Potenziellen, die Kali kannte, ihre begrenzten psimantischen Fähigkeiten als Ausrede für ihre Inkompetenz.

»Warum können nicht alle wie ich sein?«, fragte Kali und meinte das natürlich als Witz. Größtenteils zumindest. »Ich befolge Befehle. Ich treffe kluge Entscheidungen. Wieso ist das denn so schwer?«

Nash schnaubte. »Du bist das andere Extrem«, erwiderte er grinsend. »Nichts als Hingabe und Vernunft. Deine Methoden sind nicht gerade kreativ.«

Kalis Miene verfinsterte sich noch weiter. »Gehorsam erfordert keinen Einfallsreichtum, sondern nur Kompetenz.«

Nashs Lachen störte Kali nicht weiter. Sie hatten diese Unterhaltung schon sehr häufig geführt und waren beide gefestigt in ihren Ansichten. Das war wahrscheinlich auch der Grund dafür, dass sie ein so gutes Team abgaben – zumindest solange sie einer Meinung waren. Kali fragte sich, was passieren würde, wenn ihre Differenzen irgendwann einmal überwiegen sollten.

»Wir sollten unsere Vorgehensweise überdenken«, schlug Nash vor. »Wenn die cinesteanische Cotir bereits ausgeschaltet wurde, dann müssen wir vorsichtig sein. Lathe ist sehr gefährlich, wir dürfen ihn nicht unterschätzen.« Er erwähnte die Potenziellen nicht weiter, was Kali nicht überraschte. Nash hielt sie ebenfalls für unzureichend, würde das jedoch niemals laut aussprechen. Das war ein weiterer Punkt, in dem sie sich unterschieden.

»Die Narren konnten nicht noch einen Tag warten?« Kali war nicht bereit, dieses Thema fallenzulassen.

»Nicht einmal ein paar Stunden? Mehr hätten wir nicht gebraucht.« Nash hatte natürlich recht. Sie mussten sich wirklich vorsehen. Lathe war schon immer gefährlich gewesen, aber seitdem er so schrecklich unvorhersehbar geworden war, stellte er eine noch viel größere Gefahr dar.

Nash zuckte mit den Schultern. »Sie wussten ja nicht, dass wir schon in der Nähe waren«, merkte er an. »Daher sind sie das Risiko eingegangen. Aber es hat sich nicht ausgezahlt.«

Kali sah ihn fragend an. »Dann verteidigst du sie auch noch?«

Als er nichts erwiderte, bekam sie doch leichte Gewissensbisse. Dies war nicht der richtige Zeitpunkt für einen Streit. »Du hast recht, wir müssen anders an die Sache herangehen. Wenn Lathe sie getötet hat, dann ist er vermutlich längst nicht mehr in der Stadt. Wir sollten uns an den Stadttoren umsehen, möglicherweise haben wir ja Glück und erwischen ihn noch.«

»Was ist mit dem tiellanischen Viertel?«, schlug Nash vor.

»Gutes Argument. Er hat Verbindungen zu den Elfen. Ich übernehme die Tore, und du siehst dich ein bisschen im Elfenviertel um.«

»Musst du sie wirklich so nennen?«

»Ob ich das tun muss? Natürlich nicht. Aber ich tue verdammt noch mal, was mir gefällt, und ein Pferd ist ein Pferd, ein Fisch ist ein Fisch, und ein Elf ist ein Elf.«

Wieder zuckte Nash mit den Schultern, aber er sagte nichts mehr. *Das ist auch besser so,* dachte Kali. Sie war keine Kamitin, o nein. Ihr waren durchaus schon Tiellaner begegnet, die gut, intelligent und fähig waren. Aber sie hatte andere Gründe, dieses Volk zu hassen. Der

Groll, den sie gegen sie hegte, ließ sich nicht so leicht begraben.

»Melde dich über den Voker, falls es Probleme gibt«, fügte Kali hinzu und betastete den Leerstein in ihrer Tasche. »Ich mache es ebenso. Andernfalls treffen wir uns hier zur zweiten Wache wieder.«

Nash nickte und rieb sich den Nasenrücken. Kali seufzte innerlich, ging aber dennoch auf ihn zu. Sie legte ihm die Hände auf die Schläfen und rieb diese leicht.

»Wir haben unsere Befehle«, sagte sie leise.

»Ich weiß. Das ist es ja, was mir Sorgen bereitet.«

»Es tut mir leid.« Das war ihr Ernst. Sie bedauerte sogar fast schon, sich mit ihm gestritten zu haben. »Wenn du möchtest, können wir …«

»Nein«, fiel ihr Nash etwas zu heftig ins Wort und legte seine Hände auf ihre. »Nein«, wiederholte er. »Ich komme schon zurecht. Wir haben viel zu erledigen.«

»Wie du meinst.« Kali hielt seinem Blick stand, beugte sich dann vor und gab ihm einen Kuss auf die Stirn.

»Pass auf dich auf«, sagte Nash, als sie sich abwandte und hinausging. Er würde ihr bald folgen. Es war besser, wenn sie nicht zusammen gesehen wurden.

»Das tue ich doch immer«, murmelte Kali.

KAPITEL 7

Außerhalb von Cineste

Man sollte doch meinen, ich würde mich über die Sonne freuen«, sagte Lian, »aber das tue ich nicht. Jeder, der auch nur das Geringste über den Norden weiß, kann dir bestätigen, dass ein klarer Himmel einen kälteren Tag ankündigt als ein bewölkter.«

Es war schon fast Mittag, und die Sonne stand hoch am blauen Winterhimmel. Winter und Lian hatten Cineste endlich erreicht. Während der letzten Tage waren ständig dicke Schneeflocken vom Himmel gefallen. Das Weiß schimmerte auf den Dächern, Balkonen und Mauern. Die Stadt funkelte wie ein Edelstein.

Winter fröstelte und zog ihren Umhang enger um ihren Körper.

»Die Kälte dringt einem an solchen Tagen durch Mark und Bein«, sagte Lian und zerrte seine Mütze so weit es ging über seine Ohren. »Sie ignoriert die Schichten aus Wolle und Fell einfach und bohrt sich bis in die Knochen.«

Winter konnte ihm nicht widersprechen. Es war wirklich sehr kalt. Aber sie sagte nichts. Seitdem sie Pranna verlassen hatten, war ihr kaum ein Ton über die Lippen gekommen. Je mehr Lian redete – und er konnte sehr viel reden –, desto stärker wurde sie sich ihres Schweigens bewusst.

Sie fühlte sich deswegen schuldig, aber doch nicht so sehr, dass sie es brach.

Lian schulterte sein Bündel wieder, und sie gingen den sanften Abhang hinunter auf die Stadt zu. »Ist schon eine Weile her, dass ich zuletzt in Cineste gewesen bin. Über ein Jahr, vielleicht sogar zwei. Ich glaube, das letzte Mal …«

Winter lächelte, wandte den Blick jedoch nicht von der Stadt ab, die jetzt vor ihnen lag. Lian redete nur um des Redens willen, und obschon sie sich nicht die Mühe machte, ihm zuzuhören, war sie doch dankbar dafür. Ein plappernder Lian war besser als die Alternative.

Sie konnte sich nur nicht dazu überwinden, mehr zu sagen als unbedingt erforderlich. Wer wusste schon, was ihr sonst noch alles herausrutschen würde …

»Wir müssen uns entscheiden, was wir als Nächstes tun wollen«, fiel Winter Lian ins Wort. »Ich weiß beim besten Willen nicht, wo sich Noth aufhalten könnte. Vielleicht in einem Gasthaus, oder er ist bei jemandem untergekommen, den er kennt. Möglicherweise ist er auch einfach nur auf der Durchreise nach Roden hier durchgekommen.«

»Nach *Roden?*«

»Das ist doch sein wahrscheinlichstes Ziel. Wir haben ihn aus dem Golf von Nahl gefischt. Die Angreifer in … Die Angreifer hatten einen rodenesischen Akzent. Das würde doch Sinn machen.«

Lian sah sie fragend an. »Wir unterhalten uns später noch darüber, wie verrückt es wäre, wenn zwei Tiellaner nach Roden marschieren. Lass uns doch erst einmal darüber reden, dass du nicht wüsstest, was wir als Nächstes tun sollen.«

Winter zuckte mit den Schultern. »Ich habe dir doch gesagt, dass ich nicht weiß, was ich tue.«

»Ich bin mir nicht sicher, ob du das wirklich so ausgedrückt hast …«

»Lian. Das hilft uns jetzt auch nicht weiter.«

»Entschuldige. Es ist schön, endlich wieder deine Stimme zu hören, auch wenn wir uns streiten.«

Winter dachte kurz darüber nach, ob sie sich entschuldigen sollte. Der Gedanke schoss ihr immerhin durch den Kopf, und das war doch auch schon etwas, oder nicht?

»Bis wir in der Stadt ankommen, dämmert es bereits«, erklärte sie. »Wir müssen uns also beeilen und zuerst alle Gasthäuser abklappern.«

»Genau«, erwiderte Lian. »Wir gehen einfach in jedes Gasthaus der Menschen, das wir sehen, und erkundigen uns nach unserem vergesslichen menschlichen Freund, der vielleicht Noth oder auch Lathe heißt oder wie immer diese Männer ihn genannt haben – ich erinnere mich nicht mehr genau daran – und der sie in einem Moment, in dem andere blinzeln, umbringen könnte. Sie werden bestimmt begeistert sein, wenn zwei *Elfen* nach einem Menschen suchen. Wer wäre das nicht?«

»Bitte, sag so etwas nicht.« Winter konnte dieses Wort nicht ausstehen. *Elfen.* Das klang so schmutzig. Sie begriff nicht, wieso andere ihr Volk so nannten.

»Ich werde es versuchen«, murmelte Lian. »Aber das heißt noch lange nicht, dass ich mich irre«, fügte er selbstsicherer hinzu. »Wir können nicht einfach jedes Gasthaus betreten und uns umhören. Dadurch erregen wir nur Aufmerksamkeit, und das könnte böse für uns enden.«

Da hatte Lian durchaus recht. In der Stadt war man angeblich etwas toleranter als in den ländlichen Gegenden, aber das hatte nicht viel zu sagen. Die Vorurteile gegenüber den Tiellanern hatten in den letzten zehn Jahren wieder zugenommen, trotz der Emanzipation. Früher hatten Tiellaner neben den Menschen in den cantischen Kapellen gebetet, aber dann wurden immer häufiger Gottesdienste abgehalten, die nur für Tiellaner »reserviert« waren, und über kurz oder lang hatte eine vollständige Trennung stattgefunden.

»Du hast wohl keine hilfreichen Vorschläge, was?« Wenn er ihre Ideen nicht gut fand, dann sollte er sich eben selbst etwas ausdenken.

Der Schnee knirschte unter ihren Füßen, als sie sich dem Stadttor näherten. Eine kleine Gruppe wartete außerhalb der Mauer darauf, eingelassen zu werden.

»Und?«, hakte sie nach, als er noch immer nichts sagte.

»Darüber hatte ich noch nicht nachgedacht, Prinzessin«, erwiderte er mit einem Schulterzucken. »Kritik ist dir wohl nicht hilfreich genug?«

Winter verdrehte die Augen. »Und du wunderst dich, dass ich so schweigsam bin.«

Lian gab ihr spielerisch einen Knuff gegen den Arm, und Winter lachte.

Dieser seltene Anfall von guter Laune war längst vergangen, als sie mehrere Stunden in den Schankräumen der Gasthäuser verbracht hatten.

Es war noch viel schlimmer, als Winter erwartet hatte. Sie waren nicht in ein einziges Gasthaus hineingelassen worden. »Keine Elfen«, sagten die Wirte grimmig, wenn Lian und Winter vor der Tür standen. Die Menschen blickten auf die beiden Tiellaner herab, als ob sie streunende Hunde wären, die um ein paar Essensreste bettelten.

Diese Blicke ärgerten Winter, jagten ihr jedoch auch Angst ein. Diese Menschen konnten mit ihnen machen, was immer sie wollten. Sie konnten sie zusammenschlagen, sie töten oder Schlimmeres mit ihnen anstellen, und es schien ganz so, als würde sich niemand auch nur im Geringsten dafür interessieren.

Lian wurde immer zorniger, weil sie ständig abgewiesen wurden, und seine Wut machte Winter immer nervöser, da er sie allein schon dadurch in Gefahr bringen konnte, dass er einfach seine Meinung sagte.

Vorsichtshalber gingen Winter und Lian auch am Schneetor vorbei. Das Tor befand sich auf der Westseite der Stadt und lag dem genau gegenüber, durch das sie hereingekommen waren. Außerdem war es in der Nähe des tiellanischen Viertels, das sie ohnehin aufsuchen wollten. Der Wachmann, den sie befragten, bedachte sie mit eben dem mitleidigen und abfälligen, aber auch gleichgültigen Blick, mit dem die anderen Menschen sie auch schon angeschaut hatten, und sagte, er hätte niemanden gesehen, auf den Noths Beschreibung zutraf. Auch wenn er ihnen nicht weiterhelfen konnte, hatte der Wachmann zumindest mit ihnen gesprochen.

Nun hielten sich Winter und Lian im tiellanischen Viertel auf. Sie fanden ein Gasthaus, in dem sie die Nacht verbringen wollten, betraten den Schankraum, und Winter sah sich um. Tiellaner waren überall immer leicht zu erkennen, aber sie fand es beruhigend, hier eine ganze Gruppe von ihnen anzutreffen. Die tiellanische Tradition war in Bezug auf die Kleidung sehr streng, daher trugen die Frauen bodenlange Kleider mit langen Ärmeln und Siaras und die Männer lockere Hosen, langärmlige Hemden und breitkrempige Araif. Dabei kam es vor allem darauf an, möglichst wenig Haut zu zeigen, aber auch die engeren Hosen, die viele Menschenmänner in der Stadt trugen, wurden als unangebracht empfunden, obwohl auch sie die Haut bedeckten. Winter trug ein traditionelles tiellanisches Kleid, das sie nie besonders gemocht hatte. Die aufgezwungene Bescheidenheit war ihr stets überflüssig und einengend vorgekommen. Ihre Siara lag beruhigend schwer auf ihren Schultern, wurde bei warmem Wetter jedoch schnell unpraktisch. Auf dem Land oder dem Boot ihres Vaters hatte sie daher manchmal einfach nur eine Hose und ein Hemd getragen, so wie es die Männer taten, dazu allerdings weiterhin ihre Siara. Hier in der Stadt wäre das viel zu aufreizend gewesen. Dadurch hätte sie viel zu viel Aufmerksamkeit erregt.

»Sieht doch gar nicht so übel aus«, meinte Lian und löffelte die Fleischstücke aus der Schüssel mit Eintopf, die vor ihm auf dem Tisch stand. Seine Stimmung schien sich gewaltig verbessert zu haben, seit sie sich im tiellanischen Viertel aufhielten. Winter hatte sich inzwischen auch ein wenig entspannt. »Das Gasthaus ist zwar bei weitem nicht so prunkvoll wie die der Menschen, in die man uns nicht reinlassen wollte«, fuhr Lian fort, »aber auch nicht zu schäbig.«

Nur wenige Augenblicke, nachdem sie sich gesetzt hatten, kam ein Tiellaner lächelnd zu ihnen an den Tisch.

»Seid gegrüßt, Wanderer«, sagte er, und sein vertrauter Akzent klang angenehm in ihren Ohren. »Euch habe ich hier noch nie gesehen. Seid Ihr nur auf der Durchreise oder habt Ihr Euer Ziel erreicht?«

Winter warf Lian einen schnellen Blick zu. Zwar wusste sie nicht, wohin sie jetzt reisen sollten, aber das konnte sie diesem Mann wohl kaum sagen. »Dies ist unser Ziel«, antwortete sie. »Wir sind aus Pranna hergekommen.«

Lian sah sie fragend an, und der Mann, von dem Winter vermutete, dass es sich um den Wirt handelte, nickte wissend. »Sehr schön. Es ist ziemlich kalt hier oben. Hier in Cineste weht der eisige Wind von der Ebene herüber, aber das kennt Ihr am Meer ja vermutlich auch nicht anders.«

Winter lächelte den Mann an. Sie war eigentlich nicht in der Stimmung, sich mit ihm zu unterhalten, aber sie wusste auch nicht, wie sie ihn abwimmeln konnte, ohne unhöflich zu sein.

»Kann ich Euch noch etwas bringen?«, erkundigte sich der Wirt.

Winter wollte schon dankend ablehnen, aber da sagte Lian: »Einen Krug Bier.«

»Aye«, erwiderte der Wirt und schaute Winter an.

»Für mich nichts, danke«, flüsterte sie und wandte den Blick ab. *Warum sehe ich ihn nicht einfach an?*, fragte sie sich. Er war doch kein Mensch, und sie hatte keinen Grund, ihn zu fürchten.

Der Mann nickte, wollte sich schon abwenden, hielt dann jedoch inne. Er beugte sich vor, so dass er ihnen etwas zuraunen konnte.

»Falls Ihr wegen Ihr wisst schon was hier seid«, flüsterte er und sah über die Schulter, »wir treffen uns um Mitternacht im Hinterzimmer. Ihr seid beide willkommen, wir freuen uns immer über Neuzugänge.«

Dann drehte er sich um und ging.

Winter schaute ihm hinterher. »Was hatte das denn zu bedeuten?«

Lian warf einen Blick über die Schulter und senkte dann wieder den Kopf. »Keine Ahnung.«

Sie kniff die Augen zusammen. Lian log sie an, da war sie sich sicher. Sie kannte ihn sehr gut und wusste genau, wie er schaute, wenn er die Wahrheit sagte, und was für ein Gesicht er machte, wenn er log.

»Du weißt etwas, oder nicht? Worüber hat er gesprochen, Lian?«

Er zuckte mit den Schultern und sah sich um. »Hör mal, ich … Ich gehe schon seit ein paar Jahren zu diesen Treffen, wann immer ich in Cineste bin.«

Winter zog die Augenbrauen hoch. Alles, was wichtig genug war, um Lian dazu zu bewegen, Pranna zu verlassen, musste in der Tat von großer Bedeutung sein.

»Dort treffen sich Tiellaner, die unsere Lage nicht mehr ertragen können. Die etwas verändern wollen und bereit sind, alles zu tun, um diesen Wandel in die Wege zu leiten.«

»Alles?«, wiederholte Winter, auch wenn sie längst wusste, was damit gemeint war.

Diese Leute waren bereit zu kämpfen.

Sie schüttelte den Kopf. »Warum, Lian? Das wird doch nichts bringen. Seit hundert Jahren hat sich so gut wie nichts verändert.«

»Es mag sinnlos sein, aber es ist richtig«, beharrte Lian. »Wie man uns behandelt, ist unrecht, und die Druiden …«

Winter schnaufte. »Die *Druiden*? So nennt ihr euch also? Das ist doch archaisch, Lian. Ein Begriff aus Märchen und Mythen. Dann könnt ihr euch doch auch gleich die Gaukler nennen, man würde euch so oder so nicht ernst nehmen.«

Lian runzelte die Stirn, und Winter machte sich sofort Vorwürfe. Sie war ihm gegenüber nicht gerecht.

»Die Druiden stehen für alles, was gut ist an Tiellanern«, erklärte er. »Für all die Fähigkeiten, die wir verloren haben. Und es ist kein Begriff aus einem Märchen, sondern aus dem Zeitalter der Wunder.«

»Das ist doch dasselbe«, murmelte Winter. Das Zeitalter der Wunder war seit über dreitausend Jahren vorbei. Während dieser Zeit der Magie und Zauberei hatten furchterregende Monster und wundervolle Kreaturen auf der Sphaera gelebt, die Tiellaner hatten geherrscht, und die Menschen hatten sie aus diesem Grund geliebt und respektiert.

Angeblich. Viele bezweifelten jedoch, dass es dieses Zeitalter der Wunder tatsächlich gegeben hatte.

Beinahe hätte Winter die Augen verdreht. Sie wollte nicht grausam sein, aber Lian machte es ihr viel zu einfach.

»Die Tiellaner waren einst ruhmreich«, behauptete Lian mit leuchtenden Augen. Auch wenn er sich töricht benahm, staunte Winter. Sie hatte ihn nur selten derart begeistert erlebt. »Wir waren die Verfechter der Natur und die Meister der Sphaera. Wir haben in Harmonie mit Canta und den alten Göttern gelebt. Wir haben die Menschen gelehrt, wie man ehrenhaft lebt, den Boden bestellt und sich der Natur annimmt.«

»Das glaubst du doch nicht allen Ernstes, oder? Als Nächstes behauptest du noch, die Tiellaner hätten früher eintausend Jahre lang gelebt und mit den Bäumen gesprochen.« All das kannte sie aus den Geschichten, die man ihr in ihrer Kindheit erzählt hatte. Jeder Tiellaner kannte diese Märchen, aber keiner glaubte wirklich daran. Winter tat es jedenfalls nicht. Das alles war ihr immer ziemlich albern vorgekommen.

»So war es aber«, entgegnete Lian. »Und wir können diesen Ruhm erneut erleben und wieder zu dem werden, was wir einmal waren.«

Winter schüttelte den Kopf. »Diesen Ruhm hat es nie wirklich gegeben.«

Lian sah ihr noch eine Weile in die Augen, seufzte dann und lehnte sich auf seinem Stuhl zurück. »Eines Tages wirst du es verstehen«, sagte er. »Dann wirst du begreifen, warum das so wichtig ist.«

Sie saßen da und schwiegen.

Der Wirt kam mit Lians Bier zurück, und Lian wartete, bis er wieder gegangen war, bevor er erneut das Wort ergriff. »Ich will ja kein Salz in deine Wunde streuen, Prinzessin, aber wir müssen uns darüber unterhalten, was wir hier eigentlich wollen.«

»Ich weiß«, murmelte sie.

»Wir sind nicht einen Schritt weiter und haben keinen einzigen Hinweis zu Noths Aufenthaltsort gefunden.«

»Ich weiß.«

»Falls Noth die Stadt verlassen hat, stehen wir auf verlorenem Posten.«

»Ich weiß«, wiederholte Winter und schaute über Lians Schulter. Obwohl sie sich in einem Gasthaus im tiellanischen Viertel aufhielten, waren doch auch einige Menschen im Schankraum zu sehen. Eine Gruppe junger, ungehobelter Burschen stand lachend und trinkend an einem Tisch und machte gemeine Bemerkungen über jeden Tiellaner, der ihnen unabsichtlich zu nahe kam. Ein anderer Mensch, wohl ein älterer Adliger, wie sein feines, buntes Wams und sein dunkler Anzug vermuten ließen, saß ganz allein an einem Tisch. Alle anderen machten einen großen Bogen um ihn. Winter runzelte die Stirn.

»Was macht der Mann wohl hier?«, fragte sie und nickte zu dem Menschen hinüber. »Hinter dir.«

Lian drehte sich unauffällig zur Seite, um dann mit den Schultern zu zucken.

»Er amüsiert sich anscheinend prächtig«, meinte er.

Der Mann schien sich tatsächlich sehr wohl zu fühlen. Er lächelte und nickte allen zu, die an ihm vorbeikamen, und zwar sowohl Menschen als auch Tiellanern. Wieder schnürte es Winter den Brustkorb zu, und neben der Angst stieg erneut Wut in ihr auf. Der Mann wirkte doch harmlos. Warum sollte sie sich ausgerechnet hier vor einem Menschen fürchten? Wenn sie sich nicht einmal mehr in einem tiellanischen Gasthaus sicher fühlte, wo auf der ganzen Sphaera konnte sie es dann noch sein?

Doch trotz ihrer Unruhe staunte Winter auch über sich selbst. Sie war noch nie abergläubisch gewesen, da Religion und Aberglaube ihrer Meinung nach Hand in Hand gingen und das eine so nutzlos war wie das andere, aber irgendetwas nagte an ihr. Möglicherweise hielt sich dieser Mann aus einem ganz bestimmten Grund hier auf.

»Winter, ich hoffe, du hast nicht vor …«

»Ich werde mit ihm reden«, fiel sie Lian ins Wort. »Man weiß nie, richtig? Hast du nicht immer gesagt, man soll an das Schicksal glauben?«

»So hatte ich das aber nicht gemeint.«

Winter wollte ihm schon widersprechen, als sie einen eisigen Lufthauch spürte. Jemand hatte den Schankraum betreten und eine kalte Windbö durch die offene Tür hereingelassen. Sie drehte sich um.

Im Türrahmen stand ein Mann – noch ein Mensch.

Einige der Tiellaner murmelten sich leise etwas zu, und Winter konnte verstehen, warum sie das taten. Dies hier war ihr Reich. Sie durften die Wirtshäuser der Menschen nicht betreten, aber die Menschen konnten bei ihnen hereinschneien, wann immer sie wollten?

Der Neuankömmling sah sich rasch um und setzte sich dann an einen der leeren Tische. Er war für einen Menschen recht klein, etwa so groß wie Lian, hatte dunkle Haare und Augen und war unrasiert.

Die anderen Menschen schienen seine Ankunft nicht bemerkt zu haben. Die Gruppe in der Ecke trank und lachte weiter, während der andere Mensch, der gutgekleidete Mann, nur lächelte.

»Winter …«, begann Lian.

Sie holte tief Luft. Sie brauchten Informationen – irgendetwas, egal was, damit sie weitermachen konnten –, und die würden sie nur bekommen, wenn sie etwas wagte.

Winter stand auf und ging zum Tisch des gutgekleideten Mannes. Dabei zwang sie sich zu lächeln, obwohl es ihr schon schwerfiel, Luft zu holen, da ihr Brustkorb in einem Schraubstock zu stecken schien.

Der Mann erwiderte ihr Lächeln. Er war nicht so alt, wie Winter ursprünglich gedacht hatte. Sein robuster Körperbau und das schüttere Haar ließen ihn älter wirken, aber jetzt, da sie ihn genauer sehen konnte, dachte sie, dass er vermutlich noch keine vierzig Sommer gesehen hatte. Möglicherweise war er gerade einmal fünf oder sechs Jahre älter als Noth.

»Hallo, junge Dame«, sagte der Mann, dessen Lächeln noch breiter wurde. Winter konnte das saure Aroma des Bieres riechen, das von ihm ausging und das gar nicht zu seiner ordentlichen, maßgeschneiderten Kleidung zu passen schien.

»Hallo«, erwiderte Winter und versuchte, gleichzeitig selbstsicher und freundlich zu klingen. Das fiel ihr nicht gerade leicht und wurde durch die Angst, die sie in ihren Klauen hielt, noch weiter erschwert.

»Was macht eine Dame wie Ihr in einem so heruntergekommenen Gasthaus wie diesem?« Bei diesen Worten hob er sein Glas.

Er hat mich nicht als Elf bezeichnet, dachte Winter, in der Hoffnung aufkeimte. *Das ist doch schon mal was.* Er war der erste Mensch in der Stadt, der nicht diesen abwertenden Begriff benutzt hatte.

»Ich suche einen Freund«, sagte Winter. »Einen Menschen. Etwa in Eurem Alter. Durchschnittliche Größe. Braunes Haar. Habt Ihr ihn vielleicht gesehen?«

»Und er ist Euer Freund?« Der Mann trank einen großen Schluck Bier. »Was für ein Freund ist er denn, wenn Ihr mir die Frage gestattet?« Er musterte sie von Kopf bis Fuß. »Setzt Euch doch, meine Liebe. Ich beiße nicht. Ich bin schließlich nur ein Mensch.«

Winter setzte sich dem Mann gegenüber. Sie atmete tief durch. Er schien sehr gute Manieren zu haben. Hatte sie etwa endlich den Richtigen angesprochen?

»Bitte«, fuhr sie fort und sah dem Mann in die Augen, »was ist mit meinem Freund? Habt Ihr jemanden gesehen, auf den diese Beschreibung passt? Sein Name ist Noth.«

»Ihr habt dunkles Haar«, murmelte der Mann, der sie erneut von oben bis unten in Augenschein nahm. »Das sieht man bei Tiellanern nur sehr selten, zumindest in diesem Teil der Welt. Kommt Ihr aus der Gegend?«

»Ich wurde hier geboren«, antwortete Winter, der immer mulmiger wurde. »Also, mein Freund ...«

Der Mann setzte erneut den Bierkrug an die Lippen, wobei ihm etwas Bier über das Kinn lief. »Dein Freund, natürlich.« Er zuckte mit den Schultern. »Ich habe ihn leider nicht gesehen.«

Die Enttäuschung schmerzte mehr, als Winter erwartet hatte, und man konnte es ihr offenbar ansehen.

»Aber, aber«, sagte der Mann grinsend. »Nur weil ich ihn nicht gesehen habe, bedeutet das noch lange nicht, dass ich Euch nicht helfen kann.«

Winter rutschte auf die vorderste Kante ihres Stuhles. »Wenn Ihr das könnt, wäre ich Euch sehr dankbar.«

Der Mann rückte mit seinem Stuhl um den Tisch herum, wobei die hölzernen Stuhlbeine über den Boden schabten, bis er neben ihr saß. »Ich mag Euren Freund nicht gesehen haben«, sagte er, »aber ich kann auch Euer Freund sein, wenn Ihr möchtet.«

Plötzlich spürte Winter eine Hand des Mannes auf ihrem Oberschenkel. Sie blickte nach unten. Die Hand lag haarig und schwer auf ihrem Bein.

»Wie viel für eine Nacht?«, fragte er.

Winter blickte auf und begriff nicht, was er von ihr wollte. Er ließ seine Hand langsam höher wandern, und bevor Winter überhaupt verstand, was sie da tat, schlug sie dem Mann ins Gesicht.

Durch den Schlag ruckte sein Kopf in den Nacken, dann drehte er sich gemächlich wieder zu ihr um. Winter hatte nicht vorgehabt, ihn so fest zu schlagen. Eigentlich hatte sie ihn überhaupt nicht schlagen wollen.

Sie sah sich voller Angst um. Plötzlich war es totenstill im Gastraum. Panik stieg in ihr auf. Sie hatte gerade einen Menschen geschlagen.

»Das war sehr hässlich, junge Dame«, sagte der Mann, dessen freundlicher Tonfall verschwunden war. Jetzt klang er anders, unheilvoll. Er stand auf und war viel größer, als Winter gedacht hatte, er überragte sie deutlich.

»Ich hätte dich bezahlt. Ich weiß gar nicht, warum du dich so aufregst. So, wie ich das sehe, kann ein junger Elf doch immer Geld gebrauchen. Aber jetzt werde ich mir einfach nehmen, was ich haben will.« Er packte grob ihren Arm und zerrte sie auf die Beine.

Da stand Lian neben ihr.

»Lasst sie los«, verlangte Lian. Er klang tapfer, sah den Mann jedoch mit weit aufgerissenen Augen an.

Der Mann sagte keinen Ton, sondern schlug einfach mit der Faust zu, und Lian sackte zu Boden.

Winter schrie auf, doch Lian reagierte nicht. Der Mann musste ihn bewusstlos geschlagen haben.

»Verdammte Elfen«, knurrte der Mann und zerrte Winter mit sich auf die Tür zu.

Sie sah sich entsetzt um. Die anderen Tiellaner starrten sie an, aber keiner erhob sich oder machte auch nur den Mund auf. Die Menschen in der Ecke kicherten bloß.

In diesem Augenblick wusste Winter, dass sie auf sich allein gestellt war.

Ihre Angst drohte, sie zu überwältigen, aber sie kämpfte dagegen an. Sie sah den Mann an, der sie in die Kälte hinauszerrte. Seine Augen wirkten trüb.

»Lasst mich los.« Sie gab sich die größte Mühe, ruhig zu klingen.

Der Mann reagierte nicht.

»Bitte.«

Auch jetzt keine Reaktion. Sie versuchte, sich loszureißen, aber es war, als würde sie gegen eine Eisenfessel ankämpfen. Der Mann mochte betrunken sein, aber er war stark.

»Warum tut Ihr das?« Wieder versuchte Winter, sich ihm zu entziehen, aber es gelang ihr einfach nicht. Ihr Atem ging stoßweise und ließ kleine Wölkchen in der kalten Luft aufsteigen.

»Warum sollte ich das nicht tun?«, entgegnete der Mann. Er schien gar nicht wirklich mit ihr zu reden. Es schien eher eine Art Selbstgespräch. »Du bist ein Elf«, fügte er hinzu. Als würde das alles erklären.

Winter sah sich nach Hilfe um, aber die Straßen waren leer. Dieser Mann würde sie vergewaltigen und sterbend auf der Straße zurücklassen. Außerdem machte sie sich Sorgen um Lian. Aber wenn ihr ein ganzer Schankraum voller Tiellaner nicht helfen konnte, dann wusste Winter nicht, wer es sonst tun sollte.

Was sie jedoch nicht daran hinderte, zu schreien. Der Mann schlug sie.

»Lass das«, brummte er. Er bog in eine Gasse ab und zerrte sie hinter sich her. »Ich wäre mit dir auf ein schönes Zimmer gegangen«, fuhr er fort. »Ich hätte dich gut behandelt. Aber dafür ist es jetzt zu spät. Du hast das alles nicht verdient.« Er blickte auf sie herab. »Das hast du vermutlich von Anfang an nicht verdient gehabt.«

Dann schleuderte er Winter gegen eine Steinmauer, die sich selbst durch die vielen Kleidungsschichten kalt in ihrem Rücken anfühlte. Sie bekam keine Luft mehr, da sich ihr Brustkorb immer mehr zuzuschnüren schien.

»Bitte ...«, flehte sie, aber der Mann beugte sich vor und presste die Lippen auf ihre. Sie wand sich und versuchte, sich zwischen der Mauer und dem breiten Körper des Mannes hindurchzuquetschen, aber er hielt sie mit eiserner Hand fest. Schon schob er ihr die Zunge in den Mund, und sie schmeckte Bier und Whiskey. Sie versuchte zu schreien, aber es kam nur ein gedämpfter Laut aus ihrer Kehle. Plötzlich bekam sie keine Luft mehr. Sie schlug mit den Fäusten auf den Mann ein und versuchte, ihn zu treten, ihm ein Knie zwischen die Beine zu rammen, während sie nach Luft rang. Sie kämpfte mit aller Kraft und schlug wild um sich. Ihr Kopf tat ihr schrecklich weh, und ihr wurde ganz warm im Gesicht, aber sie kämpfte weiter.

Doch es nutzte nichts. Der Mann ließ nicht von ihr ab. Wieder stieß er ihr die Zunge in den Mund, aber dieses Mal biss Winter fest zu.

Der Mann knurrte und versetzte ihr einen Schlag in den Bauch. Winter öffnete den Mund, und der Mann machte einen Schritt nach hinten, während sie auf dem Schnee in sich zusammensackte.

»Das hättest du nicht tun sollen«, fauchte der Mann und spuckte Blut auf die Straße. Winter konnte ihn nicht ansehen. Ihr Kopf schmerzte viel zu sehr. Sie versuchte zu atmen, aber da war nichts als erstickender Schmerz. Sie spürte, wie der Mann sie das erste Mal trat, aber das zweite Mal bekam sie schon nicht mehr richtig mit. Ob er danach weitermachte, wusste sie nicht. Er redete mit ihr, knurrte unverständliche Dinge, die für sie einfach keinen Sinn ergaben.

Der Schnee unter ihr war so weich und kalt, so einladend.

Ich werde hier sterben, dachte sie. *Ich werde hier sterben, und das ist allein meine Schuld.* Sie hatte Lian ganz umsonst mit nach Cineste geschleift. Noth würde es mit Sicherheit nie erfahren. Niemand würde es wissen. Morgen früh wäre sie nichts als eine weitere tote Tiellanerin. Niemand würde sich für sie interessieren.

Vielleicht sehe ich dann meinen Vater wieder.

Der Mann stürzte sich auf sie. Winter fühlte sein Gewicht. Sie ließ einfach los und hoffte, dass sie nicht mehr mitbekommen würde, was gleich geschehen musste.

Aber der Mann bewegte sich nicht. Er lag einfach auf ihr und drückte sie mit seinem Gewicht zu Boden. Winter wand sich und versuchte, unter ihm wegzukommen, aber da rollte er einfach so von ihr herunter.

Winter keuchte auf. Sie zuckte zusammen, schlug die

Hände vor das Gesicht und rechnete mit dem Schlimmsten.

»Ist alles in Ordnung?«

Sie schlug die Augen auf, kniff sie zusammen und starrte in die Dunkelheit. Das war nicht der gutgekleidete Mann, der da über ihr stand.

»Noth?«

»Ist alles in Ordnung?«, fragte die Gestalt erneut. »Könnt Ihr aufstehen?«

Winter sah sich um. Der Mann, der sie angegriffen hatte, lag neben ihr auf dem Boden, und der Schnee unter ihm färbte sich rot.

»Noth?«, fragte sie noch einmal. Dann spürte sie, wie sie das Bewusstsein verlor, und sie sackte auf dem Schnee in sich zusammen.

KAPITEL 8

Irgendwo zwischen Cineste und Brynne,
Nördliches Khale

Ich würde fragen, ob du dich vor Monstern unter dem Bett fürchtest, aber falls du Angst vor etwas derart Kleinem hast, kann ich dir sowieso nicht helfen.«

Noth setzte sich auf. Astrid und er waren in dem kleinen Lager, das sie ein paar Tagesreisen von Cineste entfernt aufgeschlagen hatten. Sie saß in der Nähe des Feuers, und die Flammen tauchten ihre Gestalt in flackerndes Licht.

Noth atmete schwer, er hatte geträumt, nachts durch eine Burg zu schleichen und den Burgherrn und seine Frau zu ermorden. Ihre junge Tochter war ins Zimmer gestürzt, gerade als Noth seine blutige Tat vollbrachte. Sie war ein unschuldiges Kind gewesen, aber in seinem Traum hatte Noth nicht einen Augenblick lang gezögert.

Es war kein echter Traum gewesen, das wusste Noth. Auch kein richtiger Alptraum. Es schien vielmehr eine Art Erinnerung gewesen zu sein.

»Ich wollte dich nur aufziehen«, murmelte das Mädchen. Noth konnte sie nicht ansehen. Das Mädchen, das er im Traum getötet hatte, sah diesem *Ding*, das ihn jetzt begleitete, viel zu ähnlich.

»Möchtest du mir erzählen, was du geträumt hast?«, fragte Astrid.

»Nein«, krächzte Noth. Seine Kehle war trocken.

»Wie du willst«, erwiderte sie.

Noth hustete und griff nach seinem Umhang. Das Leben auf der Straße war kalt. Feuer und dicke Decken machten einen Unterschied, aber er spürte die Kälte dennoch ständig. Es war fast so, als würde sie seinen Körper nie ganz verlassen.

»Wie lange dauert es noch bis zur Dämmerung?«, wollte er wissen.

»Nicht mehr lange.« Sie stocherte mit einem Ast in der Glut.

»Wir sollten aufbrechen. Es kann nicht schaden, früher loszukommen.«

»Wie du meinst, Meister.«

Noth sammelte mit finsterer Miene seine Habseligkeiten zusammen. Sein Bündel, seine Stiefel, sein Messer und einen Stab, den er aus dem Schankraum des Gasthauses hatte mitgehen lassen. Es war nicht viel, aber es reichte. Er reiste gern mit leichtem Gepäck. Der Stab war aus dem Holz einer Schwarzborke geschnitzt und ein Glücksgriff gewesen. Fast fühlte sich Noth schuldig, weil er ihn gestohlen hatte, aber Schwarzborke war robust, fast so hart wie Stahl, und deutlich leichter. Der Stab würde eine gute Waffe abgeben.

Dann sah Noth zu der Vampirin hinüber. Immer wenn er fragte, warum sie ihn begleitete, machte sie einen Witz. Das war verdammt unbefriedigend. Und doch war er dankbar gewesen, dass sie bei ihm war, als er die Stadt verlassen hatte. Seine Verfolger hielten nach einem einsamen Mann Ausschau und nicht nach einem Vater mit seiner Tochter.

So langsam fragte er sich dennoch, ob das wirklich eine so gute Idee gewesen war.

Astrid stand auf und warf sich den großen, zerschlissenen schwarzen Umhang über, der bisher ordentlich gefaltet neben ihr gelegen hatte. Darunter trug sie ein schlichtes grünes Kleid und Wollstrümpfe. Noth war überrascht, dass die Kleine nicht fror, jeder normale Mensch hätte vor Kälte gezittert.

Es fiel ihm leicht, sie für ein kleines Mädchen zu halten, und das beunruhigte ihn. Sie wirkte so … normal. Ihre Art zu sprechen ließ ihn sich allerdings häufiger fragen, wie alt sie wirklich sein mochte. Sie klang wie eine erwachsene Frau, die im Körper eines Kindes gefangen war.

Das ist nicht gerade normal.

Seufzend schnürte er sich die Lederstiefel zu. »Wie heißt die nächste Stadt noch gleich?«, erkundigte er sich. Noth hatte Astrid nur erzählt, dass er nach Navone reiste, und er hoffte, das Mädchen irgendwie loszuwerden, bevor er die Grenze nach Roden überquerte.

Astrid stöhnte, als sie die Riemen ihres kleinen Lederrucksacks festzurrte. »Brynne. Danach wenden wir uns nach Norden und folgen der Tiellanischen Straße bis nach Navone, der Grenzstadt.«

»Warum können wir nicht gleich nach Nordwesten gehen, direkt nach Navone?«

»Dort gibt es keine Straßen. Dir mag vielleicht der Sinn danach stehen, die Sorensanischen Eisfelder mitten im Winter zu überqueren, aber ich würde lieber darauf verzichten. Es heißt, einige der Spalten reichten bis hinunter in die Unterwelt.«

Noth konnte nicht behaupten, dass ihn diese Aussicht abschreckte. Er fand die Vorstellung verlockend, Astrid in einer dieser Spalten verschwinden zu lassen.

»Wir müssen durch Brynne hindurch, wenn wir nach

Navone wollen. Zu dieser Jahreszeit haben wir keine andere Wahl.«

Noth nickte. Er hatte ein deutliches Bild von Navone vor seinem inneren Auge. Brynne kam ihm irgendwie bekannt vor, aber ihm wollten keine Einzelheiten dazu einfallen. *Da muss es ein Muster geben, eine Verbindung, die mir entgeht.* Manchmal erzeugten Worte und Orte einen Widerhall in seinem Inneren, und dann wieder geschah gar nichts. Und dann wieder verspürte er einen unwiderstehlichen Drang, eine Macht, die ihn zu einem der Orte hinzog, so wie bei Roden. Hätte Noth es nicht besser gewusst, hätte er gesagt, dass er keine andere Wahl habe und einfach dorthin gehen müsse. Er musste unbedingt herausfinden, warum das so war.

Die Tiellanische Straße war überall bekannt. Während der großen Säuberung in Roden vor einigen Jahrzehnten war die verbliebene tiellanische Bevölkerung aus Roden verbannt worden und hatte mitten im Winter über den Sorensanischen Pass gehen müssen. Navone hatte sich geweigert, so viele Tiellaner durch das Bluttor hereinzulassen, und einen Trick der Rodeneser dahinter vermutet. Derart gefangen auf dem Sorensanischen Pass, waren Hunderte von Tiellanern gestorben. Als Navone endlich begriff, dass die Massen harmlos waren, ließ man die angeschlagenen, bezwungenen Tiellaner die Stadt passieren und auf der südlichen Straße weiterreisen, die von da an die Tiellanische Straße genannt wurde.

Anscheinend konnte sich Noth sehr gut an die Geschichte von Khale erinnern, wohingegen ihm seine eigene noch immer ein Rätsel war.

»Bist du bereit?«, fragte er Astrid. Sie hatte etwas Schnee über die letzte Glut gewischt und rückte gerade ihren Rucksack zurecht.

»Ich bin schon die ganze Zeit bereit«, erwiderte sie. »Du bist es doch, der uns aufhält.«

Noth schüttelte den Kopf und machte sich auf den Weg zur Straße.

Sie gingen über die Straße des Sonnenuntergangs in Richtung Westen, während es rings um sie herum langsam hell wurde. Riesige Schneewehen, einige drei Ruten hoch, erhoben sich rechts und links von ihnen. Ein paar Kiefernhaine waren in der Ferne auszumachen und wirkten in der weißen Landschaft fast schon verloren. Noth entdeckte etwas, das er für einen *Rihnemin* hielt, der aus dem Schnee herausragte, aber er war sich nicht sicher. Diese großen Steinmonumente gehörten zu den wenigen Überresten, die von den einstigen tiellanischen Königreichen erhalten geblieben waren. Heute waren sie kaum mehr als Ruinen und sahen aus der Ferne aus wie große Felsbrocken.

»So, Kleine. Sagst du mir jetzt endlich, warum du immer noch da bist, oder ist das für heute Morgen zu viel verlangt?«

Astrid stieß die Luft aus. Noth bemerkte, dass ihr Atem keine weißen Wölkchen bildete, so wie seiner.

»Na gut«, sagte sie endlich. »Ich erzähle es dir.«

Er sah sie überrascht an.

Sie hielt den Blick gesenkt. »Ich weiß nicht genau, wie ich es erklären soll, aber ich spüre eine Verbindung zu dir.«

»Eine Verbindung?« Noth runzelte die Stirn.

»Etwas, das ich seit sehr langer Zeit nicht mehr gespürt habe. Es ist fast so, als würde ich dich bereits kennen.«

Noth fragte sich, was bei der Unterwelt das Mädchen da redete. Gleichzeitig überlegte er jedoch auch, ob ihre Worte nicht der Wahrheit entsprachen. Auch er fühlte irgendetwas für das Mädchen. Widerwillen, das schon, aber da war auch noch etwas anderes. Der Schatten von etwas, das er vergessen hatte.

Astrid schüttelte den Kopf. »Ich weiß, dass sich das dumm anhört. Mir ist klar, dass es ungewöhnlich ist. Aber …« Sie blickte zu ihm auf, und Noth spürte, wie sie seine Hand nahm. »Ich hoffe, dass da eines Tages vielleicht noch mehr zwischen uns sein wird.«

Er entzog ihr seine Hand. »Was bei der Unterwelt …«

Astrid lachte schallend auf.

Natürlich. Noth sagte nichts mehr. Ihm war selbst nicht klar, warum er noch immer auf eine ehrliche Antwort gehofft hatte.

»Bei der aufsteigenden Canta, du musst wirklich öfter lachen«, schimpfte Astrid, die noch immer kicherte.

Noth schwieg weiter. Er sah sich um, den Weg zurück, den sie gekommen waren. Das tat er häufig, um sich zu vergewissern, dass keine Gefahr drohte.

»Hör mal, ich habe gute Gründe dafür, bei dir zu bleiben. Wenn du Glück hast, findest du irgendwann heraus, welche das sind«, sagte sie.

Daraufhin lachte Noth doch kurz auf. »Das ist alles?«, erwiderte er. »Du erwartest, dass ich in Begleitung eines Vampirs reise, und die einzige Erklärung, die du mir zu geben bereit bist, ist, dass du ›gute Gründe‹ hast?«

»So ist es.« Astrid grinste ihn an. »Zumindest fürs Erste. Außerdem kannst du mich nicht ohne weiteres loswerden.«

»Genau das ist das Problem«, murmelte Noth. Die Kreaturen, in deren Adern Ventusblut floss, waren schneller und stärker als normale Menschen oder auch Tiellaner. Es hieß, dass Vampire das Sonnenlicht mieden, doch er war sich nicht sicher, ob das stimmte. Der Himmel war wolkenverhangen, aber die Sonne schien hin und wieder durch die Wolkendecke. Das Mädchen zog die Kapuze stets tief ins Gesicht und verbarg sich in deren Schatten. Noth beschloss, sich das zu merken. Bis er eine Schwäche gefunden hatte, standen seine Chancen gegen sie schlecht – sogar trotz seiner eigenen geheimnisvollen Fähigkeiten.

»Dann erzähl mir wenigstens was von dir«, bat Noth sie nach einer Weile. »Das bist du mir schuldig.«

»Kann schon sein. Was willst du denn wissen?«

»Deine Augen leuchten im Dunkeln. Im Moment sehen sie heller aus als normale Augen, aber bei Tageslicht sind sie dunkel. Wie kommt das?«

Astrid zuckte mit den Schultern. »Das weiß ich nicht. Sie verändern sich entsprechend der Lichtverhältnisse. Je heller es ist, desto weniger Licht lassen sie durch. Mehr kann ich dir darüber nicht sagen. Selbst die Unsterblichen wissen nicht alles.«

»Und … du bist eine Unsterbliche?« Die Vorstellung, dass dieses kleine Mädchen, das hier neben ihm herlief, ewig leben könnte, kam ihm irgendwie lächerlich vor.

»Ich werde nicht an Altersschwäche sterben, so viel steht fest. Aber wenn sich jemand sehr große Mühe gibt …«

»Oder wenn du Selbstmord begehst«, fügte Noth hinzu und hoffte halbherzig, dass sie es vielleicht als Herausforderung auffasste.

Aber sie schüttelte den Kopf. »Nein. Jeder Schaden, den ich mir selbst zufüge, ist … ohne Wirkung.«

Noth hätte zu gern gewusst, was sie damit meinte, aber

er spürte, dass sie gerade mehr erzählte als jemals zuvor, daher beschloss er, lieber weiterzufragen.

»Wie alt bist du?«

Sie nahm erneut seine Hand und legte sich den anderen Arm an die Stirn. »Aus genau diesem Grund kann unsere Beziehung nicht funktionieren«, erklärte sie melodramatisch. »Die Leute denken immer, es läge daran, dass du älter bist als ich, aber nur wir kennen die Wahrheit. Ich bin zweihundert Jahre älter als du, Noth, und unsere Liebe ist zum Scheitern verurteilt.«

Noth starrte sie mit finsterer Miene an.

»Ernsthaft, wer hat dir denn in den Haferbrei gespuckt?«, murmelte Astrid. »Ich habe nicht die geringste Ahnung, wie alt ich bin«, fuhr sie fort. »Ich erinnere mich an die Gründung des Parlaments und an den König, der uns seine Krone gegeben hat, sowie an das Ende des Tausendjährigen Krieges. Alles, was davor war, ist irgendwie verschwommen. Da sind nur namenlose Gesichter und bedeutungslose Orte. Eigentlich nichts als Schatten.«

Das Gefühl kenne ich. Noth rechnete im Kopf nach. »Dann musst du wirklich über zweihundert Jahre älter sein als ich.« Falls sie die Wahrheit sagte, dann hatte dieses Mädchen schon wenigstens zweihundertundfünfzig Sommer erlebt. Vermutlich noch weitaus mehr.

In der Ferne machte die Straße eine Biege, und die schneebedeckten Hügel ragten weiterhin zu beiden Seiten auf. Sie hatten die ersten Ausläufer eines kargen Kiefernwaldes erreicht, die erste größere Bewaldung, seit sie Cineste verlassen hatten. Noth freute sich, etwas anderes zu sehen. Die Reise wurde zunehmend langweiliger. Immerzu dasselbe Gelände, derselbe Ablauf, dasselbe Essen, tagein, tagaus, das konnte einen Mann in den Wahnsinn treiben.

Noth versuchte, die nächste Frage so zu stellen, als wäre sie eine naheliegende Fortsetzung ihrer Unterhaltung, aber er merkte selbst, dass seine Stimme angespannt klang. »Du hast gesagt, jemand anderes könnte dich töten. Wie genau soll das funktionieren?«

Astrid kicherte, und dieses kindische Geräusch ärgerte Noth. Manchmal kam sie ihm wirklich vor wie ein kleines Mädchen. »Es ist ein bisschen früh, um in unserer Beziehung schon darüber zu reden, findest du nicht, Liebster? Wir haben ja noch nicht einmal mit unseren Eltern gesprochen.« Sie tätschelte seinen Arm. »Vielleicht eines Tages, Noth. Aber das ist kein Thema, über das ich mit jedem Hergelaufenen auf der Straße spreche, so etwas verrate ich dir jetzt ganz bestimmt nicht.«

»Ich dachte, zwischen uns gäbe es eine Verbindung.«

Die Kleine grinste, riss die Augen auf und lachte.

Noth spürte, wie seine Mundwinkel zuckten. Das Mädchen besaß einen ansteckenden Humor, auch wenn er ihm manchmal auf die Nerven ging. Eigentlich meistens.

Aber ihre vorgespielte Koketterie erinnerte ihn an Winter, und das konnte er kaum ertragen. Noch nicht.

»Da wir uns gerade besser kennenlernen«, sagte Astrid nach einer Weile, »was hast du getan, bevor du … Was warst du doch gleich? Fischer?«

Noth verzog das Gesicht. Vielleicht sollte er ihr einfach die Wahrheit sagen. Er tat sich sicher keinen Gefallen damit, wenn er zu verschleiern versuchte, dass er nichts Genaues über sich selbst wusste. Daher erzählte er ihr von seinen Erinnerungen – oder vielmehr, dass er sich nicht erinnern konnte. Dass da nichts als Bruchstücke und Schemen waren. Wie sich sein Körper erinnert hatte, während sein Geist es nicht konnte.

»Konntest du aus diesem Grund gleichzeitig eine Acumantin und einen Teleniker ausschalten? Weil sich dein Körper daran erinnert hat, was zu tun ist?«

»Ich denke schon«, antwortete Noth schulterzuckend.

»Du bist ein Nomade«, meinte Astrid. »Genau wie ich. Wir geben ein schönes Paar ab, was? Der Vampir und der Nomade. Wir können uns nicht daran erinnern, wer wir sind. Wir erzählen einander nichts. Wir vertrauen uns nicht. Was für ein seltsames Paar.«

Eine Zeitlang gingen sie schweigend weiter. Nach einigen Minuten drehte sich Noth um, da er nach Verfolgern Ausschau halten wollte. Da sah er sie.

Er ging weiter.

»Wir werden verfolgt«, sagte er leise.

Das Mädchen nickte. »Sie sind zu viert. Räuber.«

»Wie lange weißt du das schon?«

Sie zuckte mit den Schultern. »Sie haben uns eine Weile aus dem Schutz der Bäume heraus beobachtet und sind uns dann gefolgt, als wir in den dichteren Teil des Waldes gegangen sind.«

Obwohl sie es die ganze Zeit gewusst hatte, war ihr nicht in den Sinn gekommen, es ihm zu sagen? Noth musste unbedingt mit ihr darüber reden. Doch später. Jetzt sah er sich beiläufig die hohen dunkelgrünen Bäume an, zwischen denen sie hindurchgingen.

»Kannst du dich auch bei Tageslicht verteidigen?«, wollte er wissen.

»Besser als du«, erwiderte sie. »Aber in der Dunkelheit bin ich immer besser.«

Wenn sie wirklich so gut war, wie sie behauptete, dann schwebten sie vermutlich nicht in Gefahr. Es sei denn, es waren mehr Banditen, als er gezählt hatte. Und sie waren mit Bögen bewaffnet.

»Aber es könnte sein, dass du die Sache allein regeln musst«, sagte Astrid.

Noth starrte sie verblüfft an. Irgendwie hatte das nicht nach einem ihrer üblichen Scherze geklungen.

»Warum sollte ich, wo ich doch einen sehr fähigen Vampir an meiner Seite habe?«, fragte er.

»Aus genau diesem Grund«, antwortete sie. »Vampire begegnen einem nicht jeden Tag. Wenn bekannt wird, dass ein Mann zusammen mit einem Vampir, der aussieht wie ein Kind, durch die Gegend reist, dann werden wir nirgendwo mit offenen Armen empfangen.«

»Ich wäre lieber am Leben und würde auf die Gastfreundschaft verzichten, anstatt tot zu sein … und tot.«

»Ach, diese Redegewandtheit. Ich werde tun, was ich kann, Nomade. Aber fang hinterher nicht an zu jammern, wenn die Leute deinen zerstückelten Kadaver verbrennen.«

Noth stutzte. Möglicherweise hatte sie recht.

»Ich übernehme das Reden«, sagte er. »Du bist meine Tochter, und wir reisen nach … äh … nach …«

»Brynne. Bei der aufsteigenden Canta, du hast wirklich Probleme mit deinem Gedächtnis.«

»Ja, ja, Kleine. Wir sind auf dem Weg nach Brynne. Mein Vetter hat mir dort eine Stelle besorgt. In Cincstc wurde das Leben immer unangenehmer.«

»Wegen der ekligen Elfen«, fügte sie hinzu und schnitt eine Grimasse.

Noths Miene verhärtete sich, aber er sagte nichts. Das würde gut zu ihrer Geschichte passen. »Und jetzt«, sagte er, »hast du irgendeinen Vorschlag, wie wir vorgehen wollen?«

»Dafür ist es zu spät«, sagte Astrid, gerade als drei Männer vor ihnen aus dem Wald auf die Straße traten.

Noth fluchte leise. Damit waren es schon sieben. »Ich bin mir nicht sicher, ob du die Sache wirklich aussitzen kannst«, murmelte er leise.

»Ich kann sehr unauffällig sein, wenn ich will, Väterchen.«

Noth starrte die drei Männer vor ihnen an. Der Mann in der Mitte war riesig und bestimmt einen Kopf größer als Noth. Der rechts daneben war vermutlich ebenso schwer, aber kleiner. Doch der Mann auf der linken Seite, der einige Fingerbreit kleiner war als Noth und dessen Gesicht voller Kampfspuren und Pockennarben war, stellte wahrscheinlich das größte Problem dar. Seine tiefbraunen Augen blickten eiskalt. Noth war solchen Männern schon früher begegnet. Der hier war nicht auf Geld aus, er wollte Blut sehen.

»Hallo«, brüllte der große Mann in der Mitte. »Wir sind nur einfache Diebe auf der Suche nach einer schnellen Münze. Was habt Ihr bei Euch?«

Noth schwieg.

»Heutzutage gibt es einfach kein Geschick mehr«, murmelte Astrid. »Ich vermisse die Zeit, in der man mit den Räubern noch ein bisschen scherzen konnte.«

»Ich habe nicht viel bei mir«, antwortete Noth schließlich. »Ein paar Kupferstücke und vielleicht ein oder zwei Silberstücke. Das ist Eure Zeit nicht wert, meine Herren.«

»Geld ist Geld«, erklärte der große Mann, »und es ist daher immer unsere Zeit wert. Aber wir nehmen auch gern Waffen, Kleidungsstücke und schöne Wollumhänge … wie den, der da um Eure Schultern liegt.« Er nickte Noth zu.

»Ha«, machte der Mann zu seiner Rechten. »Der hier verdient es, ausgeraubt zu werden. Welcher Mann trägt selbst einen warmen Umhang und lässt seine Tochter frieren?«

»Vielleicht ist sie ja gar nicht seine Tochter«, wandte der große Mann ein. »Möglicherweise ist er ja ein Händler. Was denkt ihr, Leute?«

Noth machte einen Schritt auf sie zu. Der Gedanke, er könne Astrid an jemanden verkaufen, war derart absurd, dass er beinahe lachen musste. Doch Noth durfte nicht vergessen, dass sie für die Männer aussah wie ein kleines Mädchen, das noch keine zehn Jahre alt war. Wie das Mädchen aus seinem Traum.

»Sie ist meine Tochter«, sagte er kalt. »Und ich würde es vorziehen, wenn Ihr einen anderen Tonfall anschlagt. Sie mag keine gemeinen Menschen.«

Der dicke Mann johlte. »Da haben wir aber einen ganz Frechen erwischt, Leute!«

»Hört, mein Freund«, sagte der große Mann, »gebt uns einfach Euer Geld und Euren Umhang. Und alle Waffen, die Ihr bei Euch tragt. Dann könnt Ihr und Eure *Tochter*«, er schnaubte, »fröhlich Eures Weges ziehen.«

Noth schüttelte den Kopf und umklammerte den Schwarzborkenstab.

»Falls Ihr es noch nicht bemerkt habt, hinter Euch stehen noch vier unserer Männer.«

Noth sah über die Schulter zu den vier anderen hinüber. »Männer« schien nicht die richtige Bezeichnung zu sein, da ein Junge kaum älter als Astrid aussah.

Noth hielt den Atem an. Einer hatte einen Bogen in der Hand. Wie dumm von ihnen, ihren Bogenschützen aus der Deckung zu holen.

»Aye«, fuhr der große Mann fort. »Wir wollen wirklich keinen Ärger.« Er grinste, und seine Zähne waren erstaunlich gerade, wenngleich schmutzig gelb. »Nur Eure Münzen.«

»Noth«, flüsterte Astrid hinter ihm, »jetzt ...«

Aber Noth hatte dem Dicken schon sein Messer in den Hals geworfen. Der große Mann brüllte los und holte einen langen Knüppel hervor, der kaum mehr als ein Ast war. Aber dieser Gegner musste noch warten. Noth warf sich schon herum und stürzte sich auf den Mann mit dem Bogen.

Der Bogenschütze, der auf jeden Fall jünger als Winter war und keine neunzehn Sommer zählen konnte, sah Noth mit weit aufgerissenen Augen an. Noth fragte sich, ob er überhaupt schon jemals richtig gekämpft hatte. Sobald sein Stab mit lautem Knacken auf dem Kopf des Jungen landete, brach dieser auf dem Boden zusammen.

Sofort drehte sich Noth um und sah den beiden anderen Männern entgegen, die auf ihn zukamen, der Große vornweg. Noth wirbelte den Stab in den Händen herum. Die Schwarzborke war kaum zu erkennen, so schnell ließ Noth den Stab von einer Hand in die andere wandern. Es fiel ihm so leicht, als habe er nie etwas anderes getan.

Er gab mit seinen Fähigkeiten an. Daran war nichts falsch, und zuweilen war Prahlerei das Beste, was man in einem Kampf machen konnte. Zumindest am Anfang. Und in diesem Fall funktionierte es. Die Männer blieben stehen und starrten seinen Stab an.

»Na los, Leute«, trieb der große Mann sie an, »das ist doch nur ein einziger Mann.«

»Gib mir Rückendeckung«, raunte Noth Astrid zu. Der Schnee knirschte unter seinen Stiefeln, als er das Gewicht verlagerte. Dann griff er an.

Der Stab wirbelte direkt an der Keule des großen Mannes vorbei und traf mit lauten Knall auf den Kopf des Anführers. Der Mann taumelte nach hinten und versuchte noch, nach Noth zu schlagen, traf jedoch ins Leere. Bevor er sich wieder erholen konnte, landete Noth noch zwei Treffer im Gesicht des Mannes, der daraufhin die Augen verdrehte und in den Schnee fiel.

Noth spürte den Schauder, der durch ihn hindurchjagte, und wie das Blut schneller durch seine Adern schoss. Er hatte sich für den Stab entschieden, weil er den Blutrausch, den er spürte, wann immer er tötete, nicht nähren wollte. Es war sehr viel schwerer, jemanden mit einer Waffe aus Holz zu töten. Jetzt wünschte er sich doch, eine andere Waffe genommen zu haben.

Jemand stöhnte hinter Noth auf. Er sah über die Schulter und beobachtete, wie Astrid einem Angreifer auswich und ihm ihre kleine Faust gegen ein Knie rammte. Der Mann schrie auf, als es unter ihm nachgab. Astrid sprang auf ihn drauf, und schon erstarben seine Schreie.

Der Schnee knirschte hinter Noth, und er duckte sich unter einer Axt hinweg. Als er mit seinem Stab zuschlug, streifte er seinen Angreifer nur, der daraufhin gegen Astrid prallte. Das Mädchen sprang in die Luft und drehte dem Mann den Kopf herum, bis das Genick mit lautem Knacken brach.

Noth rollte sich auf die Seite und hatte es nun mit dem Pockennarbigen zu tun, der ein rostiges Langschwert gezogen hatte. Der Räuber holte damit aus, und Noth warf sich zur Seite. Schon griff der Mann erneut an, und Noth lehnte sich zur anderen Seite und stieß seinem Gegner ein Ende seines Stabs in die Magengrube. Der Mann parierte den Schlag mit breitem Grinsen.

Bevor Noth begriff, was er da tat, oder sich nach dem

Grund dafür fragen konnte, hatte er auch schon einen Schritt nach hinten gemacht, einen Ellbogen nach hinten gerammt und einem anderen Räuber die Nase gebrochen. Woher hatte er gewusst, dass sich ihm jemand von hinten näherte? Egal. Sobald der Kerl auf dem Boden zusammengesackt war, stürzte sich Astrid auch schon auf ihn.

Noth hatte den dicken Mann mit seinem Dolch getötet, und er ging davon aus, dass Astrid alle Räuber umbrachte, die sie in die Finger bekam. Jetzt konnte er nur hoffen, dass sie den Jungen noch nicht entdeckt hatte. Diese Menschen waren verzweifelt, aber das bedeutete noch lange nicht, dass sie den Tod verdient hatten.

Zumindest ein Teil von ihm war dieser Ansicht. Ein anderer Teil von Noth genoss das Blut – sowohl das in seinen Adern als auch das, das seine Feinde verloren. Ein Teil von Noth freute sich über jeden getöteten Gegner und sehnte sich nach mehr.

Noth wich einem weiteren Angriff des Pockennarbigen aus, drehte sich um sich selbst und schwang seinen Stab. Doch der prallte von der Schulter seines Gegners ab. Der Mann griff erneut mit seinem Schwert an und schlug wieder und wieder fest zu. Noth parierte die Schläge und versuchte, der Klinge auszuweichen, aber er wurde langsam müde. Sehr viel länger konnte er nicht mehr durchhalten, und er wollte vermeiden, dass sein Stab direkt getroffen wurde, da die Schwarzborke hart, aber nicht unzerstörbar war.

Der Pockennarbige war schnell, doch seine Beinarbeit war lausig. Er machte einen Schritt nach vorn, wenn er nach links gehen sollte, und blieb stehen, wenn ein Schritt nach hinten angebracht gewesen wäre. Noths Schwung trug ihn von einer Parade zur nächsten, von einem Schlag zum nächsten Ausfallschritt. Der Räuber hatte zwar Erfahrung, aber es mangelte ihm an flüssigen Bewegungen und an Disziplin.

Endlich gelang es Noth, mit seinem Stab den Angriff seines Gegners zu durchbrechen, und der Schwarzborkenstab traf den Mann an der Kehle. Der Pockennarbige würgte kurz, und mehr Zeit brauchte Noth nicht, um ihn zu erledigen. Bevor sich sein Gegner wieder erholt hatte, zog Noth seinen Dolch und stach ihm dreimal in die Brust.

Dann drehte er sich um. Vor ihm stand der Junge und sah aus, als wäre er am Boden festgefroren. Noth sah Astrid neben sich stehen, unter der jemand stöhnend im roten Schnee lag. Dann näherte sich der Vampir langsam dem Jungen.

»Warte«, verlangte Noth. Astrid blieb stehen und wandte sich zu ihm um.

Noth sah den Jungen an und spürte einen Hauch von Bedauern, weil er gezwungen gewesen war, vor den Augen dieses Kindes zu töten. Er hätte ihm das gern erspart. Solche Dinge gehörten nicht in den Kopf eines so jungen Menschen.

Dennoch war ihr Werk noch nicht getan.

»Junge«, sagte Noth. Der Junge stand reglos da und starrte ins Leere.

»Junge«, wiederholte Noth noch einmal, dieses Mal etwas schärfer. Der Junge zuckte zusammen, sah Noth kurz in die Augen und wandte den Blick dann ab.

»Ja, Herr?«

»Wer war der Anführer?«

Der Junge deutete schweigend auf den Mann mit den Pockennarben.

Noth ging zu der Leiche und durchsuchte schnell ihre Taschen. Er nahm ihm einen kleinen Dolch und einen großen Geldbeutel ab.

Es war voller Gold.

»Wo hat er das her, Junge?«

»V… von einem anderen Mann, Herr. Einem F… Fremden. Hässlich, mit einer dicken Narbe im Gesicht.«

Noth wurde eiskalt. Das konnte Zufall sein, aber die Beschreibung passte. Der große Mann, der den Angriff auf die Hochzeitsgesellschaft angeführt hatte, war von einer solchen Narbe entstellt gewesen und hatte einen rodenesischen Akzent gehabt. In letzter Zeit fiel es Noth zunehmend schwerer, an Zufälle zu glauben.

»Sehr schön«, murmelte Noth. Er nahm eine Goldmünze aus der Tasche, steckte sie in seinen eigenen Münzbeutel, in dem nur Kupfer- und Silberstücke waren, wie er wahrheitsgemäß gesagt hatte, und warf ihn dem Jungen zu. Er hätte dem Jungen den anderen Geldbeutel gegeben, aber er wusste, dass er so viel Geld nicht lange behalten würde.

»Nimm das und geh«, forderte er ihn auf. »Kauf dich aus diesem Leben frei.«

Astrid drehte sich zu Noth um und sah ihn entsetzt an. »Er hat mich gesehen«, zischte sie. »Er weiß, was ich bin.«

Noth musterte den Jungen und bezweifelte, dass dies der Wahrheit entsprach. Es war durchaus möglich, dass der Junge schon Geschichten über Vampire gehört hatte, aber momentan war er wie benommen. Später würde er sich an nichts Genaues mehr erinnern können und ganz bestimmt nicht an die Tatsache, dass ein Kind die Hälfte aller Angreifer ausgeschaltet hatte.

Dennoch war ein Teil von Noth bereit, Astrid zuzustimmen. Nicht weil er glaubte, der Junge könnte zum Problem werden, sondern weil sein Verlangen zu töten noch immer nicht gestillt war. Genauso war es auch nach seiner Hochzeit gewesen, nachdem er die Wachleute in Pranna getötet hatte. Seine Hand zuckte, und er krümmte die Finger.

»Geh«, stieß Noth zwischen zusammengebissenen Zähnen hervor.

Der Junge rannte los.

Astrid starrte Noth lange Zeit einfach nur an. »Du hast ihn gehen lassen«, murmelte sie schließlich.

Noth erwiderte nichts, er stand nur schwer atmend da. Das Gefühl des Blutes, das in seinen Adern rauschte, ließ langsam nach, und an seiner Stelle blieb nichts als Furcht zurück.

Er hätte das Kind beinahe getötet.

»Bei der aufsteigenden Canta«, sagte Astrid. »Und ich dachte schon, ich wäre blutrünstig. Du wolltest den Jungen umbringen.«

Noth zuckte mit den Schultern. »Aber ich habe es nicht getan.«

Astrid kniff die Augen zusammen. »Nein, du hast es nicht getan. Du hast dich ihm gegenüber als gnädig erwiesen, Nomade.«

»Das war Mitleid, keine Gnade«, erklärte Noth kopfschüttelnd. »Dieses Geld könnte ihm mehr Ärger einbringen, als es wert ist.«

Astrid sagte nichts mehr. Sie ging zu dem dicken Mann und zog ihm den Dolch aus dem Hals. Nachdem sie die Waffe im Schnee gereinigt hatte, gab sie sie Noth zurück. Er hatte nicht die geringste Ahnung, was sie gerade dachte. Ihre Augen leuchteten schwach.

Dann lächelte sie ihn an. »Geht es dir gut?«, erkundigte sie sich. »Du siehst aus, als hättest du gerade zum ersten Mal jemanden getötet.«

»Wenn es doch nur so wäre«, murmelte er. Als er sah, wie Astrid die Leichen musterte, begriff er endlich, was los war.

Sie leckte sich die Lippen.

Bevor er etwas sagen konnte, ergriff sie auch schon das Wort. »Pass auf«, sagte sie, und zum ersten Mal glaubte Noth, etwas in ihrer Stimme zu hören, einen Anflug von … was? Aufrichtigkeit? Scham? »Ich habe seit fast einem Monat nichts mehr gegessen, und es wird Zeit, dass ich wieder etwas zu mir nehme.«

Noth sah ihr in die Augen. So durcheinander hatte sie zuvor noch nie gewirkt. »Nur zu«, entgegnete er. »Ich werde mich einfach … ein bisschen umsehen. Ruf mich, wenn du irgendetwas brauchst.«

Das Mädchen nickte und sah zu Boden. »Ist gut«, sagte sie leise. »Dasselbe gilt auch für dich.«

Noth ging in den Wald. Er musste ohnehin einen Augenblick allein sein.

KAPITEL 9

Außenposten der Nazaniin, Cineste

»Wo ist Noth?« Winter war in einer einfach eingerichteten Kammer aufgewacht. Eine Frau hatte auf sie herabgesehen. Eine Menschenfrau. Winter war sofort in die hinterste Ecke des Bettes zurückgewichen, das direkt an der Wand stand. Die Frau, die sich als Kali vorstellte, hatte es jedoch geschafft, Winter zu beruhigen. Doch obwohl in Winters Kopf einiges durcheinanderging, war ihr eines klar: Noth war in der Gasse bei ihr gewesen. Er hatte sie gefunden.

»Noth?«, erkundigte sich Kali. Sie war älter als Winter, näherte sich vielleicht ihrem vierzigsten Sommer, und war wunderschön. Ihr dunkelbraunes Haar fiel ihr in perfekten Locken um das Gesicht. Ihre Augen hatten die Farbe eines warmen Sommerhimmels. Und sie war groß.

»Er hat mich gerettet«, sagte Winter. »In der Gasse. Wo ist er denn jetzt?«

Kali runzelte die Stirn. »Nash hat dich gerettet. Du wirst ihn gleich kennenlernen. Und was diesen Noth angeht, weiß ich leider nicht, wen du meinst.«

»Ich habe ihn gesehen. Ich dachte …« Winter schloss die Augen und versuchte, ruhig weiterzuatmen.

»Falls da noch ein anderer Mann in der Gasse war, haben wir ihn nicht gesehen«, erklärte die Frau. »Nash konnte gerade noch rechtzeitig einschreiten.«

Auf einmal schien die Last all dessen, was geschehen war, mit voller Wucht auf sie einzudringen. Die Erinnerung an das Gasthaus, daran, wie der Mann Lian geschlagen und sie dann hinaus in die Kälte gezerrt hatte …

Doch daran durfte Winter jetzt nicht denken.

»Was ist mit Lian?«, wollte sie wissen.

»Er ist nebenan«, antwortete Kali. »Es geht ihm gut. Er hat sich schon nach dir erkundigt.«

»Ich möchte ihn sehen.«

Kali schien kurz nachzudenken und presste die Lippen aufeinander. Unsicher zog Winter die Decke bis zum Kinn hoch. Sie war machtlos. Diese Frau konnte mit ihr machen, was immer sie wollte, und es würde sich niemand dafür interessieren.

Genau wie letzte Nacht.

»Ich werde ihn holen«, sagte Kali schließlich. »Aber du musst dich ausruhen.«

Winter nickte und versuchte, sich nicht anmerken zu lassen, wie sehr sie darauf brannte, Lian wiederzusehen. »Danke.«

Kali verließ das Zimmer und schloss die Tür hinter sich, Winter war allein. Sie sah sich in der Kammer um, da sie auf keinen Fall wieder an das denken wollte, was in der Gasse passiert war. Die Einrichtung war schlicht, aber der polierte Holzboden, die mit schönen Schnitzereien verzierte Kommode in der Ecke und der große Spiegel an der Wand ließen auf einen gewissen Reichtum schließen. Das Sonnenlicht schien durch ein breites Fenster herein. *Glas und Spiegel,* schoss es Winter durch den Kopf. Beides hatte sie in einem tiellanischen Haus noch nie zu Gesicht bekommen. *In wessen Hände sind wir jetzt bloß gefallen?*

Das helle Licht ließ sie blinzeln, und sie fragte sich, wie lange sie wohl geschlafen hatte.

Sie schloss die Augen und war sich der Richtung, die ihre Gedanken einschlugen, erst bewusst, als es zu spät war. Schon befand sie sich wieder in der Gasse, lag auf dem Boden und spürte das Gewicht des Mannes auf sich. Wieder machte sich das Entsetzen in ihr breit.

Als die Tür geöffnet wurde, zuckte sie zusammen. Kali kam herein, und Winter war froh, in die Gegenwart zurückgeholt zu werden.

Hinter Kali stand ein Mann, den Winter wiedererkannte. Es war der andere Mann aus dem Gasthaus, der hereingekommen war, kurz nachdem sie beschlossen hatte, mit dem … dem gutgekleideten Mann zu sprechen. Winter begriff auf einmal, dass er es gewesen war, der sie gerettet hatte. Aber es war kein Wunder, dass sie ihn mit Noth verwechselt hatte, denn er hatte ebenfalls braune Haare und war etwa gleich groß.

Hinter den beiden Menschen betrat Lian das Zimmer.

Er hatte ein blaues Auge und eine Prellung an der linken Wange, schien ansonsten jedoch unverletzt. Sofort stürzte er zu ihrem Bett.

»Wie geht es dir?«, erkundigte er sich und kniete sich auf den Boden. »Es tut mir so leid. Entschuldige, dass ich nicht früher eingegriffen habe, ich …«

»Das ist schon in Ordnung«, unterbrach Winter ihn und nahm seine Hand. »Es geht mir gut.« Es war allein ihre Schuld gewesen. Lian hatte getan, was er konnte, aber letzten Endes hatte sie selbst das Unglück heraufbeschworen. »Der Mann hat mich in eine Gasse gezerrt. Er … hat mich verprügelt, aber zum Glück konnte *er*«, sie nickte zu Nash hinüber, »mich retten, bevor er mir Schlimmeres antun konnte.«

Lian drehte sich zu Nash um und sah dann wieder Winter an. »Geht es dir wirklich gut?«

Sie lächelte ihn an und drückte seine Hand. »Er hat mich nur ein paar Mal geschlagen, das ist alles. Es geht mir gut.«

Kali warf ihr einen seltsamen Blick zu, aber das war Winter egal. Lian sollte nicht erfahren, was der Mann mit ihr vorgehabt hatte, er würde sich sonst nur noch größere Vorwürfe machen.

»Bei der Göttin, es ist so schön, dich zu sehen«, sagte Lian.

Winter behielt das Lächeln auf den Lippen. »Ich freue mich auch sehr, dich zu sehen«, erwiderte sie. »Auch wenn du schon mal besser ausgesehen hast.«

»Das sagt die Richtige. Er hat dich ganz schön zugerichtet.« Lian grinste. Das war gut. Er durfte nicht wissen, was beinahe passiert wäre.

Winter holte tief Luft und sah dann Kali an. »Wo sind wir hier?«

»Ihr seid in unserem Haus. Oder vielmehr in dem Heim, das wir hier fern der Heimat haben.« Kali sah den Mann neben sich an. »Nash und ich stammen aus Triah. Wir sind in den Norden gekommen, weil wir Gerüchte über einen Mann gehört haben, den wir schon seit einiger Zeit suchen. Nash hat sich nach diesem Mann erkundigt, als er zufällig Eure Unterhaltung mit eurem Angreifer mitbekommen hat. Es macht ganz den Anschein, als würden wir nach demselben Mann suchen. Daher dachten wir, dass wir einander helfen könnten. Der Mann, den wir suchen, wird Lathe genannt, aber er scheint auch unter anderen Namen aufzutreten.«

Winter stockte der Atem. So hatten die Männer Noth genannt, als sie ihn bei der Hochzeit angegriffen hatten. Unauffällig warf sie Lian einen Blick zu, aber sie sagten beide nichts.

»Er war früher ein guter Freund von uns«, fuhr Kali fort. »Man könnte sogar sagen, dass er fast zur Familie gehörte. Unglücklicherweise ist er vor über einem Jahr verschwunden. Seitdem sind wir auf der Suche nach ihm, da wir ihn wieder nach Hause holen wollen.«

Auch jetzt sagte Winter nichts. Sie brauchte Zeit, um nachzudenken, wie sie darauf reagieren sollte. Dass sie sich in der Gesellschaft zweier Menschen befand und deren Gnade ausgeliefert war, erwies sich auch nicht gerade als hilfreich.

Lian schien das anders zu sehen.

»Es ist durchaus möglich, dass wir denselben Mann suchen«, sagte er.

Winter starrte ihn wütend an, aber er ignorierte sie. Was tat er denn da? Sie konnte sich nicht vorstellen, dass er so reagierte, um sie zu ärgern, zumindest nicht nach dem, was sie vergangene Nacht erlebt hatten.

»Der Mann, den wir suchen, wird Noth genannt, aber ... wir haben den Namen Lathe schon einmal gehört. Wir haben ihn vor gut einem Jahr aus dem Golf von Nahl gefischt. Er konnte sich nicht mehr daran erinnern, wer er war oder woher er kam«, berichtete Lian.

Winter bemerkte das erste Anzeichen von Überraschung bei Kali, die kaum merklich die Augenbrauen hochzog.

»Ihr habt ihn gefunden?«, hakte Kali nach. »Im gefrorenen Golf?«

»Aye«, bestätigte Lian. »Wir waren fischen und haben ihn entdeckt, als er im Wasser trieb. Wir hielten ihn schon für tot, weil das Wasser eiskalt war, aber nachdem wir ihn an Bord geholt hatten, ist es dem Käpt'n gelungen, ihn wiederzubeleben.« Endlich schaute Lian Winter an und verzog betreten das Gesicht. »Er ist bei uns geblieben, bis … bis vor zwei Wochen etwas passiert ist.«

»Verstehe«, murmelte Kali und verschränkte die langen, schlanken Arme vor der Brust. Sie sah Nash kurz an und musterte danach Winter, die beinahe zusammengezuckt wäre.

»Und ihr sucht nach diesem Mann?«, wollte Kali wissen.

Winter schwieg und drehte sich zu Lian um. Sie glaubte schon, dass sein Kopf bald platzen müsste, wenn sie ihn noch länger so wütend anstarrte. Aber es schien ihm nichts auszumachen.

»So ist es«, antwortete Lian. »Und wir glauben, dass er auf dem Weg nach Roden ist.«

»Lian«, flüsterte Winter, aber sie wusste, dass es längst zu spät war. Alle Informationen, die sie besser für sich behalten hätten, waren ihm über die Lippen gekommen. Er sah sie mit weit aufgerissenen Augen an, als würde ihm erst jetzt bewusst, was er getan hatte.

»Sehr schön«, sagte Kali und sah Nash erneut vielsagend an. Winter hätte zu gern gewusst, was die beiden dachten. Sie waren sehr freundlich und kümmerten sich um sie, aber das bedeutete noch lange nicht, dass Winter ihnen vertraute.

»Das müssen wir genauer besprechen«, sagte Kali. »Vielleicht sind sich unsere Ziele doch ähnlicher, als wir dachten. Aber vorerst muss Winter sich ausruhen.« Sie ging zur Tür, und Nash folgte ihr. Dann blieb sie noch einmal stehen und schaute Lian an.

»Es wäre besser, wenn Winter sich allein ausruhen könnte, Lian. Sie muss schlafen.«

»Ihr werdet uns nicht trennen«, warf Winter ein. Sie wusste, dass sie schroff klang, und bei der Unterwelt, das war wohl kaum ein Wunder. Fast befürchtete sie, dass Kali ihr widersprechen würde, denn dann hätte ihr Winter nichts entgegenzusetzen gehabt.

Kali sah Winter in die Augen. »Wenn das euer Wunsch ist, dann soll es so sein. Ihr könnt natürlich beide machen, was ihr wollt. Wir möchten euch bloß helfen.« Sie sah Lian an. »Aber sorge bitte dafür, dass sie sich ausruht. Wenn wir tatsächlich hinter demselben Mann her sind, dann hat er einen großen Vorsprung, und wir müssen so schnell wie möglich aufbrechen.«

Sobald die beiden Menschen gegangen waren, entzog Winter Lian ihre Hand.

»Wie konntest du das nur tun, Lian?«

Er schüttelte den Kopf. »Ich weiß nicht, was über mich gekommen ist. Bevor ich überhaupt wusste, was los ist, habe ich ihnen auch schon alles erzählt.«

Winter starrte ihn wütend an. »Ich weiß, dass du Noth nicht leiden kannst. Aber das bedeutet noch lange nicht, dass es in Ordnung ist, ihn an Menschen zu verraten, die du gerade erst kennengelernt hast. Wir kennen diese Leute nicht, Lian. Wir haben nicht die geringste Ahnung, wer sie sind oder was sie tun können.«

»Darum habe ich es ihnen doch gar nicht erzählt. Ganz im Ernst, Prinzessin, im einen Augenblick war ich genauso misstrauisch wie du, und im nächsten … war mir, als wüsste ich einfach, dass ich ihnen vertrauen kann.«

»Sie sind Menschen, Lian. Wie konntest du das nur tun?«

Lian schüttelte den Kopf, aber in seinen Augen flackerte Zorn auf. »Das weiß ich«, erwiderte er zwischen zusammengebissenen Zähnen hindurch. »Aber das ist Noth auch«, fügte er leiser hinzu.

Winter starrte ihn lange Zeit einfach nur an.

»Ich könnte dir vergeben, dass du ein naiver Dummkopf bist, Lian«, erklärte sie endlich. »Aber nicht, dass du dich von deiner Wut lenken lässt. Wir schweben in großer Gefahr, und ich weiß nicht, ob dir das klar ist. Diese Leute könnten für diejenigen arbeiten, die uns bei meiner Hochzeit angegriffen haben. Für die Menschen, die meinen Vater ermordet haben. Und du hast uns gerade an sie verraten.«

Lian riss die Augen auf.

Gut, dachte Winter. *Soll er doch merken, was er für ein Narr gewesen ist.* Ihre Worte waren so deutlich gewesen, weil sie zornig war und frustriert, sie hatte sie einfach nicht zurückhalten können.

Winter drehte sich auf dem Bett zur Wand um, bedauerte diese Bewegung jedoch sofort, als ein heftiger Schmerz durch ihren Brustkorb zuckte.

»Bitte, geh jetzt«, sagte sie. »Kali hat recht. Ich muss mich ausruhen, und das kann ich nicht, solange du hier bist.«

Sie benahm sich durch und durch falsch. Das Vernünftigste wäre doch gewesen, zusammenzubleiben, aber sie konnte Lian im Augenblick einfach nicht ertragen.

Als Winter hörte, wie die Tür ins Schloss fiel, wusste sie, dass sie allein war.

Was sie augenblicklich bedauerte. Wenn sie allein war, leisteten ihr nur ihre Gedanken Gesellschaft. Sie schloss fest die Augen und versuchte, an irgendetwas anderes zu denken als an ihre Hochzeit, ihren Vater, den Mann in der Gasse oder den sauren Geschmack seiner Zunge.

KAPITEL 10

Nash folgte Kali, als sie aus dem Zimmer stürmte. Während der Unterhaltung mit den Tiellanern hatte sie ruhig gewirkt, aber er wusste genau, dass sie zornig war.

»Sie waren erstaunlich begierig, uns zu verraten, was sie wissen«, sagte er. »Ich vermute, das haben sie nicht ganz freiwillig getan?«

»Natürlich haben sie das nicht«, fauchte sie. »Zumindest nicht der Junge. Er war leicht zu brechen. Ich hätte ihn die ungehobeltste Version von ›Der Mann aus Largolan‹ singen lassen können, die du je gehört hast. Aber das Mädchen … Bei ihr war es nicht ganz so einfach.«

Nash schwieg, während sie den Gang entlanggingen. Die beiden Tiellaner waren schon ein seltsames Paar. Der Junge, Lian, hatte den gewohnten tiellanischen Akzent, aber das Mädchen sprach wie ein Mensch. Wie ein gebildeter Mensch. Anscheinend waren sie allein nach Cineste gekommen, und es schien tatsächlich eine Verbindung zwischen ihnen und Lathe zu geben. Seltsam traf es daher noch nicht einmal annähernd.

»Ich muss mit Rune sprechen«, erklärte Kali und riss die Tür des Zimmers auf, in dem sie ihre Lacuna untergebracht hatten.

Nash runzelte die Stirn. Wenn Kali Kontakt zu jemandem aus der Triade aufnehmen wollte, dann doch wohl eher zu Kosarin – Kali war schließlich seine Musterschülerin – oder zu Sirana. Die beiden leiteten die Organisation. Rune war das dritte Mitglied der Triade, die die Nazaniin anführte, hatte aber nur selten mit den eigentlichen Missionen zu tun.

Nash sah ihre Lacuna Elsi an. Sie musste jetzt schon seit Stunden im Dunkeln in der Zimmerecke gestanden haben. Er erschauderte. »Wir haben also zwei Tiellaner, die uns möglicherweise dabei helfen können, Lathe zu finden. Warum muss Rune davon erfahren?«

»Die Tatsache, dass wir sie gefunden haben, ist nicht der springende Punkt«, erwiderte Kali, zog die Vorhänge zu und drehte sich dann zu Nash um. »Ich habe dir noch gar nicht dafür gedankt. Eigentlich fand ich deine Idee, sich im tiellanischen Viertel umzuhören, wenig erfolgversprechend, aber du hast mich eines Besseren belehrt.«

Tatsächlich hatte Nash auch nicht damit gerechnet, dass es so gut laufen würde. Aber er hatte zufällig die Worte des Mädchens mit angehört und war so auf sie aufmerksam geworden. Das wiederum überraschte Nash nicht, da er gelernt hatte, seinen Instinkten zu vertrauen.

»Das beantwortet aber noch nicht meine Frage«, sagte er.

»Wir müssen mit Rune reden«, entgegnete Kali, »weil das Mädchen eine Potenzielle ist.«

Nash starrte sie ungläubig an.

»Das ist unmöglich.«

Kali lachte gezwungen auf. »Das musst du mir nicht sagen. Mir ist durchaus bewusst, dass das eigentlich gar nicht sein kann.«

»Bist du dir sicher?«

»So sicher, wie ich mir nur sein kann, ohne sie getestet zu haben«, erwiderte sie. »Alle Anzeichen sind da, man kann es in ihrem Kopf deutlich erkennen. Aus genau diesem Grund konnte ich auch nicht weiter in ihren Kopf vordringen.«

Acumanten wie Kali konnten psimantisches Potenzial entdecken, daher zweifelte Nash auch nicht an ihr. Während er darüber nachdachte, kam ihm eine Idee.

»Glaubst du, sie ist die Vorbotin?« Das war weniger eine Frage als eine Aussage, auch wenn er sich der Ironie durchaus bewusst war. Viele der Nazaniin, darunter auch Kali, glaubten, die Prophezeiungen, die auf einen tiellanischen Vorboten hinwiesen, wären nichts als eine Fehlinterpretation, und sie weigerte sich zu glauben, eine solche Macht könne einem Tiellaner und nicht etwa einem Menschen innewohnen.

Aber wenn dieses Mädchen wirklich eine Psimantin war, dann könnte sie alles ändern.

Natürlich hatte Kali andere Gründe, gegen eine Tiellanerin als Vorbotin Einspruch zu erheben. Vermutlich hätte Nash das ähnlich gesehen, wäre ihm von Tiellanern dasselbe angetan worden wie ihr.

»Ich weiß es nicht«, antwortete Kali. »Sie könnte die erste tiellanische Psimantin des Zeitalters der Menschen sein. Möglicherweise die erste tiellanische Psimantin seit dem Beginn der Geschichtsschreibung. So ungern ich es auch zugebe, aber dieses Mädchen könnte durchaus die Vorbotin sein. Ich werde sie selbstverständlich noch auf die Probe stellen, aber wenn ich mich in ihr nicht sehr täusche …«

Sie musste diesen Satz nicht zu Ende bringen. Falls dieses Mädchen wirklich die Vorbotin war, dann standen ihnen dunkle Zeiten bevor.

»Die Reinigung des Krieges …«, flüsterte Nash, in dessen Kopf sich die Gedanken überschlugen.

»Und die Starre des Todes«, beendete Kali den Satz. Das war eine der Nazaniin-Prophezeiungen, die sich um den Vorboten rankten. Der Vorbote würde Einheit durch das Feuer und den Frieden mit dem Schwert bringen.

»Wieso hat Rune das nicht vorhergesehen?«, fragte Nash. Der Mann sollte der mächtigste Seher auf der ganzen Sphaera sein.

»Ich habe vor, ihn genau das zu fragen«, erklärte Kali, zog den Leerstein hervor und schloss die Augen. »Sorge dafür, dass mich die Elfen nicht unterbrechen«, bat sie Nash dann. »Sie sind nicht bereit für diese Art der Psimantie. Zumindest noch nicht.«

Nash würde natürlich Wache halten, aber er wollte auch hören, was Rune zu sagen hatte. Kurz wünschte er sich, er wäre selbst ein Acumant, da er zu gern Runes Gesicht gesehen hätte. Nash lächelte. Mit anzusehen, wie Rune herausfand, dass jemand vor ihm etwas über den Vorboten in Erfahrung gebracht hatte, musste wunderbar sein.

KAPITEL 11

Haus der Odens, Navone

Cinzia starrte ihre Schwester fassungslos an.

»Du hast sie unter einem Stein gefunden?«, fragte sie. »Du behauptest, im Besitz der Neun Schriften zu sein, dem größten und begehrtesten Schatz der Zeitalter und einem der bedeutsamsten Relikte der cantischen Geschichte, und willst mir erzählen, du hättest sie unter einem Stein gefunden?«

Sie stritten sich in Janes Zimmer – das sie sich früher einmal geteilt hatten.

Jane verzog das Gesicht, aber Cinzia scherte sich nicht darum. Ihre Schwester benahm sich unvernünftig und überaus göttinnenlästerlich. Das Theater, das sie für ihre Familie aufgeführt hatten, war jetzt überflüssig. Ja, Cinzia hatte das Spiel durchschaut. Alles war vorgetäuscht gewesen. Die Umarmung. Dass Jane ihre Hand gehalten hatte. Cinzia empfand noch immer Zuneigung zu ihrer Schwester, aber da war jetzt mehr – es war kompliziert, auch wenn Cinzia nicht verstand, wie es dazu gekommen war.

»Du erwartest doch nicht allen Ernstes, dass ich das glaube, Jane. Das ist Unsinn. Nichts als eine Ausgeburt deiner Fantasie. Ich liebe dich, aber ein solches Betragen kann und werde ich nicht hinnehmen. Ich bin schon fast gewillt, dich der Hexenjägerin zu überlassen.«

Cinzia bedauerte die letzten Worte, sobald sie über ihre Lippen gekommen waren.

»Ich habe sie nicht einfach unter einem Stein gefunden«, entgegnete Jane. »Ich bin nicht bloß mitten im Wald gestolpert und auf einen Haufen Bücher gestoßen.« Sie sah ihre Schwester ernst an. »Du weißt noch lange nicht alles.«

Sie standen einen Augenblick lang schweigend da. Cinzia wusste nicht, was sie sagen sollte. Es war eigentlich offensichtlich: In den sieben Jahren, in denen sie von zu Hause fort gewesen war, war ihre Schwester völlig verrückt geworden.

»Mit der Zeit wirst du es verstehen«, fügte Jane leiser hinzu.

Jane war unerträglich ruhig. Sie hatte sich kurzzeitig ihre Verärgerung anmerken lassen, aber Cinzia musste sich eingestehen, dass sie selbst zunehmend die Kontrolle verlor. Das war merkwürdig. Jane, die als Kind ein wunderbares und offenherziges Mädchen gewesen war, besaß ein aufbrausendes Temperament. Die Jane, an die Cinzia sich erinnerte, hätte irgendwann angefangen zu schreien und Cinzia an den Haaren zu ziehen. Aber Jane blieb gefasst und schien locker mit der ganzen Situation umgehen zu können – zumindest zum größten Teil.

Ich werde es mit der Zeit verstehen? Was auf der ganzen Sphaera soll das denn bitte schön bedeuten?

»Ich verstehe es durchaus«, erwiderte Cinzia. »Meine Schwester ist eine Ketzerin. Mehr gibt es dazu offenbar nicht zu sagen.«

»Dir sind die Gerüchte zu Ohren gekommen. Hast du etwa geglaubt, wir würden das einfach aus Spaß an der Freude machen? Weil das Leben im guten alten Navone ansonsten nicht aufregend genug ist? Oder vielleicht wollten wir ja auch nur, dass du zur Abwechslung mal wieder deine Familie besuchst?«

Cinzia runzelte die Stirn, sah Jane jedoch nicht in die Augen. Der Tadel in ihren Worten lockte die Schuldgefühle wieder hervor. Cinzia hätte ihre Familie in den vergangenen sieben Jahren durchaus besuchen können, aber sie hatte aus freien Stücken davon abgesehen.

Nun nahm sie es Jane übel, dass sie das aussprach. Hier ging es gerade nicht um Cinzia.

»Ich meine damit«, fuhr Jane fort, »dass ich eine Vision hatte, in der du die Sache einfach akzeptierst. Ich kann nachvollziehen, dass du es jetzt nicht verstehst. Wie könntest du das auch tun? Du gehörst der Geistlichkeit an. Aber mit der Zeit wird dir vieles klarer werden. Ich habe es gesehen. Es ist Cantas Wille.«

»Du hast jetzt also auch Visionen?« Cinzia gelang es nicht, den Hohn aus ihrer Stimme herauszuhalten.

»Ich habe schon seit einiger Zeit Visionen.«

Bei diesen Worten riss Cinzia die Augen auf. Alles, was Jane zuvor über die Schriften und Cantas Willen gesagt hatte, war nichts im Vergleich zu der Lästerung, die ihr soeben über die Lippen gekommen war.

»Warte«, sagte Jane schnell, und Cinzia hörte ihr ihre Besorgnis an. »Bevor du etwas sagst – was auch immer –, hör mich einfach an.«

»Ich habe genug gehört«, erklärte Cinzia, aber sie verließ dennoch nicht das Zimmer. Stattdessen setzte sie sich auf das Bett und ließ den Kopf in die Hände sinken. So langsam wurde ihr übel.

»Es tut mir leid, Cinzia, ich habe die ganze Sache völlig falsch angefangen. Die Schriften, sie sind nur das, was mir zuletzt gegeben wurde, der neueste Teil des Rätsels. Lass mich dir alles von Anfang an erzählen.« Sie setzte sich neben Cinzia. »Vor Jahren saß ich während einer Predigt in der Kapelle, und die Priesterin hat Nazira zitiert.« Nazira war eine der ersten Neun Elevinnen, aber auch eine cantische Gelehrte, deren Werke während der Denomination in die kanonischen Schriften aufgenommen worden waren. »›Jene, die verloren sind, und jene, die Weisheit suchen, mögen sich vor ihr verbeugen, und sie wird Licht in ihren Geist und Feuer in ihre Herzen bringen und sich nicht abwenden, sondern sie allwissend machen.‹ Ich habe an Canta und die Denomination geglaubt, solange ich denken kann. Aber so vieles ist stets ein Mysterium geblieben. Ich dachte, wenn es Canta wirklich gibt, dann müsste sie doch wollen, dass all ihre Kinder die Wahrheit kennen. Nicht nur die Priesterinnen und Elevinnen, nicht nur die Reichen und Adligen oder gar bloß die Menschen. Und diese Predigt schien mir dasselbe auszusagen. Daher … habe ich Naziras Ratschlag befolgt und angefangen zu beten.«

Cinzia blickte auf. Sie hatte längst die Hoffnung aufgegeben, dass sich alles nur als ein gut ausgeklügelter Scherz herausstellen würde. Es war alles echt, und ihre Schwester war der Mittelpunkt des Geschehens. Die Dinge standen schlimmer, als sie es sich je hätte vorstellen können. Nur wenige Auserwählte unter den Kindern Cantas durften mit ihr kommunizieren und zu ihr beten: Priesterinnen, Matronen und andere Hochgestellte innerhalb der Denomination. Die cantischen Lehren waren in dieser Hinsicht eindeutig: Wer ohne eines ihrer ausgewiesenen Medien mit Canta sprach, beging eine Lästerung, und darauf stand schlimmstenfalls die Todesstrafe. Cinzia gefiel diese Lehre nicht, aber sie konnte nun einmal nichts daran ändern.

Sie spürte Janes Hand auf ihrem Arm.

»Bitte, sag nichts mehr, bevor ich dir nicht alles erzählt habe. Wenn du dann immer noch wütend bist, ist es eben so. Aber hör mir vorher bitte einfach zu.«

Cinzia sah ihre Schwester an und nickte. Sie konnte sich genauso gut alles anhören, was Jane zu sagen hatte.

»Ich habe gebetet«, berichtete Jane. »Ich ging zum Berg Madise und habe gebetet.« Sie drückte Cinzias Arm. »Und ich habe eine Antwort erhalten, Cinzia.«

Cinzia war selbst überrascht, dass sie bei diesen Worten keinen Abscheu spürte. *Vielleicht habe ich schon zu viel gehört und bin nicht mehr empfänglich für Ketzerei.* Aber sie wusste, dass das nicht der Fall war. Die Wahrheit sah vielmehr so aus, dass sie ihre Reaktion beim besten Willen nicht beschreiben konnte. Das, was sie in diesem Augenblick empfand, war ihr selbst völlig neu.

»Canta hat zu mir gesprochen«, fuhr Jane fort. »Sie ist in einer Säule aus Feuer und Licht vor mir erschienen. Und sie hat mir gesagt, dass ihre Religion, die cantische Denomination, vom rechten Weg abgekommen ist. Sie sagte, dass es unter den Geistlichen viele gibt, die böse sind und ihre Kinder von ihr weglocken wollen. Sie sagte, es wäre an der Zeit, dass ihre wahre Religion erneut aus der Asche der Ketzerei aufersteht. Wie einstmals der Phönix.«

Cinzia saß da wie betäubt. Sie hätte am liebsten hysterisch losgelacht, aber sie konnte den Blick nicht von Jane abwenden, der jetzt Tränen in den Augen standen. Bevor sie auch nur begriff, was sie da tat, nahm Cinzia Janes rechte Hand.

»Sie sagte, sie hätte mich auserwählt«, sagte Jane. »Dass ich ihre Prophetin sein soll, die Stimme, mit der sie zu ihrem Volk spricht. Dass ich ihr dabei helfen soll, ihre Anhänger während der Auferstehung anzuführen.«

Als Cinzia ihre Schwester jetzt genau ansah, stellte sie fest, dass Jane nicht wirkte, als wäre sie verrückt geworden, hätte Visionen und würde Stimmen hören. Glückselige Visionen hatte es schon seit einer Ewigkeit nicht mehr gegeben. Kein Mitglied der Geistlichkeit hatte noch Visionen, nicht einmal mehr die Essera, die der Denomination vorstand und Cantas Stimme auf der Sphaera war. Und wenn schon kein Geistlicher Visionen hatte, dann war ganz bestimmt auch niemand sonst dazu in der Lage.

Dennoch saß Jane neben ihr und vertraute ihr an, dass sie Visionen hatte. Das war alles zu viel für sie. Cinzia hatte das Gefühl, als würde sie ertrinken und wäre rettungslos verloren.

»Es tut mir leid, Jane.« Cinzia stand auf. »Es tut mir wirklich leid.« Ohne sich noch einmal umzudrehen, verließ sie das Zimmer und das Haus und ging ins nächtliche Navone hinaus.

Ausgerechnet vor den gewaltigen Bronzetoren der Kathedrale der Ocrestia blieb Cinzia schließlich stehen.

Sie blickte zu dem prunkvollen Bauwerk hinauf. Die linke Tür war mit einem silbernen Kreis verziert und die rechte mit einem goldenen Dreieck. Die Türen waren natürlich verschlossen, daher suchte Cinzia einen Seiteneingang. Sobald sie das Gebäude betreten hatte, schienen ihre Sorgen zu verblassen. Ihre Unruhe und ihre Verwirrung verschwanden zwar nicht, wirkten jedoch sofort weniger erdrückend und leichter zu ertragen.

Cinzia sah sich um und nahm den Anblick der Kathedrale, der ihr entfernt vertraut vorkam, in sich auf. Zwar war sie vor sieben Jahren das letzte Mal hier gewesen, aber während ihrer Kindheit hatte sie die Kathedrale jede Woche aufgesucht. Mehr aus Gewohnheit legte Cinzia sich die Finger an die Lippen und berührte dann den hölzernen Fuß der großen Statue der Elevin Ocrestia, die neben dem Eingang stand. Ocrestia ragte hoch auf, ihr langes Haar wehte hinter ihr her, und sie trug eine Robe über eine Schulter geschlungen. Die Zehen der Statue waren in den mehr als eintausend Jahren, die sie jetzt schon ehrfürchtig verehrt wurde, ganz glatt geworden. Jede der großen Kathedralen auf der Sphaera war nach einer der Neun Elevinnen benannt worden, und die Namenspatin der Kathedrale in Navone war Ocrestia, die dritte Elevin der ersten Drei. Weitere Statuen und Wandgemälde in dem gewölbten Saal stellten Szenen dar, auf denen sich Ocrestias Merkmale Güte, Weisheit und Mäßigung zeigten. Auf beiden Seiten waren hohe Säulen errichtet worden, und in der Mitte der Kathedrale standen unzählige Bankreihen. Nahm man all diese Bänke heraus, konnte das Gebäude knapp zwanzigtausend Personen und somit mehr als ein Drittel der Bevölkerung von Navone fassen. Cinzia hatte schon zwei Mal mit eigenen Augen gesehen, dass die Kathedrale zum Bersten gefüllt gewesen war. In diesem Augenblick waren jedoch nur wenige Bänke besetzt, obwohl die Abendandacht bereits begonnen hatte.

Sie ging leise weiter nach vorn, und ihre Schritte hallten auf dem Marmorboden wider, bis sie zum Rest der Gemeinde stieß. Einige drehten sich um und sahen sie an, aber die meisten achteten nicht weiter auf sie. In Navone gab es ein Dutzend Priesterinnen, daher war es nicht ungewöhnlich, dass eine der Andacht einer anderen beiwohnte, erst recht wenn diese in der Kathedrale stattfand.

Die Priesterin – möglicherweise war es auch eine Matrone, das konnte Cinzia von ihrer Bank aus nicht genau erkennen – hatte bereits damit begonnen, die cantische Geschichte zu rezitieren. Während sie sprach, summte und sang ein Chor hinter ihr leise. Cinzia lauschte ihren Worten, die in dem riesigen Kirchenschiff widerhallten. Das liebte sie am meisten daran. Den Frieden, den sie spürte, wenn sie die Lieder und die Rezitation der Geschichte hörte. Ihre Neugier hatte Cinzia damals zur cantischen Liturgie hingezogen. Sie wollte mehr über die Geschichte der Denomination und von Khale wissen und war regelrecht fasziniert davon. Aber je häufiger sie zur Andacht ging, desto mehr veränderte sich ihre Auffassung davon, wie sie schließlich zu Bastionen des Friedens in einer stürmischen Welt geworden waren.

Der Tonfall des Chors war ernster geworden, und die Priesterin sprach lauter. Sie kam zum Höhepunkt, dem Teil der Rezitation, bei dem es um Cantas Wirken, das Herbeirufen der Elevinnen und schließlich ihren Tod ging.

Cinzia blickte auf und ließ die Worte und die Musik über sich hinweggleiten, aber das vertraute friedliche Gefühl wollte sich einfach nicht einstellen. Stattdessen nagten Verwirrung und Enttäuschung an ihr, die in einem Winkel ihres Verstandes saßen und keine Ruhe geben wollten.

Der Gesang hatte aufgehört. Nun würde eine Gruppe aus Elevinnen mit Wasser und Öl zur Gemeinde gehen und beides darreichen. Nur mit Mühe konnte sich Cinzia auf den Ritus konzentrieren und darauf, die Verbindung zu der Göttin, die sie ihr ganzes Leben lang schon spürte, aufrechtzuhalten. Was geschehen würde, würde geschehen.

Nach der Andacht blieb Cinzia sitzen, während die anderen Gemeindemitglieder gingen. Sie konnte sich einfach nicht dazu überwinden, aufzustehen, hinauszugehen und Jane gegenüberzutreten.

Einerseits hätte sie Canta am liebsten verflucht. Sie wollte schreien und die Göttin fragen, warum sie ihr ihr Leben lang gedient hatte, nur um jetzt in eine solche Situation zu geraten. Andererseits wusste sie, dass sie nicht so streng sein durfte. Cinzia war mit der Göttin und der cantischen Denomination aufgewachsen. Das schwach erleuchtete geschnitzte Holz und der Geruch der Duftkerzen, sogar die harte Bank unter ihr bewirkten, dass sie sich wie zu Hause fühlte.

Doch Jane drohte damit, ihr all das wegzunehmen.

»Es ist mir immer eine große Freude, eine andere Priesterin in diesem Haus zu sehen«, sagte da eine Stimme hinter ihr.

Cinzia drehte sich um und stand auf. Es war eine ältere Frau, die sie angesprochen hatte. Sie war viel älter als die Priesterin, die die Zeremonie geleitet hatte, und sie trug ausgeblichene Kleidung. Die Trinacrya schimmerte auf ihrer Brust, so silbern und golden wie auf Cinzias.

»Und es ist mir eine noch größere Freude, Cinzia Oden nach so vielen Jahren wieder hier begrüßen zu dürfen«, fügte die Frau lächelnd hinzu.

Aus der Nähe erkannte Cinzia die alte Dame wieder. Es war Joyca, die Priesterin, die während Cinzias Kindheit in der Kathedrale gedient hatte. Schon damals war die Frau alt gewesen, aber jetzt sah sie uralt aus. Ihre Haut war sehr faltig geworden, und sie trug ihr ergrauendes, lockiges Haar kurz geschnitten. Selbst ihre Augen wirkten alt, da das Blau irgendwie blasser geworden zu sein schien.

»Priesterin«, flüsterte Cinzia. Wie lange hatte Joyca sie schon beobachtet? Wie viel wusste sie über Jane? Hatte sie schon von der Heiligen Hexenjägerin erfahren?

»Ich bin jetzt leider nur noch eine Matrone«, sagte Joyca mit müder Stimme.

Cinzia errötete. Sie hätte die Amtstracht der Frau früher bemerken müssen, denn der Goldrand ihres Kleides war nicht zu übersehen.

»Aber bitte, Schwester Cinzia, wir gehören jetzt derselben Welt an, wir beide. Nenn mich doch Schwester.«

Cinzia nickte, sagte jedoch nichts. Sie hielt den Blick gesenkt und fürchtete sich davor, der Matrone in die Augen zu sehen.

»Du bist im Zentrum eines Sturms gefangen, meine Liebe. Ich war besorgt, dass du hierherkommen würdest, nachdem ich das mit deiner Familie erfahren habe.«

»Du weißt es schon?«, fragte Cinzia.

»Aber natürlich«, bestätigte Joyca. »Eine gute Mutter weiß stets über ihre Kinder Bescheid, selbst wenn sie in Schwierigkeiten geraten. Vor allem dann.«

Cinzia spürte Joycas Hand auf ihrer Schulter, und mit einem Mal war ihr nach Weinen zumute, doch das konnte sie jetzt nicht zulassen.

»Ich wusste nicht, dass es so schlimm ist«, sagte sie.

Joyca erwiderte nichts und nahm Cinzia einfach in die Arme.

Bei dieser Zuneigungsbekundung riss Cinzia die Augen auf. Sie erinnerte sich nicht daran, dass Joyca jemals so mitfühlend gewesen wäre, erwiderte die Umarmung aber freudig.

Joyca stöhnte leise. »Nicht so fest, Schwester Cinzia. Ich bin nicht mehr so jung, wie ich früher einmal gewesen bin.«

»Was soll ich nur tun?«, fragte Cinzia.

Joyca ließ sich auf die Bank sinken und beugte sich langsam vor. Cinzia setzte sich neben sie und fragte sich, wie alt die Frau wohl sein mochte. Sie sah aus, als hätte sie schon an die achtzig Sommer erlebt. Ihr Haar, das dunkelgrau war und bläulich schimmerte, ringelte sich um ihr faltiges Gesicht. Die Hände der Frau sahen steif aus, und ihre Finger krümmten sich auf seltsame Weise, so dass sie schon fast aussahen wie Klauen.

»Ich habe sehr lange gelebt und schon vieles gesehen«, erwiderte Joyca. »Die cantische Denomination ist etwas Großartiges, aber sie ist auch mit Fehlern behaftet, wie es auf jede Organisation zutrifft, die von unvollkommenen Menschen geleitet wird. Allerdings haben wir viel Gutes bewirkt.«

Cinzia nickte und wischte sich die Nase an ihrem Ärmel ab. Das war nicht gerade das Benehmen einer anständigen Priesterin, aber in diesem Augenblick war ihr das vollkommen gleichgültig.

»Ich habe gelernt, dass Nationen, Könige und Parlamente vergehen, aber es dennoch eines gibt, das immer bei einem bleibt, wenn man es denn zulässt: die eigene Familie.

Ich hatte eine Schwester, und wir standen einander in unserer Jugend sehr nahe. Aber als wir älter wurden, trennten sich unsere Wege. Ich schloss mich der Geistlichkeit an, wohingegen sie einen wohlhabenden Händler geheiratet hat. Ich diente in einer Kapelle in einer kleinen Stadt im Norden, während sie in der großen Stadt Triah gelebt hat. Sie ist häufig gereist und kam mich besuchen, und dann haben wir uns gestritten. Wir waren uns uneins aufgrund unserer unterschiedlichen Lebensstile, politischen Ansichten und in Bezug auf die Denomination. Eines Tages wurde unsere Auseinandersetzung derart schlimm, dass wir uns schworen, uns nie wiederzusehen.

Aber dann, viele Jahre später, kam meine Schwester zu mir nach Navone, obwohl ich meinen Groll noch immer hegte. Ihr Mann war gestorben, sie hatte keine Kinder und besaß genug Geld, um über die Runden zu kommen, wusste jedoch nicht, was sie damit anfangen sollte. Also kam sie hierher und hat sich entschuldigt. Sie sagte, sie hätte sich geirrt und wäre dickköpfig und stolz gewesen. Im nächsten Augenblick habe ich mich auch schon bei ihr entschuldigt. Dabei hatte ich mir die Jahre davor gesagt, dass ich sie wegschicken würde, falls sie jemals wieder vor meiner Tür stehen sollte. Doch das habe ich nicht getan. Sie hat den Rest ihres Lebens hier in Navone verbracht, und wir haben uns häufig gesehen. Ich mag mir gar nicht vorstellen, wie all die Jahre ohne sie verlaufen wären.

Ich will dir damit sagen, meine Liebe, dass du keinen voreiligen Entschluss fällen solltest. Das ist immer unklug, wenn es um die Familie geht.« Joyca räusperte sich. »Tu nichts, was du später bereuen könntest, es sei denn, du bist dir gewiss, dass deine Reue noch größer wäre, wenn du es nicht tust.«

Dann stand die alte Frau langsam auf. Cinzia bildete sich ein, Joycas Gelenke knacken zu hören.

»Aber …«

»Kein Aber«, fiel ihr die Matrone ins Wort. »Du musst über einiges nachdenken, daher lasse ich dich jetzt lieber allein.« Sie schenkte Cinzia ein Lächeln. »Überlass es Cantas Willen«, sagte sie. »Schränke unsere Göttin nicht durch deine dürftigen Erwartungen an die Welt ein, Liebes. Lass dir das von jemandem gesagt sein, der diese Lektion auf die harte Tour hat lernen müssen.«

Cinzia sah der Frau lächelnd nach, die in den dunklen Korridoren verschwand. Eine Tür wurde leise geöffnet und wieder geschlossen, und dann war sie allein.

Sie lehnte sich auf der harten Holzbank zurück und blickte zu der mit Schnitzereien verzierten Decke hinauf. Rotkiefer, eine Hommage an die zahllosen Rotkiefernwälder, die Navone umgaben.

Hatte Joyca, die schon den Großteil ihres sehr langen Lebens im Dienst der Geistlichkeit stand, ihr gerade wirklich geraten, es sich genau zu überlegen, ob sie die cantischen Vorschriften befolgen wollte? Hatte die Priesterin aus Cinzias Jugend, die jetzt eine Matrone war, ihr eben gesagt, dass die cantische Doktrin ohne Bedeutung war, wenn es um die Familie ging?

Cinzia rieb sich die Augen. Die Begegnung mit Joyca hatte sie beruhigt, aber jetzt war sie noch verwirrter als zuvor. Sie glaubte an die cantische Denomination. Aber sie liebte auch ihre Familie, und sie hätte bis vor wenigen Stunden alles getan, um ihren Liebsten zu helfen.

Vielleicht konnte sie das noch immer.

Möglicherweise war es auch das, was Canta wollte. Es war eine Art Prüfung. Priesterinnen und Matronen sprachen häufig davon, dass Canta sie schweren Prüfungen unterzog. Es war doch durchaus möglich, dass dies Cinzias Prüfung war.

Sie musste ihre Familie retten. Dazu musste sie sie jedoch nicht dazu bringen, sich von ihrem ketzerischen Glauben loszusagen, vielmehr konnte sie ihnen einfach den rechten Weg zeigen. So wäre sie auch in der Lage, Cantas Prüfung zu bestehen.

KAPITEL 12

Brynne, Nördliches Khale

Ein Zimmer für mich und meine Tochter«, sagte Noth zu dem Wirt.

Astrid und er standen im Schankraum des *Neuen Parlaments,* des ersten Gasthauses, an dem sie in Brynne vorbeigekommen waren.

»Sieben Kupferstücke«, knurrte der Mann. Er war ein Mensch mittleren Alters mit einem Eintagesbart und einem schielenden Auge. »Was ist mit Essen?«

Noth sah Astrid an, und sie nickte.

»Aye. Wir kommen runter und essen hier«, erwiderte Noth und schob die Kupferstücke über den Tresen.

»Wie Ihr wollt«, meinte der Wirt und reichte Noth einen Schlüssel. »Das zweite Zimmer auf der linken Seite.«

»Warum willst du unten essen?«, wollte Astrid wissen, während sie die Treppe nach oben gingen.

Noth schloss ihre Zimmertür auf. »Es schien mir das Richtige zu sein.«

Ein Bett in einem Gasthaus war bequemer als eine Schlafmatte unter den Sternen, auch wenn Noth das Ganze langsam leid war. Die Zimmer sahen immer gleich aus und hatten gerade genug zu bieten, damit die Gäste das Gefühl bekamen, es gäbe etwas, wofür es sich zu bezahlen lohnte. Dieses Zimmer stellte keine Ausnahme dar. Ein Bett, ein kleiner Tisch und ein Stuhl. Ein Fenster gegenüber der Tür mit verschlossenen Fensterläden. Nicht mehr und nicht weniger.

»Es schien dir das Richtige zu sein?« Astrid warf ihren Rucksack auf das Bett. »Was kann ich mich doch glücklich schätzen, jemandem zu folgen, der so amüsant ist.«

»Man sollte annehmen, dass ein Monster wie du zumindest etwas von Instinkten versteht«, knurrte Noth, während ihm durch den Kopf schoss, dass Astrids Hang zu Sticheleien möglicherweise langsam auf ihn abfärbte.

»Au, das tat weh«, erklärte sie mit ausdrucksloser Stimme. »Und nur, damit du es weißt: Ich habe einen Killerinstinkt.«

Noth schüttelte den Kopf und legte sein Bündel auf den Stuhl. »Du kannst das Bett nehmen. Ich schlafe auf dem Boden.«

»Wollen wir nicht beide im Bett schlafen?«, fragte Astrid mit Unschuldsmiene und riss die Augen auf. »Was ist, wenn ich Alpträume habe?«

Als Noth nicht reagierte, verdrehte sie die Augen. »Na, dann eben nicht. Du kannst das Bett haben. Ich schlafe nicht, falls dir das bisher noch nicht aufgefallen sein sollte.«

Noth seufzte. Natürlich hatte er das bemerkt.

»Aber du legst dich dennoch manchmal hin«, merkte er an, kam sich aber im gleichen Augenblick unglaublich töricht vor.

»Ich bin unsterblich, aber das bedeutet noch lange nicht, dass ich es mir nicht auch ab und zu mal gemütlich machen möchte. Und jetzt nimm endlich das verdammte Bett.«

»Wir entscheiden das später«, murmelte Noth. »Lass uns erst essen.«

Sie gingen wieder nach unten. Der Schankraum war nicht besonders groß, aber warm und einladend. Das *Neue Parlament* war alt, was man eigentlich auch annehmen sollte, denn schließlich musste es etwa gleichzeitig mit dem Parlament gegründet worden sein. Einhundertundsiebzig Jahre waren kein schlechtes Alter für ein Gasthaus.

Die Außenwände waren aus Stein, was schon sehr viel über das Alter aussagte. Heutzutage wurden nur noch sehr wenig Gebäude und so gut wie keine Gasthäuser mehr aus Stein gebaut, da das viel zu teuer war. In dem großen, gemauerten Kamin brannte ein Feuer. Große, runde Tische standen auf dem Holzfußboden, der unter Noths Füßen knarrte.

Sie setzten sich an einen leeren Tisch in einer Ecke, von dem aus Noth den ganzen Raum im Auge behalten konnte. Schon trat eine Bedienung an ihren Tisch.

»Was kann ich Euch bringen?«, wollte er wissen. Er war noch recht jung, Noth schätzte, dass er noch keine achtzehn Sommer gesehen hatte, aber er hatte kräftige, attraktive Gesichtszüge und wirkte sehr freundlich. Er lächelte erst Noth und dann Astrid an.

»Wir haben heißen Lammeintopf, der ganz frisch ist. Dann noch Reste vom Truthahn, den es heute Mittag gab und die ich mit Brot und Käse auftischen kann.«

»Ich nehme den Eintopf«, entschied Noth. Er hatte keine warme Mahlzeit mehr zu sich genommen, seit er Pranna verlassen hatte.

»Und für dich, junge Dame?«, fragte der Kellner und blickte lächelnd auf Astrid herab.

»Den Truthahn, bitte.« Sie grinste den jungen Mann an, als hätte er ihr gerade eine kandierte Kirsche geschenkt.

»Sehr gern. Wie wäre es dazu mit einem Bier oder einem gewürzten Wein?«

»Nur Wasser«, erwiderte Noth. Seitdem er in Pranna wieder zu sich gekommen war, hatte er keinen Alkohol mehr getrunken. Schon jetzt konnte er sich nicht auf sein Gedächtnis verlassen, und getrübte Sinne brauchte er ebenso wie ein Loch im Kopf.

»Kommt sofort.« Die Bedienung ging wieder.

Sie saßen schweigend da. Noth dachte an Darrin, Eranda und ihre Kinder. An Gord und Lian. Und natürlich an Winter. Sie würde ihren Vater inzwischen bestattet haben, aber er bezweifelte, dass sie sich dabei den cantischen Riten unterworfen hatte.

»Woran erinnerst du dich denn?«, fragte Astrid und riss ihn aus seinen Gedanken.

Noth blickte auf und atmete tief ein. Er überlegte schon, nicht zu antworten, besann sich jedoch eines Besseren. Es war sinnlos, sein dürftiges Wissen zu verbergen, denn wenn es für ihn keinen Sinn ergab, dann würde es auch kein anderer verstehen. Und wenn er ehrlich zu sich selbst war, dann wollte er sogar darüber sprechen. Eigentlich bedauerte er, dass er Winter nie gestanden hatte, was wirklich in seinem Kopf vor sich ging. Vielleicht wären dann einige Dinge anders gelaufen.

»An nichts Bestimmtes«, antwortete Noth. »Ich sehe manchmal Gesichter in meinen Träumen … Leute, die mich zu kennen scheinen, auch wenn sie nie meinen Namen sagen. Hin und wieder sind die Träume einfach nur verschwommen, und es ist, als würde ich durch ein dunkles Zimmer wandern. Manchmal sehe ich ein Licht und Dinge, die etwas zu bedeuten scheinen, aber dann wird es wieder dunkel, bevor ich mich an mehr erinnern kann. Es sind immer nur Bruchstücke.«

Er hielt inne, weil er bemerkte, dass er abschweifte, und runzelte die Stirn. Die einzige andere Person, bei der ihm so etwas je passiert war, war Winter.

»Ich kann mir ungefähr vorstellen, was du meinst«, sagte Astrid und nickte langsam. »Du hast heute auf dem Weg hierher gesagt, dass sich dein Körper an Dinge erinnert, die dein Kopf vergessen hat.«

Noth zuckte zusammen. »Das ist ... schwer zu erklären. Ich bin mir nicht einmal sicher, ob ich es selbst verstehe. Zum ersten Mal ist es mir auf dem Fischerboot aufgefallen, auf dem ich gearbeitet habe. Der Käpt'n wollte mir beibringen, wie man Knoten knüpft, die Ausrüstung benutzt und navigiert. Aber was immer er mir auch erzählt hat, ich wusste es längst. Es fiel mir alles ganz leicht, als hätte ich in meinem ganzen Leben nichts anderes getan.

Anfangs habe ich gedacht, ich wäre früher vielleicht ein Fischer gewesen. Bevor sie mich gefunden haben. Das würde ich jetzt noch denken, wären da die anderen ... Entdeckungen nicht gewesen.«

»Die da wären?«

Noth zögerte. »Eine Gruppe von Tiellanern hat mich gerettet«, berichtete er und sah Astrid in die Augen, da er wissen wollte, wie sie auf die Nachricht reagierte.

Aber sie schnaubte nur und verdrehte die Augen. »Menschen, Tiellaner, das ist mir doch alles egal. Ich habe ganz andere Sorgen.«

Noth nickte. »Die Menschen und Tiellaner in der Stadt kamen nicht gut miteinander aus, und es machte den Anschein, als würde es von Tag zu Tag schlimmer. Die Tiellaner hatten mich gefunden, und mir gefiel ihre Gesellschaft, daher bin ich bei ihnen geblieben.«

»Und aus diesem Grund haben dich die Menschen nicht besonders gemocht.«

Er winkte ab. »Das war mir völlig egal. Ich habe sie ignoriert. Aber eines Nachts kam ich spät vom Dock nach Hause und bin ein paar Männern begegnet. Sie waren betrunken und haben mich erkannt. Ich versuchte noch, ihnen aus dem Weg zu gehen und sie zu ignorieren, aber sie versperrten mir den Weg. Dann schlug einer von ihnen zu.«

Wieder hielt Noth inne und holte tief Luft.

»Was ist passiert, als er dich geschlagen hat?«

»Er hat mich nicht getroffen«, sagte Noth leise. »In einem Augenblick hatte ich noch eine Heidenangst. Und dann erinnere ich mich nur noch daran, dass ich als Einziger noch stand. Die anderen, insgesamt vier Mann, lagen alle am Boden, und einige waren bewusstlos. Mir war nicht einmal der Schweiß ausgebrochen.«

»Was genau war mit ihnen?«

Noth atmete langsam ein. »Ich konnte mich erst viel später wirklich daran erinnern, aber ... Ich habe sie verprügelt. Ziemlich brutal. Ihnen Arme, Unterkiefer und Rippen gebrochen. Die Menschen in der Stadt sahen mich danach mit anderen Augen.«

»Und, was hast du nun früher gemacht?«, erkundigte sich Astrid.

»Keine Ahnung. Ich weiß es noch immer nicht. Aber ich kann es mir fast denken, zumindest wenn meine Träume wirklich etwas bedeuten.« Auf einmal hatte Noth einen bitteren Geschmack im Mund. Wenn er an einige seiner Träume dachte, dann konnte er es sich sogar ziemlich genau vorstellen. In all seinen Träumen musste irgendjemand sterben. Manchmal er selbst, aber meist verlor ein anderer durch seine Hand das Leben.

Er blickte auf den Tisch hinunter und starrte die grobkörnige Maserung des Holzes an. »Frag mich nicht, wovon ich träume«, murmelte er. »Ich bin noch lange nicht bereit, darüber zu sprechen.«

Sie schwiegen beide. Noth hörte andere Gäste lachen und das Knistern des Feuers. Der Kellner brachte ihnen ihr Essen und Wasser. Noth rührte seinen Eintopf nicht an.

»Dann … hast du dich daran erinnert, wie man kämpft?«, fragte Astrid, deren Stimme kaum lauter war als ein Flüstern. Wieder einmal war Noth überrascht, dass sie klang wie ein Kind. Und er musste erneut an das Mädchen denken, von dem er vor einigen Nächten geträumt hatte. Das Mädchen, das er ermordet hatte.

»Ich erinnere mich daran, wie man kämpft«, bestätigte er. »Und an vieles mehr. An Dinge, die ich nicht einmal annähernd erklären kann.«

Er nickte zu einer Gruppe von Männern hinüber, die an einem Tisch in der gegenüberliegenden Ecke des Raumes saßen. »Diese Männer arbeiten für die Stadtwache, sind aber gerade alle nicht im Dienst.« Ein Wink in Richtung Theke. »Der Wirt hat schon genug Gewalt gesehen und vielleicht als Soldat gedient, und er hat irgendwo hier eine alte Waffe versteckt, vermutlich unter dem Tresen oder in der Nähe der Küchentür. Unser Kellner hat mit der Frau geschäkert, die am Feuer sitzt, und scheint darauf zu hoffen, dass sie die Nacht mit ihm verbringt. Sie ist verheiratet, auch wenn sie versucht, das zu verbergen, und weiß nicht, was sie tun soll.«

Astrid zuckte mit den Schultern und sah sich jeden an, den er erwähnt hatte. »Dann bist du also gut darin, andere zu beobachten. Das ist keine besonders bemerkenswerte Fähigkeit.«

Noths Augen brannten.

»Ich weiß, wie ich jemanden töten kann, egal mit welchem Werkzeug. Gib mir ein Schwert oder einen Löffel, und ich liefere dir eine Leiche.«

Astrid sah ihm in die Augen und hielt seinem Blick stand, ihre faszinierenden grünen Augen schienen bis in sein Innerstes zu blicken. *Du weißt, dass du böse bist, wenn sich selbst ein Dämon fragt, ob es schlau ist, in deiner Nähe zu bleiben.*

Sie starrte ihn noch einen Augenblick lang an, und als Noth schon glaubte, sie würde aufstehen und gehen, senkte sie den Blick auf ihren Teller und fing an zu essen.

»Iss lieber deinen Eintopf«, sagte sie mit vollem Mund. »Er wird sonst kalt.«

Eine Stunde später saß Noth allein am Tresen im Schankraum und hatte einen Bierkrug vor sich stehen, an dem er noch nicht einmal genippt hatte. Er hatte Astrid nach dem Essen nach oben auf ihr Zimmer geschickt, da er wusste, dass er leichter mit jemandem ins Gespräch kommen würde, wenn er allein war.

Er starrte die große Karte an, die an der Wand hinter der Theke zwischen Regalen voller Whiskey- und Weinflaschen hing. Darauf war der Kontinent Wyndrian gemalt, der in etwa die Form einer liegenden Acht hatte. Khale nahm fast drei Viertel der Landmasse ein. Maven Kol und Alizia, die beiden südlichen Länder, bedeckten kleine Flecken in der unteren Hälfte. Die große Stadt Triah war mit einer silbernen und goldenen Trinacrya markiert und lag genau in der Mitte der liegenden Acht, wo sich der große westliche Golf nach innen in die Mitte des Kontinents wölbte und fast in die Koleanische See auf der anderen Seite überging.

Die Karte war eine weitere Seltsamkeit in diesem Gasthaus. Eigentlich besaßen nur Adlige, reisende Händler und militärische Anführer Karten. Dass der Wirt eine in seinem Schankraum hängen hatte, war daher durchaus bemerkenswert.

Innerlich hakte Noth die Orte auf der Karte ab, die er bereits gesehen hatte. Pranna war nicht eingezeichnet, aber er wusste, dass die Stadt genau in der Mitte der Nordküste von Khale lag. Ein schwarzer Kreis markierte Cineste südwestlich von Pranna. Fast direkt westlich von Cineste befand sich ein schwarzer Stern, bei dem es sich um Brynne handeln musste. Und über Brynne war ein schwarzes Rechteck zu sehen, das die Stadt Navone kennzeichnete, die Grenzstadt.

Navone lag südlich einer schmalen Landzunge, die Khale von Roden trennte. Während Khale wie eine Acht aussah, wirkte Roden eher wie ein missgebildeter Bullenkopf, so wie es da mit den beiden langen, dünnen Halbinseln, die weit in die Gefrorene See hinausragten, über der nordwestlichen Ecke von Khale thronte. Die Sorensanberge erstreckten sich horizontal entlang der Landzunge zwischen den beiden Ländern und erschwerten einem das Reisen. Noth würde diese Berge überqueren müssen. Das war der einzige Weg, um nach Roden zu gelangen.

Er seufzte und wandte seine Aufmerksamkeit wieder den Unterhaltungen um sich herum zu, die er zu belauschen versuchte. Die Gespräche über rebellische Kinder und den Zustand der Armee von Cineste interessierten ihn nicht weiter, aber die Unterhaltung zweier Männer in der Nähe erregte sein Interesse. Noth setzte sich etwas anders hin, damit er die beiden besser beobachten konnte.

»Mein Vetter stammt aus Navone«, sagte einer der beiden Männer gerade. Er war klein, hatte wachsame Augen und wirkte sehr selbstsicher.

»Dann sagt ihm lieber, dass er für eine Weile von dort verschwinden soll«, erwiderte der andere, ein älterer Mann. Sein Haar war grau und lang, und er trug einen kurz gestutzten Bart. Noth rieb sich das Kinn. Er hatte sich zuletzt in Pranna rasiert, so dass ihm inzwischen auch ein Bart gewachsen war. Fast überlegte er, ihn zu behalten, da er damit älter wirkte und sich überzeugender als Astrids Vater ausgeben konnte.

»Warum denn das?«, wollte der Mann mit den scharfen Augen wissen. »Was habt Ihr gehört?«

»Nur, dass es in der Gegend eine neue Religion geben soll. Und Ihr wisst ja, was die Hohe Kamarilla von neuen Religionen hält.«

»Aye«, erwiderte der andere und schaute auf. »Glaubt Ihr, sie schicken die Söhne?«

»Das wäre das mindeste. Vermutlich auch noch eine Göttinnenwache und eine Heilige Hexenjägerin obendrein.«

Der kleine Mann fluchte. »Dann muss ich meinen Vetter schnellstmöglich warnen«, meinte er. »Ein Urlaub wird ihm gewiss guttun. Selbst wenn er sich nie in so etwas verwickeln lassen würde. Er ist durch und durch Cantiker, und sogar ein besserer als ich, so viel steht fest.«

»Das ist ohne Belang. Heilige Hexenjägerinnen können in das Innerste einer Person blicken. Sie sehen in deine Eingeweide und deine Seele. So finden sie heraus, ob er ein Ketzer ist oder nicht, aber sie erfahren gleichzeitig auch, ob er ein Dieb, Ehebrecher, Schmuggler oder Mörder ist.«

»Das ist doch nicht natürlich«, murmelte der kleine Mann sehr leise.

Noth nickte den beiden Männern zu. »Ich bin auf dem Weg nach Roden«, sagte er. »Würdet Ihr mir raten, dass ich meine Reise verschiebe?«

Die beiden Männer drehten sich zu ihm um und musterten ihn von Kopf bis Fuß, schienen jedoch nicht viel von ihm zu halten.

»Nach Roden«, murmelte der Kleinere und starrte Noth an. »Was in aller Welt wollt Ihr denn in Roden?«

Noth zuckte mit den Schultern. »Es war nicht meine Entscheidung, dorthin zu reisen. Ich stehe in der Thredash-Händlergilde nun mal auf der untersten Stufe und tue, was man mir sagt.« Der Name war Noth einfach so eingefallen, es war eine mittelgroße Gilde, die in diesem Gebiet ansässig war.

»Dann solltet Ihr Euch von Navone fernhalten, wenn Ihr wisst, was gut für Euch ist«, sagte der alte Mann. »Und das noch wenigstens einen Monat lang. Die Arbeit einer Heiligen Hexenjägerin kann einige Zeit dauern, zumindest habe ich das gehört.«

Noth runzelte die Stirn. Er konnte keinen ganzen Monat warten. »Kann man die Stadt nicht irgendwie umgehen?«

Der Kleinere der beiden schüttelte den Kopf. »Die Söhne patrouillieren in der Umgebung und halten Ausschau nach denen, die das versuchen. Ihr würdet Euch und Euresgleichen sehr viel Ärger einhandeln. Am besten wartet Ihr noch eine Weile, bevor Ihr aufbrecht, mein Freund.«

»Gibt es denn keinen anderen Weg, um nach Roden zu gelangen?«, wollte Noth wissen. Vielleicht wusste Astrid etwas, was diesen beiden nicht bekannt war. Sie hatte auf

Noth den Eindruck gemacht, als würde sie sich in der Gegend recht gut auskennen.

Der alte Mann lachte. »Ihr seid nicht von hier, was?«, spie er aus. »Es gibt nur einen Weg, um nach Roden rein- und wieder herauszukommen, und der führt durch das Bluttor von Navone. Das ist und bleibt der einzige Weg.«

Noth zwang sich zu einem Lächeln. »Dann werden die Geschäfte in Roden eben warten müssen. Ich kann nicht behaupten, dass mich das groß ärgert. Roden ist nicht das reizvollste Reiseziel, wenn Ihr versteht, was ich meine.«

Der Kleine nickte zustimmend, und der ältere Mann, der Noth die ganze Zeit misstrauisch angesehen hatte, nickte schließlich auch, und sein skeptischer Blick verschwand.

»Aye.« Der alte Mann deutete auf den Wirt. »Können wir Euch vielleicht zu etwas einladen, Fremder?«

Noth schüttelte den Kopf und hob seinen Bierkrug hoch. »Das ist nicht nötig«, erwiderte er. »Das hier ist mein letztes für heute. Ich treffe mich morgen mit einem neuen Partner, und da sollte ich besser einen klaren Kopf haben.«

Die beiden Männer nickten und setzten ihre Unterhaltung fort. Noth blieb noch einen Moment sitzen, dann stand er auf und drückte seinen vollen Bierkrug dem nächstbesten Gast in die Hand.

»Das geht aufs Haus«, murmelte er und machte sich auf den Weg in sein Zimmer.

Er wollte schon die Tür öffnen, hielt dann jedoch inne.

Er hörte Stimmen im Zimmer.

Führten Vampire Selbstgespräche? Noth konnte sich nicht daran erinnern, dass Astrid so etwas schon einmal getan hätte. Also lauschte er.

»Ich weiß nicht, ob er das zulassen wird … viel länger, nicht … keinen Grund.« Es war Astrids Stimme, so viel stand fest, aber er konnte nicht alles verstehen.

Einen Augenblick lang herrschte Schweigen.

»Ich habe keine Ahnung, was er vermutet.« Wieder Astrid. »Er ist clever, auch wenn er sich nicht erinnert …«

Eine erneute Pause.

Noth war plötzlich furchtbar enttäuscht. Er hatte eine seltsame Zuneigung zu dem Mädchen entwickelt und sich schon ein oder zwei Mal gefragt, ob Winters und seine Tochter vielleicht so ähnlich wie Astrid gewesen wäre, wenn sie denn je eine bekommen hätten.

Ja, genau. *Sie wäre zu einem dämonischen Monster geworden.* Noth schluckte schwer. Er hatte nicht aufgepasst, obwohl er doch genau wusste, was sie war.

Das musste aufhören. Er konnte nicht verhindern, dass sie ihn begleitete, aber er musste wachsam bleiben. Dieses Mädchen hatte irgendetwas vor. Was immer es auch war, er musste darauf vorbereitet sein.

»… halte Euch auf dem Laufenden … muss aufhören.« Wieder Astrids Stimme.

Noth öffnete die Tür und hoffte, noch einen Blick auf den erhaschen zu können, mit dem das Mädchen sprach. Im Zimmer war es dunkel. Er konnte nur mit Mühe Astrids kleine Gestalt ausmachen, die sich in einer Ecke auf dem Boden zusammengerollt hatte.

Hatte sie schon die ganze Zeit dort gelegen oder war sie schnell dorthin gehuscht? Er schloss die Tür hinter sich und wollte schon sagen, dass sie sich nicht schlafend stellen musste, als sie ihm zuvorkam.

»Nimm einfach das Bett«, murmelte sie. »Oder ich beiße dir ins Gesicht.«

Beinahe hätte Noth etwas erwidert, aber er verkniff es

sich. Trotz dem, was er gerade gehört hatte, schaffte es das Mädchen, ihn aufzuheitern.

Du hast vielleicht Probleme, dachte er sich.

Er legte sich auf das Bett und starrte die Holzdecke an, bis sich seine Augen an die Dunkelheit gewöhnt hatten. Das Mädchen war ein Problem, aber sie war lange nicht sein einziges.

KAPITEL 13

In einem Vorort von Cineste

Winter spürte so etwas wie Verlust, als Cineste in der Ferne kleiner wurde. In der Wildnis rund um Pranna hatte sie sich immer wie zu Hause gefühlt, aber das hier war etwas anderes. Sie ließ alles, was sie bisher gekannt hatte, hinter sich zurück.

Sie schaute Kali an, die neben ihr ritt. Zu Winters Überraschung hatte das Trio, das aus Kali, Nash und ihrer stummen Dienerin Elsi bestand, ihr und Lian Pferde zur Verfügung gestellt. Winter ritt auf Nynessa, einer kleinen, wendigen Stute. Sie tätschelte den Hals des Tiers. Winter hatte sich schon immer ein eigenes Pferd gewünscht, diese Tiere bereits als kleines Mädchen geliebt und stets sehnsüchtig zugesehen, wenn Menschenkinder auf ihren Pferden an ihr vorbeikamen. Aber ihr Vater hatte nie genug Geld gehabt oder es für notwendig erachtet, ein Pferd zu kaufen. Und jetzt gaben ihr diese Menschen einfach so ein Pferd, weil sie ihnen etwas erzählt hatte. Es waren nicht einmal besonders interessante Informationen gewesen.

Winter traute ihnen trotzdem nicht. Lian und sie hatten schnell festgestellt, dass sie zusammen mit diesen Leuten weitaus bessere Chancen hatten, Noth zu finden, auch wenn es gefährlich war. Sowohl Kali als auch Nash hatten gebogene Schwerter bei sich, und Nash trug außerdem zwei fremdartige runde Klingen an seinem Gürtel. In jedem Fall konnten die beiden Tiellaner momentan nichts tun, um den Menschen zu entwischen.

Ein Teil von Winter hoffte sogar darauf, dass ihnen die beiden wirklich helfen würden. Ihre eigenen Versuche waren mehr als erbärmlich gewesen. Inzwischen kam es ihr fast lächerlich vor, dass sie überhaupt versucht hatten, Noth ganz allein zu finden. Aber mit Kalis und Nashs Hilfe konnte es ihnen vielleicht gelingen. Nash war meist freundlich und nett und sah sie nicht so an, als wäre sie nur irgendein Ding – oder ein Elf. Zugegebenermaßen schien er sie nicht sehr häufig anzusehen, aber wenn er es tat, dann betrachtete er sie wie ein anderes Lebewesen. Ob Tiellaner oder Mensch, schien für ihn gleich zu sein.

Kali blieb hingegen immer sachlich, was Winter sehr zu schätzen wusste, schien aber dennoch irgendetwas zu verbergen, und das machte Winter misstrauisch. Sie konnte nur hoffen, dass sie mit der Zeit erfuhr, wer diese Leute waren und was sie von Noth wollten. Aber sie ging davon aus, dass es etwas mit dem zu tun haben musste, was Noth bei ihrer Hochzeit getan hatte. Blitze auf dunklem Wasser. Diese Erinnerung an ihn jagte ihr Angst ein, schenkte ihr gleichzeitig aber auch Hoffnung. Sie wusste nicht, was Kali und Nash mit Noth vorhatten, aber sie wollte es eigentlich auch gar nicht herausfinden. Falls Winter ihn vor den anderen erreichte, gelang ihnen vielleicht die Flucht, oder sie konnten sich zumindest gemeinsam zur Wehr setzen.

»Du wirkst abwesend.«

Winter blickte zu Kali auf. Obwohl ihre Pferde gleich groß waren, überragte die Frau sie deutlich. Für eine Tiellanerin war Winter ohnehin schon klein, so dass jeder

Durchschnittsmensch deutlich größer war als sie, und Kalis Größe ließ sich wirklich nicht als durchschnittlich bezeichnen.

»Mir geht auch vieles durch den Kopf«, erwiderte Winter und starrte Kali an. Sie konnte einfach nicht anders. Ihre Größe war nicht das Einzige, was ihr an dieser Frau seltsam vorkam. Sie trug auch merkwürdige Kleidung, die aus einer engen schwarzen Hose, einem schwarzen Hemd und einem schwarzen Lederwams bestand und aussah, als sei es eigentlich Männerkleidung. Winter kam sich in ihrem tiellanischen Kleid albern neben ihr vor. Sie fragte sich, wie es wohl sein musste, so gekleidet zu sein. Jeder Tiellaner, der Winter in solchen Gewändern gesehen hätte, wäre vermutlich vor Scham im Boden versunken.

»Das kann ich mir denken«, erwiderte Kali. »Dein Leben hat sich grundlegend verändert.«

Winter nickte, sagte jedoch nichts. Sie richtete den Blick auf die Straße vor sich. Was hätte sie auch schon dazu sagen sollen?

»Ich möchte etwas mit dir besprechen«, sagte Kali nach einer kurzen Pause. »Was weißt du über Magie?«

Winter sah sie verblüfft an. Es gab schon seit Jahrhunderten keine Magier mehr. »Nichts«, antwortete sie aufrichtig. »Magie ist für mich ebenso bedeutungslos wie die Denomination. Das sind beides Geschichten, die man erzählt, damit Leute sich besser fühlen.«

»Dann muss ich das wohl anders formulieren«, stellte Kali fest. Winter fiel auf, dass Lian sein Pferd näher an sie heranlenkte, damit er ihnen zuhören konnte. Nash und Elsi ritten nicht weit vor ihnen.

»Was weißt du über Psimantie?«, präzisierte Kali.

Winter zuckte mit den Schultern. »Davon habe ich

noch nie gehört.« Kali hatte auf sie bis jetzt wie eine vernünftige Frau gewirkt. Warum interessierte sie sich dann für Mythen und Geschichten?

»Das ist nicht verwunderlich«, sagte Kali. »Es gibt nur sehr wenige Psimanten. Sie nutzen ihren Geist, um gewisse Fähigkeiten zu verbessern und sich mit der Welt um sich herum zu verbinden.« Winter verdrehte die Augen, und Kali lächelte. »Du denkst, ich lüge. Das tue ich nicht. Lass uns am besten mit einer kleinen Lektion anfangen. Du kannst gern zuhören, Lian, wenn du möchtest. Eigentlich ist es mir sogar lieber, wenn ihr beide auf dem gleichen Kenntnisstand seid.«

»Ist sie verrückt?«, flüsterte Lian.

Winter zuckte mit den Schultern. Das war durchaus möglich. Das, was die Frau da von sich gab, klang mehr nach Zeitalter der Wunder und nicht nach dem Zeitalter der Menschen.

Falls Kali Lians Bemerkung mitbekommen hatte, so ließ sie sich das nicht anmerken. »Es gibt drei Arten der Psimantie«, begann sie. »Aber ich möchte euch nicht zu viel aufbürden, daher fangen wir erst einmal mit zweien davon an. Telesis ist die erste. Wir nennen diejenigen, die über diese Kraft verfügen, Teleniker. Sie besitzen die Gabe, Objekte bewegen und kontrollieren zu können, indem sie ihren Geist danach ausstrecken.«

Winter schnaubte. »Ihr wollt mir doch nicht etwa sagen, dass es Leute gibt, die mit Hilfe von Magie Dinge mit ihrem Kopf bewegen?« Sie fragte sich unwillkürlich, wen Kali wohl mit diesem »Wir« meinte.

»Das ist keine Magie«, korrigierte Kali sie kopfschüttelnd. »Vielleicht war das der falsche Einstieg in diese Unterhaltung. Du bist Skeptikerin, und das könnte durchaus zu deinem Vorteil sein. Aber ja, es gibt Leute, die das können, die, wie du es so schön ausgedrückt hast, ›Dinge mit ihrem Kopf bewegen‹. Nash?«

Nash, der vor ihnen ritt, hielt sein Pferd an und lenkte es dann zu ihnen zurück.

Auf einmal wurde Winter die Halskette mit den schwarzen Steinen, die sie zur Hochzeit geschenkt bekommen hatte, vom Hals gerissen und landete in Nashs ausgestreckter Hand.

Winter stockte der Atem. Sie sah von Lian zu Kali und schließlich zu Nash. Es war so schnell passiert ... Das musste ein Trick gewesen sein.

»Gebt sie mir zurück«, verlangte Winter. Sie wusste nicht, wie er das gemacht hatte, aber vermutlich hatte er die Kette zerrissen, als er sie Winter vom Hals gezerrt hatte.

»Wie du möchtest«, sagte Kali. »Nash?«

Langsam schwebte die Kette aus Nashs Hand und auf Winter zu. Sie starrte sie fasziniert an, während Lian neben ihr leise fluchte. Direkt vor Winter verharrte die Kette in der Luft, so dass sie sie leicht erreichen konnte. Die Kette hing einfach nur da, ohne von etwas festgehalten zu werden. Winter fuhr mit der Hand darüber und dahinter entlang und suchte nach versteckten Fäden oder Drähten.

Das war doch einfach unmöglich!

Bevor sie die Halskette an sich nehmen konnte, schwebte diese weiter auf sie zu und legte sich um ihren Hals. Sie hörte ein Klicken, und dann lag sie wie zuvor auf Winters Haut. Winter betastete den Verschluss, der unversehrt war, als wäre das, was sie gerade gesehen hatte, überhaupt nicht passiert.

»Wie ...« Winter sah Kali verblüfft an.

»Nash ist Teleniker«, erklärte Kali. »Einer der talentiertesten auf der ganzen Sphaera.«

Winter sackte in ihrem Sattel zusammen. Sie zitterte am ganzen Körper. Das, was sie da eben gesehen hatte, war einfach vollkommen unmöglich.

Aber sie hatte es mit eigenen Augen gesehen, oder nicht?

»Nash«, fuhr Kali fort und schloss mit ihrem Pferd zu ihm auf, »ist das, was wir einen Aktual nennen. Er besitzt von Natur aus die Fähigkeit, Objekte mit seinem Geist manipulieren zu können. Er wurde damit geboren. Es gibt noch eine andere Klasse von Psimanten, die jedoch … Hilfe benötigen.«

»Komm schon, Winter«, rief Lian. Winter bemerkte erst jetzt, dass sie einfach nur dagesessen hatte, während Nynessa mitten auf der Straße stand. Die anderen waren längst weitergeritten. Sie trieb das Pferd an.

»Bevor ich über die anderen beiden Gebiete der Psimantie spreche, sollte ich euch noch auf den Unterschied zwischen Aktualen und Potenziellen hinweisen«, fuhr Kali fort. »Aktuale wie Nash besitzen die Fähigkeit von Natur aus, aber Potenzielle benötigen etwas, das ihre Talente erweckt.«

Kali hielt inne und wartete wohl darauf, dass Lian oder Winter nachfragten, was genau das sein sollte, aber Winter hakte nicht nach. Sie war noch immer viel zu erstaunt über das, was Nash getan hatte.

»Es ist eine Art Rauschmittel. Eine Substanz, die dem ähnelt, was ihr als Split oder Teufelsstaub kennt.«

»Dann kann man diese … Droge also einfach nehmen und danach Magie anwenden?«, wollte Lian wissen.

»Es ist eigentlich eher eine Wissenschaft«, erwiderte Kali mit finsterer Miene. »Nicht jeder kann diese Droge nehmen und auch wirklich Kräfte entwickeln. Nur sehr wenige besitzen diese Gabe. Aber ja, wenn diese Leute das Mittel zu sich nehmen, können sie ihre Fähigkeit kurzzeitig nutzen.«

»Warum nehmen sie diese Droge dann nicht die ganze Zeit?«, fragte Lian.

Winter hatte das Gefühl, als würde ihr Verstand nur mit einem Bruchteil seiner sonstigen Geschwindigkeit arbeiten und sich weigern, das zu akzeptieren, was sie mit eigenen Augen gesehen hatte. Das alles war doch eigentlich unmöglich.

»Diese Droge, die *Faltira* heißt, allgemein aber nur Frost genannt wird, macht sehr schnell süchtig.«

»Faltira«, wiederholte Winter.

»Es bedeutet ›Frostflamme‹ auf Alt-Khalisch«, erläuterte Kali.

»Und was ist mit den anderen Formen der Psimantie?«, warf Winter ein. Ihre Neugier war geweckt worden, auch wenn sie noch immer nicht wirklich glaubte, was sie gesehen hatte.

»Da gibt es noch die Acumantie«, sagte Kali. »Sie ist zwar von außen nicht so gut zu erkennen wie die Telesis, aber ebenso mächtig. Acumanten tauchen in den Verstand anderer ein und erkennen deren Gedanken. Man kann sich die Telesis als die äußere und die Acumantie als die innere Form der Psimantie vorstellen. Dieser Unterschied ist zwar wissenschaftlich nicht ganz korrekt, aber sehr hilfreich, um die Dinge erst einmal zu verstehen.«

Winter runzelte die Stirn. Sosehr ihr die Vorstellung, dass jemand ein Objekt mit seinem Geist kontrollieren konnte, Angst einjagte, fand sie die Idee, dass jemand in ihrem Kopf herumstöberte, noch viel verstörender.

»Wie ich bereits sagte, gibt es noch eine dritte Art der Psimantie, die jedoch weniger deutlich zutage tritt als die Telesis oder die Acumantie. Sie ist außerdem bei weitem nicht so verlässlich. Es ist wohl am besten, wenn wir das Gespräch darüber vorerst vertagen.«

Einerseits war Winter misstrauisch und vermutete, dass Kali ihnen diese dritte Form vorenthalten wollte, andererseits war sie aber auch dankbar dafür. Schon jetzt sehnte sie sich danach, zusehen zu können, wie Nash seine Kraft erneut einsetzte, da sie bereits zu zweifeln begann, ob sich das tatsächlich so ereignet hatte. Dinge bewegen? Gedanken lesen? Das war unerhört!

Und dennoch hatte sie es mit eigenen Augen gesehen. Etwas hatte ihre Halskette weggenommen und sie ihr wieder umgelegt. Das konnte unmöglich ein Trick gewesen sein.

»Warum habe ich noch nie zuvor von diesen Fähigkeiten gehört?«, fragte Winter.

Kalis Lippen umspielte ein schiefes Grinsen. »Das hast du unserer Regierung und der cantischen Religion zu verdanken. Aber diese Fähigkeiten sind auch erst vor wenigen Jahrzehnten zum ersten Mal aufgetreten. Die wenigen Psimanten, die sich zu erkennen geben, sind bei den Adligen, der Regierung und der Denomination heiß begehrt, denn schließlich wollen sie nicht, dass dieses Wissen an die Öffentlichkeit gelangt. Stattdessen verbreiten sie Gerüchte über ›Magie‹ und ›Zauberei‹, die es in Wirklichkeit gar nicht gibt.«

»Nicht mehr«, warf Lian ein.

Kali und Winter drehten sich zu ihm um.

»Wie war das?«, fragte Kali.

»Nicht mehr«, wiederholte Lian. »Magie und Zauberei gibt es nicht mehr. Aber früher, während des Zeitalters der Wunder, hat es all das gegeben.«

»Das Zeitalter der Wunder ist ein Thema, über das häufig debattiert wird«, gab Kali zurück.

Aber Winter interessierte sich nicht für das Zeitalter der Wunder. »Wenn das alles geheim bleiben soll, warum erzählt Ihr es uns dann?«

»Weil wir euch auf die Probe stellen wollen«, erwiderte Kali. »Wir möchten herausfinden, ob einer von euch derartige Fähigkeiten besitzt. Sie sind bei Tiellanern überaus … ungewöhnlich. Bei eurem Volk treten sie weitaus seltener auf als bei den Menschen. Aber ich habe eine Nase für so etwas, und mir ist bei euch beiden sofort etwas aufgefallen, daher möchten Nash und ich gern herausfinden, ob mich meine Instinkte nicht getrogen haben.«

»Ihr seid eine Acumantin?«, fragte Winter.

Dieses Mal war Kalis Lächeln aufrichtig. »Ganz genau.«

Die Frau sah Nash an. Winter folgte ihrem Blick und musste aufgrund der Sonne die Augen zusammenkneifen. Sie war ganz überrascht, dass es bereits nach Mittag war.

»Nash«, rief Kali, »wie lange dauert es noch, bis wir unser Lager aufschlagen?«

»Noch ein paar Stunden«, rief Nash über seine Schulter hinweg. »Höchstens fünf.«

»Achte darauf, dass uns noch genug Tageslicht bleibt«, bat Kali ihn und sah erst Winter und danach Lian an. »Wir prüfen sie heute Abend.«

KAPITEL 14

Zwischen Brynne und Navone

Kurz vor Sonnenuntergang griff das Mädchen ihn an. Sie hatten gerade darüber gesprochen, wann sie ihr Lager aufschlagen wollten. Astrid war dafür, bald Rast zu machen, während Noth noch eine Weile weiterziehen wollte. Er hatte ihr nicht einmal den Rücken zugewandt, sondern genau das die ganze Zeit vermieden, nachdem er einige Nächte zuvor ihr Gespräch belauscht hatte. Aber als er den Kopf hob, war sie plötzlich verschwunden.

Nur um ihn dann von links anzuspringen. Und jetzt kämpfte Noth um sein Leben.

Es gelang ihm gerade noch so, ihr auszuweichen, als sie zuschlug. Noth wollte lieber nicht herausfinden, wie scharf ihre Klauen wirklich waren. Er machte einen Schritt zur Seite und legte die Finger locker um seinen Stab. Dabei wurde er immer wütender. Er hätte es wissen müssen. Er hätte sie längst zur Rede stellen müssen oder sich aus dem Staub machen, statt auf den richtigen Moment zu warten.

Noth wirbelte den Stab herum, traf jedoch nur ins Leere. Astrid schnaubte, ging blitzschnell um ihn herum, und bevor sich Noth auch nur bewegen konnte, spürte er einen dumpfen Schmerz im Rücken, als das Mädchen gegen ihn prallte. Er geriet ins Taumeln, und ihm wurde die

Luft aus der Lunge gepresst. Sie war wirklich stark. Er schnappte nach Luft und spürte, wie das Mädchen auf seinen Rücken sprang. Sein Blut fing an zu kochen, als ihm durch den Kopf schoss, dass er tatsächlich angefangen hatte, ihr zu vertrauen.

Astrid legte die Arme um seinen Hals und drückte zu. Noths Kopf wurde immer schwerer. Er ging auf die Knie und drehte den Kopf so weit zur Seite, wie es nur ging, um mehr Luft zu bekommen, während er an ihren Händen zerrte. Erschreckenderweise waren sie ebenbürtige Gegner.

Er ließ sich zu Boden fallen, drehte sich dabei in der Luft und rammte sie in den festgetretenen Schnee. Noth schrie auf, als er sie mit seiner verletzten Schulter traf. Astrid stöhnte unter ihm, und ihr Griff lockerte sich für einen kurzen Augenblick. Noth spürte es und rammte ihr sofort einen Ellbogen in die Rippen. Dann rollte er sich weg und schnappte nach Luft.

Einer seiner Instinkte riet ihm, er solle verschwinden, während ein anderer, bei dem er gelernt hatte, ihm zu vertrauen und ihn gleichzeitig zu fürchten, ihm sagte, er solle wieder angreifen. Also sprang er Astrid mit gezücktem Dolch an. Sie griff mit beiden Händen danach, konnte trotz ihrer Kraft jedoch nicht verhindern, dass der Dolch sich in ihren Hals drückte.

Das Mädchen lachte auf, es klang schaurig und unheimlich, und ein Gurgeln drang aus ihrer durchbohrten Kehle.

»Das wird mich nicht töten«, flüsterte sie.

Noth zog den Dolch wieder heraus und versuchte, ihr die Klinge flach an den Hals zu drücken. Wenn es nicht reichte, sie zu erstechen, dann musste er ihr eben den göttinnenverdammten Kopf abschneiden.

Aber Astrid war zu schnell. Sie schlug zu, bevor er mit der Klinge erneut ihre Haut durchbohren konnte, und ehe er wusste, was geschah, rollten sie auch schon. Er stieß mit der Schulter gegen einen Baum, und Schnee rieselte auf sie herab. Irgendwie war es Astrid gelungen, mit ihm die Position zu tauschen.

Das Mädchen kniete über ihm und drückte ihm seinen eigenen Dolch an die Kehle.

Sie lächelte auf ihn herab, und ihr Haar und ihr Gesicht waren mit Schnee und ihrem Blut bedeckt.

»Nicht übel«, murmelte sie und schüttelte sich, um den Schnee loszuwerden. Noth überlegte, ob er etwas sagen sollte wie »Nur zu« oder »Bring es zu Ende«. Es war bestimmt schön, derart mutige letzte Worte von sich zu geben. Aber er wollte viel lieber leben, auch wenn sein Leben längst vor die Hunde gegangen war.

Astrid stand auf und warf den Dolch zur Seite. »Gar nicht übel«, sagte sie, hob ihren Rucksack hoch und entfernte sich von der Straße. »Das bedeutet übrigens, dass wir jetzt unser Lager aufschlagen. Ich habe dich in einem fairen Kampf besiegt.«

Noth starrte das Mädchen an. Sie hatte doch eben noch versucht, ihn umzubringen – oder etwa nicht?

Astrid verdrehte die Augen. »Ach, bitte. Jetzt erzähl mir nicht, du hättest gerade um dein Leben gebangt.«

Noth sah sie einfach nur an.

»Bei der Göttin«, murmelte die Kleine. »Du hattest tatsächlich Angst um dein Leben.« Sie grinste breit. »Ist ja süß!«

Da reichte es Noth. Er stand auf. Er würde ihren Wahnsinn nicht länger ertragen. Nicht nach dem, was sie gerade getan hatte.

»Du musst ehrlich zu mir sein«, verlangte er und ging

auf sie zu. Vampir hin oder her, er musste es wissen. »Neulich in Brynne habe ich gehört, wie du mit jemandem gesprochen hast, direkt bevor ich zurück in unser Zimmer gekommen bin. Dabei ging es um mich. Mit wem hast du geredet?«

Das Mädchen schaute ihn an und sah mit einem Mal gar nicht mehr belustigt aus.

»Hör mal, es tut mir sehr leid, wenn ich dich überrascht habe. Ich wollte nur am eigenen Leib erfahren, wie weit es mit deinen Kampfkünsten her ist, von denen du ständig faselst. Du musst deswegen aber nicht gleich den Kopf verlieren.« Ihr Grinsen war schlagartig wieder da. »Ha! Verstehst du? Und du wolltest mir gerade …«

Er packte sie am Kragen und hob sie hoch, bis sie auf Augenhöhe waren. Seine Schulter schmerzte dabei sehr, aber er ignorierte es. Sie war zwar stark, aber leicht, und er konnte sie problemlos festhalten.

»Mit wem hast du geredet?«, herrschte er sie an.

»Lass mich los.« Sie entwand sich ihm, und er ließ sie fallen. Als sie ihn von sich wegstieß, taumelte er einige Schritte zurück.

»Ich weiß wirklich nicht, wovon du redest«, behauptete Astrid und starrte ihn wütend an. Sie klopfte ihre Kleider ab, aber die Geste sah irgendwie lächerlich aus. »In Brynne? Da habe ich mit niemandem geredet. Es war doch niemand außer uns im Zimmer. Du hast doch gesehen, dass ich allein war, als du hereingekommen bist.«

»Ich … ich habe dich gehört«, sagte Noth, der jetzt erst bemerkte, dass er im Schnee saß. Wann hatte er sich hingesetzt? »Und du hast mit jemandem gesprochen. Ihr habt über mich geredet.«

Das Mädchen lächelte ihn vorsichtig an. »Ich zerstöre ja nur ungern deine Illusionen, Nomade, aber du gibst wirklich kein besonders interessantes Gesprächsthema ab. Daher ist mir auch völlig schleierhaft, warum ich mit irgendjemandem über dich reden wollen sollte.« Ihr Lächeln verblasste. »Und es gibt wirklich niemanden, dem ich etwas über dich erzählen könnte.«

Noth wusste nicht, was er dazu sagen sollte. Log sie ihn an? Das musste es sein.

Doch schon kamen ihm Zweifel.

Hatte er tatsächlich eine zweite Stimme gehört? Auf einmal war sich Noth da nicht mehr so sicher. Er hatte Astrid gehört, aber da war doch niemand sonst gewesen, oder? Oder hatte er selbst, Noth, der Mann mit dem trügerischen Gedächtnis, sich das alles etwa nur eingebildet?

Noth stand auf und spuckte in den Schnee. Wie konnte er diesem Mädchen – oder auch irgendjemand anderem – vertrauen, wenn er nicht einmal sich selbst vertrauen konnte?

Astrid hatte ihm deutlich zu verstehen gegeben, dass sie ihn begleiten würde, ob er es nun wollte oder nicht. Und die Kleine war durchaus nützlich. Vielleicht war es ja das Klügste, die ganze Sache einfach auf sich beruhen zu lassen. Er hatte doch ohnehin keine andere Wahl. Er konnte versuchen, sie abzuschütteln, bezweifelte jedoch, dass er Erfolg haben würde. Oder er ließ einfach zu, dass sie mit ihm mitkam, und riskierte es, von ihr betrogen zu werden. Irgendwann würde er die Motive des Mädchens schon erfahren, falls sie überhaupt welche hatte.

Noth ging zu seinem Rucksack und holte ihre Decken heraus. In der Nähe standen genug Bäume, so dass sie an diesem Abend sogar ein Feuer anzünden konnten. Es tat bestimmt gut, endlich wieder einmal Wärme zu spüren.

Nachdem er seinen Schlafplatz vorbereitet hatte, sah er erneut Astrid an.

»Wenn du vor Sonnenuntergang schon so bist«, sagte er, »mach so etwas nie, wenn es dunkel geworden ist.«

»Mach mich nicht wütend, dann denke ich vielleicht darüber nach«, entgegnete sie grinsend. Inzwischen hatte sie sich erstaunlich gut erholt. Die Wunde an ihrem Hals war fast vollständig geheilt, und nur etwas verschmiertes Blut war zurückgeblieben. Sie lag auf dem Schnee, den Rücken gegen einen Stein gelehnt, und las in einem kleinen, in Leder gebundenen Buch.

»Mir wäre es lieber, wenn wir uns darauf einigen könnten, dass so etwas nie wieder passiert.«

»Warum nicht?«

»Ich kämpfe nicht nur zum Spaß.« Tatsächlich hasste er sogar jede Sekunde eines Kampfes. Jeder Reflex und jede Bewegung erinnerten ihn nur daran, wie sehr er sich danach sehnte.

»Beinahe hätte ich dir geglaubt«, meinte sie und zog die Augenbrauen hoch. »Ein Mann, der fast einen Vampir besiegt hätte, muss das Kämpfen ernst nehmen.«

Noth zuckte mit den Schultern. »Ich bin nicht mehr der, der ich früher einmal war. Damit ists vorbei.«

»Ists ist kein Wort.«

Noth verkniff sich ein Grinsen. »Mir ists doch egal, was ein Wort ist und was nicht.«

»Du weißt es aber besser. Du bist gebildet. Warum sagst du dann so etwas? Du klingst sogar wie ein Nomade von den östlichen Ebenen.«

»Willst du mir damit etwa sagen, dass ich wie ein Tiellaner klinge?« Nomaden waren berüchtigt dafür, sich die trällernde Sprachmelodie der Tiellaner zu eigen zu machen, weil sie glaubten, sie würden so härter klingen.

Noth vermutete, dass er so sprach, weil er im vergangenen Jahr bei Tiellanern gelebt hatte. Er hatte diesen Akzent übernommen, nachdem er in Pranna aufgewacht war. »Ich sage einfach, was sich für mich richtig anfühlt«, erklärte er. »Und ists gehört eben manchmal dazu.«

Astrid zuckte mit den Schultern und widmete sich erneut ihrem Buch. Als Noth schon glaubte, dass er jetzt endlich seine Ruhe hätte, sah sie ihn schon wieder an.

»Du hast gesagt, du wärst nicht mehr so wie früher. Aber ist das nicht der, den wir in Roden suchen? Warum hältst du nach jemandem Ausschau, der du gar nicht mehr sein willst?«

Noth gab ihr keine Antwort. Nachdem er in Brynne gehört hatte, was er zu hören glaubte – oder sich eingebildet hatte –, war er sich nicht einmal mehr sicher, dass er überhaupt nach Roden reisen wollte.

Seine Wut schien in ihm zu toben und sich Bahn brechen zu wollen. Er konnte das auf Astrids Angriff schieben und die Tatsache, dass er nicht wusste, ob sie ehrlich zu ihm war. Er konnte sich einreden, dass er unzufrieden war wegen seiner Erinnerungen und seiner Zweifel. Eigentlich gab es vieles, dem er die Schuld daran geben konnte, doch dann ging ihm auf, dass er in Pranna nie derart zornig geworden war. Dort hatte er sich auch nicht so zerbrechlich gefühlt.

War es wirklich die richtige Entscheidung gewesen, zu gehen?

»Wir suchen nicht nach ihm«, erklärte er. »Wir versuchen nur herauszufinden, warum ich so bin. Wenn mir das gelingt … dann kann ich vielleicht ein wenig Frieden finden.«

Astrid zuckte mit den Schultern. »Wenn du meinst. Aber ich bin eher der Ansicht, dass du nun einmal so bist, ob es dir nun gefällt oder nicht. Du könntest dich also auch einfach damit abfinden.«

Noth schüttelte den Kopf. »Ich will nicht tun, was er getan hat. Die Alpträume reichen schon aus, um mich bis in alle Ewigkeit heimzusuchen.«

»Du musst ja nicht genau das machen, was er getan hat«, erwiderte sie ernst, was nur ausgesprochen selten vorkam. »Aber du kannst sein Wissen nutzen, um dich zu ändern. Du kannst anderen helfen und sie beschützen. Du musst nicht das tun, was immer du auch früher gemacht hast. Oder was du glaubst, gemacht zu haben.« Sie blickte wieder in ihr Buch. »Und jammer mir bloß nichts über die Ewigkeit vor.« Noth meinte fast, ihre sonst so heitere Miene verdunkle sich bei diesen Worten und sie wirkte fast schon gequält. »Wenn dich deine Gedanken dreihundert Jahre lang gepeinigt haben, dann können wir uns vielleicht noch einmal über dieses Thema unterhalten.« Sie stand auf, legte ihr Buch auf den Boden und verschwand im Wald.

Noth ließ den Kopf sinken. Vermutlich hatte sie sogar recht. Er wollte gar nicht wissen, was ihr so alles im Kopf herumging. Eigentlich hätte er gedacht, dass sich ein Vampir nicht viel daraus machen würde, aber bei Astrid sah das offenbar anders aus.

Er beschäftigte sich damit, Steine für eine Feuergrube zu suchen, damit möglichst wenig Licht zu sehen sein würde.

Erst als das Feuer schon lange brannte, kehrte Astrid zurück. Sie legte einen Haufen zerbrochener Äste neben ihm ab. Zwar hatten sie in Cineste eine gute Axt gefunden – eigentlich eher gestohlen –, aber die hatte sie dafür wohl nicht gebraucht.

»Reisen wir direkt durch Navone?«, wollte sie wissen.

Ihre Miene sah wie immer munter aus, und ihre grünen Augen, die in der Dunkelheit von innen heraus zu leuchten schienen, jagten Noth einen Schauder den Rücken hinunter. Er nickte.

»Trotz dem, was die Männer in Brynne erzählt haben?«

»Das sind doch nur Gerüchte«, entgegnete er und legte einige Äste in das lodernde Feuer. Er dachte schon seit einiger Zeit darüber nach, wie er die Lage in Navone ausnutzen konnte. Möglicherweise konnte er die Heilige Hexenjägerin als Waffe verwenden. Navone mochte der Weg sein, diesem Monster an seiner Seite zu entkommen.

»Als wir Brynne verließen, dachte ich, du machst dir deswegen Sorgen.«

Er schüttelte den Kopf. »Ich habe lange darüber nachgedacht. Selbst wenn eine Heilige Hexenjägerin auf dem Weg nach Navone ist, heißt das noch lange nicht, dass wir ihr auch begegnen. Und falls wir ihr begegnen, welche Gefahr sollte sie für uns sein? Die Denomination hat doch nichts gegen uns in der Hand.« *Abgesehen davon, dass du in den Mord an einer Priesterin und ihrer Elevinnen verwickelt warst,* dachte er, ohne es auszusprechen.

»Abgesehen davon, dass ihre Göttin mich verflucht hat«, sagte Astrid und fasste seine Gedanken in ähnliche Worte.

Und da hatte er es. Genau darauf hoffte er, falls sie der Hexenjägerin tatsächlich über den Weg liefen. Doch er musste auf Nummer sicher gehen, er konnte nicht riskieren, dass das Mädchen entkam und ihm folgte.

Dabei wollte er Astrid eigentlich noch immer vertrauen. Daran musste er dringend arbeiten. Sie war schließlich kein kleines Mädchen und ganz und gar nicht so, wie sie aussah.

»Unsere Geschichte hat bisher immer funktioniert«, meinte er. »Solange wir nichts Unüberlegtes tun, wird uns schon nichts passieren.«

»Wenn du meinst, Nomade«, erwiderte Astrid grinsend.

Noth starrte ins Feuer. Es war ein Risiko, sich nach Roden durchzuschlagen, besonders jetzt. Die Beziehung zwischen Khale und Roden war schon immer angespannt gewesen, doch in letzter Zeit spitzte sich die Lage immer mehr zu. Da braute sich etwas zusammen.

Doch das war unwichtig, zumindest im Moment. Immer schön einen Schritt nach dem anderen, und zuvor kam noch Navone. Er würde sein Ziel auf die eine oder andere Art schon erreichen. Er würde das finden, wonach er suchte, daran musste er einfach glauben.

Und vielleicht, nur vielleicht, wartete Winter ja auf ihn, wenn er zurückkehrte.

KAPITEL 15

Winter saß am Feuer. Die Sonne ging gerade unter, und sie hatten ihr Lager neben einem Kiefernwald in der Nähe der Straße hinter einem großen Felsbrocken aufgeschlagen. Der Felsbrocken musste ein Rihnemin sein, eine uralte Ruine ihres Volkes, dachte Winter. In einiger Entfernung schnaubten und wieherten ihre Pferde, die sie an einen großen Baum gebunden hatten, und ihr Atem dampfte in der kalten Luft.

Der mit Schnee bedeckte Rihnemin war fast so groß wie das Fischerboot ihres Vaters. Je weiter sie in Richtung Westen reisten, desto häufiger stießen sie auf Felsen und steinerne Vorsprünge, die Winter östlich von Cineste nie gesehen hatte. Dennoch wusste sie, dass dies kein gewöhnlicher Felsen war. Winter hatte keine Ahnung, was das gewaltige Ding einst dargestellt hatte und wozu es genutzt worden war, auch die Markierungen oder Inschriften auf der Oberfläche waren schon vor langer Zeit verblasst, doch sie fühlte sich unwillkürlich davon angezogen.

Lian schien es ähnlich zu gehen. Als sie beschlossen hatten, hier die Nacht zu verbringen, war er ehrfürchtig zu dem Rihnemin hinübergegangen und hatte eine Hand auf die glatte Steinoberfläche gelegt.

»Du bist an der Reihe«, erklärte Kali und kam auf Winter zu. In einiger Entfernung verschwand Nash mit Lian gerade im Kiefernwald.

»Was ist mit ihm?«, wollte Winter wissen.

»Er hat keine Reaktion gezeigt«, antwortete Kali. »Das ist enttäuschend, aber auch keine Überraschung.«

Winter bemerkte, dass Lian ihr noch einen nervösen Blick zuwarf. Er schien besorgt zu sein.

Es gefiel ihr nicht, dass Lian sich um sie Sorgen machte. In letzter Zeit schien ständig jemand um sie besorgt zu sein. Vielleicht konnte sie ihn ja irgendwann einmal beschützen, falls sie wirklich eine dieser Psimanten war. Aber Lian hatte die Prüfung nicht geschafft, und warum sollte es ihr besser ergehen?

»Winter«, sagte Kali und blickte auf sie herab. »Ist alles in Ordnung?«

»Ja.« Winter riss sich zusammen. »Entschuldigt.«

Kali setzte sich auf einen Baumstamm und sah Winter an. Die eisblauen Augen der Frau schienen im Licht des Feuers zu schimmern. Winter fand noch immer, dass Kali eine gewisse Kälte ausstrahlte. Sie schien nicht viel von Tiellanern zu halten. Zwar versuchte sie, sich das nicht anmerken zu lassen, aber Winter merkte es an der Art, wie Kali sie und Lian ansah. Es war derselbe Blick, mit dem Bahc ein Netz voller Fische gemustert hatte.

»Was muss ich tun?«, wollte Winter wissen.

»Ich habe noch einen kleinen Vorrat an Faltira dabei«, sagte Kali. »Du weißt schon, dass der Name dieser Droge in der alten Sprache Frostflamme bedeutet, und mit ihr finden wir jetzt heraus, ob du dafür empfänglich bist. Wenn du ein Hochgefühl oder eine Art Rausch empfindest und dieses Gefühl von Kälte oder einem Brennen begleitet wird, dann reagiert die Droge auf die in dir verborgene Fähigkeit. Sollte das geschehen, prüfen wir dich, um herauszufinden, welches Talent du besitzt. Spürst du nur etwas Freude oder gar Verzweiflung oder Schmerz, dann ist in dir nichts, auf das die Droge reagieren kann. Die Probe wird auf jeden Fall eindeutig ausfallen. Es dauert auch nur wenige Minuten.«

Winter war immer noch hin- und hergerissen, aber sie spürte auch, wie sich in ihr so etwas wie Vorfreude ausbreitete. »Kann irgendetwas Schlimmes passieren, wenn die Droge nicht wirkt?«, wollte sie wissen.

Kali schüttelte den Kopf. »Das ist sehr unwahrscheinlich. In seltenen Fällen gab es negative Reaktionen auf Faltira, und die Körper derjenigen haben … einfach dichtgemacht. Aber das sind wirklich absolute Ausnahmefälle. Bei Lian gab es keine Probleme.«

»Gebt es mir«, verlangte Winter.

Kali griff in ihre Tasche. »Wie du willst.« Dann zögerte sie und sah Winter in die Augen. »Ich habe nicht übertrieben, als ich sagte, dass Faltira süchtig machen kann. Ich werde dir heute Abend nur eine sehr kleine Dosis geben. Solltest du tatsächlich darauf reagieren, dann bekommst du erst in einem oder auch zwei Tagen die nächste Dosis. Es ist absolut entscheidend, dass die Menge genau rationiert wird, ansonsten steigert sich die Sucht unaufhaltsam, und die Fähigkeit kann unter diesem Druck nicht mehr genutzt werden. Hast du das verstanden?«

Winter zögerte. Sie hatte schon davon gehört, dass jemand von Held, Teufelsstaub oder sogar Wein oder Whiskey abhängig wurde. Sie musste an eine Reise nach Cineste denken, die sie während ihrer Kindheit mit ihrem Vater gemacht hatte. Damals waren sie auf ihrem Weg zu einem tiellanischen Gasthaus durch eines der ärmeren Stadtviertel gekommen, und Winter erinnerte sich noch genau an die ausgezehrten, verfaulenden Gesichter, die sie entlang der Straßen gesehen hatte, an die stöhnenden

Leute, die trotz der Kälte fast nackt gewesen waren und um Geld gebettelt hatten, damit sie sich ihre bevorzugte Droge kaufen konnten.

War Winter bereit, dieses Risiko einzugehen? Dass sie ebenfalls so enden konnte, als bloße Hülle der Frau, die sie früher einmal gewesen wäre?

Die Antwort auf diese Frage lag auf der Hand. Sie war schon jetzt nur noch ein Schatten ihres früheren Ichs. Sie hatte nichts zu verlieren und Kalis Worten zufolge sehr viel zu gewinnen.

»Verstehe«, murmelte Winter.

Kali reichte Winter einen kleinen Kristall und einen Wasserschlauch. »Iss den Frost, aber trink dazu etwas Wasser, um die Dosis zu verdünnen.«

Winters Hand zitterte. Der Kristall war länglich, und seine Facetten waren alle glatt und flach, aber unterschiedlich groß. Er fühlte sich überraschend leicht an, eher wie ein Stück getrocknete Baumrinde.

»Ich soll ihn … einfach essen?«

Kali nickte und beobachtete sie genau.

Winter steckte sich den Kristall in den Mund. Er schmolz fast augenblicklich, und schon hatte sie eine Flüssigkeit auf der Zunge, die widerlich süß schmeckte. Sie griff nach dem Wasserschlauch und trank einen großen Schluck.

Dann wartete sie.

»Die Reaktion fällt oftmals sehr unterschiedlich aus, und du musst Geduld haben«, sagte Kali. Die Frau starrte sie unablässig an. Das machte Winter nervös.

»Wo ist Elsi?«, wollte sie wissen. Sie wusste nicht, ob sie es ertragen konnte, einfach schweigend dazusitzen, und sie hatte das Mädchen schon seit einer Weile nicht mehr gesehen.

»Elsi ist … sehr schüchtern«, antwortete Kali. »Sie zieht die Einsamkeit vor.«

Winter nickte, auch wenn ihr das seltsam vorkam. Warum hatte man denn eine Dienerin, wenn sie nicht gern in der Nähe ihrer Herren war?

»Spürst du schon etwas?«, erkundigte sich Kali nach einigen Minuten.

Winter schüttelte den Kopf und war bitter enttäuscht. »Ich fühle mich genauso wie sonst auch.«

Kali runzelte die Stirn. »Bist du dir sicher? Du empfindest keine Freude, keinerlei Hochgefühl? Fühlt sich deine Haut kalt an oder dein Blut so, als würde es kochen? Du empfindest gar nichts?«

Winter schüttelte den Kopf. Warum war es Kali eigentlich so wichtig, ob Winter eine Potenzielle war oder nicht? Es war doch inzwischen ganz offensichtlich, dass Winter keine Reaktion zeigen würde. Auf einmal kam sie sich töricht vor, weil sie überhaupt darauf gehofft hatte. Sie konnte nicht wie diese Menschen ein Psimant sein. Sie war nicht so mutig und stark wie sie. Und sie war vor allem kein Mensch.

Doch völlig unvermittelt traf sie etwas mit solcher Wucht, dass sie beinahe in den Schnee gekippt wäre. Kali sagte irgendetwas, aber Winter konnte ihre Worte beim besten Willen nicht verstehen.

Winter wusste nur, dass sie sich gerade lebendig fühlte.

Nichts an ihrer Umgebung hatte sich verändert. Die Farben waren noch immer dieselben, die Kälte in ihrem Rücken und die Hitze des Feuers vor ihr waren gleich geblieben, ebenso wie die letzten Sonnenstrahlen, die am Horizont zwischen den Wolken hervorschienen. Sie erschauderte, und ihre Haut fühlte sich kalt an, als stünde sie unvermittelt im steifen Nordwind.

Im Inneren schien sie zu brennen. Ihr Blut schien zu kochen, doch anstelle von entsetzlichen Schmerzen empfand sie Ekstase.

Zum ersten Mal in ihrem Leben fühlte sich Winter wirklich mächtig.

»Bei der aufsteigenden Canta«, hörte sie Kali flüstern. »Es funktioniert.«

Dunkle Ringe bildeten sich am Rand von Winters Blickfeld. Langsam wurde ihr schwarz vor Augen, und dann begriff sie auf einmal, dass sie aufgehört hatte zu atmen, als das Gefühl in ihr aufgestiegen war. Sie schnappte nach Luft, die ihre Lunge wie ein herrliches Feuer erfüllte. Es war wundervoll. Sie fühlte sich auf seltsame Weise mit allem verbunden. »Was … jetzt?«, brachte Winter mühsam hervor. Sie lächelte, grinste breit wie eine Närrin, aber sie konnte einfach nicht anders. Ihr war, als könne sie jetzt alles schaffen.

»Die Droge wirkt in drei Phasen«, erklärte Kali ihr mit aufgeregter Stimme. »Du solltest am Anfang sowohl ein Brennen als auch Kälte spüren. Die Kälte klingt ab, und dann ist da nur noch das Feuer. Sobald auch die Hitze schwächer wird, ist dir innerlich wieder kalt, und daran merkst du, dass die Wirkung der Droge nachlässt.«

Kalis Worte entsprachen der Wahrheit. Jegliche Kälte, die Winter bis eben noch gespürt hatte, war durch sengende Hitze ersetzt worden, die ihren ganzen Körper auszufüllen schien.

»Wir müssen herausfinden, welcher Weg der deine ist«, sagte Kali. »Vergiss jetzt deine Umgebung. Denk nicht mehr an mich. Konzentrier dich auf deinen Körper, auf deine Gefühle und deinen Verstand.«

Es fiel Winter nicht gerade leicht, sich auf irgendetwas zu konzentrieren. Sie kam sich vor wie ein Fels inmitten eines tosenden Flusses, und ihre Gedanken rasten so schnell an ihr vorbei, dass sie sie gar nicht greifen konnte.

»Konzentriere dich, Winter«, hörte sie Kali wie aus weiter Ferne sagen. »Reiß dich zusammen und *denke.*«

Erneut versuchte Winter, sich auf irgendetwas zu fokussieren, egal auf was, aber sie fühlte sich völlig verloren. Wasser toste um sie herum. Sie wurde entwurzelt und durchgeschüttelt, und sie würde bald den Halt verlieren.

Winter hörte Kalis Stimme, sie klang ganz leise und fordernd, doch sie war jetzt viel zu sehr in ihrem eigenen Ich versunken. Gedanken und Erinnerungen umgaben sie. Sie empfand dieses unglaubliche Hochgefühl, das von Furcht begleitet wurde, die an ihr nagte, und einer dunklen Vorahnung, die sie nicht genau einordnen konnte.

Mit einem Mal war Winter mit ihrem Vater auf der Jagd im Alderwald. Alles um sie herum war eingeschneit. Winter zerbrach versehentlich ihren Bogen, und Bahc baute ihr einen neuen aus einem Ast.

Jahre zuvor hatte sie ihr Vater gelehrt, wie man mit dem Bogen schießt. Winter war jung. So jung, und sie konnte die Maserung des Holzes in ihrer Hand spüren und die Zielscheibe aus Stroh vor sich sehen, die blau und weiß angemalt war.

Dann sah Noth sie an, und es war nur einer von vielen Momenten, in denen er sie angesehen hatte, und er lächelte. Sie standen auf dem Deck von Bahcs Boot, es war Sommer, und der Wind wehte über das Meer. Sie erwiderte sein Lächeln.

Sie spielte mit Lian auf dem Dock, sie waren beide Kinder, und die Sonne glitzerte auf dem Wasser. Ihr Vater und Gord standen lachend in ihrer Nähe.

Winter befand sich im schlammigen Wasser unter dem Dock und tauchte nach dem Ohrring ihrer Mutter. Im Wasser war es dunkel, und die Finsternis schien sich um sie herum zusammenzuziehen. Ihr war kalt, sie war müde, und ihre Kraft ließ immer mehr nach.

Winter war mit Noth verheiratet. Sie lebten in ihrem alten Haus in Pranna, und sie wachte mitten in der Nacht auf und hatte den Kopf auf seiner Brust liegen. Sie hatten sich geliebt und waren dann beide eingeschlafen. Durch das Fenster waren die glitzernden Sterne am Himmel zu sehen, und der Vollmond schien auf eine Wiege in einer Ecke des Zimmers herab. Winter stand leise auf, um Noth nicht zu wecken, ging zu der Wiege hinüber und schaute auf ihre Tochter herab.

Irgendwie wusste sie tief in ihrem Inneren, dass diese Erinnerung anders war als die anderen. Sie hatte keine Tochter, und sie und Noth hatten nie das Bett geteilt. Das war keine Erinnerung, sondern ein Wunschtraum, und er drohte sie aus ihrem Platz im Fluss zu reißen und mit sich in die Unterwelt zu ziehen.

Winter wollte ihre Tochter im Arm halten und nie mehr loslassen, Noths Wärme und den Vollmond behalten, doch stattdessen ließ sie den Gedanken los, der daraufhin von der Strömung von ihr fortgerissen wurde. Sie dachte an die Zeit, die sie tatsächlich mit Noth verbracht hatte. Sie dachte an ihren Vater und wie er ihr das Fischen beigebracht hatte. Sie dachte an den Ohrring ihrer Mutter. Sie dachte an Lian, an Eranda und an Gord. Wenn ihr ein Erlebnis in den Sinn kam, von dem sie wusste, dass sie es mit keinem dieser Leute geteilt hatte, dann hielt sie es einfach nicht fest. Alles andere zog sie an sich. Sie behielt ihre Erinnerungen und ließ alles andere weitertreiben. Schon bald darauf stand sie wieder fest auf ihrem Platz im Fluss, und ein weiterer Stein hatte sich neben ihr gebildet. Winter lächelte.

Plötzlich saß sie wieder am Feuer. Kali schüttelte sie und rief ihren Namen.

»Es geht mir gut«, sagte Winter. Das Faltira tobte noch immer in ihr. Sie schien vor Freude zu brennen und fühlte sich unglaublich mächtig.

»Winter.« Kalis Stimme klang fast wie eine Warnung.

Nash und Lian waren zurückgekehrt, wie Winter jetzt erst bemerkte, und starrten sie an. Nein, eigentlich wanderte ihr Blick zwischen Winter und dem gewaltigen Stein, dem Rihnemin, hin und her.

Der Rihnemin schwebte über der Erde, so hoch, dass Winter ihn nur noch erreichen konnte, wenn sie sich auf die Zehenspitzen stellte.

Winter lächelte. Sie spürte eine Verbindung zu dem Stein. Sie wusste nicht, was genau es war, aber sie fühlte, dass dort, direkt unter der Oberfläche ihres Verstandes, etwas lauerte.

Dann donnerte es laut, und die Erde bebte, als der Felsen wieder auf den Boden stürzte. Der Schnee wurde aufgewirbelt, und das Feuer erlosch.

Winter sackte erschöpft in sich zusammen, als das Hochgefühl langsam nachließ.

»Geht es dir gut?«, fragte Lian.

Winter blickte zu ihm auf. Er hatte gerade große Angst gehabt und sich Sorgen um sie gemacht. Natürlich hatte er das getan.

Er muss sich keine Sorgen um mich machen, dachte sie. *Niemand muss sich jetzt mehr um mich sorgen.*

Der Frost war fast vollständig aus ihrem Blut verschwunden, aber sie konnte ihn noch immer spüren, der Nachhall der tosenden Flut war noch da. Genau wie Kali gesagt hatte, war Winter jetzt kalt. *Sie hat auch gesagt, dass es nur eine geringe Dosis gewesen ist,* dachte sie aufgeregt, *die noch dazu mit Wasser verdünnt war.* Sie wollte sich gar nicht erst vorstellen, was sie mit mehr zu tun vermochte.

»Winter«, sagte Lian ein weiteres Mal und berührte sie an der Schulter. »Geht es dir gut?« Ihr wurde klar, dass sie ihm noch keine Antwort gegeben hatte.

»Ja.« Sie lächelte ihn an. Vielleicht hatte sie vorher auch schon gelächelt, das wusste sie nicht so genau. »Es geht mir sogar hervorragend.«

»Du siehst aber nicht so aus«, murmelte er und setzte sich neben sie. »Wenn du nicht so dämlich grinsen würdest, könnte man fast denken, du hättest dir die rote Seuche eingefangen. Du siehst schrecklich aus.«

»Danke«, erwiderte Winter leise, »so etwas hört doch jedes Mädchen gern.« Sie war sich nicht sicher, ob er sie verstehen konnte und ob sie überhaupt zusammenhängende Worte über ihre Lippen brachte. Aber eigentlich war es ihr auch egal. Sollte er doch reden. Sollte sie doch furchtbar aussehen.

Jetzt war alles anders.

Langsam ließ sich Winter nach hinten in den Schnee sinken und schaute zum Himmel hinauf. Nash und Kali flüsterten auf der anderen Seite des Feuers aufgeregt miteinander. Winter fragte sich kurz, was sie wohl sagten, verwarf diesen Gedanken jedoch wieder. Auch das war unwichtig.

»Hör mir jetzt gut zu«, flüsterte Lian. »Du musst aufpassen, Winter. Wir wissen nichts über dieses Zeug, das sie uns geben. Wir haben nicht die geringste Ahnung, ob sie uns auch die Wahrheit sagen.«

Winter ließ ihn reden. Sie starrte einfach die Sterne an. Sie waren so wunderschön, wie perfekte Diamanten in einem Meer aus Dunkelheit. Wie lange war es her, dass sie einfach nur dagelegen und sich die Sterne angesehen hatte?

»Ich finde, du solltest nichts mehr davon nehmen«, fuhr Lian fort. »Wir beide nicht.«

Winter kicherte. Sie konnte einfach nicht anders.

»Wir wissen nichts über diese Leute«, sagte Lian. Hatte er das nicht eben schon einmal gesagt? Winter war sich nicht sicher. Es fiel ihr schwer, sich auf etwas anderes als die Erinnerung an das Faltira zu konzentrieren.

»Oh, Lian«, murmelte sie und schaute zu ihm auf. Sie streichelte seine Wange und kam sich dabei unbeholfen vor, weil ihre Finger seine Haut kaum berührten, aber das ließ sie nur wieder kichern. »Alles wird gut. Du musst dir um mich keine Sorgen mehr machen.«

»Ich mache mir genau jetzt aber große Sorgen um dich. Ich weiß nicht, was ich da eben gesehen habe, aber …«

»Ich habe es, Lian. Es ist in mir. Ich kann es spüren, ich kann es noch immer spüren, ganz schwach … Es ist wunderbar.«

Lian sah nicht überzeugt aus. Winter ließ sich von der Stille umfangen.

Später, als die Wirkung des Frosts ganz nachgelassen hatte – ihr kam es vor, als seien Stunden vergangen, aber Nash und Kali flüsterten noch immer miteinander und Lian saß neben ihr, also konnte es nicht allzu lange gedauert haben –, setzte sich Winter auf.

»Willkommen zurück«, sagte Lian, der ins Feuer gestarrt hatte.

Er war niedergeschlagen. Aber das war er schon als Kind immer gewesen, wenn die Dinge nicht so liefen, wie er sich das vorstellte. Früher hatte Winter das niedlich gefunden.

Heute Abend war das nicht so. Die durch den Frost hervorgerufene Euphorie war vollkommen verflogen.

»Ich muss mit dir über Noth reden«, sagte Lian. Winter starrte ihn an. Das Letzte, was sie jetzt gebrauchen konnte, war eine weitere Belehrung darüber, dass sie eigentlich gar nicht hier sein sollten.

»Ich muss dir erzählen, was in der Nacht passiert ist, in der wir …«

»Ich will es nicht hören, Lian. Ich weiß, dass dir nicht gefällt, weshalb wir hier sind, aber das ist mir egal. Es war deine Entscheidung, mir zu folgen. Du hättest nicht mitkommen müssen.«

»Darum geht es doch gar nicht. Es hat damit zu tun, dass …«

»Nein, Lian. Tut mir leid.«

Lian sah sie wütend an, aber Winter scherte sich nicht darum. Er benahm sich töricht und dickköpfig.

»Na gut«, murmelte Lian. »Aber ich finde immer noch, dass du von dem Zeug nichts mehr nehmen solltest.« Er nickte zu Nash und Kali hinüber. »Wir können ihnen nicht trauen.«

»Es ist ganz und gar unwichtig, ob wir ihnen vertrauen können oder nicht«, flüsterte Winter gereizt. Jetzt, wo alles vorbei war, fühlte sie sich allein, fror und war verärgert. »Wichtig ist nur, dass sie uns ein Werkzeug gegeben haben. Das kann uns helfen, Lian. Wir können es benutzen, um Noth zu finden. Wir können es sogar gegen sie einsetzen, wenn es sein muss.«

Lian starrte sie an. »Was haben diese Leute mit dir gemacht?«

Winter antwortete nicht auf seine Frage, da sie sie für dumm hielt. Sie hatten überhaupt nichts gemacht. Sie hatten ihr nur etwas gezeigt, das schon immer ein Teil von ihr gewesen war. Aber als sie Lians Gesicht vor sich sah, das so verletzlich wirkte, musste sie erneut an die Nacht in Cineste und an die Gasse denken. Sie erschauderte. Es war ihr Fehler gewesen. Sie hatte sie beide in Gefahr gebracht.

Aber jetzt besaß sie die Mittel, mit denen sie verhindern konnte, dass so etwas je wieder geschah.

Sie schaute zu den beiden Menschen hinüber. Nash schien ihr Lager zu umrunden. Kali stand neben ihrem Zelt.

Am liebsten hätte Winter einen weiteren Faltirakristall verlangt. Sie wollte diese Macht und dieses Glücksgefühl noch einmal spüren. *Sei nicht albern,* sagte sie sich. Kali hatte ihr eindeutig zu verstehen gegeben, dass die Droge stark süchtig machte. Daher durfte Winter kein Risiko eingehen, nicht jetzt, wo sie so nah dran war.

Mit einiger Mühe unterdrückte sie den Wunsch, mehr Frost zu nehmen. Alles lief doch besser, als sie es sich jemals erhofft hatte. Sie musste einfach Geduld haben.

KAPITEL 16

Kali strich sich mit einer Hand durch das Haar. Es gefiel ihr nicht, kurzes oder auch braunes Haar zu haben. Sie blickte zu Elsi hinüber, die allein neben ihrem Zelt saß, und beneidete sie um ihr schimmerndes blondes Haar. Außerdem war das Mädchen klein. Kali hatte geglaubt, sie würde es genießen, groß zu sein, doch da hatte sie sich geirrt, denn durch ihre Größe hatte sie ihre Geschicklichkeit verloren.

Auf der anderen Seite des Feuers brachte Nash Winter gerade die ersten Elemente der Telesis bei. Kali hatte das alles schon einmal gehört. Sobald sie als Kandidatin für die Nazaniin ausgewählt worden war, hatte man ihr die Grundlagen der Telesis und Acumantie beigebracht. Die Hellseherei blieb den meisten ein Rätsel. Kali vermutete, dass es bei den anderen beiden geistigen Künsten ähnlich war, da sich die Telesis und Acumantie sehr ähnlich waren, doch das war reine Spekulation. Voyanten konnten zukünftige Ereignisse vorhersagen, jedoch war ihre Genauigkeit recht unterschiedlich, und das war eigentlich schon alles, was Kali über die Hellseherei wusste. Die anderen beiden Formen der Psimantie waren ihr weitaus vertrauter.

Nash würde mit den Grundlagen beginnen. Ein Teleniker nutzte *Tendrae* – der alt-kahlische Begriff bedeutete Waffen –, um Objekte zu manipulieren. Eine *Tendra* war für das bloße Auge nicht zu erkennen, und ein Teleniker konnte eine Tendra zwar spüren, aber niemand – weder Psimant noch irgendwer sonst – konnte sie sehen. Ein Teleniker konnte sich nicht einmal seine eigenen Tendrae vor Augen führen; er war sich ihrer zwar bewusst, aber das war mehr Fühlen denn Sehen. Tendrae dienten als ätherische Gliedmaßen und ermöglichten es dem Teleniker, ein Objekt auf jede gewünschte Art und Weise zu beeinflussen. Allerdings mussten sich Teleniker darauf beschränken, leblose Objekte zu bewegen, da sie nichts Lebendiges manipulieren konnten. Bei den Experimenten der Nazaniin waren die Tendrae durch Menschen, Tiellaner und Tiere hindurchgeleitet worden, ohne eine sichtbare Wirkung zu zeigen.

Ein Teleniker bemaß seine Macht auf drei Arten: anhand der Qualität, Stärke und Reichweite seiner Tendrae. Die schwächsten Teleniker, die Kali kannte, konnten nur eine Tendra führen, die nicht kräftiger war und nicht weiter reichte als ihre Arme. Nash war hingegen einer der stärksten Teleniker, dem Kali je begegnet war, und er war in der Lage, neun Tendrae gleichzeitig aufrechtzuerhalten. Ein oder zwei Mal hatte er sogar noch mehr erzeugen können. Jede von Nashs Tendrae konnte Objekte anheben, deren Gewicht das von Nash überstieg, und dreißig oder vierzig Ruten in eine beliebige Richtung versetzen.

Kali seufzte. Sie dachte absichtlich an etwas anderes als an das, worüber sie eigentlich nachdenken sollte: ihre neueste Entdeckung.

Winter war die Vorbotin.

Rune hatte sich geweigert, das zu bestätigen, aber er gab nie gern etwas zu, das er nicht vorausgesehen hatte. Winters psimantische Fähigkeiten und die Tatsache, dass sie Tiellanerin war, bestätigten jedoch, dass sie die Vorbotin sein musste. Sie hatte diesen Felsen angehoben, als wäre er ein Kieselstein, und das Nashs Worten zufolge mit nur einer einzigen Tendra. Eine derartige Kraft war unter den Telenikern noch nie beobachtet worden.

Kalis Entdeckung würde bei den Nazaniin Wellen schlagen. Viele, die die Prophezeiungen studierten, darunter auch Kali selbst, hatten die Vorstellung lange Zeit abgetan, dass es tiellanische Psimanten geben könnte. Einige fürchteten sich sogar davor, denn wenn ein Tiellaner auf die Leere zugreifen konnte, dann konnten sie das möglicherweise alle lernen. Wenn das erst einmal passierte, dann war den Tiellanern der Weg geebnet und sie konnten erneut derart mächtig werden, wie sie es während des Zeitalters der Wunder gewesen waren. Dann musste unweigerlich die Rache für Jahrhunderte der Unterdrückung und Gefangenschaft folgen.

Kali hatte keine Angst vor einer tiellanischen Psimantin. Sie hatte es einfach schlichtweg für unmöglich gehalten. Bis heute.

Sie dachte an den Ruhm, mit dem man sie überhäufen würde, weil sie die Agentin war, die die Vorbotin gefunden und mitgebracht hatte. Viele Agenten der Nazaniin hatten ihr Leben dieser Aufgabe gewidmet, doch Kali hatte in der Hinsicht keinen großen Ehrgeiz entwickelt. Sie würde das Lob natürlich dankend annehmen, aber das war keine Ehre, die sie sich ersehnt hatte. Dennoch versuchte sie jetzt, sich darauf zu konzentrieren, um nicht den Verstand zu verlieren. Anfangs war sie sehr aufgeregt gewesen, als sich Winters Fähigkeit manifestiert hatte, doch dann waren ihr die Konsequenzen bewusst geworden. Was für eine Ironie! Hätte Kali an Canta geglaubt, dann hätte sie die Göttin für noch wankelmütiger als üblich gehalten. Dass die Vorbotin eine Tiellanerin war und ausgerechnet Kali sie finden musste! Was für eine launische Göttin dachte sich denn so etwas aus?

Kali legte eine Hand auf ihre Brust und spürte das Schriftstück, das sie in einer geheimen Tasche verborgen hatte. Inzwischen holte sie es nur noch selten hervor, aber sie war sich seiner Nähe jederzeit bewusst. Sie würde nie vergessen, was ihrer Familie angetan worden war, und sie würde auch nie die Tiellaner vergessen, die das getan hatten.

Dann sah sie zu Winter hinüber. Zu der tiellanischen Psimantin. Das Mädchen tat so unschuldig, aber Kali war misstrauisch geworden. Möglicherweise war sie doch nicht so harmlos, wie sie aussah. Lian war seit der Prüfung ungewöhnlich ruhig gewesen. Er spielte einem nichts vor, zeigte ihnen deutlich, dass er Menschen hasste und dass es ihm völlig gleichgültig war, ob diese das merkten. Kali kannte diese Art von Tiellanern, und sie hatte die Greueltaten gesehen, zu denen Elfen wie Lian fähig waren.

Und dennoch stand Kali hier und musste so tun, als wären sie gleichgestellt.

Sie musste zugeben, dass eine von ihnen die Vorbotin war.

Kali musste sich an ihre Befehle halten, denn ihre Gefühle würden ihr Urteilsvermögen nur trüben. Und wenn ihre Befehle lauteten, dass sie die Gesellschaft von zwei Tiellanern ertragen – und sich sogar mit ihnen anfreunden – musste, dann würde Kali das tun. Es war ihre Pflicht, und sie lebte allein dafür, ihre Pflicht zu erfüllen.

»Ihr könnt sie nicht kontrollieren«, sagte Lian.

Kali hob den Kopf und starrte ihn wütend an. Wer gab ihm das Recht, sie aus ihren Gedanken zu reißen?

»Was redest du da?«

»Ich rede von Winter«, erwiderte Lian. »Ihr werdet versuchen, sie und ihre neuen Kräfte zu kontrollieren. Aber Ihr kennt sie nicht. Winter wird sich niemals kontrollieren lassen.«

»Da irrst du dich.« Kali hätte am liebsten sehr viel schlimmere Dinge gesagt – wie konnte er es nur wagen, sie herauszufordern? –, aber sie blieb ruhig. Kleinlichkeit stand ihr nicht gut zu Gesicht.

»Woher wisst Ihr das? Lest Ihr meine Gedanken?«

Kali schüttelte den Kopf. Der Junge begriff wirklich gar nichts. »Du bist die Mühe nicht wert. Und du bist nicht schwer zu durchschauen, mit oder ohne Psimantie. Am besten hältst du einfach den Mund, bevor du dir noch ernsthafte Schwierigkeiten einbrockst.«

Nash starrte sie über das Feuer hinweg an. Er unterhielt sich zwar noch immer mit Winter, aber er wusste Bescheid. Vielleicht hatte er sie gehört oder ihre Stimmung gespürt, doch er wusste auf jeden Fall, was los war.

Kali seufzte. Sie riskierte viel, indem sie den Jungen so grob behandelte. Aber sie konnte einfach nicht anders. Die so vertraute Wut wallte erneut in ihr auf.

Sie erhob sich.

»Wo geht Ihr hin?«, wollte Lian wissen.

Kali antwortete nicht. Sie musste Abstand gewinnen, Abstand von ihnen allen, bevor sie noch etwas tat, das sie später bereuen würde.

TEIL II

ALLES ERHEBT SICH

KAPITEL 17

Navone

Cinzia schüttelte das Wasser von ihren Händen und griff nach einem Handtuch. Sie machte zusammen mit Kovac den Abwasch, nachdem sie mit ihrer Familie zusammen zu Abend gegessen hatten, ein für Cinzia ebenso schönes wie seltsames Erlebnis. Das lag zum einen daran, dass ihre Familie immer Dienstboten für solche Aufgaben gehabt hatte. Bevor sich Cinzia der Geistlichkeit angeschlossen hatte, war sie noch nie gezwungen gewesen, ihr Geschirr selbst zu spülen, doch dann hatte sie rasch gelernt, dass Cantas Elevinnen nicht dieselbe Bequemlichkeit zustand wie einer Adelsfamilie – zumindest nicht, solange sie nicht ordinierte Priesterinnen waren.

Zum anderen wusch Cinzia zusammen mit Kovac ab, was in ihr ein merkwürdiges Gefühl der Vertrautheit hervorrief. Er schrubbte das Geschirr mit Wasser und Seife, wobei er die Ärmel hochgekrempelt hatte und seine vernarbten, sehnigen Arme zu sehen waren, und Cinzia trocknete es mit einem fadenscheinigen Handtuch ab. Es fühlte sich gut an, eine Arbeit zu erledigen, die unmittelbare und sichtbare Ergebnisse brachte.

»Ihr seid einzigartig, meine Dame«, meinte Kovac nach einer Weile. »Ihr seid nicht wie die anderen Priesterinnen, die ich gekannt habe.«

»Ich wüsste nicht, inwiefern ich anders sein sollte«, erwiderte Cinzia. »Ich tue, was jede Priesterin tut.«

Kovac schüttelte den Kopf. »Wenn es um die cantischen Pflichten geht, dann stimmt das. Da macht Ihr alles, wie es sein sollte. Aber wenn Ihr Euch von der Kapelle entfernt, benehmt Ihr Euch anders.« Kovac lächelte. »Die wenigsten Priesterinnen würden sich dazu herablassen, überhaupt Geschirr abzuwaschen, noch dazu mit ihrer Göttinnenwache.«

Cinzia runzelte die Stirn. Ihr war auch schon aufgefallen, dass die Frauen innerhalb der Geistlichkeit ihre Göttinnenwache von oben herab behandelten. Es schien ihr jedoch eine Vergeudung einer guten Beziehung zu sein. Außerdem war es unpraktisch. Welchen Nutzen hatte eine Göttinnenwache, wenn dem Mann jene, die er beschützen sollte, im Ernstfall nicht am Herzen lag?

»Es gibt keinen Grund für mich, nicht zu helfen«, sagte Cinzia. »Dies ist meine Familie. Als unser Gast seid Ihr derjenige, der hier fehl am Platz ist, falls das denn für einen von uns gelten sollte.«

Kovac lächelte. »Ich tue nur meine Pflicht, meine Dame.«

Cinzia lauschte dem leisen Plätschern des Wassers im Becken, während sie den nächsten Teller abtrocknete. Ihre Gedanken kehrten unausweichlich wieder zu demselben Thema zurück: Janes Vision. Ihren Visionen, korrigierte sich Cinzia. Plural. Jane behauptete, mehr als eine Vision gehabt zu haben, und bei jeder sei ein Bote dabei gewesen, wobei die Boten alle eigene Namen, Geschichten und Persönlichkeiten gehabt hätten. Was absolut unerhört war. Alles aus der Praeclara hatte dieselbe Meinung und die gleichen Absichten wie Canta. *Kinder* wussten das … und dennoch fühlte sich Cinzia von der Geschichte angezogen. Trotz allem, was sie gelernt hatte, trotz allem, was sie wusste, wollte ein Teil von ihr Janes lächerlichen Behauptungen Glauben schenken. Aber Cinzias Glaube an die cantische Denomination – und ihr Glaube an Canta – hatte sich nicht über Nacht entwickelt. Sie hatte ihn über Jahre hinweg kultiviert. Die Aussicht, sich davon abzuwenden und noch dazu in Betracht zu ziehen, dass er falsch wäre, rief eine Vielzahl von Gefühlen in ihr wach, die sie jetzt einfach nicht ertragen konnte.

Und selbst wenn die Visionen auf irgendeine Art wahr waren, wenn das Unmögliche möglich wäre und Canta beschlossen hatte, sich zu zeigen … Warum sollte sie sich ausgerechnet Jane zu erkennen geben? Dem Mädchen, das zum Spaß Schlamm in den Eintopf der Familie getan hatte, das sich ein verschlissenes Laken übergestreift und ihre Geschwister angesprungen hatte, um sie zu erschrecken. Unter all diesen Fragen lauerte eine, die am entscheidendsten war.

Warum Jane und nicht Cinzia?

Cinzia hatte ihr Leben der Göttin gewidmet, alles und noch mehr getan, was von ihr verlangt worden war, und Canta beschloss, ihrer Schwester Visionen zu schicken? War das ein grausamer Scherz? Dabei hatte Cinzia Canta immer für gnädig und liebevoll gehalten. Jetzt war sie sich da nicht mehr so sicher.

Nachdem sie den letzten Teller abgetrocknet hatte, seufzte sie tief.

»Ist alles in Ordnung, meine Dame?«, erkundigte sich Kovac.

Cinzia blickte über die Schulter. Ihre Familie hatte sich ins Wohnzimmer zurückgezogen. »Ich weiß nicht, wie ich ihnen helfen kann, Kovac«, gestand sie ihm. Sie war davon überzeugt, dass dies eine Prüfung war, eine Gelegenheit, ihren Wert zu beweisen. Und falls dem so war, drohte sie zu scheitern. »Sie wollen einfach keine Vernunft annehmen. Sie …«

Ein lauter Knall hallte von unten herauf, er schien aus der Werkstatt zu kommen.

Kovac sah Cinzia an. »Wartet hier«, verlangte er.

Eward stand bereits in der Werkstatttür, als Cinzia hinter Kovac die Treppe herunterkam.

»Es ist alles in Ordnung«, sagte Eward. »Wer immer das auch war, er ist weg.«

Sie empfand auf einmal eine sehr große Zuneigung zu ihrem Bruder. Eward war auf die Gefahr zu- und nicht davor weggelaufen. Kovac starrte sie entrüstet an, aber sie zuckte nur mit den Schultern. Er hatte doch nicht wirklich erwarten können, dass sie oben blieb. Sie betraten die Werkstatt, dicht gefolgt von ihrem Vater. Cinzia wollte schon fragen, was passiert war, als sie das große Glasfenster des Ladens sah oder vielmehr das, was davon übrig war. Einige Scherben ragten noch aus dem Fensterrahmen heraus.

Ein großer Stein lag auf dem Boden, inmitten von Glasscherben. Jemand hatte eine Trinacrya darauf gemalt.

»Was ist passiert?« Pascia kam ins Zimmer gestürzt, und Jane folgte ihr auf den Fersen. »Geht es allen gut? Wurde jemand verletzt?«

»Es ist niemandem etwas passiert«, erwiderte Ehram und hob den Stein auf. »Das war nur eine Warnung.«

Cinzia bemerkte, dass Kovac sie fragend ansah. »Nur eine Warnung, Vater? Im Gegensatz zu was?«

Ehram seufzte und warf ihrer Mutter einen Blick zu. Pascia trat vor und nahm Cinzias Hand.

»Cinzia, Liebes … Als sich die Kunde von Janes Visionen verbreitet hat, waren die Leute in Navone längst nicht mehr so freundlich zu uns wie früher.«

»Wie meinst du das?«, wollte Cinzia wissen und bedauerte, dass sie sich nirgends setzen konnte. Bisher hatte sie angenommen – nein, gehofft –, dass niemand in der Stadt wüsste, was ihre Familie tat.

»Würde mir bitte endlich jemand antworten?«, verlangte Cinzia mit Nachdruck. *Wie können sie erwarten, dass ich ihnen helfe, wenn sie mir nicht alles sagen?*

»Es hat alles mit meinem Geschäft angefangen«, berichtete Ehram schließlich. »Zuerst verstanden wir nicht, warum Kunden uns auf einmal mieden, die schon seit Jahren zu uns gekommen waren. Dann ließ einer von ihnen verlauten, dass gewisse Gerüchte im Umlauf wären. Gerüchte über Jane, über Visionen und über Dämonen.«

»Ehram«, ermahnte Cinzias Mutter ihn, aber ihr Vater sprach weiter.

»Sie sagten, es wäre nicht gut, wenn man sie dabei sieht, wie sie Geschäfte mit Leuten machen, die einem zweifelhaften Glauben anhängen.«

»Als ob wir ihnen nicht jahrzehntelang unsere Hingabe bewiesen hätten«, fügte ihre Mutter mit deutlicher Verbitterung hinzu.

»Und es wurde noch schlimmer«, fuhr Ehram fort. »Die Kinder gehen kaum noch vor die Tür, wie du vielleicht schon bemerkt hast. Es hat ein paar Zwischenfälle gegeben …«

»Sammels Gesicht?«, erkundigte sich Cinzia, der auf einmal ein Licht aufging. Sie hatte die blauen Flecken und Prellungen bemerkt, die schon verblassten und etwas älter zu sein schienen. Aber er war noch ein Junge, um Cantas willen.

Ehram warf Kovac einen Blick zu. »Dies ist nicht die erste Warnung. Inzwischen ignoriert man uns nicht mehr. Seitdem es heißt, dass eine Hexenjägerin herkommen wird, werden die Leute immer schlimmer.«

Cinzia musste sich an dem dicken Holz der Werkbank abstützen. Ihr Blick fiel auf Jane, die seelenruhig dastand.

Plötzlich entlud sich der Druck in Cinzias Innerem und wurde zu einem leidenschaftlichen Feuer.

»Wie konntest du nur?«, flüsterte sie und starrte Jane an. »Wie konntest du unserer Familie das antun?« Ihre Stimme wurde immer schriller, aber Cinzia ignorierte es. »Wie konntest du ihnen das antun?«

Ehram wollte etwas sagen, aber Jane kam ihm zuvor.

»Ich kann für mich selbst sprechen, Vater. Cinzia muss es aus meinem Mund hören.« Jane sah Cinzia in die Augen, sie wirkte vollkommen ruhig. »Du weißt so viel über Canta und ihre Lehren. Du weißt vieles über den Glauben, über Vertrauen und Opfer. Du weißt, dass ihr Plan weitaus größer ist, als wir auch nur verstehen können.«

Selbstverständlich wusste Cinzia das alles. Aber was hatte das für eine Bedeutung, wenn Jane ihre Familie auf einen Weg führte, der nur mit einer Tragödie enden konnte?

»Glaube weiterhin an all das. Es gilt jetzt ebenso, wie es das schon immer getan hat. Unsere Familie … Sie glaubt ebenfalls daran. Sie wissen, dass das Werk, für das ich – für das wir auserkoren wurden – wichtig und von großer Bedeutung ist. Es ist größer als jeder von uns, sogar größer als unsere ganze Familie.«

Cinzia konnte vor lauter Zorn nicht mehr an sich halten. »Wie kannst du Cantas Lehren derart verwässern und dich noch immer als ihre Dienerin bezeichnen? Wie kannst du unsere Familie so in Gefahr bringen?«

»Ruhe.« Die Stimme ihres Vaters wirkte auf Cinzia noch immer so einschüchternd wie früher als kleines Mädchen. »Ich weiß, dass du verwirrt bist, Cinzia. Aber Jane hat recht. Wir verstehen das Ausmaß dessen, was hier gerade passiert. Es macht uns zu Fanatikern, zu Eiferern und sogar zu Ketzern, aber es ist nun einmal wahr. Und jetzt müssen wir tun, was für unsere Familie und für unser Werk das Beste ist.« Er sah Jane an.

»Nein, Vater«, entgegnete sie. »Noch nicht. Mir ist bewusst, dass wir Pläne geschmiedet haben, und ich weiß, was wir auf uns genommen haben, um für die Sicherheit unserer Familie zu sorgen … aber all das ist jetzt nicht mehr wichtig.«

Ehram wurde sehr blass. »Es ist nicht mehr wichtig? Warum nicht? Um Cantas willen, was ist denn passiert? Ist die Hexenjägerin bereits hier?«

»Nein. Sie wird in zwei oder drei Tagen zusammen mit einer ganzen Kompanie der Söhne Cantas und ihrer eigenen Göttinnenwache hier eintreffen, aber sie ist noch nicht hier.«

Cinzia fragte sich, woher auf der ganzen Sphaera Jane das wusste, aber sie war zu sprachlos und vor den Kopf gestoßen von der unfassbaren Lächerlichkeit der Tragödie, die sich hier gerade abspielte, als dass sie diese Frage in Worte hätte fassen können.

»Was ist es dann, Jane?«, fragte ihre Mutter. »Warum können wir unsere Pläne jetzt nicht in die Tat umsetzen?«

Jane richtete sich hoch auf. »Canta möchte, dass wir bleiben. Ich hatte noch eine Vision.« Sie sah Cinzia an, wandte den Blick dann aber schnell wieder ab. »Canta hat selbst zu mir gesprochen und …« Sie hielt inne und schaute zur Zimmerdecke hinauf, als würde sie um Hilfe bitten. »Wir müssen in Navone bleiben und auf die Hexenjägerin warten. Das ist Cantas Wille. Das ist es, was wir für sie tun sollen.«

Cinzia schaute ihre Familie an. Auf dem Gesicht ihrer Mutter zeichnete sich nackte Angst ab, Ehrams Miene war reglos, und Eward runzelte die Stirn, aber Cinzia sah auch noch etwas anderes in ihren Augen.

Sie würden tun, was Jane verlangte. Sie würden in der Stadt bleiben. Und Cinzia würde ihre Meinung nicht ändern können.

KAPITEL 18

Brynne

Winter erkannte sich kaum wieder, als sie in den Spiegel blickte, den Kali ihr gegeben hatte – ein Spiegel, der mehr wert war als alles, was sie in Pranna jemals besessen hatte. Sie wollten in einer Stadt, die Brynne genannt wurde, die Nacht verbringen, und Kali hatte Zimmer in einem Gasthaus gemietet, das *Cantas Juwel* hieß. Die Sonne ging bereits unter, und das Zimmer wurde von Kerzen erhellt.

Das Bett, auf dem Winter saß, gehörte zu den schönsten und teuersten Dingen, die sie in ihrem ganzen Leben gesehen hatte. Die Decke war dick und flauschig, die Laken weich wie Rosenblätter und aus einem Material, das Winter gänzlich unbekannt war. Vier mit Schnitzereien verzierte Streben ragten an jeder Ecke auf, an denen durchsichtige Vorhänge befestigt waren, die das Bett abschirmten. Kali schien eine gewisse Bequemlichkeit zu schätzen zu wissen, und Winter konnte nicht behaupten, Einwände dagegen zu haben. Seitdem sie sich Kali und Nash angeschlossen hatten, war die Abscheu, mit der man den Tiellanern sonst begegnete, meist Gleichgültigkeit gewichen.

Die Geschwindigkeit, mit der sich Winter an all das gewöhnte, ängstigte sie. Kalis silberner Spiegel versetzte sie nicht länger in Entzücken. Er war jetzt nur noch ein

Werkzeug. Aus dem Spiegel sahen sie weit aufgerissene schwarze Augen an. Augen, die müder aussahen als in ihrer Erinnerung und unter denen sich dunkle Ringe abzeichneten. Ihr Haar war unverändert, lang, schwarz und glatt. Und sie hatte dieselbe blasse Haut wie immer.

Natürlich machte ihre neue Kleidung auch einen Unterschied. Winter hatte Kali gefragt, ob sie wegen ihrer seltsamen Kleidungsstücke Probleme bekam, und Kali hatte nur gelacht. Anscheinend hatte Kali gemerkt, dass hinter Winters Interesse für ihre Gewänder mehr steckte – oder sie hatte ihre Gedanken gelesen –, denn am nächsten Morgen hatte Winter auf ihrem Bett neue, schwarze Kleidung aus Leder gefunden, die Kalis zum Verwechseln ähnlich sah. Doch sie hatte erst jetzt den Mut gefunden, die Sachen auch wirklich anzuprobieren. Vorsichtig legte sie eine Hand an ihren Hals und strich mit den Fingern leicht über die nackte Haut. Ihr Hemd hatte einen winzigen Kragen und einen tiefen Ausschnitt, der nur wenig der Fantasie überließ. Sie trug noch immer die Halskette ihrer Mutter. Es kam ihr nicht richtig vor, diese abzulegen, da sie irgendetwas von zu Hause bei sich behalten wollte.

Ein Teil von ihr fühlte sich schuldig, weil sie diese Kleidung trug, während ein anderer Teil es genoss. *Wenn Gord mich jetzt sehen könnte,* dachte Winter. *Oder Lians Eltern.* Was wäre wohl schlimmer? Oder unterhaltsamer, wenn sie es so betrachtete? Die Tiellaner waren ihrer Meinung nach schon immer ein bisschen zu selbstgefällig gewesen.

Aber als Winter jetzt in den Spiegel sah, wusste sie, dass sich nicht nur ihre Kleidung verändert hatte. Sie hatte auch das Gefühl, jemand vollkommen Neuen zu sehen.

»Du siehst anders aus.«

Winter blickte auf und legte den Spiegel aufs Bett. Lian stand im Türrahmen. Rasch wickelte sie sich ihre Siara um den Hals und die Schultern und bedeckte die nackte Haut. Dabei fragte sie sich, wie seltsam sie jetzt aussehen musste. Die Siara bildete vermutlich einen starken Gegensatz zu dem eng anliegenden Leder.

»Früher hast du auf jeden Fall öfter gelächelt.«

Winter spürte, wie ihr das Blut in die Wangen schoss. Dass sie jemand so gesehen hatte, dass ausgerechnet Lian sie so gesehen hatte ... *Nein. Wenn Kali das tragen kann, ohne sich um die Meinung der Leute zu scheren, dann kann ich das auch.* Sie setzte sich gerade hin.

»Und du hast auch mehr gesagt«, fügte Lian hinzu.

»Entschuldige«, murmelte Winter und lächelte ihn an, konnte die Hände in ihrem Schoß jedoch nicht stillhalten. Sie griff nach dem Spiegel, um sich damit zu beschäftigen.

»Mir tut es auch leid«, sagte Lian. Seine breiten Schultern füllten den Türrahmen fast aus. Er war in den vergangenen Jahren durch die Arbeit auf dem Boot ihres Vaters sehr stark geworden. »Darf ich reinkommen?«

Winter nickte. Sie und Lian hatten in letzter Zeit kaum noch Zeit gefunden, sich unter vier Augen zu unterhalten. Die Reise mit Nash, Kali und Elsi ging schnell voran, und ihr blieb kaum Zeit zum Luftholen.

Lian schloss leise die Tür hinter sich und ging zu dem Holzstuhl, um sich Winter gegenüber niederzulassen. In diesem Gasthaus teilte sich Lian ein Zimmer mit Nash, während Kali und Elsi ein zweites bewohnten. Winter hatte protestiert, dass sie kein eigenes Zimmer bräuchte, aber Kali hatte darauf bestanden. Es war nicht angemessen für eine junge Frau – auch nicht für eine Tiellanerin, hatte Kali hinzugefügt, worüber sich Winter geärgert hatte –, sich mit jemandem ein Zimmer zu teilen.

Lian und sie saßen einen Augenblick schweigend da. Winter umklammerte den Spiegel und sah Lian an, der wiederum sie betrachtete. Sie wurde immer nervöser.

»Wie geht es dir?«, erkundigte sich Lian schließlich.

Winter schaffte es, weiterzulächeln. Lian hatte recht, das Lächeln fiel ihr nicht mehr so leicht wie früher. »Ganz gut«, antwortete sie. »Wir machen gute Fortschritte. Kali sagt, wenn wir weiterhin so gut vorankommen, sind wir in weniger als einem Monat in Roden. Möglicherweise holen wir Noth ja sogar vorher schon ein.«

»Das weiß ich doch alles«, erwiderte Lian und winkte ab. »Hör auf, um den heißen Brei herumzureden. Wie geht es *dir?*«

»Es geht mir gut«, sagte sie. »Ich bin noch immer mit vielem überfordert, aber das wird schon werden.«

»Was erhoffst du dir von alldem?« Lian senkte die Stimme. »Wenn wir Noth finden, was machst du dann mit ihnen?« Er nickte zum Nachbarzimmer hinüber, das Kali und Elsi bewohnten. »Sie wollen Noth oder Lathe oder wer immer er ist ebenso sehr wie du. Vielleicht sogar mehr. Und ich weiß nicht, ob wir irgendetwas tun können, um sie davon abzuhalten.«

Winter zuckte mit den Schultern. »Wir werden tun, was wir tun müssen.« Sie versuchte, überzeugt zu klingen, auch wenn ihr genau dieselbe Frage schon unzählige Male durch den Kopf gegangen war.

»Um Cantas willen, ist das wirklich dein Plan? Wir tun, was wir tun müssen?«

»Nimm in meiner Gegenwart nicht ihren Namen in den Mund.«

Lian starrte sie fassungslos an, aber das war Winter

egal. Was erwartete er denn von ihr? Dies war nun einmal ihr Weg. Sie hatte sich dafür entschieden. Es wurde Zeit, dass er das endlich akzeptierte.

Seufzend stand Lian auf und setzte sich neben Winter auf die Bettkante. Auf einmal war sie sich der Nähe zu ihm überdeutlich bewusst.

»Winter«, begann Lian und zögerte dann. Sie rutschte unruhig hin und her. Irgendetwas war seltsam. Lian berührte sie nicht einmal, aber sie spürte … Sie fühlte sich wieder genauso, wie sie sich in der Gasse in Cineste gefühlt hatte. Hinter sich der kalte Stein. Vor ihr der warme, stinkende Körper des Mannes, der sich gegen sie presste.

Winter schloss die Augen. Sie musste aufhören, an diese Nacht zu denken. Die Bilder schlichen sich immer wieder in ihren Kopf, und danach fühlte sie sich jedes Mal schlechter. Sie versuchte, an etwas anderes zu denken. An irgendetwas. An ihren Vater. An Noth.

An Faltira.

Sie hatte seit der Prüfung drei Mal Frost genommen. Jeden Tag, den Nash mit ihr gearbeitet hatte. Jedes Mal war unglaublicher gewesen. Mit Frost empfand Winter Dinge, die sie nie für möglich gehalten hätte. Sie fühlte sich wie die, die sie schon immer hatte sein wollen.

»Winter«, setzte Lian erneut an, »du weißt, dass ich dich seit unserer Kindheit liebe. Ich liebe dich … Ich liebe dich wohl auf mehr als eine Art.« Er wurde rot.

»Du hast dich verändert«, fuhr er fort. »Diese Droge, das, was sie mit dir macht … Du bist jetzt anders. Wir sind nicht mehr so wie früher.«

»Ich bin jetzt verheiratet. Ist dir nie in den Sinn gekommen, dass sich deine Gefühle aus diesem Grund verändert haben könnten?« Winter blinzelte. Ihr war völlig schleierhaft, wieso sie das eben gesagt hatte.

Falls Lian an ihren Worten Anstoß nahm, so ließ er sich das nicht anmerken. »Diese Kleidung, dieses Leben, Faltira ... Das alles bist nicht du.«

»Was weißt du schon darüber, wer ich bin?«, entgegnete Winter. Warum war sie so gemein zu ihm? Sie war wütend auf ihn und wollte ihm weh tun, aber sie verstand nicht, warum das so war.

Lian sah sie nur geduldig an.

»Es tut mir leid«, murmelte Winter und meinte es aufrichtig. »Du bist mein bester Freund, aber du musst verstehen, dass ich das hier für uns alle mache. Wenn ich wie Nash werden und diese Fähigkeit meistern kann ...« Sie sah ihm jetzt doch in die Augen, auch wenn sie am liebsten den Blick abgewandt hätte. »Dann bin ich nicht mehr hilflos. Dann musst du dir keine Sorgen mehr um mich machen und versuchen, mich zu beschützen. Du musst dich nicht mehr für mich in Gefahr bringen, ebenso wenig wie Noth.«

Winter gestand ihm nicht, dass sie sich noch aus einem anderen Grund zum Faltira hingezogen fühlte. Wie konnte sie Lian anvertrauen, dass sie nie eine tiefe Verbindung zu ihm gespürt hatte – oder zu irgendjemand anderem in Pranna, mit Ausnahme ihres Vaters. Wie sollte Lian denn in der Lage sein, das zu verstehen?

»Das war doch nie von Bedeutung. Wir machen uns um dich Sorgen, weil wir dich lieben, Winter. Aus diesem Grund bin ich hier. So etwas tun Freunde füreinander, sie beschützen sich gegenseitig.«

»Und jetzt bin ich an der Reihe«, erwiderte sie. Sie konnte ihm ansehen, dass er es nicht verstand, aber das war unwichtig.

»Sie haben gesagt, dass es süchtig macht. Aber wer weiß, was sie uns alles verschwiegen haben.«

»Es geht mir gut. Nash sagt, meine Ausbildung läuft vielversprechend. Er meint, ich hätte *Potenzial.*« Tatsächlich machte sie sich auch große Sorgen um die Gefahr, die vom Frost ausging. Sie schien sich mit jedem Tag mehr nach der Droge zu verzehren. Winter hatte Angst. Aber das konnte sie Lian unmöglich sagen.

»Natürlich hat dir Nash das gesagt«, meinte Lian. »Mir geht nur nicht in den Kopf, warum du ihnen einfach so glaubst.«

Tief in ihrem Inneren wusste sie, dass er recht hatte. Noch vor nicht einmal einer Woche war sie selbst nicht bereit gewesen, Kali oder Nash zu trauen. Doch seitdem sie das Faltira entdeckt hatte, war alles anders geworden. Die alte Winter hätte nie jemandem derart leicht vertraut.

Aber die alte Winter war auch schwach, dachte sie.

»Ich will damit ja nur sagen«, fuhr Lian fort, »dass dich dieses Zeug verändert. Du bist nicht mehr dasselbe Mädchen, das du in Pranna gewesen bist.«

»Die will ich auch gar nicht mehr sein.«

»Dann ist sie vielleicht für immer verloren.«

Winter wollte ihren Ohren nicht trauen. »Nur weil du eifersüchtig bist, heißt das noch lange nicht, dass du mir vorschreiben kannst, wie ich mein Leben zu leben habe.«

Lian protestierte lautstark, aber Winter konnte ihm ansehen, dass er tatsächlich eifersüchtig war. Sie fragte sich, warum ihr das bisher nicht aufgefallen war. Wieso sollte er ihr ihre Gabe auch nicht neiden?

»Du bist immer der Stärkere gewesen«, sagte sie. »Der Beschützer. Jetzt musst du diese Rolle bald aufgeben, und deine Enttäuschung darüber lässt du gerade an mir aus.«

»Du bist doch verrückt.« Lian sprang auf.

Winter zuckte mit den Schultern, aber sie wusste, dass sie ins Schwarze getroffen hatte. Lian ging zur Tür, drehte sich aber noch einmal um, bevor er sie öffnete. »Ich bin dein einziger Verbündeter, Winter«, sagte er. »Stoß mich nicht weg.« Dann riss er die Tür auf und prallte beinahe gegen Nash, der davorstand und wartete.

»Ist alles in Ordnung?«, fragte Nash. Lian zwängte sich an ihm vorbei und stürmte den Flur entlang. Nash sah Winter an, aber als sie nichts sagte, tat er die Angelegenheit ab. »Bist du bereit für dein Training?«

Sie sah auf den Beutel an seinem Gürtel, in dem sich, wie sie genau wusste, mehr Faltira befand. Sie nickte.

»Sehr schön.« Er betrat das Zimmer und schloss die Tür hinter sich.

»Ist zwischen euch beiden irgendetwas vorgefallen?«, wollte Nash wissen. Seine Sorge überraschte sie. Sie wusste nicht, ob er die Frage aus aufrichtigem Interesse gestellt hatte, aber er erweckte zumindest den Anschein. Eine derartige Mühe machte sich Kali nie.

»Es ist alles in Ordnung«, erwiderte Winter. Seltsam. Sie konnte den Blick einfach nicht von dem Beutel abwenden. »Er hat sich einfach noch nicht an den Gedanken gewöhnt, dass ich eine Telenikerin bin.«

Nash nickte. Er stellte sich neben sie, gerade und hoch aufgerichtet, und Winter fragte sich, ob er früher einmal ein Soldat gewesen war.

»Die Psimantie ist eine große Macht«, sagte er, »aber auch eine, die von vielen nicht verstanden wird. Und was die Leute nicht verstehen, das fürchten sie nun einmal.« Er trat noch näher an Winter heran und steckte endlich eine Hand in den Beutel an seinem Gürtel. Winter konnte sich kaum noch beherrschen, so sehr sehnte sie sich nach dem Gefühl, das Faltira ihr gab. »Sollen wir anfangen?«, fragte Nash und hielt ein glitzerndes Stück Frost in der Hand.

Winter setzte sich auf die Bettkante und versuchte, nicht zu übereifrig zu wirken. Sie nahm den Kristall, schluckte ihn herunter, und wenige Augenblicke später entfaltete die Droge bereits ihre Wirkung. Winter spürte die sengende Hitze und die Kälte, die ihre Haut überzog. Wieder einmal fühlte sie sich lebendig.

»Es ist wirklich erstaunlich, wie schnell Frost inzwischen bei dir wirkt«, murmelte Nash, aber Winter konnte ihn kaum noch verstehen. Seine Stimme klang, als würde sie aus weiter Ferne zu ihr herüberhallen.

Doch Winters Fähigkeit, sich auf die Realität zu konzentrieren, hatte sich ebenfalls verbessert. Während ihrer ersten beiden Versuche mit Frost hatte sie kaum etwas anderes als ihre eigenen Gefühle wahrgenommen. Beim dritten Mal war es ihr gelungen, ihre Umgebung zur Kenntnis zu nehmen, und jetzt schien es ihr sogar noch leichter zu fallen, Nashs Worte tatsächlich zu registrieren. Faltira schien ihre Sinne nicht generell zu schärfen, vielmehr spürte sie eine weitaus größere Verbundenheit. Nach diesem Gefühl hatte sie sich schon ihr ganzes Leben lang gesehnt.

»Wie lange dauert es normalerweise?«, wollte Winter wissen und versuchte, das Lächeln zu unterdrücken, das sich wie immer auf ihren Lippen ausbreiten wollte. Es schien ihr fast, als müsste sie immer grinsen, wenn sie Frost nahm, und sie vermutete, dass sie dann ein bisschen aussah wie eine Verrückte.

»Eine Viertelstunde«, antwortete er. »Manchmal auch länger. Aber bei dir scheint der Übergang mit jedem Mal schneller zu gehen. Wir haben immer gewusst, dass einige eine höhere Neigung zum Frost entwickeln als andere, aber das ist schon sehr beeindruckend. Auch wenn die Anzeichen bei dir nicht so eindeutig sind.« Nash beugte sich vor und sah Winter in die Augen. »Deine Augen sind schon jetzt schwarz wie die Nacht. Normalerweise ist das ein beeindruckender Anblick, wenn man Zeuge wird, wie sich die Augen eines anderen verdunkeln. Aber bei dir verändert sich da gar nichts.« Er richtete sich wieder auf. »Worüber haben wir beim letzten Mal gesprochen?«

»Über die Leere«, entgegnete Winter rasch. Sie wollte unbedingt den Eindruck erwecken, als hätte sie sich unter Kontrolle. »Die Quelle, aus der die Kraft eines Psimanten entspringt.«

Nash nickte. »Erzähl mir etwas darüber.«

Winter holte tief Luft und ließ die unzähligen Empfindungen, die der Frost in ihr hervorrief, über sich hinwegtosen. »Die Leere«, wiederholte sie und versuchte mit aller Macht, sich zu konzentrieren, »ist die Kraftquelle eines Psimanten.«

Nash runzelte die Stirn. »Das hast du bereits gesagt. Ein Psimant muss in der Lage sein, sich auf mehrere Dinge gleichzeitig zu konzentrieren. Du musst reden, dich bewegen und kämpfen können, während du deine Kräfte einsetzt.« Er deutet auf den Tisch, der vor dem großen Spiegel stand. »Greif mit einer Tendra danach«, verlangte er. »Und bring mir den Becher mit Wasser, der auf dem Tisch steht.«

Winter konzentrierte sich und streckte eine Tendra aus, mit der sie den Becher mühelos hochheben konnte. In einem Augenblick stand der Wasserbecher noch auf dem Tisch, im nächsten bewegte er sich mit einem Ruck in die Luft. Er wackelte ein wenig, und ein kleines Rinnsal schwappte über den Rand. Winter wusste zu jeder Zeit, wo sich ihre eigenen Tendrae befanden und was sie taten, sie war sich ihrer bewusst, aber wenn sie die Stelle ansah, wohin sie sie ausstreckte, war dort nichts zu sehen.

»Sprich weiter«, sagte Nash. »Und erzähl mir mehr über die Leere.«

Winter runzelte die Stirn und konzentrierte sich, um den Becher durch die Luft zu Nash zu bewegen. »Die Leere existiert außerhalb unseres Vorstellungsvermögens«, murmelte sie. »Sie besteht jenseits von uns, aber ... sie berührt ...« Der Kelch zitterte ein wenig. »Sie berührt dennoch jeden Teil unserer Welt«, schloss sie.

»Nicht zu schnell«, ermahnte Nash sie. »Zuerst die Kontrolle, erst danach kommt die Geschwindigkeit.«

Winter nickte und versuchte, ihre Ungeduld zu zügeln. Sie musste daran denken, was ihr in der ersten Nacht mit dem Rihnemin gelungen war. Also besaß sie diese Kraft, und sie gedachte, sie auch zu benutzen. Es kam ihr fast töricht vor, einen simplen Becher zu bewegen.

»Aktuale haben von Geburt an unbegrenzten Zugang zur Leere«, rezitierte Winter. »Potenzielle wie ich können hingegen nur begrenzt darauf zugreifen. Nur dank Faltira haben wir Zugriff auf die Leere und somit auf unsere Kräfte.«

Auf einmal wurde ihr der Kelch entrissen. Sie keuchte auf, als er zu Boden fiel, von den Steinplatten abprallte und das Wasser sich auf einen Webteppich ergoss.

Nash hatte sich nicht bewegt; er stand noch immer mit leicht gespreizten Beinen da, hatte die Hände hinter dem Rücken verschränkt und sah sie an.

»Wie habt Ihr das gemacht?«, wollte sie wissen.

»Du hast ihn nicht richtig festgehalten«, erwiderte

Nash missbilligend. »Aber du musst die vollständige Kontrolle über das haben, was du mit deinen Tendrae ergreifst. Nichts darf diese Kontrolle brechen. Sie muss vollkommen und absolut sein.«

»Woher soll ich denn wissen, ob sich jemand einmischen will?«, fragte sie. »Ich kann die Tendrae eines anderen nicht spüren.«

Nash sah sie fragend an. »Bist du dir da sicher?«

Winter zögerte. Sie war natürlich davon ausgegangen, dass sie das nicht konnte. Wann immer Nash seine Tendrae einsetzte, spürte sie jedenfalls nichts.

»Ich glaube schon«, murmelte sie.

Der Becher flog erneut in die Luft, als Nash ihn mit einer eigenen Tendra hochhob.

»Konzentrier dich«, sagte er. »Aber nicht auf den Becher, sondern auf den Raum um ihn herum. Der Becher ist nur ein Gegenstand.«

Winter konzentrierte sich, aber da war nichts. »Ich sehe keine …« Sie verstummte. Da war doch etwas, sie spürte es. Es war zwar nicht zu sehen, aber … das Gefühl ähnelte dem, das sie hatte, wenn sie wusste, dass jemand hinter ihr stand, oder dem Prickeln, wenn etwas oder jemand einen gleich berühren würde.

»Bei der aufsteigenden Canta«, murmelte Nash. »Du spürst es, nicht wahr?«

Winter nickte und riss die Augen weit auf.

»Ich habe Wochen gebraucht, bis ich die Tendra eines anderen spüren konnte«, berichtete Nash kopfschüttelnd. Der Becher bewegte sich zurück auf den Tisch, auf dem er zuvor gestanden hatte. »Wir werden uns später genauer damit beschäftigen. Vorerst bleiben wir bei den Grundlagen. Aber ich muss dich noch korrigieren, da du vorhin einen Fehler gemacht hast.«

Winter legte den Kopf schief. »Welchen denn?«

»Aktuale haben keinen unbegrenzten Zugriff auf die Leere. Es ist richtig, dass sie von Geburt an fähig sind, darauf zuzugreifen, aber sie sind darin ebenso eingeschränkt wie Potenzielle. Ich kann nur eine begrenzte Menge aus der Leere ziehen, bevor mein Körper an seine Grenzen stößt. Dann schalten nach und nach meine Sinne ab und ich merke, dass ich aufhören muss. Einige Psimanten beachten derartige Warnungen nicht und müssen mit den … Konsequenzen leben.«

»Die da wären?«

»Das muss dich jetzt noch nicht interessieren. Aber du darfst nicht vergessen, dass kein Psimant über unbegrenzte Kraft verfügt, nicht einmal dann, wenn es ein sehr mächtiger Aktual ist oder jemand große Mengen Frost zu sich genommen hat. Wir sind nicht unverletzlich, Winter.« Sie nickte. »Gut. Jetzt versuch es noch einmal.«

Winter streckte erneut eine Tendra nach dem Becher aus, der sanft vom Tisch abhob und zu Nash hinüberschwebte. Als er vor ihm in der Luft hing, wappnete sich Winter und rechnete damit, dass Nash den Becher erneut herunterwerfen würde.

Doch er sah sie stattdessen fragend an. »Ich möchte keinen leeren Becher«, sagte er. »Gieß bitte etwas Wasser hinein.«

Winter nickte und bewegte den Becher langsam zurück zum Tisch. Dabei spürte sie, dass ihr der Schweiß auf die Stirn trat.

»Nein«, protestierte Nash, und der Becher verharrte mitten in der Luft. »Lass ihn hier bei mir.«

»Wie denn das?« Er verlangte zu viel von ihr. Sie konnte das nicht, noch nicht. Ein Schweißtropfen fiel ihr auf die Nase.

»Du weißt, wie es geht«, erwiderte er. »Du hältst den Becher mit nur einer Tendra fest, aber du hast noch mehr. Der Krug steht gleich da vorn auf dem Tisch.«

Bisher hatte Winter immer nur eine Tendra benutzt, und sie hatte keine Ahnung, wie sie …

Sie hielt den Becher vor Nash fest, und der silberne Krug flog langsam in die Luft. Winter hatte eine zweite Tendra, die ebenfalls zu ihr gehörte, entdeckt und lenkte sie langsam.

»So einfach«, murmelte sie staunend. Den Krug hochzuheben war viel einfacher gewesen als ihr erster Versuch, bewusst eine Tendra einzusetzen.

»Wenn du deine erste Tendra einmal gefunden hast, fällt es dir nicht mehr so schwer, auf die anderen zuzugreifen«, sagte Nash.

Winter konzentrierte sich und versuchte, eine weitere Tendra aufzuspüren. Da. Sie griff damit nach einem Silberteller, der auf dem Tisch lag, und hob ihn hoch.

»Tu das nicht«, ermahnte Nash sie scharf. Winter ließ die dritte Tendra los und sah ihn an. »Probiere es vorerst nur mit zweien«, sagte er. »Es geht um Kontrolle, Winter.« Er deutete auf den Kelch vor sich, aus dem das Wasser herausrann, weil sie immer mehr aus dem Krug hineingoss.

Sie runzelte die Stirn. Wie sollte sie jemals dazu in der Lage sein, sich auf so viele Dinge auf einmal zu konzentrieren? »Entschuldigt«, murmelte sie und bewegte den Krug zurück zum Tisch. Den Kelch ließ sie weiterhin in der Luft schweben und wartete darauf, dass Nash ihn ihr abnahm.

Winter bewegte irritiert die Zunge im Mund. Hatte sie sich gebissen? Für einen kurzen Augenblick hatte sie sich eingebildet, Blut zu schmecken.

Dann rammte wie aus dem Nichts eine gewaltige Kraft gegen Winters Tendra, mit der sie den Kelch festhielt. Der Angriff überraschte sie, aber sie stellte erstaunt fest, dass der Kelch weiterhin in der Luft schwebte und nicht ein Tropfen zu Boden gefallen war.

»Sehr gut. Ich habe sehr viel Kraft in den Angriff gelegt, aber du hast die Kontrolle behalten. Das hast du ganz ausgezeichnet gemacht.«

»Ich … ich glaube, ich habe es gespürt, kurz bevor es passiert ist. Auf einmal hatte ich den Geschmack von Blut im Mund. Habe ich irgendetwas falsch gemacht?«

Nash schüttelte den Kopf und lächelte sie an. »Das ist dein Zeichen, mit dem du erkennst, dass in deiner Nähe Psimantie genutzt wird. Der Geschmack von Blut ist eine weitverbreitete Manifestation.«

Winter nickte erleichtert.

»Ihr habt meine Tendra und nicht den Becher angegriffen«, erkannte Winter, deren Gedanken sich überschlugen.

Nashs Lächeln wurde noch breiter. »Das ist deine erste Angriffslektion. Wenn du die Kontrolle eines anderen über ein Objekt brechen möchtest, dann greifst du immer direkt die Tendra an und nicht das Objekt, mit dem sie interagiert. Ziel immer auf die Verbindung. Kraft auf das Objekt auszuüben ist so gut wie sinnlos.«

Winter nickte. Das erschien ihr sinnvoll. Wenn ihr ein Objekt entrissen wurde, konnte sie sich noch immer erholen, sofern sie schnell genug reagierte. Wurde ihre Tendra durchtrennt, verlor sie komplett die Kontrolle.

»So«, sagte er dann. »Die Wirkung des Frosts müsste langsam abklingen, wenn ich das nach den letzten Tagen richtig einschätze. Wie fühlst du dich?«

»Gut«, antwortete Winter und stellte fest, dass er recht hatte. Das Feuer ließ langsam nach, ebenso wie ihr Gefühl, über Macht und Fähigkeiten zu verfügen.

Nash musterte sie mit seinen sturmgrauen Augen von oben bis unten. »Du musst ehrlich zu mir sein, Winter. Die ersten Monate der Einweisung eines Potenziellen sind ausgesprochen wichtig. Ich kann dir dabei helfen, die schlimmsten Auswirkungen der Sucht zu überwinden, indem ich die Dosis sorgsam rationiere und dir mit Rat und Tat zur Seite stehe, aber wenn das nicht geschieht, dann kann die Sucht dich zerstören.«

Winter zuckte mit den Schultern. »Was soll ich jetzt dazu sagen? Dass ich die Freude und das Wohlgefühl nicht mehr spüre, wenn die Wirkung abklingt? Das tue ich nicht. Dass ich mich im Stich gelassen fühle, enttäuscht bin und glaube, ungenügend zu sein, wenn ich nicht auf Frost bin? Aber so empfinde ich nun einmal.«

Nash runzelte die Stirn. »Nun gut«, sagte er nach kurzem Zögern. »Du bist ehrlich, und das ist wichtig. Diese Gefühle sind normal. Aber sobald du das Bedürfnis hast, Frost nehmen zu müssen, dann musst du es mich sofort wissen lassen, sofern du dazu in der Lage bist.«

Winter erschauderte. Die Hitze war verflogen, und jetzt war nichts als Kälte zurückgeblieben. Sie war wieder die normale, nutzlose Winter.

»Was meint Ihr mit ›falls ich dazu in der Lage bin‹?«

Er sah sie mit steinharten Augen an. »Falls du tatsächlich den unvernünftigen Drang verspürst, Frost zu brauchen, könnte es bereits zu spät sein. Du wirst an diesem Punkt nicht mehr erkennen, dass deine Gier nach Frost unsinnig ist. Danach wird dich die Sucht verzehren.«

»Sie kann derart übermächtig sein?« Wieder musste sie

daran denken, wie sie als Kind mit ihrem Vater durch die Straßen von Cineste gegangen war. An die leeren Gesichter, die zerrissene, schmutzige Kleidung der ehemals Wohlhabenden.

Nash nickte. »Ich musste schon mit ansehen, wie sehr mächtige Psimanten der Sucht zum Opfer gefallen sind.« Winter bildete sich ein, einen Anflug von Traurigkeit in seiner Stimme zu hören, war sich jedoch nicht sicher. »Kein Potenzieller ist immun dagegen. Du musst dich sehr vorsehen.«

Winter nickte und wurde ein bisschen nervös. In was war sie da nur hineingeraten? Vielleicht hatte Lian ja recht und das war alles zu viel und kam zu früh. Möglicherweise war es wirklich viel zu gefährlich.

Nash griff in den Beutel an seinem Gürtel und reichte ihr einen kleinen Stein. Winter starrte ihn überrascht an. Sie hatte darauf gehofft, dass er ihr einen Frostkristall geben würde, aber von einem Stein hatte er nichts gesagt. Der mattschwarze Stein war nicht länger als das letzte Glied ihres Daumens und länglich. Dabei war er vollkommen glatt und wies keine Markierungen oder Unebenheiten auf.

»Was ist das?«, fragte sie.

»Das ist ein Leerstein. Das grundlegende Werkzeug jedes Psimanten. Sie sind vielseitig einsetzbar, und wir werden später genauer darauf eingehen, aber als Erstes wirst du lernen, damit zu kommunizieren. Sobald du dazu bereit bist, können wir Kontakt miteinander aufnehmen, unabhängig davon, wo auf der Sphaera wir uns gerade befinden. Aber zuerst müssen wir dich auf einen der Steine einstimmen.«

Winter blickte auf den kleinen Stein herab. Sie konnte kaum glauben, dass so etwas möglich war – direkte Verständigung? –, aber sie hatte in den letzten Tagen so viele Dinge gesehen, die sie bisher für undenkbar gehalten hatte, dass sie jetzt nicht an Nashs Worten zweifelte.

»Trag den Stein stets bei dir«, bat Nash sie. »Behalte ihn in deiner Nähe und drücke ihn gegen deine Haut. Du musst auf irgendeine Weise eine Verbindung zu ihm herstellen, bevor wir dich lehren können, wie du ihn benutzen kannst.«

Eigentlich sah der Stein nach nichts aus. Dann ließ Nash noch etwas auf Winters ausgestreckte Handfläche fallen.

Einen einzelnen Frostkristall.

»Für Notfälle«, erklärte er. »Nimm ihn nur, wenn du keine andere Wahl hast. Ich werde jeden Morgen und jeden Abend überprüfen, ob du ihn noch bei dir hast. Ansonsten darfst du nur Frost nehmen, den du von mir oder Kali erhalten hast.«

Winter nickte. Sie konnte den Unterschied zwischen dem Stein und dem Frostkristall spüren. Der eine war schwer, stumpf und anscheinend nutzlos, während der andere leicht und zackig war und mehr Macht enthielt, als Winter je für möglich gehalten hätte.

»Bewahre den Frost an einem sicheren Ort auf«, ermahnte Nash sie. »An einer Stelle, an die du nicht so leicht herankommst, damit die Versuchung nicht zu groß ist. Aber auch nicht so, dass du ihn gar nicht mehr nehmen kannst. Falls du ihn nehmen musst, aber nicht rechtzeitig darankommst, bringt er dir natürlich auch nichts.«

»Ja«, flüsterte Winter und schaffte es nur mit Mühe, den Blick weiterhin auf Nash zu richten. Das Gewicht des Faltira in ihrer Hand schien ein Loch in ihre Handfläche zu sengen.

»Sehr schön. Diese Lektion ist damit beendet. Ruh dich ein wenig aus. Wir haben morgen wieder einen langen Reisetag vor uns.«

Nash verließ das Zimmer, und Winter war allein.

Allein mit dem Faltira.

KAPITEL 19

Navone

Navone lag in den Ausläufern der Sorensanberge, die auch die schmale Grenze zwischen Khale und Roden darstellten. Die Stadt war fast rechteckig, und jede Ecke orientierte sich an einer Himmelsrichtung. Man konnte die Stadt nur durch zwei Tore betreten, und Noth und Astrid hatten an diesem Nachmittag das Haupttor an der Südwestseite gewählt. Das andere Tor war in der Nordostmauer direkt gegenüber und führte zur Grenze nach Roden.

Noth sah das Rodentor, wie es genannt wurde, deutlich vor seinem inneren Auge, obwohl sie noch weit von der Grenze entfernt waren. Das Rodentor war, wie das Haupttor auch, in die dicke Stadtmauer eingelassen worden und wurde auf beiden Seiten von großen runden Türmen flankiert. Für den strategischen Vorteil, den Navones Lage bot, war jedoch das ausschlaggebend, was jenseits des Tors lag. Die Nord- und Ostgrenzen der Stadt verliefen entlang hoher Granitklippen, so dass die Berge wie natürliche Erweiterungen der Mauern schienen und ein kleines freies Feld zwischen dem Rodentor und dem Bluttor entstanden war.

Als einer der wenigen überquerbaren Pässe in den Sorensanbergen bestand das Bluttor aus zwei gewaltigen runden Türmen, die zu beiden Seiten in den Felsen gebaut worden waren und Navone sowie das gigantische Tor, das sie beschützten, überragten. Das Tor selbst war eher ein Tunnel, aus Stein gehauen und auf jeder Seite von einem Fallgatter, massiver Eiche und mit Eisen verstärkten Toren geschützt. Dieser Aufbau war einfach, aufgrund der ungeheuren Größe aber auch ungemein komplex und gleichzeigt sehr wirksam. Das Bluttor war seit Jahrhunderten nicht mehr gefallen. Aber dann hatte Roden eine schlagkräftige Flotte aufgebaut, so dass sie das Bluttor umgehen konnten, und alles hatte sich geändert.

Wegen des Bluttores würden sie sich später noch den Kopf zerbrechen. Zuerst einmal musste Noth mehr über die Hexenjägerin herausfinden.

»Was denkst du?«, fragte Astrid, während sie durch das Händlerviertel liefen. In der Ferne ging langsam die Sonne unter, und in wenigen Stunden würde es dunkel sein.

Die Zelte der Händler säumten die Kopfsteinpflasterstraßen, und Menschen liefen überall hin und her. Die Händler priesen lautstark ihre Waren an. Ein paar Grenzwachen patrouillierten auf den Straßen und hielten ihre Speere in die Luft. Von den Söhnen Cantas oder der Göttinnenwache war nirgends etwas zu sehen, aber die geschäftige Schar wirkte dennoch beunruhigt. Die beiden Reisenden wurden nur selten gegrüßt, ernteten aber viele misstrauische Blicke.

»Ich bin mir nicht sicher«, antwortete Noth. »Die Söhne würden schon längst hier patrouillieren, wenn die Hexenjägerin eingetroffen wäre, und die Grenzwachen haben die Mauern auch nur spärlich bemannt.« Er hatte nur wenige Wachen auf den Mauern gesehen und gerade mal zwei an dem Tor, durch das sie die Stadt betreten hatten.

»Vielleicht sind die Söhne ja zu gerissen für dich«, vermutete Astrid.

»Das bezweifle ich. Ebenso wenig wie die Göttinnenwache.« Es dauerte einen Augenblick, bis Noth begriff, dass sie einen Spaß gemacht hatte.

»Wer ist denn dann zu gerissen für dich, du Teufelskerl?«

Noth hörte den Spott in ihren Worten und zuckte mit den Schultern. »Keine Ahnung.« Er blickte auf sie herab. Sie hätte durch ihre außergewöhnliche Kraft unbeholfener wirken können, aber tatsächlich fiel sie selbst bei Tageslicht weniger auf als ein Schatten in der Dunkelheit. Zumindest konnte sie sich sehr unauffällig bewegen, wenn sie das wollte. Der Gedanke beunruhigte ihn.

»Jedenfalls scheint alles darauf hinzudeuten, dass die Hexenjägerin noch nicht da ist«, fuhr er fort. »Dann sollten wir heute Nacht die Gelegenheit nutzen.«

Irgendwie hatte er darauf gehofft, dass sich die Hexenjägerin bereits in der Stadt aufhalten würde. Ihr zu begegnen war seine einzige Möglichkeit, das Mädchen endlich loszuwerden. *Den Vampir,* korrigierte er sich. Seit ihrem letzten Kampf hatten Astrid und er nicht mehr darüber gesprochen, was er in Brynne mit angehört hatte – oder zu hören geglaubt hatte –, und Astrid weigerte sich weiterhin standhaft, ihm zu verraten, warum sie ihn begleitete.

Wenn sie es ihm einfach sagen würde, dann könnte er es vielleicht verstehen. Ungeachtet dessen, was geschehen war, mochte Noth das Mädchen. Aber er konnte ihr nicht vertrauen.

»Was ist, wenn die Hexenjägerin schon hier ist und wir sie einfach unterschätzt haben?«

»Oder überschätzt«, murmelte Noth. »Wenn das der Fall ist, dann werden wir uns etwas einfallen lassen. Aber ich möchte eigentlich nur ungern nachts über den Sorensanischen Pass reisen.« Aus ebenjenem Grund hoffte er, dass die Hexenjägerin an diesem Abend eintreffen würde. Noth musterte das Mädchen. Er hatte nicht die geringste Ahnung, was die Hexenjägerin mit einem Vampir anstellen würde. Nichts Angenehmes, so viel stand fest. Aber Astrid stellte ein Risiko dar, das er sich nicht länger leisten konnte.

»Menschen.« Sie schnaufte. »Ihr seid so empfindlich, das ist wirklich erbärmlich.«

Noth ging an den Ständen der Händler vorbei auf den Stadtplatz zu, der sich im Zentrum befand. »Die Leute sind nervös«, stellte er fest. »Sie haben Angst vor dem, was kommt.«

»Traue nie einer Religion, die Geheimnisse hat, das habe ich schon immer gesagt«, meinte Astrid.

Noth sah sie fragend an. »Dann gibt es Religionen, denen du trauen würdest? Das sind seltsame Worte von jemandem, den so gut wie jede Religion verdammt.«

»Ihr Verlust«, erklärte sie, wich seinem Blick jedoch aus. »Ich denke, sie sind einfach nur eifersüchtig.«

Noth grinste schief.

»Und, welches Gasthaus nehmen wir heute?«, wollte Astrid wissen. »*Testikel des Pferdes?* Vielleicht finden wir ja eins, das *Der König, der seine Krone aufgegeben hat* heißt. Ich habe gehört, je länger der Name eines Gasthauses, desto gemütlicher ist es. Möglicherweise entdecken wir ja auch eins mit dem Namen *Cantas Dämonen.* Das wäre perfekt für uns beide, denkst du nicht auch?«

Er beachtete sie nicht.

»Also wirklich«, fuhr Astrid ungerührt fort, »ihr Menschen macht euch vielleicht einen Kopf über Namen! Das ist immer wieder das Lustigste, was ich in all meinen Jahrhunderten auf dieser widerlichen Sphaera erlebe. Vor allem wenn es um eure Gasthäuser geht. Was ist denn so schwer daran, es einfach *Fins Taverne* oder *Das Schlafgut-Haus* zu nennen?«

Sie bogen um eine Ecke und standen auf dem Platz, der das Stadtzentrum darstellte. Fünf Straßen trafen sich hier auf einem weiten, offenen Rund, in dessen Mitte der eigentliche Platz lag, zu dem man drei Stufen hinabsteigen musste. Die oberste Stufe berührte an jeder Ecke des Platzes den Außenrand des Ringes, der dem Platz seinen Namen gab: Ringplatz. Ein gewaltiger steinerner Brunnen mit einer stilisierten Version der Sphaera ragte in der Mitte des Platzes auf. Die Kugel befand sich nahezu auf gleicher Höhe wie die Dächer der zwei- und dreistöckigen Gebäude, die um den Platz herumstanden. Wasser ergoss sich von oben in ein Becken darunter. Noth fragte sich, wie dieser Mechanismus wohl funktionierte, wenn es kalt wurde.

Am Brunnen spielten einige in Felle gehüllte Kinder ein Hüpfspiel. Es waren acht oder neun, und sie schienen alle etwa in Astrids Alter zu sein.

Das Mädchen sah ihnen mit ausdrucksloser Miene zu. Die gute Laune, die sie noch wenige Minuten zuvor an den Tag gelegt hatte, schien mit einem Mal verschwunden zu sein.

»Ich bin gleich wieder da«, sagte sie und ging auf die Kinder zu.

Noth setzte sich auf eine Steinbank. Sie waren den ganzen Morgen ohne Rast gelaufen, da sie Navone vor Einbruch der Dunkelheit hatten erreichen wollen. Seine

Füße und sein Rücken schmerzten, und es tat gut, sich ausruhen zu können.

Eine Frau ließ sich neben ihm nieder, aber Noth ignorierte sie. Sie stellte keine Bedrohung dar, und ihm stand nicht der Sinn nach einer Unterhaltung. Als er aufblickte, stellte er erstaunt fest, dass Astrid mit den anderen Kindern spielte. Sie lachte, sprang herum und warf hin und wieder etwas in den Brunnen, so dass das Wasser aufspritzte.

Beunruhigt fragte sich Noth, ob das für sie ein Teil der Jagd war. Er hatte erst einmal gesehen, dass sie sich genährt hatte, und da waren ihre Opfer bereits tot gewesen. Dabei hatte sie auch erwähnt, dass sie nur wenige Male pro Monat etwas zu sich nehmen musste.

Vorsichtshalber behielt er sie im Auge.

Während er Astrid beobachtete und sich auf dem Ringplatz nach weiteren Gefahren umsah, mit denen er vielleicht nicht gerechnet hatte, gingen seine Gedanken auf Wanderschaft.

Er erinnerte sich an einen Traum aus der Nacht zuvor. Inzwischen schien er fast jede Nacht zu träumen. In vielen seiner Träume lief er durch Schatten, aber letzte Nacht hatte er von einem riesigen Schlachtfeld geträumt. Es war Nacht, zumindest wirkte es so, denn der Himmel war dunkel bis auf ein winziges hellblaues Licht, das dort schwebte. Noth hatte einen der Männer erstochen, neben denen er gekämpft hatte. Einen seiner Brüder. Wie jeder vorherige Traum endete auch dieser mit dem Tod.

Während er gedankenverloren auf der Innenseite seiner Wange herumkaute, sah er den spielenden Kindern am Brunnen zu. Noth bemerkte, dass einige von ihnen Astrid argwöhnisch musterten. Ob das nun daran lag, dass sie fremd war, oder ob die Kinder irgendetwas anderes spürten, wusste er nicht.

»Hallo«, sagte da die Frau neben ihm.

Noth schreckte auf. Er hatte ganz vergessen, dass sie neben ihm saß. Als er sie ansah, wusste er plötzlich, dass er mit seiner ersten Einschätzung falsch gelegen hatte. Sie mochte keine unmittelbare Gefahr darstellen, aber irgendetwas stimmte mit dieser Frau nicht. Er war sich allerdings nicht sicher, was genau das sein konnte. Das war ein Problem, das seine geschärften übermenschlichen Sinne mit sich brachten, das er einfach nicht verstand.

»Hallo«, erwiderte Noth und hoffte, dass er es dabei belassen konnte. Nun, da er sie genauer gemustert hatte, war ihm klar, dass sie noch ziemlich jung war. Möglicherweise in Winters Alter, allerhöchstens hatte sie einundzwanzig Sommer gesehen.

»Willkommen in Navone«, sagte die Frau.

»Danke.«

»Ist das Eure Tochter?«, wollte sie wissen. »Sie ist ein wunderschönes Mädchen.«

»Danke«, wiederholte Noth. Die Frau wollte sich offensichtlich nicht nur unterhalten. Sie war unruhig, und das machte ihn misstrauisch.

»Kennen wir uns?«, fragte er. Das war ein Schuss ins Blaue, aber möglicherweise hatte er sie ja schon einmal getroffen … früher.

»Nein«, antwortete die Frau. »Mein Name ist Jane. Ich lebe hier in Navone.« Sie hatte langes blondes Haar und auffällig blaue Augen. Noth musste zugeben, dass er sie wunderschön fand. Sie trug ein einfaches, aber gut sitzendes Kleid und hielt sich gerade, was ihn vermuten ließ, dass sie dem Adel angehörte. Niedriger Adel vielleicht, aber adelig bestimmt.

Erneut sah Noth zu Astrid hinüber. Die Kinder waren jetzt auf einem Fleck zusammengekommen, und er konnte Astrid nicht mehr sehen. Anscheinend gab es dort etwas Interessantes.

»Und Ihr«, fuhr die Frau, Jane, fort, »seid nur auf der Durchreise, nicht wahr? Ihr und Eure … Sie ist doch Eure Tochter, oder nicht?«

Noth runzelte die Stirn. Diese Geschichte erzählten sie immer, aber so wie Jane das fragte, klang es seltsam, als ahnte sie etwas. Außerdem wunderte sich Noth, dass sie so freundlich zu einem Fremden war, wo der Rest der Stadt doch derart angespannt schien.

»Das ist sie«, erwiderte er vorsichtig und sah sich erneut um. Falls die Frau vorhatte, ihn abzulenken, wollte er auf alles vorbereitet sein. Doch er konnte niemanden entdecken, der am Rand des Platzes lauerte oder ihn und die Frau beobachtete.

»Mein Name ist Benir«, behauptete er und hoffte, dass einige Informationen, selbst falsche, die Fremde zufriedenstellen würden. »Meine Tochter heißt Lucia. Wir waren gerade auf der Suche nach einem Gasthaus, weil wir die Nacht in der Stadt verbringen und morgen früh wieder aufbrechen wollen.«

»Verstehe.« Jane sah zu den Kindern hinüber und verzog das Gesicht. »Bei der Göttin …«

Noth folgte ihrem Blick. Einige Jungen, die vielleicht elf oder zwölf waren, schubsten jemanden hin und her.

Astrid.

Noth stand auf. Er wusste, was ihre Körpersprache zu bedeuten hatte. So etwas hatte er viel zu häufig in Pranna mit ansehen müssen, wenn ein paar Menschen einen einzelnen Tiellaner in die Finger bekommen hatten.

Die Jungen lachten, als Noth auf sie zumarschierte. Er

spürte, dass Jane ihm folgte, und hatte ein mulmiges Gefühl in der Magengrube. Er wusste allerdings nicht, ob er sich Sorgen um die Jungen oder um Astrid machte.

»Du bist eine Außenseiterin und hast keine Mutter?«, fragte einer der Jungen gerade. Die anderen lachten, aber es war offensichtlich, dass die älteren Jungen die Anführer und die eigentlichen Tyrannen waren. Das Lachen der jüngeren Kinder klang gezwungen.

»Ich habe nicht gesagt, dass ich keine Mutter habe«, erwiderte Astrid. Noth war erstaunt, wie sehr sich das nach einer Verteidigung anhörte. »Ich sagte nur, dass sie nicht hier ist.«

Einer der Jungen schnaubte. »Vermutlich hat sie dich im Stich gelassen.«

Bei der aufsteigenden Canta, dachte Noth. *Sind alle Kinder so grausam?*

»Sie hat mich nicht im Stich gelassen«, protestierte Astrid, deren Stimme angespannt klang. Astrid war eigentlich immer gut allein zurechtgekommen, deshalb ging Noth davon aus, dass sie den Kindern etwas vorspielte. Oder etwa nicht?

»Lucia«, sagte Noth und versuchte, streng zu klingen. Die Kinder drehten sich um, und Astrid kam auf ihn zugerannt und schlang ihm die Arme um die Taille. Noth blickte schockiert auf sie herab. Er wusste nicht genau, was das zu bedeuten hatte, aber irgendetwas erwachte tief in seinem Inneren. Er legte einen Arm um das Mädchen – auch wenn ihm dabei klar war, dass er sich nur etwas vormachte. Er würde dieses Mädchen – diesen Dämon – bei der erstbesten Gelegenheit an die Hexenjägerin ausliefern.

Dennoch schien es ihm jetzt das Richtige zu sein, sie zu trösten.

»Muss dich dein Papa etwa retten?«, lästerte einer der Jungen. Noth starrte ihn wütend an, aber bevor er etwas sagen konnte, schaltete sich eine andere Stimme ein.

»Jakob, habe ich nicht neulich gesehen, wie du dich in Garens Laden geschlichen hast? Vielleicht sollte ich mal mit deiner Mutter darüber reden.« Es war Jane.

Der Junge, der eben noch gesprochen hatte, senkte den Kopf und murmelte etwas Unverständliches.

»Wie bitte?«, fragte Jane und sah ihn streng an.

»Nichts, Frau Oden«, erwiderte der Junge.

»Gut. Dann geht jetzt. Ihr habt für heute genug Ärger gemacht.«

Die Kinder liefen in alle Himmelsrichtungen davon. Noth hörte einige von ihnen murmeln, dass sie doch nicht auf »diese Frau« hören mussten, wusste aber nicht, was er davon halten sollte. Er blickte auf Astrid hinab.

»Ist alles in Ordnung?«, erkundigte er sich.

»Es geht mir gut«, versicherte sie ihm und ließ ihn endlich los. Noth hätte am liebsten so etwas gesagt wie, dass der mächtige Vampir Gruppendruck wohl nicht besonders gut standhalten konnte, aber ihm fiel gerade noch rechtzeitig ein, dass Jane neben ihnen stand. Er würde sich den Spott für später aufheben müssen. Vielleicht verriet ihm Astrid ja dann, was auf der ganzen Sphacra sie sich dabei gedacht hatte.

»Das tut mir sehr leid«, sagte Jane, und Noth drehte sich zu ihr um.

»Ist nicht so schlimm«, versicherte er ihr. Er hatte den Arm weiterhin um Astrid gelegt. Er hielt es für klug, den Schein zu wahren. »Ich bin Euch sehr dankbar für die Hilfe. In … solchen Dingen bin ich nicht besonders gut.«

Jane schenkte ihm ein Lächeln. »Ihr dürft das nicht

persönlich nehmen. In letzter Zeit stehen alle in der Stadt unter ziemlich großem Druck.« Sie kniete sich vor Astrid hin.

»Die anderen Kinder haben das nicht so gemeint, Engelchen«, sagte sie.

Noth hätte beinahe laut gelacht.

»Was immer sie auch gesagt haben, sie wollten dich nur ärgern«, fuhr Jane fort. »Und das weißt du auch, nicht wahr?«

Astrid nickte, und Jane richtete sich wieder auf. »Normalerweise würde ich Euch ja die Gastfreundschaft meiner Familie anbieten«, erklärte sie, »aber wir sind momentan leider nicht in der Lage, Euch Zuflucht zu gewähren. Ich kann Euch ein oder zwei Gasthäuser zeigen, die Euren Ansprüchen genügen dürften, wenn Ihr möchtet.«

Sie setzte sich in Bewegung und hielt auf eine der Hauptstraßen zu, die vom Platz wegführten. Noth schaute auf Astrid herunter. Das Mädchen sah ihn nicht an. Schulterzuckend folgte er Jane, und das Mädchen trottete hinter ihm her.

Im Gehen behielt Noth seine Umgebung stets im Auge und rechnete noch immer damit, in eine Falle gelockt zu werden. Die Frau wirkte eigentlich unschuldig, bis auf das seltsame Gefühl, das sie in ihm hervorrief, das er aber nicht genau einordnen konnte.

»Wenn Ihr mir die Frage gestattet, werte Dame«, sagte er deshalb, »warum seid Ihr so freundlich zu uns? Die ganze Stadt scheint in Aufruhr.«

Jane lächelte ihn an. »Ein bisschen Freundlichkeit kann doch nicht schaden, selbst wenn die Umstände etwas anderes vorzuschreiben scheinen.«

Noth runzelte die Stirn und fragte sich, was Jane über

diese »Umstände« wissen mochte. »Es heißt, dass es in Navone bald Ärger geben wird.«

Jane schwieg, und Noth fragte sich, ob sie ihn überhaupt gehört hatte. »Ärger. Ja, das ist leider wahr. Eine Heilige Hexenjägerin ist eine ernsthafte Angelegenheit«, sagte sie schließlich.

Diese Worte waren überaus rätselhaft, und Noth bemerkte, dass Jane rote Ohren bekam. Wie seltsam. »Hoffen wir einfach, dass sie die finden, die für die Unruhe verantwortlich sind«, meinte er. »Das ist alles, was wir Göttinnenfürchtigen tun können.«

Er musste zugeben, dass Jane auf bemerkenswerte Weise die Fassung behielt, aber sein geschultes Auge erkannte die Anzeichen dennoch. Ihre Pupillen waren erweitert, und sie riss die Augen weit auf. Außerdem atmete sie zu schnell. Sie war nervös, aber dies war mehr als die typische Nervosität, die die Menschen bei der Erwähnung einer Heiligen Hexenjägerin an den Tag legten. Jane hatte Angst.

Und sie log.

»Ich bete dafür, dass unsere Stadt Frieden findet«, war alles, was sie erwiderte. Noth musste nicht weiter in sie dringen. Diese Frau kannte wahrscheinlich jemanden, der in der Sache mit drinsteckte. Sie versuchte, sich ganz normal zu verhalten, aber Noth hatte sie durchschaut.

»Da wären wir«, sagte sie lächelnd, als sie auf das Gasthaus zugingen. *»Cantas Gnade.«*

Nicht ganz Cantas Dämonen, *aber es wird wohl reichen.* Noth blickte auf Astrid herab, die seinem Blick noch immer auswich.

»Dann … vielen Dank.« Noth war immer noch verwirrt wegen Janes Benehmen und an schlichte Höflichkeit einfach nicht gewöhnt.

»Gern.« Janes Augen funkelten. »Ich habe das Gefühl, dass wir uns wiedersehen werden.«

Bei der Göttin, das will ich doch nicht hoffen, schoss es Noth durch den Kopf. Ich will auf gar keinen Fall in das hier verwickelt werden, was immer auch in diesem Kaff vor sich geht.

Dann schaute Jane auf Astrid hinab. »Wir auch, Lucia. Pass bis dahin auf dich auf. Reist in den Händen der Göttin.«

»Danke«, murmelte Astrid, und Jane ging durch die einbrechende Dämmerung davon.

»Das war … seltsam«, sagte Noth. »Glaubst du, dass wir ihr trauen können?«

Astrid zuckte nur mit den Schultern und erwiderte nichts.

Im Schankraum von *Cantas Gnade* saß Noth vor einer Tasse Pfefferminztee, die er noch nicht angerührt hatte. Trotz der Dinge, die er in Brynne gehört hatte, war er sich noch immer nicht sicher, ob er Astrid wirklich der Heiligen Hexenjägerin ausliefern wollte.

Sie hat dir auf dem Ringplatz nur etwas vorgespielt, sagte er sich. *Du hast doch früher schon gesehen, wie gut sie das kann. Ihre Vorstellung wäre eines Königs würdig.*

Das Mädchen hatte in seiner Gegenwart nur sehr selten echte Gefühle gezeigt. Wut war auf jeden Fall darunter gewesen, als er ihr unterwegs vorgeworfen hatte, sie würde ihm etwas verschweigen. Und als sie sich nach dem Angriff genährt hatte, hatte er so etwas wie Scham in ihrer Miene zu lesen geglaubt.

Heute hätte er schwören können, Trauer in ihren Augen schimmern zu sehen.

Was sie aber auch nur vorgespielt haben könnte.

Er hörte Schritte hinter sich, und schon legte er eine Hand auf den Dolch an seinem Gürtel. Zwar saß er am Tresen mit dem Rücken zu einer Ecke des Raumes, aber hinter ihm war noch genug Platz. Als jemand hinter ihm hustete, drehte Noth sich um. Sofort entspannte er sich ein wenig. Es war nur der Wirt, ein großer, stämmiger Mann mit wässrigen Augen.

»Herr«, sagte der Wirt und nickte respektvoll.

Noth beäugte ihn misstrauisch. Für den Wirt sollte er nichts anderes sein als ein gewöhnlicher Reisender. Der Wirt steckte eine Hand in seine Schürzentasche und zog einen versiegelten Brief heraus, den er Noth reichte.

»Der ist für Euch, gerade angekommen.«

Noth schüttelte den Kopf. »Das muss ein Irrtum sein.«

»Nein, Herr. Der Brief wurde eben erst gebracht, und der Mann hat eindeutig auf Euch gezeigt.«

Noth kniff die Augen zusammen. »Wer hat ihn gebracht? Habt Ihr den Mann gekannt?«

Dem Wirt brach der Schweiß aus. »Nein, Herr. Er trug die Uniform der Grenzwache, aber ich habe den Mann in meinem ganzen Leben noch nicht gesehen.«

Eine Grenzwache. Noth runzelte die Stirn. *Was kann denn eine Grenzwache von mir wollen?*

Er nahm den Brief entgegen. Der Wirt nickte, verbeugte sich fast schon erleichtert, und verschwand dann wieder.

Noth drehte sich wieder zum Tresen um. Er erkannte das Siegel nicht, das ins Wachs gedrückt worden war und das aussah wie zwei verlängerte Adlerklauen.

Er brach das Siegel und zog den Brief heraus. Seine

Hand zitterte, als er erkannte, dass er jetzt vielleicht zum ersten Mal etwas über seine Vergangenheit herausfinden würde. Über den Mann, der er früher gewesen war.

Der Brief war mit schwungvoller, leicht zur Seite geneigter Handschrift an jemanden namens Madzin adressiert. Der Name sagte Noth nichts. Aber das war ihm mit Lathe, dem Namen, mit dem ihn der narbige Mann auf seiner Hochzeit angesprochen hatte, genauso gegangen.

Madzin,
ich wundere mich, warum du mich nicht wie üblich kontaktiert hast. Bin ich nicht immer der Erste, den du in Navone aufsuchst, sobald du hier eintriffst? Falls ich irgendetwas getan habe, um dich zu verärgern, dann entschuldige ich mich aufrichtig dafür und hoffe, es wiedergutmachen zu können. Ich möchte dich auf gar keinen Fall verärgern, ebenso wenig wie deine … Freunde, wenn ich sie denn so nennen darf.
Es ist einige Zeit her, dass wir uns zuletzt gesehen oder etwas voneinander gehört haben. Fast zwei Jahre, wenn ich mich nicht irre. Möglicherweise hast du dich ja gefragt, ob ich überhaupt noch hier bin. Ja, guter Freund, das bin ich, jetzt weißt du also Bescheid. Aus diesem Grund schreibe ich dir auch diesen Brief. Meine Dienste stehen dir wie immer zur Verfügung. Als ich dir das letzte Mal geholfen habe, nach Roden zu gelangen, haben wir uns auf deinem Rückweg gar nicht gesehen, aber jetzt bist du erneut hier an der Grenze. Gewiss hast du deine eigenen Mittel und Wege.
Ich werde dir nicht länger zur Last fallen, mein Freund. Meine besten Wünsche für dein Wohlergehen und deine Geschäfte in Navone begleiten dich, und ich

wünsche dir eine sichere Reise, wohin du von hier aus auch immer reisen magst.
Dein ergebener
Hauptmann Jey Rudak, Fünfte Grenzwache

Noth las den Brief ein zweites Mal, nur um sicherzugehen, dass ihm nichts entgangen war.

Er war also vor nicht einmal zwei Jahren auf dem Weg nach Roden durch Navone gekommen. In ihm keimte Hoffnung auf. Roden war tatsächlich sein Ziel, dieser Brief bestätigte seine Theorie. Noth würde diesen Hauptmann Rudak aufsuchen. Der Mann konnte ihm vielleicht sogar bei der Grenzüberquerung helfen. Dieser Brief kam ihm wie ein Wink des Glücks vor. Zwar riet ihm sein Instinkt, dass er einem solchen Segen nicht trauen durfte, aber er musste der Spur einfach nachgehen. Er brauchte Gewissheit.

Noth ließ seinen Tee unangetastet stehen und erhob sich. Kurz überlegte er, ob er einfach sofort die Stadt verlassen sollte. Wenn er jetzt ging, würde Astrid das erst in einigen Stunden bemerken.

Doch sie würde ihn einholen. Sie wusste, wohin er reiste, und es würde ihr leichtfallen, ihn zu finden. Oder er brach jetzt auf und nahm sie mit. Vielleicht trafen sie ja auf die Hexenjägerin, während die Göttinnenwache die Stadt sicherte. Oder sie starben zusammen auf dem Sorensanischen Pass.

Welchen Weg er auch wählte, es war immer mit einem Risiko verbunden.

Noth ging leise die Treppe hinauf. Vor ihrer Zimmertür blieb er stehen und lauschte, doch sosehr er sich auch anstrengte, es war nichts zu hören. Keine heimlichen Unterhaltungen. Kein leises Flüstern.

Im Zimmer war es dunkel, das Fenster und die Fensterläden waren geschlossen. Noth konnte Astrids Gestalt nur mit Mühe in einer Ecke ausmachen. Sie lag auf dem Boden und schwieg. Es kamen keine altklugen Weisheiten oder Scherze aus ihrem Mund.

Noth ging auf sie zu. Risiken gehörten zum Leben einfach dazu. Er hatte so viel Tod gesehen – ihn in seinen Träumen und in der Wirklichkeit gebracht. Doch das musste aufhören. Nun hob er das Mädchen sanft hoch und legte es aufs Bett. Sie war noch immer wach, das konnte er spüren. Er glaubte schon, sie würde etwas sagen, aber sie schwieg weiterhin. Sie drückte sich an ihn und hielt ihn fest.

Astrid der Hexenjägerin auszuliefern war das Vernünftigste, was er tun konnte. Das war ihm klar. *Bei Cantas Knochen, wer sagt denn, dass sie mich nicht gerade auch manipuliert?* Aber in dem Augenblick, in dem er sie in den Armen hielt, wusste Noth, dass er das nicht tun konnte. Er wollte es nicht tun.

Er legte sie auf das Bett und deckte sie zu. Dann stand er vor ihr und blickte auf sie herab. Nach einer Weile zog er den Stuhl neben das Bett und setzte sich. Er wollte abwarten, was der Morgen wohl bringen würde.

KAPITEL 20

Irgendwo zwischen Brynne und Navone

Der Angriff kam früh, gerade als sie das Lager abbrachen. Winter kniete auf dem Boden, um ihre Decken zusammenzurollen, als sie über sich ein Zischen hörte. Das Geräusch eines Pfeils hätte sie überall wiedererkannt.

Sie riss den Kopf herum und hielt Ausschau nach dem Bogenschützen. Ihr Lager befand sich in der Nähe einiger Felsbrocken auf einem kleinen Hügel, von dem aus man die umliegende Landschaft gut überblicken konnte, aber sie sah niemanden. Im nächsten Augenblick kreischte ihr Pferd, das direkt vor ihr stand.

Um Winter herum brach die Unterwelt los.

Jemand schrie, Pferde wieherten, und Lian rief ihren Namen. Noch mehr Pfeile flogen zischend durch die Luft.

Winter blickte sich suchend um. Erneut hörte sie jemanden rufen, und da sah sie Nash auf sich zulaufen.

Er schleuderte sie so heftig auf den Boden, dass ihr die Luft aus der Lunge gepresst wurde. Sie keuchte auf und versuchte, nach Luft zu schnappen. Dann sah sie, dass Nynessa reglos dalag und sich der Schnee um das Pferd herum dunkelrot färbte. Der Geruch nach Blut und Kot hing schwer in der Luft.

Winter setzte sich auf und blickte Nash hinterher, der über die Felsen sprang und auf einige Gestalten in der

Ferne zurannte. Sie konnte nicht genau erkennen, wie viele es waren, vielleicht acht oder neun. Sie trugen dunkelgrüne Roben. Genau wie die Männer, die sie bei ihrer Hochzeit angegriffen hatten.

Schmale, schwarze Streifen erhoben sich in die Luft und rasten auf Nash zu. Pfeile. Sie würden ihn treffen, noch bevor er die vermummten Männer erreicht hätte. Aber bevor Winter ihn warnen konnte, zerstoben die Schäfte am Himmel und sanken harmlos zu Boden. Nash rannte weiter und zog sein Schwert. Zuerst konnte sich Winter nicht erklären, wie die Pfeile nutzlos gemacht worden waren, doch dann fiel es ihr wieder ein.

Ruckartig legte sie die Hand auf den Beutel an ihrem Gürtel. Der Faltirakristall darin schien sie wie ein Anker auf den Meeresboden hinabzuziehen, seitdem Nash ihn ihr gegeben hatte. Winter hatte ihn ständig gespürt, sich danach gesehnt, doch jetzt, da sie ihn gebrauchen konnte, hatte sie ihn einfach vergessen. Sie steckte sich den Frost in den Mund, während sie sich umdrehte und sah, dass Lian, Elsi und Kali hinter den Felsen in Deckung gegangen waren. Elsi und Lian schossen mit Bögen auf die Angreifer, während Kali einfach nur dastand und ins Leere starrte. Sie verzog voller Konzentration das Gesicht und rührte sich nicht.

Lian rief ihr etwas zu, und als Winter nach rechts blickte, sah sie, wie zwei Männer in grünen Roben über einen anderen Felsbrocken sprangen. Winter griff nach dem Dolch an ihrem Gürtel, als sich Kali ebenfalls zu den beiden Männern umdrehte und ihr Krummschwert aus der Scheide zog.

»Er ist nicht hier«, knurrte einer der Angreifer.

Noth, schoss es Winter durch den Kopf. *Sie suchen noch immer nach Noth. Sie dachten, er wäre bei mir.*

Der Mann sah Winter an und grinste. »Dann musst du eben reichen.«

Bevor Winter sich auch nur fragen konnte, was er damit meinte, sprang Kali vor und griff die beiden an.

Winter wusste, dass Nash kampferprobt war, und hatte aus irgendeinem Grund angenommen, dass er immer als Einziger kämpfen würde. Doch da hatte sie sich geirrt. Die mit Langschwertern bewaffneten Männer kamen näher. Einer stürzte vor, aber Kali parierte den Schlag mühelos und wirbelte zwischen den beiden hin und her. Sie wich dem Angriff des Zweiten aus, trat nach hinten aus und brachte den Ersten aus dem Gleichgewicht. Gerade noch rechtzeitig drehte sich Kali wieder um und konnte einem weiteren Schlag des zweiten Angreifers ausweichen. Winter blinzelte und war überrascht, wie schnell Kali sich unter der Klinge des Mannes hindurchduckte, vortrat und ihm ihr Schwert in den Bauch rammte. Winter wurde eiskalt. Konnte sie vielleicht eines Tages auch so kämpfen? Würde sie ebenfalls zu einer solchen Kriegerin werden?

Winter riss die Augen auf, als ein dritter Mann über die Felsen kletterte. »Kali!«, schrie sie, und auf einmal schmeckte sie Blut.

Kali wandte sich um, blieb aber still stehen. Der Mann, den sie getreten hatte, stand taumelnd wieder auf, aber anstatt erneut auf Kali loszugehen, drehte er sich zu dem dritten Mann um, hob sein Schwert und griff ihn an. Nachdem sie ein paar Mal aufeinander eingeschlagen hatten, traf der eine den anderen an der Brust. Blut spritzte in den Schnee. Schon trat Kali hinter den letzten Vermummten und stach ihn in den Rücken.

Winter blinzelte. Was war da gerade passiert?

Acumantie. War es möglich, dass Kali mehr tun konnte, als nur in die Gedanken eines anderen einzutauchen? Konnte sie jemanden dazu bringen, gegen seinen Verbündeten zu kämpfen?

Die Kampfgeräusche holten Winter in die Wirklichkeit zurück, und sie sah hinüber zu Nash. Der Schnee um ihn herum hatte sich bereits blutrot gefärbt.

Er war von vier Männern umzingelt, doch sie schienen zu zögern. Stahl blitzte um ihn herum auf, und auf einmal wusste Winter, was er mit den kleinen runden Klingen machte, die er immer am Gürtel trug. Sie verletzten jeden der Angreifer schwer, sobald sie Nash zu nahe kamen. Auch Nashs Schwert fuhr durch die Luft, ebenso tödlich wie die kreisenden Klingen. Winter begriff, warum er von ihr verlangt hatte, sich auf mehrere Dinge gleichzeitig zu konzentrieren, denn er lenkte die runden Klingen mit seinem Geist und kämpfte gleichzeitig mit seinem Schwert.

Seine unerwarteten, unglaublich schnellen Bewegungen kamen ihr bekannt vor. Winter hatte so etwas schon einmal gesehen. Das alles wirkte überaus vertraut. Vermummte Angreifer, die ganz in Grün gekleidet waren und einen Mann umringten, der weitaus mehr als nur ein Mensch zu sein schien.

Damals war Winter hilflos gewesen und hatte mit ansehen müssen, wie Noth gegen die seltsamen Männer aus Roden allein gekämpft hatte. Doch als sie Nash jetzt zusah, wurde ihr klar, dass sie sich inzwischen zu helfen wusste.

Endlich setzte die Wirkung des Frosts ein.

Die Dosis war gewaltig und ließ ihren ganzen Körper in wundervollem Feuer und Schaudern der Wonne aufgehen. Das hier war sehr viel mächtiger als alles, was ihr Nash bisher gegeben hatte. Winters Rückgrat vibrierte, als wäre es mit purer Energie aufgeladen. Sie hätte die Macht nicht eindämmen können, selbst wenn sie es gewollt hätte. Sie raste wie ein gewaltiger Fluss durch sie hindurch und riss sie mit sich. Niemand konnte ihr etwas entgegensetzen. Nicht, wenn sie sich so fühlte.

Aber ihre Angreifer waren bereits tot. Nash stand ebenfalls vor vier Leichen. Dumpfe Enttäuschung machte sich in Winters Brust breit.

Nein. Dort, in der Ferne, waren zwei Männer, die auf Pferden flohen. Winter konnte sie aufhalten.

Mit einer Tendra griff Winter unter einem der Felsen in den Boden. Dann hob sie ihn an. Der Felsbrocken, der die Größe eines Pferdes hatte, flog hoch in die Luft. Winter konzentrierte sich und legte ihre ganze Energie in die Erschaffung zweier weiterer Tendrae, mit denen sie den Felsen stabilisierte. Sie zielte, dann holte sie aus und warf.

Der Felsbrocken flog durch die Luft. Sie versuchte, ihm mit ihren Tendrae zu folgen und ihn ruhig zu halten. Kurz glaubte sie, sie hätte zu viel Schwung und der Stein würde an den beiden Männern vorbeifliegen. Doch dann traf der gewaltige Brocken einen der Reiter und begrub den Mann und das Pferd unter sich. Das Pferd des anderen geriet ins Stolpern und drohte durchzugehen, aber es erholte sich rasch wieder und galoppierte weiter.

Winter fluchte. Die beiden Männer waren so dicht nebeneinander geritten, dass sie beide hätte aufhalten sollen. Jetzt würde einer von ihnen entkommen. Sie bezweifelte, dass sie ein weiteres Mal so weit werfen konnte. Als sie gerade nach einem anderen Steinbrocken greifen und es versuchen wollte, schüttelte sie jemand. Sie sah, dass Kali direkt vor ihr stand.

»Komm mit!«, rief die Frau und drückte ihr ein Paar Zügel in die Hand. »Wir finden ihn.« Sie deutete auf den fliehenden Mann. »Und dann erfahren wir, was sie wollen.«

Winter sah sehnsüchtig auf den Felsen, holte dann jedoch tief Luft und griff nach den Zügeln. Kali hatte recht. Sie mussten den Mann fangen und befragen.

Sie stieg auf das Pferd und folgte Kali, die bereits galoppierte. Sie flogen fast an Nash vorbei, der noch immer über den vier Leichen stand.

»Bleib bei den anderen«, rief ihm Kali zu. »Wir holen den Mistkerl zurück.«

Die Wirkung des Faltira verflog viel zu schnell. Es war sehr schwer, das abklingende Hochgefühl zu verkraften, und Winter verstand immer besser, wie abhängig Frost machen konnte. Sie hatte jedoch noch immer die Kontrolle. Zwar spürte sie die Enttäuschung, doch das Verlangen nach mehr verzehrte sie nicht. Nicht dass es nicht schön gewesen wäre. Winter sah zu Kali hinüber und fragte sich, ob die Frau genau wie Nash einen Beutel mit Frost am Gürtel trug. Sie sollte besser nicht darüber nachdenken.

Schon bald lenkte der vermummte Mann sein Pferd von der Straße auf die schneebedeckte Ebene. Im Schnee konnte man den Spuren gut folgen, und Kali ritt etwas langsamer. Winter hoffte, dass sie den Mann bald einholen würden. Die Ebene ging vor ihnen in ein flaches Tal über, in dem einige Bäume Deckung boten. Sie konnte den Mann nirgendwo sehen.

»Du trägst noch immer nicht die Kleidung, die ich dir gegeben habe«, stellte Kali fest, nachdem sie bereits mehrere Stunden schweigend geritten waren.

Winter zuckte mit den Schultern und blickte an sich herab. Sie hatte die Kleidungsstücke einige Male anprobiert, aber bisher noch nicht den Mut gefunden, sie außerhalb ihres Zimmers zu tragen. Ihre Siara lag warm um ihren Hals, und sie hatte noch immer dasselbe Kleid an, das sie aus Pranna mitgebracht hatte. Es war hässlich und unpraktisch, aber auch vertraut.

»Mach dir deswegen keine Sorgen«, versicherte Kali ihr. »Ich habe auch eine Weile gebraucht, bis ich mich daran gewöhnt hatte. Daher ging ich davon aus, dass es bei dir noch länger dauern würde, schließlich bist du ein …«

Kali musste den Satz nicht beenden. Winter wusste auch so, was sie sagen wollte. *Aber wenigstens hat sie es nicht ausgesprochen.*

»Warum habt Ihr Nash gesagt, dass er zurückbleiben soll?«, wollte Winter wissen und wechselte absichtlich das Thema.

Kali blickte stur geradeaus. »Jemand muss auf die anderen aufpassen.«

»Und warum darf ich Euch begleiten?«

»Weil man so einen Mann nicht allein verfolgen sollte. Nash und die anderen können weiterreiten, und mit etwas Glück erwischen wir diesen Mistkerl und treffen sie dann auf der Straße.«

Winter runzelte die Stirn. Das war nicht wirklich eine Antwort auf ihre Frage gewesen, aber sie beließ es dabei. Sie musste an den Mann denken, den Kali wohl dazu gezwungen hatte, seinen Kameraden zu töten. »Ich habe schon viel über Telesis gelernt«, sagte sie. »Aber bisher habt Ihr mir noch so gut wie nichts über die Acumantie erzählt.«

Kali seufzte. »Ich hielt es für klüger, dich nicht zu überfordern. Es ist schon schwer genug, seine eigene Gabe zu beherrschen.«

Winter versuchte, sich ihre Enttäuschung nicht anmerken zu lassen. Warum wollte Kali ihr nicht einfach etwas darüber erzählen? Was war an der Acumantie so anders?

»Nash sagt, ich lerne die Telesis sehr schnell. Ich bin bestimmt bereit für mehr.«

»Du hast recht, es kann bestimmt nicht schaden, dir ein paar Grundlagen beizubringen«, stimmte Kali zu. »Im Prinzip sind sich die beiden Künste sehr ähnlich. Ich habe meine eigenen Tendrae, doch sie verhalten sich anders als deine. Ich vermute, dass du inzwischen einige Einschränkungen der Telesis kennengelernt hast?«

Das konnte Winter nur bestätigen. »Je größer die Entfernung, desto geringer die Kraft der Tendra. Und Tendrae können keine lebendigen Wesen beeinflussen, sondern nur leblose Objekte.«

»Sehr gut. Acumantische Tendrae sind in gewisser Hinsicht das genaue Gegenteil. Sie beeinflussen nur lebendige Wesen. Meine Tendrae beeinflussen den Geist anderer, aber das ist auch alles. Ich kann ihre Gedanken lesen und ihre Absichten erkennen.«

»Was habt Ihr heute Morgen mit diesem Mann gemacht?«

»Das war eine aggressivere Form der Acumantie. Sobald ich die Essenz einer Person, seine Sift, entschlüsselt habe, kann ich gewisse Dinge verändern. Heute Morgen habe ich die Ergebenheit des Mannes umgepolt. Ich habe die beiden gegeneinander gewandt. Ich könnte ebenso leicht einen Mann erstarren lassen, einen psionischen Stoß in seinen Geist schicken, ihn betäuben oder …« Kali zögerte.

»Oder was?«, hakte Winter nach.

»Oder dafür sorgen, dass sein Herz stehenbleibt.«

Winter nickte. Teleniker töteten ebenso leicht, und zumindest sagte Kali ihr die Wahrheit.

»Was ist eine Sift?« Winter hatte diesen Begriff noch nie gehört.

Kali presste die Lippen aufeinander. »Etwas sehr Kompliziertes«, antwortete sie. »Im Grunde genommen ist es eine destillierte Seele. Die Essenz einer Person, alles, was sie ausmacht, in verdichteter Form. Sift ist der Begriff dafür, und Lacuna benennt das, was zurückbleibt.«

»Das, was zurückbleibt?«

Kali lachte auf. »Du willst wirklich alles wissen, was? Es gibt noch vieles, was ich dir erklären kann, aber das muss noch eine Weile warten. Wir unterhalten uns später noch eingehender über die Acumantie.«

Sie durchquerten das Tal. Winters Respekt für die Frau an ihrer Seite wurde immer größer. Trotz der Abneigung, die sie zu Beginn ganz offensichtlich für Winter und Lian empfunden hatte, schien sie ihre Meinung langsam zu ändern. Zwar war Kali manchmal noch angespannt oder auch unfreundlich, aber sie konnte sich im Kampf zur Wehr setzen und jene, die ihr wichtig waren, vor so gut wie allem beschützen. Auch wenn Kali keine Tiellanerin war, so war sie trotz allem eine Frau, und sie war auf gar keinen Fall schwach.

Nicht zum ersten Mal fragte sich Winter, ob sie vielleicht irgendwann einmal eine Art Heim zusammen mit Nash und Kali finden würde. Zusammen mit anderen Psimanten. Sie wusste nicht, ob sich das mit ihrem eigentlichen Ziel, Noth zu finden, vereinbaren ließ, aber vielleicht konnte man da ja eine Lösung finden. Vielleicht fand Winter endlich einen Ort, an den sie gehörte.

»Das mit heute Morgen tut mir leid«, sagte Winter und war selbst von ihren Worten überrascht.

Kali drehte sich zu ihr um. »Was meinst du?«

»Ich ... Als uns diese Männer angegriffen haben, war

ich wie erstarrt. Ich habe nichts getan, um zu helfen. Ich stand einfach nur da.«

Kali schüttelte den Kopf. »Du hast einen der Reiter ausgeschaltet. Dieser Wurf mit dem Felsbrocken war sehr genau gezielt. Du hast zwar ansonsten nichts beigetragen, aber das geht allen bei ihrem ersten Kampf so.«

»Aber ich habe einen Frostkristall vergeudet«, meinte Winter. »Obwohl ich kaum etwas ausrichten konnte.«

Da drehte Kali ihr Pferd herum, so dass sie Winter direkt ins Gesicht sehen konnte. Überrascht hielt Winter ihr Pferd an.

»Du musst damit aufhören«, erklärte Kali. »Wenn du in dieser Welt überleben willst – als Frau und noch dazu als *Tiellanerin* –, dann musst du stärker werden. Ständig über deine Unzulänglichkeiten nachzugrübeln, bringt dich nicht weiter. Dich für etwas zu schämen, woran du keine Schuld hast …« Kali schloss die Augen und griff in ihren Umhang. Winter glaubte schon, dass sie ihr etwas zeigen wollte, doch ihre Hand war leer, als sie sie wieder hervorzog.

Dann schlug Kali die Augen wieder auf. »Ich weiß, dass du dir wegen dem, was in der Gasse geschehen ist, Vorwürfe machst.«

Winter blinzelte. Sie wusste nicht, warum das so war – schließlich war Nash derjenige gewesen, der sie in der Gasse gerettet hatte –, aber es überraschte sie, dass Kali davon wusste. Oder vielleicht war sie auch nur erstaunt, dass sich Kali darüber Gedanken machte.

»Ich habe gesehen, wie du mit leerem Blick vor dich hin starrst, wenn du dich unbeobachtet fühlst. Aber ich kenne diesen Blick. Ich hatte ihn selbst lange Zeit. Das, was in der Gasse passiert ist, war nicht deine Schuld. Dabei ist es völlig unwichtig, ob du Tiellanerin oder Mensch bist, was du getan oder nicht getan hast und welche Kleidung du getragen hast. Er hat dich wie einen Gegenstand behandelt. Er dachte, du wärst ein Ding, das er benutzen und dann wegwerfen kann. Genau das war *sein* Fehler. Er hat sich benommen wie ein Großmaul, er war vollkommen selbstsüchtig und ein Mistkerl, und du trägst keinerlei Schuld an dem Vorfall. Also hör, verdammt noch mal, endlich damit auf, dir deswegen Vorwürfe zu machen.«

»Wenn du recht hast«, sagte Winter leise, »warum fühle ich mich dann so schuldig?«

Winter bildete sich ein, dass Kalis Blick für den Bruchteil einer Sekunde sanfter wurde.

»Du redest dir vielleicht ein, du hättest etwas sagen können, um es zu verhindern. Du denkst vielleicht, du hättest dich erbitterter wehren müssen, um ihn aufzuhalten.« Ganz langsam schwand die Sanftheit wieder aus Kalis Gesicht, und sie schaute in die Ferne. »Wahrscheinlich fällt dir noch viel mehr ein, aber das ist alles unwichtig. Es zählt nur, dass er beschlossen hat, dich anzugreifen, und dass du das nicht wolltest. Du trägst nicht die geringste Schuld. Ende der Geschichte.«

Winter schluckte. Sie war sich nicht sicher, ob Kali wütend oder einfach nur ernst war. Aber war das, was sie gesagt hatte, tatsächlich die Wahrheit? Winter hatte den Zwischenfall in ihrem Kopf wieder und wieder durchgespielt und sich gewünscht, sie hätte sich mehr zur Wehr gesetzt oder früher begriffen, was der Mann vorhatte. Es gab da so vieles, was sie hätte anders machen können.

Aber nichts von dem, was sie getan hatte, war der Grund für die Ereignisse gewesen. Nichts von alldem entschuldigte das Verhalten des Mannes.

»Gut«, murmelte sie. Sie fühlte sich noch nicht besser.

Eigentlich hatte sie noch immer Schuldgefühle. Aber inzwischen war ihr zumindest klar, dass sie keine haben musste – und das war doch zumindest ein Anfang.

»Du besitzt große Kraft. Nutze sie, Winter.« Dann wendete Kali ihr Pferd und ritt weiter.

Nach einigen Minuten hob sie die Hand, und sie hielten erneut an.

»Da unten ist ein Fluss«, sagte Kali. »In letzter Zeit war es wärmer, möglicherweise ist er nicht mehr zugefroren.« Und sie hatte recht. Als sie näher kamen, sah Winter das Glitzern fließenden Wassers und hörte ein leises Plätschern.

Kali legte einen Finger auf die Lippen. Winter nickte. Da streckte Kali eine Hand aus und reichte Winter einen Frostkristall. Winter sah ihn gierig an und widerstand der Versuchung, ihn sofort zu packen und in den Mund zu stecken. Stattdessen streckte sie langsam eine Hand aus und schob den Frost in ihre Tasche. Seltsamerweise schwitzte sie jetzt. Der Wind hatte aufgefrischt, und Winter erschauderte, obwohl ihr ein Schweißtropfen an der Schläfe herunterlief.

Sie erreichten den Fluss, der nur zum Teil gefroren war. An einigen Uferstellen war der Schlamm aufgewühlt, während an anderen noch Überreste des Eises hingen. Die Spuren hörten direkt vor ihnen am Wasser auf. Winter vermutete schon, dass der Mann mit seinem Pferd durch den Fluss geritten war, um sie zu verwirren, aber dann stellte sie überrascht fest, dass die Spuren einige Ruten weiter flussabwärts wieder auftauchten und vom Fluss wegführten.

Kali bemerkte es ebenfalls und lenkte ihr Pferd ins Wasser, um den Spuren zu folgen.

»Wartet, Kali«, flüsterte Winter. Kali blieb stehen und

drehte sich zu ihr um. Irgendetwas stimmte hier nicht. Die Art, wie sich die Spuren wieder vom Wasser entfernten, sie sahen so aus, als ob …

»Er hat nicht diesen Weg eingeschlagen«, sagte Winter. Die Spuren waren nicht tief genug und außerdem ungleichmäßig. Das Pferd hatte keinen Reiter mehr gehabt. Winter deutete flussabwärts. »Er hat das Pferd freigelassen und ist zu Fuß im Fluss weitergegangen.«

Sie fragte sich kurz, ob Kali ihr widersprechen würde, aber die nickte nur.

»Das war dumm von ihm«, erklärte Kali. »Ihm werden die Füße abfrieren, wenn er sie nicht schnell abtrocknet und wärmt.«

Winter nickte. Es war nicht besonders klug von dem Mann gewesen, aber er hatte keine andere Wahl gehabt.

Leise ritten sie weiter flussabwärts. Der Fluss erreichte den Boden des Tals, wo die Ufer breiter wurden und nur noch aus Erde bestanden. Im Sommer floss hier vermutlich ein Strom, doch jetzt war es kaum mehr als ein eisiges, knöcheltiefes Rinnsal.

»Da«, flüsterte Winter. Vor ihnen führten Fußabdrücke vom Wasser weg. In dem gefrorenen Schlamm waren sie kaum zu erkennen. Sie stieg von ihrem Pferd ab.

»Bei der Göttin«, murmelte Kali. »Gut, dass ich dich mitgenommen habe.«

Winter versuchte, den Stolz zu ignorieren, der in ihr aufwallte. Sie beugte sich vor und nahm die Abdrücke genauer in Augenschein. »Seht Euch das Trittmuster an«, sagte Winter und deutete auf den kaum erkennbaren Kegel aus Schlamm, Schnee und Wasser im vorderen Teil jeden Fußabdrucks. Winter hatte als Kind lange Zeit gebraucht, um die unterschiedlichen Trittmuster zu erlernen, doch ihr Vater war ein guter Lehrer gewesen.

»Wir wissen jetzt wenigstens, dass er auf jeden Fall in diese Richtung gegangen ist.«

Dann erstarrte sie.

»Was ist?«, flüsterte Kali.

Doch Winter winkte nur ab, um Kali zum Schweigen zu bringen.

Eine der Fußspuren des Mannes wurde von etwas Größerem überlagert. Der Abdruck war insgesamt wenigstens so lang wie Winters Unterarm. Vor jeder Pranke hatten sich lange Klauen in den Schlamm gepresst.

Winter drehte sich zu Kali um und sagte lautlos: »Schneebär.«

Im nördlichen Khale hielten die meisten Bären Winterschlaf. Der Schneebär hatte das nicht nötig. Er jagte den ganzen Winter hindurch, riss jede Beute, die er finden konnte, und suchte Gebiete in der Nähe von Straßen oder Wasserquellen heim. Im Sommer ließen Schneebären Menschen und Tiellaner für gewöhnlich in Ruhe, aber im Winter war der Hunger größer.

Winter erstarrte. Hatte sie da nicht gerade etwas gehört? Das konnte ein Schnaufen gewesen sein. Und ein tiefes Knurren.

Sie schaute Kali an, die langsam ihr Schwert aus der Scheide zog.

Plötzlich riss Kali die Augen auf.

Winter duckte sich und rollte sich zur Seite weg, als ein riesiger Körper hinter ihr aufragte.

Sie hatte recht gehabt. Die gewaltige Bestie stand auf den Hinterbeinen und brüllte. Schneebären waren die größten Bären, soweit Winter das wusste, und dieser hier überragte sogar die noch auf ihrem Pferd sitzende Kali.

Kali schrie etwas und trieb ihr Pferd an, um auf das Tier zuzureiten, aber der Bär griff bereits an. Winter hatte keine Zeit mehr, nach dem Frost zu greifen. Sie musste sofort irgendetwas unternehmen. Daher tat sie das Erste, was ihr in den Sinn kam: Sie rannte auf das Tier zu und zog den langen, dünnen Dolch aus ihrem Gürtel. Gerade als der Bär sich auf alle viere fallen lassen wollte, stieß Winter sich ab und rutschte auf dem Rücken über das Eis. Sie glitt zwischen den gewaltigen Beinen der Bestie hindurch und hielt dabei den Dolch über sich.

Der Dolch verletzte den Bären am Bein, doch das bremste auch Winters Schwung, und sie lag plötzlich unter dem Tier. Sie erstarrte und kämpfte gegen die aufsteigende Panik an. Jetzt konnte der Bär sie mit Leichtigkeit zerquetschen. Sie zog den Dolch aus dem Bein der Bestie, so dass sie mit heißem Blut bespritzt wurde, und versuchte, wieder unter dem Bären hervorzurutschen. Der Bär brüllte vor Schmerz und fiel jetzt ganz auf alle viere, während Winter zusah, dass sie von ihm wegkam. Eis zersplitterte, und Winter spürte das eiskalte Wasser des Flusses, das sie umspülte.

Sie fletschte die Zähne und umklammerte den kleinen Dolch, während sich der Bär zu ihr umdrehte. Erst jetzt wurde ihr klar, wie lächerlich sie aussehen musste – und wie dumm. Eine kleine Tiellanerin, die ein winziges Messer in der Hand hielt und einen riesigen Schneebären anbrüllte. Was hatte sie denn für eine Chance gegen diese Bestie?

Dann prallte Kali gegen das Tier und rammte ihr Schwert tief in sein Fell.

Der Bär schrie noch lauter, was sich völlig anders anhörte als sein Knurren, und wandte sich wütend seiner neuen Angreiferin zu. Aber er war jetzt verletzt. Der Bär schlug nach Kali, die auf ihrem Pferd behende auswich und in den Fluss ritt. Kali schlug wieder zu und bohrte die Klinge dieses Mal in den Hals des Tieres. Der Bär stöhnte und brach auf dem Boden zusammen.

»Bei Cantas Knochen«, stieß Kali keuchend aus, »so etwas Verrücktes habe ich ja noch nie gesehen. Du hast einen Schneebären angegriffen, Winter.«

Winter sah sie an. Ihr ganzer Körper zitterte plötzlich.

Kali grinste breit. »Ich habe es dir ja gesagt. Der zweite Kampf. Du bist nicht erstarrt. Du hast etwas unfassbar Dummes gemacht, aber du bist auch nicht einfach stehen geblieben. Und du hattest nicht einmal Frost genommen. Ich bin fast schon beeindruckt.«

Winter blickte an sich herab und stellte fest, dass sie mit Blut und Eis bedeckt war. Ihre Hände zitterten. Und dennoch … fühlte sie sich gut. Sie fühlte sich lebendig. Das Gefühl war ähnlich, wie auf Frost zu sein, wenn auch nicht annähernd so intensiv. Vielleicht hatte Kali ja recht und da war tatsächlich eine Stärke in ihr.

Unwillkürlich musste Winter lächeln.

Der Mann, den sie verfolgt hatten, war dem Schneebären ebenfalls begegnet, aber er hatte nicht so viel Glück gehabt wie sie. Winter und Kali fanden seine Überreste in der Bärenhöhle, die sie gleich hinter der nächsten Flussbiegung entdeckten.

»Dann haben wir ihn ganz umsonst bis hierher verfolgt?«, fragte Winter, der beim Anblick des vielen Blutes und der Eingeweide übel wurde.

»Nicht ganz«, widersprach Kali ihr. »Wir haben herausgefunden, dass du eine hervorragende Fährtenleserin bist. Und wir wissen jetzt, dass es um deinen Selbsterhaltungstrieb nicht besonders gut steht.« Kali starrte sie wütend an, und Winter errötete, aber da war auch ein Glitzern in Kalis Augen, das Stolz in Winters Brust aufsteigen ließ.

»Der Mann kann niemandem mehr sagen, wo wir uns gerade aufhalten, und das ist gut«, fuhr Kali fort. »Jetzt können wir uns mit den anderen auf der Straße treffen und haben nicht besonders viel Zeit verloren. Im Großen und Ganzen hat sich die Verfolgung gelohnt.«

Winter nickte und wandte den Blick von den Überresten des Mannes ab, um ihren eigenen zitternden Körper zu begutachten, der über und über mit Blut bedeckt war. Und wie es sich gelohnt hatte.

KAPITEL 21

Cantas Gnade, Navone

Es tut mir leid, Herr«, sagte der Wirt. »So lauten die Anweisungen der Heiligen Hexenjägerin. Niemand darf die Stadt verlassen, und alle Reisenden müssen in ihren Unterkünften bleiben, bis sie überprüft worden sind.«

Noth fluchte leise.

»So viel zu unserem Plan, dem Ärger aus dem Weg zu gehen«, murmelte Astrid hinter ihm.

»Hört mal«, sagte Noth zu dem Wirt und breitete die Arme aus, »ich bin nur ein Händler, der seinem Gewerbe nachgehen will. Mit der Denomination habe ich nichts zu tun, ich würde nur ihre Zeit vergeuden.«

Der Wirt kniff die Augen zusammen. »Das gilt für Euch ebenso wie für jeden anderen in Navone. Bleibt im Schankraum oder in Eurem Zimmer, wenn Euch das lieber ist. Die Söhne sind bereits hier.« Er musste nicht erst auf die Männer in Rüstungen zeigen, die an einem der Tische im Schankraum saßen, denn Noth hatte sie längst bemerkt. Die Söhne unterschieden sich von den Wachleuten oder Gardisten. Ihr Ruf eilte ihnen natürlich voraus, aber man konnte sie auch sofort an ihrer Haltung erkennen. Jeder Einzelne strahlte steifen Gehorsam und Ordnung aus.

»Es heißt, Mitglieder der Göttinnenwache wären

ebenfalls unter uns«, fügte der Wirt flüsternd hinzu. »Einige gehen von Haus zu Haus und befragen alle Einwohner. Sie werden die Ketzer schon ausfindig machen. Andere schnüffeln einfach herum. Sie spionieren, wollen wissen, ob es unter uns jemanden gibt, der die Ketzer unterstützt, und vergewissern sich, dass wir die Regeln befolgen. Jeder, der nicht von hier ist, könnte einer von denen sein, jeder Reisende, jeder … nun …«

Der Mann verstummte und starrte Noth an. Dann räusperte er sich und wandte den Blick ab. »Wie dem auch sei«, meinte er, »ich hoffe nur, dass sie diese Angelegenheit rasch regeln können. Die Ketzer bringen unsere schöne Stadt in Verruf. Lang lebe Cantas Heilige Denomination und alldas.« Der Mann machte sich sogar die Mühe, das Trigon zu schlagen, indem er sich mit Daumen, Zeige- und Mittelfinger erst an die Stirn und danach unter jedes Auge tippte.

Astrid kicherte, als sie sich abwandten. »Dass er ausgerechnet dich für eine Göttinnenwache hält. Die Leute in dieser Stadt haben wirklich den Verstand verloren. Was hat er denn gedacht, wer ich bin, etwa die verkleidete Hexenjägerin?«

Noth beachtete sie nicht, als sie sich vom Tresen entfernten und zu einem Fenster gingen, durch das man auf die schmale Gasse vor dem Haus hinausblicken konnte. Wenn er das Gesicht fest an das Glas presste, konnte er einen Blick auf eine der Hauptstraßen werfen, über die sie am Vorabend gegangen waren. Jetzt schien sie fast leer zu sein. Das waren keine guten Voraussetzungen für jemanden, der fliehen wollte. Jeder, der sich auf den Straßen aufhielt und nicht den Söhnen Cantas angehörte, würde auffallen wie ein bunter Hund.

Doch das war nicht das größte ihrer Probleme. Die

Sonne war an diesem Morgen klar und strahlend aufgegangen und stand an einem fast wolkenfreien Himmel. Der Schnee glitzerte auf den Dächern, und die Eiszapfen, die vor dem Fenster herunterhingen, begannen zu schmelzen.

Es war eine Sache, von einer Schwadron Söhne erwischt zu werden, aber eine ganz andere, von ihnen befragt oder gezwungen zu werden, dass Astrid bei Tageslicht ihre Kapuze zurückschlug. Das Mädchen konnte im Hellen nach Lust und Laune herumlaufen, solange sie ihre Haut schützte, was durch die Wolken, einen Umhang, ein Dach oder Ähnliches möglich war, aber direktes Sonnenlicht wäre verhängnisvoll. Zumindest hatte sie ihm das so erklärt, und Noth verspürte nicht die geringste Lust, das ausgerechnet heute auszuprobieren. Kurz fragte er sich, wie es sein musste, zu wissen, dass man nie wieder im Sonnenlicht stehen konnte.

Noth hatte noch immer nicht entschieden, was er mit dem Mädchen machen sollte. Aber eines stand fest: Er wollte nichts mit der Heiligen Hexenjägerin zu tun haben.

»Wir könnten Nebenstraßen nehmen und uns durch die Stadt schleichen«, schlug er vor, doch noch während er sprach, wusste er, dass dies nahezu unmöglich war. »Vielleicht schaffen wir es ja.«

»Und was dann?«, fragte Astrid. »Wir kommen bis zur Stadtmauer, springen drüber und haben unsere Freiheit zurück? So einfach ist es nie.«

Die Söhne würden natürlich an der Stadtmauer patrouillieren und vermutlich auch im Umland. Aber der Brief, den Noth am Vorabend erhalten hatte ... Wenn er diesen Hauptmann Rudak finden konnte, dann hatten sie vielleicht eine Chance.

»Keine Ahnung«, sagte Noth schließlich. »Ich habe

noch nicht so weit im Voraus geplant. Aber alles in allem könnten wir uns den Weg doch vielleicht sogar freikämpfen.«

Astrid lachte auf. »Ich bin ja durchaus für Spontaneität, Nomade, aber wir sind nicht unverwundbar. Wir können uns nicht aus allem heraushauen.«

Er zog die Augenbrauen hoch. »Seit wann bist du denn so sanftmütig?«

»Seit wann bist du derart auf Krawall gebürstet? Ich dachte, du willst so wenigen Leuten wie möglich schaden. Bist du endlich bereit, dich deiner wahren Natur zu stellen?« Sie grinste ihn an.

Er gab ihr keine Antwort und wandte sich wieder dem Fenster zu. Eigentlich wollte sich Noth seiner wahren Natur überhaupt nicht stellen, wie immer diese auch aussehen mochte. Die Träume waren schon schlimm genug, und das, was er in der Wirklichkeit getan hatte, war noch weitaus schlimmer. Und über die Tatsache, dass er das alles auch noch genoss, wollte er lieber gar nicht erst nachdenken.

»Warum warten wir nicht bis zum Einbruch der Nacht?«, schlug Astrid vor. »Dann finden wir besser Deckung, und falls es zum Kampf kommt, kann ich weitaus mehr helfen.«

»Ich weiß nicht, ob wir wirklich so lange warten können«, erwiderte Noth. »Die Göttinnenwache und die Hexenjägerin sind in der Stadt unterwegs. Wenn wir Pech haben, suchen sie noch heute dieses Gasthaus auf.« Er dachte kurz nach. »Aber wenn sie uns hier drin befragen, besteht zumindest keine unmittelbare Gefahr. Wir müssten uns wegen deines Umhangs keine Sorgen machen, und vielleicht kommen wir sogar mit unserer Geschichte durch.«

»Und was ist, wenn die Hexenjägerin persönlich hier auftaucht?«, fragte Astrid.

»Was soll dann sein?«

»Eine Heilige Hexenjägerin weiß Dinge. Sie kann in den Geist hineinblicken. Sie wird mich durchschauen. Bei der Unterwelt, vermutlich wird sie auch in deine Seele blicken, und deine Vergangenheit ist auch nicht gerade ohne.«

Noth starrte auf die Gasse hinaus. »Glaubst du das wirklich?«

Das Mädchen gab ihm keine Antwort, aber das war auch nicht weiter wichtig. Sie mussten hier weg, und sie würden alles tun, was in ihrer Macht stand, um dieses Ziel zu erreichen.

»Dann warten wir bis heute Abend.«

Astrid nickte. »Ist gut.«

Letzten Endes mussten Noth und Astrid nicht einmal bis zum Abend warten. Nachdem sie im Schankraum einige Partien Orlog gespielt hatten, wurde auf einmal die Tür des Gasthauses aufgerissen.

Eine Göttinnenwache, deren purpurfarbener Wappenrock weiß eingefasst war, kam herein. Normalerweise trugen Göttinnenwachen polierte und mit Gold verzierte Plattenpanzer, und dieser Mann bildete da keine Ausnahme. Die Söhne, die seit dem Morgen im Schankraum gesessen hatten, nahmen eine stramme Haltung an, während noch weitere Soldaten mit Barbutahelmen und Kettenhemden den Raum betraten. Insgesamt waren jetzt elf Bewaffnete da, einschließlich der Göttinnenwache.

»Guten Tag«, sagte die Göttinnenwache mit rauher,

heiserer Stimme. Er nahm seinen Helm ab, schob ihn sich unter einen Arm und hob die andere Hand hoch in die Luft. Im Schankraum herrschte schlagartig Totenstille. »Ihr müsst uns nicht fürchten«, sagte er. »Wir wurden aus einem besonderen Grund hergerufen. Wir leisten Cantas Arbeit und benötigen Eure Hilfe. Wir möchten mit Euch allen sprechen und werden eine Gruppe nach der anderen zu uns bitten. Die Söhne werden Euch helfen, eine Schlange zu bilden, und Ihr habt in Kürze alle die Gelegenheit, mit mir zu sprechen. Wenn Ihr mit uns zusammenarbeitet, haben wir das bald hinter uns.«

Der Mann nickte, und die Söhne traten vor ihn und brüllten Befehle. Langsam standen alle Gäste von ihren Stühlen auf und sahen sich unsicher um. Nach und nach gelang es den Söhnen, der Menschenmenge zu zeigen, wie sie sich in der Nähe des Tresens aufstellen sollten. Alle drängten sich aneinander und flüsterten. Von einer Göttinnenwache verhört zu werden, die im Auftrag einer Heiligen Hexenjägerin unterwegs war, so etwas erlebte man nun einmal nicht alle Tage. Viele schienen sogar aufgeregt zu sein. Warum auch nicht? Sie hatten schließlich nichts zu befürchten. Das galt für die meisten der Anwesenden, nur die Dämonen mussten sich Sorgen machen, dass sie möglicherweise den Kopf verlieren konnten.

Noth stand langsam auf. *Wenigstens bekommen wir es nicht direkt mit der Hexenjägerin zu tun,* dachte er, auch wenn er eigentlich gar nicht wusste, warum das besser sein sollte. Er glaubte nicht, was Astrid zuvor gesagt hatte. Niemand konnte in die Seele eines anderen blicken. Aber die Tatsache, dass er nur mit einer Göttinnenwache sprechen musste, war trotzdem eine Erleichterung.

Er legte eine Hand auf Astrids Schulter. »Dann bringen wir es am besten hinter uns, damit wir heute Abend aufbrechen können.«

Das Mädchen blickte zu ihm auf, und Noth bildete sich ein, Furcht in ihren Augen zu sehen. Er war sich jedoch nicht sicher, denn so schnell, wie die Angst aufgeflackert war, verschwand sie auch wieder. Sie nickte.

Also gingen sie zu den anderen Gästen an den Tresen. Einige von ihnen fürchteten sich offenkundig. Vielleicht waren es Diebe oder Ehebrecher. Noth konnte sich allerdings nicht vorstellen, dass die Hexenjägerin Zeit mit derart unwichtigen Vergehen vergeuden würde. Außerdem machte es sowieso den Anschein, dass die Denomination längst wusste, wer diese »Ketzer« waren – ebenso wie die ganze Stadt. Alle anderen Gäste sahen gelangweilt, ungeduldig oder sogar aufgeregt aus, aber niemand beschwerte sich. Insgesamt hatten sich siebenundzwanzig Menschen versammelt, dazu kamen noch die Söhne und die Göttinnenwache, die an einem Tisch saß und sich nacheinander mit allen beschäftigte.

Es dauerte gut eine Stunde, bis sie sich im vorderen Teil der Schlange befanden. Die Göttinnenwache ging sehr gründlich vor. Falls man vorhatte, die ganze Stadt auf diese Weise zu befragen, dann würde der Aufenthalt der Hexenjägerin hier Wochen dauern.

Als nur noch einige andere Gäste vor ihnen waren, ertönte ein Knall, und einige Söhne schleiften eine jammernde Frau mittleren Alters zur Tür. Plötzlich schrie die Frau auf, und alle Augen richteten sich auf sie.

»Das könnt ihr nicht machen!«, brüllte sie und sah sich wild um. »Ich bin eine gute cantische Gläubige! Ich gehe zur Kapelle, ich lehre Kinder die cantische Lehre. Ich habe nichts verbrochen!«

Die Göttinnenwache erhob sich. »Cantas Wille wurde

enthüllt«, erklärte er mit steinerner Stimme. »Die Hexenjägerin wird vor unserer Göttin über Eure Rechtschaffenheit entscheiden.«

Die Frau schrie weiter, während sie von den Söhnen nach draußen geschleift wurde, und dann fiel die Tür mit lautem Knall hinter ihnen ins Schloss. Das Geräusch hallte noch einen Augenblick durch den Raum, dann herrschte erneut Totenstille.

Danach begann das Flüstern. Zuerst leiser, dann immer lauter verlangten die Leute eine Erklärung für das, was gerade passiert war. Die Göttinnenwache ignorierte das Geflüster und setzte das Verhör fort. Die Söhne starrten die Menge mit harten Augen an und legten die Finger auf ihre Schwerter und Hellebarden.

Noth konnte spüren, dass die Menschen vor Furcht nur noch nervöser wurden. Schließlich verlangte jemand lautstark, zu erfahren, was eigentlich vor sich ging. Noth behielt die Göttinnenwache im Auge. Der Mann blickte auf, erhob sich, und seine Stimme übertönte alles.

»Ruhe!«, brüllte er. »In Cantas Namen, kehrt hier jetzt endlich Frieden ein? Oder sollen die Söhne einschreiten?«

Doch Noth wusste, dass es zu spät war. Die Göttinnenwache hätte früher reagieren müssen, jetzt war die Menge zu sehr aufgestachelt.

Vielleicht ist das unsere Chance, schoss es ihm durch den Kopf. *Das könnte unsere Gelegenheit zur Flucht sein.*

Da sah er aus dem Augenwinkel eine schnelle Bewegung. Ein junges Paar zwängte sich zwischen ihm und Astrid hindurch, stieß Astrid dabei auf den Boden und rannte zur Tür, die von zwei Söhnen bewacht wurde.

Sie kamen nie dort an.

Die Söhne an der Tür bewegten sich sehr schnell. Man hatte sie gut ausgebildet. Der erste Mann zog mit einer geschmeidigen Bewegung sein Schwert und hackte der Frau den Arm ab, während diese die Hand nach dem Türgriff ausstreckte. Dann drehte er das Schwert herum und stieß es ihr in die Brust. Der andere, der sich bisher auf eine lange Hellebarde gestützt hatte, stieß den Knauf seiner Waffe gegen die Füße des Mannes und brachte ihn so aus dem Gleichgewicht. Dann hob er die Waffe hoch in die Luft und rammte dem Mann die Klinge in die Kehle. Dabei trennte er ihm den Kopf nicht ganz ab, aber der Mann war dennoch augenblicklich tot, und die Blutlache breitete sich rasch auf dem Boden aus.

Jemand schrie auf, und Noth blickte auf Astrid herab, nur um festzustellen, dass sie gar nicht mehr neben ihm stand. Er spannte seine Muskeln an. Dann wurde ihm bewusst, dass die Menge gar nicht die Leichen anstarrte. Alle schauten auf den Boden und die Stelle in Noths Nähe, die vom Sonnenlicht erhellt wurde.

Zwischen dem hellen Fleck und der Wand kauerte eine kleine Gestalt. Rauchschwaden stiegen von ihrem Körper auf, während sie weiter in den Schatten kroch.

Astrid.

»Verdammt«, murmelte Noth.

»Vampir!«, schrie die Göttinnenwache.

Noth stürzte auf das Mädchen zu. Er hatte seinen Stab nicht dabei, aber einen kleinen Dolch in seiner Kleidung verborgen. Damit würde er auskommen müssen, bis er eine bessere Waffe fand. Die Schreckensschreie der Menge und die Befehle, die die Göttinnenwache den Söhnen lautstark erteilte, hallten durch den Raum.

Erneut stieß Noth einen leisen Fluch aus.

»Geht es dir gut?«, fragte er, als er bei Astrid ankam.

Sie sah nicht aus, als wäre sie schwer verwundet, aber die Haut der Hand, die sie nach ihm ausstreckte, war grau verfärbt und qualmte noch immer. Noth atmete erleichtert auf. Es hätte schlimmer kommen können.

Dann drehte sie sich zu ihm um, und er keuchte auf. Ihre komplette rechte Gesichtshälfte war von schwarzer, kochender Haut bedeckt. Das Fleisch hing in dicken, rosafarbenen und grauen Streifen herab und sah ekelerregend aus. Noths Hand zitterte, als er ihr beim Aufstehen half. Sie blickte zu ihm auf, ein Auge grün und leicht leuchtend, das andere eine verbrannte, blutige Wunde, in deren Tiefe nur noch der Hauch eines Glühens vorhanden war.

»Die Schlampe hat mich ins verdammte Sonnenlicht geschubst«, keuchte sie. »Ich habe die Schnauze voll. Lass uns ein paar Leute umbringen.«

Schon stürzte sie los.

Noth wandte sich gerade noch rechtzeitig um, um einen Sohn zu bemerken, der mit gezückter Hellebarde auf ihn losging. Er wich dem Schlag des Mannes aus, zog mit einer Hand seinen Dolch und packte mit der anderen den Schaft der Hellebarde, um den Schwung des Mannes gegen ihn einzusetzen und sein eigenes Gewicht noch mit in den Angriff zu legen. Der Mann stolperte über seine eigene Waffe, und Noth hieb ihm den Dolch in die Kehle.

Es war so leicht. Noth hasste es, dass es ihm so leichtfiel. Er hasste es und genoss es gleichzeitig so sehr.

Dann steckte er den Dolch wieder in die Scheide und griff nach der Hellebarde. Sie war zwar nicht mit seinem Stab zu vergleichen, würde aber vorerst reichen. Er wirbelte die Waffe probeweise herum, um ein Gefühl dafür zu bekommen.

»Lasst niemanden raus!«, rief die Göttinnenwache. »Besetzt die Türen!«

Noth sah sich um. Der Großteil der Menschen war entweder nach oben gelaufen oder hockte in einer Ecke des Schankraumes. Einige versuchten noch, nach draußen zu gelangen, aber die Söhne versperrten ihnen den Weg. In der Nähe des Tresens kämpften die Göttinnenwache und wenigstens vier Söhne mit etwas, das einem kreischenden Wirbel glich, und es machte nicht den Anschein, als würden sie gewinnen.

Noth hätte Astrid gern beim Kämpfen zugesehen. Selbst bei Tageslicht schienen sich alle um sie herum nur im Schneckentempo zu bewegen. Doch stattdessen schwang er seine Hellebarde, traf einen der Söhne damit in den Rücken und spürte, wie die Klinge die Rüstung durchdrang und sich tief in das Rückgrat des Mannes bohrte.

Es bereitete ihm eine ungemeine Freude, zu töten.

Drei Soldaten starrten ihn an. Dann nur noch zwei. Astrid war auf den dritten zugerast, hatte seinen Kopf gepackt und ihn herumgedreht, so dass er jetzt in die falsche Richtung zeigte, während der Mann auf den Boden sackte.

Noth trat auf die beiden Söhne zu und drehte die Hellebarde in seinen Händen. Er spürte ein kurzes Hochgefühl, als die Männer vorrückten und langsam auseinanderwichen, um ihn von beiden Seiten anzugreifen.

Er parierte den Angriff des einen problemlos und bewegte sich gleichzeitig aus der Reichweite des anderen. Dann blockte er einen weiteren Schlag ab und rammte den Knauf seiner Waffe, einen langen Metallspeer, nach hinten. Sofort spürte er, wie er in Fleisch drang. Im nächsten Augenblick riss der die Waffe wieder nach vorn und rollte sich auf dem Boden ab, um einem weiteren Angriff des ersten Sohnes auszuweichen, dem er dann mit der Hellebarde gegen den Schädel schlug. Der Schaft der Waffe zertrümmerte den Helm des Mannes, dem Blut über das Gesicht spritzte. Noth machte einen Schritt nach hinten, hielt die Hellebarde am äußersten Rand des Griffes fest und schwang sie, als wolle er einen Baum fällen. Dabei schoss ihm ein stechender Schmerz durch die verletzte Schulter, aber die Waffe bohrte sich seitlich in den Kopf des Mannes. Blut und Gehirnmasse ergossen sich auf den Boden.

Noth riss die Hellebarde mit einem Ruck aus dem Kopf des Mannes, aber die Klinge war noch immer von dessen Blut bedeckt. Nachdem Noth die Waffe geschüttelt hatte, drehte er sich um und näherte sich Astrid, die jetzt rückwärts auf das Fenster zuging, vor dem ihre wahre Natur zum Vorschein gekommen war. Die Göttinnenwache machte einen weiten Bogen um sie herum, während zwei Söhne vor ihr standen. Sie schaltete einen von ihnen aus, indem sie ihre Faust wie einen Hammer in das Gesicht des Mannes hieb.

Dann wurden die Türen des Schankraumes aufgerissen, und zehn weitere Söhne Cantas kamen herein, angeführt von einer weiteren Göttinnenwache.

Noth fluchte. Damit standen ihre Chancen deutlich schlechter.

Astrid drehte sich zu ihren neuen Feinden um. Noth stürzte sich auf den letzten Sohn, der in Astrids Nähe stand, und hieb ihm die Spitze der Hellebarde in den Rücken.

Die Göttinnenwache wandte sich Noth zu. Die schwere Rüstung machte den Mann langsamer, aber er war sichtlich daran gewöhnt. Er schwang in der einen Hand ein glänzendes Langschwert und hatte in der anderen einen rechteckigen, gebogenen Schild, auf den die Trinacrya graviert war.

Noth hielt die Hellebarde locker in der Hand und ging auf den Mann zu. Es brachte nichts, die Waffe wie zuvor prahlerisch kreisen zu lassen, denn der Mann würde sich davon nicht beeindrucken lassen und Noth seine Energie nur unnötig vergeuden – er hatte so das Gefühl, dass er seine Kraft noch brauchen würde.

Die Göttinnenwache griff zuerst an und stach mit dem Langschwert zu. Noth parierte den Angriff, doch der Mann brachte ihn mit seinem Schild beinahe aus dem Gleichgewicht. Noth erholte sich schnell und wich aus, wobei seine Muskeln schmerzten, als er sich unter einem weiteren Schlag hindurchduckte und dann erneut aufsprang, um den Mann zu attackieren. Die Göttinnenwache blockte auch diesen Angriff mühelos ab.

Die Hellebarde war in einem solchen Nahkampf nicht zu gebrauchen. Noth musste es auf andere Weise versuchen. Wieder wirbelte er herum und versuchte, hinter seinen Gegner zu gelangen. Er parierte einen weiteren Schwertschlag und griff an, wobei er die Göttinnenwache gegen die Wand presste und dem Mann den Schaft der Hellebarde gegen die Kehle drückte. Das Schwert prügelte von der einen Seite auf Noth ein und der schwere Schild von der anderen, so dass sich Noth gezwungen sah, den Würgegriff aufzugeben und die wilden Schläge zu parieren, aber der Schild traf ihn dennoch an der Hüfte. Die Göttinnenwache stürzte zur Seite, fand das Gleichgewicht wieder und riss den Schild hoch.

Noth machte einen Schritt nach hinten und schwang die Hellebarde mit aller Kraft. Die Waffe traf klirrend auf den Schild, und Noth holte erneut aus. Als er die Hellebarde ein drittes Mal schwang, richtete er den Schlag im letzten Augenblick gegen die Beine seines Gegners, doch er traf nur erneut den Schild, den sein Gegner in letzter Sekunde nach unten riss.

Keuchend und schwer atmend stand Noth da. Seine Hände schmerzten. Sein Gegner war trotz der Rüstung schnell. Doch sein Blutdurst war entfacht. Dieser Kampf konnte nur auf eine einzige Weise enden.

Noth grinste. Die Göttinnenwache sah ihn mit leerer Miene an und reagierte nicht.

Blitzschnell zog Noth den Dolch aus seinem Gürtel, zielte damit auf das Auge seines Gegners und schleuderte ihn.

Der Schild wurde rasch angehoben, und Noth stürzte vor. Der Mann sah Noth näher kommen, aber es war zu spät. Noth schwang die Hellebarde, die die Füße des Mannes traf und ihn zu Fall brachte, und dann ließ er die Klinge auf seinen Gegner herabfallen. Der Schild blockte den Schlag zwar ab, doch es lag so viel Kraft darin, dass der Soldat rücklings zu Boden geschleudert wurde.

Noth rammte ihm die Spitze der Hellebarde in die Brust, die Rüstung und Fleisch durchbohrte und im Boden darunter stecken blieb.

Gerade noch rechtzeitig drehte sich Noth wieder um und stellte fest, dass zwei Schwerter auf seine Brust gerichtet waren.

Zwei Söhne, deren Augen unter ihren Helmen zu brennen schienen, starrten ihn an. Hinter ihnen konnte er die restlichen Söhne und die andere Göttinnenwache erkennen.

Astrid lag neben ihnen auf dem Boden.

Noth ging nicht davon aus, dass sie tot war, ein solcher Kampf hätte nicht einmal annähernd ausgereicht, um sie zu töten. Aber die Söhne legten das Mädchen gerade in Ketten.

»Keine Sorge, der Dämon ist noch am Leben«, sagte die Göttinnenwache. Seine Stimme klang völlig anders als die des Mannes, den Noth gerade getötet hatte, denn sie war hoch und arrogant. Der Mann hatte außerdem einen Akzent, der Noth vage bekannt vorkam, und schien aus einer Adelsfamilie zu stammen.

»Ihr müsst ihretwegen keine schlaflosen Nächte verbringen, da sie jetzt in unserem Gewahrsam ist. Aber ich habe mir sagen lassen, dass es um Schlaf ohnehin schlecht bestellt ist, wenn man tot ist.« Der Mann nickte den Söhnen zu, die Noth bewachten. »Erledigt es schnell.« Die Göttinnenwache beobachtete, wie einige Soldaten Astrid erst in Ketten und dann in einen schweren, dicken Umhang wickelte. »Ihre Gnaden wird sich gewiss sehr für unsere Entdeckung interessieren.«

Er verließ den Schankraum, und drei Söhne zerrten das in Ketten verschnürte Bündel hinter sich her. Noth sah die beiden Männer an, die ihre Schwertspitzen gegen seine Brust drückten. Sein Dolch war fort, ebenso die Hellebarde. Er hatte nichts, womit er den Schlag eines Schwerts parieren konnte.

Da bewegte sich hinter den Söhnen eine Gestalt. Mit einem lauten Krachen brach einer der Söhne auf dem Boden zusammen, und kleine Holzstücke flogen durch die Luft.

Der andere Soldat starrte seinen Gefährten mit weit aufgerissenen Augen an. Noth nutzte die Gelegenheit sofort, um das Schwert zur Seite zu schieben und dem Mann die Handfläche gegen die Nase zu rammen. Er umklammerte die Schwerthand seines Gegners und rammte ihm den anderen Arm auf den Ellbogen, den er nach hinten drückte, so dass er mit lautem Knacken brach. Der Mann schrie kurz auf, doch da drückte Noth ihm auch schon eine Hand auf den Mund. Er griff mit der anderen hinter den Helm des Sohnes und brach ihm mit einer schnellen Bewegung das Genick.

Noth machte einen Schritt nach hinten. Hinter den toten Söhnen von Canta stand ein alter Mann mit sehr wenigen Haaren und einer Brille. Er hielt die Überreste eines zerbrochenen Stuhls in der Hand.

»Das war meine Frau, die sie mitgenommen haben«, sagte der Mann mit überraschend tiefer Stimme. »Ich weiß nicht, wer das war, mit dem Ihr da gekämpft habt, und bei Canta, ich will es auch gar nicht wissen, aber Ihr scheint ein fähiger Bursche zu sein und werdet mir helfen. Habt Ihr verstanden?«

Noth sah den Mann eine Weile an und nickte dann. Er brauchte einen Verbündeten, und dieser Mann schien ihm dafür so gut geeignet zu sein wie jeder andere.

»Mein Name ist Olan«, stellte sich der alte Mann vor und streckte den linken Arm aus. Noth ergriff ihn. Olan war erstaunlich stark, obwohl er eher wie ein Bücherwurm aussah.

»Noth. Wir müssen von hier verschwinden, bevor die Söhne zurückkehren.« Er deutete auf die Leichen. »Sie werden es merken, wenn diese beiden hier nicht wieder auftauchen.«

Der Mann nickte und ließ den zerschmetterten Stuhl fallen. Er sah sich zu den Leuten um, die sich in einer Ecke des Raumes verkrochen hatten.

»Denen können wir nicht mehr helfen«, sagte Noth. »Ich hole schnell mein Bündel, dann können wir von hier verschwinden.«

Noth rannte die Treppe hinauf und stellte fest, dass

seine Hände zitterten. Er musste nachdenken, was er wegen Astrid unternehmen sollte. Und er wollte auf keinen Fall daran denken, was er beim Töten dieser Männer gespürt hatte. Irgendwie schien es in letzter Zeit immer mehr zu geben, an das er lieber nicht denken wollte.

Olan putzte seine Brille, als Noth mit seinem und Astrids Rucksack wieder die Treppe heruntergerannt kam. Er reichte dem Mann einen davon.

»Wir haben viel zu tun.«

»Und ich weiß auch schon, wo wir anfangen«, erwiderte Olan.

Noth sah ihm in die Augen und fragte sich kurz, ob er diesem Mann trauen konnte. Aber Vertrauen schien in seinem Leben Mangelware zu sein, und Noth dachte, dass er eigentlich auch gar keine andere Wahl hatte.

KAPITEL 22

Das kann nicht dein Ernst sein«, sagte Cinzia und starrte Jane entsetzt an. Sie hatte in den letzten Tagen schon sehr viele verrückte Dinge gehört, aber das hier setzte dem Ganzen die Krone auf.

»Das muss ich aber tun. Ich habe es gesehen.«

»Das ist Selbstmord«, beharrte Cinzia. Jane hatte sich bereits von den anderen Familienmitgliedern verabschiedet, und Cinzia lief ihr jetzt durch die Gasse, die hinter ihrem Haus verlief, hinterher. Sie trugen beide Umhänge mit Kapuze, und Cinzia blickte sich immer wieder um. Auf den Straßen patrouillierten die Söhne Cantas. Kovac wartete hinter der Tür, um sie im Notfall zu schützen.

»Das ist kein Selbstmord, sondern Cantas Wille. Sie leitet mich jetzt. Und du musst vorbereitet sein …«

Jane sprach nicht weiter. Cinzia konnte ihr nicht in die Augen sehen. Sie konnte einfach nicht glauben, dass ihre Schwester auch nur darüber nachdachte, so etwas zu tun. Eigentlich hatte Cinzia gehofft, mit der Zeit einen größeren Einfluss auf ihre Familie ausüben zu können, um sie davon zu überzeugen, wie verrückt das alles war, aber die Dinge glitten ihr immer mehr aus den Händen.

»Worauf muss ich mich vorbereiten?«, hakte sie nach.

»Cantas Plan ist größer als ich, wichtiger als unsere Familie. Was immer auch passiert, es geschieht zum Wohle aller. Was immer auch aus mir wird, es wird das Beste sein.«

»Wie kannst du das wissen? Wie kannst du hier stehen und mir sagen, dass du dich aufgrund einer Vision – die du meines Erachtens nach nicht einmal richtig verstehst – stellen willst? Wie soll das unserer Familie helfen? Wie soll Canta das zugutekommen?«

»Das weiß ich nicht«, erwiderte Jane. »Aber ich vertraue darauf, dass es irgendjemand weiß, und das reicht mir.«

Cinzia wusste nicht, was sie darauf erwidern sollte. Sie wollte Jane gern sagen, dass sie Canta ebenfalls vertraute, aber dass es schien, als hätten sie ihre Leben zwei völlig unterschiedlichen Göttinnen gewidmet. Eigentlich war Cinzia des Streitens überdrüssig, und sie wusste auch, dass ihre Schwester die Entscheidung längst gefällt hatte.

Dann umarmte Jane sie. Der unerwartete Körperkontakt erinnerte Cinzia wieder daran, wie sie als Kinder gewesen waren. Damals hatten sie jede Nacht Seite an Seite geschlafen, Schulter an Schulter, Hüfte an Hüfte.

»Ich liebe dich, Jane«, murmelte Cinzia schließlich.

»Ich liebe dich auch, Cinzi«, flüsterte Jane.

»Das ist nicht fair«, meinte Cinzia. »Ich bin gerade erst zurückgekehrt und du gehst.«

»Canta wird mich beschützen«, erklärte Jane und ließ ihre Schwester los. »Und … Cantas Plan geht über den Tod hinaus. Das weiß ich jetzt. Du wirst es eines Tages ebenfalls wissen. Pass gut auf unsere Familie auf, Schwesterherz.«

»Sie werden dich einsperren«, sagte Cinzia, als Jane sich von ihr löste.

Cinzia stand da wie erstarrt, während ihre Schwester sie auf beide Wangen küsste.

»Möge Canta dich auf deinem Weg geleiten.« Mit diesen Worten drehte sich Jane um und ging in Richtung Hauptstraße davon.

»Dich auch, Jane«, flüsterte Cinzia. Sie stand noch lange Zeit da und starrte die von der Sonne beschienene Stelle auf der Straße an, an der sie Jane das letzte Mal gesehen hatte.

»Canta«, sagte sie dann leise, »was soll ich jetzt tun?«

Sie bekam keine Antwort.

»Es ist etwas passiert«, teilte Eward ihr mit, als sie zurück ins Haus kam. »Mutter und Vater möchten mit dir reden.«

Cinzia folgte ihm durch das Haus und hinunter in den Keller. Sie stieg die Holztreppe hinab, und die Stufen knarrten bei jedem ihrer Schritte. Eward hielt eine kleine Laterne in der Hand, deren gelber Lichtschein die Dunkelheit nicht weit zurückdrängen konnte. Der muffige Gestank traf sie unverhofft und erinnerte sie an jungen Wein und Schimmel.

Sobald Jane ihnen von der bevorstehenden Ankunft der Hexenjägerin und ihrem Wunsch, sich zu stellen, erzählt hatte, war die Familie in einen verborgenen Teil der unterirdischen Räume umgezogen, die man nur durch einen Tunnel im Keller betreten konnte. Hier hatte man zur Zeit der tiellanischen Sklaverei Tiellaner versteckt, die aus Roden geflohen waren.

Als Kind hatte sich Cinzia oft mit Jane hier unten versteckt, sehr zum Missfallen ihres Vaters. Jetzt konnte Cinzia kaum glauben, dass das schon so lange Zeit her sein sollte.

»Mir gefällt ihr Entschluss auch nicht«, sagte Eward, dem Cinzias Besorgnis nicht entgangen war. »Hab Vertrauen, Schwester. Canta lenkt jetzt ihr Geschick.«

Cinzia erwiderte nichts. Sie war sich nicht sicher, ob sie noch mehr über den »Glauben« ihres Bruders oder ihrer Schwester erfahren wollte.

Eward trat vor das Weinfass, hinter dem sich der Durchgang verbarg. Er griff hinter einen Wandleuchter, zog an einem Hebel, und das große Fass rollte zur Seite und gab einen schmalen Eingang frei. Der Mechanismus war überaus beeindruckend und bestand aus einem komplizierten System zahlreicher Flaschenzüge und Zahnräder, die das Fass mit Leichtigkeit bewegten. Sobald sie den Tunnel betreten hatten, legte man einen anderen Hebel um und das Fass wurde wieder an seinen Platz zurückgerollt.

»Was ist denn passiert?«, fragte Cinzia nervös. Sie war sich nicht sicher, ob sie es wirklich wissen wollte.

»Das musst du mit eigenen Augen sehen«, erwiderte er, als sie das Ende des Tunnels erreichten, wo er eine Tür öffnete, hinter der die von Menschenhand geschaffene Höhle lag. Sie war so gut wie leer, bis auf ein paar Stühle, behelfsmäßige Betten mit Decken darauf, einige Lebensmittel und Wasser, etwas Kleidung und ein paar Gegenstände aus dem Haus, von denen sie sich nicht hatten trennen wollen.

In einer Ecke saßen die jüngeren Oden-Kinder im Kreis, lachten und spielten miteinander. Sie hatten den Umzug an diesen seltsamen Ort erstaunlich gut verkraftet. Cinzia beneidete sie. Selbst Ader schien die Lage besser im Griff zu haben als sie.

Ihre Eltern standen zusammen mit zwei Männern mitten im Raum. Cinzia erkannte einen davon als Olan Cawthon wieder, der früher in den Diensten ihrer Familie gestanden hatte. Er und seine Frau Nara gehörten zu den wenigen Dienstboten, die in der Stadt geblieben waren, nachdem die Odens derart in Verruf geraten waren, dass die Bekanntschaft mit ihnen ausreichte, um einen in Gefahr zu bringen. Außerdem gehörten sie einer kleinen Gruppe an, die von Janes Visionen wusste und ihre Schwester unterstützte. Aber wo war Nara? Cinzia wusste, dass die beiden vorgehabt hatten, die Stadt zu verlassen, bevor die Hexenjägerin hier eintraf.

Anscheinend war ihnen das nicht gelungen.

Den anderen Mann kannte Cinzia nicht. Er schien auf jede nur erdenkliche Weise durchschnittlich zu sein. Seine Größe, sein Körperbau und seine Haarfarbe waren ebenso wenig besonders wie seine unscheinbaren braunen Augen. Ein kurzer Bart bedeckte sein kantiges Kinn.

Cinzia hatte als Priesterin in Cantas Denomination schon sehr vielen Menschen in die Augen gesehen. Es war die Pflicht der Gläubigen, wenigstens zwei Mal im Jahr ihre Sünden in der Beichthalle zu gestehen, und zwar zu Penetensar und am Tag der Weihe. Sie konnte schon nicht mehr zählen, wie viele Beichten sie abgenommen hatte, aber mit der Zeit hatte sie gelernt, in den Augen jener, die vor ihr knieten, gewisse Anzeichen wiederzuerkennen. Marga Soln hatte all ihre fünf Kinder verloren, und man konnte ihr ihren Schmerz deutlich ansehen. Als Cinzia Alck und Scira Hones Hochzeitszeremonie leitete, hatten deren Augen vor Glück gestrahlt. In den Augen von Cinzias Matrone, die beaufsichtigte, wie Cinzia die Gemeinde leitete, hatten sich Stolz und Macht widergespiegelt.

Aber als Cinzia jetzt in die Augen dieses Mannes blickte, erinnerte sie sich an einen anderen. Es war nach der Mitternachtsandacht der Vergebung an Penetensar passiert. Er war mindestens angetrunken gewesen, aber Cinzia hatte ihm dennoch gestattet, die Beichte abzulegen.

Wenn er nur unter Alkoholeinfluss dazu in der Lage war, wie konnte sie ihm das dann vorwerfen? Cinzia erinnerte sich nicht mehr gut an den jungen Mann, aber seine Augen … Seine Augen waren klar und grün gewesen, und darin hatten weder Freude, Leidenschaft noch Schmerz gelegen. Sie waren einfach leer gewesen.

Dieser Mann hier hatte auch solche Augen. Cinzia erschauderte. Darin war absolut nichts zu erkennen. Es hätten genauso gut die Augen eines Toten sein können.

»Cinzia, das ist Noth«, sagte ihr Vater. »Er und Olan hatten heute Morgen ein paar Probleme in einem Gasthaus.«

»Nara wurde verhaftet«, berichtete Olan leise. »Zusammen mit einer … einer Freundin von Noth. Wir haben uns den Weg nach draußen freigekämpft, und ich habe ihn hergebracht, damit wir einen Trupp zusammenstellen und sie befreien können.«

Cinzia sah Olan in die Augen. »Das tut mir sehr leid«, sagte sie. Sie kannte Olan schon ihr Leben lang.

Keiner von ihnen musste erwähnen, was denen passieren konnte, die von einer Hexenjägerin gefasst wurden. Sie alle hatten die Gerüchte gehört, und Cinzia kannte einen Teil der Wahrheit.

Olan sah sie durch seine Brillengläser hindurch an, und sein rundliches Gesicht wirkte ungewöhnlich hart. Sein Vater stammte aus Maven Kol, das im Süden lag, daher hatte Olan etwas dunklere Haut, als man es im nördlichen Khale kannte, die außerdem leicht golden schimmerte.

»Sie ist am Leben«, sagte er. »Noch. Bis morgen die Exekutionen stattfinden.«

»Was?« Cinzias Herz schlug wild gegen ihre Rippen, als wollte es aus ihrem Brustkorb herausspringen. Ihre

Gedanken überschlugen sich. Exekutionen? Jane würde gewiss unter denen sein, die dieses Schicksal erwartete. Canta, oder mit wem auch immer Jane zu kommunizieren glaubte, hatte ihr gesagt, sie solle sich stellen, nur damit sie am nächsten Tag hingerichtet werden konnte? Das ergab doch keinen Sinn. Cinzia hatte auf einmal den Geschmack von Galle im Mund, der sie an schal gewordenen Essig erinnerte. Warum ließ Canta so etwas zu? Anfänglich hatte sie das alles für eine Prüfung gehalten, aber jetzt wusste sie nicht mehr, was es war.

Da hatte Cinzia eine Eingebung.

»Wir müssen sie retten«, sagte sie.

Alle starrten sie an. Doch sie wurde immer selbstsicherer, sie war überzeugt davon, dass Janes Visionen nur das bedeuten konnten.

»Jane sagte, es wäre Cantas Wille, dass sie sich der Hexenjägerin ausliefert. Ich kann mir nicht vorstellen, dass sie sterben wollte. Was ist, wenn wir das Mittel sind, mit dem ihr die Flucht gelingen kann? Vielleicht ist das für uns ja nur eine Prüfung.«

Cinzia wurde immer aufgeregter. Endlich konnte sie etwas tun. Natürlich war die Vorstellung, dass Canta Jane zu ihrer eigenen Hinrichtung schickte, nur damit ihre Familie sie retten konnte, völlig absurd, und Cinzia glaubte auch nicht daran. Aber wenn sie ihre Familie davon überzeugen konnte, dann konnten sie endlich etwas unternehmen.

»Wir haben darüber gesprochen, ob es möglich ist, sie zu retten, Priesterin«, schaltete sich Kovac ein. »Aber das wird nicht leicht. Eine ganze Einheit Söhne ist zu ihrer Bewachung abgestellt, zusammen mit wenigstens zehn Göttinnenwachen.«

»Wir werden sie retten«, erklärte Olan, dessen Stimme

ruhig und gefasst klang. »Ich werde Nara befreien. Ich lasse nicht zu, dass sie hingerichtet wird. Notfalls versuche ich es auch allein, aber ich werde sie nicht im Stich lassen.«

Cinzia nickte. *Gut,* dachte sie. Es würde ihr leichter fallen, ihre Familie zum Eingreifen zu bewegen, wenn Olan bereits entschlossen war. Möglicherweise war Jane noch nicht verloren.

Kovac starrte die beiden Neuankömmlinge an. Auf einmal empfand Cinzia große Dankbarkeit für ihre Göttinnenwache. Erleichterung traf es nicht annähernd, als sie daran dachte, wie froh sie war, dass Kovac sich entschlossen hatte, bei ihr in Navone zu bleiben. Aber sie hatte auch schon immer vermutet, dass er nicht aus geistlicher Hingabe entschieden hatte, ihre Göttinnenwache zu werden, sondern weil er sie beschützen wollte.

»Dann müssen wir bald etwas unternehmen«, sagte der andere Mann. Noth. Bisher hatte er geschwiegen. Er hatte einen seltsamen Akzent, der fast schon tiellanisch klang, und zog jede Silbe in die Länge. Noth sah Cinzia mit seinen toten Augen an, und sie griff unwillkürlich nach der Trinacrya, die sie an einer Kette um den Hals trug.

»Wer ist diese Freundin, die verhaftet worden ist?«, wollte sie wissen.

Zum ersten Mal überhaupt sah Cinzia das Aufflackern von … irgendetwas in seinen Augen. Einen Funken Leben.

»Sie ist keine Freundin«, erwiderte er. »Sie ist meine Tochter.«

»Bei der aufsteigenden Canta«, flüsterte Cinzia. Sie hatte ja gewusst, dass Hexenjägerinnen unerbittlich vorgingen, aber damit hatte sie dann doch nicht gerechnet. »Wie alt?«

Noth räusperte sich, bevor er antwortete. »Neun Sommer.«

»Warum haben sie sie mitgenommen?«, überlegte Cinzia laut. »Was kann eine Hexenjägerin denn von einem Kind wollen?«

Sie bemerkte aus dem Augenwinkel, dass Olan von einem Fuß auf den anderen trat. *Sie erzählen uns nicht alles.*

»Das wissen wir nicht«, behauptete Noth. »Aber ich werde sie da rausholen.«

»Wir dürfen nur in einer kleinen Gruppe losziehen«, warf Kovac ein. »Möglicherweise wäre es am besten, wenn nur wir beide gehen.« Er deutete auf sich und Noth.

»Ich werde mitkommen«, stellte Olan klar.

»Ich könnte Euch auch begleiten«, sagte Eward. Cinzia drehte sich überrascht um. Sie hatte fast vergessen, dass er da war. »Es geht schließlich um Jane«, fügte er hinzu und sah sie nacheinander an. »Es geht um Jane«, wiederholte er.

»Du gehst nicht mit, Eward«, schaltete sich Ehram ein, der neben seinen Sohn trat. »Wir brauchen dich hier.«

Cinzia drehte sich zu Kovac um, der Noth einen Blick zuwarf. Zwischen den beiden schien eine Verbindung zu bestehen. Auch wenn sie wegen Noth Bedenken hatte, beruhigte sie das. Sie mochte Noth nicht trauen, da sie ihn nicht kannte, aber sie vertraute Kovac.

»Wir wären zu viele«, stellte Kovac fest. »Man würde uns aufhalten, bevor wir richtig angefangen haben. Noth und ich sind die Einzigen mit Kampferfahrung, also gehen wir allein.«

»Ich komme mit«, beharrte Olan, »ob es Euch nun gefällt oder nicht. Es geht um meine Frau, um Cantas willen.«

Wieder sahen Kovac und Noth sich kurz an, und schließlich nickte Noth.

»Seid ihr sicher, dass das richtig ist?«, fragte Cinzias Vater leise. »Jane sagte, es sei Cantas Wille, dass sie sich stellt. Würde Canta sie dann nicht vor Unheil bewahren? Was ist, wenn wir ihren Plan auf irgendeine Weise zunichtemachen?«

Cinzia schüttelte den Kopf. »Falls es Cantas Plan ist, Jane auszuliefern, dann nur durch uns.«

Ihr Vater sah sie an und schien hin- und hergerissen zu sein. Cinzia wurde klar, dass er tatsächlich an Jane glaubte. Das hatte sie zwar schon gewusst, da er es ihr gesagt hatte, aber erst in diesem Augenblick konnte sie es wirklich glauben. Er war ehrlich davon überzeugt, dass diese betrügerische Göttin seine Tochter retten würde.

Cinzia wusste auch, dass er sich nichts sehnlicher wünschte, als dass Jane unversehrt in den Schoß der Familie zurückkehrte. Ehram musste innerlich völlig zerrissen sein.

»Wir müssen das tun, Vater«, erklärte sie ihm. »Wir sind Cantas beste Waffen. Wir sind Janes einzige Hoffnung.«

»Wie du meinst.« Ehram wandte sich wieder an Eward. »Kovac hat recht, mein Junge, mit dir wären es zu viele. Schon jetzt ist eines meiner Kinder in den Händen der Hexenjägerin, und ich möchte nicht noch eins an sie verlieren.«

»Dieser Gefahr wirst du ins Auge blicken müssen«, stellte Cinzia fest. »Ich bin Priesterin und habe die besten Chancen von uns allen, in die Nähe der Gefangenen zu gelangen.« Sie sah Kovac an. »Ihr wisst, dass ich recht habe.«

Er nickte.

Eward war noch nicht überzeugt. »Vater«, begann er, aber Ehram schnitt ihm das Wort ab.

»Nein, mein Junge. Du bleibst hier bei uns. Wir brauchen noch immer jemanden, der uns beschützt.«

Eward blickte zu Boden. »Ja, Vater.«

»Gut«, sagte Kovac. »Fangen wir an.« Aufregung erfasste Cinzia, endlich konnte sie etwas tun. Und sie konnten es schaffen. Sie konnten Jane retten, ebenso wie Nara und Noths Tochter. Wenn Jane erst wieder zu Hause war, würde Cinzia dieser Sache auf den Grund gehen. Sie würde ihre Schwester nicht an diesen Schatten verlieren, oder was auch immer sie in dieses Unglück hineingezogen hatte.

Dann hörte sie zu, während Kovac ihnen seinen Plan erläuterte.

Später in dieser Nacht näherten sich Cinzia, Kovac, Noth und Olan der Versammlungshalle. Die Heilige Hexenjägerin hatte das Gebäude bis auf weiteres übernommen, was Cinzia merkwürdig fand. Die cantische Denomination zog es im Allgemeinen vor, Distanz zu Regierungsangelegenheiten zu halten. Drei Mitglieder der Hohen Kamarilla hatten einen ständigen Sitz im kleinen Rat von Khale, was die Sache erschwerte, aber eigentlich erwartete man von der Denomination, dass diese Trennung respektiert wurde. Cinzia war davon ausgegangen, dass die Hexenjägerin in Ocrestias Kathedrale oder einer der Kapellen in Navone absteigen würde.

»Wer ist da?«, rief eine Stimme, als sie näher kamen. Zwei Söhne bewachten die hohen Eingangstüren des Gebäudes.

»Schwester Alla Shethon aus Triah«, antwortete Cinzia. Sie hatten sich für falsche Namen entschieden, falls die Hexenjägerin bereits wusste, dass Jane eine Schwester bei der Geistlichkeit hatte. Sollte das tatsächlich schon bekannt sein, wäre ihre ganze Mission ohnehin zum Scheitern verurteilt. Cinzia wischte sich die schweißnassen Handflächen an ihrem Kleid ab.

»Ich habe Gefangene für die Heilige Hexenjägerin dabei und biete meine Dienste bei der Säuberung dieser Stadt an.«

Die Söhne musterten sie und Kovac und danach auch Noth und Olan, die gefesselt hinter ihnen standen.

»In Ordnung, Priesterin«, sagte einer der beiden. »Tretet ein und meldet Euch bei Laurent.«

Cinzia lächelte ihn an. »Danke für Eure Dienste«, sagte sie. Die Söhne öffneten die großen Eichentüren, und einer ging hinein, um sie anzukündigen. Sobald die Türen ganz geöffnet waren, traten Cinzia und ihr Gefolge ein.

Die Versammlungshalle war weitaus mehr als nur ein riesiger Saal, in dem sich der Stadtrat zusammenfand. Hier gab es auch mehrere Räume für Sitzungen sowie ein Dutzend Kammern, in denen die Regierungsmitglieder arbeiteten. Cinzia lief einen Gang entlang auf einen großgewachsenen blonden Mann zu, der in die Rüstung der Göttinnenwache gekleidet war und sie erwartete. Der Sohn, der sie begrüßt hatte, stand neben ihm.

»Priesterin Alla?«, fragte der Mann. Er war attraktiv und hatte markante Gesichtszüge.

Cinzia nickte.

»Ich bin Laurent, die Göttinnenwache Ihrer Gnade. Sie wird Euch in Kürze empfangen.« Er sah an Cinzia vorbei zu Noth und Olan. »Gad und die anderen werden

Eure Gefangenen bewachen. Wir übernehmen sie jetzt. Was haben sie verbrochen, wenn mir die Frage erlaubt ist?«

Cinzia wappnete sich. »Das muss ich leider mit der Heiligen Hexenjägerin persönlich besprechen«, erwiderte sie und legte so viel Autorität in ihre Stimme, wie sie nur aufbringen konnte.

Laurent sah sie an, und Cinzia glaubte schon, dass er damit nicht einverstanden wäre. Doch dann nickte er und bedeutete dem Sohn Gad, dass er vortreten möge. Gad packte Noth und Olan an den Armen.

Cinzia warf den beiden noch einen Blick zu, bevor sie durch den Gang gezerrt wurden. Olan erwiderte ihren Blick entschlossen. Noth sah sie nicht an.

»Bitte begleitet mich, Priesterin«, bat Laurent sie.

»Kommt, Fernac«, sagte Cinzia zu Kovac.

»Es tut mir sehr leid, Priesterin, aber die Hexenjägerin möchte Euch zuerst unter vier Augen sprechen«, erklärte Laurent. »Eure Göttinnenwache kann bei meinen Männern warten, bis Ihr zurückkehrt.«

Cinzia sah Kovac an, der nur nickte.

»In Ordnung. Bitte zeigt mir den Weg«, bat sie.

Sie folgte dem blonden Mann über eine Holztreppe in den ersten Stock und durch einen Flur bis zum Quartier des Magistrats. Die Göttinnenwache klopfte an die Tür, und eine Stimme antwortete.

»Kommt herein, Laurent. Bitte stellt mich der Priesterin vor, die so bereitwillig unserer Sache dienen möchte.«

Laurent öffnete die Tür und bedeutete Cinzia, dass sie eintreten möge. Hinter einem großen Schreibtisch stand eine Frau und erwartete sie. Es war nicht die, mit der Cinzia gerechnet hatte.

»Nayome?«, fragte Cinzia.

Die Frau lächelte sie an. »Schwester Cinzia«, sagte sie. »Willkommen. Ich habe dich schon erwartet.«

Cinzia starrte die Frau an, die sie sehr gut kannte. Nayome Hinek war im cantischen Seminar zwei Jahrgänge über Cinzia gewesen, und sie hatten sich nahegestanden … früher zumindest.

Nayome war sehr klein, noch kleiner als Cinzia, und ihr blondes Haar war hoch auf ihrem Kopf zu einem strengen Dutt gebunden. Sie trug die für die oberen Ränge der Geistlichkeit übliche Kleidung aus feiner Seide, die sich durch die dunkelrote und cremeweiße Farbe auszeichnete, und ihre Trinacrya bestand aus Platten aus reinem Gold und Silber, die in den Stoff ihres Kleides eingewebt worden waren.

»Bei der aufsteigenden Göttin«, flüsterte Cinzia. »Was in Cantas Namen machst du denn hier?«

Nayomes Lächeln verblasste kurz, kehrte aber schnell zurück. »Ich weiß unsere Freundschaft zu schätzen, Schwester, aber ich wäre dir doch sehr verbunden, wenn du dich an die traditionellen Höflichkeitsformen halten würdest, so wie es angemessen ist.«

Cinzia schnappte nach Luft. »Aber natürlich, Euer Gnaden. Ich wollte nicht …«

Nayome winkte ab. »Ist schon gut. Wenn es nach mir ginge, wären derartige Formalitäten überflüssig, aber die Hohe Kamarilla besteht natürlich darauf, daher müssen wir uns auch daran halten.«

Cinzias Gedanken rasten. Nayome kannte sie und wusste, dass sie Cinzia war. Natürlich war sie auch darüber informiert, dass Cinzia aus Navone stammte und eine Schwester namens Jane hatte.

Es war vorbei. Ihr Plan würde scheitern. Seltsamerweise empfand sie weder Panik noch Trauer, und sie fürchtete sich in diesem Augenblick auch nicht. Dabei war ihr doch klar, dass jetzt alles verloren war.

»Du bist überrascht«, sagte Nayome und ging um den Schreibtisch herum auf Cinzia zu. »Aber natürlich, wie sollte es auch anders sein? Ich bin schließlich die jüngste Heilige Hexenjägerin seit Jahrzehnten.«

Cinzia runzelte die Stirn. Eines hatte sie an Nayome nie besonders gemocht, und das war ihre Arroganz. Anscheinend hatte sie sie noch immer nicht abgelegt.

»Aber das ist noch nicht alles, nicht wahr?«, fuhr Nayome fort. »Du hattest nicht damit gerechnet, einer Bekannten zu begegnen. Hast du geglaubt, du triffst auf jemanden, den du zum Narren halten kannst?«

Obwohl ihr Gegenüber kleiner war als sie, kam sich Cinzia in ihrer Gegenwart fast schon winzig vor. Der Mantel der Heiligen Hexenjägerin hatte Nayome verändert.

»Mach dir keine Sorgen, Cinzia, ich bin nicht wütend auf dich. Der falsche Name, den du uns genannt hast, die Lügen, die du uns aufgetischt hast, all das ist verständlich. Sogar verzeihbar. Es geht schließlich um deine Familie. Deine eigene Schwester. Wer würde für seine Schwester denn nicht alles riskieren?« Nayome kniff die Augen zusammen. »Aber du bist schwer zu durchschauen, das muss ich schon sagen. Das haben deine Schwester und du gemeinsam. Sehr interessant.«

Cinzia hatte die Gerüchte gehört: Selbst innerhalb der Denomination galten die Heiligen Hexenjägerinnen als andersartig. Sie waren mit Cantas Macht der Einsicht gesegnet. Aber der Pfad der Inquisition war der geheimnisvollste der drei Pfade der Denomination, daher konnte niemand genau sagen, welche Gerüchte nun einen wahren Kern hatten und welche nicht.

»Was hast du mit ihr vor?«, fragte Cinzia. Sie fürchtete sich nicht, was sie ein wenig irritierte. Nayome hatte sie und Jane vollkommen in der Hand.

Nayome seufzte. »Mit deiner Schwester? Sie ist eine Ketzerin, das darfst du nicht vergessen. Sie hat gestanden, und noch dazu aus freien Stücken. Gebete, Visionen, Enthüllungen. Und soweit ich es erkennen konnte, waren ihre Worte aufrichtig.«

Cinzia nickte und sah zu Boden. »Sie glaubt wirklich daran, dass Canta zu ihr spricht.«

»Was nur zwei Schlussfolgerungen zulässt: Entweder ist sie völlig verrückt geworden, oder hier sind dunklere Dinge am Werk. Etwas, das sogar meinen Horizont weit übersteigt. Und deshalb«, Nayome machte einen Schritt auf Cinzia zu, so dass sie jetzt direkt vor ihr stand, »habt ihr großes Glück.«

»Was meinst du damit?«, wollte Cinzia wissen und sah ihr in die Augen. Sie hatte keine Hoffnung mehr, denn sie war besiegt und wusste es. Dennoch hatten Nayomes Worte ihre Neugier geweckt.

»Als recht neue Heilige Hexenjägerin muss ich mein Urteilsvermögen unter Beweis stellen, daher finden morgen die Exekutionen statt. Man muss in Navone verstehen, dass Ketzerei schnelle und ernsthafte Konsequenzen nach sich zieht. Und dennoch … Wir vom Pfad der Inquisition können noch viel von deiner Schwester lernen, ebenso wie die gesamte Denomination. Daher kann ich die Exekution deiner Schwester leider nicht mit reinem Gewissen anordnen.«

Cinzia kniff die Augen zusammen. »Was hast du stattdessen mit ihr vor?«

»Dummerweise können wir nicht einfach jemanden an ihrer statt hinrichten«, sagte Nayome und runzelte leicht die Stirn. »Deine Schwester ist hier viel zu bekannt.«

Das hohle Gefühl, das sich in Cinzia ausgebreitet hatte, wurde kurz von Wut durchbrochen. Wie konnte Nayome derart leichtfertig darüber reden, dass sie jemanden hinrichten lassen wollte, noch dazu jemanden, der möglicherweise unschuldig war – selbst wenn Jane dadurch gerettet würde?

»Daher bleibt uns nur eine einzige Möglichkeit«, fuhr Nayome fort. »Wir müssen den Tod deiner Schwester vortäuschen und sie dann mit uns nach Triah nehmen.«

Cinzia schüttelte den Kopf. »Ich verstehe nicht ...«

»Das musst du auch nicht, Kind. Ich erzähle dir das nur, damit du aufhörst, dich einzumischen. Deine Schwester wird morgen nicht sterben. Wir haben leider keine Wahl und müssen die Frau hinrichten, die Laurent gestern gefunden hat, da sie lebend keinen Wert für uns besitzt. Dasselbe gilt für die beiden Gefangenen, die du uns heute Abend gebracht hast. Deine Schwester und der Vampir begleiten uns jedoch nach Triah, wo wir sie ausgiebig verhören können.«

Cinzia blinzelte. *Der Vampir?* Sie wusste nicht, dass Nayome in Navone einen Vampir gefunden hatte. Eigentlich war sie bisher sogar davon überzeugt gewesen, dass es so etwas wie Vampire überhaupt nicht gab.

Als sie an Jane dachte, flackerte Cinzias Zorn erneut auf. Nara, Olan und Noth mussten sterben. Nayome würde Jane retten, aber nur, damit sie sie nach Triah bringen konnte. Eine Heilige Hexenjägerin nahm nur aus einem einzigen Grund Gefangene: weil sie sich von ihnen Informationen erhoffte. Und eine Heilige Hexenjägerin war ein hochrangiges Mitglied des Pfades der Inquisition und würde somit vor nichts zurückschrecken, um an diese Informationen heranzukommen.

»Du wirst morgen neben mir stehen«, verlangte Nayome und sah Cinzia an, »und deine Schwester denunzieren. Du musst dir um sie keine Sorgen machen. Wir haben einen Harnisch, den sie tragen kann, damit die Schlinge sie nicht tötet. Ihr wird nichts geschehen. Danach begleitet ihr uns beide nach Triah, wo du uns bei unseren Nachforschungen helfen wirst.«

Cinzia senkte den Kopf und hoffte, so demütig zu wirken. Aber das leere Gefühl in ihrem Inneren war verschwunden. Jetzt herrschte dort nichts als Zorn. Das alles – Folter, Tod, Betrug – war nicht Teil ihres Glaubens. Sie glaubte an Canta, und sie glaubte an die Denomination, aber das alles hier hatte damit nichts zu tun.

Sie würde am kommenden Tag neben Nayome stehen, aber sie würde nicht das tun, was diese von ihr verlangte.

Stattdessen würde Cinzia eine vollkommen andere Entscheidung treffen.

KAPITEL 23

Noth rieb sich die Handgelenke und blickte auf die beiden bewusstlosen Söhne hinab, den Mann namens Gab und den anderen, der sich ihnen auf dem Weg hinunter angeschlossen hatte. Es war ihm sehr leichtgefallen, die beiden auszuschalten, da Kovac Noths Fesseln nicht wirklich fest gebunden hatte.

Als Noth Olan musterte, fragte er sich, was der Mann jetzt wohl von ihm denken mochte. Die Gewalt, zu der Noth fähig war, erschreckte die meisten Menschen. Doch Olan schien nicht besonders beeindruckt zu sein.

Er macht sich Sorgen um seine Frau, rief sich Noth ins Gedächtnis. *Momentan gehen ihm wichtigere Dinge im Kopf herum.*

Sie fesselten die Söhne und zogen sie aus dem Gang in eine Kammer, deren Tür sie verriegelten. Noth ließ die Fackel, die er Gad abgenommen hatte, auf den Boden fallen und trat sie aus.

»Was macht Ihr denn?«, zischte Olan.

»Unsere Augen werden sich anpassen. Mit einer Fackel fallen wir viel zu sehr auf.«

Der Mann grunzte. »Glaubt Ihr, die anderen werden hier unten festgehalten?«, fragte er. »Wir könnten versuchen, sie zu finden, um Kovac die Mühe zu ersparen.«

Noth holte tief Luft. »Es ist einen Versuch wert«, erwiderte er. »Aber ich bezweifle, dass sie hier unten sind.

Wir können uns umsehen, aber wir verlassen den Keller nicht, bevor Kovac zu uns gestoßen ist.« Der Plan, sich auf die Priesterin und ihre Göttinnenwache zu verlassen, gefiel Noth nicht besonders. Sie schienen zwar durchaus fähig zu sein, und die Priesterin war überdies noch sehr hübsch, doch das hatte nicht viel zu bedeuten. Auch fähige Leute taten immer wieder schlimme Dinge, und dasselbe galt für gutaussehende.

»An wie vielen Türen sind wir vorbeigekommen?«, wollte Olan wissen.

»An sieben.«

Wieder grunzte der Mann. »Wie habt Ihr sie alle sehen können? Ich habe gerade mal drei gezählt.«

Noth wusste selbst nicht, wie er dazu in der Lage gewesen war, aber er war sich ganz sicher, dass es sieben Türen gewesen waren, und er wusste auch ganz genau, wo sie sich befanden. Doch da er Olan das nicht schlüssig erklären konnte, hielt er lieber den Mund.

Sie gingen den Weg zurück, den sie gekommen waren, tasteten sich mit den Händen an der Wand entlang, bis sich ihre Augen an die Lichtverhältnisse gewöhnt hatten. Einige Schritte von der Kammer entfernt, in die sie die Söhne von Canta eingesperrt hatten, stießen sie auf die erste Tür. Noth klopfte leise, aber es antwortete niemand. Er versuchte es mit den Schlüsseln, die sie den Männern abgenommen hatte, bis er schließlich den richtigen fand. Als er die Tür vorsichtig aufschob, stellte er fest, dass sich darin nur ein Tisch und einige leere Regale befanden.

Hinter den nächsten Türen erwartete sie ein ähnliches Bild. Da waren nur leere Kammern. Noth begann sich schon zu fragen, wohin man sie hier eigentlich gebracht hatte. Irgendetwas stimmte nicht, das spürte er. Er hatte geglaubt, dass sie auf Gefangene stoßen würden – aber vermutlich nicht Astrid, die bestimmt in einem echten Kerker eingesperrt war. Die Sonne war vor etwa einer Stunde untergegangen, daher musste ihr jetzt ihre ganze Kraft zur Verfügung stehen. Noth konnte sich nicht vorstellen, wie sie sie festhalten würden, und er wollte es auch gar nicht. Aber er hatte gehofft, wenigstens Jane und Olans Frau hier zu finden. Jane ... Das Mädchen, das er auf dem Ringplatz kennengelernt hatte. Noth hatte zwar vermutet, dass sie mit den Ketzern in Verbindung stand, aber er hätte sie nie für die Anführerin gehalten.

»Es sollten doch zumindest irgendwelche Gefangenen hier sein«, flüsterte Olan, dem anscheinend dasselbe durch den Kopf ging wie Noth. »Warum schickt man uns denn sonst hier runter?«

»Wir warten noch bis zum Ende der Stunde«, erwiderte Noth. Er konnte Olans Frage nicht beantworten, und Kovac hatte gesagt, dass er versuchen würde, innerhalb der ersten Stunde nach ihrer Ankunft zu ihnen zu gelangen. Das Überprüfen der Kammern hatte gerade einmal eine halbe Stunde gedauert. Jetzt konnten sie ruhig noch ein wenig warten. Es war nie eine gute Idee, einen Plan zu ändern, wenn nicht alle Beteiligten davon wussten. So etwas konnte dazu führen, dass eine Mission in einem Desaster endete. Das wusste Noth aus Erfahrung.

Er schüttelte den Kopf. *Aus Erfahrung?* Das war doch lächerlich. Er erinnerte sich an nichts, was Pläne, Missionen oder Veränderungen derselben betraf.

»Na gut«, murmelte Olan, aber Noth hörte dem Mann an, dass ihm diese Entscheidung nicht passte. *Mir gefällt das auch nicht,* dachte er. *Aber daran lässt sich jetzt nichts ändern.*

Sie warteten in einer kleinen Kammer neben dem Korridor, die der Treppe zum Erdgeschoss am nächsten war. Auf einmal hörten sie ein Geräusch. Sie hockten sich hin und sahen durch den Türrahmen in Richtung Treppe, auf der ein schwaches orangefarbenes Leuchten zu sehen war, das begleitet von schweren Schritten immer näher kam. Ein Mann in der Rüstung einer Göttinnenwache tauchte am Fuß der Treppe auf, eine Fackel in der Hand. Sofort spürte Noth ein nagendes Gefühl in der Magengrube. Etwas war schiefgelaufen. Diese Göttinnenwache war nicht Kovac. Es war der blonde Laurent, der Cinzia nach ihrer Ankunft zur Hexenjägerin geführt hatte.

Hinter ihm kamen zwei weitere Göttinnenwachen die Stufen herunter, von denen Noth einen wieder erkannte. Er hatte Astrid an diesem Morgen mitgenommen. Außerdem waren da zehn Söhne, die mit Armbrüsten bewaffnet waren. Noths Magen zog sich noch weiter zusammen. Ihre Mission war vorbei. Wenn Kovac und Cinzia aufgeflogen waren, dann hatten er und Olan nicht die geringste Chance.

»Kommt heraus und zeigt Euch, Männer.« Laurent schwenkte die Fackel hin und her und sah sich auf dem Gang um. »Eure Freunde sind nicht hier unten, wie Ihr inzwischen vermutlich längst herausgefunden habt.«

Bevor Noth ihn aufhalten konnte, sprang Olan aus ihrem Versteck und stürzte sich auf die Göttinnenwache, wobei er etwas Unverständliches schrie. Der Schrei verwandelte sich rasch in einen Schmerzenslaut, als der Bolzen einer Armbrust seine rechte Schulter traf. Olan stürzte zu Boden, und schon rannten drei Söhne auf ihn zu und hielten ihn fest. Er stöhnte, als sie ihn fesselten.

»Das war nicht besonders klug«, murmelte Laurent. Er blickte auf und fügte lauter hinzu: »Ich weiß, dass da noch einer ist. Am besten zeigt Ihr Euch gleich, bevor Ihr auch so endet wie Euer Gefährte. Oder Schlimmeres erleidet. Man weiß ja nie.«

Noth hob die Hände über den Kopf und trat langsam auf den Gang hinaus. Er wusste nicht, was schiefgelaufen war, aber jetzt konnte er nichts mehr dagegen tun.

»Ah«, sagte Laurent, »da seid Ihr ja. Wie nett von Euch, dass Ihr Euch friedlich ergebt.«

»Den Mann kenne ich, Herr«, sagte eine Stimme, die Noth schon einmal gehört hatte. Es war der Mann, der Astrid gefangen genommen hatte. »Er war heute Morgen im Gasthaus, als wir den Vampir festgenommen haben. Er hat wenigstens fünf Söhne und dazu noch Tyrik ermordet und war fast so zäh wie der Vampir, Herr.«

»Verstehe.« Laurent musterte Noth. »Tja, macht Euch keine Sorgen, Ihr seid bald wieder mit der Furie vereint. Vielleicht exekutiert man euch sogar zusammen, dann hättet Ihr etwas, auf das Ihr Euch freuen könnt.« Er grinste.

Drei weitere Söhne stürmten auf Noth zu, packten grob seine Hände und fesselten sie. Er fragte sich kurz, ob die Priesterin sie verraten hatte, aber ihm war nicht klar, welchen Vorteil sie sich daraus erhoffen sollte. Eigentlich war es auch unwichtig. Was geschehen war, war geschehen. Noth spürte, wie das letzte Fünkchen Hoffnung in seinem Inneren zerstob wie Rauch in einer eisigen Böe. Er hatte völlig umsonst versucht, Astrid zu retten. Er war vergebens hergekommen. So viele Leute würden für nichts ihr Leben lassen.

Und er hatte Winter für nichts und wieder nichts verlassen.

KAPITEL 24

Nash blickte zum Horizont, hinter dem langsam die Sonne versank. Es war ein klarer Tag gewesen, aber nun zogen Wolken auf. Es würde bald wieder schneien.

Sie waren in Navone angekommen. Noch immer hatten sie keinen Hinweis auf Lathe gefunden, aber die Gerüchte, die sie unterwegs auf der Straße aufgeschnappt hatten, schienen sich als wahr zu erweisen: In Navone hielt sich eine Heilige Hexenjägerin auf. Die Söhne von Canta, die das Tor bewachten, waren ein eindeutiger Beweis dafür.

»Nash, nimm Elsi und Lian mit und sichere die Pferde. Dann such uns ein Gasthaus. Winter und ich sehen uns so lange um.«

Nash runzelte die Stirn. Kali verbrachte neuerdings sehr viel Zeit mit Winter. Das Mädchen konnte zwar viel von ihr lernen, dennoch machte es Nash nervös, auch wenn er nicht genau wusste, warum.

»Wie wäre es, wenn ich mich mit Winter umsehe?«, schlug Nash vor und sah die Tiellanerin an. »Ich wollte ihr ohnehin noch mehr über ihren Leerstein erzählen.« Winter sah ihm zwar in die Augen, aber er wurde aus ihrer Miene nicht schlau. Er log nicht, aber eigentlich gab es keinen Grund, gerade jetzt noch einmal mit Winter über den Stein zu sprechen.

Kali starrte Nash wütend an, doch er gab nicht nach. Er wusste, dass sie nur ungern Zeit mit Lian verbrachte, da die beiden einander nicht ausstehen konnten. Dass Kali Winters Gesellschaft vorzog, war jedoch seltsam. Noch vor wenigen Wochen wäre sie jedem Kontakt mit einem Tiellaner aus dem Weg gegangen.

Aber alles hatte sich geändert. Winter war die Vorbotin.

»In Ordnung«, murmelte Kali. »Wir treffen uns dann auf dem Ringplatz.« Sie bedeutete Lian und Elsi, mitzukommen, und die drei führten ihre Pferde weg.

Nash ging mehrere Minuten lang schweigend neben Winter durch die Straßen von Navone.

»Warum wolltet Ihr, dass ich Euch begleite?«, fragte Winter nach einiger Zeit. Sie wirkte abwesend, und ihre dunklen Augen schienen die Stadt um sie herum nicht wirklich wahrzunehmen.

Nash spannte sich an. Er war ihr keine Erklärung schuldig. Eigentlich konnte er sich sein Unbehagen nicht einmal selbst erklären, was sollte er ihr dann sagen?

»Ihr traut ihr nicht, habe ich recht?«

Nash schüttelte den Kopf. »Das ist es nicht.« Winter war sehr aufmerksam, dachte er, noch während er die Worte aussprach. Möglicherweise war es ein besonderes Talent der Vorbotin, oder die Frau war einfach nur sehr scharfsinnig.

»Kali und ich … Wir kennen uns schon lange«, sagte er dann. »Wir verstehen einander.«

»Aber jetzt versteht Ihr sie nicht mehr.«

Nash seufzte. »Ich denke einfach, dass du zu viel Zeit mit ihr verbringst, das ist alles. Ich mache mir Sorgen.«

»Um mich?«

»Ja. Und um Kali. Und damit eigentlich auch um mich.«

»Aber es gibt keinen Grund, sich …«

»Diese Unterhaltung ist beendet«, unterbrach Nash sie scharf. Vielleicht etwas zu scharf. Er hatte ihr ohnehin schon mehr anvertraut, als er vorgehabt hatte.

Winter zuckte mit den Schultern. »Auch gut.«

Sie gingen schweigend weiter. Nash bemerkte, dass Winters rechte Hand immer wieder zu dem Beutel wanderte, der an ihrem dünnen Ledergürtel befestigt war. Unter dem Umhang trug sie noch immer ihr tiellanisches Kleid. Die Kleidung, die Kali für sie ausgesucht hatte, schien ihr offenbar nicht zu gefallen.

In dem Beutel befand sich das Faltira, das er ihr nach dem Angriff gegeben hatte. Nash wollte sie schon danach fragen, als Winter das Schweigen brach.

»Der Frost, den Ihr mir gegeben habt«, begann sie, »der, den ich während des Angriffs genommen habe … Er war stark. Viel stärker als alles, was ich bisher genommen habe.«

Nash nickte. »Die Dosen, die wir dir jeden Abend geben, sind sehr gering im Vergleich zu dem, was ein vollentwickelter Potenzieller nehmen würde. Der Frost, den du beim Angriff genommen hast, entsprach eher dieser Dosierung.«

»Was ist mit dem Frost, den ich jetzt bei mir trage?«

»Das ist eine ganze Dosis.«

»Aber dieser Frostkristall ist nicht länger als die, die Ihr mir normalerweise gebt«, stellte Winter fest. »Wie kommt es dann, dass er mächtiger ist?«

»Er hat eine höhere Konzentration«, erläuterte Nash. »Für die Herstellung von Faltira benötigt man Erfahrung und Wissen. Viele Amateure versuchen, Frost zu erschaffen, und verkaufen auf den Straßen verwässerte oder verunreinigte Versionen davon. Aber nur ein wahrer Alchemist kann ein reines Produkt herstellen.«

»Mir war gar nicht bewusst, dass dieser Prozess derart kompliziert ist.«

»Er ist kompliziert, unbeständig und gefährlich.«

Winter schwieg einen Augenblick und schien über seine Antwort nachzudenken.

»Wo habt Ihr es her?«, fragte sie schließlich.

Nash antwortete ihr nicht sofort. Er hatte gewusst, dass diese Frage früher oder später aufkommen würde. Es war wichtig, dass sich jeder Psimant, ob er nun ein Potenzieller oder ein Aktual war, selbst versorgen konnte. Dass er wusste, wie er auf einer Mission jederzeit seine volle Leistung bringen konnte. Aber unerfahrene Potenzielle waren anfällig. Wenn man ihnen zu viel Kontrolle über die Dosis gab, dann konnte sie das zerstören.

Er empfand ein gewisses Verantwortungsgefühl für Winter. Zwar wusste er nicht, ob er sie in die Hände eines anderen Nazaniin übergeben musste, wenn sie schließlich in Triah eintrafen, und er war sich auch nicht sicher, ob er das jetzt schon wissen wollte. Gut, sie war die Vorbotin, also besaß sie vermutlich große Macht. Aber es bestand immer das Risiko, dass jemand diese Macht ausnutzen wollte, und je größer die Macht war, desto weiter waren manche bereit, dafür zu gehen.

Nash musste an Kali denken und dass sie so viel Zeit mit Winter verbrachte. Kali würde ihre Pflicht erfüllen, so viel stand fest. Sie war niemand, der andere ausbeutete, zumindest nicht aus eigenem Antrieb heraus. Aber wenn ihre Pflicht es verlangte …

Auf einmal verstand Nash. Für Kali war Winter nur eine Mission. Sie würde tun, was von ihr verlangt wurde, was immer ihr andere auftrugen. Die Nebenwirkungen ihres Handelns waren ihr dabei völlig egal.

Das konnte Nash jedoch nicht zulassen. Dazu war die Vorbotin viel zu wichtig. Jemand musste sie lehren, sie unter seine Fittiche nehmen. Jemand musste sie beschützen, bis sie selbst dazu in der Lage war.

»Das reinste Faltira kommt aus unseren eigenen Anlagen«, erklärte Nash mit neu gewonnener Entschlossenheit. »Wo es von den besten Alchemisten hergestellt wird. In einigen Städten gibt es verfälschte Formen der Droge, die ebenso beliebt sind wie Held oder Teufelsstaub. Man bekommt es in letzter Zeit bei so gut wie jedem Drogenhändler, aber es ist teuer. Und die Verkäufer sind sehr vorsichtig.«

»Warum?«

Nash knurrte. »Weil wir nicht besonders glücklich sind, wenn wir jemanden erwischen, der Frost verkauft. Und es gibt keine Verwarnung.«

»Aber man kann es einfach … auf der Straße kaufen?«

»Es ist gefährlich, aber im Notfall durchaus möglich. Faltira von der Straße ist jedoch oft instabil. Es kann einen krank machen oder Schlimmeres mit dem Körper anstellen. Und die Händler verkaufen nicht an jeden. Normalerweise muss man ihnen ein Codewort nennen. Sagt man ihnen beispielsweise, dass man etwas sucht, das einen ›brennen‹ lässt, oder etwas, das einen ›abkühlt‹, dann wissen sie meist Bescheid.«

Winter nickte und sah wieder nachdenklich auf den Weg vor sich. Neugier war gut. Sie war eine wichtige Eigenschaft bei einem Psimanten, denn Neugier zeigte einem oft neue Wege auf, wie die psimantischen Fähigkeiten eingesetzt werden konnten.

Wieder berührte Winter den Beutel an ihrem Gürtel.

»Dann ist das eine ganze Dosis?«

»Mehr oder weniger. Jeder Psimant ist anders. Eine ganze Dosis für dich könnte für jemand anderen eine Überdosis sein und umgekehrt. Aber das, was du bei dir trägst, entspricht einer normalen Menge.«

»Und je stärker die Dosis ist, desto mächtiger sind die Fähigkeiten?«

»Nicht unbedingt«, korrigierte Nash sie. »Die Kräfte jedes Potenziellen sind beschränkt, und mit der maximalen Dosis erreicht er seine Grenzen, über die er nicht hinausgehen kann, wie viel Frost er auch nimmt. Allerdings nehmen Potenzielle nur selten die ganze Menge Frost. Derart viel Macht kann ... das Urteilsvermögen trüben.«

»Was passiert mit einem, wenn man mehr als die maximale Dosis nimmt?«

»Dann ist die Urteilskraft definitiv getrübt. Eigentlich hängt es immer vom jeweiligen Potenziellen ab, es sei denn, man nimmt eine ausgesprochen hohe Dosis zu sich. Die Kräfte eines Potenziellen lassen sich jenseits der maximalen Dosierung noch geringfügig steigern, aber dieser geringe Mehrwert ist das Risiko bei weitem nicht wert. Es ist schon einige Male vorgekommen, dass Potenzielle bei dem Versuch, zu viel Frost zu nehmen, ihr Leben verloren haben.«

»Wie bei einer Held-Überdosis?«

Nash nickte. Winter schien zumindest ein wenig über die auf der Straße erhältlichen Rauschmittel zu wissen. Eine Überdosis Held oder Teufelsstaub überforderte den Körper, so dass das Herz stehenblieb und die Lunge nicht mehr arbeitete.

»So in etwa«, bestätigte Nash. »Der Körper des Potenziellen stumpft im Grunde immer mehr ab, während die

Gier nach Frost weiter steigt. Je mehr man nimmt, desto weniger spürt man und umso mehr will man. Irgendwann kann der Körper einfach nicht mehr mithalten.«

Winter erschauderte. Nash erinnerte sich daran, wie er sich einmal gefragt hatte, warum jemand mehr als eine Dosis Faltira nehmen wollen würde. Aber dann hatte er die Krankenstation unter der Zitadelle in Triah gesehen und es verstanden. Diese Leute waren bereit gewesen, alles zu tun – wirklich alles –, um noch eine Dosis zu bekommen, oder wenigstens so viel wie möglich. Wenn man derart verzweifelt war, dann war man für logische Erklärungen nicht mehr empfänglich.

Auf einmal spürte Nash ein leises Ziehen in seinem Kopf, das sich anfühlte, als würde jemand das Ende seiner Tendra packen und kräftig daran zupfen.

Kali rief ihn über den Voker.

Nash griff in seine Manteltasche und holte seinen Leerstein heraus. Der Stein glühte in schwachem rotem Licht.

»Was ist …«

Nash hob eine Hand und umfing mit der anderen den Leerstein, während er eine Tendra in das Artefakt schickte. Im nächsten Augenblick war er auch schon mit Kali verbunden.

Was ist? Er stellte die Frage in seinem Geist, und Winter konnte sie nicht hören. Nur Kali würde seine Worte verstehen, wo immer sie sich auch befand.

Ihr müsst beide zum Ringplatz kommen. Sofort.

In Ordnung. Nash kannte diesen Tonfall, der bei Kali bedeutete, dass er keine Gegenfrage stellen durfte.

»Wir müssen uns mit den anderen treffen«, sagte er zu Winter. »Irgendetwas stimmt nicht. Ich werde dir deine Fragen zu gegebener Zeit beantworten. Es gibt noch vieles, was ich dir sagen muss. Aber vorerst musst du mir vertrauen.« Er sah Winter in die Augen. »Vertraust du mir?«

Winter zögerte, nickte dann aber.

Sie ist eine gute Lügnerin, schoss es Nash durch den Kopf.

KAPITEL 25

Winter horchte auf. Sie nahm ein leises Murmeln wahr, das aus nördlicher Richtung zu kommen schien. Es klang, als hätte sich eine Menschenmenge im Stadtzentrum von Navone versammelt. Als sie zusammen mit Nash um eine Straßenecke bog, wurde das Geräusch lauter.

Am Ende der Straße standen so viele Menschen, dass sie eine Wand vor ihnen bildeten. Das Stimmengewirr, das die Luft erfüllte, klang nervös und aufgeregt.

Nash hatte Winter gebeten, ihre Fragen für später aufzuheben, und das würde sie tun, auch wenn sie sehr viele hatte. Winter mochte Nash. Er war nett zu ihr. Außerdem hatte er etwas an sich, das ihr Vertrauen weckte, was sie von Kali nicht behaupten konnte. Zwar hatte sie nichts gegen Kali, doch das hatte andere Gründe. Nash und Kali waren beide nützlich für sie.

Zwei Wachen standen am Rand der Menge. Es schien sie nicht zu interessieren, wer kam oder ging, da sie wie alle anderen nur auf die Mitte des Platzes starrten. Als sie näher herangingen, sah Winter, dass sich dort ein großer Brunnen befand, der wie eine Kugel geformt war, die alles andere überragte. Am westlichen Rand des Kreises war ein fast mannshohes Podium aufgebaut worden, auf dem mehrere Personen standen. Langsam fielen winzige Schneeflocken vom wolkenverhangenen Himmel, der in der Ferne noch blau und sonnig war. Das würde einen wunderschönen Sonnenuntergang abgeben, dachte Winter, vor allem mit dem Schnee.

Sie entdeckten Kali, Elsi und Lian in der Menge. Die anderen begrüßten sie schweigend und drehten sich dann wieder zum Podium um. Rings um sich herum sah Winter viele Menschen, aber im hinteren Teil der Menge standen kleinere Grüppchen, die Siaras und Araifs trugen und sich in der Kälte eng aneinanderdrängten. Als Winter erneut nach vorn blickte, stellte sie fest, dass die Plattform überhaupt kein Podium war.

Es war ein Galgen.

»Eine Hinrichtung?«, flüsterte Winter.

Kali nickte.

Lian fluchte leise. »Ich habe in den letzten Wochen schon genug Tote gesehen.«

»Das könnte für uns von Vorteil sein«, meinte Kali. »So können wir herausfinden, was hier vor sich geht. Auch wenn wir eigentlich keine Zeit haben, uns mit einer Hexenjägerin und ihren Untergebenen zu beschäftigen. Wir haben Wichtigeres zu tun.«

»Warum interessiert es Euch, was eine Hexenjägerin macht?«, wollte Winter wissen. Angesichts der Kräfte, die Nash und Kali besaßen, hätte sie geglaubt, dass sich die beiden vor nichts fürchten mussten.

»Wir haben kein Monopol auf die Psimantie. Die Denomination ist mächtig und kann diese Begabungen ebenfalls gut gebrauchen. Die Einsicht, über die sie angeblich verfügen, ist kein Geschenk der Göttin, wie sie immer allen weismachen wollen.«

Natürlich, dachte Winter. Dann war es ja kein Wunder, dass alle solche Angst vor der Heiligen Hexenjägerin hatten.

Vier Gestalten standen auf der Plattform des Galgens unter den Schlingen, und man hatte ihnen Stoffsäcke über die Köpfe gezogen. Auf der einen Seite war außerdem ein Bündel unter dickem Sackleinen zu sehen, das sich bewegte. Ein halbes Dutzend Göttinnenwachen und wenigstens zehn Söhne standen um diesen Stoffhaufen herum. Auf der anderen Seite der Plattform waren einige in cantische Tracht gekleidete Frauen zu sehen, die von wenigstens einem halben Dutzend weiterer Göttinnenwachen in glänzenden Rüstungen bewacht wurden, hinter denen eine Gruppe von Männern in prunkvollen Roben Aufstellung bezogen hatte.

»Wer sind diese Männer?«, wollte Winter wissen.

Nash schaute sich die Gruppe genauer an. »Vermutlich der Magistrat und der Stadtrat von Navone.«

»Sie haben die Ketzer schon nach vier Tagen gefunden«, sagte Kali leise, fast als würde sie mit sich selbst reden.

»Das ist nicht ungewöhnlich«, erklärte Nash. »Einige Hexenjägerinnen sind besser als andere.«

»Was ist das da in dem Sack?«, fragte Winter an Nash gewandt. »Es bewegt sich.«

»Ich bin mir nicht sicher.« Nash ließ das seltsame Bündel nicht aus den Augen.

Winter sah erneut zu dem Galgen hinüber und zählte wenigstens zwei Dutzend weitere Söhne, die in der Nähe der Plattform Wache hielten.

»Kein Wunder, dass sie die Ketzer so schnell gefunden haben«, sagte sie. »Sie haben praktisch jeden Soldaten der Denomination mit nach Navone gebracht.«

»Es sind wirklich ungewöhnlich viele Soldaten hier«, murmelte Kali, die das Stoffbündel ebenfalls mit zusammengekniffenen Augen musterte.

Winter spürte die Aufregung der Menge um sich herum und hörte das Flüstern und Murmeln der Leute. Eine angespannte Stille senkte sich über die Versammelten. Als sich Winter die vier Gestalten genauer ansah, deren Gesichter unter den Säcken nicht zu erkennen waren, stellte sie fest, dass es zwei Männer und zwei Frauen waren, die alle schmutzige, zerrissene Kleidung trugen.

»Die sehen nicht aus wie Anführer einer religiösen Rebellion«, sagte Lian, der neben ihr stand.

Winter nickte, während sie weiter einen der Männer ansah und sich dabei auf den Sack konzentrierte, der seinen Kopf bedeckte.

»Bei euch in Pranna gibt es bestimmt viele Ketzer, was?« Nash grinste, und Lian grinste zurück.

Es freute Winter, dass die beiden miteinander auskamen. Sie machte sich Sorgen um Lian. Als sie jetzt sah, wie er wenigstens wieder versuchte zu lächeln – selbst wenn es erzwungen wirkte –, stellte sie fest, dass sie ihn vermisste.

Aber wie kann ich ihn denn vermissen, wo er doch seit Wochen an meiner Seite ist?

Eine der in cantische Roben gekleideten Frauen trat vor und wandte sich mit lauter Stimme an die Menge. Es war eine der jüngeren Frauen, und sie war sehr klein – vermutlich noch kleiner als Winter, obwohl sie ein Mensch war. Ihr hellblondes Haar war hoch oben auf dem Kopf zu einem Dutt gebunden, und sie hatte ein schmales, herzförmiges Gesicht.

»Wir möchten uns für die Hilfe bedanken, die wir bei der Säuberung dieser Stadt erhalten haben«, sagte die Frau.

»Das ist die Hexenjägerin«, flüsterte Nash hinter Winter. »Siehst du die weiße Flamme hinter ihrer Trinacrya?«

Winter nickte. Sie konnte die hellen weißen Flammen, die unter den Kreis und das Dreieck auf das Kleid der Frau gestickt worden waren, auch aus dieser Entfernung deutlich erkennen.

»Das ist das Symbol des Pfades der Inquisition. Man sagt, dass die Trinacrya zwar sehr viel Frieden in die Welt brachte, dass die Trinacrya auf Feuer aber auch ebenso viel Gewalt zu verantworten hat.«

»Sie ist so jung«, murmelte Winter. »Ich hatte gedacht, die Hexenjägerin wäre viel älter.«

»Das ist ... seltsam. Zwar hat es das früher schon gegeben, aber es ist dennoch ungewöhnlich.«

»Findet Zuversicht in der Gewissheit«, fuhr die Hexenjägerin fort, »dass Eure Stadt nach dem heutigen Tag gereinigt sein wird, gereinigt durch Cantas Feuer. Ihr habt nichts zu befürchten, und Cantas Licht wird erneut auf Euch herabstrahlen.«

Der Magistrat und der kleine Rat hinter der Frau applaudierten begeistert, und der Rest der Menge schloss sich ihnen schließlich an, wenngleich mit deutlich weniger Begeisterung. Winter fiel nicht mit ein. Sie vermutete, dass das Leben all dieser Leute ganz normal weitergehen würde, ob die Heilige Hexenjägerin nun sagte, dass Cantas Licht auf sie herabschien oder nicht.

»Ihr werdet auch erleichtert sein zu erfahren, dass wir etwas Uraltes und Böses gefangen haben, das Eure Stadt heimgesucht hat«, rief die Hexenjägerin. Ein Raunen ging durch die Menge. »Unter den Anhängern der Ketzerin haben wir einen wahren Dämon entdeckt. In diesem Sack hier«, sie deutete dramatisch auf das zuckende Bündel zu ihrer Linken, »ist ein Ventus.«

Winter spürte, wie die Menge nervös wurde, aber sie zweifelte an den Worten der Hexenjägerin. Ihres Wissens nach waren Vampire seit Jahrhunderten ausgestorben. Als die letzten Kreaturen aus dem Zeitalter der Wunder, abgesehen von den Menschen und den Tiellanern natürlich, hatte man sie gejagt und vernichtet, falls sie denn überhaupt jemals existiert hatten. Was versprach sich die Hexenjägerin davon, dass sie behauptete, einen Vampir gefunden zu haben?

Als Winter Nash danach fragen wollte, stellte sie fest, dass er sehr blass geworden war und die Augen weit aufgerissen hatte. Etwas erschütterte sie an diesem Anblick bis ins Mark.

Während Winter erneut zu dem Galgen hinüberblickte, schien sich eine eisige Klaue um ihr Herz zu legen.

»In wenigen Augenblicken werdet Ihr das Privileg haben, einen derartigen Dämon mit eigenen Augen sehen zu können. Leider können wir ihn nicht exekutieren, da wir ihn mit zurück in Cantas Tempel nehmen müssen, um einen Exorzismus durchzuführen und ihn zu studieren. Aber Ihr werdet alle Zeuge seiner dämonischen Existenz sein.«

Die Heilige Hexenjägerin drehte sich zu den Söhnen um, die neben den anderen Gefangenen standen.

»Nun wird eine der unseren, Priesterin Cinzia Oden, zu Euch sprechen. Lasst Euch von ihr die Gefahren der Ketzerei erläutern und Euch berichten, was sie über diese Rebellion denkt.« Die Heilige Hexenjägerin drehte sich zu den Priesterinnen um. Als eine von ihnen, die ebenfalls noch sehr jung war, vortrat, blickte die Hexenjägerin lächelnd auf die versammelte Menge zurück. »Aber zuerst«, rief sie, »enthüllt die Gefangenen!«

Winter hörte kaum, wie Kali und Nash miteinander flüsterten. Sie verstand die Worte »Vampir«, »Ketzerin«

sowie Noths anderen Namen, Lathe, aber sie konnte sich nicht wirklich darauf konzentrieren. Ihr Blick haftete an dem Mann in der verschlissenen Kleidung, der unter einer der Schlingen stand.

Einer der Söhne trat hinter den Gefangenen und zog ihm den Sack vom Kopf, und Winter spürte, wie ihre Knie nachgaben.

Es war Noth.

Er war gefesselt und geknebelt und stand ruhig und zum Publikum gewandt da. Einige der anderen Gefangenen wehrten sich und stießen unter ihren Kapuzen gedämpfte Laute aus, während sie vergeblich versuchten, sich ihrer Fesseln zu entledigen. Doch Noth stand reglos da. Sein Gesicht war schmutzig und voller Prellungen, und sein Haar war länger, als sie es in Erinnerung hatte. Er hatte sich seit ihrer letzten Begegnung einen kurzen Bart wachsen lassen. Seit ihrer Hochzeitsnacht.

Kali drehte sich zu Winter um, aber die nahm sie gar nicht zur Kenntnis. Ohne nachzudenken, griff sie in den Beutel an ihrem Gürtel und holte den Frostkristall heraus, den Nash ihr vor einigen Tagen gegeben hatte. Die ganze Dosis.

»Tu das nicht, Winter!«, flüsterte Kali.

Aber es war zu spät. Wenige Augenblicke später spürte Winter schon, wie die Macht des Faltira durch ihren Körper strömte, Feuer in ihren Venen aufflammen ließ und ihre Haut mit Eis überzog.

Sie spürte eine größere Macht als alles, was sie bisher erlebt hatte, es war eine größere Dosis, als sie an jenem Morgen bei dem Angriff auf ihr Lager genommen hatte. Das, was sie jetzt empfand, überstieg alles, was sie je bei ihren Übungen mit Nash erfahren hatte.

Ihr wurde schwarz vor Augen, aber die Macht hielt sie aufrecht, aufmerksam und angespannt. Es war ihr ein Rätsel, wie Wonne und Schmerz auf so wundervolle Weise miteinander verwoben sein konnten.

Dann schrie sie.

KAPITEL 26

Schneeflocken fielen sanft auf Noths Gesicht. Die kleine Klinge, die ihm Kovac zugesteckt hatte, durchtrennte die Fesseln an seinen Handgelenken mit Leichtigkeit.

Ein schauriger Schrei hallte durch die Luft, und Noth spürte einen Luftzug über seinen Kopf hinwegfegen. Er blinzelte irritiert, als das abgetrennte Ende der Schlinge locker um seinen Hals fiel.

Die Menge keuchte geschlossen auf, doch Noth hatte sich längst in Bewegung gesetzt. Jemand hatte ihm eine Chance gegeben, und er würde sie nutzen. Noch wusste das Publikum nicht, wie es reagieren sollte, und die Söhne waren hin- und hergerissen, ob sie lieber die Menge unter Kontrolle halten oder die Gefangenen an der Flucht hindern sollten.

Beim Durchtrennen seiner Fesseln hatte Noth etwas zu viel Kraft in den Schnitt gelegt, und jetzt spürte er, wie das Messer durch das Seil und in sein Fleisch eindrang. Aber das war unwichtig. Er nahm die Schlinge von seinem Hals und warf sie dem Sohn entgegen, der ihm am nächsten stand. Das schwere Seil traf den Soldaten mitten ins Gesicht, und Noth hatte genug Zeit, um auf ihn zuzuspringen und ihm einen heftigen Schlag gegen den Hals zu verpassen. Der Mann ging zu Boden. Einen Sekundenbruchteil überlegte Noth, ob er das Schwert an sich nehmen sollte, das der Sohn an seinem Gürtel trug. Doch er hatte schon so oft getötet und wollte eigentlich damit aufhören. Welches Recht hatte er, andere umzubringen?

Auf einmal überkam ihn eine seltsame Sehnsucht, und im nächsten Augenblick hielt er das Schwert in der Hand. Noths Blut rann warm und feucht zwischen seinen Handflächen und dem Schwertgriff hindurch. Er drehte sich gerade noch rechtzeitig um, als auch schon zwei weitere Söhne mit gezückten Schwertern auf ihn zuliefen. Sie befanden sich genau zwischen Noth und Olan, der immer noch gefesselt war. Noth stürzte vor, parierte den Schlag des einen Mannes und hieb dem anderen in den Bauch.

So einfach, schoss es Noth durch den Kopf, doch er empfand keine Freude.

Nach zwei weiteren Hieben war auch der zweite Mann besiegt, und Noth eilte zu Olan, durchtrennte dessen Fesseln sowie die Schlinge, die um den Hals des Mannes lag.

Es schneite jetzt heftiger, und Noth sah durch die Schneeflocken die nächsten Söhne auf sich zukommen, während sich andere aufgeregt in dem Chaos umsahen. Leichen lagen auf der Plattform, fast nur Söhne von Canta. Noth glaubte, aus dem Augenwinkel zu sehen, wie der Schild einer Göttinnenwache durch die Luft flog. Er blinzelte. Niemand konnte einen Schild derart schnell werfen. Das erinnerte ihn an den Kampf gegen die beiden Fremden in Cineste.

Eine Gruppe der Stadtwache stand direkt unter dem Galgen und versuchte zu verhindern, dass im Publikum Panik ausbrach. Noth fragte sich, ob Hauptmann Rudak, der Mann, der ihm geschrieben hatte, wohl auch dort unten stand. Möglicherweise musste er ihn noch immer finden.

Vorausgesetzt natürlich, er überlebte dieses … was immer es auch war.

»Was bei der Unterwelt geschieht hier?«, brüllte Olan.

»Keine Ahnung«, rief Noth zurück. »Anscheinend ist jemand hier, der etwas gegen die Hinrichtungen hat. Wir müssen das zu unserem Vorteil ausnutzen.«

»Der Feind meines Feindes …«, begann Olan.

Aber Noth zuckte nur mit den Schultern. Er hatte noch nie viel für alte Sprichwörter übriggehabt. »Kümmert Euch um Eure Frau«, sagte er. »Ich hole meine Tochter.«

Mit diesen Worten drehte sich Noth um und rannte auf die vier Söhne von Canta zu, die zwischen ihm und Astrid standen.

Cinzia wehrte sich gegen die Göttinnenwachen, zu denen auch Kovac gehörte und die sie, Nayome und die anderen Priesterinnen auf dem Galgen beschützen sollten. Sie war noch immer verwirrt. In einem Augenblick hatte sie noch zu der Menge sprechen wollen – sie hatte Cantas Pfad der Inquisition vor der ganzen Stadt Navone beschuldigen wollen, um Cantas willen –, doch dann hatte jemand geschrien und rings um sie herum war Chaos ausgebrochen. Jetzt wusste Cinzia nur noch eines: Sie musste zu Jane gelangen.

Nayomes Behauptung, dass sie den Tod ihrer Schwester nur vortäuschen würde, interessierte sie nicht. Vielleicht hatte die Frau sie angelogen, und selbst wenn sie die Wahrheit gesprochen hatte, wusste Cinzia nicht, wie viel

Zeit ihrer Schwester noch blieb. Die Söhne liefen aufgeregt um Jane herum, und wenn auch nur einer gegen den Hebel kam, würde sich die Falltür unter ihren Füßen öffnen. Cinzia wollte sich schon umdrehen und Kovac darauf hinweisen, als sie aus dem Augenwinkel einen Lichtblitz bemerkte. Dann stürzte sich auch schon jemand auf sie, und sie fiel zusammen mit ihrem Angreifer auf die Holzbohlen, aus denen die Plattform zusammengezimmert worden war. Darauf lag zwar Schnee, aber er war nicht hoch genug, um ihren Sturz zu dämpfen. Die kalte Feuchtigkeit drang sofort durch ihre Kleidung.

Cinzia schrie auf und schlug auf ihren Angreifer ein, bis sie endlich begriff, dass es ihre eigene Göttinnenwache war. Hinter Kovac sah sie Mutter Joyca und einen Sohn, der vor ihr gestanden hatte. Beide waren von einem langen, mit Dornen bewehrten Speer durchbohrt worden.

»Wir müssen zu Jane«, sagte Kovac, aber Cinzia konnte die Matrone nur anstarren, die sie seit ihrer Kindheit gekannt hatte – und die jetzt tot war. Auf bestialische Weise ermordet.

Cinzia ließ sich von Kovac wegführen und stellte fest, dass ihre Hände zitterten.

»Ja«, flüsterte sie. »Jane.«

Winter schrie, als die Macht durch sie hindurchtobte. Es schienen weder Schmerz noch Freude zu existieren. Da war nichts als diese Macht, die in ihr raste und wütete. Nachdem sie eine gefühlte Ewigkeit genossen, geklammert, gelitten und ertragen hatte, gelang es ihr endlich, in die Wirklichkeit zurückzukehren.

Sie riss die Augen auf.

Noth stand auf dem Galgen und kämpfte gegen mehrere Söhne. Sie musste zu ihm. Das war alles, was zählte.

Sie ging auf den Galgen zu, und ihre Tendrae peitschten wild um sie herum. Mit ihrer Macht zerschmetterte sie Söhne von Canta, warf sie gegeneinander und ließ ihre Waffen in tödlichen Bögen durch die Luft kreisen. Ein starker, vertrauter Geschmack erfüllte ihren Mund, und ihr wurde bewusst, dass Nash seine Tendrae ebenfalls einzusetzen schien. Die Menge um sie herum geriet in Panik, schrie und fluchte, Menschen rissen ihre Kinder an sich und flohen. Wachen versuchten, die Ordnung aufrechtzuhalten, scheiterten jedoch kläglich. Winter schritt ruhig durch die Menge auf Noth zu. Zwei der Söhne, die ihn angegriffen hatten, waren bereits ausgeschaltet, und Noth tänzelte gerade anmutig zwischen den anderen beiden hindurch.

Winter streckte zwei Tendrae aus und hob die beiden Söhne hoch, die Noth im Weg standen. Sie ließ sie nach oben fliegen und sah zu, wie sie noch über dem höchsten Gebäude der Stadt durch die Luft rasten. Die beiden schrien und wedelten mit den Armen, und Winter verlor sie in den tiefhängenden Wolken und dem dichten Schneefall beinahe aus den Augen. Doch sie musste sie auch gar nicht sehen, sie konnte spüren, wie sie sich im Griff ihrer Tendrae wanden. Sie schlug sie gegeneinander, hörte, wie sie mit leisem Knall zusammenprallten, sah eine kleine rote Wolke und ließ sie dann fallen. Die beiden Söhne knallten auf den Galgen, und ihre Leichen durchbrachen die Balken und landeten auf dem Boden darunter.

Noth stürzte auf den Vampir zu. Winter wusste nicht, was er mit so einem Monster zu schaffen hatte, aber sie sah eine Gruppe von Söhnen mit gezückten Waffen auf ihn zulaufen. Mit einer Tendra riss sie einem Mann den Helm vom Kopf, mit einer anderen zerrte sie dem nächsten den Speer aus der Hand und stieß ihn dem helmlosen Mann in den Leib. Eine weitere Tendra hob einen der Söhne vom Boden, und eine vierte packte einen Schild und schleuderte ihn auf die Gruppe. Die Männer schrien und wussten nicht, was sie angriff. Winter warf den Speer in eine andere Gruppe. Ob es Göttinnenwachen, Söhne von Canta oder auch nur das Publikum war, wusste sie nicht.

Aber sie tat es dennoch. Sie hätte alles getan, um zu Noth durchzukommen.

Winter hatte keine Ahnung, wie viele Tendrae sie benutzte. Sie entdeckte immer mehr, die fast schon ihrem eigenen Willen zu gehorchen schienen. Trotz der Macht, die durch sie hindurchströmte, fühlte sie sich auf einmal schwach. Als sei sie innerhalb ihrer Macht ganz klein geworden.

Jemand berührte ihre Schulter, und sie hätte sich fast verteidigt, aber gerade noch rechtzeitig erkannte sie Lian. Seine Lippen bewegten sich. Er sagte etwas zu ihr. Winter schüttelte den Kopf. Sie konnte ihn nicht hören.

Es war auch nicht weiter wichtig. Sie würde nicht aufgeben.

»Soll ich sie aufhalten?«, fragte Nash und blinzelte sich den Schnee aus den Augen.

Kali schürzte die Lippen. »Nein. Das könnte genau das sein, was wir brauchen. Beschütze sie und pass auf sie auf. Ich kümmere mich um Lathe.«

Nash nickte, aber ihr Tonfall bereitete ihm Sorgen.

Während Kali sich einen Weg durch die Menge bahnte, drehte sich Nash zu Lian um.

»Hilf mir, sie zu beschützen«, rief Nash. Der Großteil des Publikums war bereits geflohen, aber der Kampf auf dem Galgen dauerte an, und Winter schaltete die Söhne und Göttinnenwachen einen nach dem anderen aus. Sie nutzte mehr Tendrae, als Nash es je bei einem anderen Psimanten gesehen hatte. Er hatte wenigstens zwei Dutzend gezählt und vermutete, dass es noch mehr waren.

Diese Frau musste ganz einfach die Vorbotin sein.

»Sie wird nicht auf mich hören!«, schrie Lian.

Winter schien kurz davor zu stehen, sich zu verlieren. Sie konnten sie nur beschützen und darauf hoffen, dass niemand sie als die Urheberin dieses Chaos ausmachte. Nash hatte große Angst davor, was diese Macht mit ihr anstellen würde. Sie nutzte diese Macht direkt und brutal, wie ein Kind. Da waren keine Finesse und keine Kunstfertigkeit in ihren Angriffen, aber das war auch gar nicht nötig.

Winter warf einen Schild in eine Gruppe Zivilisten, die sich in eine der Straßen, die vom Platz wegführten, zurückgezogen hatten. Nash streckte eine Tendra aus und hielt den Schild auf, bevor er jemanden verletzen konnte. Nur weil Kali dieses Chaos genoss, bedeutete das noch lange nicht, dass er mit ansehen musste, wie Unschuldige ihr Leben verloren.

Wieder sah er zu Winter hinüber. Sie hatte die dunklen Augen weit aufgerissen, ging langsam vorwärts und hielt die Arme an die Seiten gepresst. Rings um sie herum fiel der Schnee zu Boden, und große Flocken sammelten sich in ihrem Haar und auf ihrem tiellanischen Kleid.

Nash fragte sich, was für eine Frau sie da eigentlich

gefunden hatten. Er fürchtete sich in diesem Moment vor ihr.

Endlich erreichte Noth Astrid. Er war über die zertrümmerte Plattform getaumelt und wäre dabei mehrfach beinahe auf dem Schnee und dem Blut ausgerutscht. Er hatte keine Ahnung, was eigentlich vor sich ging, aber er war davon überzeugt, dass es etwas mit dem Paar zu tun haben musste, das ihn in Cineste angegriffen hatte. Gegenstände schwebten oder flogen wie von Zauberhand bewegt durch die Luft. Das konnte kein Zufall sein.

Aber solange es ihm half, war ihm das egal.

»Astrid!«, schrie er. Nervös näherte er sich dem schweren Sack und war sich nicht sicher, in welchem Zustand sich das Mädchen befinden würde. Der Himmel war inzwischen wolkenverhangen, aber im Westen schimmerte noch schwach die Sonne. Er bezweifelte, dass sich das Mädchen jetzt schon ungeschützt im Freien bewegen konnte.

Noth hörte ein ersticktes Stöhnen.

»Geht es dir gut?«, fragte er etwas leiser. Die Hitze des Kampfes tobte in ihm und wärmte ihn trotz des Schneefalls, aber als er den Stoff weit genug anhob, damit er hineinblicken konnte, wurde ihm eiskalt.

Astrid hatte kaum etwas an, war geknebelt, und ihre Arme und Beine waren mit schweren Ketten gefesselt. Noths linkes Auge zuckte.

Dünne Holzpfähle, länger als Noths Unterarm und etwa so dick wie sein kleiner Finger, waren durch die Gliedmaßen des Mädchens gebohrt worden. Die blutigen Spitzen ragten aus ihren Armen und Beinen heraus, in die jeweils zwei hineingeschlagen worden waren. Vier weitere hatte man durch ihren Torso getrieben, die das Herz des Mädchens diamantförmig einrahmten. Getrocknetes Blut hatte die Wunden verkrustet und ihre Arme und Beine purpurrot gefärbt.

Noth überwand sein Entsetzen und kniete sich neben Astrid. Die Sonne war immer noch nicht vollständig untergegangen, und er hatte gesehen, was der direkte Kontakt mit dem Sonnenlicht bei dem Mädchen anrichtete, daher achtete er darauf, dass sie beide mit dem Stoff bedeckt waren.

Er zog ihr den Knebel aus dem Mund und nahm erst jetzt ihre tränenüberströmten Wangen wahr. Noth hatte gar nicht gewusst, dass Vampire weinen konnten.

»Was kann ich tun?«, fragte er.

Astrid sah ihn mit weit aufgerissenen Augen an, in denen der freche Funke fehlte, den er sonst zu sehen gewohnt war.

»Zieh sie raus«, keuchte sie. »Idiot.«

Noth griff nach dem ersten Pfahl, der in ihrem Oberarmmuskel steckte, und zog ihn rasch heraus. Dabei spürte er, wie das Holz über den Knochen schabte. Er warf den Stock weg, und Astrid zuckte zusammen und verzog das Gesicht vor Schmerzen. Noth hielt inne.

»Mach weiter«, presste sie zwischen zusammengebissenen Zähnen hervor. »Zieh sie alle raus.«

Noth kam ihrer Bitte nach und entfernte die Pflöcke so schnell, wie es ihm nur möglich war. Die Wunden begannen erneut zu bluten, und nach dem dritten oder vierten Pfahl schluchzte Astrid nur noch.

Als er fertig war, hatte sie die Augen geschlossen und zitterte am ganzen Körper. Noth nahm sie in die Arme.

Sie drückte sich an ihn, und ihre Ketten klirrten, als sie sich in seine Kleidung krallte. Noth spürte, wie ihr ganzer Körper bebte, als sie schluchzte, und sie vergrub das Gesicht an seiner Schulter. Er hörte Schreie, gedämpfte Stimmen und Kampfgeräusche, aber zur Abwechslung war der Drang, sich ins Getümmel zu stürzen, nur sehr schwach. Er saß einen Augenblick lang da und ließ sie weinen, während er eine merkwürdige Vertrautheit spürte.

Dann ein Schrei.

»Geht zum Vampir, bevor die Sonne untergeht. Deckt sie auf!«

Astrid erstarrte. Noth ließ sie los, und für einen kurzen Augenblick konnte er nichts anderes tun, als ihre Wunden anzustarren. Sie waren geheilt. Die Narben traten deutlich hervor, aber da war kein Blut mehr. Das Fleisch hatte sich von allein wieder zusammengesetzt.

»Geh«, flüsterte sie. »Sag mir Bescheid, wenn die Sonne untergegangen ist. Dann zeigen wir diesen Schweinen, was für einen Dämon sie da eigentlich gefangen haben.«

In ihren Augen schimmerte jetzt keine Verletzlichkeit mehr. Das grüne Leuchten schien grimmig und hell.

Noth rutschte unter dem Stoff hervor und war erneut vom fallenden Schnee, dem orangefarbenen Licht der untergehenden Sonne und dem Kampfgetümmel umgeben.

Endlich hatte Cinzia Jane erreicht, die noch immer unter der Schlinge stand. Die Göttinnenwache hinter Jane war tot, ein langer Dolch ragte aus dem Hals des Mannes. *Hat Jane das getan?*, fragte sich Cinzia ängstlich. Ihre

Schwester war noch immer gefesselt und geknebelt, aber sie konnte sich das nicht anders erklären.

Jane drehte sich zu ihr um, und Cinzia nahm ihr den Knebel aus dem Mund und stellte fest, dass ihre Schwester sie traurig anlächelte.

»Sieh nur«, murmelte sie. »Cantas Rettung.« Etwas flog direkt unter ihnen in eine Gruppe von Söhnen, und Blut spritzte hoch in die Luft.

»Jane«, sagte Cinzia, während Kovac die Fesseln ihrer Schwester durchtrennte, »bist du verletzt?« Es war ihr zumindest ein Trost, dass Nayome die Wahrheit gesagt hatte, denn Kovac nahm Jane die Schlinge vom Hals, die an dem Harnisch befestigt war, der ihr das Leben gerettet hätte.

Jane schaute sie nicht an, sondern blickte auf den Ringplatz. Die meisten Zuschauer waren geflohen, aber in den Straßen ballte sich noch die Menge. Andere, die Cinzia nicht kannte, kämpften in der Nähe des Galgens gegen eine Gruppe von Söhnen.

»So furchtbar ihr Zorn«, zitierte Jane und wischte sich die Schneeflocken aus dem Gesicht, »und so gramerfüllt ihre Feinde.« Cinzia erinnerte sich an diese Zeile aus Naziras Schriften.

Dann hörte sie Schreie in der Nähe der Plattform und löste ihren Blick von ihrer Schwester.

Zu ihrer Rechten erwehrte sich Olan gleich zweier Söhne von Canta, während weitere auf ihn zuliefen. Seine Frau Nara war noch immer gefesselt und hatte die Schlinge locker um den Hals liegen.

Ihre Göttinnenwache griff mit dem Schwert an. Als sich Cinzia Nara näherte, hörte sie ein leises Klicken, und sie musste mit ansehen, wie die Frau durch die Falltür stürzte.

Cinzia keuchte auf. Hinter ihr schrie Jane. Und Olans Schrei übertönte sie alle.

Ein leises Knacken ertönte, als sich das Seil spannte.

Winter ging langsam auf den Galgen zu. Alles um sie herum schien wie in Zeitlupe abzulaufen.

Auf dem Podest hörte sie einen Schrei und ein Schmerzensgeheul in der Nähe der Schlingen. Sie sah mit an, wie eine Frau durch den Holzboden stürzte. Einige Schneeflocken fielen zusammen mit ihr herab und schwebten zu Boden. Für Winter sah es so aus, als würde die Frau langsam von Engeln zu Boden getragen. Aber der Sturz musste so oder so tödlich enden. Das Seil spannte sich. Eine von Winters Tendrae warf ein sirrendes Schwert durch das Seil und schnitt die Frau herunter, aber Winter wusste, dass sie zu spät gekommen war.

Auf dem Galgen deutete eine Göttinnenwache in Winters Richtung. Wenige Augenblicke später rauschten Pfeile auf sie zu. Sie spürte undeutlich, wie Nash mit seinen Tendrae mehrere Schilde vor ihnen auftürmte und sie so davor schützte. Die Pfeile flogen durch die Luft und segelten wie Federn zu Boden. Weitere Göttinnenwachen stürzten auf sie zu, aber Winter ignorierte sie. Nash würde sich schon darum kümmern.

Sie hatte gerade erst beobachtet, wie Noth unter das Stoffbündel gerutscht war, aber als er jetzt mit gezogenem Schwert wieder aufstand, griffen ihn zwei Göttinnenwachen an. Winter wollte die beiden schon hochheben und ihnen die Köpfe einschlagen, als sie bemerkte, dass sich mehrere Söhne Noth von der anderen Seite näherten. Sie hob einen Wagen, der in der Nähe stand, mit einigen ihrer Tendrae hoch. Die Söhne, die eben noch auf Noth zugestürmt waren, blieben stehen und starrten den Wagen an. Winter warf ihn mit all ihrer Kraft auf sie, und der Wagen zersprang auf dem Galgen und brachte einen Teil der Plattform zum Einsturz. Sie sah enttäuscht mit an, dass viele der Söhne noch rechtzeitig zur Seite gesprungen waren, wenn es auch nicht alle geschafft hatten.

Winter knirschte mit den Zähnen. Sie war fast bei Noth. Sie würde jetzt nicht aufhören.

Sie packte mit weiteren Tendrae zu, entriss den Gefallenen ihre Waffen und schleuderte sie auf die verbliebenen Söhne. Die Männer schrien auf.

Zwei Göttinnenwachen standen Noth gegenüber. Einer der beiden hatte ein riesiges Langschwert in der Hand. Noth erkannte ihn als den Adligen wieder, der Astrid gefangen genommen hatte. Bei dem anderen handelte es sich um Laurent, die Göttinnenwache der Heiligen Hexenjägerin, der mit einem Langschwert und einem Schwarzborkenschild bewaffnet war. Sein blondes Haar lugte unter seinem Helm hervor. Die Hexenjägerin stand hinter ihnen und wachte über ihre Hunde.

»Ich weiß nicht, wie es Euch gelungen ist, Euch die Hilfe der Nazaniin zu sichern«, sagte die Hexenjägerin und verzog angespannt das Gesicht, »aber die Hohe Kamarilla wird nicht erfreut sein über ihre Beteiligung.«

Noth wusste nicht, was die Nazaniin waren, aber das Wort kam ihm irgendwie bekannt vor. Dann stürzte der Adlige von links auf Noth zu und hob sein Langschwert. Die gewaltige Waffe würde den Mann bremsen, gewährte ihm jedoch eine große Reichweite, und ohne einen Schild würde Noth seine Schläge nicht abwehren können. Er musste sich auf seine Schnelligkeit verlassen oder würde bei dem Versuch, den Angriffen zu entgehen, einen Arm oder auch mehr verlieren.

Er duckte sich unter dem ersten Angriff hinweg, wirbelte herum und stieß mit seinem Schwert nach dem Adligen, aber die Klinge traf nicht, da der Mann einen Schritt nach hinten machte. Die Reichweite der Waffe würde für Noth über kurz oder lang zum Problem werden.

Die Sonne war schon fast untergegangen. Noth musste nur noch wenige Minuten durchhalten, dann wäre Astrid in der Lage, ihm zu helfen. Aber noch lag sie in Ketten, und er war sich nicht sicher, ob sie diese brechen konnte, selbst wenn sie ihre ganze Kraft zurückgewann.

Laurent wehrte einen von Noths Angriffen mit seinem Schild ab, so dass die Klinge harmlos gegen die Schwarzborke prallte. Die Göttinnenwache konterte und brachte Noth aus dem Gleichgewicht. Schon jetzt konnte er sich kaum noch seiner Haut erwehren, und schon bald würden ihn die beiden Männer überwältigen. Ein weiterer heftiger Schlag mit dem großen Langschwert verfehlte Noths Kopf um Haaresbreite, als er sich darunter hindurchduckte. Er musste sie irgendwie aufhalten.

Die Göttinnenwache schlug erneut zu, aber der Mann machte einen Fehler, trat zu dicht an ihn heran und rutschte auf dem blutigen Schnee aus. Noth parierte den Schlag, schaffte es, den Mann ganz aus dem Gleichgewicht zu bringen, und die gewaltige Klinge schlitterte über das Holz. Sofort trat Noth den Mann gegen die Brust, so dass er rücklings gegen das Stoffbündel rutschte.

»Ein kleiner Probierhappen!« Noths Stimme war eher

ein Keuchen als ein Schrei. Er konnte Astrids Reaktion auf den Hinweis nicht abwarten, sondern musste hoffen, dass sie verstand.

Gerade noch rechtzeitig fuhr er herum und sah Laurents Klinge auf sich zukommen. Noth parierte den Schlag, wäre aber beinahe über einen Speer gestolpert, der zwischen den Kämpfenden auf dem Boden lag. Er erholte sich rasch, hakte einen Fuß unter die Waffe und schleuderte den Speer durch die Luft auf die Göttinnenwache, die den Angriff problemlos mit dem Schild abwehrte. Doch das gab Noth genug Zeit, um näher an ihn heranzukommen. Laurent parierte den ersten Schlag, konnte den zweiten fast mit dem Schild abwehren, aber der Mann stieß heftig die Luft aus, als der dritte seine Kniesehne und der vierte seinen Hals traf.

Noth zog die Klinge wieder heraus und hielt Ausschau nach der Hexenjägerin. Sie war nirgends zu sehen. Er drehte sich zu der adligen Göttinnenwache um und stellte fest, dass der Kopf des Mannes in einem unnatürlichen Winkel verdreht war. Als er zu Astrid laufen wollte, hörte er eine Stimme hinter sich.

»Hallo, Lathe.«

Noth erstarrte. Da war wieder dieser Name. Er drehte sich um. Eine Frau kam langsam auf ihn zu. Sie hatte braunes Haar, ein rundes Gesicht und helle Augen. Und sie war groß. Noth konnte sich nicht daran erinnern, sie jemals gesehen zu haben.

»Astrid!«, rief er über die Schulter, als die Sonne ein letztes Mal zwischen den Wolken hervorlugte und dann hinter dem Horizont versank. »Die Sonne ist untergegangen.«

Noth hörte hinter sich ein Rascheln und das Klirren von Ketten.

»Wir sind uns nie begegnet«, sagte die Frau, »aber ich habe schon viel von Euch gehört.« Sie trug ein seltsames Krummschwert an der Hüfte. Die Waffe kam ihm bekannt vor, auch wenn er die Frau noch nie gesehen hatte.

Schneeflocken segelten träge vom dunkler werdenden Himmel herab. Noth erschauderte. Der Schweiß brannte in seinen Augen und benetzte sein Haar, aber jetzt, wo er sich nicht mehr bewegte, spürte er, wie ihn die Hitze verließ. »Wer seid Ihr?«, fragte er. Er hatte noch immer das Schwert in der Hand, dessen Ledergriff vor Schweiß und Blut ganz feucht war. Aber er war erschöpft. Falls diese Frau gegen ihn kämpfen wollte, wusste er nicht, ob er dazu noch in der Lage war.

Die Frau lächelte, aber ihre Augen wirkten nicht freundlich. »Ich bin viele.«

Noth runzelte die Stirn. »Ihr seid verrückt.«

Die Frau starrte ihn mit ihren eiskalten blauen Augen an. Aber bevor sie etwas sagen konnte, ertönte ein Schrei hinter Noth, und als er sich umdrehte, sah er, wie Astrid sich auf die Frau stürzte. In Noth stieg Panik auf. Diese Frau war dazu in der Lage, ihm mehr über Lathe – wer immer das auch war – zu erzählen. Astrid durfte sie jetzt nicht töten.

Astrid stürmte an ihm vorbei. Da sah Noth, dass die Frau etwas in der Hand hielt. Im nächsten Moment kam Astrid abrupt zum Stillstand, schrie laut auf, schlug sich die Hände auf die Ohren und sackte in sich zusammen.

»Was macht Ihr mit ihr?«, brüllte Noth. Er blickte auf Astrid herab, der Blut aus der Nase rann. Sie hörte auf zu schreien, hielt sich aber weiterhin die Ohren. Dabei hatte sie den Mund weit aufgerissen, auch wenn kein Ton herauskam. Noth schaute die Frau an, die eine kleine silbrige Blume in der Hand hielt.

»Ihr wisst ebenso gut wie ich, was Nachtbann auszurichten vermag«, sagte sie. Noth sah mit an, wie die Frau die Blume achtlos auf Astrid warf. Das Mädchen bewegte sich nicht mehr.

»Was wollt Ihr?«, fragte Noth.

Die Frau starrte ihn an, und ihr Gesicht glich einer versteinerten Maske. Ganz langsam nahm sie die geschwungene Klinge von ihrem Gürtel.

»Ihr habt doch nicht wirklich geglaubt, dass Ihr uns für immer aus dem Weg gehen könnt, oder? Nicht nach dem, was Ihr getan habt.«

»Ich habe nicht die geringste Ahnung, wovon Ihr sprecht«, erwiderte Noth. »Ich erinnere mich an gar nichts.« Kurz fragte er sich, ob es vielleicht einen Grund gab, aus dem er mit dieser Frau mitgehen sollte, egal wohin sie ihn auch bringen würde. Möglicherweise wollte sie ihn für die Verbrechen bestrafen, die er begangen hatte, welche auch immer das sein mochten. Vielleicht wäre es ja für alle das Beste.

Dann sah er auf Astrid herab, die reglos dalag. Er musste an Winter denken, die in Pranna auf ihn wartete. Er konnte ein besserer Mann werden. Für die beiden würde er es versuchen.

»Ihr denkt an sie, nicht wahr?« Mit einem Ruck hob Noth den Kopf und sah die Frau an. »Ja, ich rede von Eurer Elfenfreundin. Sie ist Euch näher, als Ihr denkt. Wenn Ihr mich begleitet, gestatte ich Euch vielleicht, sie zu sehen.«

Noth biss die Zähne zusammen. Er wusste nicht, wer diese Frau war oder was sie von ihm wollte, aber wenn sie von Winter wusste, dann durfte er sie auf gar keinen Fall am Leben lassen.

Er hob sein Schwert und ging auf die Frau zu.

Ihr Lächeln wurde breiter, sie machte sich ebenfalls kampfbereit.

Eine riesige, steinerne Kugel flog wie aus dem Nichts auf sie zu und stürzte mit einem ohrenbetäubenden Knall auf die Frau. Der riesige Brocken zerschmetterte die Plattform und das Gebäude dahinter ebenfalls und riss die geheimnisvolle Frau mit sich.

Winter hatte den Galgen beinahe erreicht, als Lian aufschrie. Als sie sich umdrehte, stellte sie fest, dass ein Trupp Söhne, angeführt von einer Göttinnenwache, auf sie zustürmte.

Lian hob sein Schwert und griff die Göttinnenwache an. Der Mann wich dem Schlag mit Leichtigkeit aus und rammte Lian mit seinem Schild.

Winter schrie auf und entriss dem Soldaten den Schild mit einer Tendra, um ihn damit in den Schneematsch zu stoßen. Die Söhne starrten sie misstrauisch an, als sie den runden Schild mit der Tendra in die Luft hob. Zwar waren die Tendrae unsichtbar, aber die Männer wussten ganz genau, von wem die eigentliche Gefahr ausging. Winter riss einem von ihnen den Speer aus der Hand.

Die Söhne gerieten in Panik.

Sie rannten weg, kamen jedoch nicht weit. Winter wirbelte den Schild und den Speer durch die Luft und zerschlug damit Helme, durchdrang Rüstungen und Kettenhemden und zerschmetterte die Männer, als wären sie reife Früchte.

Doch Winter konnte spüren, wie ihre Macht langsam nachließ und die Wirkung des Faltira immer mehr abebbte. Schon bald würde sie wieder hilflos sein.

Sie kniete sich neben Lian auf den Boden. Er stöhnte und war noch bei Bewusstsein. An seinem rechten Bein klaffte eine Wunde, und der Schlag mit dem Schild hatte bestimmt weh getan, aber er machte den Anschein, als würde er überleben. Er wollte etwas sagen, aber Winter stand bereits wieder auf. Sie rannte zum Galgen, der schon ganz nah war. Ihr wurde immer kälter.

Noth war da, sie konnte ihn direkt vor sich sehen. Und er stand Kali gegenüber. Winter runzelte die Stirn. Was machte die Frau da? Nash war nirgendwo zu sehen. Irgendetwas stimmte hier nicht.

Kali hob ihr Schwert. Der Blick, mit dem Noth und Kali sich ansahen, verriet Winter alles.

Einer der beiden würde heute sterben.

Winter musste etwas unternehmen. Sie hatte nicht mehr viel Kraft und wurde mit jedem Augenblick schwächer. Dann fiel ihr Blick auf die riesige schneebedeckte Steinkugel auf dem Brunnen. Sie zerrte mit all ihrer Kraft daran, und die gigantische Skulptur löste sich langsam von der Basis. Winter legte alles in ihren Wurf und schleuderte die Kugel auf Kali.

Dann fiel Winter auf die Knie, und die Erschöpfung übermannte sie. Bevor sie bewusstlos wurde, sah sie gerade noch, wie die Kugel die Galgenplattform durchbrach und in das Gebäude dahinter stürzte, wobei Trümmerteile und Schneewolken aufwirbelten. Nichts als Geröll und zersplittertes Holz waren an der Stelle zu erkennen, an der Kali eben noch gestanden hatte.

Winter sah zu Noth hinauf, der ungläubig auf die Zerstörung vor sich blickte. Dann umgab sie endgültig die Dunkelheit.

Nash sah, wie Kali sich Noth stellte, und wusste, dass es Zeit war zu gehen. Aber der Gedanke, Winter zurücklassen zu müssen, ärgerte ihn. Sie war wichtig, und er konnte nur hoffen, dass sie sich bald erneut begegnen würden, und das am liebsten nicht auf entgegengesetzten Seiten des Schlachtfeldes. Nicht dass sie in dieser Hinsicht eine Wahl gehabt hätte. Laut der Prophezeiung standen der Vorbotin keine eigenen Entscheidungen zu.

Im nächsten Augenblick bemerkte Nash die Kugel und beobachtete, wie Kali darunter verschwand. Das merkwürdige Ziehen, das er in seiner Magengrube spürte, überraschte ihn. Selbst bei Kalis Fähigkeiten war er sich nicht sicher, ob sie das überleben konnte. Er hielt es für sehr unwahrscheinlich.

Trotz der Angst, die ihn packte, wandte sich Nash ab. Er schaute noch einmal über die Schulter zu der Stelle hinüber, an der Kali gestanden hatte. Er würde die Mission wohl bis auf weiteres allein führen müssen.

Während er sich den Weg zwischen den wenigen Menschen hindurch bahnte, die noch auf dem Platz standen, setzte er die Kapuze auf, um sich vor dem fallenden Schnee zu schützen.

Cinzia konnte den Blick nicht abwenden. Nara lag erschlafft unter dem Galgen. Direkt nach dem Sturz war das Seil durchtrennt worden, aber Cinzia hatte gehört, wie die Knochen gebrochen waren. Die Frau war tot. Sie war sich nicht sicher, wie lange sie dagestanden und die Leiche angestarrt hatte. Der Kampf um sie herum ging weiter, aber sie konnte sich einfach nicht bewegen.

Sie fiel auf die Knie. Um sie herum wurde gebrüllt, und

sie hörte auch Kovacs Stimme. Und sie glaubte, Jane zu hören, verstand aber nicht, was die beiden sagten.

Konnte irgendetwas davon Cantas Wille sein? War die Göttin, der Cinzia ihr Leben gewidmet hatte, tatsächlich eine Gottheit des Zorns, der Eifersucht und der Gewalt? Als Cinzia auf Naras Leiche herabblickte, die Leiche einer Frau, die sie ihr ganzes Leben lang gekannt hatte, wusste sie nicht mehr, was sie glauben sollte.

Dann hörte sie einen lauten Knall, und der Galgen schwankte unter ihr. Jane schrie ihren Namen.

Cinzia drehte sich um. Kovac kämpfte gegen einen der Söhne von Canta. Der Mann saß rittlings auf ihrer Göttinnenwache und presste Kovac einen Dolch gegen die Kehle, den dieser kaum noch abwehren konnte.

Ein Ruck ging durch Cinzia. Sie rannte auf ihre Göttinnenwache zu und hielt nach irgendetwas Ausschau, das sie als Waffe benutzen konnte. Da, auf dem Boden lag ein Speer. Cinzia hob ihn auf, fiel dabei jedoch beinahe hin. Die Waffe war wirklich schwer. Es gelang ihr, den Speer fester zu packen, und sie lief damit zu Kovac. Die Klinge des Messers war inzwischen weiter nach unten gerutscht und näherte sich Kovacs Hals direkt über dem Schlüsselbein. Cinzia hob den Speer an und rammte ihn dem Sohn in die Seite. Der Mann schrie auf und krümmte sich vor Schmerzen. Kovac reagierte sofort. Im nächsten Augenblick hatten die beiden Männer die Positionen getauscht, und Kovac stand über der Leiche des Sohnes und hielt ein mit Blut verschmiertes Messer in der Hand.

Cinzia ließ den Speer fallen und stellte fest, dass ihre Hände zitterten. Kovac nahm ihren Arm. »Kommt, Priesterin.«

»Wo ist Jane?«

»Um Jane können wir uns später kümmern. Ich muss Euch in Sicherheit bringen.«

»Nein«, entgegnete Cinzia entschlossen und entzog ihm ihren Arm. »Ich werde meine Schwester suchen.«

Noth starrte vor sich hin. Wer immer diese Frau gewesen war, jetzt war sie tot.

Er befürchtete, dass Astrid dasselbe Schicksal erlitten hatte.

Er sprang auf das Geröll. Astrid hatte in der Nähe der Frau gelegen, ein Stück Nachtbann auf dem Körper, als die Kugel durch die Plattform gebrochen war. Nun waren Astrid, die Fremde und fast ein Drittel der Plattform verschwunden, und an ihrer statt war nichts als zertrümmerte Steine und zersplittertes Holz zu sehen. Es schneite noch immer, als wollte der Schnee das Chaos überdecken.

Noth rief Astrids Namen, während er sich durch den Schnee und die Trümmer grub. Er bekam keine Antwort. »Astrid!«, rief er erneut, noch etwas lauter, doch seine Stimme war heiser und rauh. Sie musste noch am Leben sein. Er konnte doch nicht so viel riskiert haben, nur um sie dann zu verlieren.

Schon wieder.

Zu seiner Rechten bewegten sich die Trümmer. Er kroch auf die Bewegung zu und verlor auf den wackelnden Steinen und dem Schnee fast das Gleichgewicht. Dann hörte er ein Husten, und weitere Schuttteile rutschten zur Seite.

Das Mädchen steckte seinen Kopf hervor. »Es geht mir gut, Nomade«, sagte sie zwischen Hustenanfällen. »Es geht mir gut.«

Noth half dem Mädchen beim Aufstehen, als jemand seinen Namen rief. Ein Schauder lief seinen Rücken hinab. Er kannte diese Stimme.

Als er sich umdrehte, sah er eine Gestalt, die in der Dämmerung auf ihn zuhumpelte und etwas auf den Armen trug. Noth blinzelte. Das konnte nicht wahr sein.

»Noth«, sagte der Tiellaner ein weiteres Mal, und dann waren Noths Zweifel verflogen. Er sah eindeutig Lian vor sich.

»Hilf mir«, bat Lian.

Noth spürte, wie der Funke Hoffnung, den er gerade wieder geschöpft hatte – nachdem er die Hinrichtung überlebt, die Göttinnenwachen besiegt und Astrid gefunden hatte –, verglomm.

Sie lag in Lians Armen. Der Schweiß brannte in Noths Augen. Er hörte seinen eigenen Atem. Der fallende Schnee schien in der Luft um ihn herum stillzustehen. Er ging auf sie zu, und jeder Schritt schien eine Ewigkeit zu dauern.

»Wie?«, flüsterte Noth. Lian antwortete nicht, sondern taumelte und hätte seine Last beinahe fallen gelassen. Er war verwundet, wie Noth jetzt erkannte. Der Blutfleck auf Lians Hemd wurde immer größer. Noth nahm sie ihm ab und spürte ihr Gewicht auf seinen Armen.

Zuletzt hatte er sie in ihrer Hochzeitsnacht so getragen.

Sie lag ganz still. Er schob ihr das dunkle Haar aus dem Gesicht, das vor Schnee und Schweiß ganz feucht war. Seine Hand hinterließ einen Schmutzfleck auf ihrer Stirn.

»Winter, bitte«, flüsterte Noth. Er berührte ihren Hals und spürte einen schwachen Puls. Sie lebte.

Was in aller Welt tat sie hier? War sie ihm etwa gefolgt?

»Es gibt viel zu erzählen«, sagte Lian. »Ist sie …?«

Noth wurde klar, dass er die Fragen laut gestellt hatte.

»Sie ist nicht tot«, erwiderte er. »Aber wir müssen sie in Sicherheit bringen, und zwar schnell.«

Eine Stimme ertönte über Kettengeklirr hinweg.

»Wenn du das nächste Mal in einem Trümmerhaufen festsitzt, erinnere mich bitte daran, dass ich dir nicht helfe.« Astrid taumelte auf sie zu und zerrte ihre Ketten hinter sich her. »Können wir diese Stadt jetzt endlich verlassen, Nomade? Ich finde, sie hat uns genug Ärger eingebrockt.« Sie legte den Kopf schief. »Ah, du hast uns Gesellschaft besorgt. Tja, je mehr, desto besser, sage ich immer. Und, wohin gehen wir jetzt?«

Noth stellte erleichtert fest, dass Astrids Narben verschwunden waren und die Haut an den Stellen wieder glatt war. Ihre Hände hingen jedoch herunter, und ihr ganzer Körper wirkte ermattet, was ihn überraschte. Bisher hatte er noch nie erlebt, dass sie müde wurde.

Als er sich umsah, wurde ihm bewusst, dass sie fast allein auf dem Ringplatz standen, der noch vor einer Stunde voll gewesen war. Dafür lagen jetzt überall Leichen herum. Viele cantische Söhne und Göttinnenwachen, aber viele trugen auch die Kleidung Gewöhnlicher. Navones Stadtzentrum war ein Schlachtfeld.

Noth stand mit Winter in den Armen auf, und Lian humpelte hinter ihm her. Er sah, wie Kovac, seine Priesterin und eine andere Frau, die er wiedererkannte – ihre Schwester Jane – langsam auf ihn zukamen. Olan konnte er nirgendwo entdecken.

»Wir müssen Cinzias Familie finden«, sagte Kovac, der müde klang. Die Göttinnenwache war von oben bis unten mit Blut beschmiert und sah ebenso erschöpft aus, wie Noth sich fühlte.

Noth sah Astrid an. »Du hast keinen Hunger, oder?«

»Ich kann mich später nähren. Ihr habt alle großes Glück, ich fühle mich, als wäre ein Haus auf mir gelandet, sonst würde ich jetzt einen von euch aussaugen.«

Kovac beäugte das Mädchen misstrauisch. »Sie gehört zu mir«, herrschte Noth ihn an. »Wenn ich Euch begleiten soll, dann kommt sie ebenfalls mit.« Er nickte zu Lian hinüber. »Ebenso wie er.«

Kovac zuckte mit den Schultern. »In einer größeren Gruppe sind wir sicherer.« Der Mann schien viel zu ausgelaugt zu sein, als dass er sich noch streiten wollte. »Wir müssen verschwinden, bevor sich die Truppen der Hexenjägerin neu formieren.«

»Oder bevor die Wache beschließt, hier aufzutauchen«, murmelte Noth.

»Du hast dir hier ein paar Freunde gemacht«, stellte Astrid fest. Jetzt, wo die Nacht angebrochen war, leuchteten ihre Augen. »Ich sollte dich öfter mal allein lassen. Vermutlich wärst du dann in null Komma nichts der beliebteste Mann in ganz Khale.«

Noth sah Kovac an. »Wisst Ihr, wohin wir gehen können?«

Astrid seufzte. »Jetzt ignorierst du mich also? Hallo, ich wäre beinahe gestorben.«

Kovac nickte. »Wo wir uns schon einmal getroffen haben: das Versteck unter dem Oden-Haus.«

»Geht voraus.« Dann deutete Noth auf Lian. »Er könnte Hilfe gebrauchen.«

»Kümmert euch nicht um mich«, murmelte Astrid. »Ich wurde nur gefoltert, mit Stöcken gespickt und danach von einem ganzen Gebäude angefallen, aber etwas Schlimmeres ist mir nicht passiert.«

»Ich komme schon zurecht«, erklärte Lian mit harter Stimme. »Macht Euch um mich keine Sorgen.«

Noth sah Lian kurz an und musterte danach Cinzia und Jane. Die beiden Frauen sahen mitgenommen, ansonsten jedoch unverletzt aus.

Jemand kam auf sie zugelaufen, und Noth machte sich bereit. »Das ist Olan«, stellte Kovac jedoch fest.

Olan sah ebenso müde und zerfetzt aus wie die anderen. Sein Gesicht war geschwollen, sein Hemd blutig an der Stelle, an der ihn der Armbrustbolzen erwischt hatte. Seine Brille war verschwunden. Noth bemerkte die hellen Spuren, die sich auf dem mit Schmutz verschmierten Gesicht des Mannes abzeichneten. Die Frau des Mannes war die einzige Gefangene, die es nicht geschafft hatte. Olan schüttelte wortlos den Kopf.

Noth folgte Kovac aus dem Ring und blickte immer wieder auf die Frau in seinen Armen herab, nur um sich zu vergewissern, dass sie auch wirklich da war.

KAPITEL 27

Oden-Tunnel, Navone

Winter erwachte von Männerstimmen und dem lauten, schmerzhaften Echo, das diese in ihrem Kopf erzeugten.

Sie schlug die Augen auf, machte sie aber sofort wieder zu. Alles war so schrecklich hell. Das Licht schien sich wie Dornen in ihre Augäpfel zu bohren. Winter lag einen Augenblick mit zusammengepressten Lidern da und atmete tief durch. Mit großer Mühe gelang es ihr endlich doch, sich aufzusetzen, aber sie keuchte sofort und fiel wieder nach hinten.

Ihr ganzer Körper schmerzte. Jeder Muskel fühlte sich an wie ein weichgeklopfter Tiefseefisch vor dem jährlichen großen Fischessen in Pranna.

Sie stöhnte, aber es kam ihr nur ein Keuchen über die Lippen. Und in diesem Moment, als der Schmerz mit dem ganzen Feuer des Faltira durch sie hindurchtobte, fiel ihr alles wieder ein. Navone. Noth. Frost. Die Gewalt.

Mörderin.

Winter wusste nicht, ob das ihre eigene oder die Stimme eines anderen gewesen war, aber sie erschütterte ihre Seele und ihren Körper bis ins Mark.

Mörderin, flüsterte die Stimme erneut. Auf einmal war Winter wieder dort auf dem Ringplatz und sah mit an, wie um sie herum Leute starben.

Du hast nicht hingesehen.

Winter keuchte und versuchte erneut, sich aufzusetzen. Sie musste aufstehen und sich bewegen. Sie konnte auf keinen Fall hier allein mit dieser Stimme bleiben. Nach dem, was in der Gasse in Cineste geschehen war, hatte sie lange Zeit Schuldgefühle mit sich herumgetragen, die erst nach ihrer Unterhaltung mit Kali verschwunden waren. Jetzt empfand sie eine neue, völlig andere Art von Schuld, die sie zu erdrücken drohte. Und sie wusste, dass sie es dieses Mal auch verdient hatte.

Du wirst nie wieder dieselbe sein.

Winter schrie auf, als der Schmerz aus ihren Muskeln und ihrem Kopf vor dieser neuen, inneren Agonie verblasste. Ein Frostkristall hätte den Schmerz verschwinden lassen können. Sie wünschte sich mehr als alles andere auf der Sphaera, dass sie jetzt einen bei sich gehabt hätte. Wenn der Schmerz dadurch auch nur für einen Moment nachließ, wäre das die Sache wert gewesen.

Noth.

Wo ist er? Winter öffnete wieder die Augen, dieses Mal ganz langsam, und ignorierte den Schmerz. Das einzige Licht, das sie erkennen konnte und das vor ihren Augen zu explodieren schien, kam von einem kleinen Feuer, neben dem sie lag. Sie befand sich in einer Art Höhle. Das Feuer brannte in einer einfachen Feuerstelle, die ohne große Kunstfertigkeit in den Stein gehauen worden war. Seine Wärme umgab sie, und wieder sehnte sie sich nach Frost.

Ihr Verstand schien wie vernebelt zu sein. Sie reckte den Hals, sah vom Feuer weg und erkannte in einiger Entfernung Umrisse, die von Fackelschein erhellt wurden. Beinahe wäre es ihr gelungen, sich aufzusetzen, doch die Muskeln in ihrem Rücken, ihrem Hals und ihrem Bauch protestierten. Sie konnte gerade mal den Kopf heben, da übermannte sie schon wieder der Schmerz, und sie sackte erneut nach hinten. Tränen brannten in ihren Augen. *Ich bin stärker. Ich muss nicht mehr weinen.*

Winter kniff die Augen zusammen, um die Formen besser erkennen zu können. Zwei schienen miteinander zu reden, aber sie konnte die Stimmen nicht verstehen, da das Klingeln in ihren Ohren zu laut war.

Kali und Nash. Sie hatten sie gefunden. Winter strengte sich noch mehr an, um die Worte verstehen zu können.

»Sie sind heute Morgen durch das Tor gelangt, da bin ich mir ganz sicher.«

»Und Eward war bei ihnen? Er ist bisweilen ziemlich eigenwillig.«

»Ich weiß. Aber er war bei ihnen, ebenso wie Vater, Mutter, die anderen Kinder und Olan. Nur du, Kovac und ich sind in der Stadt geblieben.«

»Warum sind wir immer noch hier? Wir hätten mit ihnen zusammen gehen sollen, um sie zu beschützen.«

»Jemand anderes beschützt sie jetzt, mit mehr Macht, als uns zur Verfügung steht. Was ist mit der Hexenjägerin? Hast du irgendetwas herausgefunden?«

»Sie reist heute Nachmittag zurück nach Triah.«

Kurze Zeit herrschte Schweigen.

»Nur die Hexenjägerin?«

»Ihr ganzes Gefolge. Jede noch lebende Göttinnenwache, die Söhne, sie alle kehren nach Triah zurück.«

»Bei der aufsteigenden Göttin. Haben sie etwa aufgegeben?«

»Davon würde ich nicht ausgehen. Aber sie gehen – wegen des Vampirs und des Kampfes gestern auf dem

Ringplatz ist ihnen wohl klargeworden, dass hier mehr als nur Ketzerei am Werk ist. Wir sollten einfach dankbar sein, dass sie verschwinden.«

»Es ist dennoch gut, dass unsere Familie nicht mehr in der Stadt ist. Aber wir müssen unsere Abreise verschieben. Wir wollen nicht zur selben Zeit wie die Hexenjägerin die Stadt verlassen.«

An den Stimmen war irgendetwas seltsam, und sie gehörten ganz bestimmt nicht Nash oder Kali. Da unterhielten sich zwei Frauen, und Winter glaubte, beide nicht zu kennen.

Auf einmal fing Winters Körper an zu zucken, und sie keuchte vor Schmerzen. Die beiden Schatten drehten sich zu ihr um, und einer eilte zu ihr.

»Es ist alles in Ordnung«, sagte eine Stimme, die neben dem lauten Klingeln in Winters Kopf wie ein Flüstern klang. »Ihr seid in Sicherheit, entspannt Euch. Ihr braucht Ruhe.«

Die Frau trug ihr blondes Haar hinten am Kopf zusammengebunden und hatte blaue Augen. Sie machte eine Geste, und die andere Frau ging daraufhin weg.

»Wo …«, begann Winter.

»In Sicherheit«, wiederholte die Frau. »Ich bin Jane. Eure Freunde sind hier. Meine Schwester holt sie gerade …«

Noch während sie sprach, näherte sich eine andere Gestalt. Es war Lian.

»Es ist alles gut«, sagte er. »Ich bin hier. Du bist in Sicherheit.«

»Noth«, flüsterte sie. Sie war sich nicht sicher, ob Lian sie verstand, da sie sich selbst kaum hören konnte.

»Du musst dich ausruhen. Wir reden später.«

»Noth.«

Der Blick, den Lian ihr zuwarf, zeigte ihr deutlich, dass er sie verstanden hatte. Lian runzelte die Stirn.

Dann hörte Winter eine neue Stimme. Sie war neu, aber auch vertraut.

»Ist sie wach?«

»Gerade so«, antwortete Lian. »Sie sollte sich erst ausruhen, bevor sie dich sieht.«

Und dann war er da, genau so wie sie ihn auf dem Ringplatz gesehen hatte, mit dem kurzen Bart, dem langen Haar und ungewaschen. Er blickte auf sie herab, und seine ruhigen Augen hatten die Farbe von polierter Eiche.

»Noth«, flüsterte sie mit heiserer Stimme.

Er legte ihr sanft den rechten Handrücken auf die Stirn. »Du musst jetzt nicht reden. Lian hat recht. Spar dir deine Kraft. Wir lassen nicht zu, dass dir irgendetwas passiert.«

Er beugte sich vor, und sie spürte seine Lippen auf ihrer Stirn, die rauh und aufgerissen über ihre Haut strichen.

Winter konnte nicht mehr klar denken, die Gedanken entglitten ihr, während ihre Erschöpfung die Oberhand gewann. Sie schloss die Augen, aber sie lächelte beinahe beim Klang seiner Stimme. Allein sie zu hören milderte ihren Schmerz ein wenig.

Als sie wieder einschlief, machte sich plötzlich Panik in Winter breit. Sie fürchtete sich vor ihren Träumen. Sie hatte Angst vor dem, was sie sehen würde, aber vor allem ängstigte sie sich vor dem, was sie getan hatte.

Du wirst nie wieder dieselbe sein, sagte die Stimme ein weiteres Mal.

Und sie wusste, dass die Stimme recht hatte.

KAPITEL 28

Rodentor, Navone

Noth rieb sich über das frisch rasierte Gesicht, während er zum Rodentor hinaufblickte. Der Himmel war klarer, aber über Nacht hatte es stark geschneit, so dass der Schnee jetzt knöcheltief lag. Er zog den Umhang enger um sich und spürte die kalte Luft im Gesicht. Erst an diesem Morgen hatte er sich rasiert und die Haare geschnitten. Die meisten Bewohner der Stadt waren am Vortag bei dem Massaker dabei gewesen, und es wäre nicht gut, wenn man ihn als einen der Gefangenen wiedererkannte, die auf dem Galgen gestanden hatten.

Was gestern auf dem Platz passiert war, lief immer wieder vor seinem inneren Auge ab. Als die Frau Astrid gelähmt und ihn zum Kampf herausgefordert hatte, war er davon ausgegangen, dass sie – oder vielleicht jemand, der sie begleitete – für die Zerstörung verantwortlich sei, für die Waffen und die Menschen, die durch die Luft flogen. Doch dann war die Kugel vom Brunnen auf sie geworfen worden, und Noth konnte nicht glauben, dass das ein Versehen gewesen sein sollte.

Aber wenn sie nicht für das Massaker verantwortlich gewesen war, wer dann?

Die Hexenjägerin und ihr Gefolge sollten angeblich durch das Südwesttor kommen, wenn sie die Stadt verließen. Obwohl sich Noth am anderen Ende der Stadt aufhielt, begab er sich in Gefahr. Aber er hätte die Höhle der Odens – und erst recht Winter – nicht im Stich gelassen, wenn es nicht wichtig gewesen wäre.

»Was wollt Ihr?«

Noth drehte sich zu der Grenzwache um, die ihn da ansprach. Der Soldat war jung, zählte vielleicht achtzehn Sommer, und er kniff die Augen zusammen, als hätte er Noth beim Stehlen erwischt. »Ich suche Hauptmann Rudak«, erwiderte Noth und ignorierte die Unhöflichkeit des Jungen. Die ganze Stadt war vor dem unerklärlichen Massaker auf dem Platz angespannt gewesen, und jetzt benahmen sich alle übervorsichtig.

»Wer seid Ihr?«

Noth runzelte die Stirn. Der Junge hatte nicht die geringste Ahnung, wie man mit Zivilisten umzugehen hatte. Oder aber er hatte einen besonders schlechten Tag.

»Madzin«, antwortete Noth und benutzte den Namen, mit dem der Hauptmann ihn in dem Brief angesprochen hatte. »Sagt ihm, dass Madzin ihn sprechen möchte.«

»Einfach nur Madzin?«

Noths Miene wurde noch finsterer. »Nur Madzin.«

Ohne ein weiteres Wort drehte sich die junge Grenzwache um und rannte zum Rodentor.

Eine halbe Stunde später kehrte der junge Mann zurück, und sein Verhalten hatte sich deutlich geändert.

Er verbeugte sich vor Noth. »Bitte folgt mir, Herr. Hauptmann Rudak hat Euch schon erwartet.«

Noth musterte ihn amüsiert. Er ging davon aus, dass Rudaks Autorität und dessen Meinung von Madzin für diese Kehrtwende verantwortlich waren. Jetzt konnte

Noth nur hoffen, dass er seinem Ruf auch gerecht wurde und Rudak davon überzeugen konnte, ihm zu helfen.

Die junge Grenzwache führte Noth durch das Rodentor und über das verschneite Feld zwischen den beiden Toren. Ihre Schritte knirschten in dem frisch gefallenen Schnee. Hier auf dem Feld standen keine Pflanzen, keine Bäume oder Büsche, und man hatte den Boden vermutlich mit Salz bestreut. Khalische Soldaten würden eine gute Sicht auf feindliche Truppen haben, falls das Bluttor jemals fallen sollte.

Noth schaute nach oben zum Bluttor, das ein architektonisches Meisterwerk darstellte. Der Platz zwischen den Klippen war hier deutlich kleiner als am Rodentor. Noth wusste, so wie er vieles einfach wusste, dass die Mauer fast zwanzig Ruten hoch war, und somit weitaus höher als die Stadtmauern von Navone, und fünf Ruten dick. An jedem Ende der Mauer stand ein Turm, der direkt in die Berge hineingehauen worden war und den Sorensanischen Pass überragte.

Mehrere Grenzwachen in Plattenrüstungen und Helmen standen vor dem großen Tor aus mit Eisen beschlagener Eiche. Neben ihnen wartete ein Hauptmann. Noth erkannte den Rang des Mannes an den roten Abzeichen, die auf seinen Wappenrock gestickt worden waren. Er trug zu seinem Schutz nur ein Kettenhemd, und er war riesig. Selbst ohne Helm überragte er die anderen Grenzwachen um mindestens einen Kopf, und er war fast doppelt so breit wie diese. Sein Leibesumfang schien aus einer Mischung aus Muskeln und Fett zu bestehen. Zwar war die Kraft solcher Soldaten offensichtlich, aber ihre

Geschmeidigkeit war für einen Gegner oft überraschend. Außerdem war der Mann noch jung, sieben- oder achtundzwanzig Sommer, schätzte Noth. Man stieg nicht so schnell in den Rang eines Hauptmannes auf, indem man nur ein sehr guter Esser war.

Der Hauptmann lächelte ihn an. »Madzin, mein Freund. Es ist eine Ewigkeit her.«

Noth nickte ihm zur Begrüßung zu und versuchte, die Aufregung zu zügeln, die in ihm erwachte. Hier stand ein Mann, der ihn tatsächlich kannte oder vielmehr früher gekannt hatte. Den Mann, der er wirklich war. »Ich habe den Brief erhalten. Danke, dass wir uns treffen können, Hauptmann.«

Hauptmann Rudak sah ihn fragend an. »Förmlich wie immer.« Er bedeutete Noth, ihm zu folgen. »Wir werden uns an einen Ort zurückziehen, an dem wir ungestört reden können.«

Der riesige Mann ging um die Ecke des Bluttors zu der Stelle, an der der Turm an den Felsen stieß. Dann nahm er einen Schlüssel vom Gürtel und schloss eine schmale Holztür auf, die man in der Mauer fast gar nicht bemerkte. Noch immer lächelnd drehte er sich wieder zu Noth um. Die Haare des Mannes waren lockig und lang, und er trug einen dichten Bart. Nun schüttelte er sich eine Strähne aus den Augen.

»Der Turm wird unseren Ansprüchen doch genügen, nicht wahr? Es sei denn, du ziehst einen anderen Ort vor …«

Noth schüttelte den Kopf. »Der Turm ist völlig ausreichend.«

Rudaks Lächeln wurde noch breiter. »Sehr schön. Dann immer herein.« Er duckte sich unter dem Türrahmen durch, der sich für ihn auf Augenhöhe befand.

Noth zögerte. Der Hauptmann behandelte ihn zwar freundlich, aber er hatte dennoch keinen Grund, ihm zu vertrauen. Er betrat gerade eine enge, geschlossene Kammer mit jemandem, den man nur als Riesen bezeichnen konnte. Trotz seiner Fähigkeiten war sich Noth nicht sicher, ob er diesen Mann in einem Kampf bezwingen könnte.

Aber er biss die Zähne zusammen und ging dennoch hinein. Er durfte sich diese Gelegenheit, mehr über seine Vergangenheit zu erfahren, nicht entgehen lassen.

Sie erklommen eine Wendeltreppe und erreichten eine Falltür in der Decke, durch die man Zugang zum oberen Teil des Turmes erhielt. Rudak öffnete die Tür, und Sonnenlicht fiel herein. Noth erschauderte. Rudak schien nicht einmal außer Atem zu sein und war anscheinend sehr beweglich für seine Größe.

Der Hauptmann schickte die Grenzwache weg, die vor der Tür stand und salutierte, und ging ohne ein Wort zu sagen hinaus.

Dann waren Noth und Rudak allein.

Rudak legte die Arme um Noth, und dieser wäre ihm beinahe ausgewichen, wenn er nicht im letzten Augenblick bemerkt hätte, dass der Mann ihm auf den Rücken klopfte. Noth taumelte ein Stück nach vorn, da das Gewicht von Rudaks Arm ausreichte, um ihn fast vom Turm zu werfen.

»Es ist wirklich viel zu lange her! Bei Cantas Knochen, was hat dich so lange von hier ferngehalten? Ich habe dich das letzte Mal gesehen, als du auf dem Weg nach Roden gewesen bist, du Schuft. Wie bei der Unterwelt hast du es geschafft, die Grenze zu überqueren, ohne bei mir auf einen anständigen Schluck vorbeizuschauen?«

Noth fand sein Gleichgewicht wieder und starrte Rudak an. Der Mann grinste wie ein Verrückter. Als Rudak eine Hand unter seinen Waffenrock steckte, erstarrte Noth, doch er zog nur eine große Flasche hervor und schraubte sie auf. »In Navone gibt es den besten Branntwein nördlich von Triah«, erklärte er und grinste noch breiter. Er reichte Noth die Flasche. »Trink einen Schluck.«

Noth nahm die Flasche entgegen. Kurz fragte er sich, ob das Getränk wohl vergiftet war, aber er konnte es sich eigentlich nicht vorstellen. Rudak war kein Mensch, der andere vergiftete. Er würde seinen Gegnern immer direkt ins Gesicht sehen. Das wusste Noth zwar nicht aus eigener Erfahrung, aber er hatte schon genug Männer wie Rudak erlebt.

»Was denkst du, Madzy? Riech mal an dem Zeug, nur zu.«

Noth hob die Flasche an die Nase und stellte fest, dass er lächelte. »Verkohlte Eiche«, murmelte er und schwenkte die Flasche, »und Zimt. Und darunter ein Hauch von Früchten und Süße, vermischt mit Feuer.« Er sah Rudak an. »Ein guter Jahrgang.«

Rudak kicherte. »Ich wusste, dass du ihn zu schätzen wissen würdest. Es ist mir gelungen, eine Flasche davon zu beschaffen, als ich hörte, dass du wieder in Navone bist.«

Noth setzte die Flasche an die Lippen und war sich gleichzeitig bewusst, dass er eben wie ein Adelsmann über den Branntwein gesprochen hatte. Es schien, als wären derartige Verkostungen etwas, das ihm genauso im Blut lag wie Seemannsknoten oder das Lenken eines Wagens. Oder das Töten. Aber Rudak schien sich über Noths Lob zu freuen, und nachdem er einen Schluck Branntwein getrunken hatte, schloss er die Augen und nickte.

»Ein wahrlich guter Jahrgang. Das war ein guter Kauf, Rudak.«

Noth schlug die Augen auf und stellte fest, dass das Lächeln seines Gegenübers langsam verblasste. Er gab ihm die Flasche zurück und wartete gespannt darauf, was Rudak sagen würde.

»Wir müssen über einige ernste Dinge sprechen, wir beide«, begann Rudak. Er trank ebenfalls einen Schluck und drehte sich dann zu den Befestigungsmauern um, die auf den Sorensanischen Pass hinausgingen. Man sah von hier gen Roden. Noth trat neben ihn und lehnte sich an die kalte, mit Schnee bedeckte Zinne.

»Dann lass uns reden«, erwiderte Noth. Rudak schien auf den ersten Blick ein unbeschwertes Wesen zu haben, aber er wirkte auch ernst, wie ein Mann, der wusste, was er tat. Noth fragte sich, warum er – oder vielmehr Madzin – sich mit einem solchen Mann angefreundet hatte. Hatte Madzin ein ähnliches Verhalten an den Tag gelegt? Oder war es einfach nur sehr praktisch gewesen, jemanden bei der Grenzwache zu kennen?

»Ich habe dich gestern gesehen«, sagte Rudak. »Auf dem Ringplatz. Die ganze verdammte Stadt hat dich gesehen, du Mistkerl.«

»Ich weiß.«

Rudak drehte sich zu Noth um und lehnte sich rücklings an die Balustrade. »Ich bin mir nicht sicher, ob die anderen dich erkannt haben, aber, bei der aufsteigenden Canta, ich habe es.«

Noth griff nach der Flasche und nahm noch einen Schluck. »Die anderen?«

»Aye. Deine anderen Kontaktpersonen in der Stadt«, sagte Rudak.

Wenn Noth hier noch andere Kontaktpersonen hatte,

war das dann auch in anderen Städten so? Hatte er Kontakte in Cineste gehabt oder würde er welche in Roden haben?

»Hast du gestern einen von ihnen gesehen?«, wollte Noth wissen. »Auf dem Ring, meine ich.«

»Aye. Remfeld war da, zusammen mit seinen Gaunern. Ich glaube, ich habe auch die Alchemistin Qan gesehen. Und am Rand der Menge stand diese Frau, wie war doch gleich ihr Name? Die, die wie eine Heldsüchtige aussieht. Dünn, voller blauer Flecke, das Haar geht ihr fast büschelweise aus. Hässlich wie die Nacht. Du kennst sie, du Schurke, wie heißt sie doch gleich?«

Noth erstarrte. Er hatte nicht die geringste Ahnung, von wem Rudak da sprach. Keiner der genannten Namen sagte ihm etwas.

»Taille«, sagte Rudak endlich und schlug auf die Zinne. »Sie heißt Taille. Jedenfalls habe ich alle drei gesehen. Sie schienen dich nicht zu erkennen, aber das kann ich nicht mit Sicherheit bestätigen.«

Ein Gauner, eine Alchemistin und eine Süchtige. Und dazu ein Hauptmann der Grenzwache. Noth sah keinerlei Verbindung.

»Was bei der Unterwelt machst du hier, Madzin? Seit wann hat deinesgleichen denn Ärger mit einer Heiligen Hexenjägerin?«

Noth zuckte mit den Schultern. In Anbetracht der Tatsache, was Rudak mit »deinesgleichen« meinte, konnte er die Frage nicht wahrheitsgetreu beantworten. »Das war eher eine … persönliche Angelegenheit«, behauptete er.

Rudak kniff die Augen zusammen. »Du willst mir damit doch nicht etwa sagen, dass du in dieser Sache mit drinsteckst?« Der große Mann deutete auf Navone. Vom Turm aus konnte man die gesamte Stadt überblicken.

Noth schüttelte den Kopf. Er durfte auf keinen Fall riskieren, Rudaks Hilfe zu verlieren, weil der Mann ihn für einen Ketzer hielt. »Sagen wir einfach, es war eine blöde Idee, eine Heilige Hexenjägerin zu verärgern, egal auf welche Weise.«

Rudak starrte Noth noch einen Augenblick lang an, dann lachte er schallend. »Das hätte ich mir denken können. Der alte Madzin hat versucht, eine Hexenjägerin in sein Bett zu bekommen, was? Da hast du dieses Mal aber unter den falschen Rock geguckt, du alter Schwerenöter. Jeder Mann, dem seine Eier etwas bedeuten, weiß, dass man sich nicht mit der Geistlichkeit einlässt. Sie hat dich einsperren lassen, bevor du auch nur zwei Worte herausbringen konntest, was?« Noth sagte nichts dazu. Es war besser, Rudak glaubte diese Version, als dass er die Wahrheit kannte. Aber Rudaks Verdacht, so lächerlich er auch war, ließ Noth unwillkürlich grinsen. Rudak starrte ihn an. »Das hast du nicht getan! Madzin Moraine, du Mistkerl! Du hast sie nicht tatsächlich in dein Bett bekommen, oder?« Rudak warf den Kopf in den Nacken, und sein Lachen hallte laut von den Klippen wider. Er schlug Noth mit seiner großen Hand auf den Rücken, wobei er ihn ein weiteres Mal beinahe vom Turm gestoßen hätte. Noth umklammerte die Zinne, um nicht den Halt zu verlieren.

»Bei Cantas Knochen, Mann. Eine Heilige Hexenjägerin. Nur du kannst so etwas Dummes anstellen. Ich sage dir, es gibt nur zwei Arten von Menschen auf der Welt, die dumm genug sind, um zu glauben, sie könnten mit so etwas durchkommen: Assassinen und Regierungsagenten. Da du in beide Kategorien fällst, bist du so oder so ein Mistkerl!« Rudak lachte erneut auf.

Ein Assassine und Regierungsagent, dachte Noth. Ersteres bestätigte, was er in vielen seiner Träume gesehen hatte. Letzteres wäre ihm nie in den Sinn gekommen.

Noth war sich nicht sicher, wie lange er sich noch mit diesem Mann unterhalten konnte, ohne preiszugeben, dass er nicht die geringste Ahnung hatte, wer Madzin war. Da war es besser, die Sache schnell hinter sich zu bringen und anzusprechen, was ihn überhaupt hergeführt hatte.

»Ich brauche deine Hilfe«, sagte Noth und sah Rudak in die Augen. Das war nicht leicht, da ihn sein Gegenüber um fast einen Kopf überragte.

»Das habe ich mir schon gedacht«, murmelte Rudak. »Ich stehe zu deiner Verfügung, Madzin. Du weißt, dass ich weder dir noch den Leuten, für die du arbeitest, je etwas abschlagen würde.«

Noth nickte. »Ich muss unauffällig die Grenze überqueren. Kannst du das arrangieren?«

Rudak schnaubte. »Natürlich kann ich das. Ich habe das schließlich schon ein Dutzend Mal für dich getan, oder etwa nicht? Und immer ist alles reibungslos gelaufen.«

»Dann musst du es ein weiteres Mal tun. Heute Nacht oder spätestens morgen.«

»In Ordnung. Nur du, oder hast du dieses Mal eine ganze Cotir bei dir?«

Noth zögerte. Dieses Wort – Cotir – rüttelte etwas in ihm wach. Er konnte sich nicht genau erinnern, aber es klang vertraut. Wie einige der Worte, die Astrid benutzt hatte. Noth nahm sich vor, sie später danach zu fragen. Was ein weiteres Problem darstellte: Astrid würde darauf bestehen, ihn nach Roden zu begleiten. Außerdem bezweifelte er, dass er Winter und Lian einfach nach Pranna zurückschicken konnte, nachdem sie so weit gereist waren, um ihn zu finden – und er musste auch an einige der Dinge denken, die Lian ihm erzählt hatte.

Bei dem Gedanken an Winter knirschte Noth mit den Zähnen. Sie war hier in Navone, bei ihm. Er hatte sich noch nicht dazu in der Lage gefühlt, ein Zimmer mit ihr zu teilen. Genau genommen war er ihr aus dem Weg gegangen. Er wollte ihr helfen, und er war sehr froh darüber, dass sie in Sicherheit war, aber er schämte sich unglaublich dafür, sie überhaupt verlassen zu haben. Er wusste nicht, wie er sich in ihrer Gegenwart benehmen sollte. Ihre Nähe verwirrte ihn.

»Ich bin mir nicht sicher«, erwiderte er. »Vielleicht gehe ich allein, oder ich nehme noch einige Leute mit. Kannst du dich auf eine Gruppe einstellen, falls Letzteres der Fall sein sollte?«

Rudak zog eine Augenbraue hoch. »Das ist etwas Neues«, meinte er. »Du bist dir nicht sicher, wie viele die Grenze überqueren werden. Aber das dürfte kein Problem darstellen. Ob du nun allein kommst oder mit einer Gruppe, ich bringe dich schon auf die andere Seite. Aber die Gruppe darf nicht groß sein, höchstens fünf oder sechs. Selbst ich kann keinen ganzen Trupp durch die Tore schmuggeln.«

»Ich weiß«, versicherte Noth ihm. »Das sollte reichen.« Er zögerte. »Es könnten einige Tiellaner darunter sein. Ist das ein Problem?«

Rudak schnaubte. »Für mich nicht. Aber viel Glück in Roden mit ihnen, ohne dort aufzufallen. Ich muss dich ja nicht daran erinnern, welche Strafe nach rodenesischem Gesetz darauf steht, nicht wahr?«

Noth schüttelte den Kopf. Das Beste, was sie sich in diesem Fall erhoffen konnten, war eine sofortige Ausweisung, aber wahrscheinlicher war, dass man sie ohne

Prozess einkerkerte. In einigen Fällen waren die zu Unrecht ins Land eingedrungenen Tiellaner zusammen mit ihren Begleitern hingerichtet worden.

Rudak drehte sich erneut zum Sorensanischen Pass um. »Heute Abend könnte es schwierig werden, vor allem wenn es eine Gruppe wird. Am besten machen wir es morgen Nacht. Dieselbe Zeit wie üblich?«

Noth zögerte. Er konnte nicht einfach zustimmen, dann würde er nicht wissen, wann genau sie sich treffen wollten. Aber wenn er eine andere Zeit nannte und es sich dabei nicht um »dieselbe Zeit wie üblich« handelte …

»Um Mitternacht.« Ein Schuss ins Blaue.

»Das ist machbar«, entgegnete Rudak nickend. »Später als üblich, aber es lässt sich einrichten. Wir treffen uns in der Nähe des Rodentors.«

»Gut.« Noth konnte nur hoffen, dass es tatsächlich funktionierte.

»Und jetzt lass uns von diesem Turm verschwinden«, meinte Rudak grinsend. »Hier oben wird mir immer ganz schwummrig.«

KAPITEL 29

Oden-Tunnel, Navone

Was machen wir jetzt?«, fragte Cinzia.

Sie hatten einige alte Ohrensessel und Bänke aus den Tunneln vor das kleine Feuer in der Hauptkammer gestellt. Jane saß links von ihr und Kovac zu ihrer Rechten. Ihr gegenüber saßen Noth, die beiden Tiellaner und das Mädchen – der Vampir. Winter, die tiellanische Frau, hatte zwischen Noth und Lian Platz genommen. Sie sah noch immer sehr schwach aus, aber es war ein gutes Zeichen, dass sie aufgestanden war. Cinzia, die im Seminar in Triah die Grundlagen der Medizin und Heilkunde gelernt hatte, war für Winters Untersuchung verantwortlich gewesen. Die Tiellanerin hatte keine Verletzungen erlitten, aber ihr Körper erholte sich eindeutig von … irgendetwas. Was genau das war, wusste Cinzia nicht, und Winter weigerte sich, darüber zu sprechen. Aber wenn Cinzia dem Mädchen in die Augen schaute, dann sah sie darin eine Dunkelheit, die weit über die Farbe der Iris hinausging.

Cinzia bemerkte, dass Jane Winter anstarrte, und das nicht zum ersten Mal. Sie konnte nicht nachvollziehen, warum ihre Schwester derart von dem Mädchen fasziniert war, denn Jane besaß keine medizinische Ausbildung und Cinzia hatte ihr nicht erzählt, was sie an Winters Zustand besorgte – schließlich war Vertraulichkeit bei der angewandten Heilkunde ein sehr wichtiger Aspekt. Außerdem machte sich Cinzia weitaus größere Sorgen wegen des Vampirs. Astrids Augen leuchteten in der dunklen Höhle auf, und Cinzia zuckte zusammen.

Noths tiellanische Gefährten waren eine Erklärung für seinen Akzent. Seltsam war jedoch, dass Winter gar nicht wie eine Tiellanerin sprach. Es war in der Tat eine sehr eigenartige Truppe.

Cinzia und Kovac hatten dieses Treffen einberufen, um über ihre nächsten Schritte zu entscheiden. Allerdings war sie ein wenig besorgt, dass Noth und seine Gefährten sich gegen sie wenden und die beiden Oden-Schwestern an die Denomination ausliefern würden. Cinzia vertraute Noth nicht, aber Kovac schien es zu tun. Kovac sagte, der Mann wisse, wie man kämpft, und dass sie jemanden mit seinem Talent gut gebrauchen konnten. Sie gab es nur ungern zu, wusste aber auch, dass ihre Göttinnenwache recht hatte.

Ist er überhaupt noch meine Göttinnenwache?, fragte sie sich. Nach allem, was am Vortag geschehen war, würde man ihr den Status einer Priesterin mit Sicherheit bald entziehen. Nayome hatte bestimmt gesehen, dass Cinzia Jane geholfen hatte. Cinzia atmete tief durch. An so etwas durfte sie jetzt nicht denken. Es gab Wichtigeres zu besprechen.

»Wir haben etwas zu erledigen«, sagte Jane und schaute Cinzia an. »Und wir müssen es an einem sicheren Ort tun.«

Das war das erste Mal, dass Cinzia davon hörte, und sie sah Jane verwirrt an.

»Unsere Familie ist in Sicherheit«, fuhr Jane fort. »Es wäre am besten, wenn sie für eine Weile untertauchen. Wer weiß, was für Vergeltungsmaßnahmen nach den gestrigen Schrecken drohen. Es ist sicherer für alle Beteiligten, wenn wir ebenfalls gehen.«

Cinzia nickte. Sie mochte noch immer nicht an das denken, was auf dem Ringplatz geschehen war. Es wollte ihr nicht in den Kopf gehen, dass der Ort, an dem sie ihre Kindheit verbracht hatte, zum Schauplatz eines Massakers geworden war. Und dass niemand genau wusste, was überhaupt passiert war, machte alles noch schlimmer. Waffen waren durch die Luft geflogen, als hätten sie einen eigenen Willen, und sie hatte gesehen, wie Söhne von Canta über dem Platz geschwebt und gegeneinandergeprallt waren.

So viele hatten ihr Leben verloren.

»Vielleicht sollten wir ihnen nach Tinska folgen«, sagte Jane auf einmal. »Dort wären wir in Sicherheit.« Tinska war eine Kleinstadt westlich von Navone an der Küste des Wyndrischen Meeres.

Aber Cinzia hielt es für keine gute Idee, den anderen zu folgen. Jane war gefährlich, ob ihr das nun klar war oder nicht, und Cinzia würde den Rest ihrer Familie nicht erneut in Gefahr bringen.

»Ich bin nicht sicher, ob wir wirklich nach Tinska gehen sollten«, erwiderte sie deshalb.

»Unsere Familie wird dort sein. Wir müssen dorthin gehen, Cinzia, um das Werk zu vollenden, das uns Canta aufgetragen hat.«

Cinzia runzelte die Stirn. »Welches Werk? Wovon redest du da bitte, Jane?«

Jane senkte den Blick und starrte ins Feuer. »Das kann ich dir nicht sagen«, erwiderte sie. »Aber du wirst es zur rechten Zeit schon verstehen.«

Cinzia lachte freudlos auf. »Nein. Ich habe schon viel zu viel für dich geopfert. Das haben wir alle, Jane. Aus diesem Grund werde ich überhaupt nichts mehr tun, es sei denn, du sagst mir bei der Unterwelt endlich, was hier eigentlich los ist.«

»Meine Dame«, tadelte Kovac sie leise. Cinzia seufzte. Er hatte ja recht, ein Streit brachte sie auch nicht weiter.

»Ja, Kovac?«, fragte sie daher.

»Vielleicht sollten wir erst einmal herausfinden, wie ihre Pläne aussehen«, meinte er und nickte zu Noth hinüber, »bevor wir entscheiden, wie es weitergehen soll.«

»Aber natürlich«, meinte Cinzia und musterte Noth, der offenbar der Anführer der bunt zusammengewürfelten Truppe war. Die Augen dieses Mannes machten ihr noch immer zu schaffen. Es waren die Augen eines Toten. »Ich befürchte, dass unser Schicksal miteinander verwoben ist, zumindest für eine Weile. Noth, habt Ihr und Eure ...« Cinzia hielt inne. Die Tiellaner waren ganz bestimmt nicht seine Diener, aber was waren sie dann? »Eure Freunde«, sagte sie schließlich, »schon entschieden, wohin Eure Reise von hier aus gehen wird?«

Als ihre Frage nicht beantwortet wurde, fuhr Cinzia einfach fort.

»Wenn Ihr mögt, könnt Ihr uns gern begleiten. Wir haben nicht viele Reichtümer, wie Ihr seht, aber Ihr könnt uns helfen, das zu verdienen, was wir zum Überleben brauchen. Und wir könnten Euer Geschick gebrauchen, falls es ... etwas rauher wird.« Sie brachte es nicht über sich, den Vampir anzuschauen. Sollte Noth sie begleiten, dann konnte sie nur hoffen, dass sich dieses Monster ihm nicht anschließen würde.

Noth blickte auf Winter herab. Cinzia sah zum ersten Mal, seitdem sie sich hier zusammengefunden hatten, dass er die Frau anschaute. Winter starrte weiterhin in die

Flammen, die sich in ihren dunklen Augen widerspiegelten.

»Ich muss mich im Norden um einige geschäftliche Angelegenheiten kümmern, aber Winter und Lian …«

»Wir begleiten dich«, fiel ihm Winter mit leiser Stimme ins Wort. »Du wirst mich nicht noch einmal verlassen.«

Cinzia hatte nicht die geringste Ahnung, was diese beiden verband. Ihre Beziehung war ihr vom ersten Augenblick, in dem sie die beiden miteinander gesehen hatte, seltsam vorgekommen. Dann musterte sie Lian. Der Tiellaner passte irgendwie auch nicht so recht ins Bild.

»Sie könnten euch einkerkern oder sogar töten«, beharrte Noth.

»Das ist mir egal.«

»Sie werden euch irgendwann entdecken. Ich kann nicht riskieren …«

»Ich werde meine Kapuze nie abnehmen«, versicherte ihm Winter. »Ich bleibe an deiner Seite, und du kannst mich nicht davon abbringen, *Gatte.* Lian kann tun, was er will, aber ich bleibe bei dir.«

Cinzia versuchte, sich ihre Überraschung nicht anmerken zu lassen. Eine Tiellanerin und ein Mensch, die verheiratet waren? Das war natürlich schon früher vorgekommen und innerhalb der cantischen Denomination auch erlaubt. Aber Cinzia hatte noch nie jemanden kennengelernt, der tatsächlich bereit gewesen wäre, ein Mitglied des anderen Volkes zu ehelichen.

»Ich gehe dahin, wo sie hingeht«, erklärte Lian.

Die Tiellaner waren bereit, ein Land zu betreten, dessen Volk ihre ganze Rasse noch viel mehr hasste als die Menschen in Khale, ein Land, das jeden einzelnen Tiellaner schon vor Jahrzehnten entweder vertrieben oder ermordet hatte?

»Du willst herausfinden, wer du bist, nicht wahr? Du willst wissen, warum du so geworden bist?«

Noth nickte.

»Dann werde ich dir dabei helfen.«

Als Noth keine weiteren Einwände erhob, holte Cinzia tief Luft. »Nun gut«, meinte sie. Die Angelegenheiten der anderen gingen sie nichts an, und es stand Cinzia nicht zu, sie in Frage zu stellen. Außerdem bezweifelte sie, dass diese Leute ihrer Schwester Probleme bereiten konnten, wenn sie sich in Roden aufhielten. Cinzia wollte sich gerade zu Jane umdrehen und dagegen aussprechen, nach Tinska zu gehen, als sie unvermittelt ein seltsames Gefühl überkam.

Sie fühlte sich, als würde sie zum ersten Mal seit vielen Jahren eine enge Freundin wiedersehen. Dabei schien sie die Kontrolle über ihre Empfindungen und Bewegungen verloren zu haben und von oben auf ihren Körper herabzuschauen. Etwas veränderte sich, und die Luft um sie herum schien zu wabern.

Dann sah sie das Feuer. Die Flammen, die bislang orangerot geleuchtet hatten, veränderten sich und wurden erst gelb und dann grün. Es war ein tiefes, leuchtendes Grün, das sie an die Augen des Vampirs erinnerte. Das Feuer flackerte auf, und die Flammen leckten gierig um sich und streckten sich aus. Cinzia sah, wie sie einen Schritt nach hinten machte.

Alle anderen starrten jetzt ebenfalls die hoch auflodernden grünen Flammen an. Cinzia sah gleichzeitig sich selbst und das Feuer. Sie hatte den Kopf in den Nacken gelegt, den Hals gereckt und die Augen geschlossen. Dann ruckte ihr Kopf auf einmal nach vorn, und sie riss die Augen auf.

»Lathe, mein Sohn, du hast richtig entschieden.« Es

war Cinzias eigene Stimme, da war sie sich ganz sicher, und sie konnte sehen, wie sich ihre Lippen bewegten, und die Worte hören. Dennoch klang die Stimme gleichzeitig anders, lauter und kraftvoller als jemals zuvor. *»Geht nach Izet. Roden ist wichtig für meine Pläne, wie ihr alle bald herausfinden werdet.«* Cinzia sah, dass sie die Augen weit aufgerissen hatte und dass diese ebenso grün leuchteten wie das Feuer. Dann sah sie mit diesen Augen Jane an.

»Jane, du warst mir eine treue Dienerin, und du wirst gesegnet sein, wenn du damit fortfährst. Ich beauftrage dich, zusammen mit deiner Schwester und meiner Wache Lathe und seine Gefährten zu begleiten. Euch beide erwartet noch sehr viel Arbeit.«

Cinzia sah mit an, wie sie nacheinander alle vor dem Feuer Versammelten musterte. Auf ihrem Gesicht, das im schaurigen grünen Licht strahlte, lag ein Lächeln. *»Ihr seid alle wichtige Instrumente in meinem Plan. Ihr seid meine Kinder, und ich werde euch leiten und über euch wachen. Ich bin eure Mutter. Ich werde auf euch aufpassen und euch beschützen, bis ich erneut auf die Sphaera herabsteige. So soll es sein. Imass.«*

»Imass«, flüsterte Cinzia, und dann war sie wieder in ihrem eigenen Körper und starrte in die orangerot glühenden Flammen.

Sie sah sich benommen um.

Noth fluchte leise, und Astrid murmelte etwas, das Cinzia nicht verstehen konnte. Alle bis auf Winter schauten Cinzia an, die Tiellanerin blickte mit finsterer Miene ins Feuer.

»Cinzia«, murmelte Jane skeptisch, »was war das?« Sie hatte die Augen aufgerissen und sah im Licht des Feuers blass aus.

»Das weiß ich nicht«, antwortete Cinzia. Jane blickte sie an, als hätte sie sie noch nie zuvor gesehen. »Wer ist Lathe?«, fragte Cinzia dann und sah sich um.

Die Tiellaner schauten beide Noth an, und er seufzte. »Das bin dann wohl ich«, sagte er. »Zumindest könnte das der Name sein, den ich früher getragen habe.«

Cinzia versuchte zu begreifen, was gerade geschehen war. Sie hatte ihren Körper verlassen. Eine Stimme war aus ihrem Mund gekommen, hatte sie als ihre Kinder und ihre Instrumente bezeichnet. Die Stimme hatte einen Plan für sie, für die ganze Sphaera. Und Cinzia hatte das Gefühl gehabt, einer lange verloren geglaubten Freundin wiederzubegegnen.

Möglicherweise hatte sie endlich einen Weg gefunden, die Kontrolle zurückzugewinnen.

Sie blickte auf. »Ich glaube … Ich glaube, es war eine Erscheinung.«

Cinzia und Jane sahen einander lange an. Die anderen schwiegen, als würden sie darauf warten, dass eine der beiden Schwestern das Wort ergriff.

Dann schloss Jane die Augen. »Dies war anders als alles, was ich gewohnt bin«, gestand sie endlich. »Das war nicht so, wie es normalerweise abläuft.«

Cinzia runzelte die Stirn. Jane durfte derartige Offenbarungen haben, aber wenn Cinzia eine hatte, dann war sie fragwürdig?

»Sie war es«, erwiderte Cinzia entschieden. Sie war sich nicht sicher, ob das wirklich zutraf, aber eigentlich war ihr das auch gleichgültig. »Wir alle wurden auserwählt. Wir alle hier sind Cantas Diener. Das ist ein großer Segen.«

»Der Segen einer toten Göttin interessiert mich nicht«, erklärte Winter mit ruhiger Stimme.

Cinzia wollte auffahren. Sie war eine cantische Priesterin und hatte gerade eine Enthüllung gehabt. Wie konnte dieses Mädchen denn nicht daran glauben?

Aber wenn sie selbst an ihrer eigenen Erfahrung zweifelte, wie konnte sie dann von jemand anderem erwarten, dass er daran glaubte? Das, was eben passiert war, entsprach nicht den Beschreibungen früherer Offenbarungen. Nach allem, was mit ihrer Familie und mit Jane passiert war, musste sich Cinzia eingestehen, dass sie ihren Glauben an die Canta, die sie immer zu kennen geglaubt hatte, verloren hatte.

Sie schüttelte den Kopf und sah Kovac an. Der unerschütterliche Kovac, der immer an ihrer Seite war. Allein sein Anblick schenkte ihr Kraft. Es wurde Zeit, dass sie etwas unternahm.

»Canta hat uns befohlen, nach Roden zu gehen«, sagte Cinzia. Diese Vorstellung war völlig verrückt. Außerdem wäre es der reinste Wahnsinn, zusammen mit zwei Tiellanern nach Roden zu reisen. Noth und seine Begleiter wollten dennoch dorthin. Und tief in ihrem Inneren fragte sich Cinzia, ob es nicht einen größeren Plan gab, der hinter alldem steckte. Einen Grund dafür, dass sie sich alle in Navone begegnet waren.

»Du hast gesagt, wir müssten etwas tun«, sagte sie zu Jane. »Können wir das auch in Roden erledigen?«

»Ich denke schon, zumindest unterwegs«, erwiderte Jane schließlich. »Es wird nicht leicht, sollte aber möglich sein. Vorausgesetzt, es geling uns, die Grenze zu überqueren.«

Cinzia richtete den Blick auf Noth. Das war die eigentliche Frage. »Ihr habt gewiss schon einen Plan, wie Ihr nach Roden gelangen wollt. Vielleicht möchte Canta ja, dass wir Euch begleiten.«

Noth schüttelte den Kopf. »Bei der Unterwelt, das ist schlichtweg unmöglich ...«

»Wir werden so oder so nach Roden gehen, mit oder ohne Euch«, fiel ihm Cinzia rasch ins Wort. »Warum reisen wir dann nicht gleich zusammen? Wir könnten einander helfen. Ich verfüge über den Einfluss der cantischen Denomination und kann an Orte gelangen, zu denen Euch der Zutritt verweigert ist. Würdet Ihr mir diesen Gefallen erwidern?«

Noth blickte auf Winter herab, holte tief Luft und schüttelte den Kopf. Dieses Mal schien die Geste jedoch eher Resignation als Ablehnung auszudrücken. »Es gibt keine Garantie dafür, dass wir über Navone zurückkehren werden. Es kann sein, dass Ihr Euch allein nach Hause durchschlagen müsst.«

Cinzia begriff, was er ihr damit sagen wollte. *Ihr seid Euch nicht sicher, ob Ihr überhaupt zurückkehren werdet.*

»Wir werden einen Weg nach Hause finden«, versicherte Jane ihm.

Cinzia starrte ihre Schwester verblüfft an, sie hatte nicht mit ihrer Unterstützung gerechnet.

»Wir führen Cantas Willen aus, und nichts außer der Göttin selbst kann uns aufhalten«, erklärte Jane und legte eine Hand auf Cinzias Arm.

Wieder blickte Noth auf Winter herab und berührte sie an der Schulter. »Bist du damit einverstanden?«

»Natürlich nicht«, antwortete die Frau und stand auf. »Aber ihr habt euch alle längst entschieden. Dann macht doch, was ihr wollt.« Sie marschierte entschlossen zurück in das kleine Nebenzimmer, in dem sie geschlafen hatte.

Noth sah ihr hinterher. Cinzia glaubte, zumindest für

einen Augenblick nachvollziehen zu können, was Kovac in diesem Mann sah. Trotz ihres ersten Eindrucks schien etwas Gutes in ihm zu sein.

Noth seufzte. »Sie hat so ihre Probleme mit der Denomination. Eigentlich gilt das für uns alle. Ihr werdet uns nichts vorpredigen und auch nicht versuchen, uns zu erlösen. Habt Ihr das verstanden?«

»Aber natürlich«, bestätigte Cinzia. Die Bekehrung von Seelen zu Canta war das Letzte, was ihr momentan am Herzen lag.

»Dann brechen wir morgen Abend auf. Seid kurz nach Einbruch der Dämmerung bereit. Wir werden die Grenze um Mitternacht überqueren.«

Einen Moment lang sagte niemand etwas. Dann löste sich die Gruppe auf, und nur Cinzia und Jane blieben zurück. Jane starrte zum Eingang von Winters Quartier.

»Was ist?«, erkundigte sich Cinzia.

»Ich … ich weiß es nicht«, erwiderte Jane stockend, es klang, als wäre sie mit ihren Gedanken ganz woanders. »Dieses Mädchen hat irgendetwas an sich, das ich einfach nicht verstehe.«

Cinzia wusste nicht, was Jane damit meinte, aber sie dachte, dass ihre Schwester nicht über das reden wollte, was eben vorgefallen war. Das war ihr durchaus recht.

Wenigstens hatte Cinzia jetzt wieder ein Ziel und eine greifbare Aufgabe. Das musste vorerst reichen.

Als sich Cinzia an diesem Abend dem kleinen Zimmer näherte, das sie sich mit Jane teilte, zögerte sie. Drinnen schien noch Licht. Jane war wach. Cinzia war nicht bereit für diese Unterhaltung. Stattdessen wandte sie sich ab und ging zurück in die große Höhle, wo die Glut in der Feuerstelle noch immer glomm. Plötzlich hörte sie eine Stimme aus der Dunkelheit.

»Wir müssen reden.«

Sie drehte sich abrupt um, und Noth trat aus dem Schatten. Cinzia wäre am liebsten weggelaufen, weit weg von diesem Mann. Warum rief sie nicht einfach um Hilfe?

Stattdessen sah sie ihm in die Augen. »Wie Ihr meint«, erwiderte sie.

»Was ist da vorhin passiert?« Noth stand vielleicht zwei Ruten von ihr entfernt, und sein Gesicht lag teilweise im Schatten, ebenso wie sein Körper.

Cinzia überlegte, ob sie das wiederholen sollte, was sie zuvor auch gesagt hatte: dass es eine Vision, eine Offenbarung Cantas gewesen war. Das war nicht unbedingt gelogen.

Doch sie beschloss, ihm die Wahrheit zu sagen.

»Ich weiß es nicht.«

»Ihr wisst es nicht?«

»In einem Moment habe ich noch ins Feuer gestarrt, und im nächsten war mir, als wäre ich … außerhalb meines Körpers. Als würde ich genau wie ihr anderen mit ansehen, was passiert. Ich weiß nur, dass ich es nicht gewesen bin, die diese Worte gesagt hat.«

»Ihr wusstet meinen Namen, dabei sollte das eigentlich unmöglich sein.«

Sie zuckte mit den Schultern. »Das ist alles, was ich Euch dazu sagen kann.«

»Ihr sagt die Wahrheit«, stellte Noth fest. Es war keine Frage.

»Das tue ich«, bestätigte Cinzia. Warum konnte sie diesem Mann, diesem Fremden, die Wahrheit sagen, aber nicht ihrer eigenen Familie?

»In Ordnung.«

Cinzia wollte schon sagen, dass sie jetzt zu Bett gehen würde, als Noth erneut das Wort ergriff.

»Ich nehme Euch nicht wegen der Ereignisse mit«, sagte er. »Ich nehme Euch mit, weil es sinnvoll ist, gemeinsam zu reisen. Verrückte Feuertricks und Götterstimmen haben für mich keine Bedeutung. Ihr dürft uns begleiten, weil es für alle sicherer ist. Sobald die Umstände es fordern, dass sich unsere Wege trennen, werden sie sich trennen. Verstanden?«

»Verstanden.«

»Gut.«

»Warum geht Ihr?«, fragte Cinzia. »Warum Roden? Was gibt es dort für Euch?«

»Ich … ich habe mich selbst verloren und will zurückbekommen, was übrig ist.«

»Da seid Ihr nicht der Einzige«, flüsterte Cinzia. Sie war sich nicht sicher, ob er sie gehört hatte.

»Roden ist sehr gefährlich«, sagte er. »Ihr könntet sterben.«

Cinzia nickte. »Das weiß ich, und ich möchte auch gar nicht gehen. Und doch …«

»Und doch?«

»Und doch hält es ein Teil von mir für das Richtige. Ich kann Euch nicht erklären, warum das so ist. Mein Innerstes scheint zwiegespalten, und beide Teile ringen um die Vorherrschaft. Ich weiß beim besten Willen nicht, welcher Teil recht hat.«

Noth nickte. »Verstehe.«

Cinzia blickte zu Boden. Sie wusste nicht, warum, aber ihr war klar, dass er sie tatsächlich verstand.

»Ihr seid ehrlich«, sagte er.

»Ihr ebenfalls«, erwiderte sie.

»Ich weiß das zu schätzen.«

»Ich auch.«

»Nun gut«, sagte Noth.

Wieder herrschte Schweigen. »Ich hoffe, Ihr findet, was Ihr sucht«, murmelte Cinzia und hob wieder den Kopf.

Er war längst gegangen.

KAPITEL 30

Winter lag auf ihrer Pritsche und starrte die Felsdecke an. Sie rutschte unter ihrer Decke hin und her, und ihr tat alles weh. Wenigstens konnte sie endlich wieder herumlaufen, und der stechende Schmerz in ihrem Kopf war zu einem dumpfen Dröhnen geworden.

Eigentlich nahm sie den Schmerz gar nicht zur Kenntnis, zumindest nicht den körperlichen. Der Schmerz, vor dem sie sich viel mehr fürchtete, saß weitaus tiefer.

Sie zitterte trotz ihrer Decken. Nachts war es meist schlimmer als tagsüber. Da hatte sie niemanden, der ihr Gesellschaft leistete. Auch wenn sie nie mit den anderen sprach, waren sie zumindest da.

Nachts war sie allein. Dann kamen ihre Dämonen hervor.

Mörderin, flüsterte ihr die Stimme noch immer zu.

Winter schloss fest die Augen und kämpfte gegen das Entsetzen an, das sie zu verzehren drohte. In dem Augenblick, in dem es die Oberhand gewann, wäre sie wieder auf dem Ringplatz und müsste alles noch einmal durchleben. Aber sie hatte kaum noch etwas, womit sie dagegen ankämpfen konnte. Ihr Vater war tot. Noth hatte sie zwar gefunden, doch er weigerte sich, mit ihr in einem Zimmer zu schlafen.

Nach der Besprechung in der Höhle war er zu ihr gekommen, aber es war ein seltsames Gespräch gewesen. Er hatte auf der Bettkante gesessen und sich die verletzte Schulter gerieben.

»Tut sie noch immer weh?« Sie wusste, dass der Schmerz nie weggegangen war, seitdem sie ihn aus dem Golf von Nahl gefischt hatten.

»Ja.«

Sie hatten schweigend dagesessen, und Winter hatte nicht gewusst, was sie sagen sollte.

Danke, dass du mich verlassen hast.

Ich bin froh, dass ich dich gefunden habe.

Ich habe gestern mehrere Dutzend Leute ermordet.

»Ich möchte nicht, dass du mich begleitest«, hatte Noth gesagt.

»Das ist nicht deine Entscheidung.« Wenn Noth glaubte, er könnte sie ein zweites Mal einfach zurücklassen, dann hatte er sich getäuscht. »Ich werde mitkommen, und Lian ebenfalls. Und anscheinend auch diese Priesterin mit ihrer Göttinnenwache, ihre Schwester und dieses Vampirmädchen, das du inzwischen rekrutiert hast. Wir werden uns alle bestimmt ganz wunderbar amüsieren.«

»Ich wusste ja nicht, dass dies eine von der Göttin verdammte Karawane werden würde«, hatte Noth gemurmelt.

Er hatte noch einen Augenblick länger so dagesessen, mit einer Hand auf ihrem Bein. Als er sich plötzlich bewegt hatte, war ihr bewusst geworden, dass er wieder hinausgehen wollte. *Wir sind verheiratet,* hätte sie ihm am liebsten gesagt. *Bleib einfach bei mir.*

Sie hatte nach seinem Arm gegriffen und »Bleib« geflüstert.

Er hatte langsam ein- und wieder ausgeatmet und den

Kopf geschüttelt. Dann war er gegangen, und sie war wieder allein gewesen.

Winter war allein, und auf einmal war sie wieder am Galgen, durchbohrte Rüstungen und zerfetzte Fleisch. Sie ermordete Soldaten und Zivilisten gleichermaßen.

Sie bekam keine Luft mehr. Obwohl ihre Haut mit kaltem Schweiß bedeckt war, schlug sie die Decke zurück. Sie rollte sich von der Pritsche herunter und fiel auf den Steinboden. Sie wusste, dass sie hier rausmusste. Sie kroch auf Händen und Knien zur Tür. Mit großer Mühe gelang es ihr, sich am Türrahmen abzustützen und aufzurichten. Ihr drehte sich der Magen um, und sie hätte sich beinahe übergeben.

Winter wusste nicht, wie spät es war, aber sie wusste, dass sie gehen musste. Sie musste nach draußen und irgendetwas tun. Schon griff sie nach ihrem langen Wollumhang. In einer Tasche war ein Dolch versteckt, in der anderen ihr restliches Geld. Winter zog sich den Umhang über, obwohl jeder Muskel bei der Bewegung schmerzte, und taumelte durch den Flur zu dem Geheimgang, der nach oben in die Stadt führte.

Es standen keine Sterne am Himmel. Nirgends war ein Licht zu sehen. Winter schoss ein altes Sprichwort durch den Kopf: *Es gibt Dämonen, vor denen sich sogar Dämonen fürchten.*

Beinahe glaubte sie daran. Das Vampirmädchen konnte eine Art seltsamer Beweis dafür sein. Aber das hatte nichts zu bedeuten, das Mädchen war verflucht, nichts weiter. Monster waren ebenso unecht wie Canta, und Dämonen waren nichts weiter als andere Bewohner der Sphaera. Sie selbst war der beste Beweis dafür.

Etwas Seltsames war mit Priesterin Cinzia bei dem heutigen Treffen passiert. Cinzia hatte die grünen Flammen gesehen, die aus der Feuerstelle herausgekommen waren. Sie hatte auch die Stimme der Frau gehört, die tief und laut gewesen war, anders als die der Priesterin. Doch das war nicht Canta gewesen. Nein, das wollte Winter einfach nicht glauben. Es musste ein Trick gewesen sein, ein besonderes Pulver, das sie ins Feuer geworfen hatte. Als sie an Cantas merkwürdige Offenbarung – oder was immer das auch gewesen war – dachte, wurde Winter wütend. Das Ganze erinnerte sie an ihre Hochzeit und an ihren Vater. Diese Priesterin war freundlich zu ihr gewesen und hatte sich um sie gekümmert, während sie sich erholt hatte. Doch das musste nichts bedeuten, da sie trotz allem der Religion angehörte, die Winters Leben zerstört hatte.

Winter zwang sich, nicht länger an ihren Zorn zu denken und einen Fuß vor den anderen zu setzen. Wenigstens konnte sie sich bewegen. Noch an diesem Morgen war sie sich nicht sicher gewesen, ob sie je wieder in der Lage sein würde, auch nur aus dem Bett zu steigen. Während sie durch die dunkle Stadt ging, fühlte sie sich stärker. Wiederbelebt.

Ihr wurde klar, dass sie genau wusste, wohin sie ging. Im Gehen blickte sie über die Schulter, um sich zu vergewissern, dass ihr niemand folgte, während sie auf den Händlerbezirk zuhielt. Die Straßen waren leer. Winter hatte gehört, wie sich die anderen darüber unterhalten hatten, dass die Straßen nach dem Vorfall auf dem Ringplatz verwaist wirkten. Und jetzt – sie vermutete, dass es etwa Mitternacht war, vielleicht auch etwas später – war niemand zu sehen. Sie wusste, dass es im Händlerbezirk ebenso leer sein würde. Aber ihr Weg führte sie am Markt vorbei und zu den Elendsvierteln. Ihr wurde vor Aufregung ganz flau im Magen.

Die meisten Händler hatten ihre Stände längst geschlossen, aber einige wenige waren noch da und bedienten die nächtliche Kundschaft. Die Lebensmittelgeschäfte und Tischler hatten geschlossen, aber die Bars und Stände der Wahrsager waren noch geöffnet. Straßenhändler, die lautstark ihre Waren anpriesen, waren keine mehr zu sehen, dafür standen dort jetzt Mädchen, die sich schweigend bei den Männern anbiederten. Winter zog die Kapuze tiefer ins Gesicht. Ihre Handflächen waren trotz der kalten Nacht schweißnass.

In einer Gasse, die vom Händlerbezirk abzweigte, sah sie leere Gesichter und verdrehte Gliedmaßen. Gepeinigte Augen starrten durch sie hindurch und sahen nichts als das Brennen und das Glücksgefühl, das in vielen Fällen vermutlich das Einzige war, das diese Leute noch am Leben erhielt.

Winter wandte den Blick ab. Wenn sie das finden konnte, was sie suchte, dann würde sie ihren Schmerz vergessen können.

Dann sah sie einen Mann in einem langen Umhang mit Kapuze, der halb im Schatten verborgen stand. Sie trat mit sicheren Schritten auf ihn zu. Der Mann sah ihr in die Augen und wich misstrauisch einen Schritt zurück.

»Ich suche etwas Mächtiges«, sagte sie. »Ich kann auch bezahlen.«

Der Mann musterte sie noch einen Augenblick, und seine dunklen Augen flackerten. »Wie mächtig?«, fragte er schließlich. »Ich habe Held und Splitt.« Er beäugte sie, und sie riss sich zusammen, um unter seinem Blick nicht zusammenzuzucken, während er sie gierig anstarrte. »Für dich … ein Silberstück. Damit wirst du die ganze Nacht Spaß haben.«

»Nein«, erwiderte sie. »Ich brauche etwas Stärkeres. Etwas, das mich *brennen* lässt.« *Gleich werden wir ja herausfinden, ob Nash die Wahrheit gesagt hat und man es wirklich auf der Straße kaufen kann.*

Aber der Mann schüttelte den Kopf. »Das Zeug habe ich nicht bei mir«, erklärte er. »Da musst du mit Mazille reden. Zwei Gassen weiter. In der Kneipe dort.«

Winter ging schnell weiter, und ihre Aufregung wuchs. Sie wollte nicht zu lange wegbleiben und hatte eigentlich nicht vor, die anderen anzulügen.

Sie warf einen Blick in die nächste Gasse, in der jedoch nur ein paar in sich zusammengesunkene Gestalten zu sehen waren. In der nächsten sah sie ein gelbes Leuchten, das aus einem schmalen Eingang drang. Sie ging auf das Licht zu, blickte in einen kleinen Raum hinein und klopfte leise gegen den Holzrahmen.

»Mazille?«, fragte Winter. Zwei kleine Laternen hingen von der Decke und erhellten ein winziges Geschäft. In den Regalen entdeckte sie verschnörkelt verzierte Röhrchen, Phiolen und andere Behälter aus Glas und Holz sowie zahlreiche seltsamere Objekte – eine Metallvase, aus der Rohre herauskamen, oder ein merkwürdig geformtes Messer mit Rillen und komischen Runen, die in die Klinge geschnitzt worden waren.

»Kann ich dir helfen, Kind?«

Winter blickte auf und versuchte, ihre Überraschung zu verbergen, da auf einmal eine sehr alte und sehr dicke Tiellanerin vor ihr stand. Die spitzen Ohren der Frau ragten unter ihrem silbrigen Haar hervor, und ihr Gesicht war voller Runzeln und steinalt. Nur sehr wenige Tiellaner bekamen genug zu essen, um zu überleben, geschweige denn, fett zu werden.

Die Augen der alten Tiellanerin, die beinahe in den Hautfalten verschwanden, waren tief und schwarz. Sie sahen genauso aus wie Winters. Dunkle Augen waren bei Tiellanern sehr ungewöhnlich, daher staunte Winter darüber, so jemandem gegenüberzustehen.

»Man hat mich zu Euch geschickt«, murmelte sie. »Ich suche etwas Mächtiges.«

Die alte Frau schüttelte den Kopf und wollte Winter mit einer Handbewegung wegschicken. »Tut mir leid, Kind, aber da bist du an der falschen Adresse.«

Doch Winter wollte nicht gehen. »Ich meine, etwas wirklich Mächtiges. Etwas, das mich *brennen* lässt.«

Die Frau verharrte mit erhobenem Arm, unter dem ihre Speckfalten wabbelten. Dann ließ sie den Arm sinken und grinste.

»Ich dachte mir schon, das in dir gespürt zu haben«, stieß sie zwischen ausgefallenen Zähnen und dicken Lippen hervor. »Ich weiß, wie stark der Drang sein kann. Du hast Glück, dass man dich hierher geschickt hat. Bei mir bekommst du das reinste Faltira im ganzen Norden.«

Winter hatte auf einmal den Geschmack von Blut im Mund. Diese Frau benutzte Psimantie. Erst jetzt wurde ihr klar, wie schutzlos sie eigentlich war. Nash und Kali hatten ihr gesagt, sie wäre seit Jahrzehnten die erste tiellanische Psimantin. Hatten sie sie angelogen? Winter hielt es allerdings auch für möglich, dass sich ein menschlicher Psimant in der Nähe aufhielt und sie diesen spürte.

»Kannst du bezahlen?«, fragte Mazille.

Winter griff in die Tasche ihres Umhangs. »Wie viel?«

Ein kleiner Kristall schwebte auf den Holztresen, und Winter starrte das Faltira an. Der Geschmack von Blut und Eisen in ihrem Mund war jetzt sehr intensiv. Das lag nicht etwa daran, dass ein Mensch in der Nähe Psimantie einsetzte, sondern daran, dass Mazille eine Telenikerin war.

»Ein Goldstück dafür«, verlangte die Frau und musterte den kleinen Kristall, bevor sie Winter erwartungsvoll anstarrte.

Winter schaute vom runzligen Gesicht der Frau auf den Kristall hinab. Einer würde nicht ausreichen. Sie brauchte mehr. »Ist das alles, was Ihr habt? Ich kann auch mehr bezahlen.«

Die Frau runzelte die Stirn, doch dann sah Winter fünf weitere Kristalle – fünf! – durch die Luft schweben, bevor sie neben den ersten auf den Tresen herabsanken. Gierig starrte sie das Faltira an. Nash und Kali hatten ihr nie mehr als einen Kristall gegeben. Bei der Macht, die jetzt vor ihr lag, wurde ihr ganz schwummrig. Winter fühlte sich fast schon so leicht wie die Kristalle und konnte das Glücksgefühl beinahe spüren.

»Zehn Goldstücke für alle zusammen«, verlangte Mazille.

Winter keuchte auf. »Zehn Goldstücke? Ihr habt doch gesagt, ein Kristall kostet ein Goldstück, wie können dann …«

»Ich lege die Preise so fest, wie es mir gefällt.«

Winter starrte die Kristalle mit finsterer Miene an. Sie hatte noch etwa zwanzig Gold- und ein paar Silberstücke, aber das war ihr gesamtes Geld. Wie viel Noth bei sich hatte und wie viel Geld sie brauchten, um nach

Roden zu gelangen, wusste sie nicht. Sie wusste nicht, ob sie die Hälfte ihrer gesamten Reichtümer auf einen Schlag ausgeben durfte.

»Wie stark sind sie?«, fragte sie, während ihre Gedanken rasten.

»Sie haben alle die volle Kapazität«, versicherte Mazille ihr, »und wurden hier in Navone von einer Expertin hergestellt. Diese Alchemistin weiß, was sie tut. Die Kristalle sind beinahe rein, und du kannst selbst sehen, dass sie so gut wie makellos sind.«

Winter sah sich die Kristalle genauer an. Nash hatte sie gelehrt, wie man die Reinheit von Frost anhand der Klarheit bestimmte. Je reiner die Dosis, desto mächtiger war sie auch und desto länger hielt sie an. Und umso größer war die Euphorie. Diese Kristalle waren fast klar und nur geringfügig von Schlieren durchzogen.

Sie versuchte, ihre Gier zu verbergen. »Wie viel verlangt Ihr für vier?«, fragte sie vorsichtig.

Die alte Tiellanerin hielt kurz inne und betrachtete die Kristalle ebenfalls. Dann sah sic Winter an.

»Einer oder alle«, erklärte sie leise. »Ein Goldstück oder zehn.«

Winter fluchte leise und starrte die Kristalle an. Es wäre am vernünftigsten, nur einen zu kaufen. Genau das sollte sie tun. Ein Goldstück für einen Kristall schien kein schlechter Preis zu sein, insbesondere bei dieser Klarheit. Aber die Vorstellung, sie alle zu besitzen, machte sie ganz nervös. Wer wusste denn schon, wann sie das nächste Mal in der Lage sein würde, die Droge zu kaufen? Sie hatte nicht die geringste Ahnung, ob Frost in Roden überhaupt verkauft wurde.

Ihr stand der Schweiß auf der Stirn, er bildete sich unter ihren Armen und lief ihr den Rücken hinunter. Sie zog zehn Goldstücke aus ihrer Börse und ließ sie auf den Tresen fallen. Mazille riss die Augen auf.

Sie hat nicht damit gerechnet, dass ich alle bezahle, erkannte Winter. *Sie hat geglaubt, ich könnte mir nur einen leisten.*

Sofort griff sie nach den Kristallen. Sie würde nicht zulassen, dass die Frau jetzt noch vom Kauf zurücktrat. Aber die alte Tiellanerin war noch schneller als Winter und hielt ihre Hand mitten in der Luft fest.

»Sei damit vorsichtig, Kleine. Du bist noch unerfahren in der Macht und anfällig für ihre Dunkelheit. Pass auf dich auf. Lass dich nicht davon verschlingen.«

Winter runzelte die Stirn. *Ich kenne die Natur der Macht und muss mich nicht von Euch darüber belehren lassen.* Sie steckte die Frostkristalle in die Tasche, behielt jedoch einen in der Hand. Dann sah Winter der Frau noch einmal in die Augen und wandte sich ab. Die alte Tiellanerin flüsterte noch etwas, das Winter nicht verstehen konnte. Sie ging bereits in die Gasse hinaus und steckte sich den Frostkristall in den Mund.

Wenige Augenblicke später spürte sie, wie die Macht durch ihre Adern toste. Eis und Feuer, Schmerz und Freude. Sie lehnte sich gegen eine Hauswand. In diesem Moment war sie zu Hause, sie war frei. Frei von den Schrecken, die sie verübt hatte, frei von der Verwirrung über ihre Beziehung zu Noth. Frei von dem Schmerz, der seit dem Tag, an dem ihr Vater getötet worden war, an ihrem Herzen nagte.

In diesem Moment schwebte Winter glücklich auf dem Hochgefühl, das ihr das Faltira verschaffte, spürte die Flammen in ihren Adern und erschauderte, als ihre Haut eiskalt wurde. Sie begriff, dass dies Frieden war. Der einzige Frieden, den sie je gekannt hatte. Und es war Macht.

Sie wusste nicht, wie lange sie brauchte, bis sie sich wieder in Bewegung setzte. Irgendwann würde sie zurück in die Höhlen gehen, aber vorerst wollte sie ein wenig herumlaufen.

Bald schon fiel ihr auf, dass ihr jemand folgte. Sie sah ihn aus dem Augenwinkel, als sie eine leere Straße entlangging. Sie bog um eine Straßenecke und hielt Ausschau nach einer Gegend, in der mehr los war, doch die Straßen waren verlassen. Sie musste zurück in die Höhle.

Winter sah über die Schulter, und die Gestalt war noch immer da. Jetzt war sie sich ganz sicher, dass es ein Mann war. Ein Tiellaner, klein und dünn, in einem langen Umhang, unter dem er mit Leichtigkeit einen Dolch oder gar ein Schwert verbergen konnte. Hatte Mazille ihr jemanden hinterhergeschickt?

Sie sah sich um. Die Gasse war schmal und leer, abgesehen von ein paar herumliegenden Steinen. Das war nicht gerade der ideale Platz für einen Kampf, doch Winter geriet nicht in Panik. Es machte ja schließlich den Anschein, als würde ihr nur der eine Mann folgen. Winter blieb stehen und drehte sich um.

Doch der Mann, der ihr folgte, schien nicht beeindruckt zu sein. Er kam weiter auf sie zu. Sie konnte sein Gesicht jetzt ausmachen, das dünn und ausgemergelt aussah, und erkannte, dass er ein langes, spitzes Kinn hatte. Der Mann schlug seinen Umhang zur Seite und zog einen langen Dolch heraus. Plötzlich hatte Winter den Geschmack von Blut im Mund.

Ein weiterer Psimant.

Sie streckte eine Tendra aus, hob einen der Steine auf und bewarf den Mann damit, aber der Stein änderte die Flugbahn und schlug gegen eine Wand.

Winter versuchte, gegen ihre Angst anzukämpfen. Sie

hatte sich noch nie einem anderen Psimanten gestellt, aber Nash hatte ihr beigebracht, wie man die Tendrae eines anderen spürte. Was hatte er doch gleich gesagt? *Sieh mit dem Verstand und nicht mit den Augen.* Winter wusste noch immer nicht genau, was er damit gemeint hatte, und sie war sich auch nicht sicher, ob sie die Zeit haben würde, es herauszufinden.

Der Mann hatte sie beinahe erreicht, und sein Dolch glänzte im Mondlicht, daher hob Winter zwei weitere Steine hoch, die sie jedoch schweben ließ, anstatt sie zu werfen, dann schlug sie sie dem Mann rechts und links gegen die Schläfen. Sie spürte, wie etwas ihren Griff attackierte, aber es war nicht stark genug, um sie zum Loslassen zu bewegen. Der Mann brach auf dem Boden zusammen, als sein Schädel zertrümmert wurde. Winter hatte noch immer den Geschmack von Blut im Mund. Dieser Mann war nicht der Teleniker gewesen.

Aber sie konnte niemand anderen sehen. Über ihr war nur ein schmaler Streifen dunklen Himmels, und an beiden Seiten der Gasse ragten Gebäude auf.

Winter wusste später nicht mehr, wie sie auf die Idee gekommen war, aber sie drehte sich einfach um, packte die Kleidung des Toten und nutzte ihn als Schild. Schon hörte sie ein dumpfes Poltern und sah vier faustgroße Steine vor sich auf den Boden fallen.

Ihr Angreifer versteckte sich, und Winter würde so nicht gegen ihn kämpfen können.

Daher blieb ihr nur ein Ausweg.

Sie lief los.

Sie rannte durch die Gasse, so schnell sie konnte. Ganz kurz spürte sie, wie sie selbst hochgehoben wurde und ihr Umhang und ihr Kleid gegen ihren Körper gedrückt wurden, doch sie durchtrennte die Tendrae, die an ihr zerrten, mit ihren eigenen, so wie Nash sie es gelehrt hatte. Winter spürte, wie ihre Tendrae etwas berührten, und dann kam sie auch schon wieder auf dem Boden auf und lief weiter. Auch den zweiten Versuch, sie hochzuheben, vereitelte sie auf dieselbe Weise. Im gleichen Augenblick spürte sie, wie sie etwas am Rücken traf. Die Stelle zwischen ihren Schulterblättern schmerzte, aber sie rannte immer weiter, bis sie diesen Geschmack endlich nicht mehr auf der Zunge hatte.

Als Winter am nächsten Abend zu den anderen trat, befühlte sie die restlichen vier Kristalle in ihrem Beutel. Sie sah Noth an, der nicht wusste, dass sie sich der Psimantie bedienen konnte, zumindest ging sie davon aus. Lian musterte sie, aber das war ihr egal. Er hatte versprochen, nichts zu sagen, solange sie nicht bereit war, darüber zu sprechen, und dafür war Winter ihm sehr dankbar.

Cinzia und Jane ignorierten sie natürlich. Winter vermutete, dass die beiden noch immer nicht wussten, wie sie sich in der Gegenwart von Tiellanern, die weder ihre Dienstboten noch ihre Sklaven waren, verhalten sollten. Aber das war unwichtig. Diese dummen Frauen und die Göttin, die sie anbeteten, waren bedeutungslos. Vorerst zählten für Winter nur zwei Dinge:

Sie wollte jene beschützen, die sie liebte, und sie wollte genug Frost haben, um dazu auch in der Lage zu sein.

KAPITEL 31

Kali schlug die Augen auf.

Sie war in einer Kammer. Das einzige Fenster war geschlossen und verrammelt, und durch die Schlitze war nichts als Dunkelheit zu erkennen.

Kali setzte sich auf und streckte sich. Sie war unverletzt, aber ihre Gliedmaßen fühlten sich an, als ob sie sie vernachlässigt und längere Zeit nicht bewegt hätte. Was der Wahrheit entsprach.

Sie stand auf. Sie hatte großen Durst und ging zu dem Holztisch am Fenster hinüber, auf dem ein Krug und ein kleiner Zinnbecher standen.

Sie war froh über den Durst. Er sorgte dafür, dass sie sich lebendig fühlte. Außerdem war sie dankbar, dass sie einen Körper gefunden hatte.

Am Tisch angekommen, ignorierte sie den Becher, hob den Krug an die Lippen und trank gierig. Das Wasser war lauwarm und schal, und es schmeckte außerdem leicht nach Staub, aber es war dennoch köstlich. Wenn der Durst schon dafür gesorgt hatte, dass sie sich lebendig fühlte, so kam sie sich beim Trinken wie eine Göttin vor. Das Wasser lief ihr über das Kinn und auf das Hemd, aber das war ihr egal. So gutes Wasser hatte sie in ihrem ganzen Leben noch nicht getrunken.

Als sie den Krug sinken ließ, um keuchend Luft zu holen, fasste sie sich mit der anderen Hand unwillkürlich an die Brust. Die Nachricht, das gefaltete Pergament, konnte natürlich nicht mehr da sein. Es war auf dem Ringplatz zerstört worden, zumindest ging sie davon aus. Aber auch das war unwichtig. Sie kannte ohnehin jedes Wort auswendig.

Und würde es auch nie vergessen.

Sofort musste Kali an Winter denken. Das verdammte Mädchen hatte sie umgebracht. Zumindest beinahe. Mord – vor allem wenn sie selbst die Ermordete war – gehörte nicht zu den Verbrechen, die Kali auf die leichte Schulter nahm. Dennoch empfand sie widerwilligen Respekt für Winter. Die Vorbotin. Jetzt musste Kali es sich selbst eingestehen. Das Mädchen war tatsächlich die Vorbotin. Kali musste etwas akzeptieren, das sie nie für möglich gehalten hätte. Sie musste den Schmerz aus ihrer Vergangenheit hinter sich lassen und diese Frau respektieren – auch wenn sie eine Tiellanerin war.

Die Tür hinter ihr wurde geöffnet, aber Kali drehte sich nicht um. Sie wusste auch so, wer es sein würde.

»Schön, dass du wieder auf den Beinen bist«, sagte Nash. »Ich habe mir schon Sorgen um dich gemacht. Einen derartigen Übergang hast selbst du bisher noch nie zustande gebracht.«

Kali trank das Wasser aus und drehte sich dann zu Nash um. »Aber ich bin wieder da, nicht wahr?« Sie ging auf ihn zu. »Du willst mir doch nicht wirklich erzählen, dass du daran keinen Spaß hast. Schließlich hast du so alle paar Monate eine andere Frau im Bett. Andere Männer müssen dafür fremdgehen.«

Nash starrte sie an. Kali ging auf ihn zu und spürte, wie sich ihre Hüften bewegten, wie sich das Holz unter ihren Füßen anfühlte, wie die Luft um sie herumglitt und zwischen ihrer Haut und dem lockeren Hemd, das sie trug, hindurchwehte. Dem einzigen Kleidungsstück, das sie trug.

Dann sah sie in den Spiegel und konnte ihr neues Ich zum ersten Mal begutachten. Ihr Haar war blond. Sie war kleiner als zuvor und jünger. Wie aufregend! Kali fühlte sich direkt nach einem Übergang immer am besten. *Danke, Elsi,* dachte sie und lächelte. Elsi hatte anscheinend gut auf ihren Körper aufgepasst, solange sie ihn bewohnt hatte.

Als Kali ihre Sift – ihre Seele – zum ersten Mal auf eine Lacuna übertragen hatte, war sie verängstigt gewesen. Doch sie hatte es tun müssen, da ihr alter Körper, ihr ursprünglicher Körper, im Sterben gelegen hatte und nicht mehr lange durchgehalten hätte. Damals hatte sie keine andere Wahl gehabt. Seit diesem ersten Übergang war der Wechsel einfacher geworden. Jetzt fühlte sie sich wieder ganz oder zumindest so nah dran, wie es nur möglich war. Sie war rank und schlank und geschmeidig. Ihr Haar war lang und blond, ihre Haut glatt und blass in der Dunkelheit.

Es war erregend.

»Ich bin wieder da«, sagte sie, legte Nash eine Hand in den Nacken und zog ihn an sich. »Keine Sorge – ich weiß, dass du mit einer anderen zusammen gewesen bist, und das ist in Ordnung. Ich verstehe es.« Sie küsste seinen Hals und ließ ihren warmen Atem über seine Haut streifen. »Ehrlich gesagt«, murmelte sie und schob eine Hand unter seine Kleidung, »begehre ich dich so nur noch mehr.«

Sie sehnte sich danach, mit ihm zusammen zu sein, spürte sowohl in ihrer Brust als auch zwischen ihren Beinen ein starkes Verlangen nach ihm. Also zog sie ihn zum Bett und musste lächeln. Die Dinge hätten nicht besser laufen können, selbst wenn sie sie geplant hätte. Natürlich gab es vieles, um das sie sich jetzt kümmern mussten. Aber das konnte zur Abwechslung warten. Nash und sie würden Winter und Lathe nach Roden folgen. Und das, was sie mit Winter vorhatte …

Kali lächelte, als Nash ihren Hals küsste und sie an sich zog. Sie hatte das Gefühl, dass die Sache mit Winter und ihr gerade erst richtig begann.

TEIL III

TÖTEN, UM ZU FÜHLEN

KAPITEL 32

Die Grenze zwischen Roden und Khale

Winter musste feststellen, dass es noch einfacher war, nach Roden einzureisen, als Khale zu verlassen.

Noth hatte ihr erklärt, dass sich die militärische Strategie von Roden stark von der in Khale unterschied. Während sich Khale auf die Verteidigung des entscheidenden Passes durch die hohen Berge konzentrierte, war Roden eher daran interessiert, die wichtigsten Städte und Außenposten zu befestigen und seine Flotte zu vergrößern. Rodens Taktik klang für Winter vernünftiger. Das Blut- und das Rodentor waren beeindruckend, aber was brachten diese Tore, wenn man sie doch leicht mit Schiffen umgehen konnte? »Sie stammen aus einem anderen Zeitalter«, hatte Noth gesagt. Winter hatte sich zwar gefragt, woher er das wusste, aber nicht weiter nachgehakt.

Am vergangenen Nachmittag hatten sie den höchsten Punkt des Sorensanischen Passes erreicht, der im Vergleich zu den zackigen Felsspitzen in der Umgebung gar nicht so hoch gewirkt hatte. Die Straße war sehr lang, und sie waren an diesem Abend gezwungen gewesen, ihr Lager direkt daneben aufzuschlagen. Das war besser, als auf dem Berggipfel zu schlafen, hatte Noth gesagt, oder auf dem höchsten Punkt des Passes. Dennoch war es sehr kalt, obwohl sie sich mit Decken und Fellen zudeckten und ein Lagerfeuer anzündeten.

Sie hatten ihr Nachtlager zwischen zwei gewaltigen Reihen von Rihnemin, die die Straße säumten, errichtet. Die riesigen steinernen Monumente ragten über ihnen auf, als wollten sie nach dem Nachthimmel greifen. Wieder einmal war Lian ehrfürchtig zu einem der Steine getreten und hatte die Hand daraufgelegt. Keiner der anderen schien die Bedeutung dieses Ortes zu kennen, allerdings hatte Winter Noth mehr als einmal dabei beobachtet, wie er die Steine angestarrt hatte. Sie hatte die Rihnemin ebenfalls nicht weiter beachtet, fühlte sich in ihrer Nähe aber sicher und geborgen. Und genau deshalb empfand sie auch eine Abneigung gegen die Steine, schließlich konnte sie sich selbst beschützen. Dafür brauchte sie keinen Haufen dummer Steine. Sie wusste, dass das albern war und dass sie sich deswegen nicht aufregen sollte, aber das Gefühl war da, auch wenn die Steine nicht wirklich etwas für sie tun konnten.

Als in der Nacht ein heftiger Sturm tobte, waren sich hinterher dennoch alle einig, dass sie großes Glück gehabt hatten, diese Zuflucht bei den Steinen gefunden zu haben.

Der Weg vom Sorensanischen Pass herab schien noch länger zu sein als der nach oben, aber irgendwann gelangten sie endlich in die Ausläufer der Sorensanberge. Sie waren in Roden. Der Pfad, der durch die Berge führte, wurde flacher und war nicht mehr so steil. Winter tat zwar noch immer alles weh, während sie den steinigen Weg hinabtrottete, aber im Großen und Ganzen fühlte sie sich schon viel besser. Die Priesterin Cinzia hatte sich mehrfach nach ihrem Befinden erkundigt, aber Winter hatte die Fragen einfach ignoriert. Sie war davon überzeugt, dass die Schmerzen und die Müdigkeit das Nachspiel der Ereignisse in Navone waren – und von einer ganzen Dosis Frost. Aber das konnte sie niemandem erklären, erst recht nicht der Priesterin.

»Das ist also Roden«, sagte Lian und sah sich um. Das Land war erstaunlich anders als das auf der anderen Seite der Berge. Navone war fast nur von nackter, schneebedeckter Tundra umgeben, und Winter und er waren in den windgepeitschten Winterebenen rund um Cineste aufgewachsen.

Aber Roden ... Winter staunte, wie grün es hier war. Das Dunkelgrün der Kiefernwälder herrschte vor, und an einigen Stellen war der Schnee bereits geschmolzen und darunter zeigten sich smaragdgrüne, grasbewachsene Hügel. In Khale war alles weiß. Im Osten konnte sie die blaugraue Fläche des Golfs von Nahl ausmachen, von ihrem erhöhten Standpunkt im Vorgebirge ließ sich ein Fluss in der Ferne erkennen, und hier und da waren einige Städte zu sehen. Sie war überrascht, wie schön sie das alles fand.

»Das ist Roden«, sagte Noth.

»Ich weiß nicht, warum, aber ich hatte erwartet, dass Roden völlig anders aussieht«, flüsterte Astrid, die sich die Kapuze ihres Umhangs tief ins Gesicht gezogen hatte.

»Bist du noch nie hier gewesen?«, erkundigte sich Winter.

»Nein.« Astrid drehte sich um, und Winter spürte, wie dieses Monster sie mit seinen seltsamen Augen ansah. »Nur weil ich schon eine Weile hier bin, heißt das noch lange nicht, dass ich bereits alles gesehen habe, was es unter der Sonne zu sehen gibt.«

Winter lachte nervös auf und hoffte, sie würde sich den scharfen Unterton in der Stimme des Vampirs nur einbilden. Astrid machte Winter nervös. Sie hatte das Gefühl, als könne der Vampir tief in ihre Seele blicken und als würde er all ihre Geheimnisse kennen. *Du kannst ihr vertrauen oder es sein lassen. Entweder geht es gut oder du wachst eines Nachts davon auf, dass sie ihre Zähne tief in deinen Hals geschlagen hat.*

Winter war tief in ihrem Inneren nicht wirklich überzeugt davon, dass es einen Unterschied machte, ob sie nun dem Vampir traute, der Priesterin, Jane oder gar der Göttinnenwache.

Winter musterte Noth und fragte sich, welche Geheimnisse er wohl verbarg. Sie sagte ihm jedenfalls bei weitem nicht alles. *Vielleicht ist es doch gar nicht so ein großer Unterschied, ob du jetzt einem Dämon oder ihm vertraust.*

Immerhin gab es etwas, das Winter und den Vampir verband: Sie beide hassten Canta. Winter schaute zu der Priesterin hinüber, die mit hoch erhobenem Kopf den Weg entlangschritt. So offenkundig erhaben. Cinzia war seit Navone immer sehr freundlich zu Winter gewesen, aber irgendwie machte es das noch schlimmer. Sie war eine Adlige – also musste sie die Tiellaner tief in ihrem Herzen hassen – und noch dazu eine Priesterin. Außerdem war sie bildschön. Die großen grünen Augen der Frau waren weitaus sinnlicher, als es die Augen einer Priesterin sein sollten, und ihr rotbraunes Haar fiel ihr in dichten Wellen auf die Schultern. Wenn sie lächelte, schien ihr ganzes dummes Gesicht zu strahlen. Jane war mit ihrem langen blonden Haar und den tiefblauen Augen ebenfalls sehr hübsch. Manchmal bildete sich Winter ein, dass sie selbst ganz ansehnlich wäre, aber Cinzia war wirklich wunderschön.

Eine Adlige, eine Priesterin und schön. Das waren gleich drei Dinge, die Winter hasste und die in dieser

Frau zusammenkamen. Allein deshalb war es wohl nötig, dass Winter sich mit Astrid anfreundete.

»Da fragt man sich, warum die Rodeneser ständig versuchen, in Khale einzufallen, wo es hier doch so schön ist«, meinte Jane.

»Sie waren nicht immer die Eroberer«, sagte Noth leise.

»Roden hat Khale immer zuerst angegriffen«, widersprach ihm Cinzia. »Sie halten uns für minderwertig und behaupten, dass wir den Sitz ihres Imperiums gestohlen haben. Dafür hassen sie uns.«

»Man kann Roden heute wohl kaum noch als Imperium bezeichnen«, erwiderte Noth. »Abgesehen von der Inselkoalition und Andrinar sind da nicht mehr viele Territorien, die es zu regieren gilt, und auch Andrinar ist inzwischen fast unabhängig. Roden ein Imperium zu nennen ist bestenfalls Wunschdenken. Und ich würde nicht alles glauben, was man Euch in der Geschichtsstunde erzählt hat, Priesterin. Auch nicht das, was Ihr im cantischen Seminar gelernt habt. Roden war nicht immer der Angreifer.« Er drehte sich um und ging weiter den Pfad entlang, der sie durch die Vorberge führte. »Na los«, rief er ihnen über die Schulter hinweg zu. »Wenn wir heute Nacht in einem Gasthaus schlafen wollen, müssen wir noch eine ordentliche Strecke zurücklegen.«

Die anderen folgten ihm. Cinzia, Jane und Kovac gingen nah beieinander. Die drei Menschen blieben meist unter sich. Winter fragte sich, ob sie sich jemals an die Gegenwart der Menschen gewöhnen würde.

Tatsächlich hätte sie sich nie träumen lassen, dass eine solche Truppe miteinander auskommen könnte. Menschen und Tiellaner, ein Vampir und eine Priesterin. Ein

Ehepaar, das so gut wie kein Wort miteinander wechselte. Selbst Cinzia und Jane schienen eine gewisse Abneigung voreinander entwickelt zu haben.

Das alles half Winter dabei, ihre Schuldgefühle nicht allzu schwer zu nehmen. Allein Lian wusste, was sie wirklich war, und er ging ihr so gut es ging aus dem Weg. Dennoch wusste sie, dass er um sie besorgt war. Winter hatte in der letzten Nacht darüber nachgedacht, ob sie sich nicht zu sehr auf das Faltira verließ. Sie wollte nicht so enden wie diese Leute, die sie auf den Straßen von Cineste oder Navone gesehen hatte.

Aber sie konnte auch nicht wieder die werden, die sie früher gewesen war.

Fast als hätte sie einen eigenen Willen, wanderte ihre rechte Hand an den Beutel, in dem sie den Frost aufbewahrte. Sie hatte noch drei Kristalle. Einen davon würde sie an diesem Abend nehmen, so viel stand fest. Es kostete sie schon jetzt große Überwindung, sich nicht gleich einen in den Mund zu stecken, auch wenn es eigentlich gar nicht nötig war.

Während sie die kleinen Kristalle durch den Stoff hindurch spürte, verblasste ihr Unbehagen. Sie schaute zu Noth hinüber. Noch konnte sie ihm nicht davon erzählen, da sie befürchtete, dass er ihr den Frost dann wegnehmen würde.

Aber sie würde es ihm irgendwann sagen.

Nur nicht heute Nacht.

Hohe, dicke Felswände umgaben die Stadt Tir, und als sie näher kamen, erkannten sie, dass sie durch ein großes, gut bewachtes Tor hindurchgelangen mussten.

Winter hatte behauptet, die Reise nach Roden würde ihr nichts ausmachen, aber als sie jetzt auf das Tor zuschritt, fürchtete sie, dass die dünne Kapuze, die sie sich tief ins Gesicht zog und die ihre Ohren bedeckte, nicht genug Schutz bieten könnte.

Was bei der Unterwelt hatte sie sich nur dabei gedacht?

Ihr schäbiges tiellanisches Kleid hatte sie abgelegt, und es war ihr leichter gefallen als erwartet. Jetzt trug sie die Kleidung, die Kali für sie gekauft hatte: die wattierte dunkle Lederhose, die eng anlag, ein dunkles Lederwams und ein Hemd. Die Kleidungsstücke an sich mochte Winter sogar, aber sie hatte auch ihre Siara zurückgelassen, ohne die sie sich irgendwie nackt vorkam. Der Wind umwehte ihren Hals, und Winter widerstand dem Drang, die nackte Haut zu berühren. Sie waren nun einmal in Roden, und hier durfte niemand erfahren, dass sie und Lian Tiellaner waren. Er hatte seinen Araif ebenfalls abgenommen und zog wie sie die Kapuze tief ins Gesicht.

Als sie sich dem Haupttor näherten, erkannte Winter, dass es eigentlich eine gewaltige Brücke war, die über einen breiten Graben führte. Zwei dicke Ketten verbanden das Tor mit der Brücke. Das Wasser war schmutzig und stank so sehr, dass man es schon aus einiger Entfernung riechen konnte.

»Was ist das für eine Brücke?«, fragte Jane. Die Frau hatte einen riesigen Rucksack bei sich, der deutlich größer war als die der anderen. *Typisch Adlige,* dachte Winter. *Wahrscheinlich hat sie ihre gesamte Garderobe eingepackt.* Winter war überrascht, dass Jane sie oder Lian nicht gebeten hatte, ihr Gepäck zu tragen, ebenso wenig wie die Göttinnenwache. Mehr als einmal hatte Winter Jane dabei erwischt, wie sie sie anstarrte, aber

Winter wusste nicht, aus welchem Grund sie das tat. Sie fand die Frau jedenfalls sehr merkwürdig.

»Das ist eine Zugbrücke«, erklärte Noth. »Sie lässt sich hochziehen, so dass sie den Eingang und das Tor blockiert und man nicht mehr über den Graben gelangen kann.«

Winter starrte das Konstrukt mit neu erwachtem Interesse an. So etwas hatte sie in Khale noch nie gesehen.

»Warum gibt es bei uns keine solchen Brücken?«, wollte Lian wissen.

»Die gibt es schon«, erwiderte Noth. »Aber nur selten in Städten. Meist schützt man Burgen und Festungen damit, aber ich kenne auch einige Orte im Süden, die so etwas haben. Früher gab es eine derartige Brücke in Triah, aber die Stadt wurde so groß, dass die Brücke irgendwann überflüssig geworden ist.«

»Funktionieren die tatsächlich?«, hakte Lian nach.

Astrid schnaubte. Winter sah den Vampir an, der die Augen verdrehte.

»Sie tun das, wofür sie gebaut wurden«, antwortete Noth. »Aber die meisten Leute sind der Ansicht, sie wären zu kostspielig und zu aufwendig, als dass man jeden Zugang zu einer Stadt damit schützen könnte.«

»Es gibt eine solche Brücke vor jedem Eingang?«, fragte Winter.

»Hier schon. Sie zweigen das Wasser vom Fluss ab und leiten es in den Graben, der um die Stadt herumführt.«

»Was müssen wir tun, wenn wir zum Eingang kommen? Werden sie uns reinlassen?«

»Hoffentlich.«

Winter zog die Augenbrauen hoch. »Hoffentlich?«

Noth musterte Cinzia. »Dass uns eine Priesterin und ihre Göttinnenwache begleitet, dürfte die Sache erleichtern, aber du und Lian, ihr dürft auf gar keinen Fall die Kapuzen abnehmen. Dasselbe gilt auch für dich, Astrid.«

»Kommt es nur mir so vor oder fängt er bereits an, unsere Gruppe in Klassen einzuteilen?«, murmelte Astrid. Winter schüttelte den Kopf. Sie hatte noch immer ihre Probleme mit dem Humor des Vampirs, an den sich Noth gewöhnt zu haben schien.

Sie konnte nur hoffen, dass Noth recht hatte und die Anwesenheit von Cinzia und Kovac ausreichen würde. Dennoch wurde Winter immer unruhiger, je näher sie dem Torhaus kamen. Roden hatte vor Jahrzehnten die meisten der hier lebenden Tiellaner abschlachten lassen und die Verbliebenen mitten im Winter auf einen Todesmarsch über den Sorensanischen Pass geschickt. Wenn man die Tiellaner hier so sehr hasste, was würde man dann mit Winter und Lian machen, wenn man sie entdeckte?

Winter griff in ihren Beutel und befühlte einen der Kristalle. *Ich sollte ihn mir aufheben,* sagte sie sich. *Zumindest bis wir wirklich in Gefahr sind.*

Aber was war, wenn die Gefahr ohne Vorwarnung über sie hereinbrach? Wenn sie bereits einen Pfeil in der Brust hatte, bevor sie in den Beutel greifen konnte? Auch wenn sie es weiterhin standhaft vor sich selbst leugnete, spürte sie den Sog des Frosts, der ihre Seele und ihren Körper rief und dazu brachte, immer mehr zu wollen. Winter nahm einen Kristall heraus und schluckte ihn.

Nur wenige Augenblicke später durchströmte sie die Macht. Der Schmerz und die Unsicherheit waren vergessen, doch die Freude schien nicht mehr so mächtig zu sein wie zuvor. Die Freiheit und das Gefühl, wieder ganz zu sein, die sie beim ersten Mal durchdrungen hatten, oder auch in der Nacht, in der sie die Kristalle bei Mazille gekauft hatte, wollten sich irgendwie nicht einstellen. Die Verbindung, die sie mit der Sphaera um sich herum spürte, war noch immer da, allerdings deutlich schwächer. Auch schien die Zeit, die zwischen den einzelnen Faltiradosen verging, nicht besser zu werden. Tatsächlich fühlte sie sich dann noch schlechter. Anfangs hatte sie gehofft, dass ihr das Faltira helfen würde, eine engere Verbindung zu ihren Gefährten aufzubauen, doch wenn überhaupt fühlte Winter sich ihnen noch fremder als zuvor.

Sie hatte in der vergangenen Nacht in den Sorensanbergen einen Frostkristall genommen. Zuerst hatte sie versucht, ohne den Frost einzuschlafen, aber die Erinnerungen an Pranna und Navone hatten sie wieder heimgesucht, und so hatte sie zu dem einzigen Mittel gegriffen, das diese zuverlässig vertreiben würde. Der Schmerz war nur schwächer worden, und Winter hatte sich nicht so frei und klar gefühlt wie sonst.

Vielleicht war das Faltira, das sie gekauft hatte, ja auf irgendeine Weise verunreinigt. Möglicherweise konnte sie in Tir reineren Frost finden, der ihr die Freiheit und die Ganzheit brachte, nach denen sie sich sehnte.

Winter schaute nach vorn, als sie sich der Zugbrücke näherten, und sah zwei Wachen, die schwere Rüstungen über hellblauen Tuniken trugen sowie lange, sensenartige Speere in den Händen hielten.

»Was wollt Ihr hier, Priesterin?«, sagte einer der Soldaten zu Cinzia. Der Mann hatte einen riesigen, hässlichen Leberfleck auf der linken Wange. Winter versuchte, ihn nicht anzustarren. Außerdem war er sehr groß, und Cinzia musste den Kopf in den Nacken legen, um ihn anzusehen. »Ich bin in Cantas Auftrag unterwegs und muss Eure Fragen nicht beantworten. Oder möchtet Ihr der hiesigen Matrone etwa erklären, warum Ihr uns daran gehindert habt, rechtzeitig zum vereinbarten Treffen mit ihr zu erscheinen?«

Der Wachmann schaute sofort zu Boden. Der Schatten seines Helms fiel auf seinen Leberfleck, wofür Winter sehr dankbar war. Sie hätte es nicht ertragen, das Ding noch länger ansehen zu müssen. »Nein, Priesterin«, erwiderte der Wachmann. »Bitte, tretet ein. Möge Canta Euren Weg segnen.«

»Ebenso wie den Euren«, erwiderte Cinzia, »sollte die Göttin es für richtig erachten.«

Sie ging an den Wachen vorbei und betrat die Zugbrücke. Winter und die anderen folgten ihr. *Vielleicht ist diese Priesterin doch wertvoller für uns, als ich dachte.*

Am Tor standen zwei weitere Wachen, die jedoch nur stumpf vor sich hin stierten, als sie an ihnen vorbei in die Stadt gingen. Winter blieb kurz stehen, um Luft zu holen, da ihr Körper von der Aufregung und dem Faltira zu vibrieren schien.

»Wenn ich geahnt hätte, dass Ihr so nützlich seid, dann hätte ich direkt vorgeschlagen, dass Ihr uns begleitet. Eure Göttin hätte nicht einmal einschreiten müssen«, sagte Astrid zu Cinzia.

Cinzia sah sie an und hob eine Augenbraue. »Das hätte ich dir gleich sagen können.«

Astrid warf Noth einen Blick zu. »Ich mag sie«, sagte sie und grinste. »Ist eigentlich noch jemandem dieser Leberfleck aufgefallen, der fast das halbe Gesicht des Wachmannes bedeckt hat? Einfach widerlich. Ich bin heilfroh, dass keiner von uns so etwas hat, sonst hätte ich mich euch nie anschließen können.«

Beinahe hätte Winter gelächelt. Vielleicht war dieser Vampir ja doch gar nicht so übel.

Während der Frost noch immer in ihr brannte – und sie inzwischen bereute, ihn derart voreilig genommen zu haben –, richtete Winter ihre Aufmerksamkeit auf die Stadt. Von außen hatte sie schon seltsam ausgesehen, aber innerhalb der Stadtmauern wirkte sie richtiggehend fremdartig. Die Gebäude waren überwiegend in Hellblau und Weiß gestrichen, aber hin und wieder waren auch Grün-, Violett- und Gelbtöne zu sehen. Dass fast jedes Gebäude farbig war, erstaunte sie sehr. In Khale hätte so viel Farbe ein Vermögen gekostet. Gelegentlich sah sie größere Gebäude, die drei oder vier Stockwerke höher waren als der Rest. Diese größeren Häuser sahen aus wie aufeinandergestapelte Würfel. Sie waren mit reich geschmückten Dächern oder Balkonen verziert worden, die auf jeder Etage um die Gebäude herumführten.

»Wir sind wirklich nicht mehr in Khale«, flüsterte Astrid. Winter konnte nur staunend nicken. Sie hatte immer geglaubt, Roden wäre trostlos und roh.

»Da hast du allerdings recht«, sagte Noth. »Und ich möchte mich auf keinen Fall lange auf der Straße aufhalten. Wir sollten uns schnellstmöglich ein Gasthaus suchen. Am besten bleiben wir dicht zusammen.«

In der Ferne sah Winter das vertraute Spitzdach einer cantischen Kapelle, die einen starken Kontrast zu den anderen Gebäuden der Stadt darstellte. Seltsamerweise fühlte sie sich von der Kapelle angezogen, obwohl sie diesem Glauben doch so feindselig gegenüberstand.

Dort gibt es nichts für dich, sagte sie sich.

»Wir sollten uns von der Kapelle fernhalten«, sagte Cinzia leise. »Die Fragen, die man uns dort stellen würde, wären … nicht hilfreich.«

Sie bogen in die nächste Straße ein. Winter warf noch einen letzten Blick auf die Kapelle und folgte den anderen dann. Nachdem sie ein Stück weit gegangen waren, blieb Noth unvermittelt stehen und sah sich eine offen stehende, nicht weiter gekennzeichnete Tür an.

»Hier bin ich schon einmal gewesen«, murmelte er. Dann, noch bevor Winter oder einer der anderen etwas sagen konnte, ging er einfach voran.

Winter trat hinter ihm in einen Flur, von dem vier Türen abgingen. Drei waren geschlossen, aber die am anderen Ende stand offen, und Noth ging gerade hindurch. Als Winter ihm folgte, fand sie sich in einem kleinen Raum wieder, bei dem es sich um eine Art Schankraum zu handeln schien. Seltsamerweise hatte es auf der Straße kein Schild gegeben, das auf dieses Gasthaus hinwies. Noth näherte sich dem Wirt. Der Mann war alt und runzlig und hatte einen langen, grauen Schnurrbart und wachsame Augen.

Winter bedeutete den anderen, dass sie im Gang warten sollten, und ging dann langsam auf Noth zu.

»Bei der Göttin! Madzin, das ist viel zu lange her«, sagte der alte Mann gerade. Er musterte Noth mit finsterer Miene, aber Winter vermutete, dass dies seine Art war, zu lächeln. Ihr Vater war auch so gewesen.

»Das könnt Ihr laut sagen«, erwiderte Noth. »Habt Ihr heute noch ein paar Zimmer frei? Meine Freunde und ich sind später eingetroffen, als wir gehofft hatten, und wir würden uns gern irgendwo ausruhen.«

Der alte Mann zog seine grauen, buschigen Augenbrauen hoch. »Ich wäre zutiefst beleidigt, wenn Ihr irgendwo anders die Nacht verbringt.« Winter hatte den Eindruck, als würde der Mann das ernst meinen. Dann sah er an Noth vorbei zu Winter hinüber.

Noth folgte seinem Blick. »Sie gehört zu mir«, erläuterte er.

Der Mann nickte und beäugte Winter misstrauisch. »Das ist zwar andere Gesellschaft, als ich sie bei Euch erwartet hätte, aber was weiß ich denn schon? Inwieweit ist sie eingeweiht?«

»Sie weiß alles«, antwortete Noth. Winter entging die Ironie seiner Worte nicht.

»Na, dann ist es gut. Wie viele sind sonst noch bei Euch?«

»Ich brauche drei Zimmer. Hat sich Euer Preis geändert?«

Der Mann musterte Noth verwirrt, und Winter wurde augenblicklich nervös.

»Für Euch, Madzin, kosten sie gar nichts, so wie immer«, erklärte der Mann, dessen Stimme jetzt anders klang. Als er sich zu Noth vorbeugte, spannte Winter sich an. Die Wirkung des Frosts klang langsam ab, aber sie hatte noch immer einen Dolch am Gürtel, falls es nötig sein sollte. *Und,* schoss es ihr durch den Kopf, *ich kann jederzeit noch einen Kristall nehmen.* Ein Teil von ihr hoffte fast, dass es Ärger gab, damit sie eine Ausrede hätte.

»Und Eure Kiste ist auch in Sicherheit. Darum habe ich mich persönlich gekümmert.«

»Man muss heutzutage auf alles ein Auge haben, nicht wahr?« Noth kicherte, und Winter war überrascht, wie natürlich das klang. Dabei war sie fast schon davon überzeugt gewesen, dass Noth den Mann gar nicht kannte – oder zumindest nicht wiedererkannte –, aber er spielte seine Rolle perfekt. Der Mann fiel in Noths Lachen mit ein, und Winter entspannte sich wieder.

Dann reichte der Wirt Noth etwas, und Noth bedeutete Winter, sie solle ihm in den Flur zu den anderen folgen. Er öffnete eine der Türen und führte sie in einen kleinen Raum.

»Wer war der Mann?«, wollte Winter wissen.

»Das weiß ich nicht«, antwortete Noth. »Aber er hat mich erkannt und mit einem Namen angesprochen, den ich schon einmal gehört habe. Denselben Namen hat auch der Mann von der Grenzwache in Navone benutzt. Aber auch der kam mir nicht bekannt vor.«

»Wie viele Namen sind das jetzt schon?«, fragte Lian. »Drei?«

»Ja«, erwiderte Noth ruhig. »Noth, Lathe und Madzin.«

»Und wer davon seid Ihr wirklich?«, fragte Cinzia.

Doch Noth zuckte nur mit den Schultern. »Ich muss jetzt etwas erledigen. Cinzia, Jane und Kovac, im Nebenzimmer gibt es zwei Betten, daher werdet Ihr das Zimmer nehmen.

Winter und Astrid, ihr bleibt hier. Lian und ich teilen uns das dritte Zimmer.«

Winter verdrehte die Augen. Es wäre ja auch zu schön gewesen, wenn ihr Gatte sich mit ihr ein Zimmer geteilt hätte.

»Ich werde eine Weile weg sein«, fuhr Noth fort, »also macht es euch ruhig bequem.« Sein Blick fiel auf Winter. »Ich würde gern mit dir reden, wenn ich wieder da bin, Winter. Ist das für dich in Ordnung?«

Winter zuckte mit den Schultern und erwiderte nichts, aber seine Worte machten sie nervös. Sie war noch nicht bereit, ihm alles zu erzählen. Das konnte sie einfach noch nicht.

»Warte«, sagte Lian, als Noth zur Tür ging. »Woher wissen wir, dass wir hier in Sicherheit sind?«

»Das wissen wir nicht«, stellte Noth klar. »Also seid wachsam.«

Dann war er fort.

Die anderen gingen auf ihre Zimmer. Astrid behauptete, sie wolle sich die Stadt ansehen. Janes Blick blieb auf Winter gerichtet, als sie die Kammer verließ, doch sie ignorierte das wie immer.

Ich weiß wirklich nicht, womit ich diese ganze Aufmerksamkeit verdient habe, dachte sie. *Ich bin doch die Uninteressanteste von uns allen.*

Plötzlich war sie mit Lian allein.

Sie sah ihn betreten an. Dies war das erste Mal seit Cineste, dass sie allein waren. Das Zimmer war klein, und sie hätte nur den Arm ausstrecken müssen, um Lian zu berühren, der ihr gegenüber an der Wand lehnte. Winter bemerkte, dass ihre rechte Hand bereits wieder in dem kleinen Lederbeutel an ihrem Gürtel steckte und dass sie mit einem Kristall herumspielte.

Rasch zog sie die Hand wieder heraus. Ihr war nicht einmal aufgefallen, dass sie das getan hatte.

»Warum hast du es ihm noch nicht gesagt?«, fragte Lian.

Vor dieser Unterhaltung hatte Winter sich gefürchtet, seit sie beschlossen hatte, Noth nichts von dem Faltira zu erzählen.

»Warum hast du es nicht getan?« Winter hätte an seiner Stelle schon längst mit jemandem darüber gesprochen.

»Das steht mir nicht zu, und das weißt du auch. Er ist dein Mann, und er muss es von dir hören.«

Winter blickte auf ihre Hände hinab, die in ihrem Schoß lagen. »Warum muss er es denn überhaupt erfahren? Ich kann jetzt Dinge tun, die ich vorher nicht konnte, aber ich weiß nicht, warum das so eine große Sache sein soll.«

»Es ist weitaus mehr als das«, entgegnete Lian. »Du hast dich verändert. Ich habe dir gesagt, dass dieser Frost dir nicht guttun würde. Du wolltest nicht auf mich hören, und es war deine Entscheidung. Aber … bei der aufsteigenden Canta, Winter, denk an Navone. Du kannst nicht einfach vergessen, was dort geschehen ist.«

Sie spürte, wie ihr das Blut in die Wangen stieg. »Tu nicht so, als würdest du begreifen, was in Navone passiert ist. Das war nicht meine Schuld, Lian. Ich bin dafür nicht verantwortlich.«

Du musst nicht wütend auf ihn sein, sagte sie sich. *Er versucht doch nur, dir zu helfen.* Aber sie konnte ihren Zorn nicht im Zaum halten.

»Du weißt nicht, wie das ist«, fügte sie hinzu.

»Das muss ich auch gar nicht wissen, um zu begreifen, dass du Hilfe brauchst«, stellte Lian fest. Er setzte sich neben sie aufs Bett, und Winter war es unangenehm, ihn neben sich zu spüren.

»Warum gehst du nicht einfach?«, murmelte sie. »Geh und fang deine dumme Revolution an. Rette die Tiellaner.«

Lian schnaubte. »Das kann warten.«

»Bring den Tiellanern ihren einstigen Ruhm zurück oder was auch immer du vorhast. Mach aus uns wieder das, was wir im Zeitalter der Wunder gewesen sind. Tu etwas, das deiner Zeit würdig ist, Lian.«

»Ich weiß ganz genau, wofür ich meine Zeit opfern muss und wofür nicht.«

»Ich nicht«, flüsterte Winter.

Lian seufzte. »Ich habe nur das Gefühl, dass du … wieder einmal am Ertrinken bist. Aber dieses Mal kann ich dir nicht einfach hinterherspringen und dich retten.«

»Du musst mich auch gar nicht retten.«

»Irgendjemand muss es aber tun!«, rief Lian und warf die Hände in die Luft. »Das ist es eben, was andere für dich tun. Ich habe dich vor dem Ertrinken gerettet. Dein Vater hat dich vor dem Leben in Pranna gerettet, und Noth wollte dasselbe tun. Und jetzt muss dich wieder jemand retten.«

»Ich muss nicht gerettet werden.« Winter versuchte, ruhig zu bleiben. Sie durfte jetzt nicht die Fassung verlieren.

Da packte Lian sie an den Schultern. Winter war überrascht, wie grob er war. Er drückte so fest zu, dass ihre Arme weh taten, als er sie dazu zwang, ihm in die Augen zu sehen.

»Du hast andere getötet, Winter«, sagte er und starrte sie an. »Ich habe dir dabei zugesehen. Ich habe gesehen, wie du den Frost genommen hast. Ich weiß, dass es nicht Nash gewesen ist, denn ich habe ihm dabei geholfen, dich zu beschützen. Das, was du getan hast … Von so etwas erholt man sich nicht einfach so. Ist dir das denn nicht klar? Hast du überhaupt verstanden, was du da getan hast?«

Er umklammerte ihre Schultern, und seine Finger bohrten sich immer tiefer in ihre Haut. Winter entzog sich seinem Griff und verpasste ihm eine Ohrfeige. Dann stand sie auf. Sie musste weg. Wie konnte er es wagen, über Navone zu reden?

»Du bist eifersüchtig«, behauptete sie. *Das stimmt nicht.* Sie wusste nicht einmal, warum sie das sagte. »Du bist eifersüchtig, weil der Frost bei mir wirkt und bei dir nicht.« Auch das entsprach nicht der Wahrheit. Er verabscheute das Faltira, und er verabscheute sie. Das konnte sie in seinen Augen erkennen.

Lian blickte traurig zu ihr auf. Der Kampfgeist schien ihn verlassen zu haben.

»Hörst du dich eigentlich selbst reden?«, fragte er. »Weißt du eigentlich, was du da sagst?«

Winter wusste genau, was sie sagte, und es jagte ihr eine Heidenangst ein.

Lian schüttelte den Kopf. »Ich habe dich früher geliebt. Du hast mich immer wieder überrascht. Wie du uns in unserer Kindheit Blumenkronen gebastelt hast oder wie du als kleines Mädchen so unglaublich selbstsicher das Boot deines Vaters gelenkt hast. Wenn du dir das Haar hinter das Ohr gestrichen hast, hätte ich jedes Mal beinahe den Verstand verloren. Früher habe ich dich angesehen und dich bewundert. Aber jetzt erkenne ich dich nicht mehr wieder. Du kleidest dich sogar anders.«

»Wir müssen uns anders kleiden, Lian. Wir sind in Roden, um Cantas willen.«

Er zuckte mit den Schultern. »Da steckt mehr dahinter. Für dich jedenfalls. Auf mich wirkst du fast wie eine Fremde.«

»Ich bin für dich immer eine Fremde gewesen«, flüsterte Winter. »Aber ich war nie stark genug, dir das zu sagen.« Abgesehen von ihrem Vater war sie für jeden eine Fremde geblieben, auch wenn sie sich sehr angestrengt hatte, etwas daran zu ändern.

Sie wusste nicht, ob Lian sie nicht gehört hatte oder ihre Worte einfach ignorierte. »Schlimmer noch ist dieser Blick in deinen Augen«, fuhr er fort. »Dieser Blick, mit dem ich einst dich angesehen habe und den ich jetzt bei dir sehe. Nur dass du nicht mich so ansiehst.«

»Ich liebe ihn nicht«, erklärte Winter. Noth war ihr Ehemann, aber das bedeutete noch lange nicht, dass sie ihn liebte. Sie musste es wissen, denn sie spürte schon seit ihrer Verlobung, dass sie diesen Mann nicht liebte. Sie bewunderte ihn, und er faszinierte sie. Aber Liebe?

»Wenn du dir das wirklich einredest, dann tust du mir leid«, sagte Lian.

Winter schwieg. Was sollte sie auch sagen?

Sie sahen einander schweigend an.

»Noth könnte auch ein Psimant sein«, erklärte Lian schließlich.

Winter hob den Kopf.

»Auf dem Boot, in jener Nacht, als wir ihn aus dem Wasser gefischt haben … Wir mussten deinem Vater versprechen, dass wir nie mit irgendjemandem darüber reden. Aber damals ist etwas passiert. Gegenstände haben sich wie von Geisterhand bewegt. Ich dachte, es wäre ein Dämon gewesen, aber … Bahc hat es mir erklärt. Ich wollte es dir schon früher sagen, aber du hast es ja nicht hören wollen. Jetzt weißt du es.«

Winter wusste nicht, was sie denken sollte. Noth war ein Psimant? Ein Teleniker, wenn er wirklich Dinge bewegen konnte. Wusste Noth davon? Gehörte das zu den Dingen, die er vor ihr geheim hielt?

Lian stand auf. »Wenn du es ihm nicht bald erzählst, werde ich es tun. Du bringst uns alle in Gefahr. Jemand muss die Verantwortung übernehmen, selbst wenn du nicht bereit dazu bist.« Er ging zur Tür, blieb dann aber noch einmal stehen. »Ich hoffe sehr, dass du es ihm selbst sagen wirst.«

Dann war sie allein. Winter hätte am liebsten geweint und gespürt, wie ihr die Tränen über die Wangen liefen. Oder sie wollte zornig werden. Sie wollte alles, nur nicht diese Taubheit.

Ohne einen Laut von sich zu geben, griff sie in den

Beutel, holte einen Kristall hervor und presste ihn an ihre Lippen. Sie schluckte ihn herunter, und wenige Minuten später war ihr Schmerz vergessen. Winter saß einfach nur da und schwebte auf ihren Empfindungen dahin.

KAPITEL 33

Tir, Westliches Roden

Was soll das heißen, du kannst kein Alt-Khalisch lesen?«, fragte Jane ungläubig. Sie waren in dem kleinen Zimmer, das Noth ihnen im Gasthaus zugewiesen hatte. Kovac hielt an der Tür Wache. Cinzia hatte ihm gesagt, er brauche nicht so förmlich zu sein, aber er hatte darauf bestanden. Sie saß auf einem der Betten und blickte zu Jane auf, die vor ihr auf und ab ging.

»Das bedeutet, dass ich es nicht lesen kann. Warum ist das überhaupt wichtig, Jane?«

Jane starrte sie mit finsterer Miene an. »Ich weiß nicht, wie ich die Schriften übersetzen soll, wenn ich niemanden habe, der Alt-Khalisch spricht. Ich dachte, du könntest es und dass mir Canta aus diesem Grund gesagt hat, du wärst diejenige, die mir bei der Übersetzung zur Seite stehen soll.«

»Was denn für eine Übersetzung? Wovon redest du überhaupt?«

»Wir werden die Neun Schriften übersetzen.«

Cinzia starrte ihre Schwester verblüfft an. Cinzia hatte die Schriften vor lauter Aufregung über die Heilige Hexenjägerin und das Massaker in Navone, die Flucht ihrer Familie und die Entscheidung, nach Roden zu gehen, ganz vergessen.

Dabei hatte Jane doch behauptet, die Neun Schriften gefunden zu haben.

»Du … du hast sie mitgebracht?«, fragte Cinzia fassungslos.

»Aber natürlich habe ich sie mitgenommen. Ich konnte sie doch nicht in Navone zurücklassen.«

Nun war Cinzias Neugier geweckt. Jane konnte doch nicht tatsächlich die Neun Schriften gefunden haben, das war schlichtweg unmöglich. Aber sie wollte dennoch wissen, was Jane stattdessen in die Hände gefallen war.

»Wie kommst du auch nur auf die Idee, ich könnte Alt-Khalisch lesen?«, fragte Cinzia und seufzte. »Das wird auf dem Seminar nicht einmal angeboten.«

Jane runzelte die Stirn. »Das konnte ich nicht wissen, oder? Warum lernt ihr während eurer Ausbildung nicht auch Alt-Khalisch? Das ist schließlich die Sprache des Cantizismus. Canta selbst hat sie gesprochen. Wie können wir darauf hoffen, etwas zu verstehen, wenn wir nicht einmal versuchen, diese Sprache zu lernen?« Leise murmelte Jane noch etwas Unverständliches.

»Was hast du gesagt?«, hakte Cinzia nach.

»Die Tatsache, dass die Sprache nicht gelehrt wird, ist doch das beste Beispiel für das Scheitern der Denomination.«

Kovac stand an der Tür und wirkte betreten. Die Unterhaltung musste ihm sehr unangenehm sein. Cinzia schoss das Blut in die Wangen. Die Denomination hatte ihre Fehler, das war sie auch zuzugeben bereit. Nach allem, was sich in Navone zugetragen hatte, war sich Cinzia nicht einmal mehr sicher, ob sie jemals zurückkehren konnte. Doch dass ihre Schwester sich derart heftig dagegen aussprach, machte sie wütend.

»Entschuldige«, murmelte Jane. »Das war nicht nett von mir. Ich sollte keine Organisation kritisieren, für die du den Großteil deines Lebens gearbeitet hast.«

Cinzia verdrehte die Augen, freute sich aber dennoch über die Entschuldigung.

»Es fällt mir nur so schwer, den richtigen Weg zu finden«, fuhr Jane fort. »Seitdem wir Navone verlassen haben, fühle ich mich dem Ganzen nicht mehr so verbunden. Ich habe nichts mehr von Canta gehört, seitdem ich mich der Hexenjägerin gestellt habe. Ich weiß, dass ich … wir die Schriften übersetzen sollen, aber wenn du kein Alt-Khalisch lesen kannst, dann weiß ich nicht, wie uns das gelingen soll.«

Auch wenn Cinzia verwirrt war, empfand sie doch Mitgefühl für Jane. Sie hatte etwas Ähnliches wie ihre Schwester durchgemacht.

»Mir tut es auch leid«, erwiderte Cinzia. »Es ist für uns alle eine schwere Zeit gewesen.«

Jane seufzte und blieb endlich stehen. Ihr Herumgerenne hatte Cinzia schon ganz verrückt gemacht.

»Du hast recht«, gestand Jane. »Ich benehme mich selbstsüchtig. Aber ich kann nur daran denken, was das alles für mich bedeutet und wie ich meine Probleme lösen kann, dabei hast du doch deine eigenen.«

Das hatte Cinzia zwar nicht unbedingt gemeint, aber sie konnte Jane auch nicht widersprechen, da diese sich wirklich egoistisch benommen hatte.

»Ich kann mir nicht vorstellen, wie es für dich gewesen sein muss, nach Hause zu kommen und festzustellen, dass deine eigene Familie all das aufgegeben hat, wofür du dein ganzes Leben als Priesterin gestanden hast. Das tut mir so leid, Cinzia.«

»Es ist schon in Ordnung«, sagte Cinzia zu ihrer

eigenen Überraschung. In diesem Augenblick wollte sie nichts weiter als Frieden.

»Danke, dass du versuchst, dich in meine Lage zu versetzen. Ich kann nur hoffen, dass mir das umgekehrt ebenfalls gelingt.« *Aber mir ist völlig unbegreiflich, wie es mir gelingen soll, die Welt durch deine Augen zu sehen.*

Jane nickte. »Gut. Und was machen wir jetzt, Cinzi?«

Cinzia seufzte, lehnte sich auf dem Bett zurück und starrte die Decke an. »Ich habe keine Ahnung.« Sie konnte kein Alt-Khalisch lesen, aber sie hätte nichts dagegen gehabt, die Schriften mit eigenen Augen zu sehen. Wenn auch nur, um sich davon zu überzeugen, dass sie tatsächlich das waren, was Jane behauptete. »Wo sind sie denn? Kann ich sie sehen?«

Jane warf Kovac einen Blick zu. »Mir wurde ausdrücklich verboten, sie jemand anderem als den Übersetzern zu zeigen.«

Cinzia verzog das Gesicht. Sie fand es nicht gut, Kovac fortzuschicken, aber … »Kovac, wir müssen irgendwann essen. Würde es Euch etwas ausmachen, uns aus dem Schankraum das Abendessen zu holen?«

Kovac machte eine finstere Miene. »Herrin, ich halte es für sehr unklug …«

Sie ging zu ihrer Göttinnenwache und legte ihm eine Hand auf den Arm. »Während dieser kurzen Zeit wird uns schon nichts passieren.«

Kovac nickte, musterte Jane kurz, verließ dann das Zimmer und schloss die Tür hinter sich.

Cinzia drehte sich wieder zu ihrer Schwester um. »Zeigst du sie mir jetzt?«

Jane seufzte. »Du bist die Einzige, die mir bis jetzt als Übersetzerin preisgegeben wurde, es kann gewiss nicht schaden, wenn ich sie dir jetzt zeige.«

Sie ging zu ihrem Rucksack, griff hinein und förderte alles Mögliche zutage: Kleidungsstücke, einen Umhang, ein zweites Paar Reisestiefel. Danach holte sie ein großes Stoffbündel heraus und legte es auf das Bett, das unter dem Gewicht knarrte.

Jane strich sorgfältig ihre Röcke glatt, während Cinzia das Bündel am liebsten sofort aufgerissen hätte. Spürte ihre Schwester denn nicht, wie aufgeregt sie war?

»Du wirst mir dabei helfen müssen«, sagte Jane. »Halte sie, während ich sie auswickle.«

Cinzia wollte das Bündel aufheben und fiel dabei fast hin.

Jane lachte. »Sie sind schwerer, als man annehmen würde, nicht wahr?«

Cinzia nickte. Das Bündel war schwer, fast als wären Bleiplatten darin. Sie verlagerte ihr Gewicht und versuchte es erneut. Jane löste den dicken Stoff auf der Unterseite des Bündels.

»Jetzt kannst du es wieder ablegen«, meinte sie endlich. Cinzia war erleichtert, ihre Arme taten bereits weh. Wie hatte Jane das nur seit Navone tragen können? Jetzt wunderte sie sich nicht mehr über den riesigen Rucksack und dass sie ihn unbedingt hatte selbst tragen wollen. Jane hatte vermeiden wollen, dass jemand anderes mit den Neun Schriften in Kontakt kam.

Endlich hatte Cinzia die Neun Schriften vor sich – *oder das, was Janes Worten zufolge die Neun Schriften sein sollen,* korrigierte sie sich selbst.

Sie sahen nicht besonders alt aus. Cinzia hatte ausgefranste, beschmutzte und sehr … alt aussehende Schriften erwartet, doch das Buch, das sie jetzt anstarrte, sah überhaupt nicht so aus. Es war sehr groß, bestimmt eine halbe Rute lang, und fast genauso breit und mehr als zwei

Spannen dick. Der Einband bestand aus abgenutztem, rissigem Leder.

Cinzia streckte eine Hand aus und sah dann Jane an, die nickte. Vorsichtig berührte sie den Einband, spürte, wie weich das dicke Leder war, das irgendein Metall zu überdecken schien.

Langsam hob Cinzia den Buchdeckel an und keuchte auf. Sie starrte ihre Schwester an.

»Ja, ich hatte auch mit etwas anderem gerechnet«, meinte ihre Schwester lächelnd. »Aber es ergibt Sinn. Papier würde verblassen, verrotten und einreißen. Aber das hier, was immer es auch ist, blieb von alldem verschont.«

Zaghaft strich Cinzia mit den Fingern über die Seiten, falls man sie denn so nennen konnte. Sie bestanden nicht aus Papier, Pergament oder irgendeinem anderen Material, das sie schon einmal gesehen hatte, sondern vielmehr aus einem ausgesprochen dünnen Metall – das anscheinend dennoch sehr robust war, wie Cinzia feststellte, als sie mit den Fingern über den Rand fuhr. Das Metall sah matt aus, und auf seiner dunkelgrauen Oberfläche spiegelte sich so gut wie gar nichts. Nur an einigen Stellen war eine Reflexion zu sehen, ein rötlicher Schimmer, der sich durch das Metall zog. Allein auf die erste Seite waren mehrere hundert winzige Buchstaben graviert worden. Cinzia fuhr mit den Fingern darüber und spürte die Konturen. Das Material fühlte sich so glatt und kalt wie Metall an. Die Seiten waren nicht etwa gebunden, sondern durch drei große Ringe verbunden, die in den dicken Einband eingelassen waren und durch den Innenrand jeder Seite führten.

»Sie wurden von Meisterhand hergestellt, wie du sehen kannst.«

»Ja«, flüsterte Cinzia heiser. Als Tochter eines Holzschnitzers erkannte sie gute Handwerkskunst auf den ersten Blick, und das, was da gerade vor ihr lag, war einfach unglaublich.

»Die Seiten sind aus Metall«, sagte Cinzia und entdeckte eine weitere purpurfarbene Welle auf der ersten Seite.

»Das glaube ich auch«, stimmte Jane ihr zu. »Vermutlich sind sie deswegen so schwer. Aber es müsste noch viel schwerer sein, wenn sie aus einem Metall hergestellt worden wären, das uns bekannt ist.«

»Es schimmert leicht rötlich.« Cinzia wusste, dass sich das einfältig anhörte, aber das war ihr egal. Sie konnte noch immer nicht glauben, dass sie wirklich die Neun Schriften vor sich hatte, auch wenn sie endlich zugeben musste, dass dieses Buch durchaus so aussah.

»Das tut es. Nicht immer und nur aus bestimmten Winkeln. Ich habe noch nicht herausgefunden, unter welchen Umständen die rote Färbung zu sehen ist.«

Cinzia starrte die erste Seite an, nahm die Buchstaben genauer in Augenschein und las den Titel laut vor.

»›Der Kodex von Elwene‹«, las Cinzia. »›Ein Kompendium von Cantas Leben und ihren großen Wundern sowie ihrer Prophezeiungen und Lehren. Kopiert aus den Schriften der Neun Elevinnen, die Canta während ihrer Zeit auf der Sphaera auserwählt hat, und gekürzt von Elwenes Hand.‹«

Dann blickte sie auf und murmelte: »Der Titel ist etwas lang. Aber es klingt interessant. Der Kodex von Elwene. Hattest du nicht gesagt, es wären die Neun Schriften? Ich gehe davon aus, dass sie darin erwähnt werden. Diese oder dieser Elwene hat sie dann wohl zusammengestellt, oder? Allerdings muss diejenige Person recht anmaßend gewesen sein, wenn sie dem Buch ihren eigenen Namen gibt.«

Cinzia merkte, dass sie abschweifte, und als Jane nicht reagierte, blickte sie auf. Jane starrte sie mit offenem Mund und weit aufgerissenen Augen an.

»Was ist?«, fragte Cinzia. Dann begriff sie es.

Sie hatte gerade den Titel vorgelesen.

Sie senkte den Kopf und stellte fest, dass sie tatsächlich jedes Wort lesen konnte. Auf der ersten Seite standen der Titel des Buches sowie darunter eine Beschreibung, welchem Zweck dieses Buch dienen und was es für die Bevölkerung der Sphaera bedeuten sollte.

»Du hast doch gesagt, es wäre in Alt-Khalisch geschrieben«, sagte Cinzia.

»Das ist es auch. Und du hast behauptet, du könntest diese Sprache nicht lesen.«

»Aber das ist nicht Alt-Khalisch, Jane. Das ist Rodenesisch. Du müsstest das genauso gut lesen können wie ich.«

Jane zog die Augenbrauen hoch. »Rodenesisch? Cinzia, das hier«, sie deutete auf die Buchstaben auf der Seite, »ist nicht Rodenesisch. Im ganzen Buch ist nicht ein einziger rodenesischer Buchstabe vorhanden. Das habe ich mehrmals überprüft.«

Wieder musterte Cinzia die Seite und wollte schon das Gegenteil behaupten, als ihr etwas Merkwürdiges auffiel. Sie sah tatsächlich keine rodenesischen Buchstaben auf der Seite. Zwar konnte sie den Text lesen, doch die einzelnen Zeichen ergaben keinen Sinn für sie; sie sahen vielmehr aus wie eine merkwürdige Ansammlung aus Kratzern und Kreisen. Doch wenn sie die Seite als Ganzes betrachtete, ganze Worte und Sätze anschaute, dann konnte sie alles problemlos lesen.

»Das ist unglaublich.« Sie hörte einen Knall neben sich und stellte fest, dass Jane auf einen der Stühle gesunken war und sich die Hände gegen die Schläfen presste.

»Darum wollte sie, dass du mir bei der Übersetzung hilfst. Aus diesem Grund wollte sie dich dabeihaben.«

»Wie meinst du das?«

Jane schaute sie an, und Cinzia stellte überrascht fest, dass Tränen auf den Wangen ihrer Schwester glitzerten. War das nicht genau das, was ihre Schwester gewollt hatte?

»Begreifst du es denn nicht?«, wollte Jane wissen. »Du bist eine Seherin, Cinzia. Keine Seherin, wie wir sie heute innerhalb der Denomination kennen, sondern eine wahre Seherin. Du kannst das hier dank Cantas Macht übersetzen.«

Cinzia legte Jane eine Hand auf die Schulter. »Aber das ist doch gut, oder nicht? Wir können das Buch gemeinsam übersetzen. Wir können die Neun Schriften, den Kodex von Elwene, für andere verfügbar machen und ihnen die Wahrheit über Canta und ihr Werk nahebringen.« Cinzia konnte kaum glauben, dass sie das wirklich sagte. Dabei zweifelte sie doch eigentlich an ihrem Glauben in Canta und vertraute nicht auf das, was ihre Schwester behauptete.

Aber dieses Buch, diese Schriften, und die Tatsache, dass sie diese Buchstaben aus einem unerfindlichen Grund lesen konnte … Das war etwas Greifbares. Das war etwas, woran Cinzia glauben konnte.

»Du hast natürlich recht«, murmelte Jane. »Das ist wahrscheinlich das Beste so. Ich muss mich in Bescheidenheit üben und Cantas Willen akzeptieren.«

Cinzia wollte Jane schon fragen, was sie damit meinte, als ihre Schwester auf einmal aufstand und sie anlächelte.

»Dann lass uns anfangen«, schlug sie vor. »Wir haben viel zu tun.«

Fast widerstrebend, aber auch freudig erregt stimmte Cinzia ihr zu.

KAPITEL 34

Noth klopfte leise an die Tür und rieb sich dann die Schläfen. Er bekam erneut Kopfschmerzen, und das bereitete ihm Sorgen. Seitdem sie Navone verlassen hatten, war das mehrfach vorgekommen. Die Schmerzen traten immer zu unterschiedlichen Zeiten auf, hielten etwa eine halbe Stunde lang an und verschwanden dann wieder. Noth tat das Einzige, was ihm einfallen wollte, und versuchte einfach, sie zu ignorieren.

Er bekam keine Antwort und klopfte erneut, dieses Mal etwas lauter.

»Herein.« Hinter der Tür waren leise Geräusche zu hören.

Er warf sich das Lederbündel, das er gerade erhalten hatte, über die Schulter und öffnete die Tür. Winter zuckte zusammen, als er hereinkam.

»Bei der aufsteigenden Canta«, keuchte sie, »musst du mich denn so erschrecken?«

»Du hast gesagt, dass ich hereinkommen kann. Was dachtest du denn, was dann passieren würde?«

Sie schüttelte nur den Kopf, daher drehte sich Noth um und schloss die Tür hinter sich. Als er sie erneut ansah, überkamen ihn die widersprüchlichsten Gefühle. Ihr langes Haar war zerzaust und klebte an ihren Wangen, auf denen sich Tränenspuren abzeichneten. Ihre Kleidung, die vor allem aus enganliegendem Leder bestand und sich sehr stark von den traditionellen tiellanischen Kleidungsstücken unterschied, die sie in Pranna getragen hatte, betonte ihre Gestalt auf ungewohnte Weise.

Noth spürte einen Stich des Bedauerns in der Brust, dass sie das alles hatte durchmachen müssen. Er hatte sie nicht verletzen wollen und hatte es dennoch getan. Er hätte sie nie verlassen dürfen. Jetzt war das mindeste, was er für sie tun konnte, ihr die Wahrheit zu sagen.

»Geht es dir gut?«, erkundigte er sich, nahm das schwere Bündel von der Schulter und legte es auf das Bett. Dann sah er Winter an und wusste nicht, was er tun sollte.

»Es geht mir gut.« Winter schniefte und wischte sich über die Nase. »Du wolltest mit mir reden?«

Noth fühlte sich seltsam. Er fragte sich, ob er sie umarmen, sich normal verhalten oder etwas ganz anderes tun sollte.

Sie stand neben dem Bett, hatte die Arme um den Bauch geschlungen und sah ihn an.

»Und?«

Er runzelte die Stirn und rieb sich den Kopf. Die Schmerzen ließen langsam nach, waren aber noch nicht ganz abgeklungen. Ihm war bewusst, dass Winter nicht gerade in bester Stimmung war, daher beschloss er, direkt zu sein.

»Gut«, sagte er. »Du hast gehört, was ich zum Wirt gesagt habe?«

»Das meiste«, antwortete sie.

Sie würde es ihm offensichtlich nicht leicht machen.

»Nun … Er hat mir gegenüber eine Kiste erwähnt. Kannst du dir denken, was darin sein sollte?«

Winter verdrehte die Augen. »Was soll damit sein?«

»Ich habe behauptet, ich hätte den Schlüssel verloren,

doch er meinte, das wäre kein Problem. Da er mich kennt, könnte er mir auch den Ersatzschlüssel geben.«

Noth wartete auf eine Reaktion, aber Winter starrte ihn einfach nur an, sagte nichts und stand weiter mit verschränkten Armen da. Er wünschte, sie würden sich setzen.

»Ich habe den Schlüssel genommen und die Kiste geöffnet.« Er deutete auf das Lederbündel. »Das war darin, und ich wollte es zuerst dir zeigen.« Er zögerte. »Ich wollte dir … alles über mich erzählen. Heute Abend. Und ich dachte, das wäre dabei bestimmt hilfreich.« Er wusste nicht, was er noch hinzufügen sollte.

Hatte sie gerade wirklich die Augenbrauen kaum merklich hochgezogen? Das ermutigte ihn, und er machte sich daran, das Bündel zu öffnen.

Winter trat neben ihn und schaute sich das bunte Sammelsurium an, das er zutage förderte.

Das Auffälligste war ein Schwert. Die Klinge war etwa so lang wie die eines einfachen Langschwerts, doch sie war leicht geschwungen. Das Schwert ähnelte dem, mit dem die seltsame Frau in Navone ihn hatte angreifen wollen, bevor sie von der Sphaera-Kugel zerschmettert worden war. Die Waffe war leichter, dünner und besser ausbalanciert als die meisten Langschwerter, mit denen er je gekämpft hatte. Die Klinge, die in einer Scheide aus weißem Leder steckte, bestand aus einem einfachen dunklen Metall. Der Handschutz war dünn und reichte um die gesamte Klinge herum. Der Griff war mit demselben Leder bezogen, aus dem die Scheide gefertigt worden war, und der Knauf darunter bestand aus einem einfachen, kunstvoll bearbeiteten Metallstück – einer Art dämonischem Gesicht, das Noth nicht zuordnen konnte.

Ein Beutel mit Münzen fiel ebenfalls auf das Bett. Darin war genug, um sie alle nach Triah und zurück zu bringen. Es folgte eine kleine Armbrust, die in etwa so lang war wie Noths Unterarm, pechschwarz, und dazu ein Dutzend kleiner schwarzer Pfeile. Dann ein halbes Dutzend Steine in verschiedenen Farben, die alle etwa die Größe von Noths Daumen hatten. Ein Satz dünner Wurfmesser, ebenfalls pechschwarz. Eine Halskette aus einem hellen silberfarbenen Metall, an der ein perlweißer Stein baumelte. Ein Stapel Papiere, auf denen jeder nur denkbare offizielle Auftrag aufgeführt war, den Noth sich vorstellen konnte – damit hätte er Roden ein Dutzend Mal betreten und wieder verlassen können, ohne unangenehme Fragen gestellt zu bekommen. Und zu guter Letzt ein weiterer Lederbeutel, in dem sich kleine Scherben eines ihm unbekannten Kristalls befanden, insgesamt etwa ein gutes Dutzend. Noth leerte ihn ebenfalls auf das Bett.

Winter hatte mit jedem Stück, das er hervorholte, immer mehr Interesse gezeigt. Ihre dunklen Augen glitzerten, als sie auf das Bett hinabsah. Ihre Wangen waren nicht mehr blass, sondern gerötet.

»Die Waffen und das Geld sind klar«, sagte Noth. »Bei den Papieren handelt es sich um Befehle, Freistellungen und offizielle Erklärungen. Sie sind vermutlich alle gefälscht. Aber diese anderen Dinge«, Noth schob die Steine, Kristalle und die Halskette zur Seite, »könnten für alles Mögliche gedacht sein. Die Kette ist vermutlich nur ein Schmuckstück, doch mir ist völlig unklar, warum ich sie dann in der Kiste aufbewahrt habe. Die Steine könnten ebenso bedeutungslos sein. Möglicherweise war ich ein Steinsammler, bevor ich in Pranna angeschwemmt wurde.« Noth hatte einen Scherz machen wollen, aber

Winter lachte nicht. Auch ihm war nicht wirklich danach zumute.

»Und diese Kristalle?«, fragte sie und streckte eine Hand zaghaft danach aus. »Weißt du, was man damit macht?«

»Ich habe nicht die geringste Ahnung«, gab Noth zu.

Winter griff nach einem Kristall, umfing ihn mit der Hand und schien völlig fasziniert davon zu sein. Noth sah sie mit zusammengekniffenen Augen an. Ihre Stirn war auf einmal schweißnass. Hatte sie schon geschwitzt, als er hereingekommen war? Er war sich nicht sicher. In Roden war das Wetter zwar milder als im nördlichen Khale, aber er trug noch immer seine Felle und seinen Umhang, während Winter nur gepolstertes Leder und einen Umhang anhatte. Ihre Hände zitterten.

»Geht es dir nicht gut?«, erkundigte er sich.

Sie sah mit einem Ruck auf und legte den kleinen Kristall vorsichtig wieder aufs Bett. »Es geht mir gut«, erwiderte sie. »Mir ist nur in letzter Zeit nicht ganz wohl.«

Noth nickte und fragte sich, warum ihm das nicht früher aufgefallen war. Plötzlich fühlte er sich schuldig, weil er sie zwang, ihm zuzuhören.

»Wenn es dir lieber ist, dass wir dieses Gespräch später fortsetzen, wenn es dir wieder bessergeht …«

»Nein«, fiel sie ihm ins Wort. »So schlimm ist es nicht. Bitte.« Endlich sah sie ihm in die Augen und wandte den Blick von den Kristallen ab. »Bitte sag mir, was das alles zu bedeuten hat.«

Noth seufzte und starrte die Sachen an. *Das ist die entscheidende Frage, nicht wahr?* Es gab noch immer vieles, was er nicht verstand, aber es wurde Zeit, Winter zu sagen, was er mit Sicherheit wusste.

»Ich kann mich an nichts aus meiner Vergangenheit erinnern«, sagte er. »Das weißt du, seitdem wir uns kennen.«

Winter warf ihm einen Blick zu, der ihn aufforderte, zum Punkt zu kommen. Noth wollte auch gar nicht ausweichen. Schließlich hatte er endlich den Mut gefunden, ihr alles zu sagen.

»Aber das stimmt nicht ganz«, gab er zu. »Ich habe von Orten geträumt, an die ich mich nicht bewusst erinnern kann, und von Leuten, die ich nie gesehen habe. Es gibt sie wirklich, zumindest glaube ich das. Normalerweise ergeben meine Träume keinen Sinn und sind nicht einmal genau, aber nach allem, was ich darin gesehen habe, habe ich einige Vermutungen, was mein früheres Leben betrifft.«

»Aus deinen Träumen?«, hakte sie nach.

Noth nickte. »Ja, aber … manchmal kommt es mitten am Tag vor, dass ich mit einer völlig normalen Aufgabe beschäftigt bin und mit einem Mal ganz woanders bin. In Pranna schlug ich einmal einen Nagel ein, und meine Gedanken gingen auf die Reise, obwohl mein Körper einfach weiterarbeitete. Dann sah ich Dinge in meiner Vergangenheit, die ich getan hatte.«

»Warum hast du mir das nie erzählt?«

Er wandte den Blick ab und starrte das Schwert an. Ihm waren viele Möglichkeiten durch den Kopf gegangen, wie er es ausdrücken konnte, aber als er jetzt das Schwert vor sich sah, wusste er, dass er einfach ehrlich sein musste.

»Ich habe getötet«, gestand er ihr. »Genau das tue ich in meinen Träumen. Ich töte andere Leute.«

Winter wollte schon etwas sagen, aber Noth kam ihr zuvor. Er wollte es endlich hinter sich bringen.

»Nicht wie Soldaten töten. Auch nicht wie ein Betrüger oder ein Henker.« Er sah sie wieder an. Sie schien sich beruhigt zu haben, sowohl körperlich als auch geistig, aber ihre schwarzen Augen verrieten ihm nicht, was in ihr vorging.

»Ich war ein Assassine. Zumindest glaube ich das. Ich habe Leute für Geld ermordet, aber das ist noch lange nicht alles. In meinen Träumen genieße ich es. Die Jagd, die Verfolgung, den Hinterhalt, das Töten. Ich schwelge förmlich darin. Ich habe Soldaten getötet, Generäle, Adlige, ganze Familien, Arme und Reiche. Ich habe den Tod all dieser Leute in meinen Träumen gesehen. Die Grenzwache in Navone hat es mir bestätigt und mir gesagt, dass ich ein Assassine und eine Art Agent für die Regierung bin.«

Noth hatte das bei Astrid ein oder zwei Mal am Rande erwähnt, doch dies war das erste Mal, dass er die Wahrheit beim Namen nannte. Seine eigene Gefühllosigkeit irritierte ihn. Er fühlte sich, als wäre nichts als Stein unter seiner Haut, keine Kälte oder Wärme, nur Härte und Unnachgiebigkeit.

»Wenn ich wirklich für diese Leute gearbeitet habe, in deren Gesellschaft du gereist bist, wie sie es behauptet haben, dann sind diese Nazaniin ausgesprochen mächtig. Die Papiere aus der Kiste und die Ereignisse in Navone haben das bewiesen. Der Hauptmann der Grenzwache hat mich wiedererkannt, der Wirt dieses Gasthauses kennt mich … Wer immer ich auch früher gewesen bin, ich bin bei meiner Arbeit viel herumgekommen.

Bisher weiß ich noch nicht, warum ich im Golf von Nahl gewesen bin, aber es muss etwas mit dem zu tun gehabt haben, was ich in Roden getan habe. Möglicherweise war es ein Auftrag, bei dem etwas schiefgelaufen ist, so dass rodenesische Kämpfer hinter mir her waren.«

Noth holte tief Luft. »Und wenn sie es auf mich abgesehen haben, dann schwebst du ebenfalls in Gefahr. Ich glaube nicht, dass die Rodeneser, die die Männer zu unserer Hochzeit oder auch die Nazaniin geschickt haben, uns in Ruhe lassen werden. Ich werde herausfinden müssen, was eigentlich los ist, und genau das habe ich vor.«

Winter hatte sich noch nicht bewegt und auch nicht die geringste Reaktion gezeigt, seitdem er zu sprechen begonnen hatte. Sie sah ihn nur mit ihren großen, dunklen, schimmernden Augen an.

»Das ist es«, schloss er und war irgendwie ein bisschen enttäuscht. »Ich bin ein Assassine, oder ich bin früher einer gewesen.«

Sie standen sehr lange Zeit einfach nur da. Als Winter endlich etwas sagte, klang ihre Stimme ruhig und gelassen. Noth hätte es vorgezogen, wenn sie geschrien, geweint oder mit Spott reagiert hätte. Eigentlich wäre ihm alles lieber gewesen als diese ruhige Vernunft.

»Das hast du mir verschwiegen?«, fragte sie. »Das ist der Grund, weshalb du gegangen bist? Mehr fällt dir dazu nicht ein?«

Noth wusste nicht, was er sagen sollte. Nun war ihm alles klargeworden. Er hatte sich die ganze Zeit eingeredet, er wäre gegangen, um sie zu beschützen, und das stimmte auch. Aber tief in seinem Inneren wusste er, dass auch andere Dinge eine Rolle gespielt hatten. Ihre Rasse. Seine Vergangenheit. Er hatte sie verlassen, weil er egoistisch gewesen war.

»Das ist ein Fehler gewesen«, flüsterte Noth. Er spürte, wie sich sein Brustkorb vor Scham zusammenzog. Am liebsten hätte er einen Arm ausgestreckt und sie berührt, aber er wusste, dass er das nicht tun konnte. Das hatte er nicht verdient. »Ich hatte Angst und war egoistisch«, gestand er. »Ich wusste nicht, was ich sonst tun sollte.«

»Glaubst du etwa, ich hätte keine Angst gehabt? Dass ich mir keine Sorgen gemacht hätte, was aus uns werden würde? Weil ich nicht wusste, wer du wirklich bist?«

Sie schlug ihn. Noth spürte den Schmerz auf seiner Wange, als sie mit lauterer Stimme fortfuhr. »Wie kannst du es wagen zu denken, du wärst der Einzige, dem es so gegangen ist, Noth? Dass du der Einzige gewesen bist, der Zweifel hatte? Dass nur du Angst gehabt hättest?« Sie schlug ihn noch einmal und trommelte mit den Fäusten gegen seine Brust. Dann stieß sie ihn mit dem Rücken gegen die Wand und machte immer weiter.

Noth spürte die Schläge kaum. Irgendwann legte er einfach die Arme um sie. Er wollte alles wiedergutmachen. Doch als er sie umarmen wollte, kämpfte sie dagegen an, schlug und trat um sich. Sie taumelte nach hinten, war aber im nächsten Augenblick auch schon wieder bei ihm und drückte den Kopf gegen seine Brust. Er stand schweigend da, hob langsam die Arme, legte einen um ihren Rücken, den anderen um ihren Kopf und berührte kaum ihr Haar. Winter lag reglos in seinen Armen und zitterte nur leicht, aber Noth konnte kein Schluchzen hören.

»Es tut mir leid«, flüsterte er.

»Es tut mir so leid.«

Sie bewegte sich in seinen Armen. Er blickte auf sie herab und stellte fest, dass sie ihn ansah. Einen Augenblick lang blieben sie so stehen, und dann spürte er, wie sie sich auf die Zehenspitzen stellte. Zuerst erwiderte er ihren Kuss nicht. Er brachte es einfach nicht über sich. Doch schon bald bewegten sich auch seine Lippen, und all seine Fragen waren vergessen. Sie kehrten erst viel später zurück, als sie zwischen zerwühlten Decken und hastig ausgezogener Kleidung lagen, während die Sachen aus der Kiste den Boden bedeckten, nachdem sie hastig vom Bett geschoben worden waren.

KAPITEL 35

Navone

Nash beobachtete, wie Kali an einem Seil an der Mauer von Navone heruntterglitt, als wäre sie eine Spinne, die sich in ihrem Netz bewegte. In der Ferne erhellte das Mondlicht die Umrisse des Bluttors vor den hoch aufragenden schwarzen Bergen. Es war ihnen sehr leichtgefallen, die Stadtmauer zu überwinden, doch das Tor bereitete ihm weiterhin Sorgen. Die Kräfte in seinem Inneren würden ihm nicht helfen, falls etwas schieflief. Nicht einmal Winter hätte etwas ausrichten können, falls die Wachen sie töten wollten. Nash erschauderte. Die Zerstörung, die Winter in Navone angerichtet hatte, war völlig neu für ihn gewesen.

Er blickte auf Kali hinab, die das Ende des Seils fast erreicht hatte. In einem Kampf war Kali unverzichtbar, aber sie war auch ihre größte Hoffnung, dass es gar nicht erst dazu kam. Nash befürchtete allerdings, dass sie nicht allzu viel Wert auf die Vermeidung eines Kampfes legte.

Auch an ihre neue Gestalt hatte er sich noch nicht gewöhnt. Ihre Lacuna Elsi war kaum zwanzig Sommer alt gewesen. Jetzt war sie nicht mehr Elsi, da Kali ihren Körper in Besitz genommen hatte. Nash hingegen hatte schon immer nur seinen Körper gehabt, was sich auch niemals ändern würde. Kalis Fähigkeit, andere Lacunae mit ihrer Sift zu markieren, war erst kürzlich entdeckt worden und wurde noch immer heiß diskutiert. Bisher hatte nur ein anderer Acumant hatte etwas Derartiges vollbringen können, und Kosarin hatte es genau ein Mal getan. Kali hatte ihre Sift inzwischen wenigstens vier Mal verlagert. Zwar machte Nash die Veränderung nichts aus, aber er hatte sich an Kalis erwachsenes Aussehen und ihre Autorität gewöhnt. Sie war zuletzt groß und dunkelhaarig gewesen, doch nun fiel es ihm schwer, sie ernst zu nehmen.

Außerdem hatte er Schwierigkeiten, ihr zu vertrauen. Jedes Mal zuvor, wenn Kali ihre Sift in einen anderen Körper übertragen hatte, war es Nash schnell gelungen, die wahre Kali darin wiederzufinden. Er konnte nicht erklären, wie ihm das gelang. Es war ein Gefühl, eine Aura, die er empfing und die ihm zeigte, dass die Person, die vor ihm stand, dieselbe Frau war, die er seit Jahren kannte. Aber dieses Mal erwies sich das als deutlich schwieriger.

Als Kali am Boden ankam, machte sich Nash kletternd und rutschend auf den Weg nach unten. Er konnte sich nicht mit seinen Tendrae herunterlassen, da er dafür schlichtweg nicht stark genug war – das waren nur wenige Teleniker. Aber das machte Nash nichts aus, denn er zog es manchmal vor, den langsameren Weg zu nehmen. Nach der Landung streckte er eine Tendra nach oben aus, löste den Haken und ließ das Seil herunter. Er band es um seinen Körper, während sie am Rand des Feldes über den Schnee liefen. Schon bald näherten sie sich dem Tor, dessen riesige Türme sie in der Dunkelheit wie uralte Giganten überragten.

Kali bedeutete Nash, zu warten. Normalerweise übernahm er die Führung, aber diesmal war sie vorgeprescht, bevor er es ihr ausreden konnte. Er war ihr gefolgt, weil er wusste, dass es klüger war, sie einfach machen zu lassen.

Das Bluttor war geschlossen, und auf der Navone-Seite war keine Grenzwache zu sehen, aber in Richtung Roden würden bestimmt einige postiert sein. Nash sah keine Wachen auf der Mauer patrouillieren, aber er wusste, dass welche dort sein mussten. Er hatte sich über die Verteidigung der Stadt und die Routen der Wachleute informiert. Roden und Khale lagen derzeit nicht im Krieg, doch das bedeutete noch lange nicht, dass das gegenseitige Misstrauen nicht weiterschwelte und jederzeit erneut auflodern konnte. Höchstwahrscheinlich konzentrierten sich die Grenzwachen auf Roden. Dennoch beäugte Nash die Mauern und Schießscharten misstrauisch. Auf Wahrscheinlichkeiten hatte er sich noch nie gern verlassen.

Als Kali ihm ein Zeichen gab, dass er vorrücken sollte, setzte er sich in Bewegung und achtete dabei aufmerksam auf seine Umgebung.

Sie gelangten ohne Zwischenfall zum Tor. Nash sah Kali an, und sie nickte. Ihnen blieb keine andere Wahl, sie mussten über das Tor steigen. Er nahm den mit Stoff umwickelten Greifhaken, wirbelte ihn in die Luft und über die Zinne, wo er mit einer Tendra danach griff. Nachdem er das Seil gesichert hatte, kletterte er schnell an der Mauer hoch.

Währenddessen versuchte er, trotz des Geräusches, das sein Atem verursachte, und dem Blut, das in seinen Ohren rauschte, auf Stimmen oder Bewegungen der Wachen zu lauschen. Nash wollte gerade über die Zinne greifen, als er erstarrte.

Da war ein Flüstern.

Das Seil zitterte leicht, und Nash umklammerte die

Zinne mit beiden Händen. In dem Moment, in dem das Seil herunterrutschte, schwang sich Nash nach oben über die Mauer und ging sofort in die Knie.

Zwei Grenzwachen standen neben dem vom Seil getrennten Haken, einer war mit einem Schwert, der andere mit einer Armbrust bewaffnet. Aus dem Augenwinkel bemerkte Nash noch einen weiteren Wachmann am anderen Ende der Mauer, der gerade eine Armbrust anhob.

Nash zog zwei lange, dünne Dolche aus seinem Gürtel. Einen warf er sofort nach rechts und durchbohrte damit die Kehle des weiter entfernten Wachmannes. Der Mann, der das Seil durchtrennt hatte, fiel als Nächster und hatte eine blutrote Wunde am Hals, nachdem Nash seinen Dolch wieder herausgezogen hatte. Als er auf den anderen Mann losging, musste er einem Schwerthieb ausweichen. Nash ging um den Wachmann herum, zog ihm mit einer Hand den Kopf in den Nacken und schlitzte ihm mit der anderen die Kehle auf.

Danach holte er sich mit einer Tendra den Wurfdolch zurück und blickte zu Kali hinunter. Sie hielt ein Ende des Seils in den Händen, und Nash griff mit einer Tendra danach und zog es nach oben. Er schaute sich um, lauschte angespannt und hoffte, dass niemand seinen Kampf mit den Wachen mitbekommen hatte. Aber es war nichts zu hören. Also brachte er das Seil wieder am Haken an, sicherte es, streckte den Kopf über die Zinne und signalisierte Kali, dass sie hochklettern konnte. Dann schlich Nash auf die andere Seite und blickte vorsichtig auf den Sorensanischen Pass hinunter.

Zwei Grenzwachen, die mit langen Speeren bewaffnet waren, hielten dort Wache. Anscheinend hatten sie nichts vom Kampf auf der Mauer mitbekommen. Nash atmete erleichtert auf. Er hatte großes Glück gehabt, dass keiner der Wachmänner geschrien hatte. Rasch sprach er ein kurzes Dankgebet an Canta.

Als Nash hinter sich ein leises Schaben hörte, drehte er sich um und sah, wie Kali auf die Mauer kletterte. Auf einmal hörte er ihre Stimme im Kopf.

Darf ich? Das war ihre Art des Anklopfens. Sie hatten sich vor langer Zeit darauf geeinigt, dass sie nie ohne Ankündigung in seine Gedanken eindringen würde, sondern immer erst um Erlaubnis bat.

Nur zu. Die Methode war einfach: Kali projizierte Worte in Nashs Kopf, und er musste seine Antwort nur denken. Dabei war er natürlich gleichzeitig darauf bedacht, seine Gedanken unter Kontrolle zu behalten, denn eine Acumantin, die derart mächtig war wie Kali, konnte fast alles hören, wenn sie sich konzentrierte. Aber diese Art der Kommunikation war sehr nützlich, insbesondere bei zwei Assassinen.

Wachen?

Zwei am Boden, noch ahnungslos.

Kali nickte und lächelte auf einmal. *Lass mich runter. Ich schalte sie aus, und du folgst mir dann.*

Nash runzelte die Stirn. Kali konnte mit zwei Wachleuten fertig werden, aber er machte sich Sorgen, was sie ihnen antun würde. Ein schneller, ehrenwerter Tod war eine Sache, doch Kali neigte zu einer ganz anderen Vorgehensweise. Sie sah diese natürlich nicht als weniger ehrenwert an. Sich eine Lacuna zu nehmen oder das Gedächtnis einer anderen Person auszulöschen – all das tat sie für ihre Mission.

Du musst dir keine Sorgen machen. Ich tue alles für unsere Mission, wie du richtig erkannt hast.

Nash runzelte die Stirn. Der letzte Gedanke war nicht für sie bestimmt gewesen.

Wenn du dir solche Sorgen machst, kannst du auch vorgehen.

Nash schüttelte den Kopf. *Die beiden gehören dir.*

Er zog das Seil mit einer Tendra an sich und fing den Haken mit einer Hand auf. Dann ging er mit Kali auf die andere Seite der Mauer. Sie befanden sich direkt über dem Tor und zwischen den beiden Grenzwachen. Kali zog einen Dolch hervor, der den beiden glich, die Nash am Gürtel trug, und griff mit der anderen Hand nach ihrem Vex, einer langen, dünnen, nadelartigen Waffe. Sie nickte ihm zu, und Nash griff mit zwei Tendrae nach den Riemen an ihrem Lederwams, die für genau diesen Zweck dort angebracht worden waren und von ihrer Taille bis zu ihren Schultern verliefen. Er hob sie langsam hoch und über die Zinne, um sie neben dem Tor herabzulassen. Als er sie beobachtete, musste er erneut an eine Spinne in ihrem Netz denken. Nash blinzelte. Die Anstrengung, seine Fähigkeiten derart einsetzen zu müssen, forderte langsam ihren Tribut. Er musste sich vorsehen, sonst verlor er noch den Verstand.

Dann befand sich Kali über den Köpfen der Grenzwachen, und Nash ließ sie los und sah mit an, wie sie das letzte Stück zu Boden fiel. Die beiden Wachen zuckten überrascht zusammen. Der Mann zu Kalis Rechter hatte Glück. Sie bewegte sich schnell, weitaus schneller, als Nash es vermochte, und stach ihm mit ihrem Vex durch das linke Auge. Danach wandte sie sich sichtlich entspannt dem anderen Wachmann zu, ließ die Hände sinken und sackte ein wenig in sich zusammen. Der Mann, der eben noch auf Kali zustürmen wollte, stand auf einmal reglos da.

Während die beiden einander ansahen, wandte sich Nash ab und brachte den Haken an der Mauer an. Diesen

Teil musste er nicht mit ansehen. Als er auf dem Boden ankam, wartete Kali bereits auf ihn.

Sie wird immer besser darin, schoss es Nash durch den Kopf. Er dachte nicht zum ersten Mal, dass er unbedingt mit Kosarin reden musste, sobald sie nach Triah zurückgekehrt waren. Kali war eine unglaubliche Frau und eine hervorragende Psimantin, aber in letzter Zeit benahm sie sich hin und wieder sehr seltsam. Der einzige andere Psimant, der einen Gegner derart schnell auslöschen konnte, war Nashs Wissen nach Kosarin selbst.

Vielleicht wurde Nash aber auch einfach alt. Früher hatte es ihn nie gestört, wie Kali ihre Kräfte einsetzte. Doch damals hatte sie auch nur Lacunae genutzt, wenn es unbedingt erforderlich gewesen war. Er wünschte sich, er könnte die Zeit fünf Jahre zurückdrehen und wieder der Mann sein, der mit dieser Frau zusammen gewesen war.

Du machst dir zu viele Sorgen, Nash. Es geht mir gut.

Bist du fertig?, fragte er, obwohl er die Antwort bereits kannte.

Alles erledigt. Nash, darf ich dir Dahlin vorstellen?

Nash sah die Grenzwache an, die steif und starr dastand und ihn mit leerem Blick anblickte. Nash erschauderte. Der ausdruckslose Blick einer Lacuna gehörte zu den verstörendsten Dingen, die Nash je gesehen hatte. Es waren die Augen eines Toten, in deren Tiefen nur noch hin und wieder gepeinigtes Leben aufblitzte. Eine Lacuna anzusehen war, als würde man einen Blick in die Unterwelt werfen.

Nash hasste diesen Blick.

Die beiden Assassinen gingen den Sorensanischen Pass entlang, und die Lacuna folgte ihnen mit unsicheren Schritten.

KAPITEL 36

Tir

Am Anfang war die Praeclara und alle Seelen, die darin wohnten, welche zusammengezählt die Zahlen drei, drei und nochmals drei ergaben.‹«

Cinzia starrte die Seiten einen Augenblick lang an, bevor sie fortfuhr, und wollte erst gar nicht glauben, dass sie das wirklich las. Die Tatsache, dass sie einen Sinn in diese seltsamen Zeichen bringen konnte, erschien ihr überaus mysteriös. Allerdings erkannte sie nicht alle Zeichen. Die meisten Buchstaben formten sich zu Worten, die sie lesen konnte, aber es gab immer wieder einige Symbole, die sich nicht in etwas verwandelten, das Cinzia erkannte. Sie schienen einem anderen Zweck als die normalen Buchstaben des Alphabets zu dienen, aber worin genau dieser bestand, erschloss sich ihr nicht. Ihre Schwester schien das nicht weiter zu kümmern. Was machte es denn schon, dass es einige Ungereimtheiten gab?

Warum konnte sie diese Worte sehen, wo es doch kein anderer vermochte? Was sagte das über Jane, die cantische Denomination oder auch Cinzia? Früher hatte es eine Zeit gegeben, in der Cinzia eine beständige, wenngleich leichte Verbindung mit der Göttin gespürt hatte, aber dieses Band war seit langem durchtrennt, und sie konnte sich kaum noch daran erinnern, wie es gewesen war. Und dennoch saß sie jetzt hier und las eine Sprache, die sie überhaupt nicht kannte. *Irgendetwas* musste doch der Grund dafür sein. Außerdem war da noch die Vision oder Offenbarung oder was immer es gewesen war. Jane sprach nie darüber, was Cinzia auch lieber war, da sie noch immer nicht wusste, was sie davon halten sollte.

Vorerst reichte es ihr aus, die Texte zu übersetzen. Um alles andere konnte sie sich später kümmern.

Cinzia saß im Schneidersitz auf dem Bett und hatte das große Buch auf den Beinen liegen. Jane hatte sich an den Tisch gesetzt, hielt eine große Schreibfeder in der Hand und hatte einen Stapel leerer Blätter unter ihrem Stuhl liegen. Irgendwie hatte sie das alles in ihrem lächerlichen Rucksack mitgeschleppt.

Obwohl Cinzia mehrfach versucht hatte, ihre Schwester vom Gegenteil zu überzeugen, bestand Jane darauf, dass Kovac den Kodex vorerst nicht zu Gesicht bekommen durfte. Kovac hatte hingegen darauf beharrt, dass er in ihrer Nähe bleiben müsse, um sie zu beschützen. Schließlich hatten sie einen Kompromiss geschlossen, eines der Laken vom Bett abgezogen und zwischen die Bettpfosten, die der Tür am nächsten waren, gehängt, so dass Kovac Cinzia nicht mehr sehen konnte. Er saß jetzt in dem großen Ohrensessel direkt vor der Tür. Cinzia wusste, dass Kovac hellwach war, auch wenn sie versucht hatte, ihn davon zu überzeugen, ein wenig zu schlafen. Es war inzwischen weit nach Mitternacht, und sie hätten sich alle vor Stunden zurückziehen sollen, aber Cinzias Neugier ließ ihr einfach keine Ruhe.

Cinzia fragte sich, ob Jane vorhatte, das ganze Buch zu übersetzen. Es musste aus Hunderten, wenn nicht gar Tausenden von Seiten bestehen. Die seltsamen dünnen Metallscheiben erschwerten es ihnen, die genaue Seitenzahl auch nur zu schätzen, und die Seiten waren nicht nummeriert. Sie hatten bereits die Titelseite, eine Einleitung sowie eine Art Vorwort übersetzt, die offenbar alle von dieser Frau namens Elwene geschrieben worden waren, aber es schien, als seien sie kaum vorangekommen.

»Willst du fortfahren, Schwester, oder einfach nur die Seite anstarren?«, fragte Jane.

Cinzia blickte auf. »Oh, entschuldige. Ich lese jetzt weiter.« Sie suchte auf der Seite nach der Stelle, an der sie aufgehört hatte. Meist las sie ein paar Worte oder ein oder zwei Sätze vor und machte dann eine kurze Pause, um Jane die Gelegenheit zu geben, alles aufzuschreiben. Auf diese Weise kamen sie nur langsam voran, aber immerhin waren sie inzwischen im eigentlichen Buch angekommen. Der erste Teil, den sie übersetzten, trug den Titel *Buch von Elessa.* Elessa war natürlich eine der ursprünglichen Neun Elevinnen, die Canta während ihrer Zeit auf der Sphaera auserwählt hatte, und sie, Ocrestia und Cinzia, Cinzias Namensgeberin, wurden als die Ersten Drei bezeichnet. So lautete zumindest die offizielle Lehre innerhalb der Denomination. Elessa schien sich jedoch auf drei andere erste Elevinnen zu beziehen.

»›Die Erste der Ersten Drei‹«, fuhr Cinzia fort, »›war Andara, der Gott der Götter. Sie war am Anfang, und sie war der Beginn, sie war am Ende, und sie war das Ende. Bei ihr war Ellendre, der Hohe Gott des Lebens und des Todes, des Vorher und des Nachher. Er war bei Andara am Anfang und am Ende. Und bei ihnen war auch Canta, die Tochter-Göttin, deren Macht ebenso maßlos war wie ihre Weisheit und ihre Liebe. Diese Drei waren die Ersten Drei, sie waren am Anfang, und so ist es gewesen.

Die Zweiten Drei waren folglich die Brüder-Götter Emidor, von denen Irit der erste, Orit der zweite und

Erit der dritte war. Und so dienten die Brüder-Götter den Ersten Drei im Geiste und in ihren Taten, sie waren am Anfang, und so ist es gewesen.

Die letzten Drei waren somit: die Schwester-Götter Adimor, von denen Irali die erste, Orali die zweite und Arali die dritte war. Und so dienten die Schwester-Götter den Ersten Drei im Geiste und in ihren Taten, sie waren am Anfang, und so ist es gewesen.‹«

»Was ist, Cinzi?«

Cinzia hatte aufgehört zu lesen und starrte jetzt die Seite vor sich an.

»Ich habe in diesem Abschnitt vier dieser unveränderlichen Symbole gesehen«, sagte Cinzia leise. »Dafür muss es doch einen Grund geben.«

Jane seufzte. »Ich kann eine Anmerkung machen, wenn du möchtest, aber solange wir nicht wissen, welche Bedeutung sie haben, falls das denn überhaupt der Fall sein sollte, sind uns die Hände gebunden. Vielleicht werden sie ja später noch erklärt?«

»Das kann sein«, erwiderte Cinzia und starrte die Symbole an. Die ersten beiden standen hinter den Namen von Cantas Eltern, das dritte nach »die Brüder-Götter Emidor« und das vierte nach »die Schwester-Götter Adimor«. Das konnte doch kein Zufall sein. »Kannst du dir auch notieren, wo genau sich die Symbole befinden?«, bat sie Jane. »Falls sie doch wichtig sind und wir später herausfinden, was sie bedeuten, könnte es hilfreich sein, genau zu wissen, wo sie auftauchen.«

»Das ist eine gute Idee.«

Cinzia merkte genau, dass Jane die Symbole für unwichtig hielt, aber sie wollte lieber auf Nummer sicher gehen.

»Was ist mit dem Abschnitt, den du gerade vorgelesen hast?«, fragte Jane.

Cinzia rieb sich nachdenklich das Kinn. »Das haben wir im Seminar gelernt«, sagte sie. »Die Namen sind etwas anders und haben sich vielleicht im Laufe der Zeit geändert, und ich habe noch nie davon gehört, dass sie in Dreiergruppen genannt werden … aber abgesehen davon ist die Geschichte identisch mit der, die wir kennen. Warum übersetzen wir etwas, das längst bekannt ist, Jane?«

Jane sah von ihrem Blatt auf. »Es war doch zu erwarten, dass wir auf Dinge stoßen, die wir bereits wissen. Cantas wahre Religion ist nicht vollkommen anders als das, was die cantische Denomination lehrt. Ich vermute, dass wir das alles verstehen werden, sobald wir mehr Texte übersetzt haben.«

Cinzia runzelte die Stirn. Ihr missfiel die Vorstellung noch immer, dass sich die cantische Denomination irren könnte. Aber wie konnte eine Religion, die von der Göttin geleitet wurde, die Cinzia kannte – eine Göttin voll unermesslicher Weisheit und Liebe –, für das verantwortlich sein, das die Heilige Hexenjägerin in Navone angerichtet hatte? Cinzia wusste noch immer nicht, welche Macht dieses Chaos ausgelöst hatte, aber sie vermutete, dass Nayome irgendwie ihre Finger im Spiel gehabt hatte. Es konnte keine andere Erklärung dafür geben.

Falls es so war, dann wären Janes Behauptungen auch gar nicht mehr so undenkbar.

Ist dir eigentlich klar, was du damit andeutest?, fragte sich Cinzia. Doch sie wollte lieber nicht länger über diese Frage nachdenken, da sie sich viel zu sehr vor der Antwort fürchtete.

»Hörst du mir überhaupt zu, Cinzia?«, wollte Jane wissen. »Bei der aufsteigenden Göttin«, fügte sie gähnend hinzu, »man sollte doch annehmen, dass du dich etwas mehr auf eine so wichtige Aufgabe konzentrieren würdest.«

Cinzia schürzte die Lippen. »Mir geht viel durch den Kopf, Schwesterherz.«

»Aber natürlich. Entschuldige. Aber es könnten bereits die namentlichen Unterschiede zwischen dem Kodex und dem, was du gelernt hast, wichtig sein. Die Entfernung, die eine Tür am Scharnier zurücklegt, ist weitaus geringer als die Strecke, die an der Außenseite bewegt wird. Ebenso könnte es um diese Unterschiede bestellt sein. Ein Kräuseln bewirkt eine Welle. Kleine Dinge können letzten Endes eine große Wirkung haben.«

Cinzia zog die Augenbrauen hoch und lachte dann auf. Jane starrte sie mit finsterer Miene an, aber Cinzia konnte einfach nicht anders.

»Hör dich nur reden«, sagte Cinzia, die sich langsam wieder unter Kontrolle hatte, aber noch immer grinste. »Du klingst wie eine der alten Matronen, oder noch schlimmer, wie Priesterin Joyca, als wir noch kleine Mädchen waren.«

Janes Miene verfinsterte sich noch weiter, aber Cinzia wusste genau, dass sich darunter ein Lächeln verbarg.

»Du hättest deinen Matronen besser zuhören sollen«, entgegnete Jane. »Und Joyca war eine gute Frau. Nicht besonders unterhaltsam, das mag sein, aber sie hat es nur gut gemeint.«

»Nicht besonders unterhaltsam? Sie konnte die ganze Stadt mit ihren Predigten zum Einschlafen bringen. Wir haben früher immer gesagt, dass nur jemand, der in der Gunst der Göttin steht, eine derartige Macht besitzen kann. Jeder andere hätte sie zu bösen Zwecken eingesetzt!«

Jetzt versuchte Jane nicht länger, ihr Lächeln zu verstecken. Hinter dem behelfsmäßigen Vorhang erklang Kovacs Stimme. »Ich wünschte, jemand würde diese Macht jetzt bei Euch einsetzen. Es ist verdammt spät, wenn mir diese Ausdrucksweise erlaubt ist.«

Cinzia und Jane sahen einander kurz mit weit aufgerissenen Augen an und lachten dann schallend los.

Zwei Stunden später rieb sich Cinzia die Augen, sie war vom Lesen sehr müde geworden. Sie hatten Kovacs Kommentar nicht weiter beachtet und es geschafft, beinahe fünfzig Seiten zu übersetzen. Inzwischen näherten sie sich dem Ende des Buches von Elessa, allerdings war die Elevin Elessa darin bisher noch nicht einmal erwähnt worden, und alle Geschehnisse glichen dem, was Cinzia im Seminar gelernt hatte, sehr stark.

Andara und Ellendre hatten die Sphaera mit Cantas Hilfe erschaffen, damit alle Seelen darauf leben konnten. Danach folgten Erits und Aralis Verrat und der Untergang sowie die Einkerkerung der Götter und der Tag der Dämonen.

Während des Übersetzens waren in Cinzia erneut Fragen aufgestiegen, die sie sich schon während ihrer Zeit im Seminar gestellt hatte, ohne jemals Antworten darauf zu erhalten. Warum hatten Ellendre und Andara den Verrat nicht vorausgesehen? Sie waren doch allmächtig und allwissend, hatten jedoch vor dem Verrat nichts unternommen, um ihn aufzuhalten, was nur bedeuten konnte, dass sie ihn entweder nicht vorhergesehen oder trotz ihres Wissens nichts getan hatten. Cinzia war sich nicht sicher, welches von beidem sie verstörender fand.

Außerdem empfand sie die Organisation der praeclaranischen Existenz weiterhin als verwirrend. Sie wusste, dass die Götter in der Praeclara existierten, aber was machten sie dort? Saßen sie einfach nur herum? Sie mussten doch eine Aufgabe haben. Andernfalls glich das Ganze doch erschreckend der Unterwelt.

Cinzia blätterte eine Seite weiter. Wieder ging es um den Tag der Dämonen, und da stand auch etwas über die Neun Dämonen selbst.

Sie setzte sich etwas aufrechter hin und erinnerte sich daran, dass die Neun Dämonen im Seminar zwar kurz erwähnt worden waren, man aber nicht genauer auf sie eingegangen war. Dabei hätte Cinzia zu gern mehr über sie erfahren.

Jetzt konnte sie es kaum erwarten, weiterzulesen. Ihre Neugier gewann die Oberhand, und sie sehnte sich so schmerzhaft nach dem Wissen, als wäre es eine Droge. Doch es gab noch einen weiteren Grund, warum sie das Ganze so genoss, und der ängstigte sie.

Sie genoss dieses neu gewonnene Gefühl der Macht.

Seit ihrer Vision in Navone hatte sie wieder das Gefühl gehabt, die Kontrolle zurückzugewinnen. Aber sie fragte sich weiterhin, warum Jane die Vision mit keinem Wort erwähnte. Vielleicht war Jane bis dahin die einzige Verbindung gewesen, und wenn Jane noch so war wie das Mädchen, an das sich Cinzia erinnerte, dann musste sie sehr stolz darauf gewesen sein.

Sie musterte ihre Schwester, die ihren Platz am Tisch verlassen hatte und sich zu Cinzias Füßen mit dem Rücken an das Bett gelehnt hatte, um die Decke anzustarren. Jane sah müde aus. Wahrscheinlich tat ihr nach dem stundenlangen Schreiben auch die Hand weh. Cinzia wusste noch genau, welche Schmerzen sie gehabt hatte, wenn sie im Seminar endlose Ausführungen hatte schreiben müssen.

»Wollen wir für heute aufhören?«, schlug sie vor. Eigentlich hätte sie gern noch weitergemacht, aber sie wollte Jane nicht zu sehr belasten. Ihre Schwester übernahm den schwierigeren Teil, da Cinzia nur vorlesen musste.

Jane atmete tief durch. »Nein«, erwiderte sie und streckte die rechte Hand aus. »Ich habe aus gutem Grund Kerzen mitgebracht, und wir können auch noch ein paar davon abbrennen.«

»Du solltest dich nicht überanstrengen.«

Jane schenkte ihr ein Lächeln und setzte sich wieder an den Tisch. »So schlimm ist es nicht. Außerdem kann ich für Canta gar nicht hart genug arbeiten.«

»Wirst du morgen nicht völlig erschöpft sein?«

»Das bin ich jetzt schon, also können wir auch noch weitermachen, denkst du nicht auch?«

Das war genau die Jane, an die sich Cinzia erinnerte. »Da hast du recht«, stimmte sie zu. Sie stand auf und warf einen Blick hinter das Laken. Kovac war endlich in seinem Sessel eingeschlafen und schnarchte leise. Cinzia lächelte. »Warum hast du mir nicht gesagt, dass er schläft?«, flüsterte sie und griff nach einer Decke. »Er wird bestimmt frieren.« Sanft deckte sie ihre Göttinnenwache zu. Zumindest einer von ihnen sollte in Ruhe schlafen.

Meine Göttinnenwache, dachte Cinzia voller Zuneigung, bevor ihr ein anderer Gedanke durch den Kopf schoss.

Falls ich ihn überhaupt noch so nennen kann.

»Wo waren wir stehengeblieben?«, wollte Jane wissen.

Cinzia setzte sich wieder auf das Bett und schlug das Buch auf.

»›Und im elften Jahr des Tages der Dämonen‹«, las sie vor, »›erhoben sich die Neun Dämonen auf der Sphaera ...‹«

Sie legten sich erst in den frühen Morgenstunden schlafen.

KAPITEL 37

Als Winter erwachte, galt ihr erster Gedanke nicht etwa dem Mann, der neben ihr schlief, sondern dem Frost, den sie in der Nacht zuvor gesehen hatte.

Sie zog die Decke enger um ihren Körper und drehte sich zu Noth um. In der Dunkelheit war er kaum zu erkennen, aber sie sah, wie sich seine Brust gleichmäßig hob und senkte.

Langsam setzte sie sich auf und lehnte sich mit dem Rücken gegen die Wand. Was hatte sie nur getan? Die letzte Nacht war schrecklich gewesen, zuerst die Unterhaltung mit Lian, danach hatte sie Frost genommen – zum zweiten Mal an diesem Tag und ohne Grund –, und danach war Noth zu ihr gekommen, hatte ihr den Inhalt der Kiste gezeigt und ihr gesagt, wer er wirklich war …

Ein Assassine. Winter hatte bis zum Tag ihrer Hochzeit nie gesehen, dass er jemand anderem Schaden zugefügt hatte. Sie wusste zwar, dass es einmal eine Auseinandersetzung mit einigen Männern in Pranna gegeben hatte, aber sie war nicht dabei gewesen. Man hatte ihr nur davon erzählt, und selbst das hatte sie kaum glauben können. Der Noth, den sie kannte, war gütig, ruhig und sanft. Aber dann wurde ihr bewusst, dass der Noth, den sie seit ihrer Hochzeitsnacht kannte, genauso war. Er besaß einfach nur eine … andere Seite. Eine Seite, die tötete. Und darin war er wirklich ausgesprochen gut.

Das haben wir gemeinsam.

Winter hatte nicht vorgehabt, mit ihm zu schlafen, und sie hatte auch nicht geglaubt, dass er auf ihre Avancen eingehen würde, nicht einmal aus der Laune des Augenblicks heraus. Ein Teil von ihr bedauerte es nicht, sondern war vielmehr froh, dass sie ihre Ehe endlich vollzogen hatten. Schließlich war er ihr Gatte, um Cantas willen. Tiellaner waren nun einmal sehr pflichtbewusst.

Doch ein anderer Teil von ihr fühlte sich tot an. Sie hatte gehofft, ihr erstes Mal würde etwas Besonderes sein. Jetzt konnte sie sich kaum daran erinnern, weil ihre Gefühle kompliziert und widersprüchlich durch sie hindurchgerast waren und wegen der Schmerzen, die sie gespürt hatte. Eranda hatte Winter gesagt, dass es beim ersten Mal weh tun konnte. Möglicherweise sogar bei den ersten Malen. Winter betastete ihren Bauch, drückte sanft mit den Fingern zu und ließ diese dann weiter nach unten wandern. In ihrem Schritt pochte ein dumpfer Schmerz.

Es hatte einen Moment gegeben, als Noth sie sanft auf das Bett gedrückt und sich auf sie gelegt hatte, in dem Winters Gedanken plötzlich wieder zu dieser Nacht in Cineste und dieser Gasse zurückgekehrt waren. Beinahe wäre sie in diesem Augenblick in Panik ausgebrochen. Aber sie hatte sich gezwungen, ruhig zu bleiben, tief durchzuatmen und sich auf den Schmerz zu konzentrieren. Es hatte auch schöne Augenblicke gegeben in der Nacht mit Noth, doch die schienen in allem anderen unterzugehen.

Neben ihr regte sich Noth. Winter sah ihn an und stellte fest, dass er ruhig und gleichmäßig weiteratmete. Sie sah zum Fenster hinüber. Die Fensterläden waren geschlossen, und durch die Schlitze war nichts als Dunkelheit zu erkennen. Die Sonne ging noch nicht auf. Ihr Blick fiel erneut auf Noth.

Sie hatte geglaubt, sie müsse ihn nur finden und dann könnten sie ihr gemeinsames Leben beginnen, in guten wie in schlechten Tagen. Doch jetzt, da sie ihn gefunden hatte, empfand sie nichts.

Dann musterte sie die Kristalle, die ihr Noth in der vergangenen Nacht gezeigt hatte und die jetzt auf dem Boden verstreut lagen. Sie war sich sicher, dass es Frostkristalle waren. Lian hatte gesagt, Noth wäre ein Psimant. Diese Kristalle untermauerten diese Vermutung, auch wenn Noth behauptete, nicht zu wissen, was das für Kristalle waren. Winter hätte es gespürt, wenn er Psimantie angewandt hätte. Sie hätte den Geschmack von Blut im Mund gehabt, doch das war nicht passiert.

Die Kristalle aus Noths Bündel lagen einfach nur da, in ihrer Reichweite. Hatte er sie gezählt? Würde er es merken, wenn einer fehlte? Oder sogar zwei oder drei? Zwischen einigen Bodendielen waren breitere Risse, in die die Kristalle hineinpassen würden. Winter könnte einfach behaupten, sie wären hineingefallen, wenn Noth sie nach den anderen Kristallen fragte.

Die Kristalle waren so nah. Sie musste nur die Hand ausstrecken, und Noth würde es nie erfahren. Eigentlich sollte sie jetzt keinen nehmen, es gab keinen Grund. Es wäre Verschwendung.

Aber sie *wollte* einen nehmen.

Langsam schlug Winter die Decke zur Seite und versuchte, Noth nicht aufzuwecken. Der Bettrahmen knarrte, und Winter erstarrte, wobei ihr das Haar ins Gesicht fiel. Sie schob es zur Seite und lauschte auf Noths Atem. Als sie davon überzeugt war, dass er weiterschlief, stand sie ganz vorsichtig auf. Kurz darauf verharrte sie mitten im Zimmer, und die kühle Luft umspielte ihre nackte Haut. Sie bückte sich und hob einen Kristall auf. Winter starrte ihn an und drehte ihn in ihrer Hand. Das schwache Licht der anbrechenden Dämmerung tauchte den Raum in einen sanften blaugrauen Schimmer. Dann, bevor sie wusste, was sie da tat, steckte sich Winter den Frost in den Mund und schluckte ihn herunter.

Sie griff gerade nach den anderen Kristallen, als Noths Stimme sie zusammenzucken ließ.

»Guten Morgen.«

Winter erschreckte sich fast zu Tode. Sie drehte sich um und stellte fest, dass Noth im Bett saß und sie ansah. Er gähnte. »Es ist doch Morgen, oder nicht?«

Wann ist er aufgewacht?, fragte sich Winter. *Warum habe ich ihn nicht gehört?*

Plötzlich wurde ihr bewusst, dass sie nackt war, und sie griff nach dem nächsten Kleidungsstück, das sie finden konnte – Noths Umhang. Dabei war sie ausgesprochen dankbar dafür, dass es noch nicht sehr hell im Zimmer war, so dass Noth ihre roten Wangen nicht sehen konnte.

Dann setzte die Wirkung des Frosts ein, und Winter hätte den Umhang beinahe fallen gelassen. Sie atmete tief durch und ließ die Euphorie in sich brennen. Außerdem war sie aufgeregt, denn jetzt hatte sie drei weitere Kristalle.

Und nicht nur irgendwelche Kristalle. Nash hatte behauptet, die Nazaniin hätten die besten Alchemisten der Welt. Ihr Frost war der reinste auf der ganzen Sphaera und auch der mächtigste. Jetzt konnte Winter spüren, wie diese Macht durch sie hindurchströmte.

»Ich wollte nur schon … packen«, behauptete sie. »Wir haben hier alles durcheinandergebracht.«

In vielerlei Hinsicht.

»Da hast du recht«, stimmte Noth ihr zu.

Trotz der vom Frost ausgelösten Euphorie wollte Winter den Umhang nicht wieder fallen lassen. Die Scham brannte ebenso heiß in ihr wie die Droge. Irgendetwas stimmte nicht. Die Dosis war hoch, das ließ sich nicht leugnen, aber das Hochgefühl, das sie nach der Einnahme von Frost immer gespürt hatte, war deutlich weniger intensiv, und auch die Freude hatte nachgelassen.

Winter musterte Noth und wusste nicht, was sie jetzt tun sollte. Sie hätte sein Gesicht gern besser gesehen, da sie keine Ahnung hatte, was er gerade dachte.

»Wir sollten aufbrechen«, meinte Noth. »Damit wir unterwegs sind, wenn die Sonne aufgegangen ist.«

Winter nickte und stand unbeholfen da, während sie sich den Umhang weiterhin gegen den Körper drückte. Noth stand auf, seine eigene Nacktheit schien ihn nicht weiter zu kümmern. Er streckte sich und kramte in seinen Sachen herum. Noth war so schlank, dass sich seine Muskeln und Sehnen deutlich abzeichneten, wenn er sich bewegte. Winter hatte seine Art, sich zu bewegen, schon immer seltsam gefunden, sie erinnerte ihn an eine Katze. Als sie ihn jetzt unbekleidet sah, fand sie es noch faszinierender. Sie wusste, was er mit seinem Körper zu tun vermochte, und das bei verschiedenen Gelegenheiten.

Warum ist er nicht verlegen?, fragte sie sich. Sie wollte sich in seiner Gegenwart ebenso sorglos fühlen, wie er es zu tun schien, aber es war ihr irgendwie unmöglich.

Kurz darauf war Noth angezogen, und Winter wickelte seinen Umhang noch enger um sich.

»Ich sehe nach, ob die anderen wach sind«, sagte er. Sie

musterte ihn unauffällig. Es schien, als wolle er noch etwas sagen, doch dann seufzte er nur und gab ihr einen Kuss auf die Stirn, um sich dann umzudrehen und hinauszugehen.

Winter stand nur da und starrte die Tür an.

Sie verließen die Stadt, kurz nachdem die Sonne über dem Golf aufgegangen war. Es war nicht mehr so kalt wie in Khale, aber der klare Himmel versprach einen kühlen Tag. Das gepolsterte Leder, das Winter trug, wärmte sie, aber sie vermisste dennoch ihre Siara, die sie besser vor der Kälte geschützt hätte. Stattdessen zog sie ihren Umhang enger um ihren Körper und ging weiter.

»Von jetzt an folgen wir dem Fluss«, verkündete Noth, dessen Stab bei jedem seiner Schritte auf den Boden donnerte. »Er wird uns nach Izet führen. In die Hauptstadt. Hoffentlich ist das der Ort, an dem dies alles hier endet.«

Der breite Fluss, auf den er sich bezog, floss zu Winters Rechter dahin, und sein graues Wasser bewegte sich schnell. Er war so breit, dass das Fischerboot ihres Vaters zwei Mal längs hineingepasst hätte. Es sah aus, als hätte der Fluss sich seinen Weg zwischen den Hügeln hindurch gebahnt, und rechts des Pfades ging es wenigstens zwei Ruten steil abwärts bis zum Flussufer. Noth hatte gesagt, das sei der Arden, der von den Gletschern gespeist würde und vom Steingletscher in den Sorensanbergen herunterkam. Links des Weges erstreckte sich ein dichter Kiefernwald.

Winter ertappte sich dabei, wie sie die Kristalle in

ihrem Beutel streichelte. Sie hatte noch fünf übrig, darunter die drei, die sie an diesem Morgen aus Noths Vorrat gestohlen hatte. Der Leerstein, den ihr Nash und Kali gegeben hatten, befand sich ebenfalls darin, aber sie hatte nie gelernt, wie man ihn benutzte. Winter fragte sich, ob sie das jetzt noch herausfinden würde, vergaß es jedoch schnell wieder – schließlich hatte sie ja den Frost. Was wollte sie denn da mit einem albernen kleinen Stein? Aber sie musste darauf achten, dass die Kristalle noch eine Weile hielten. Sie durfte sie nicht einfach nehmen, wenn sie Lust darauf hatte, und schon gar nicht zwei an einem Tag, so wie gestern. Sie musste sich zusammenreißen. Wer wusste schon, wann sie sich wieder welche beschaffen konnte?

Allerdings fragte sie sich auch, was aus ihr werden würde. Sie erinnerte sich gut an die Süchtigen aus Cineste. Winter erschauderte. Sie wollte nicht so werden wie diese Gestalten. Das würde auch nicht passieren. Sie konnte damit aufhören. Wäre sie vielleicht sogar in der Lage, sich wieder besser zu konzentrieren, wenn sie nicht ständig an Frost denken musste? Das war gut möglich. Sie könnte ihre restlichen Münzen zu denen der anderen legen, wenn sie sie nicht mehr für den Kauf weiterer Kristalle aufsparen müsste. Das Geld, das Noth in der letzten Nacht entdeckt hatte, sollte andererseits mehr als ausreichen, um sie alle gemeinsam nach Izet zu bringen. Als sie über ein Leben ohne Frost nachdachte, fragte sich Winter, ob ihre Beziehung zu Noth dann auch harmonischer wäre. Ihr Verhältnis zu Lian würde sich auf jeden Fall verbessern. Aber ob es ihr gefiel oder nicht, Tatsache war nun einmal, dass sie nicht ohne Frost leben konnte.

Doch war der Frost nicht nur eine Ausrede? Sie konnte sich mit Lian aussprechen und Noth alles gestehen.

Davon hielt sie nicht etwa das Faltira ab, sondern ihre eigene Dickköpfigkeit.

Sie sah wieder die ausgezehrten Gesichter vor sich. Die schmutzige Kleidung. Schwarze, vom Frost zerfressene Gliedmaßen von denen, die ohne Schutz oder Wärme in der Kälte hausen mussten.

Ich könnte versuchen, einige Tage lang nichts zu nehmen. Falls sie das schaffte, dann wäre die Gefahr gebannt. Falls nicht … Dann war es vermutlich Zeit zuzugeben, dass sie ein Problem hatte.

Ein paar Tage. Das kann ich schaffen.

Dennoch wanderte Winters Blick immer wieder zu Noths Bündel zurück. Er hatte nichts dazu gesagt, dass ein paar Kristalle fehlten. Sie konnte nur hoffen, dass er nie fragte, da sie ihn nicht anlügen wollte.

Winter warf dem Vampir einen Blick zu, der leise neben ihr herging. Aus irgendeinem Grund war das Mädchen ständig in Winters Nähe. Anfangs hatte sie sich darüber geärgert, aber da ihr sowohl Lian als auch Noth aus dem Weg zu gehen schienen, freute sie sich inzwischen über die Gesellschaft. Cinzia, Jane und Kovac liefen hinter ihnen, und Lian hatte sich ihnen angeschlossen, auch wenn sich Winter fragte, was er in den Menschen sah. Dass Lian, der Revolutionär, der die Menschen seit seiner Kindheit hasste, deren Nähe Winters vorzog …

Das war doch albern. Lian konnte tun, was immer er wollte.

Etwas polterte hinter ihr, und als Winter sich umdrehte, sah sie, wie Kovac Cinzia stützte, die auf dem lockeren Untergrund ins Stolpern gekommen war.

»Bei Cantas Gnade«, murmelte Astrid, und Winter grinste.

Noth schaute sich um. »Ist alles in Ordnung?«

»Ja«, erwiderte Cinzia. »Wir hatten nur eine lange Nacht.«

Astrid zog eine Augenbraue hoch. »Und ich dachte, Priesterinnen dürften so etwas nicht tun.«

»Halt«, rief Jane derart energisch, dass Winter tatsächlich abrupt stehen blieb. »Du wirst nicht so über meine Schwester sprechen«, sagte Jane und sah Astrid an.

Der Vampir machte einen Schritt auf Jane zu. Sie lächelte, aber der Umhang verbarg ihre Augen. Winter war froh darüber, denn sie hatte Astrids Augen und das unheimliche Glühen darin schon oft genug gesehen. Die Priesterin sah das anscheinend genauso, da sie einen Schritt zurück machte. Selbst die Göttinnenwache schien zusammenzuzucken.

Jane wich nicht zurück. »Du musst nicht so sein, weißt du?«

Astrid schnaubte. »Ich bin, wie ich bin. Es gibt nichts, was ich oder jemand anderes dagegen tun könnte.«

»Du glaubst, du könntest nicht mehr gerettet werden, aber dem ist nicht so«, beharrte Jane kopfschüttelnd.

»Da solltet Ihr vielleicht lieber noch mal einen Blick in Eure Lehren werfen. Ich bin ein Dämon, zumindest laut Eurer dämlichen Denomination. Diese Göttin, von der Ihr ständig redet und die Euren Worten zufolge uns alle liebt, sie war doch diejenige, die diesen Fluch erst ins Leben gerufen hat. Daher bin ich mir ziemlich sicher, dass wir einander niemals grün sein werden.«

»Die Denomination irrt sich.«

Zur Abwechslung hatte es Astrid die Sprache verschlagen.

»Wie dem auch sei«, erwiderte sie schließlich. »Ich brauche die Denomination nicht, ebenso wenig wie das, was Ihr zu glauben scheint, und ich brauche bei der Unterwelt erst recht nicht Euer Mitgefühl.« Sie wandte sich ab und ging weiter am Fluss entlang.

»Warte«, sagte Noth. Winter sah ihn verblüfft an. Seine Stimme klang seltsam angespannt.

»Falls du glaubst, ich würde mich entschuldigen, dann hast du dich aber gewaltig …« Astrid stockte mitten im Satz, als ein Mann in einer langen dunkelgrünen Robe zu ihrer Linken aus dem Wald trat und Noth ein Langschwert an die Kehle hielt.

Winter umklammerte einen der Faltirakristalle – ihre Finger hatten ohnehin schon im Beutel gesteckt – und schob ihn sich in den Mund. *So viel dazu, ein paar Tage lang darauf zu verzichten.* Fast augenblicklich spürte sie die Macht. Die Euphorie schien noch abgeschwächter zu sein als beim letzten Mal, und der Schmerz und die Freude waren gedämpft. Das Hochgefühl war gering, doch die Gier dafür umso größer. Vielleicht wäre es ja besser, gleich zwei Kristalle zu nehmen.

Aber dies war nicht die richtige Zeit, um eine solche Theorie zu testen. Weitere, ebenfalls in Dunkelgrün gekleidete Männer traten aus dem Wald heraus. Sie trugen alle Roben, und es waren wenigstens ein Dutzend. Dieselben grünen Roben hatten die Männer getragen, die ihren Vater getötet hatten, ebenso wie die, die ihre Gruppe auf der Straße nach Navone angegriffen hatten. Winter und ihre Gefährten waren umzingelt.

Dennoch lächelte Winter. Sie war nicht länger hilflos. Natürlich war es riskant, sich als Psimantin zu erkennen zu geben. Noth würde ihr Fragen stellen, und sie würden letzten Endes auch über Navone sprechen. Aber das war ihr in diesem Augenblick gleichgültig. Wenn sie ihre Freunde nicht mit Hilfe der Telesis beschützen konnte, was nutzten ihr diese Fähigkeiten dann? Sie streckte eine Tendra nach dem Mann aus, der Noth bedrohte, und zerrte an seinem Schwert.

Nichts geschah.

Winter runzelte die Stirn. Sie versuchte es noch einmal, wollte irgendetwas greifen, irgendetwas fühlen. Aber es war, als hätte sie die Droge überhaupt nicht genommen. In ihrem Inneren tobte das Hochgefühl, aber außerhalb ihres Körpers, wo sie normalerweise das Knistern der ungezügelten Energie und gebündelten Kraft spürte, war gar nichts. Sie streckte wieder und wieder zahlreiche Tendrae aus und kämpfte gegen die Kraft an, die sie einzuengen schien, aber sie erreichte nichts.

Sie war vollkommen machtlos.

Noth erstarrte, als das Schwert seinen Hals berührte. Wieso hatte er diese Männer nicht gesehen? Sie gehörten zu derselben Bande, die sie bei seiner Hochzeit angegriffen hatte, so viel stand fest. Die grünen Roben und die Art, wie sie sich benahmen, waren Beweis genug dafür.

Die anderen um ihn herum wirkten ebenfalls wie versteinert. Selbst Astrid stand ganz still da. Die Sonne schien strahlend hell, und jede falsche Bewegung konnte für sie tödlich enden.

Der Mann, der Noth das Schwert an die Kehle hielt, sprach mit starkem rodenesischem Akzent und abgehackt. »Unsere Schöpfung ist endlich zu uns zurückgekehrt«, sagte er, nahm die Kapuze jedoch nicht ab. »Das hat aber lange gedauert.«

Noths Gedanken rasten. Sein Schwert steckte in der

Scheide an seinem Rücken, und er konnte es unmöglich ziehen, ohne dabei verletzt zu werden. Sein Bündel würde ihn außerdem behindern, und er musste es loswerden, bevor der Kampf begann.

»Erkennst du mich nicht?«, fragte der Mann und nahm endlich die Kapuze ab. Er lächelte breit und hatte die hellen Augen aufgerissen. Sein langes blondes Haar war zu einem Pferdeschwanz gebunden, aber ihm fielen einige Strähnen ins Gesicht und auf die Schultern. »Wir beide haben viel Zeit zusammen verbracht«, fuhr er fort, und seine Stimme klang fast schon zärtlich. »Du kannst dich wirklich nicht daran erinnern?«

»Was redet Ihr da?«, fragte Noth. Das Gesicht des Mannes sagte ihm nichts, aber er war ja schließlich nach Roden gekommen, um sich seiner Vergangenheit zu stellen. Vielleicht geschah es einfach nur schneller, als er erwartet hatte.

Der Mann lachte. »Nenn mich doch bitte Tokal«, sagte er und ließ das Schwert sinken. »Es ist ziemlich ermüdend, eine Waffe so lange Zeit hochzuhalten. Ich muss zugeben, dass ich keine Ahnung habe, unter welchem Namen du heutzutage auftrittst. Für wen genau hältst du dich?«

Noth runzelte die Stirn. Auch wenn der Mann entspannt mit dem Schwert umging, hatte Noth ihn durchschaut. Er wusste, dass sein Gegenüber die Waffe gekonnt einzusetzen vermochte.

»Noth«, antwortete Noth. »Du kannst mich Noth nennen. Und ich weiß auch schon, wer ich davor gewesen bin. Lathe. Ein Agent der Nazaniin. Aber an jemanden namens Tokal kann ich mich nicht erinnern.«

»Ich bin *der* Tokal, mein Guter. Das ist ein Titel und kein Name.« Der Mann zog die Augenbrauen hoch.

»Und Lathe … Ja, sehr schön. Wirklich sehr schön. Weißt du auch, wer du davor gewesen bist?«

Der einzige andere Name, den Noth kannte, war Madzin, aber er vermutete, dass das nur ein Deckname gewesen war, den Lathe in Navone benutzt hatte. Daher behielt er ihn für sich und beschloss, erst einmal herauszufinden, was dieser Mann vorhatte.

»Oh, prächtig«, verkündete der Tokal. Noth rechnete schon beinahe damit, dass er zu klatschen anfing. »Du hast keine Ahnung, wer du bist, du wundervoller Narr. Mit diesem Lathe liegst du richtig, aber andererseits auch wieder nicht. Lathe ist leider vor über einem Jahr gestorben. Du hast vielleicht Teile von ihm in dir, aber du bist nicht er. Er ist ein Teil des Puzzles. Du hingegen bist etwas, das … hergestellt wurde. Ein Experiment. Ein Zusammenschluss mehrerer Seelen, die in einen Körper gepfercht wurden. Eine Schöpfung aus Wissenschaft und Magie, genau das bist du, mein guter Noth.«

Das ergab doch keinen Sinn. Eine Schöpfung aus Wissenschaft und Magie? Was bei der Unterwelt redete dieser Mann da?

»Was wollt Ihr von mir?«, fragte Noth.

»Dasselbe, was wir schon von dir wollten, als wir dich in dieser Stadt entdeckt haben. Wir wollen dich.« Der Tokal musterte Winter. »Allerdings haben sich unsere Prioritäten inzwischen geändert. Die Tiellanerin ist im Augenblick weitaus wichtiger als du.« Er warf einen Blick über die Schulter. »Ergreift sie.«

Das war Noths Chance. Es war nur ein Blick, aber der Moment reichte aus, damit Noth dem Tokal seinen Stab ins Gesicht rammen konnte.

Der Mann parierte den Schlag problemlos mit seinem Schwert.

»Du bist es gewohnt, gegen Männer zu kämpfen«, erklärte der Tokal grinsend. »Aber ich bin etwas völlig anderes.«

Dann brach rings um sie herum das Chaos aus.

Winter sah, wie Noths Bündel auf den Boden fiel, als er sich die Riemen abstreifte, um die Klinge des Mannes herumtänzelte und seinen Stab so schnell bewegte, dass er förmlich vor ihren Augen verschwamm. Es herrschte eine unheimliche Stille, die jedoch nur kurz anhielt. Dann ertönten Schreie, Kampfgeräusche und Stöhnen.

Winter sah sich voller Angst um und wusste nicht, was sie tun sollte. Wieder einmal versuchte sie, mit ihren Tendrae etwas zu ergreifen, doch es geschah wieder nichts. Sie umklammerte ihren Dolch so fest, dass ihr die Hand weh tat. Als sie links neben sich ein lautes Knacken hörte, drehte sie sich um und sah, wie Lian zu Boden stürzte und einer der grün gekleideten Männer mit einem Stab in der Hand über ihm stand. Brüllend stürzte sich Winter auf ihn, aber der Mann parierte ihren unbeholfenen Angriff und schleuderte sie zu Boden. Der Schnee fühlte sich auf ihren Wangen und ihren Händen erschreckend kalt an.

Sie schaute sich entsetzt um. Wer immer die grün vermummten Männer gewesen waren, die sie zuvor angegriffen hatten, diese hier waren anscheinend doppelt so gefährlich. Sie trugen keine Rüstungen unter ihren Roben, denn dafür bewegten sie sich viel zu schnell. Sogar Noth schien Schwierigkeiten zu haben, sich gegen den Tokal und einen anderen Mann, der einen langen, biegsamen Stab in der Hand hielt, zu wehren. Die drei umrundeten und attackierten einander. Winter stützte sich auf die Hände und die Knie. Sie wollte Noth helfen und umklammerte den Dolch noch immer fest, wusste aber nicht, was sie tun sollte. Sie war wie versteinert und fürchtete, Noth versehentlich zu treffen, wenn sie sich einmischte. Vergebens versuchte sie ein weiteres Mal, eine Tendra auszustrecken, aber es geschah wieder nichts.

Dabei konnte sie die Kraft in sich spüren, wusste, dass sie da war, aber es war ihr nicht möglich, darauf zuzugreifen. Vielleicht war der Frost, den sie bei der alten Frau in Navone gekauft hatte, irgendwie fehlerhaft. Einige der Kristalle waren möglicherweise Blindgänger. Eventuell hatte sie auch einen der Kristalle von Noth geschluckt, bei denen es sich nicht um das handelte, was sie vermutete. Oder aber ihre Kräfte hatten sie schlichtweg verlassen.

Was immer es auch war, Winter musste sich eingestehen, dass sie hilflos war.

Zu ihrer Linken ertönte ein weiterer Schrei, und sie sah Kovac neben sich, der einen der Angreifer, der eine dünne, knüppelartige Waffe schwang, abwehrte. Cinzia schlüpfte hinter den Mann und hatte anscheinend Janes riesigen Rucksack in der Hand. Mit enormem Kraftaufwand ließ die Priesterin den Rucksack auf den Kopf des Mannes herabfallen, der daraufhin in die Knie ging. Sofort bohrte Kovac ihm sein Schwert in die Brust.

Was bei der Sphaera ist nur in diesem Rucksack?, fragte sich Winter, in der widerwilliger Respekt für die Priesterin aufflackerte.

Winter stand gerade noch rechtzeitig auf, um zu sehen, wie Astrid an ihr vorbei- und direkt auf zwei der vermummten Männer zulief. Lian lag noch immer am Boden und bewegte sich nicht. Einer der Angreifer stand über ihm und griff unter seine Robe. Winter hob ihren Dolch und stürzte sich auf den Mann.

Hinter ihr schrie jemand auf, und der Mann bei Lian drehte sich bei diesem Geräusch um, wobei er direkt in Winters Dolch lief. Sie stieß mit ihrer ganzen Kraft zu und drückte dem Mann die Klinge in den Bauch. Er brach auf dem Boden zusammen.

Bevor sie ihren Dolch wieder herausziehen konnte, wurde sie von hinten gepackt. Sie schrie, rammte dem Mann einen Ellbogen in die Rippen und spürte, wie dieser die Luft ausstieß, die heiß gegen ihr Ohr blies. Als sie den Ellbogen erneut mit voller Kraft nach hinten stieß, schien er sich zur Seite zu beugen. Sie versuchte, die Ferse auf die Stelle zu rammen, an der sie seinen Fuß vermutete, traf jedoch nur Schnee und Schlamm. Eine verschwitzte Hand legte sich auf ihren Mund und erstickte ihren Schrei.

Winter sah sich verzweifelt nach etwas um, mit dem sie sich verteidigen konnte. Astrid war nirgendwo zu sehen. Noth kämpfte noch immer gegen die beiden Männer und wirbelte seinen Stab durch die Luft. Winter versuchte erneut, zu schreien oder mit all ihren Tendrae zuzupacken, aber jeder weitere nutzlose Versuch raubte ihr nur noch mehr die Hoffnung. Sie stolperte, als der Mann sie nach hinten zerrte, rutschte mit den Füßen aus und hinterließ Spuren im Matsch. Sie trat um sich und schrie gegen die Hand, die ihr den Mund zuhielt, aber ihr fiel das Atmen immer schwerer. Schließlich fehlte ihr die Kraft zum Schreien.

In der Ferne war wieder ein Schrei zu hören, während sie weggezerrt wurde, gefolgt von einem Platschen, als etwas Schweres in den Fluss fiel. Sie geriet in Panik. War Noth gestürzt? Der Fluss floss schnell und war eiskalt.

Wenn er nicht schnell aus dem Wasser kam, würde er das nicht überleben.

Doch etwas schien sich verändert zu haben. Wie ein Vogelschwarm, der den Kurs änderte, ließen die Vermummten von ihren Gegnern ab und zogen sich in den Wald zurück. Winter schleppten sie mit sich.

Der anfängliche Schock ließ Noth erstarren. Er schluckte etwas von dem schmutzigen, eiskalten Wasser und kam prustend wieder an die Oberfläche.

Er musste zurück ans Ufer.

Während er von der Strömung mitgerissen wurde, schlug er um sich und konnte die Ufer nur als verschwommene grüne, weiße und graue Masse erkennen. Seine Muskeln protestierten, als er versuchte, in Richtung Osten zu schwimmen – das westliche Ufer war zu steil, und er würde sich niemals daran hochziehen können. Die Strömung nahm ihm jedoch die Orientierung. Eigentlich musste er nur schnellstmöglich an irgendein Ufer gelangen. Er durfte nicht viel länger im kalten Wasser bleiben. In wenigen Augenblicken würden die Krämpfe einsetzen, und dann wäre sein Körper nicht mehr zu gebrauchen.

Seine linke Wade verkrampfte sich, und der Muskel verhärtete sich unter der Haut zu einem schmerzhaften Knoten. Die Kälte, die anfangs schneidend gewesen war, wurde zu einem dumpfen Schmerz.

Da erinnerte sich Noth.

Ein Schiff in der Nacht, die Luft kalt, das Wasser schwarz und aufgewühlt. Noth war dort, in seinen Gedanken, wie in einem seiner Träume. Er war dort, aber er konnte nur zusehen.

Ein Raum, schwach erhellt von einer einzigen Kerze in der Ecke. Keine Fenster, keine Möbelstücke mit Ausnahme des Tisches in der Mitte. Sein Magen zog sich zusammen, als er den Tisch anstarrte und sich an das erinnerte, was dort passiert war. Blut war auf der Oberfläche und dem Fußboden getrocknet. Und auch das Blut an seinen Händen. Nicht seinen eigenen. Er sah mehrere dunkle Gestalten in der Ecke, bevor er die Kammer verließ.

Draußen knarrten die Deckbalken des Schiffes unter seinen Füßen, und der Schnee und das Salzwasser stachen in seinen Augen. Hinter ihm waren Schreie zu hören, aber er drehte sich nicht um. Er rannte in die andere Richtung, die nackten Füße klatschten über das nasse Deck. Er konnte das Salz in der Luft riechen.

Jemand verstellte ihm den Weg. Eine grüne Robe. Er wich dem Mann aus, der ihn packen wollte, griff mit beiden Händen nach dessen Kopf und verdrehte ihn mit einem Ruck. Schon sackte sein Gegner erschlafft auf das Deck.

Weitere Rufe hinter ihm, und ein plötzlicher Schmerz in der Wade. Ein Armbrustbolzen steckte darin.

Er drehte sich um und sah, wie zwei weitere grün gekleidete Männer auf ihn zukamen. Einen erwischte er mit seinem Schlag, aber der andere – sie waren schnell! – packte seinen Arm und drückte ihn gegen die Reling.

Das Schiff wankte und wurde von einer weiteren Welle durchgeschüttelt. Er versuchte vergeblich, sich loszureißen, als der andere von hinten gegen ihn prallte. Dann drehte sich alles, überschlug sich, Schnee und Meer und Schiff, und er fiel.

Das Wasser war so kalt, kalt wie Eis, und er bekam keine Luft mehr. Er versuchte zu schwimmen, aber schon war da ein neuer Schmerz, dieses Mal in der Schulter. Er schluckte Meerwasser, würgte, schwamm, verharrte, und dann war es vorbei. Der Klang der Wellen, die Schreie der Männer, das Klingeln in seinem Kopf, alles verstummte. Da war nichts außer dieser seltsamen Kälte.

Cinzia sah den Männern nach, die den Weg entlangrannten, und versuchte zu verstehen, was gerade geschehen war. In einem Augenblick hatte der Anführer noch mit Noth gesprochen, und im nächsten kämpften schon alle. Cinzia hatte mit Janes Rucksack auf alles eingeschlagen, was sich bewegte, und ebenso schnell hatten die grün gekleideten Männer den Rückzug angetreten, weitaus schneller, als Cinzia es für möglich gehalten hätte. Das war nicht normal.

Nur Cinzia, Kovac und Jane standen noch auf den Beinen. Lian lag bewusstlos auf dem Boden.

»Wir müssen Noth holen«, erklärte Kovac. »Er wird erfrieren, wenn wir ihn nicht schnell aus dem Wasser ziehen.« Cinzia nickte. Noth hatte sich am Ufer gegen zwei der Angreifer verteidigt, aber sie hatten ihn schließlich überwältigt und ins eiskalte Wasser gestoßen.

»Wo ist Astrid?«, wollte Cinzia wissen. Das Mädchen war nirgendwo zu sehen. Hatten die Männer sie auch mitgenommen oder war sie weggelaufen?

»Das ist unwichtig, Priesterin«, entgegnete Kovac, der sein Schwert in die Scheide schob und sich dem Fluss zuwandte. »Sie wird entweder zurückkommen oder sie lässt es bleiben.«

»Natürlich«, flüsterte Cinzia und sah zu Jane hinüber. »Kann ich dich mit ihm allein lassen?«

»Er kommt wieder zu sich«, sagte Jane, die neben Lian

auf dem Boden kniete. »Wir kommen schon zurecht. Geht nur.«

Cinzia griff nach ihrem Bündel. Sie hatte Feuerstein, Stahl und Zunder dabei, und sie würden Noth aufwärmen müssen, sobald sie ihn aus dem Fluss gezogen hatten.

»Kommt hinterher, sobald ihr dazu in der Lage seid!«, rief sie über die Schulter zurück.

Sie wartete Janes Antwort nicht ab und lief Kovac hinterher.

KAPITEL 38

Am Arden entlang, Roden

Es wurde dunkel, aber Winters Häscher schienen noch immer nicht langsamer zu werden. Sie liefen am Ufer entlang und behielten dieses Tempo schon seit dem Morgen, an dem sie sie entführt hatten, bei. Ihre Ausdauer schien beinahe übermenschlich, aber das war nicht das Einzige, das Winter an den Männern störte. Keiner der Robenträger hatte bisher ein Wort gesagt, nicht seitdem der, den sie »den Tokal« nannten, mit Noth gesprochen hatte. Zwar hatte sie gesehen, wie sie im Laufen etwas zu essen unter ihren Roben hervorgeholt und ein paar Schlucke aus ihren Wasserschläuchen genommen hatten, doch abgesehen davon liefen sie einfach immer weiter und reichten sie von einer Schulter zur nächsten durch. Jeder Mann nahm sie entgegen, ohne sich zu beschweren, und warf sie sich auf den Rücken, so dass ihre Beine über der einen und ihr Oberkörper über der anderen Schulter lagen.

Der Tokal, der anscheinend der Anführer war, lief an der Spitze. Gelegentlich rannte einer seiner Gefährten ein Stück voraus, vermutlich um die Gegend auszukundschaften. Aber Winter hörte nicht ein Mal, dass jemand etwas sagte.

Sie trugen dieselben Roben wie die Männer, die sie bei ihrer Hochzeit und auf der Straße nach Navone angegriffen hatten. Aber diese hier wirkten anders. Beherrschter. Angepasster. Schneller. Der Tokal hatte zu Noth gesagt, dass er kein normaler Mann sei.

Winters Hände und Füße waren von den Fesseln schon seit Stunden taub. Ein langer Streifen eines glücklicherweise sauberen Stoffes diente als Knebel. Sie musste ihren Dolch bei dem Angriff verloren haben. Auch ihren Rucksack und ihre Vorräte hatte sie nicht dabei. Sie hatte nur die Kleidung, die sie am Leib trug, und die Halskette ihrer Mutter um ihren Hals. Und natürlich ihren Beutel. Ihren Beutel mit dem Faltira, der noch immer unter ihrem Hemd an ihrem Gürtel hing. Sie hatte versucht, an ihn heranzukommen, doch der Mann, der sie trug, hatte sie geschüttelt, sobald sie sich bewegte. Nicht dass es ihr irgendwie half, wenn sie den Beutel erreichte. Sie wusste ja nicht, ob das Faltira bei ihr noch eine Wirkung zeigte.

Die Schultern der Männer bohrten sich in Winters Körper, und ihr tat der Hals weh, weil sie die ganze Zeit versuchte, den Kopf stillzuhalten. Sie hätte gern versucht, ihre Schergen davon zu überzeugen, sie selbst laufen zu lassen, doch es wäre ihr einfach unmöglich gewesen, mit ihnen Schritt zu halten. Ihr Körper schmerzte inzwischen so sehr, dass sie sich schon fragte, ob es nicht bequemer für sie wäre, wenn der Mann sie hinter sich herschleifen würde.

Winter hatte nicht die geringste Ahnung, welchen Wert sie für irgendjemanden haben sollte, abgesehen von ihren psimantischen Fähigkeiten natürlich. Allerdings bezweifelte sie inzwischen, ob diese überhaupt noch vorhanden waren. Sie hätte vermutet, dass Noth für diese Leute interessant wäre, oder vielleicht Astrid. Winter selbst war doch unwichtig. Sie war nur ein armes tiellanisches Mädchen aus einem kleinen Fischerort im nördlichen Khale und konnte niemandem etwas bieten.

Mit Ausnahme von Noth vielleicht.

Noths Schicksal war ihr, ebenso wie das aller anderen, ein Rätsel. Sie fragte sich, ob die anderen wohl alle tot waren. Und falls sie überlebt hatten, wäre es ihnen dennoch unmöglich, den unermüdlich laufenden Männern zu folgen.

Winter war sich nicht einmal sicher, ob ihre Gefährten die Verfolgung aufnehmen würden. Schließlich war sie keine besonders angenehme Reisebegleitung gewesen. Es tat weh, sich das einzugestehen. Sie musste sich auf etwas anderes konzentrieren. Warum hatte der Frost seine Wirkung nicht entfaltet, als die Männer angegriffen hatten? Eine Möglichkeit war, dass der Kristall gar nicht aus Faltira bestanden hatte. Sie wusste nicht, ob es einer der Kristalle von Mazille oder Noth gewesen war, aber beides waren nicht wirklich verlässliche Quellen.

Vielleicht war es aber auch Frost gewesen, und man hatte sie irgendwie daran gehindert, ihre Kräfte einzusetzen. Kali hatte nie erwähnt, dass so etwas möglich wäre, aber weder Kali noch Nash hatten ihr bereits alles erzählt, was sie über die Psimantie wussten. Möglicherweise wären sie dazu in der Lage gewesen, hatten Winter das jedoch verschwiegen, falls sie ihre Kräfte einmal gegen die beiden einsetzen wollte.

Letztlich hatte sie auch genau das getan. Winter hatte Kali mit Hilfe ihrer Psimantie getötet. Daran hätten Nash oder Kali sie doch sicher gehindert, wenn sie dazu in der Lage gewesen wären.

Es gab natürlich noch eine andere Option: Vielleicht war Winter ausgebrannt. Diese Vorstellung ängstigte sie mehr als alles andere. Das hätte sie sich nämlich selbst zuzuschreiben. Sie wusste ganz genau, was sie in Navone getan hatte, wozu sie fähig war. Sie wusste, was ihr diese finstere Stimme zuflüsterte, wenn sie allein war.

Mörderin.

Doch die Gier nach Frost brannte weiter in ihr. Wären ihre Hände nicht gefesselt gewesen, hätte Winter schon längst einen Kristall genommen, ohne auch nur einen Gedanken daran zu verschwenden, ob er ihr nun Macht verlieh oder ihr bei der Flucht half. Sie hätte den Frost genommen, weil sie ihn brauchte, weil sie nur noch daran denken konnte. Die Sehnsucht, das Brennen erneut zu spüren, war immer bei ihr.

Was stimmt nicht mit mir?

Sie war eine Gefangene einer Truppe ihr unbekannter, mächtiger Männer. Sie wusste nicht, was diese Leute mit ihr vorhatten, wenn sie ihr Ziel erreichten. Es war so gut wie unmöglich, dass ihre Gefährten sie einholten, falls sie das überhaupt wollten. Vorausgesetzt, sie waren überhaupt noch am Leben.

Dennoch konnte sie an nichts anderes denken als daran, einen Kristall zu nehmen.

Winter musste sich eingestehen, dass sie wirklich erbärmlich war – und vielleicht auch ein bisschen verrückt.

Du hattest doch entschieden, ein paar Tage auf den Frost zu verzichten, dachte sie. *Dann kannst du auch gleich damit anfangen.*

Es konnte dumm sein, auf die einzige ihr zur Verfügung stehende Macht zu verzichten, wenn sie sie am meisten brauchte, nur um sich etwas zu beweisen. Aber wenn es ihr gelang, sich aus eigener Kraft aus dieser Lage zu befreien und ohne Frost zu nehmen, dann konnte sie endlich aufhören, sich Sorgen zu machen. Dann würde sie ihr Leben leben können in dem Wissen, dass sie den Frost nicht brauchte. Er war zwar hilfreich, aber nicht notwendig.

Der Mann, der sie trug, wurde langsamer. Winter glaubte schon, er würde sie an den nächsten weiterreichen, da die Männer immer langsamer wurden, damit ein anderer übernehmen konnte, ohne dass sie auch nur ein Wort wechseln mussten. Doch dieses Mal blieb der Mann tatsächlich stehen. Vielleicht legten sie endlich eine Pause ein.

Winter reckte den Hals und versuchte, sich umzusehen. Es war Nacht, aber sie erkannte einen dichten Kiefernwald zu ihrer Linken. Rechts von ihnen verlief der Fluss. Sie konnte ihn zwar nicht sehen in der Dunkelheit, aber sie hörte das Rauschen des Wassers.

Ihre Schergen standen schweigend da. Winter fragte sich, was sie machten. Es waren insgesamt zehn. Sie hatte sie im Verlauf des Tages mehrfach gezählt. Aber keiner sagte einen Ton oder bewegte sich. Sie standen einfach nur da und sahen einander an. Winters Haut kribbelte vor Unbehagen.

Einer der Männer – Winter vermutete, der Tokal, konnte das in der Finsternis aber nicht sicher erkennen – entfernte sich von der Gruppe, und die anderen folgten ihm. In einiger Entfernung war Licht zu sehen, Laternen, helle, gelb leuchtende Kugeln.

Als sie näher kamen, bemerkte Winter, dass sie auf eine Art Dock zugingen, das sich in der Dunkelheit entlang des Flusses abzeichnete.

Am Ende des Docks stand ein Schiff.

Es war kleiner als das Fischerboot ihres Vaters, aber robust und gut und für den Fluss gebaut. Das einzige Segel war gerafft worden. Die Strömung des Flusses würde wohl ausreichen, um das Boot flussabwärts zu tragen, falls das ihr Ziel war.

Die Männer näherten sich dem Dock, an dessen Ende ein Mann auf sie wartete, der eine Laterne in der Hand hielt. Er war schon älter, stand gebückt da und hatte einen langen schwarzen Bart. Als die Gruppe näher kam, sprach er mit dem leicht abgehackten Akzent der Rodeneser.

»Ich hoffe, ihr seid die, die ich treffen soll«, sagte er und beäugte die Gruppe misstrauisch. Winter konnte es ihm nicht verdenken. Die Männer sahen in ihren langen Roben seltsam aus, und dann trug einer von ihnen noch eine gefesselte und geknebelte Frau auf der Schulter. Winter hoffte, dass der seltsame Schiffer Alarm schlagen würde, dass er sie fragen würde, ob es ihr gutging, den Mann bitten würde, sie abzusetzen, dass er irgendetwas unternehmen würde. Doch sein Blick ruhte nur für einen kurzen Augenblick auf Winter – in dem sie Hoffnung schöpfte –, bevor er ihn wieder abwandte.

»Die sind wir«, versicherte ihm der Tokal.

»Sehr schön. Dann an Bord mit euch«, erwiderte der Mann.

Der Tokal drehte sich zu Winter um. Sein Gesicht war dicht vor ihrem, und sie zuckte zusammen, als er eine Hand ausstreckte und ihre Wange berührte.

»Wir müssen uns leider für kurze Zeit trennen, meine Liebe. Aber keine Sorge, in Izet sehen wir uns wieder. Wir haben große Pläne mit dir. Du wirst eine große Rolle spielen bei dem, was kommt.«

Winter versuchte, seiner Berührung auszuweichen. Am liebsten hätte sie ihm gesagt, dass er seinen Schwanz in ein Wespennest stecken sollte, aber der Tokal war bereits mit drei anderen Männern auf den Wald zugelaufen.

»Die Strömung ist stark heute Nacht«, murmelte der Schiffer, »und meine Knochen sagen mir, dass wir Rückenwind haben. Sollte das stimmen, so sind wir bei Anbruch der Morgendämmerung in Izet.«

Niemand erwiderte etwas. Die verbliebenen Robenträger gingen schweigend an Bord. Erneut musterte der Schiffer Winter und wandte sich dann ab.

»Ich merke schon, ihr redet nicht viel, also stelle ich auch keine Fragen. Wir brechen auf. Zieht die Planke ein, wenn Ihr so freundlich sein wollt«, sagte er und nickte einem der Männer zu. Der Mann tat, worum er gebeten worden war, und Winter hörte, wie ein Anker gelichtet wurde.

Sie war allein. Noth konnte sie nicht retten. Wenn sie fliehen wollte, dann musste sie das selbst hinbekommen. Es waren nur noch sechs Männer übrig. Sechs waren besser als zehn, so viel stand fest. Winter schaute den Schiffer an. Er hatte sie mehrfach angesehen … Vielleicht konnte sie ihn irgendwie für sich gewinnen. Sie musste nur kurz mit ihm allein sein.

Und dann schmiedete Winter einen Plan, wie ihr – auch ohne Frost – die Flucht gelingen konnte.

KAPITEL 39

Astrid lief durch das Unterholz und spürte die Blätter und die nächtliche Brise wie eine Liebkosung auf ihrem Haar.

Um genau zu sein, konnte man nicht sagen, dass sie lief. Das war eine Untertreibung. Sie bewegte sich schneller, als jeder Mensch es vermochte. Zwar war sie tagsüber nicht ganz so schnell und die Männer in den grünen Roben hatten einen irrsinnigen Vorsprung, aber jetzt war die Sonne untergegangen und sie holte rasch auf.

Astrid liebte es, nachts zu laufen. Dann war sie schneller, ihre Haut war zäher, und sie hielt mehr aus. Sie konnte weiter sehen, besser hören, die kühle Luft und den Dunst des Flusses auf ihrer Haut besser spüren als am Tag.

Es gab allerdings auch Veränderungen, die sie nicht mochte. Ihre Fangzähne drückten sich gegen ihre Lippen und bohrten sich in die Zunge. Sie hatte sich nie wirklich daran gewöhnt, diese zu benutzen. Sie bekam rasiermesserscharfe Krallen, die sie einziehen konnte und die ausgefahren halb so lang waren wie ihre Finger. Das war natürlich nicht wahnsinnig lang, da sie den Körper eines neunjährigen Mädchens hatte. Aber der Anblick war unheimlich. Selbst für sie. Auch nach all diesen Jahren.

Meist vermied Astrid es, ihre Krallen anzusehen, ebenso wie ihren ganzen Körper.

Die Grünröcke vor ihr wurden langsamer und hielten in der Nähe des Flusses an. Astrid passte ihr Tempo an und blieb schließlich auch stehen. Sie war ihnen in einiger Entfernung und so lautlos wie möglich gefolgt. Wenn sie Winter am Tag etwas angetan hätten, wäre Astrid vermutlich nicht in der Lage gewesen, sie davon abzuhalten. Auch an diesem Morgen hatte sie kaum etwas ausrichten können. Wer immer diese Männer waren, sie waren schnell und kämpften verblüffend gut aufeinander abgestimmt. Das und die Sonne, die sie schwächte, hatten Astrid vorsichtig vorgehen lassen.

Dabei hasste sie es, vorsichtig zu sein.

Aber sie war schon so weit gekommen, da wollte sie es jetzt keinesfalls vermasseln.

Astrid mochte Winter, zumindest meistens. Winter war ein dickköpfiges Mädchen, aber auch stark. Und Noth mochte Winter, was für Astrid Grund genug war, sie auch zu mögen. Wenn sie ihm Winter zurückbrachte, würde er sein Vertrauen in sie hoffentlich zurückgewinnen. Zwar hatte sie dieses Vertrauen überhaupt nicht verdient, aber es war ihr sehr wichtig, es zu erlangen.

Mit ihrem vampirischen Sehvermögen konnte Astrid erkennen, dass die Roben der Männer mit dunklen Flecken übersät waren. Das war ein gutes Zeichen, denn Schwitzen war eine Schwäche von Sterblichen. Sie konnte nur hoffen, dass sie dann nicht allzu schwer auszuschalten waren, wenn es ihr gelang, sie zu überraschen. Aber ihr Schweigen irritierte sie. Sie hätte eigentlich den Großteil ihrer Unterhaltung mit anhören können müssen, aber sie hörte nicht das Geringste.

Astrid kniff die Augen zusammen. Dieses Schweigen gefiel ihr gar nicht.

Die Männer traten auf ein kleines Dock, das in den

Fluss hinausragte. Darauf stand jemand und schien sie zu erwarten.

»Ich hoffe, ihr seid die, die ich treffen soll«, sagte der Mann.

»Die sind wir«, erwiderte eine der Grünroben – der mit dem albernen Namen. Er näherte sich Winter. Astrid spannte sich an, bereit einzuschreiten, aber dann liefen der Tokal und drei seiner Leute in den Wald.

Astrid grinste. Umso besser.

Die verbliebenen Robenträger folgten dem Mann auf das Dock, und einer von ihnen trug Winter auf den Schultern. Astrids Grinsen wurde breiter. Das Boot war ein kleiner, enger Raum. Sie mochte kleine, enge Räume. Das verringerte die Gefahr, umzingelt zu werden. Sie leckte sich die Lippen, als sich der vertraute Hunger meldete – richtiger, wahrer Hunger. Sie musste sich nähren. In Navone hatte sie Blut gekostet, aber sich bereits Wochen zuvor das letzte Mal richtig genährt. Dies konnte ihre Gelegenheit sein, mehrere Fische mit einem Speerstoß zu erwischen, aber sie musste die Sache richtig angehen.

Langsam näherte sie sich dem Ufer. Als die letzte Grünrobe das Boot betreten hatte, löste der gebeugt gehende Mann die Leinen und folgte ihnen. Nur Sekunden später bewegte sich das Boot mit der Strömung, anfangs langsamer, dann immer schneller.

Astrid lief ebenfalls schneller, näherte sich dem Ufer und lief am Wasser entlang. Es war sehr wichtig, dass sie den richtigen Zeitpunkt abpasste, denn sie wollte nicht im Fluss landen. Sie hasste es, zu schwimmen.

Sie legte an Tempo zu, bis sie vor dem Boot war, dann sprang sie los.

Sie flog durch die Luft, über das Wasser und war vor

dem Boot, das unter ihr näher kam. Im nächsten Augenblick landete sie auch schon auf dem Heck und konnte sich gerade noch an der Reling festhalten, um nicht in den Fluss zu stürzen. Ihre Füße planschten kurz im Wasser. Es war kalt, vermutlich sogar eiskalt, aber das machte ihr nicht allzu viel aus. Sie war schließlich selbst ein Geschöpf der Kälte und hatte sich schon vor langer Zeit daran gewöhnt. Sie zog sich hoch und landete lautlos auf dem Deck.

Eine der Grünroben stand vor ihr und starrte sie überrascht an. Der Mann schrie nicht, was Astrid merkwürdig fand, vor allem da er genug Zeit dazu gehabt hätte. Es war letztendlich auch egal, ob er jetzt noch einen Laut von sich gab oder nicht.

Astrid stürzte sich auf ihn. Ihre Klauen bohrten sich mühelos in seine Haut, und sie drehte ihm den Kopf auf den Rücken.

Was immer diese Männer waren, sterblich waren sie auf jeden Fall.

Sie schaute sich um, aber es war sonst niemand zu sehen. Der Mann hatte sie nicht verraten. Astrid blickte auf den Leichnam hinab, der mit leblosen Augen ins Leere starrte. Das Blut sickerte langsam aus seinen Wunden, und sie konnte es riechen, sowohl in der Luft als auch auf seiner Haut und in seinen Adern.

Sofort stürzte sie sich auf ihn und bohrte ihm die Fangzähne in den Hals. Sein Blut schmeckte gleichzeitig bitter und süß. Das war der wundervollste – und widerwärtigste – Geschmack, den Astrid sich vorstellen konnte.

Schritte kamen über das hölzerne Deck. Sie waren leise und gleichmäßig, aber Astrid hörte sie trotzdem. Der Vampir hob den Kopf. Diese Männer waren anders. Es hätte sie nicht überrascht, wenn sich einer von ihnen an sie anschleichen konnte und …

Astrid hörte den Schlag, bevor sie ihn spürte und der Stab an ihrem Hinterkopf zerschmettert wurde. Es tat weh, und sie bekam vielleicht eine Beule, aber die Grünroben hatten offensichtlich noch nicht begriffen, mit wem sie es hier zu tun hatten. Ein solcher Hieb hätte jeden anderen bewusstlos geschlagen, aber für Astrid war es wie ein Tippen auf die Schulter.

Sie wirbelte zu ihrem Angreifer herum und stieß ein tiefes, kehliges Knurren aus. Der Mann starrte sie mit weit aufgerissenen Augen an. Hinter ihm tauchten drei weitere auf.

Astrid fragte sich, wie sie wohl für diese Männer aussehen mochte mit ihren Klauen und Fangzähnen, den glühenden Augen, dem blutbedeckten Gesicht, dem Blut, das ihr aus dem Mund, über den Hals und die Kleidung lief. Sie würden ihren Kind-Körper rasch durchschauen.

Auf einmal wurde sie unsicher. War es Zufall, dass diese Männer zu viert hier auftauchten? Bewaffnet und kampfbereit? Das war eher unwahrscheinlich, und dennoch waren sie da. Hatte die Grünrobe, die sie getötet und von der sie sich genährt hatte, es geschafft, ihnen ein Signal zu geben? Möglicherweise hatte sie jemand beobachtet.

Auch das konnte sie sich nicht vorstellen, aber es war die einzige Antwort, die ihr einfallen wollte. Astrid griff an. Sie hatte sich noch nicht fertig genährt und war noch nicht zufrieden.

Dadurch wurde ihr Blutdurst umso größer.

Die Grünroben waren gut ausgebildet, das musste Astrid ihnen lassen. Vermutlich wussten sie inzwischen, womit sie es zu tun hatten. Astrid konnte sich nicht vorstellen, dass die Rodeneser anders über Vampire dachten als der Rest der Sphaera. Vampire waren überall die Verfluchten der Verfluchten, die Verdammten der Verdammten. Dämonen.

Astrid ging auf den Mann los, der sie geschlagen hatte, und ihre mit Klauen bewehrte Hand drang in seine Brust ein und kam auf dem Rücken wieder heraus. Sie wich den Angriffen der anderen rasch und mit Leichtigkeit aus, sprang gegen die Reling, von dort gegen die Wand der Kabine und danach in die Luft, um direkt hinter den drei Männern zu landen, bevor sie sich auch nur umdrehen konnten.

Durch einen Schlag auf den Rücken zertrümmerte sie einem der Männer das Rückgrat und schrie vor Freude auf. Sie wich einem Stab aus und rammte den Angreifer gegen die Kabinenwand. Astrid hörte, wie er leise aufkeuchte, wie die Luft aus seiner Lunge entwich, und als dann auch seine Knochen brachen, wusste sie, dass er erledigt war.

Weitere Schritte näherten sich, zu viele, als dass es nur die letzte Grünrobe sein konnte. Sie drehte sich um und sah zwei weitere Männer näher kommen, von denen einer einen Stab und der andere ein Langschwert schwang.

Jetzt schon? Ihre Reaktionszeit schien ihr fast schon übermenschlich.

Sie wirbelte herum und schlug mit ihren Klauen zu. Einer der Männer war direkt innerhalb ihrer Reichweite stehen geblieben. Eine schmale rote Linie zeichnete sich nun auf seiner Kehle ab und wurde nach und nach breiter. Blut spritzte durch die Luft. Der andere attackierte sie und schwang seinen Stab, aber Astrid schleuderte ihn zur Seite, bohrte die Krallen zwischen seine Rippen, hievte ihn über die Reling und schleuderte ihn ins eiskalte Wasser.

Astrid drehte sich grinsend um und sah gerade noch, wie das Schwert herabsauste. Sie riss eine Hand hoch in die Luft und fing die Klinge mit einem lauten Klappern wenige Zentimeter vor ihrem Gesicht ab. Es klang, als würde Metall auf Stein prallen. Bevor die Grünrobe reagieren konnte, entriss Astrid ihm die Waffe, richtete sie gegen ihren Besitzer, sprang hoch, bis sie auf Augenhöhe mit ihm war, und wirbelte das Schwert herum. Der Kopf des Mannes fiel mit lautem Poltern auf das Deck, dicht gefolgt von seinem Körper.

Der Vampir blickte auf die Leichen um sich herum herab. Es waren sieben. Nun galt es, Winter zu finden. Danach mussten sie nur noch auf Noth und die anderen warten.

Vorausgesetzt, dass Noth überlebt hat. Sie wusste, dass er in den Fluss gestürzt war. Am liebsten hätte sie ihn herausgezogen, aber sie hatte gewusst, dass er es vorzog, wenn sie Winter folgte. Das hatte sie sich jedenfalls eingeredet. Es gab auch andere Gründe, aus denen sie gegangen war. Sie musste sich dieses Mal sicher sein, dass Noth nicht in der Nähe war, wenn sie den Kontakt herstellte. Nachdem sie Winter gefunden hatte, würde Astrid erneut versuchen, mit ihrer Herrin Kontakt aufzunehmen. Sie durfte es nicht riskieren, sie zu erzürnen.

Aber zuerst, dachte sie und begutachtete das Blutbad, das sie angerichtet hatte, während der Schmerz in ihrem Bauch immer intensiver wurde, *muss ich beenden, was ich angefangen habe.*

Astrid entdeckte Winter zusammen mit dem Schiffer in der Kabine, wo sie sich bereits ihres Knebels und ihrer Fesseln entledigt hatte. Der alte Mann lenkte das Boot mit schweißüberströmtem Gesicht und sah sich ständig ängstlich um. Als Astrid hereinkam, murmelte er unverständliches Zeug vor sich hin. Sie hatte sich so gut es ihr möglich war gesäubert und versuchte, den Mann nicht anzusehen.

»Ich kam ganz gut allein zurecht und wäre bald hier raus gewesen.« Winter deutete lächelnd mit dem Kinn auf den Schiffer. »Er hätte mir bei meiner Flucht geholfen.«

Astrid hob eine Augenbraue. »Du bist aber auch nicht gerade zurückhaltend mit deinem Sarkasmus, was?«

»Das sagt die Richtige.«

Die beiden grinsten sich an. »Ich weiß nicht, wie weit du gekommen wärst, wenn ich nicht für eine nette Ablenkung gesorgt und all deine Schergen ausgeschaltet hätte. Gern geschehen, übrigens.«

Winters Lächeln verblasste, und sie senkte den Kopf. »Es freut mich, dass du noch am Leben bist.«

»Das hängt von der Definition von Leben ab«, erwiderte Astrid leise. »Geht es dir gut?«

»Ich bin unverletzt. Was ist mit Noth und den anderen?«

»Noth wurde in den Fluss geworfen, und Lian war bewusstlos.« Astrid zögerte. Es war vermutlich am besten, die Frau nicht unnötig zu beunruhigen, solange sie nichts mit Sicherheit wussten. »Aber ihnen wird schon nichts passiert sein. Offenbar waren die Grünroben nur hinter dir her.« Sie fragte sich, ob Winter den Grund dafür kannte.

Falls sie es wusste, ließ sie sich das nicht anmerken. »Wo sind sie? Werden sie uns finden?«

Astrid seufzte. Dieses Mädchen hatte wirklich Probleme. Zwar hielt Astrid ihr zugute, dass sie versucht hatte, sich allein zu befreien, aber das zeigte auch, wie leichtsinnig sie war. Den Grund dafür konnte Astrid sich vorstellen. Das Mädchen musste endlich reinen Tisch machen, allerdings aus eigenem Antrieb heraus.

»Sie werden uns schon bald einholen«, erwiderte Astrid daher nur.

Der Schiffer faselte weiterhin wirres Zeug und blickte zwischen Winter und Astrid hin und her. Der Vampir nickte zu dem Mann hinüber.

»Was ist mit ihm?«

»Ich bin mir nicht sicher«, antwortete Winter. »Als er die Kampfgeräusche gehört hat, fing er an, sich so zu benehmen.«

Das Gemurmel des Mannes wurde immer verrückter. Astrid hörte die Worte »Izet«, »Reisen« und etwas, das nach »Religion« klang, aber sie war sich nicht sicher. Der Mann hatte einen starken Akzent, und er sprach zu schnell, als dass sie ihn verstehen konnte.

»Sag ihm, er soll uns ans Ufer bringen«, verlangte Astrid. »Ans Westufer. Dort warten wir auf die anderen.«

Winter nickte und wandte sich dem Schiffer zu. Astrid ging zurück aufs Deck. Vielleicht beruhigte sich der Mann ja wieder, wenn er sie nicht mehr sah. Sie blickte auf das dunkle Wasser hinaus. Der Fluss und sie hatten etwas gemeinsam, sie beide strebten über einen vorherbestimmten Weg zu einem vorherbestimmten Ziel hin.

Sie hörte Winters Schritte hinter sich und drehte sich um.

»Danke«, sagte Winter. »Ich habe den Mann dazu bringen können, meine Fesseln zu lösen, aber ich weiß nicht, was ich danach getan hätte.«

Der Dank schien ernst gemeint. »Gern geschehen«, murmelte Astrid.

Das Boot stieß mit leisem Poltern gegen das Ufer. Es war keine ideale Stelle, und sie würden über die Reling springen und in den Büschen darunter landen müssen, aber wahrscheinlich hatte der Schiffer es in seinem Zustand nicht besser hinbekommen.

»Lass uns gehen«, sagte Astrid.

»Wir könnten das Boot behalten«, schlug Winter vor und legte eine Hand auf die Reling. »Wir könnten auf die anderen warten und mit dem Boot nach Izet fahren.«

Astrid schüttelte den Kopf. »Wer weiß, ob unterwegs nicht noch mehr von den Roben auf ihre Gefährten warten ... Es ist klüger, wir gehen vom Fluss weg, sobald die anderen uns eingeholt haben.«

Winter nickte und tätschelte das Holz. »Du hast ja recht. Wie kommen wir hier runter?«

»Hast du alles, was du brauchst?«

Winter hielt einen Rucksack hoch.

»Dann machen wir es so«, sagte Astrid, hob Winter vorsichtig hoch und warf sie über die Reling. Das Mädchen kam am Ufer auf und geriet ins Stolpern. Aber sie würde es schaffen. Sie war zäh.

Astrid rannte zurück in die Kabine. Der Mann sah sie entsetzt an und bewegte die Lippen, aber es kam kein Ton heraus.

»Es tut mir leid«, murmelte sie. »Ich bezweifle, dass Ihr das verdient habt, aber ich kann nicht riskieren, dass Ihr redet. Möge Canta Euch retten.«

Sie schlitzte seine Kehle auf, und er stürzte gurgelnd zu Boden.

Danach ging sie zurück auf das Deck, sprang über die Reling und landete sanft im Unterholz.

»Winter?«, flüsterte sie.

»Ich bin hier.«

»Lass uns gehen. Wir müssen einen besseren Ort für ein Lager finden.«

»Und was dann?«

»Dann warten wir.«

KAPITEL 40

Winter ließ die notdürftig geknotete Schlinge los, als sie ihren höchsten Punkt erreichte, und der kleine Stein prallte gegen die Borke eines Baums. Das Eichhörnchen verfehlte sie dabei um Haaresbreite, es hüpfte in einem Regen aus Baumrinde davon.

»Du hast es verfehlt«, sagte Astrid.

»Hab ich nicht«, erwiderte Winter mit finsterer Miene und ging zu der Stelle, an der das Eichhörnchen im Unterholz verschwunden war.

»Doch, hast du.«

Winter war an diesem Morgen wach geworden und hatte zwei Dinge bemerkt: Astrid stand über ihr, und ihr Magen knurrte laut. Sie hatte seit dem Frühstück am Vortag nichts mehr zu sich genommen. Nach dem langen Tag auf den Schultern der Robenträger war sie wund und hungrig gewesen.

Astrid hatte vorgeschlagen, sie könne jagen, doch Winter hatte abgelehnt. Ihr widerstrebte es, etwas zu sich zu nehmen, das Astrid gefangen hatte. Außerdem wollte sie etwas zu tun haben. Und falls sie Astrid lange genug loswerden konnte, um ungesehen Faltira zu nehmen, wäre das ein netter Nebeneffekt gewesen.

Winter hatte sich bereits vor Astrids Auftauchen von den Fesseln befreit gehabt, und wenn es ihr gelungen wäre, in den Fluss zu springen, wären ihr die Männer nicht gefolgt. Zwar hatte sie keine Ahnung, was sie dann getan hätte … aber es hätte geklappt. Das war alles, was zählte. Sie hatte in der vergangenen Nacht einen Kristall genommen, um sicherzugehen, dass sie ihre Kräfte noch besaß. Dabei hatte sie nur kleine Dinge wie Steine oder tote Äste bewegt, um Astrids Misstrauen nicht noch weiter anzustacheln. Dennoch hatte sie danach beruhigter geschlafen, in der Gewissheit, dass ihre Kräfte sie nicht verlassen hatten, sondern zu ihr zurückgekehrt waren.

Nun wollte sie sich erneut ihrer Kräfte versichern. Sie musste wissen, ob sie noch immer da waren. Sie wollte sich einfach wieder ganz sicher sein.

Du hast nur noch drei Kristalle, dachte sie. *Du musst sie dir einteilen.* Erst wenn sie die nächste Stadt erreichten, konnte sie versuchen, sich weitere zu beschaffen. Aber Winter war zuversichtlich. Sie konnte auch ohne Frost zurechtkommen, so viel stand fest. Solange sie stets über einen ausreichenden Vorrat verfügte, war alles in Ordnung.

Winter stocherte im Unterholz herum und entdeckte endlich, was sie gesucht hatte. Sie hob das Eichhörnchen triumphierend in die Luft.

»Wenn man auf eine Stelle am Baumstamm in ihrer Nähe zielt, beschädigt man nicht das bisschen Fleisch, das an ihnen dran ist, und betäubt sie nur. Danach muss man sie nur noch finden«, Winter drehte dem Eichhörnchen mit einer schnellen Bewegung den Hals um, »und töten. Jetzt können wir frühstücken.«

Astrid verdrehte die Augen. »Es gibt doch nichts Schöneres, als den Tag mit einem verbrannten Eichhörnchen zu beginnen.«

Winter erwiderte nichts. Im Grunde genommen war es

ihr völlig egal, womit Astrid den Tag lieber begonnen hätte.

Graue Wolken verdeckten den Himmel, aber Astrid trug dennoch ihren Umhang. Unter der riesigen grauen Kapuze wirkte sie noch kleiner. Sie ist auch klein, schoss es Winter durch den Kopf. Aber in der vergangenen Nacht hatte das Mädchen furchterregend ausgesehen. Wenn man sie jetzt ansah, konnte man sie glatt für ein kleines Mädchen halten. Ein kleines Mädchen, das mehr redete, als gut für sie war, aber dennoch ein Kind.

Winter fragte sich, ob Astrid Schuldgefühle hatte, weil sie die Männer letzte Nacht getötet hatte. Ihr setzten die Ereignisse in Navone noch immer sehr zu. Hatte Astrid ähnliche Gewissensbisse?

Astrid hat getötet, um dich zu retten. Du hast grundlos getötet.

Ich wollte Noth retten, dachte Winter. Aber sie wusste, dass das nicht ganz der Wahrheit entsprach. Neben den Göttinnenwachen und Söhnen von Canta hatten auch Unschuldige ihr Leben verloren.

»Du musst das aus deinem Kopf bekommen«, sagte Astrid unvermittelt.

»Was meinst du?«

»Rede mit jemandem, lass es raus. Lass es ans Licht. Licht tötet Dämonen, das weiß ich besser als jeder andere. Aber wenn du sie in der Dunkelheit hältst ... dann gedeihen sie.«

Winter blieb die Luft weg. Wusste Astrid vom Faltira? Kannte das Mädchen Winters Fähigkeiten? Was sollte sie sonst meinen?

»Einige Dinge bleiben lieber verborgen.«

»Bis sie irgendwann doch ans Licht kommen, und das

geschieht immer. Du glaubst, es ist besser, wenn du es für dich behältst, um andere nicht zu verletzten, aber da irrst du dich. Früher oder später kommen Geheimnisse immer ans Licht.«

Sie gingen schweigend zurück zu ihrem Lager.

»Hoffentlich hast du das Feuer nicht ausgehen lassen«, schimpfte Winter und wechselte das Thema. »Ansonsten kannst du dir selbst Frühstück besorgen.«

Astrid schnaubte. »Das Feuer brennt noch. Und keine Sorge, du kannst alles allein essen. Ich habe heute Morgen keinen großen Hunger.«

Es gefiel Winter nicht besonders, wie Astrid das meinte, aber sie zuckte mit den Schultern. »Wie du willst.«

Ihr Lager bestand aus wenig mehr als einer Feuerstelle und Abdrücken in den Kiefernnadeln. Sie hatten kaum Ausrüstung dabei, bis auf das, was Astrid während der Verfolgung bei sich gehabt hatte, und das, was Winter von dem Boot mitgenommen hatte. Erst an diesem Morgen hatten sie beschlossen, ein Feuer anzuzünden, da sie nachts keine unnötige Aufmerksamkeit hatten erregen wollen.

Winter zog eines ihrer kleinen Messer hervor und begann, das Eichhörnchen auszunehmen.

»Bin gleich wieder da«, erklärte Astrid und verschwand zwischen den Bäumen. »Genieß dein Frühstück.«

»Wo willst du denn hin?«

Astrid drehte sich noch einmal zu Winter um und sah ihr in die Augen. »Wir haben alle unsere Geheimnisse.«

Dann war sie verschwunden.

Winter überlegte kurz, ob sie ihr folgen sollte. Was konnte das Mädchen denn für Geheimnisse haben? Aber als ihr durch den Kopf schoss, dass sie vermutlich selbst einige Geheimnisse enthüllen würde, wenn sie Astrids lüftete, blieb sie am Feuer sitzen.

Seufzend wandte sich Winter erneut dem Eichhörnchen zu. Sie hatte wirklich großen Hunger. Es war schon ziemlich lange her, dass sie gejagt hatte. Früher war sie oft mit ihrem Vater auf die Jagd gegangen, um Hirsche, Hasen und sogar Schneebären zu erlegen. Aber in den Jahren, bevor sie Noth aus dem Wasser gezogen hatten, waren sie immer häufiger auf dem Wasser gewesen, um Fische zu fangen. Sie hatten weniger Zeit im Wald verbracht, auch wenn Winter den Wald lieber mochte als das Meer.

Bahc hatte gesagt, Winter hätte ihre Liebe zum Wald von ihrer Mutter geerbt. Ihr Vater entstammte einer Sippe von Tiellanern, die zur See fuhren, während die Ahnen ihrer Mutter aus den tiefen östlichen Wäldern gekommen waren. Die Leute hatten immer gesagt, ihre Eltern hätten ein perfektes Paar abgegeben. Winter bedauerte oft, dass sie die beiden nie zusammen gesehen hatte. Zwar hatte ihr Vater häufig von ihrer Mutter gesprochen, aber er hatte ihr nie erzählt, wie sie als Paar gewesen waren.

Sie vermisste ihre Eltern. Und dann dachte sie, dass sie irgendwie froh war, dass sie tot waren. Der Gedanke jagte wie Gift durch ihre Adern. Wenigstens erfuhren die beiden so nicht, was aus ihrer Tochter geworden war.

Das Eichhörnchen war schon fast gar, als Astrid wieder auftauchte und grinste.

»Ich hoffe, das reicht für sechs«, meinte sie. »Die anderen sind bald hier, und sie sehen müde aus, als wären sie die ganze Nacht auf den Beinen gewesen.«

Winter spürte, wie sie ebenfalls lächeln musste. Das Eichhörnchen würde für sechs nur ein mageres Mahl abgeben, aber sie konnte noch ein paar Kräuter und Wurzeln sammeln. Auf jeden Fall war sie sehr froh, es mit den anderen teilen zu können.

»Ich freue mich auch, dass er wieder da ist«, fuhr Astrid fort. Sie grinste Winter an, die sie irritiert anstarrte. Astrid schnaubte. »Ich mag ihn, das ist alles. Er ist ohnehin nicht mein Typ. Außerdem bin ich viel zu jung für ihn.«

Winter lief rot an. Wer redete denn so? Das Mädchen hatte wohl den Verstand verloren.

»Ist ja schon gut. Ich bekomme durchaus mit, wenn ich nicht erwünscht bin.« Astrid grinste allerdings noch immer. »Aber ich bleibe in der Nähe. Wenn sie hier sind, bevor ich zurück bin, dann ruf nach mir.« Dann zögerte sie. Hätte Winter es nicht besser gewusst, wäre sie fast auf die Idee gekommen, die Miene des Vampirs sei ernst geworden.

»Du brauchst ihn nicht, weißt du«, sagte Astrid.

»Was?«

»Ich meine … versteh das nicht falsch. Ich bin froh, dass ihr beide einander gefunden habt. Hoffentlich schafft ihr es, die Kluft zwischen euch zu überwinden. Aber du darfst deine eigene Stärke nicht mit seiner verwechseln. Und du bist stark, Winter. Nicht dank Noth, Lian oder eines anderen. Du bist stark, und du … du kannst viel erreichen. Noth kann dir helfen, und wenn es dir möglich ist, dann solltest du seine Hilfe annehmen. Denn, bei Canta, du kannst wirklich jede Hilfe gebrauchen. Aber du brauchst seine Liebe nicht, um etwas wert zu sein. Ebenso wenig, wie du das da brauchst«, sie deutete auf den Beutel an Winters Gürtel, »um wirklich mächtig zu sein.«

Mit diesen Worten drehte sich Astrid um und verschwand im Wald.

KAPITEL 41

Sie saßen alle um das Feuer herum, als Astrid und Winter ihre Geschichte erzählten. Noths Hände zitterten. So viel war geschehen. Astrid war weggelaufen, er war in einen eiskalten Fluss geworfen worden, und man hatte Winter entführt.

Dann hatten die Priesterin und ihre Göttinnenwache – möglicherweise war es ja doch gut, dass er die beiden mitgenommen hatte – ihn gerettet und an einem Feuer aufgewärmt. Ihre Truppe war den ganzen Tag und die ganze Nacht gelaufen, um Winter zu finden, die Frühstück zubereitete, als wäre gar nichts passiert, und auf Astrid zu stoßen, die überhaupt nicht weggelaufen war.

Jetzt waren alle hier und in Sicherheit. Eine hässliche Beule an Lians Hinterkopf und Blasen an den Füßen von dem Marsch ohne Pause waren ihre einzigen Verletzungen. Noth hatte mit Widerstand gerechnet, als er darauf bestanden hatte, kein Nachtlager aufzuschlagen, aber sie waren alle seiner Meinung gewesen.

Doch der vorherige Tag war noch aus ganz anderen Gründen beunruhigend. Warum hatten die Robenträger Winter mitgenommen? Winter und Astrid behaupteten, die Männer hätten Winter nach Izet bringen wollen, in die Hauptstadt von Roden. Das war auch Noths Ziel. Würde er dort erneut auf diese Männer treffen? Die Tatsache, dass sie so gut wie nichts gesagt und derart lange

Zeit ein so hohes Tempo beibehalten hatten, war ein weiterer Beweis dafür, dass es sich bei ihnen nicht um normale Soldaten handelte.

Außerdem war Noth klar, dass ihm Winter und Astrid etwas verschwiegen. Ihre Geschichte hatte Lücken. Zwar erst in dem Teil, nachdem Astrid und Winter von dem Boot entkommen waren, aber Noth wusste, dass er sich mit beiden unter vier Augen unterhalten musste. Er musste nur einen Weg finden.

Bald schon ergab sich eine Gelegenheit, denn Astrid stand auf und sammelte die Wasserschläuche ein, um sie zu füllen. Sie hatten sich an diesem Morgen Zeit gelassen, damit sich alle nach der langen, anstrengenden Nacht ein wenig ausruhen konnten, aber sie mussten bald aufbrechen. Das Tageslicht war einfach zu wertvoll, als dass sie es verstreichen lassen durften.

Noth stand auf, um Astrid zu folgen. Winter und Cinzia lachten gerade über etwas, das Jane gesagt hatte. Lian und Kovac unterhielten sich leise. Es war schön, zu sehen, dass sie langsam alle miteinander auskamen. Winter schien in letzter Zeit Schwierigkeiten gehabt zu haben mit den anderen, vor allem den Menschen.

Astrid bemerkte ihn und blieb stehen. »Hast du keine Lust auf einen Plausch am Feuer, Nomade?«, fragte sie.

Noth zuckte mit den Schultern. »Ich muss frische Luft schnappen.«

Astrid lachte und ging weiter auf das Flussufer zu, während er sie einholte. »Du brauchst so dringend frische Luft wie ich einen Sonnenbrand. Worüber willst du mit mir reden?«

Noth wusste nicht, wo er anfangen sollte. »Ich dachte, du hättest uns verlassen«, sagte er, als sie am Wasser ankamen.

»Das hatte ich auch.« Astrid beugte sich mit einem Wasserschlauch in der Hand vor. »Doch dann habe ich beschlossen, zurückzukommen.«

Das Mädchen trieb ihn zuweilen fast in den Wahnsinn.

»Aber es ist nett, dass es dir aufgefallen ist«, fuhr sie fort. »Gut zu wissen, dass man mich vermisst hat.«

Noth packte ihren Arm und zwang sie, sich zu ihm umzudrehen. »Ich muss wissen, dass ich dir vertrauen kann.«

Astrid starrte ihn mit lodernden Augen an. »Du kannst mir vertrauen.«

»Ich wünschte, dein Wort würde mir reichen«, knurrte er, »aber das tut es nicht.«

»Es muss aber reichen, denn mehr wirst du nicht bekommen. Abgesehen von der Tatsache, dass ich deine Frau gerettet habe.«

»Hast du es deshalb getan? Um mir zu zeigen, dass ich dir vertrauen kann?«

Astrid verdrehte die Augen und entzog sich seinem Griff. »Ich habe sie gerettet, weil sie in Gefahr schwebte, Noth. Du drehst mir die Worte im Mund herum. Hör gefälligst damit auf.«

Noth holte tief Luft. Astrid hatte recht. Er musste nicht alles auf sich beziehen.

Es ging hier um Astrid.

»Du hast mich in Navone gerettet«, sagte sie, ließ die Wasserschläuche bis auf einen zu Boden fallen und kniete sich dann hin, um diesen in den Fluss zu tauchen. »So jemanden würde ich niemals verraten.«

»Das, was ich in Brynne gehört habe …«

»Ich weiß beim besten Willen nicht, was du in Brynne gehört hast«, fiel ihm Astrid ins Wort und schüttelte den Kopf. »Das hast du dir nur eingebildet. Es ist nicht wirklich passiert. Ich wünschte, du würdest das endlich einsehen. Ich wünschte, du könntest mir vertrauen. Ich weiß nicht, wie ich es dir sonst beweisen soll, wo ich doch schon alles tue, was ich nur kann.« Sie griff nach dem nächsten Wasserschlauch.

Noth wusste nicht, was er dazu sagen sollte. Hatte sie recht? Was konnte er denn noch von ihr erwarten? Er erinnerte sich daran, wie verletzlich sie in Navone gewesen war. Wie sie in seinen Armen gelegen hatte. Damals hatte er nicht gewusst, was er mit ihr anstellen sollte, und er wusste es auch heute nicht. Jetzt ließ er sich neben ihr auf dem Ufer nieder. Der Boden war kalt und feucht vom geschmolzenen Schnee.

»Ich möchte doch nur das Richtige tun, auch wenn ich keine Ahnung habe, was das sein könnte«, murmelte er.

Sie saßen schweigend da, während Astrid die anderen Wasserschläuche füllte.

»Du erinnerst mich an jemanden«, sagte sie dann. Eine leichte Brise wehte ihr das Haar ins Gesicht.

Bei der Göttin, sie ist so jung, schoss es Noth durch den Kopf.

»An jemanden, den ich vor langer Zeit kannte«, fuhr sie fort. »An jemanden, bei dem ich mir nicht einmal sicher bin … Ich erinnere mich an ihn, aber nicht an sehr viel. Ich kenne seinen Namen nicht, ich weiß nicht, wer er für mich war. Aber ich weiß noch ganz genau, dass ich mich bei ihm sicher gefühlt habe.«

Sie sah ihn an, und Haarsträhnen wehten vor ihre grünen Augen. »So geht es mir in deiner Nähe«, sagte sie. »So habe ich schon sehr lange bei niemandem mehr empfunden, und … ich möchte daran festhalten, solange das möglich ist.«

Noth nickte langsam. Seitdem er in Pranna aufgewacht

war, hatte es nur wenige Leute gegeben, in deren Gegenwart er sich sicher gefühlt hatte. Bahc war einer von ihnen gewesen. Winter früher einmal auch, aber jetzt war sich Noth da nicht mehr so sicher.

Und Astrid. Noth wollte diesem Mädchen vertrauen, ungeachtet des Ventusfluchs. Aber wie konnte er das?

Sie saßen da und blickten auf das graue Wasser hinaus, das an ihnen vorbeifloss. Am gegenüberliegenden Ufer standen Bäume, und darüber war nichts als der bleigraue, wolkenverhangene Himmel.

»Wie machst du das?«, wollte Astrid wissen. Noth sah sie an und wusste nicht, was sie meinte. »Ich meine … wie tötest du? Ich habe dich dabei beobachtet. Wir denken beide, dass du sehr viel Erfahrung darin gehabt haben musst. Aber wie schaffst du es, das zu tun und … und nichts zu empfinden?«

Noth zuckte mit den Schultern. Warum wollte Astrid das wissen?

»Sollte ich das nicht lieber dich fragen?«, erwiderte er. »Es scheint doch, als hättest du weitaus mehr Erfahrung im Töten als ich.«

Astrid schüttelte den Kopf. »Ich habe Hunderte getötet. Manchmal habe ich es genossen, mich sogar danach gesehnt. Vor allem am Anfang. Aber in letzter Zeit … fühle ich es. Jedes Mal.« Sie sah ihm in die Augen. »Warum tun wir das, was wir tun?«

»Wir tun es, um zu überleben«, entgegnete er. »Wir treffen eine Entscheidung. Dasselbe gilt für die, gegen die wir kämpfen. Wir können das, was sie tun, nicht kontrollieren, daher bleibt uns oft nur eine Wahl.«

»Glaubst du das wirklich?«

Noth zögerte und blickte auf den Fluss hinaus. »Nein«, antwortete er. »Nein, das tue ich nicht.«

»Ich auch nicht«, sagte sie. »Aber wir beenden das Leben anderer, so oder so. Wir sorgen dafür, dass Kinder keine Eltern mehr haben, nehmen dem Gatten die Gattin und umgekehrt. Wir tun es, weil man uns sonst töten würde. Aber was gibt uns das Recht dazu?«

Wir sind eben besser darin, hätte Noth beinahe gesagt.

»Einigen liegt das Töten nicht im Blut«, erwiderte er stattdessen. Er wusste nicht, woher diese Worte kamen, aber er hatte sie schon einmal gehört. Nein, es war mehr als das: Er hatte sie schon einmal ausgesprochen. »Diese Leute mögen sich zwar verteidigen, aber sie wollen eigentlich niemanden töten. Und ohne sie könnte die Gesellschaft nicht überleben, sie sind diejenigen, die sie aufbauen. Wir beschützen sie, damit sie weiter daran bauen können und keine Angst haben müssen. Andere können ein Leben nehmen, wenn es die Situation erfordert, im Krieg, für ihre Göttin oder wenn sie sich oder ihre Lieben verteidigen. Sie tun es widerstrebend, aber sie tun es. Diese Leute können zu großen Kriegern werden, doch sie tragen das, was sie tun, immer mit sich herum, und die Leben, die sie nehmen, suchen sie ständig heim. Und dann gibt es da noch jene wenigen, die ein Leben nehmen können, ohne etwas dabei zu empfinden. Sie töten aus jedem erdenklichen Grund, aus kleinen und armseligen oder auch bedeutsamen oder für die Ehre. Diese Leute werden zu Schurken oder wahren Helden. Sie werden zu dem einen oder dem anderen, aber dazwischen gibt es nichts für sie.«

Noth sah Astrid an. »Es ist nicht so, dass ich gar nichts fühle«, gestand er ihr. »Ich weiß nicht, wie es früher gewesen ist, aber seit Pranna spüre ich es auch. Ich fiebere dem Töten entgegen und bereue es hinterher. Ich verabscheue mich dafür, tue es aber trotzdem.«

»Ich kenne das Gefühl«, gab Astrid zu.

»Lass es niemals los«, bat Noth sie eindringlich. »Wenn du daran festhältst, selbst nach all diesen Jahren, dann ist dir etwas gelungen ... etwas Unglaubliches. Lass es niemals los.«

»Wäre es nicht besser, überhaupt nicht zu töten?«, fragte Astrid.

Noth zuckte mit den Schultern. »Das ist ein Luxus, den wir uns nicht erlauben können.« *Und eine Entscheidung, die ich wohl nicht mehr allein treffen kann.*

»Wir sollten zurückgehen«, sagte er. »Damit wir noch vorankommen, solange es hell ist.«

Astrid nickte. Noth half ihr beim Aufstehen und nahm ihr einige Wasserschläuche ab.

»Ach, eines noch«, sagte er, als sie sich auf den Rückweg machten.

»Frag mich nicht nach deiner Frau«, warnte Astrid ihn.

Noth sah sie erstaunt an. Genau das hatte er gerade vorgehabt. Woher hatte Astrid das gewusst?

»Es steht mir nicht zu, darüber zu reden«, fügte Astrid hinzu. »Wenn du etwas über sie wissen willst, dann frag sie selbst. Ich glaube, sie würde es dir sagen. Ich denke, sie sollte es tun.«

Astrid hatte recht. Er sollte mit Winter reden und sich nicht hinter ihrem Rücken nach ihr erkundigen.

KAPITEL 42

Roden

Seufzend ließ Cinzia ihr Bündel auf den Boden fallen. Abgesehen von einem kurzen Nickerchen am Morgen war sie jetzt seit fast zwei Tagen ohne Unterbrechung auf den Beinen. Sie versuchte, sich nicht zu beschweren. Den anderen ging es genauso, mit Ausnahme von Winter und Astrid natürlich.

Außerdem waren Jane und sie in der Nacht davor lange aufgeblieben und hatten die Schriften übersetzt. Cinzia konnte kaum glauben, dass ihre Beine sie überhaupt noch trugen. Sie war erschöpft, fühlte gleichzeitig aber auch eine merkwürdige Energie. Im Notfall hätte sie sogar noch etwas länger gehen oder ein paar Stunden aufbleiben und übersetzen können. Vielleicht sogar beides. Es mochte an der völligen Erschöpfung liegen, aber sie hatte einen klaren Kopf. Müde war sie natürlich, doch sie schien ihre Kraft aus einer Quelle außerhalb ihres Körpers zu ziehen, auch wenn sie nicht wusste, wie das sein konnte.

Jane wischte etwas Schnee von einem Felsbrocken und setzte sich darauf. Sie zog sich den linken Stiefel aus und rieb ihren Fuß mit beiden Händen.

»Gib her«, bot Cinzia an, setzte sich vor ihre Schwester und streckte eine Hand aus. Jane sah sie überrascht an. Cinzia konnte es ihr nicht verdenken. Ihre Beziehung war nicht besonders eng gewesen, seitdem sie Navone verlassen hatten. Das Übersetzen brachte sie zwar näher zusammen, aber ansonsten schienen die Spannungen zwischen ihnen nur größer zu werden.

»Danke«, sagte Jane, als Cinzia ihren Fuß nahm und ihn durch die dicken Strümpfe hindurch massierte.

Cinzia lächelte sie an. »Wofür hat man denn eine Schwester?«

Noth hatte jedem gesagt, was zu tun war, bevor sie ihr Nachtlager aufgeschlagen hatten. Kovac und Lian sammelten Holz für ein Feuer. Anfangs war der Tiellaner in der Nähe von Cinzias Göttinnenwache noch zurückhaltend gewesen, aber inzwischen schienen die beiden gut miteinander auszukommen. Lian murmelte etwas, während die beiden Männer im Wald verschwanden, und Kovac kicherte. Cinzia musste unwillkürlich lächeln.

Winter und Astrid sollten jagen, da Winter gut mit dem Bogen und der Schlinge umgehen konnte, und der Vampir … Der Vampir schien mit Leichtigkeit Hasen, Eichhörnchen und andere Kleintiere fangen zu können, und Cinzia war sich nicht sicher, ob sie mehr darüber wissen wollte.

Noth, Cinzia und Jane bereiteten die Schlafplätze vor und räumten eine Feuerstelle frei. Noth hatte ein großes Leintuch in seinem Rucksack, das er über ihren Köpfen zwischen die Bäume spannte, wenn es nach Schnee aussah.

Cinzia, die immer noch den Fuß ihrer Schwester massierte, spürte, wie diese zusammenzuckte.

»Entschuldige.« Sie musste eine empfindliche Stelle getroffen haben. Jane verzog vor Schmerz kurz das Gesicht, nickte Cinzia dann jedoch zu.

»Ist schon in Ordnung. Danke.«

»Soll ich dir den anderen auch noch massieren?« Cinzias Lächeln war dieses Mal etwas aufrichtiger. Als sie noch Kinder gewesen waren, war Jane nie zufrieden gewesen, wenn nur eine Seite massiert worden war. Sie brauchte die Symmetrie.

»Daran erinnerst du dich?«, fragte Jane und hob den anderen Fuß.

Cinzia zog ihr den Stiefel aus. »Nur weil ich sieben Jahre fort gewesen bin, habe ich doch nicht vergessen, wer du bist.«

Jane erwiderte ihr Lächeln, aber bevor sie etwas sagen konnte, trat Noth zu ihnen.

»Wie geht es euch beiden?«, erkundigte er sich. Das fragte er sie häufig, was Cinzia erstaunte, da seine Augen weiterhin wie tot auf sie wirkten.

»Wir sind sehr erschöpft, aber es könnte schlimmer sein«, antwortete Cinzia.

»Die vergangenen Tage waren auch hart. Ich kann nicht versprechen, dass die nächsten einfacher werden.«

Cinzia zuckte mit den Schultern. »Es war unsere eigene Entscheidung, euch zu begleiten.« Sie sah Jane an, die daraufhin nickte. »Und wir werden noch eine Weile bei euch bleiben. Zumindest bis wir die Hauptstadt erreicht haben.«

Noth schürzte die Lippen. Er sah müde aus. *So müsste ich mich ebenfalls fühlen,* dachte Cinzia und musterte Noths gebeugte Schultern und die dunklen Ringe unter seinen Augen. Natürlich war er am Vortag in einen eiskalten Fluss gefallen, das musste unweigerlich Wirkung zeigen.

»Gut.« Noth sah Jane an. »Wegen dem, was wir vorhin besprochen haben …?«

Jane nickte. »Ja, dass ihr noch immer bereit seid, uns diesen Gefallen zu tun.«

Cinzia hob die Augenbrauen. Sie hatte nicht die geringste Ahnung, worüber die beiden da gerade sprachen.

»Dann hänge ich das Tuch auf. Ihr werdet zwar nicht allein sein, aber zumindest etwas abgeschirmt. Und ihr habt die Wärme des Feuers.«

»Vielen Dank.« Jane lächelte ihn an, und Noth ging wieder.

»Worum ging es da gerade?«, flüsterte Cinzia. Sie hatte die Massage beendet, und Jane zog ihre Stiefel wieder an.

»Um die Übersetzung«, erwiderte Jane. »Nur weil wir durch die Wildnis laufen, können wir noch lange keine Pause machen. Wir sind schon eine Nacht im Rückstand.«

»Darum hast du Noth gebeten, das Tuch aufzuhängen«, erkannte Cinzia.

Jane nickte. »Er sagte, dass er die anderen bittet, uns in Ruhe zu lassen. Ich glaube, sie werden das respektieren, Cinzia. Es sind gute Leute.«

Cinzia runzelte die Stirn. Eigentlich war sie der gleichen Meinung, bis auf eine Ausnahme.

»Und was ist mit dem Vampir?«, flüsterte sie.

Jane schüttelte den Kopf. »Sie ist doch nur ein Kind.«

»Sie ist ein Dämon, Jane. Welche größere Gefahr könnte es für uns geben?« Cinzia hätte Jane nur zu gern geglaubt. Astrid schien gute Absichten zu haben, doch das änderte nichts. Irgendwann würde sich ihre dämonische Natur Bahn brechen.

»Ich bin mir nicht sicher, ob die Sphaera wirklich nur schwarz und weiß ist, so wie du sie siehst. Gut und Böse sind keine Seiten, für die man sich einmal entscheidet und die dann für immer Bestand haben. Wir müssen das jeden Tag, jede Minute neu für uns festlegen, und wir tun alle hin und wieder etwas, das nicht richtig ist.«

Jane hatte selbstverständlich recht. Die cantische Denomination lehrte eine strikte Trennung zwischen Gut und Böse, aber Cinzia wusste auch, dass die Welt nun einmal nicht so war. Ihr Vater hatte die Kapelle nur selten besucht, aber er war dennoch ein guter Mann. Im Gegensatz dazu gehörten viele der Menschen, die regelmäßig Cinzias Dienste in Triah in Anspruch nahmen, zu den verabscheuungswürdigsten Geschöpfen, die sie kannte. Sie kamen zur Andacht, lernten dort jedoch nichts.

Natürlich waren Janes Worte wahr. Die Welt war voller Widersprüche. Aber Cinzia durfte nicht nachgeben, sonst könnte Jane denken, dass sie an die Visionen glaubte.

»Dann machen wir uns an die Arbeit«, schlug Cinzia vor, »damit wir vor dem Schlafengehen noch einige Seiten schaffen.«

»Moment. Wie war der letzte Teil?«

Cinzia blickte auf den Kodex hinab. »›Und es wird sich in jenen Tagen zutragen, dass sich eine große Nation erhebt, größer als jede, die bis dato gesehen.‹« Sie sah Jane an. »Hast du diesen Teil gemeint?«

»Ja. Gibt es in diesem Abschnitt auch irgendwelche Symbole?«

Cinzia nickte und sah noch einmal genau nach. Sie hatten sich alle Zeichen, die sie nicht übersetzen konnte, notiert, aber so langsam glaubte sie, dass Jane recht haben könnte. Die Symbole wurden im Text nie erwähnt, und bisher war es Cinzia ein Rätsel, welche Bedeutung sie haben könnten.

Dennoch beschrieb sie sie ihrer Schwester. Falls sich am Ende herausstellte, dass sie bedeutungslos waren, dann war es eben so.

»Lies weiter«, bat Jane sie, sobald sie die Symbole aufgezeichnet hatte. Sie saßen in dem behelfsmäßigen Zelt, das Noth für sie aufgestellt hatte, und Cinzia, die im Schneidersitz vor dem Eingang und weiter vom Feuer entfernt Platz gefunden hatte, war in eine Decke eingewickelt. Die Neun Schriften lagen vor ihr auf dem Boden. Jane hatte sich mit dem Rücken zum Feuer auf einen großen Stein gesetzt, neben sich eine Kerze angezündet und auf dem Schoß das Papier, eine Feder und ein Tintenfass stehen.

»›Und diese größere Nation‹«, las Cinzia weiter, »›soll den Namen des Fixsterns tragen, dessen Licht während aller Jahreszeiten, aller Jahre und aller Lebensspannen am hellsten ist. Ihre Leitung wird auf den Schultern vieler liegen, doch ihre Religion nur in den Händen weniger. In ihrem Herzen sollen die Gelehrten sein, die geheimen Verbände, Vereinigungen und Gesellschaften. Von den Gelehrten sollen viele Morde ausgehen, sogar auf der ganzen Sphaera.

Es wird großes Leid geben, auch wenn sie dessen nicht gewahr sind.

Es wird Streit geben, doch sie werden es nicht erkennen.

Es wird Zwietracht herrschen, Missgunst und Gewalt gegen alle Kinder Cantas, doch ihre Kinder werden nicht damit rechnen.

Und es soll geheime Kriege geben und Gerüchte über

Kriege, bis zu jenem Tag, an dem sich die kleine Nation gegen die große erhebt.

Gebt acht vor dem Tag, an dem sich die Schlange gegen den Adler erhebt.

Gebt acht vor dem Tag, an dem sich andere Denominationen gegen die Mutter erheben.

Gebt acht vor dem Tag, an dem unzählige Morde verübt werden und die Sklaven um ihr Leben fürchten und an dem die Königin des Chaos sich gegen die Sphaera erhebt.

Denn an jenem Tag werden auch die Dämonen zurückkehren. An diesem Tag kehren die Neun zurück und sinnen auf Rache. An diesem Tag wird die Göttin sterben, und ihre Kinder werden weinen und ihr Dahinscheiden betrauern. Und es wird keinen Trost geben.›«

Cinzia zog die Decke enger um ihre Schultern. Die Buchstaben tanzten und verschwammen vor ihren Augen.

»Dieser letzte Teil …«, flüsterte Jane. »Du musst dich da vertan haben.«

Also zwang Cinzia sich, die Buchstaben genau anzusehen. Aber sie hatte alles richtig vorgelesen und keinen Satz, nicht einmal ein Wort übersehen. Dennoch las sie den Absatz erneut vor.

»›An diesem Tag wird die Göttin sterben, und ihre Kinder werden weinen und ihr Dahinscheiden betrauern.‹« Ihre Stimme war schon ganz heiser. »›Und es wird keinen Trost geben.‹«

»Bist du dir sicher?«, fragte Jane leise.

Cinzia nickte. Erst jetzt begann sie, die Worte zu verstehen.

»Cantas Tempel«, sagte Jane. »Cantas Heiliger Tempel. Das kann nicht sein. Es muss etwas anderes bedeuten. Die Prophezeiung muss verdreht worden oder irgendwie verschlüsselt sein. Wo sind in diesem Abschnitt die Symbole?«

»Hier gibt es keine«, antwortete Cinzia kopfschüttelnd.

Sie starrte die Seite an, und die seltsamen Buchstaben schwankten und schienen sich zueinander zu neigen. Da waren ganz gewiss keine Symbole. Aber ein Code …

Möglicherweise.

Sie blätterte einige Seiten zurück. Die seltsamen metallischen Blätter waren nicht dünn, aber auch nicht wirklich fest. Da es ihr immer schwerer fiel, die verschwommenen Buchstaben zu erkennen, überlegte sie, ob es nicht einfacher wäre, sich Janes Aufzeichnungen anzusehen.

Sie hatten bisher zwei der Bücher der Elevinnen übersetzt, das Buch von Elessa und das von Baetrissa, gerade arbeiteten sie am Buch von Arcana, das wohl verwirrendste. Der Kodex schien sehr einfach aufgebaut zu sein und bestand aus insgesamt zehn »Büchern«. Die ersten neun waren von den Neun Elevinnen Cantas geschrieben worden: Elessa, Baetrissa, Arcana, Cinzia, Danica, Lucia, Ocrestia, Sirana und Valeria. Das letzte Buch stammte anscheinend von der geheimnisvollen Elwene, die das ganze Buch zusammengestellt hatte.

Elessa und Baetrissa beschrieben Geschichten und Ereignisse, die Cinzia bereits kannte, von der Erschaffung der Sphaera bis zu Sorens Torheit und dem Khalischen Novennium. Doch das Buch von Arcana verblüffte sie. Weder Cinzia noch Jane hatten bisher auch nur eine der Geschichten wiedererkannt.

Und jetzt dieser Absatz!

Cinzia legte den Kodex beiseite. »Lass uns ansehen, was du geschrieben hast«, sagte sie zu Jane. »Gehen wir den Teil noch einmal durch, den wir gerade gelesen haben und in dem es um die große Nation geht.« Sie mussten mehr über die sterbende Göttin herausfinden.

Jane ging ihre Notizen durch. »›Und es wird sich in jenen Tagen zutragen, dass sich eine große Nation erhebt, größer als jede, die bis dato gesehen.‹«

»Das muss Khale sein«, sagte Cinzia. »Bisher hat es keine größere Nation auf der Sphaera gegeben. Was steht da über die Leitung?«

»›Ihre Leitung wird auf den Schultern vieler liegen, doch ihre Religion nur in den Händen weniger … Sind das die neun Sitze auf der Hohen Kamarilla?«

Cinzia nickte. »Und die Kamarilla wird von der Dreieinigkeit überwacht.«

Das Buch schien sich ganz offensichtlich auf Khale zu beziehen – und nicht nur allgemein, sondern sogar sehr präzise auf den derzeitigen Zustand der Nation.

»Weiter«, drängte Cinzia ihre Schwester.

»›In ihrem Herzen sollen die Gelehrten sein, die geheimen Verbände, Vereinigungen und Gesellschaften. Von den Gelehrten sollen viele Morde ausgehen, sogar auf der ganzen Sphaera.‹«

Jane blickte auf. »Morde?«, wiederholte sie. »Und wer sind die Gelehrten?«

Cinzia nickte und tippte sich mit dem rechten Zeigefinger an die Lippen. »Die Gelehrten, das muss die Zitadelle sein – sie sind berühmt dafür, die Mächtigen auszubilden, sogar welche aus anderen Ländern – und auch für ihre Gelehrsamkeit. Noch dazu sitzen sie im Herzen von Triah. Aber das mit den Morden … Da weiß ich auch nicht weiter. Und das mit den geheimen Verbänden und

Gesellschaften ergibt für mich noch viel weniger Sinn. Die Zitadelle ist doch nicht geheim.«

»Die Zitadelle nicht, aber die Nazaniin schon.«

Cinzia sah auf, als sie Winters Stimme auf der anderen Seite der Plane hörte. Hatte sie ihnen die ganze Zeit zugehört?

Die beiden Schwestern sahen sich an und zuckten gleichzeitig mit den Schultern. Je mehr Informationen sie hatten, desto besser. Jane wollte nur nicht, dass jemand die Neun Schriften sah, aber dass jemand mithörte, schien sie nicht zu stören.

»Es gibt die Nazaniin wirklich?«, fragte Cinzia laut. Sie war immer davon ausgegangen, dass die Nazaniin nur ein Schauermärchen waren, das man kleinen Kindern erzählte, doch dann hatte sie Winter und Noth kennengelernt. Sie hatte die beiden ein paar Mal darüber sprechen gehört, hatte aber nicht nachfragen wollen.

Jetzt beugte sie sich vor und sah an der Zeltplane vorbei. Winter saß nicht weit von ihr entfernt am Feuer – es war kein Wunder, dass sie alles mit angehört hatte.

»Die Nazaniin sind geheim«, bestätigte Winter, »und darauf spezialisiert, andere zu ermorden. Das ist alles, was ich über sie weiß, aber auch das ist vermutlich mehr, als die meisten sonst wissen.« Winter sah Noth an, der in ihrer Nähe saß. *Was spielte sich zwischen diesen beiden eigentlich ab?*, dachte Cinzia.

»Das passt zu dem Text«, sagte Jane, die noch im Zelt saß. Cinzia ging wieder zu ihr zurück, und Jane las einen weiteren Abschnitt vor.

Es wird großes Leid geben, auch wenn sie dessen nicht gewahr sind.
Es wird Streit geben, doch sie werden es nicht erkennen.

Es wird Zwietracht herrschen, Missgunst und Gewalt gegen alle Kinder Cantas, doch ihre Kinder werden nicht damit rechnen.

»Genau«, murmelte Cinzia. »Wenn Winters Informationen über die Nazaniin stimmen … dann ergibt das alles Sinn. Gewalt, die niemand zu sehen bekommt.«

»Ein Drache schläft während der friedlichsten Zeit, die Khale je erlebt hat«, sagte Jane.

Cinzia sah sie fragend an. »Habe ich das übersetzt? Aus welchem Teil war das?«

»Nein, das ist nur ein Bild, das mir gerade eingefallen ist«, murmelte Jane. »Ich dachte zuerst, die Morde würden sich auf die tiellanischen Rebellionen beziehen, aber …«

»Das ergibt keinen Sinn«, fiel ihr Astrid ins Wort. Cinzia verdrehte die Augen. Hörten ihnen denn alle zu?

»Jeder weiß von den Rebellionen«, fuhr Astrid fort. »Ihr habt gerade vorgelesen, dass ›sie es nicht sehen‹ und dass ›sie es nicht wissen‹.«

»Habt ihr denn nichts Besseres zu tun?«, fragte Cinzia durch die Plane hindurch. Jane verkniff sich ein Grinsen.

»Eigentlich nicht«, erwiderte Lian. »Wir haben das Lager aufgeschlagen, gejagt, das Wild gebraten und gegessen, und jetzt sind wir alle bereit für die Nachtruhe. Aber ihr beide haltet uns vom Einschlafen ab.«

»Wenn ihr uns einfach sagen würdet, was ihr da drinnen macht, könnten wir euch besser helfen«, schlug Astrid vor. Cinzia fand diese Idee sehr einleuchtend. Sie konnten jede Hilfe gebrauchen.

»Alles zu seiner Zeit«, entgegnete Jane. »Ihr alle werdet eine Rolle spielen in den Ereignissen, die noch kommen. Jeder von euch wird zur rechten Zeit erkennen, welche Rolle das sein wird. Einige vielleicht etwas früher und andere später.«

»Tja, wenn das mal nicht genauso rätselhaft ist wie die Unterwelt«, murmelte Astrid. Die anderen lachten.

Cinzia musste unwillkürlich lächeln. Ihre Schwester neigte wirklich dazu, in Rätseln zu sprechen, was einen leicht in den Wahnsinn treiben konnte. Aber sie war froh, zu sehen, dass Jane ebenfalls lächelte.

Vielleicht bestand für ihre bunte Truppe ja doch noch Hoffnung.

KAPITEL 43

Tir

Wo sind die verdammten Steine?«, fragte Kali und kramte in ihrem Gepäck herum.

»Ich sagte doch schon, dass ich es nicht weiß«, erwiderte Nash.

Kali suchte weiter und zog Beutel und Waffen und andere Kleinigkeiten aus ihrem Bündel hervor. Sie waren endlich in Roden und hatten in einem Gasthaus in Tir Quartier bezogen. Die Überquerung des Sorensanischen Passes hatte ihnen keinerlei Probleme bereitet. Es gab Gerüchte über eine Gruppe Reisender, die mit einer cantischen Priesterin und ihrer Göttinnenwache unterwegs war. Sie sollte erst kürzlich die Stadt verlassen haben.

Sie waren ganz in der Nähe.

Kali wusste es, sie konnte es spüren. Aus genau diesem Grund wollte sie mit Kosarin reden. Sie brauchte genaue Anweisungen für den Moment, in dem sie Lathe erneut gegenüberstand. Sie konnte kein weiteres Mal scheitern.

Endlich fand sie die Leersteine in einer Ledertasche, die sie aus ihrem Rucksack gezogen hatte. Durch einen Leerstein konnten Psimanten miteinander kommunizieren, unabhängig von ihrem Standort auf der Sphaera. Acumanten wie Kali konnten sogar durch die Augen der Lacuna eines anderen sehen, wenn diese einen markierten Leerstein in der Hand hielt. Diese Art der Kommunikation war noch sehr neu und höchst experimentell, aber die Nazaniin hatten rasch ihre Vorteile erkannt. Kali vermutete, dass die Psimanten der cantischen Denomination die Kommunikation durch die Leere ebenfalls entdeckt hatten, da die Denomination in letzter Zeit sehr gezielt vorging und besser organisiert zu sein schien, als es ohne eine direkte Kommunikation möglich sein sollte.

»Dahlin, tritt näher«, sagte Kali und streckte ihren Verstand nach der Lacuna aus. Der Mann trat mit ausdrucksloser Miene vor sie.

Es ist eine Schande, dachte sie, als sie den Mann ansah. *Er hätte einen sehr viel angenehmeren Gefährten abgegeben, wenn ich etwas mehr Zeit beim Markieren gehabt hätte.* Dahlin sah sehr gut aus, er war groß, hatte dunkles Haar und ein markantes Gesicht. Eigentlich sah er aus wie eine Statue, ein altes Kunstwerk eines Gottes.

Und ich habe ihn zerstört, dachte Kali, jedoch nicht ganz freudlos. *Ich habe ihm sein Leben genommen, und nun gehört er mir.* Das war natürlich Teil ihres Auftrags, doch sie empfand dennoch ein gewisses Hochgefühl. Nie fühlte sie sich so mächtig und so stark wie in den Augenblicken, wenn sie sich ein anderes lebendiges Wesen unterwarf.

»Willst du ihn jetzt kontaktieren?«, fragte Nash.

»Natürlich. Diese Zeit ist so gut wie jede andere. Ich möchte Missverständnisse vermeiden.«

»Hast du die Formel auf die neue Lacuna angepasst? Gab es irgendwelche Probleme?«

»Ja, das habe ich, und nein, es gab keine. Entspann dich.«

Nash nickte widerstrebend. Er würde nicht weiter in sie dringen. Es stand zu viel auf dem Spiel. Sosehr Kali Nashs Gesellschaft auch genoss – und sosehr sie ihn als

Psimanten respektierte –, hin und wieder zweifelte sie an seinem Einsatz.

Sie wandte sich erneut der Lacuna zu und nahm einen der Leersteine aus dem Beutel. Der Stein war blassweiß mit einem schwarzen Muster auf einer Seite und einer Reihe von Einkerbungen, die grob eine Rune darstellten.

Kali legte der Lacuna den Stein in die Hand und machte dann einen Schritt nach hinten. Sie griff erneut in den Beutel, nahm den dazugehörigen Stein heraus, der kohlrabenschwarz mit weißen Markierungen war. Nachdem sie den Beutel hinter sich aufs Bett geworfen hatte, hielt sie den kleinen Stein mit einer Hand fest.

Sie wusste nicht, warum den Leersteinen eine solche Macht innewohnte. Man hatte sie vor mehreren Jahrzehnten in den Katakomben der Zitadelle in Triah entdeckt. Danach waren immer mehr Nazaniin-Agenten auf der ganzen Sphaera auf derartige Steine gestoßen, die sie mit in die Hauptstadt gebracht hatten, damit sie dort untersucht werden konnten. Ihre Herkunft und die Kunst, mit der sie erschaffen worden waren, blieb bis heute ein Rätsel. Einige vermuteten, dass die Steine noch aus der Sternlosen Ära stammten. Andere waren der Ansicht, sie hätten schon immer existiert. Manche glaubten, die Steine wären Geschenke von Canta und ihren Engeln – diese Theorie fand Kali höchst lächerlich, auch wenn sie sich großer Beliebtheit erfreute. Kali war sich nicht sicher, woher die Steine kamen, aber sie vermutete, dass sie höchstens an der Oberfläche ihres wahren Potenzials gekratzt hatten.

Während sie den Leerstein umklammerte, bewegte Kali die andere Hand unwillkürlich zu ihrer Brust. Aber das Pergament war nicht mehr da. Sie musste sich endlich daran gewöhnen.

Kali öffnete ihren Geist und befand sich im nächsten Augenblick in der Leere. Der Name dieses Ortes war passend, mochte er nun metaphysisch sein oder nicht, denn sie war von nichts als Schwärze umgeben. Manch einer behauptete, es wäre Dunkelheit, aber es war mehr als das. Die Leere war greifbarer als ein Schatten, ließ sich jedoch nicht verformen. Die Finsternis zog sich nicht zurück, wenn sie auf Licht traf, sie schien das Licht vielmehr zu verschlingen.

Kali reiste durch die Leere. Kleine Lichter tauchten auf, winzige helle Flecken in der Ferne, die wie Sterne am Nachthimmel aussahen. Die Löcher in der Leere glitten an ihr vorbei, über sie hinweg, unter ihr hindurch, um sie herum, schnell und lautlos. Die meisten waren weiß. Ganz selten sah sie blaue Punkte, lilafarbene Flecken, rote Löcher und ein grünes Leuchten in dem Meer aus Schwarz. Kali konzentrierte sich auf den Stein in ihrer Hand, oder besser gesagt auf den Stein, den ihr Körper in Roden in der Hand hielt. Dann erschien direkt vor ihr ein weiterer Lichtfleck, der rasch näher kam. Sie raste durch einen Tunnel, wirbelte schneller noch als das Licht hindurch, und dann …

Dann war Kali in Triah. Sie stand unter der Zitadelle im Hauptquartier der Nazaniin, in dem Raum, den die Psimanten kürzlich »Das Herz der Leere« getauft hatten.

Diese Kammer war der zentrale Treffpunkt der Nazaniin. Selbst nachts war er mit Kerzen, Fackeln und Lampen hell erleuchtet. Der Boden bestand aus weißen, schwarzen und roten Kacheln, und es gab lange Tische und Stühle in denselben Farben. Die Wände waren von Schränken und Bücherregalen bedeckt.

»Rune sagte, dass Ihr uns kontaktieren würdet«, sagte

eine vertraute Stimme. »Ich hatte zur Abwechslung gehofft, dass er sich irrt.«

Kali – oder vielmehr der Körper, den sie jetzt in Besitz genommen hatte – drehte sich um und sah Sirana direkt vor sich stehen.

Kali runzelte die Stirn. Sie hielt einen Unterarm schräg vor die Brust, um den üblichen Nazaniin-Gruß auszuführen, tat dies jedoch eher beiläufig. Sirana war eine mächtige Psimantin, und das respektierte Kali. Aber die Frau war zu emotional. Sie war zu schnell bereit, ihre Mission von ihren Gefühlen beeinflussen zu lassen. Kali konnte nicht verstehen, warum Kosarin diesen Fehler an ihr nicht längst bemerkt hatte.

»Wo ist Kosarin?«, fragte Kali, deren Stimme mit dem vertrauten tiefen Bariton von Kosarins persönlicher Lacuna verschmolz. Nur wenige Personen hatten direkten Zugriff darauf, und sie war eine davon – ebenso wie Sirana.

»Er ist beschäftigt«, erwiderte Sirana. »Was braucht Ihr, Kali?«

Sirana sah älter aus als beim letzten Mal, als Kali sie gesehen hatte. Sie war blass und sah fast schon verwelkt aus. Ihr rotes Haar wirkte nicht so ordentlich wie in Kalis Erinnerung, und einige Strähnen waren aus dem nachlässig gebundenen Dutt herausgerutscht und fielen der Frau in die Stirn. Ihre Kleidung wirkte ebenfalls unordentlich, und sie hatte dunkle Ringe unter den Augen. Aber ihre Augen waren noch immer von demselben durchdringenden Grün wie eh und je.

Sirana war eine der Mächtigsten innerhalb der Nazaniin, aber sie wurde langsam alt. Kalis Lippen zuckten. Es war jammerschade, dass Sirana nicht die Acumantin innerhalb der Triade war, denn dann hätte Kali den perfekten Ersatz für sie gewusst. Als Telenikerin konnte Sirana Kalis schwaches Ebenbild nur durch die Augen der Lacuna in Triah sehen, aber sie war nicht dazu in der Lage, Dahlin, der sich bei Kali in Tir befand, zu nutzen.

Alles zu seiner Zeit, sagte sich Kali.

»Wir sind nach Roden vorgedrungen und verfolgen Lathe und seine Gefährten weiter. Ich wollte Kosarin auf den neuesten Stand hinsichtlich unserer Situation bringen und mir meine Befehle bestätigen lassen.«

Sirana starrte sie einen Augenblick lang an. Die Frau schien Kali ganz genau zu mustern, das spürte sie, ebenso wie die Tatsache, dass Sirana etwas vor ihr verbarg.

»Es ist gut, dass Ihr Euch meldet«, sagte Sirana schließlich. »Eure Befehle haben sich geändert.«

Kali verzog keine Miene.

»In Anbetracht der Ereignisse in Navone haben wir beschlossen, dass es Lathe nicht gestattet sein darf, seinen aktuellen Weg fortzusetzen, wie immer seine Absichten auch aussehen mögen. Eure Befehle lauten, ihn zu exekutieren und uns seine Leiche zu bringen.«

Aufregung durchschoss Kali. Sie hatte schon am Anfang, als man ihr die Mission übertragen hatte, gewusst, dass es so enden würde. Sie sollte den mächtigsten Agenten der Nazaniin, den es je gegeben hatte, stellen.

Sie würde gegen ihn kämpfen und ihn töten.

»Und die Vorbotin?«, wollte Kali wissen. Das Mädchen war etwas Besonderes. Das hatte Kali inzwischen akzeptiert. Obwohl tiellanisches Blut in Winters Adern floss, hatte Kali einen gewissen Respekt für sie entwickelt.

»Ihr müsst sie alle töten«, erklärte Sirana mit eiskalter Stimme. »Das Mädchen ist nicht die Vorbotin. Da sind wir uns einig. Tötet sie, tötet Lathe, tötet alle, die bei ihnen sind, und kommt dann nach Hause. Das sind Eure Befehle, Nazaniin.«

Kali blinzelte. Sie sollte Winter töten? Das war doch verrückt. Dieses Mädchen war die Vorbotin. Sie musste es einfach sein. Kalis Magen zog sich zusammen. Winter und sie hatten vieles gemeinsam. Es würde … sehr schwer werden, sie zu töten.

Etwas an der Art, mit der Sirana ihr den Befehl erteilte, störte Kali: Sie hatte ihr nicht in die Augen gesehen. Das war merkwürdig. Zwar ließ sich Sirana oft von ihren Gefühlen leiten, aber sie war nicht weich. Sie zögerte nie, weder wenn sie Befehle erteilte, noch wenn sie sie ausführte. Natürlich konnte Kali verstehen, warum das in diesem Fall anders war. Sirana hatte Lathes Exekution angeordnet. Und doch hatte die Mission Vorrang. Gefühle hatten hier keinen Platz.

»Seid Ihr Euch sicher, *Triada?*«

Sirana wandte den Blick von der Lacuna ab.

»Sie haben keinen Nutzen für uns«, erwiderte sie ruhig. »Tötet Lathe, tötet seine Gefährten. So lauten Eure Befehle. Habt Ihr ein Problem damit, Nazaniin?«

»Nein, Triada«, antwortete Kali. »Ich werde gehorchen.« Wie immer würde Kali tun, was man ihr aufgetragen hatte. Wenn sich Kali nicht einmal mehr auf ihren Gehorsam verlassen konnte, was wäre ihr dann noch geblieben?

Als Kali gerade in die Leere und ihren eigenen Körper zurückkehren wollte, wurde die große Doppeltür zu Siranas Rechter geöffnet, und Kosarin betrat die Kammer.

»Guten Abend, Triadin«, begrüßte ihn Sirana und salutierte.

»Triadin«, sagte Kali und führte ebenfalls den Nazaniin-Salut aus, bei dem sie mit einer schnellen Bewegung den rechten Unterarm vor ihre Brust führte.

Kosarin Lothgarde, der Venerato der Zitadelle, gehörte zu den mächtigsten Männern auf der Sphaera, und nur ein Teil seiner Macht beruhte darauf, dass er der Leiter der Zitadelle war. Seine wahre Macht entsprang seiner Position als Anführer der Nazaniin und der Tatsache, dass er einer der mächtigsten Acumanten war, die es je gegeben hatte.

»Kali«, murmelte Kosarin, dessen tiefe Stimme in der Kammer widerhallte, »gut, dass Ihr Euch meldet. Wir hatten darauf gehofft. Euer neuer Körper ist jung, wie ich sehe.« Er begutachtete Kali – oder vielmehr das Bild, das Kali durch die Lacuna übermittelte – von Kopf bis Fuß. Kosarin war selbst nicht mehr jung, besaß jedoch noch immer einen erstaunlich kräftigen Körper. Er rasierte sich den Schädel, trug jedoch einen kurzen Bart, der seinen Mund einrahmte.

»Ja, Triadin«, erwiderte Kali.

Kosarin musterte sie, und seine blauen Augen glitzerten hinter seinen Brillengläsern. »Sind beim Übergang Schwierigkeiten aufgetreten?«

Kali lächelte innerlich, da ihr der Eifer in seiner Stimme nicht entgangen war. Sie hatte vor allem deshalb darauf gehofft, ihm Bericht erstatten zu können, weil sie ihm nur zu gern von ihrer letzten Transformation berichten wollte.

»Es lief alles glatt, Triadin«, antwortete sie. »Der vorherige Körper wurde zerstört, aber es ist mir gelungen, ohne eine längere Unterbrechung in diesen hier zu wechseln.«

Kosarin zog die grauen Augenbrauen hoch und senkte den Kopf, um Kali über die Brillengläser hinweg anzusehen. »Der Körper wurde zerstört, während Ihr noch darin wart?«

»Ja, Triadin«, bestätigte Kali und konnte nicht verhindern, dass Stolz in ihrer Stimme mitschwang. »Ich hatte Glück, ich spürte, was passieren würde, bevor ich das Bewusstsein verlor, und es hat eine Weile gedauert, bis ich mich in diesem Körper wiedergefunden habe, doch es hat funktioniert.« Allerdings entsprachen ihre Worte nicht ganz der Wahrheit. Sie hatte nicht im Geringsten gespürt, dass die riesige Kugel auf sie zugeflogen kam, war aber dennoch aus einem ihr unerfindlichen Grund in Elsis Körper aufgewacht. Doch sie hatte beschlossen, diese Details lieber für sich zu behalten, zumindest solange sie nicht wusste, was genau da eigentlich passiert war. Der Gedanke, dass alle wissen würden, wie nah sie dem Tod wirklich gewesen war, beunruhige sie.

»Wie lange?«, hakte Kosarin nach.

»Zwei Tage.«

Er nickte langsam. »Sehr gut. Ihr habt etwas Unerwartetes geschafft, und ich erwarte Euren vollständigen Bericht, sobald Ihr nach Triah zurückgekehrt seid.«

Kali nickte, und ihre Aufregung wuchs. Endlich geschah es. Endlich erhielt sie die Anerkennung, die sie verdiente. Als sie aus dem Augenwinkel sah, wie Sirana die Augen verdrehte, hätte Kali beinahe gegrinst.

»Das werde ich tun, Triadin. Nash und ich sollten Lathe und seine Gefährten innerhalb der nächsten Tage einholen. Nachdem wir sie eliminiert haben, kehren wir auf dem schnellsten Weg nach Triah zurück.«

»Ah«, murmelte Kosarin und warf Sirana einen Blick zu, während ein schiefes Lächeln seine Lippen umspielte, »wie ich sehe, habt Ihr Euch nicht zurückgehalten. Sehr schön. Ich muss zugeben, ich war besorgt, ob Ihr diese

Befehle angesichts Eurer Vorgeschichte mit einer der Zielpersonen wirklich weitergeben könnt. Ich bin sehr erfreut, dass Ihr Euer Zartgefühl habt überwinden können.«

Sirana sagte nichts, und Kalis Freude brannte stärker in ihr.

»Wenn Ihr mich jetzt entschuldigen würdet, es gibt andere Angelegenheiten, die meine Aufmerksamkeit erfordern.« Sirana ging schnell durch eine rot lackierte Seitentür hinaus.

»Ich habe sie wohl verärgert«, sagte Kosarin und seufzte. »Das war nicht meine Absicht.«

Doch Kali konnte sich beim besten Willen nicht vorstellen, dass Kosarin jemals etwas tat, was er nicht auch beabsichtigt hatte. »Habe ich die Erlaubnis, frei zu sprechen, Triadin?«

»Gewährt«, bestätigte Kosarin und ging zu einem Tisch in der Mitte des Raumes, auf dem sich Papiere, Bücher und eine große Karte stapelten. Kali bemerkte, dass auf der Karte keine Grenzen eingezeichnet waren, weder zwischen Khale und Maven Kol oder Alizia noch zwischen Khale und Roden.

Das war seltsam.

Sie musste bei ihren nächsten Worten große Vorsicht walten lassen. Wenn sie zu forsch war, machte sie sich selbst vielleicht zu einem Ziel, und wenn sie sich unklar ausdrückte, erreichte sie im schlimmsten Fall, Kosarins Zorn auf sich zu ziehen. Aber wenn Sirana ihr ihre Fragen nicht beantworten wollte, dann hatte sie bei Kosarin vielleicht mehr Glück.

»Triadin, meine Befehle lauten, Lathe und seine Gefährten zu eliminieren, darunter auch die tiellanische Frau, die wir für die Vorbotin halten.«

»Und?«

Kali zögerte – es stand ihr nicht zu, einen Befehl in Frage zu stellen, aber sie glaubte, in diesem Fall eine Ausnahme machen zu können. »Triadin, wenn Ihr mir die Frage gestattet: Was hat uns zu der Erkenntnis gebracht, dass das Mädchen doch nicht die Vorbotin ist? Ich habe ihre Macht gesehen und ihr Potenzial gespürt, und es übersteigt alles, was ich bisher erlebt habe. Und sie ist noch dazu Tiellanerin, Herr.«

»Die Prophezeiungen verändern sich, Kali. Das wisst Ihr doch ebenso gut wie ich. Wir wissen das schon seit einiger Zeit. Dieses Mädchen … ja, sie ist mächtig. Rune hat es vorausgesehen und mir gezeigt. Aber sie ist nicht die Vorbotin. Es müssen weitere Prüfungen abgehalten und andere Wege genommen werden, bevor sich der wahre Vorbote zu erkennen gibt.«

»Wie Ihr meint, Herr.« Kali war selbst überrascht, wie enttäuscht sie bei diesen Worten war.

Sie ist nur eine Tiellanerin, sagte sie sich. *Das darfst du nicht vergessen.* Kali berührte die Stelle, an der sie einst das Pergament in ihrer Brusttasche aufbewahrt hatte. Sie würde es in Erinnerung behalten. Sie würde sich daran erinnern und gehorchen. Befehle waren nun einmal Befehle.

»Ist das alles, Kali?«

»Nein, Herr«, erwiderte Kali. »Da ist noch etwas.«

»Dann los.«

Kali holte tief Luft. Jetzt war es so weit. Dies konnte ihr Moment sein. »So fähig Sirana auch ist, Triadin, so ist sie bei dieser Mission doch persönlich betroffen. Ist es weise, sie an den Entscheidungen zu beteiligen?«

Kosarin sah sie mit seinen kristallblauen Augen an, und Kali bekam Angst. Durchleuchtete er sie? Eine

Durchleuchtung sollte über eine derartige Entfernung eigentlich unmöglich sein, aber sie hatte Dinge über den Triadin gehört, unmögliche Dinge … Das Bild, das Kali über die Lacuna übermittelte, war auch nichts weiter als ein Bild, da ihr Körper und ihr Geist sich immer noch weit entfernt in Roden befanden. Aber die Art, wie er sie ansah …

Da kicherte Kosarin, lachte kurz auf, und seine breiten Schultern bebten.

»Der Ehrgeiz der Jugend«, sagte er. »Ungereimtheiten? Natürlich sind sie mir aufgefallen. Sirana war niemals perfekt. Ebenso wenig wie ich. Aber wir sollten ihrem Wunsch entsprechen, denkt Ihr nicht auch? Sie hat sehr viel durchgemacht, falls Ihr das vergessen haben solltet.«

Kali runzelte die Stirn. Selbstverständlich hatte sie nicht vergessen, was Sirana alles widerfahren war. Genau aus diesem Grund eignete sie sich nicht als Anführerin. Nichtsdestotrotz … »Verzeiht mir, Herr. Ich wollte nicht respektlos erscheinen.«

»Davon gehe ich aus«, sagte Kosarin mit einem Tonfall, der Kali fast glauben ließ, dass er genau das dachte. »Euer Ehrgeiz ist etwas Gutes, Kali. Verliert ihn nicht. Ihr seid eine der talentiertesten Psimantinnen, die ich in den letzten Jahrzehnten gesehen habe, aber Ihr müsst trotz allem die Offizien der Triade respektieren. Verliert unsere Struktur nicht aus den Augen.«

Kali nickte und senkte den Blick auf den gekachelten Fußboden.

»Und vergesst nicht«, fuhr Kosarin fort, der auf einmal sehr ernst geworden war, »dass Sirana Euch noch immer in einem psimantischen Duell besiegen kann.«

Kali widerstand dem Drang, die Augenbrauen hochzuziehen. Jeder Nazaniin wusste, dass ein ausgebildeter Acumant einem ausgebildeten Teleniker in nahezu jeder Hinsicht überlegen war. Falls es innerhalb der Nazaniin, abgesehen von Kosarin, einen anderen Acumanten gab, der mächtiger war als Kali, dann hätte sie das überrascht.

»Ihr glaubt mir nicht, und das ist vielleicht auch ganz gut so«, meinte Kosarin. »Aber vergesst nicht, dass Sirana viele Jahre lang gegen Acumanten, Teleniker und sogar Voyanten gekämpft hat. Außerdem habe ich sie vieles gelehrt. Ihr mögt zwar ausgesprochen mächtig sein, meine Liebe, aber sie ist Euch dennoch in jeder Hinsicht weit überlegen.«

Kali stand einfach nur da und spürte, wie ihr das Blut in die Wangen schoss. Sie war sich nicht sicher, wie viel der Triadin in ihrem projizierten Bild davon sehen konnte, aber sie ging davon aus, dass er ihre Emotionen spüren konnte.

»Verzweifelt nicht. Ihr habt in gewisser Hinsicht recht – Sirana hat in letzter Zeit deutlich nachgelassen. Noch müsst Ihr vieles lernen, aber glaubt mir: Wenn Ihr Euch die Zeit zum Lernen nehmt, dann könnt Ihr es weit bringen. Aber denkt daran, dass Eure wichtigste Rivalin nicht etwa Sirana ist. Es kann immer nur einen Acumanten innerhalb der Triade geben, Kali, und ich habe nicht vor, meinen Platz in absehbarer Zeit aufzugeben.«

Kali nickte. Ihre Wangen und Ohren brannten noch immer vor Scham, aber sie hob den Kopf und sah ihm in die Augen. Er hatte recht, ihre Rivalität mit Sirana war ihrer nicht würdig. Zwar spürte sie, wie ihr Stolz bei seinem Lob wieder auflebte, aber sie fühlte sich auch gedemütigt. Sie war eine mächtige Acumantin, aber war sie auch mächtig genug, Kosarin herauszufordern?

Ihr Auftrag war eine Art Test. Wenn es einen Teleniker

gab, der es mit Siranas Macht aufnehmen konnte, dann war das Lathe. Und nun war es Kalis Aufgabe, ihn zu töten. Sie würde nicht versagen.

»Keine Sorge, Herr«, sagte sie. »Ich werde den Auftrag ausführen.«

»Das ist alles, was wir von Euch verlangen«, erwiderte Kosarin lächelnd. Dann entließ er sie mit einer Handbewegung und wandte sich den Papieren auf dem Tisch zu.

Kali wollte gerade ihre Projektion aus der Lacuna zurückziehen, als sie erneut Kosarins Stimme hörte.

»Kali«, sagte er, ohne auch nur aufzublicken, »wenn ich Euch den Befehl gebe, Lathe und seine Gefährten zu töten, dann meine ich damit auch, dass Ihr sie töten sollt. Schnell und ohne Umstände. Das ist die Mission, aber ich weiß auch, wie Ihr denkt. Habe ich mich klar ausgedrückt?«

»Ja, Triadin«, erwiderte Kali, die plötzlich einen trockenen Mund hatte.

»Sehr schön. Und jetzt geht. Ich habe zu arbeiten.«

Kali nickte, und Sekunden später befand sie sich wieder in der Leere.

KAPITEL 44

Roden

Cinzia lag wach, sie drehte sich hin und her und konnte einfach nicht einschlafen. Sie hätte völlig erschöpft sein müssen, und doch spürte sie nichts als eine seltsame Aufregung. Die Blasen an ihren Füßen, ihre schmerzenden Beine, all das war völlig ohne Belang.

»Cinzia?«, flüsterte Jane in der Dunkelheit. Das Feuer neben ihnen war schon vor langer Zeit erloschen und glühte nur noch.

»Ja?« Cinzia konnte Janes Umrisse vor den glühenden Kohlen kaum noch erkennen.

»Ich muss immer wieder an das denken, was wir heute übersetzt haben«, flüsterte Jane. »Immer wieder dieses ›Gebt acht‹ …«

Cinzia nickte. Ihr gingen diese Worte auch nicht aus dem Kopf. »›Gebt acht vor dem Tag, an dem sich die Schlange gegen den Adler erhebt‹«, sagte sie leise. Sie wussten die Zeilen aus dem Kodex beide noch erstaunlich genau. »Das muss sich auf Roden und Khale beziehen.«

»Warum? Khale trägt den Greif im Wappen.«

»Aber es war anfangs ein Adler. König Artis VI. hat ihn gegen den Greif ausgetauscht. Es entbehrt nicht einer gewissen Ironie, dass wir den Greif erst im Wappen hatten, als das Tier längst ausgestorben war.«

Jane schnaufte leise.

»Was ist?«, flüsterte Cinzia. »Wir haben im Seminar auch ein paar nützliche Dinge gelernt.«

»Aber wenn sie – Arcana – die heutige Zeit vorausgesehen hat, warum erwähnt sie dann ein Wappen, das wir vor eintausend Jahren hatten, und nicht das heutige?«

Cinzia zuckte mit den Schultern. Das war eine gute Frage. »Aber die Schlange ergibt doch Sinn. Rodens Wappentier ist der Drache.«

»Khale und Roden liegen seit Jahrhunderten im Zwist. Sie könnte sich auf jeden dieser Konflikte beziehen.«

»Oder auf einen Krieg, der uns noch bevorsteht«, flüsterte Cinzia. »Sie hat an einer Stelle des Buches bereits einen geheimen Krieg erwähnt.«

Inzwischen hatten sich Cinzias Augen an die Dunkelheit gewöhnt, und sie bemerkte, dass sie Jane direkt in die Augen sah.

»Sind wir mitten in einen Krieg hineingelaufen?«, fragte Jane.

»Wir sind hier, weil es Cantas Wille ist, oder nicht? Die Offenbarung, die ich in Navone hatte … Canta hat uns aufgetragen, hierherzukommen.«

Das klang fast wie eine Frage, auch wenn Cinzia das gar nicht beabsichtigt hatte. Außerdem wurde ihr bewusst, dass sie zum ersten Mal über dieses seltsame Ereignis sprachen.

»Ich weiß es nicht, Cinzia.«

Diese Worte reichten, um die Zweifel, die Cinzia seit Navone mit sich herumtrug, erneut anzufachen.

Was hatte sie nur getan?

»Wir sollten ein anderes Mal darüber sprechen«, flüsterte Jane. »Heute bin ich viel zu sehr mit dem beschäftigt, was wir gelesen haben.«

Kurz überkam Cinzia das Bedürfnis, loszuschreien. Wie konnte ihr Jane das antun? Wie hatte Jane zulassen können, dass Cinzia sie nach Roden – ausgerechnet nach Roden! – führte, wenn sie sich nicht sicher war, ob das ihr Weg sein sollte.

Doch sie beruhigte sich langsam wieder. Tief durchatmen. Sie hatte nicht das Recht, Jane zu kritisieren. Schließlich hatten sie aus Navone verschwinden und vor der Denomination untertauchen müssen, und Cinzia hatte sich für den einzigen Weg entschieden, der ihnen offenstand. Sie hatte getan, was getan werden musste.

»Arcana hat vor anderen Religionen gewarnt«, flüsterte Jane, die von Cinzias innerer Zerrissenheit nichts zu bemerken schien, »die sich gegen die Mutter erheben.«

Cinzia seufzte. Irgendwann hatte es so kommen müssen. Tief in ihrem Inneren spürte sie, dass dies ihr Moment war. Jetzt musste sie Jane beschuldigen, gegen die Denomination zu rebellieren. Selbst in den Neun Schriften stand es so geschrieben.

Aber Cinzia zögerte. Sie hatte eine eigene Vision gehabt. Sie übersetzte die Neun Schriften, um Cantas willen! Was hatte das zu bedeuten? Wie passte das in dieses Puzzle hinein? Sie sah Jane an und wusste, dass dies ihre Chance war, ihre Gelegenheit, ihre Gefühle in Worte zu fassen. Und doch ließ sie sie ungenutzt verstreichen.

Die Schwestern schwiegen. Schließlich ergriff Jane erneut das Wort. »Anscheinend haben wir beide etwas, über das wir nicht reden wollen«, flüsterte sie.

Cinzia lächelte ihre Schwester traurig an. »Wir geben schon ein interessantes Paar ab.«

Erneutes Schweigen. Cinzia glaubte schon, ihre Schwester wäre eingeschlafen, doch dann sprach sie erneut.

»Dieser letzte Teil, Cinzia … Der über die Königin des Chaos und über die Diener, die um ihr Leben fürchten. Was hältst du davon?«

Cinzia seufzte und versuchte, sich zu beruhigen.

»Das bezieht sich vermutlich auf die Tiellaner«, erwiderte sie. »Auch wenn mir nicht klar ist, warum sie um ihr Leben fürchten sollten.«

»Sei nicht so naiv, Schwesterherz«, schalt Jane sie. »Sie werden trotz der Befreiung noch lange nicht als Gleichberechtigte behandelt. Winter und Lian haben beide gesagt, dass die Menschen Tiellaner immer grausamer behandeln. Inzwischen sind sie gezwungen, in die Städte zu ziehen, weil sie sich dort wenigstens zusammentun können.«

Jane hatte recht. Cinzia dachte nicht gern über dieses Thema nach, aber die Tiellaner wurden tatsächlich nicht wie Gleichberechtigte behandelt. Sie selbst hatte sich angewöhnt, das zu ignorieren, aber sie konnte die Tatsache nicht leugnen. »Vielleicht wird die Verfolgung der Tiellaner noch weiter eskalieren«, flüsterte sie.

Cinzias Magen zog sich vor Furcht zusammen. Sie hatte nie geglaubt, dass die Tiellaner dieses Los verdient hatten, und sie hatte sie auch nie für die Bösen gehalten, so wie viele andere. Der Hass auf die Tiellaner beruhte auf Furcht, wie so häufig. Im Zeitalter der Wunder waren die Tiellaner mächtig gewesen und hatten über Magie und verzauberte Waffen verfügt. Den Menschen war so etwas bisher nicht möglich gewesen. Sollten die Tiellaner jemals die Wahrheit herausfinden, die hinter diesen Legenden steckten, dann würde sich das Blatt drastisch wenden. Cinzia verstand, warum man sich davor fürchtete, aber das bedeutete noch lange nicht, dass sie den Hass guthieß.

»Was ist mit dieser Königin des Chaos?«, fragte Cinzia kopfschüttelnd. »Weißt du irgendetwas darüber?« Ihre Schwester antwortete nicht. »Jane? Weißt du, was oder wer die Königin des Chaos ist?«

Jane war ganz blass geworden und schüttelte schließlich den Kopf. Sie sah Cinzia nicht in die Augen, sondern starrte in die Dunkelheit. »Ich glaube nicht.«

Cinzia runzelte die Stirn, sie glaubte ihr nicht, aber da wechselte Jane das Thema.

»Dieser letzte Absatz«, sagte sie und seufzte. »Über die Dämonen und über Canta …«

»Darüber, dass sich die Dämonen erneut erheben werden?« Cinzia lief es eiskalt den Rücken herunter. »Was für Dämonen?« Dämonen wurden in der cantischen Lehre nur am Rande behandelt. Es gab dort Vampire und andere Kreaturen der Nacht, die als Halbdämonen angesehen wurden. Aber wahre Dämonen, die man aus Legenden und Gutenachtgeschichten kannte, existierten seit Jahrtausenden nicht mehr.

Jane schüttelte den Kopf. »Da stand, die Neun würden sich wieder erheben. Die Neun Elevinnen? Warum sollten sie sich an Cantas Kindern rächen wollen?«

»Vielleicht wegen dem, was sie ihrer Göttin angetan haben«, erwiderte Cinzia nachdenklich. Cantas Leben auf der Sphaera ging zu Ende, nachdem sie von ihren eigenen Kindern gefoltert und ermordet worden war.

»Oder es bezieht sich auf die Neun Dämonen«, flüsterte Jane. »Die Dämonen vom Anfang.«

»Es gibt Dämonen, die selbst Dämonen Angst einjagen, immer des Nachts sie dich in deinen Träumen plagen.«

Weder Cinzia noch Jane hatte diese Worte ausgesprochen. Mit einem Mal schnürte es Cinzia vor Angst den

Brustkorb zu, und sie bekam keine Luft mehr. In ihrer Nähe glomm ein grünes Leuchten auf.

Astrid saß plötzlich zwischen ihnen, und ihre Augen wirkten wie kleine grüne Feuer. Wie das Feuer aus Cinzias Offenbarung in Navone.

»Wo bei der Unterwelt kommst du denn auf einmal her?«, keuchte Cinzia und merkte, dass sie die Luft angehalten hatte, als das Mädchen gesprochen hatte.

»Ihr beide habt wirklich ein Problem. Ihr könnt doch nicht erwarten, dass man euch nicht zuhört, wenn ihr plappert wie zwei Großmütter auf der Namenstagsfeier ihres ersten Enkels.«

Cinzia erschauderte. Sie kannte das Sprichwort natürlich. *Dämonen, die selbst Dämonen Angst einjagen.* Und jetzt, wo ein Vampir neben ihr saß und sie an die Neun Dämonen gedacht hatte, begriff Cinzia plötzlich, was dieser Kinderreim wirklich bedeuten mochte. Derartige Geschichten basierten oft auf der Wahrheit, und möglicherweise war die Wahrheit in diesem Fall weitaus wörtlicher zu verstehen, als sie immer gedacht hatte.

»Weißt du, auf welche Dämonen sich diese Worte beziehen?«, wollte Cinzia wissen.

»Ich weiß, dass ich auch Alpträume habe«, erwiderte Astrid ruhig, »und sie sind schrecklicher als alles, was ich in wachem Zustand jemals gesehen habe.«

»Es gibt Dämonen, die selbst Dämonen Angst einjagen«, wiederholte Cinzia.

Astrid zuckte mit den Schultern. »Vielleicht bin ich auch einfach verrückt. Wer weiß das schon. Jedenfalls solltet ihr beide langsam mal schlafen. Die Sonne geht in wenigen Stunden auf.«

Dann war das Mädchen verschwunden. Ob sie sich

hingelegt hatte oder in den Wald gegangen war, wusste Cinzia nicht.

»Astrid hat recht«, flüsterte Jane. »Wir sollten uns ausruhen.«

Cinzia nickte, auch wenn sie sich noch immer fürchtete. Empfand Jane das genauso? Es musste so sein.

»Ja, das stimmt. Schlaf gut, Schwesterherz.« Cinzia legte sich wieder hin. Sie musste schlafen, aber nach diesem Schreck war das wohl kaum möglich.

Auf einmal nahm Jane ihre Hand.

»Ich liebe dich, Cinzi«, sagte Jane leise.

Die Berührung ihrer Schwester spendete ihr Trost. Er vertrieb ihre Ängste nicht, aber immerhin beruhigte er sie. Damit konnte sie die Nacht überstehen.

»Ich liebe dich auch, Jane.«

Cinzia schloss die Augen und wartete darauf, dass der Tag anbrach.

TEIL IV

DÄMONEN, DIE SELBST DÄMONEN ANGST EINJAGEN

KAPITEL 45

Am Stadtrand von Izet, Roden

Als sich Noth Izet näherte, rechnete er schon damit, dass die ätherische Schwärze aus seinen Träumen zu sehen sein würde, in der Funken und seltsame Farben aufblitzten, oder dass das blaue Licht hoch über allem leuchten würde. Aber da waren nur der blaue Himmel und die Sonne sowie die schneebedeckten weiten Felder um sie herum, während in der Ferne die Berge aufragten, grau und weiß und scharf wie Dolche. An der Stelle, an der sich die beiden Flüsse im Golf von Nahl vereinten, lag die Stadt.

Hunderte flacher, eckiger Hütten mit schneebedeckten Dächern breiteten sich vor ihnen aus. Die Häuser standen auch außerhalb der schützenden Stadtmauern. Innerhalb der Mauern waren weitere eckige Gebäude zu sehen, die selten mehr als zwei Stockwerke hatten, nur die gewaltige Kuppel des Kaiserpalastes erhob sich in der Nähe des Meeres über die Stadt.

Noth hatte Triah gesehen oder erinnerte sich zumindest aus seinen Träumen an diese Stadt, und sie stellte Izet in nahezu jeder Hinsicht in den Schatten, die Kaiserkuppel war jedoch wahrlich atemberaubend.

Sie hatten gerade den Stadtrand von Izet erreicht, an dem vereinzelt Hütten und Häuser auf dem Land standen, umgeben von Tierställen und Zäunen. Je näher sich die Häuser an der Stadtmauer befanden, desto enger standen sie zusammen.

Noth hatte Cinzia und Kovac gebeten, ihre cantische Kleidung abzulegen, bevor sie die Stadt betraten, da er nicht zu viel Aufmerksamkeit erregen wollte. Beim Überqueren der Grenze war ihre Gewandung nützlich gewesen, aber eine cantische Priesterin und ihre Göttinnenwache würden hier zu sehr auffallen. Sie trugen die Kleidung noch immer bei sich, falls sie sie später wieder brauchen würden, doch Noth bezweifelte das. Das sagte ihm sein Bauchgefühl. Und wenn er im vergangenen Jahr eines gelernt hatte, dann, dass er seinem Bauchgefühl vertrauen konnte.

Winter und Lian hatten weite Kapuzen auf, die auch ihre Ohren verdeckten, aber Noth wusste, dass ihre Gruppe verdächtig wirkte. Drei Reisende, die am helllichten Tag ihre Kapuzen trugen – Astrid hatte sich natürlich ebenfalls verhüllt –, das war nicht normal. Doch es war kalt, und Noth hoffte, dass dies als Ausrede durchgehen würde.

Noth rieb sich die Schläfen, er bekam schon wieder Kopfschmerzen. Inzwischen konnte er beinahe spüren, wenn sie sich aufbauten. Dieses seltsame Kribbeln direkt hinter den Augen, das schließlich zu einem dumpfen Pochen in seinem ganzen Schädel wurde. Wenn es richtig schlimm wurde, fühlte er sich, als läge seine Stirn auf einem Hackklotz und würde mit einer stumpfen Axt bearbeitet.

Winter berührte seinen Arm, und Noth spannte die Finger an und spürte ein Prickeln, das sich bis in seine Schulter fortsetzte. Seit der Entführung schien sich Winters Laune verbessert zu haben, sie war jetzt viel gesprächiger und offener. Noth hatte mit eigenen Augen gesehen, wie sie sich mit jedem aus der Gruppe unterhalten hatte, sogar mit den anderen Menschen, ohne dabei ein finsteres Gesicht zu machen oder sie anzufauchen. Das erschien ihm wie ein Schritt in die richtige Richtung.

Zum Glück war es bei ihm genauso. Sie behandelte ihn fast wieder so, wie sie es vor ihrer Hochzeit getan hatte. Noth freute sich darüber und fragte sich, woher ihre neue Einstellung kommen mochte. Sie hatte sich sehr verändert. Es fiel Noth noch immer schwer, sie in ihrer engen Lederkleidung zu sehen. Einige Male hatte er sich bewusst davon abhalten müssen, sie anzustarren. Nur die Halskette mit den dunklen Steinen, die sie zu ihrer Hochzeit getragen hatte, schien von dem Mädchen, das sie früher gewesen war, übrig geblieben zu sein.

Noth streckte einen Arm nach hinten aus und berührte das Stoffbündel, in dem sein Schwert steckte. Er hatte es bisher noch nicht benutzt, aber seine Anwesenheit beruhigte ihn. *Mach einfach, was du immer getan hast,* dachte er. *Blick nach vorn. Alles andere wird sich schon ergeben.*

Hoffentlich.

Als sie auf die Stadtmauer zuhielten, hätten sie das Geräusch fast überhört: ein tiefes Summen, das fast schon vibrierte. Erst als sie näher kamen, wurde es lauter. Es war das Summen einer Menge, da sich viele der Einwohner versammelt hatten.

»Bei Cantas Atem«, murmelte Lian, der neben Noth herging. »Hoffentlich ist das nicht wieder eine Hinrichtung. Warum müssen wir ständig in Städte kommen, in denen gerade irgendetwas passiert?«

Noth musterte Winter, die blass und angespannt wirkte.

»Was hat sie denn?«, fragte Astrid. »Sie sieht aus, als wäre ihr gerade einer der Neun Dämonen begegnet.«

Cinzia und Jane sahen sofort auf. Noth runzelte die Stirn. Er wusste, dass in der Schrift, die die beiden übersetzten – er hatte gehört, wie sie über die Neun Schriften sprachen, wollte es aber noch nicht recht glauben –, auch um Dämonen, Monster und Prophezeiungen ging. Noth war eigentlich völlig egal, worum es dabei ging. Er hatte ganz andere Sorgen. Und doch, die beiden Frauen wirkten sehr verängstigt.

Erneut sah Noth Winter an. Er musste an die Zerstörung denken, die sie in Navone mit angesehen hatte, was für sie bestimmt schmerzhaft gewesen war. Zaghaft streckte er eine Hand nach ihr aus. Sie zuckte zusammen, als er die Hand auf ihre Schulter legte, schüttelte sie aber nicht ab. Zwar sah sie ihn nicht an, aber immerhin stieß sie ihn auch nicht weg.

Die Straßen wurden immer voller, als sie sich dem Kaiserpalast näherten. Inmitten einer gewaltigen Menschenmenge gingen sie eine breite Straße entlang.

Die Rodeneser waren groß. Der Großteil der Frauen war ebenso groß wie Noth, einige überragten ihn sogar, und die meisten Männer waren wenigstens einen Kopf größer als er. Außerdem hatten sie helles Haar und helle Augen.

Die Gruppe erreichte eine gewaltige Allee, die direkt zu dem riesigen, mit einer Kuppel bewehrten Palast führte. Die Straße war gepflastert und breit genug, dass drei oder vier Wagen problemlos nebeneinander herfahren konnten. Die Menge stand zu beiden Seiten, ebenso wie in den Seitenstraßen, und schien ungeduldig auf etwas zu warten.

Winter trat neben Noth. »Sollen wir uns mal erkundigen, was hier los ist?« Sie schien nervös zu sein, und die vielen Leute erinnerten sie bestimmt an Navone.

Noth sah sich um. Es schien, als seien die meisten Schaulustigen Gewöhnliche, die in Wollmäntel und -jacken in tristen Farben gekleidet waren. Als Noth nach oben sah, bemerkte er, dass auch viele auf den Balkonen der Gebäude entlang der Straße standen. Diese gehörten offensichtlich zu einer höhergestellten Klasse, da sie farbenfrohe Tuniken und lange, enganliegende Mäntel trugen. Seltsamerweise schienen alle Männer auf den Balkonen glattrasierte Gesichter zu haben. Das war eine merkwürdige Mode bei der Oberschicht, die in diesem Klima auch noch äußerst unpraktisch war. Aber die Adligen, die Noth – und vermutlich auch Lathe – gekannt hatte, interessierten sich nicht besonders dafür, was praktisch war und was nicht.

Nachdem er sich in Navone rasiert hatte, war Noths Bart wieder nachgewachsen. Zu seinem Glück schienen die gewöhnlichen Männer rings um ihn herum nicht so rasierfreudig zu sein, und viele trugen sogar Vollbärte. Noth wollte nicht zu offensichtlich zur Schau stellen, dass sie Fremde waren. Schließlich hatten die in Roben gekleideten Männer Winter hierherbringen wollen. Es wäre also keine gute Idee, zu sehr aufzufallen. Winter hatte dennoch recht, sie mussten wissen, was hier vor sich ging.

Zu seiner Überraschung war es Astrid, die sich zuerst erkundigte.

»Entschuldigung«, sagte das Mädchen. Als sich Noth umdrehte, sah er, wie Astrid am Rocksaum einer Frau zupfte und die große hellblonde Frau erwartungsvoll ansah.

»Ach herrje«, rief die Frau und schaute sich um. »Geht es dir gut? Hast du dich verlaufen?«

»Nein, meine Familie ist ganz in der Nähe«, behauptete Astrid. Noth war überrascht, dass sie auf einmal mit Akzent sprach und den abgehackten Sprechrhythmus der Rodeneser perfekt nachahmte. »Warum sind die ganzen Menschen hier?«

»Haben dir das deine Eltern denn nicht erzählt? Armes Kind.« Die Augen der Frau ruhten auf Noth, und er konnte ihre Geringschätzung förmlich spüren.

»Das ist die Ruhmesparade«, erläuterte sie lächelnd und blickte auf Astrid herab. »Der Kaiser und alle feinen Herren sind hier, ebenso wie die Hohepriesterin und alle Matronen aus ganz Roden. Sogar der Ceno ist eingetroffen«, fügte die Frau hinzu. Die letzten Worte klangen, als wären sie nicht an Astrid gerichtet. »Aber der Kaiser ist nicht besonders froh darüber.«

»Was ist ein Ceno?«, wollte Astrid wissen.

Erneut wurde Noth mit einem missbilligenden Blick bedacht. »Ein Ceno«, antwortete die Frau, »ist ein Mönch unserer neuen Religion. Einige von uns sind es leid, der Religion unserer Feinde anzugehören. Daher haben wir uns den alten Göttern zugewandt und suchen ihren Schutz.«

»Oh«, murmelte Astrid.

Plötzlich waren vom Palast her Trompeten zu hören. Die Menge redete lauter vor Aufregung.

Astrid huschte zurück an ihren Platz neben Noth. Er sorgte dafür, dass die anderen ebenfalls in seiner Nähe blieben: Winter und Lian auf einer Seite, und Jane, Cinzia und Kovac hinter ihm. Erst dann bewegten sie sich durch die Menge an den Straßenrand.

»Sollen wir uns das überhaupt ansehen?«, flüsterte Winter. »Ich dachte, wir wollen nicht auffallen.«

»So ist es«, erwiderte Noth. »Und manchmal ist das beste Versteck da, wo dich alle sehen können. Vielleicht bekommen wir so etwas mehr mit.«

In der Ferne war leiser, stetiger Trommelschlag zu hören. Die Menschen um sie herum murmelten aufgeregt, und das Gemurmel setzte sich wie ein Kräuseln auf dem Wasser fort, von einem zum nächsten und von Eltern zu ihren Kindern. Aller Augen waren auf den Palast und die Tore gerichtet, die soeben geöffnet wurden.

Ein großer, bunter Wagen wurde von einem Pferdegespann durch den Torbogen gezogen. Vier Soldaten marschierten vor den Pferden her und waren in die himmelblauen Farben von Roden gekleidet.

Der Wagen war riesig. Selbst aus dieser Entfernung konnte Noth erkennen, dass er die Soldaten weit überragte und mindestens drei oder vier Mal so groß war wie sie. Er hatte außerdem eine seltsame Form und war eher länglich. Ein Teil ragte über die Pferde nach vorn hinaus und sah aus wie der Kopf irgendeines Tiers.

»Bei der Unterwelt«, murmelte Winter.

»Was ist denn das?«, fragte Astrid.

»Das ist ein Drache«, flüsterte Jane hinter ihnen.

Bevor Noth noch etwas sagen konnte, drang ein tiefes Brüllen aus dem Wagen, und er drehte sich gerade noch rechtzeitig um, damit er sehen konnte, wie eine orangerote Feuersäule aus dem Kopf der riesigen Bestie drang. Die Menge stieß andächtige Ohs und Ahs aus.

Der Wagen rollte langsam die Straße entlang und folgte den vier Soldaten. Er sah wirklich aus wie ein Drache, gefährlich und hörnerbewehrt, hatte wild bemalte Augen und ein klaffendes Maul, aus dem Fangzähne herausragten. Der Kopf hing an einem langen Hals über den Pferden und wackelte langsam hin und her. Flügel aus Stoff und Holz waren seitlich am Wagen angebracht und warfen einen riesigen Schatten auf die Menge zu beiden Seiten der Straße. Der Drache war eisblau und passte so zu den Uniformen der Soldaten. Das gesamte Konstrukt bestand aus Holz und Metall, Scharnieren und miteinander verbundenen Platten.

Der Drache stieß einen weiteren Feuerstoß aus, dieses Mal blau, und die Menge jubelte noch lauter.

»Bei der aufsteigenden Canta«, flüsterte Cinzia hinter Noth. Etwas in ihrer Stimme veranlasste ihn dazu, sich umzudrehen. Sie starrte den Drachen an, war bleich geworden und hatte den Mund leicht geöffnet. Jane flüsterte ihrer Schwester gerade etwas ins Ohr, und Cinzia nickte.

Als die Soldaten und der Drache näher kamen, sah Noth die schimmernden Rüstungen, die sie unter ihren himmelblauen Wappenröcken trugen und die im Sonnenlicht glänzten. Die Soldaten waren mit langen Speeren und großen, diamantförmigen, ebenfalls himmelblauen Schilden bewaffnet.

Der Drache ragte hoch über den Männern auf und versperrte die Sicht auf die Sonne mit einem seiner dunkelblauen Flügel. Noth spürte die Hitze einer weiteren blauen Flamme und fragte sich, welche Art der Pyromantie für diesen Effekt verantwortlich sein konnte. Als er genauer hinschaute, sah er Räder hinter den großen, schwerfälligen Beinen der Bestie. Die Menge jubelte und applaudierte, als der Drache vorbeifuhr.

Eine riesengroße Marionette, schoss es Noth durch den Kopf, *die Feuer speit.* Der gewaltige Schwanz, der beinahe so lang war wie der restliche Körper, schwang lustlos hinter dem Wagen hin und her.

Dahinter marschierten die Trommler und Trompeter. Noth zählte insgesamt dreißig, und der Klang ihrer großen Instrumente erfüllte die Luft. Jeder Musiker trug eine enge weiße Hose, eine hellblaue Tunika und eine seltsame weiße Kappe, die nur den Oberkopf bedeckte. Sie blickten geradeaus und spielten ihre Hörner aus Messing und die großen Trommeln in perfektem Einklang. Hinter ihnen folgte eine Gruppe aus Tänzern, Narren und Gauklern, die sich im Takt des Trommelschlags bewegten.

»Die müssen sich ja den Hintern abfrieren«, murmelte Lian.

Da hatte er wohl nicht unrecht. Noth konnte die kleinen Wölkchen sehen, die sein Atem in der kalten Luft bildete, aber die Tänzer beiderlei Geschlechts, die an ihnen vorbeiwirbelten und -sprangen, trugen kaum mehr als durchsichtige Seiden- und Netzstoffe. Wahrscheinlich bewegten sie sich genug, um nicht zu frieren, wenngleich Noth vermutete, dass sie keine andere Wahl hatten.

»Das ist der Preis für das Leben in einem Kaiserreich«, meinte Noth. »Man darf weitaus seltener nein sagen.«

Den Tänzern und Akrobaten folgten weitere Soldaten. Noth wusste sofort, wen er da vor sich hatte. Es waren Schnitter. Anstelle des Himmelblaus der Uniformen der Soldaten und der Banner trugen sie Rüstungen, die mitternachtsblau und dunkelgrau lackiert waren. Jeder Mann hatte einen runden Schild und eine Nahkampfwaffe in der Hand: schwere Äste mit geschwungenen

Klingen und Dornen, Morgensterne, Keulen mit schweren Eisenköpfen oder Kriegshämmer. Am Gürtel trug jeder ein Langschwert und einen Dolch.

Die Schnitter waren die Elitesoldaten von Roden. Jeder Mann wurde von Geburt an auf das Kämpfen und Töten vorbereitet, allein und in Formation und immer im Namen des Kaisers. Sie marschierten in perfekten Reihen, und das Chaos um sie herum, das durch die wild springenden Tänzer entstand, bildete einen starken Kontrast zu dem ordentlichen Marsch der Schnitter.

Den Schnittern folgte ein weiterer Wagen, den Noth als riesig bezeichnet hätte, wäre der gewaltige Drache nicht gewesen. Auch dieser Wagen war wie ein Drache geformt, jedoch nicht ganz so auffällig wie der erste. Er wurde von sechs weißen Pferden gezogen, die blaues Zaumzeug trugen und deren Widerrist bis zu Noths Kopf reichte.

Auf dem Wagen stand jemand, den Noth tatsächlich erkannte. Noth hatte den kräftigen Kiefer, die kalten Augen und den glänzenden kahlen Schädel des Mannes in seinen Träumen gesehen.

Es war Kaiser Grysole.

Ein Schnitter hielt in jeder Ecke des Wagens Wache, während der Kaiser in der Mitte der rollenden Plattform auf einer kleinen Pyramide stand. Er trug einen langen, fellbesetzten himmelblauen Umhang und darunter eine vergoldete Plattenrüstung, die im Sonnenlicht glitzerte, so dass Noth die Augen zusammenkneifen musste. Kaiser Grysole winkte der Menge zu.

»Wer ist das?«, wollte Winter wissen.

»Das ist der Kaiser«, antwortete Noth. »Ich … ich kenne ihn.«

Winter sah ihn an. »Du kennst den Kaiser? Bedeutet das, du erinnerst dich an ihn?«

Noth schüttelte den Kopf. »Nicht ganz. Ich habe ihn in meinen Träumen gesehen, aber bisher habe ich ihn nicht erkannt und wusste nicht, wer er ist. Aber jetzt, da ich ihn vor mir sehe … Jetzt weiß ich, wer er ist.«

»Was sollen wir machen?«, flüsterte sie. »Woher kennst du den Kaiser von Roden?«

»Das weiß ich nicht«, entgegnete Noth langsam. »Aber ich bezweifle, dass wir Freunde gewesen sind.«

Dem Kaiser folgten weitere Schnitter, die in perfektem Einklang marschierten. Auf dem darauffolgenden Wagen stand eine Frau in einem purpurroten Kleid.

»Die Hohepriesterin von Roden«, flüsterte Cinzia. »Die höchstrangige Klerikerin im ganzen Kaiserreich.« Die Trinacrya, die auf ihre Brust gestickt worden war, stellte den einzigen Kontrast zu ihrem weiten Kleid aus purpurrotem Stoff dar. Wenn der Kaiser den Massen schon träge zugewinkt hatte, dann wirkte die Hohepriesterin regelrecht herablassend. Eine Formation aus Göttinnenwachen und Priesterinnen, die in Cantas rotweiße Tracht gewandet waren, lief neben ihrem Wagen her.

»Unter ihr stehen die Matronen«, sagte Cinzia. »Sie tragen alle Weiß.«

Noth sah die Frauen, die sie meinte, auf dem Wagen einige Stufen unter der Hohepriesterin stehen. Die Hierarchie der cantischen Denomination war strikt: Priesterinnen unterstanden den Matronen, die wiederum der Hohepriesterin Rechenschaft schuldig war, deren Stufe nur noch von der Hohen Kamarilla übertroffen wurde – und da ging es nur um die Priesterschaft. Der Pfad der Inquisition und der Geist der Offenbarung waren getrennt davon geordnet.

Die Menge wurde deutlich leiser, als die cantische Prozession vorbeikam. Viele verliehen ihrer Bewunderung lautstark Ausdruck, aber andere schwiegen und starrten den Wagen und die rot-weiß gekleideten Frauen nur finster an.

Als das Ende der Prozession näher kam, applaudierte und jubelte die Menge lauter als zuvor.

Hier gab es keine Wagen, nur einen kleinen hölzernen Karren, der von zwei gesunden, aber einfachen Wallachen gezogen wurde. Vor dem Karren gingen einige Männer, die normale Bürger zu sein schienen: müde und schmutzige Bauern, Schmiede und Schlachter, die noch ihre Schürzen trugen, sowie Händler in gutsitzenden Anzügen. Auf dem Karren standen zwei Gestalten, von denen eine unter einer Kapuze verborgen war. Sie waren beide in vertraute dunkelgrüne Roben gekleidet. Noth erkannte einen der beiden Männer an seinem langen blonden Haar sofort wieder.

Es war der Tokal.

»Noth …«, flüsterte Winter.

»Zieht euch in die Menge zurück«, erwiderte er. »Verbergt eure Gesichter, so gut ihr könnt.« Es war unwahrscheinlich, dass man ihre Gesichter in dieser Zuschauermenge erkannte, da sich mehrere tausend entlang der Allee versammelt haben mussten, aber Noth wollte lieber kein Risiko eingehen.

Hinter dem Karren gingen weitere in dunkelgrüne Roben gekleidete Männer. Noths Brustkorb zog sich zusammen, und sein Herz schlug ihm bis zum Hals. Wenn die Männer sie bemerkten, wenn sie Noth oder Winter erkannten, dann waren sie verloren.

»Wer sind diese Leute?«, flüsterte Cinzia, als die Gruppe an ihnen vorbeiging.

»Das muss der Ceno sein«, erwiderte Noth leise. Da

die Leute den Robenträgern laut zujubelten, konnte es sich nur um die handeln, von denen die Frau Astrid erzählt hatte. »Die neue Religion von Roden.«

»Die alte Religion«, korrigierte Astrid ihn. »Sie scheinen sehr beliebt zu sein.« Die Menge jubelte der Gruppe noch lauter zu, als sie es bei dem Kaiser getan hatte.

»Wenn das eine neue … äh, neu reformierte Religion ist«, fragte Jane, »warum hat die Hohe Kamarilla dann noch keine Heilige Hexenjägerin hierhergeschickt?«

»Die Gesetze in Roden unterscheiden sich von unseren«, erklärte Cinzia. »Die Denomination kann in Khale über die Religion bestimmen, weil sie von unserer Regierung die Macht dazu erhalten hat. In Roden sind auch andere Religionen erlaubt. Der Cantizismus ist nur bei der Gründung des Azurreiches zur größten, herrschenden Religion geworden.«

Die Robenträger gingen an ihnen vorbei, und Noth entspannte sich langsam wieder. Man hatte sie nicht bemerkt – oder falls doch, hatten diese Männer zumindest nichts unternommen.

Eine weitere Gruppe aus Trompetern und Trommlern folgte, danach kam noch ein Trupp himmelblau gekleideter Soldaten in Formation, und die Parade marschierte weiter die Straße entlang, bis sie nicht mehr zu sehen war. Die Tore des Kaiserpalastes waren wieder geschlossen worden, und die Menge davor zerstreute sich bereits. Die Menschen um Noth herum unterhielten sich aufgeregt. Noth beobachtete sie, und kurz sah er einem kleinen Jungen ins Gesicht, der auf den Schultern seines Vaters saß. Der Junge sah Noth direkt und mit weit aufgerissenen Augen an, und sein helles Haar wurde vom Wind aufgewirbelt.

In Noth regte sich etwas. Unvermittelt erwachte ein

Beschützerinstinkt in ihm. Der Vater hob den Jungen von seiner Schulter, warf ihn in die Luft und fing ihn wieder auf. Der Junge kicherte, und dann verlor Noth die beiden in der Menge aus den Augen.

Er war sich nicht sicher, was er da fühlte … Er wusste nur, er wollte genau das auch. Er wollte seine eigenen Kinder in die Luft werfen und …

Nein, er *wollte* es nicht. Er *vermisste* es, das mit ihnen zu machen.

Noth schüttelte den Kopf und fragte sich, woher diese Gefühle auf einmal kamen. Die Worte des Tokal, die er am Arden zu Noth gesagt hatte, gingen ihm noch immer durch den Kopf. Eine Schöpfung aus Wissenschaft und Magie …

Hinter ihm unterhielten sich Lian und Winter leise. Dann schaute Winter Noth an.

»Das war knapp«, sagte sie. »Glaubst du, sie haben uns bemerkt?«

Noth kaute auf der Innenseite seiner Wange. »Das kann ich nicht sicher wissen. Falls sie uns gesehen haben, dann haben sie nichts unternommen.«

»Wir müssen von der Hauptstraße runter, Nomade«, warf Astrid ein. »Wir sind hier nicht sicher.«

Noth wandte sich von der Prozession ab. »Suchen wir uns eine Unterkunft.«

Sie fanden den Eingang in eine schmale Seitenstraße, die von der gewaltigen Allee abzweigte.

»Du hast den Kaiser erkannt«, stellte Winter fest, während sie nebeneinander herliefen.

Noth nickte. Er wusste jetzt, was er zu tun hatte. Ungeachtet der Robenträger hatte er nun eine Ahnung, wo er anfangen musste.

»Ich muss mit ihm sprechen«, erklärte Noth.

Winter riss die Augen auf. »Mit dem Kaiser? Hast du jetzt völlig den Verstand verloren?«

Noth lachte, auch wenn ihm nicht danach zumute war. *Natürlich habe ich völlig den Verstand verloren,* dachte er. *Ich erinnere mich nicht einmal mehr daran, dass ich jemals bei geistiger Gesundheit gewesen bin.*

»Das ist die beste Spur, die ich seit unserer Ankunft in Roden gefunden habe. Jetzt muss ich herausfinden, wohin sie mich führt.«

»Wie war das?«, fragte Lian, der neben Winter ging. »Wen willst du sprechen?«

Noth wusste, dass die Vorstellung verrückt war. Ihm war jedoch auch vollkommen klar, dass er genau das tun musste.

»Was ist?«, hakte Lian nach. »Wenn wir jemanden aufsuchen, dann möchte ich zumindest wissen, wen. Nur aus Sicherheitsgründen, versteht ihr.«

»Er will mit dem Kaiser sprechen«, sagte Winter leise und sah sich um. Noth hatte sich bereits vergewissert, dass sie nicht verfolgt wurden, aber es beruhigte ihn, dass sie es ebenfalls tat.

»Wen? Du meinst den Mann, der auf diesem lächerlichen Drachen gestanden hat und von mehreren hundert Wachen beschützt wurde? Diesen Kaiser?«

Astrid trat zwischen sie und schaffte es irgendwie, Winter, Lian und Noth gleichzeitig böse anzusehen. »Wenn ihr mal nachdenken würdet, wärt ihr bestimmt meiner Meinung, dass dies weder die richtige Zeit noch der richtige Ort ist, um dieses Thema zu besprechen.«

Noth bemerkte ein älteres Paar, das ihnen entgegenkam und sie interessiert musterte. Er presste die Lippen aufeinander. Erwachsene, die Befehle von einem Kind entgegennahmen, das war nicht gerade das Bild, das sie abgeben sollten, auch wenn Astrid recht hatte.

Cinzia hatte sich jedoch schnell erholt und versuchte sich an einem Rettungsversuch. Sie lächelte das Paar an und meinte: »Manchmal glaubt sie, ihr würde die ganze Sphaera gehören, wisst Ihr?«

Das Paar musterte sie mit leerem Blick und ging weiter. Noth seufzte.

»Astrid hat recht«, sagte er, als das Paar außer Hörweite war. »Wir brauchen einen Plan.«

»Verdammt richtig«, murmelte Lian. »Und wenn wir uns mit dem Kaiser von Roden unterhalten wollen, dann brauchen wir noch weitaus mehr als das.«

KAPITEL 46

Nash beobachtete gedankenverloren, wie die Prozession an ihm vorbeizog. Die letzten Befehle der Triade bereiteten ihm Sorgen. Er hatte kein Problem damit, Befehle auszuführen, denn das hatte er schon sein ganzes Leben lang getan. Aber bei Winter war es etwas anderes. Sie war die Vorbotin, um Cantas willen! Die Triade war viel zu weit weg, um das zu begreifen, aber Nash war sich dennoch nicht sicher, was er jetzt unternehmen wollte – oder konnte.

Er wandte seine Gedanken erneut der Parade zu, um sich abzulenken.

Der mechanische Drache erregte seine Aufmerksamkeit. Der Rahmen war nicht besonders kompliziert gebaut, aber die blaue Flamme und die Steuerung des Feuers überstieg alles, was Nash selbst bei den fortschrittlichsten Pyromanten der Zitadelle gesehen hatte.

Dieses Spektakel bedeutete noch etwas anderes. Nash kannte nur einen Grund, aus dem das rodenesische Volk eine Ruhmesparade abhielt. Es war eine ehrwürdige Tradition, fast ebenso alt wie das Kaiserreich, die jedoch vor mehr als zweihundert Jahren eingestellt worden war. Während seines Studiums in der Zitadelle hatte Nash gelernt, warum man ursprünglich Ruhmesparaden abgehalten hatte: Es waren Demonstrationen der Macht, bevor Roden in den Krieg zog.

Das schienen jedoch nicht viele zu wissen, erst recht nicht die Gewöhnlichen unter den Zuschauern. Aber der Kaiser und seine Ratgeber würden darüber informiert sein. Die Parade und die Neueinsetzung eines Ceno bereiteten Nash Sorgen.

»Nash«, sagte Kali neben ihm, »mach die Pferde bereit. Wir müssen diese Cotir finden.«

Er nickte, behielt seine finstere Miene jedoch bei, als er zu den vier Pferden ging, die sie in Tir gekauft hatten. Je länger Nash an dieser wilden Jagd beteiligt war, desto größer wurde seine Gewissheit, dass sie nur böse enden konnte. Das war unausweichlich. Und nicht nur, weil Winter unter ihren Zielpersonen war, deren Stärke alles übertraf, was Nash jemals gesehen hatte. Falls sie ohne seine Führung vom Frost abhängig geworden war und ihre Kräfte nicht mehr einsetzen konnte, hatten sie vielleicht eine Chance, aber dieses Schicksal wünschte Nash niemandem. Winter hatte die Zeichen einer Abhängigkeit gezeigt, aber diese waren typisch bei allen psimantischen Potenziellen, vor allem am Anfang. Nash wollte sein Leben lieber nicht von dieser Vermutung abhängig machen. Und wenn Lathe je wieder so weit war, dass er seine Talente zu nutzen vermochte, dann konnte er Nash oder Kali, vermutlich auch beide zusammen, besiegen. Außerdem war da noch der Vampir.

Diese Aussichten gefielen Nash gar nicht.

Als die Pferde bereit waren, führte er sie zu Kali. Sie wartete und beobachtete die Menge, die sich langsam zerstreute. Wahrscheinlich dachte sie über die Parade dasselbe wie er, doch darüber würden sie in der Öffentlichkeit nicht reden. Sie würden zuerst ein Gasthaus aufsuchen, das zur Tarnung für Nazaniin-Agenten diente und wo sie sich ungestört unterhalten konnten. Möglicherweise konnten sie sogar die hiesige Cotir für ihre Zwecke einspannen. In den Akten war eine Gruppe verzeichnet gewesen, und es bestand immer die Chance, dass sie nicht nur aus Potenziellen bestand. Falls wenigstens ein Aktual zur Cotir gehörte, konnten sie Lathe, Winter und den Vampir vielleicht sogar besiegen.

Nash war überrascht, dass sich Kali so leicht in der Stadt zurechtfand, da sie seines Wissens nach noch nie hier gewesen war. Doch das hatte einen Acumanten noch nie aufgehalten. Wahrscheinlich hatte sich Kali den Stadtplan von Izet bereits vor ihrem Aufbruch aus Triah eingeprägt, falls sie dieses Wissen später brauchen sollte.

»Das ist es«, sagte Kali und ging auf eine kleine Metalltür in einer der größeren Hütten zu.

Sie klopfte zweimal mit dem Knauf ihres Dolches dagegen. Nach einer kleinen Pause klopfte sie noch einmal kurz. Das war der übliche Code für Nazaniin-Häuser, und direkt nach dem letzten Klopfen wurde die Tür auch schon einen Spaltbreit geöffnet. Im Inneren war es dunkel, und Nash konnte nicht erkennen, wer dort stand.

»Schickt jemanden heraus, der sich um unsere Pferde kümmert«, ordnete Kali an und ging hinein. Die neue Lacuna Dahlin folgte ihr, Nash bildete die Nachhut. Er kam an einem kleinen, rundlichen Mann vorbei, der nach draußen huschte, um Kalis Befehl nachzukommen.

Im Haus schob Nash einen dicken schwarzen Vorhang beiseite, der, wie er jetzt erkannte, die Sicht ins Haus verwehrte – in einen hell erleuchteten Gang.

Das Innere des Hauses war prächtig und stand in starkem Kontrast zu dem heruntergekommenen Äußeren.

Der Boden bestand aus poliertem Holz, und die vertäfelten Wände waren mit Wandteppichen und Gemälden behängt. Vor ihnen teilte sich der Flur in zwei Treppenfluchten. »Hier entlang«, erklärte Kali und nahm die linke Treppe.

Nash hasste es, sich mit einer anderen Cotir abgeben zu müssen. Vor allem mit fremdländischen. Bei denen wusste man nie, wem ihre wahre Treue galt. Natürlich wurde der Informationsfluss zu niederen Cotiri – insbesondere in Ländern außerhalb von Khale – streng geregelt, doch man konnte unmöglich alles vor ihnen verbergen. Irgendwo gab es immer eine undichte Stelle.

Sie gingen hintereinander die Treppe hinauf und gelangten in einen weiteren kurzen Flur. Kali hielt auf die offene Tür am anderen Ende zu. Der Raum dahinter war das reinste Chaos. Darin standen zwei Schreibtische an gegenüberliegenden Seiten des Raumes, die beide mit Papieren, Schreibutensilien, Schachteln und Werkzeugen bedeckt waren. An der hinteren Wand stand ein einzelnes Bett, aber das war ebenfalls mit einem Haufen aus Kleidung, Decken und weiteren Papieren bedeckt.

Ein großer, dünner Mann beugte sich über einen der Schreibtische.

»Ich bin im Auftrag des Triadin hier«, erklärte Kali, »und ich benötige Hilfe.«

Der drahtige Mann sprang beim Klang von Kalis Stimme auf. Das war kein gutes Zeichen, denn es bedeutete, dass diese Cotir nicht sehr felderprobt war. Der Mann sah sie durch eine schiefe Brille an. Sein Haar wurde bereits grau, auch wenn sein Gesicht – glatt, blass und lang – nicht alt genug dafür schien. Der Mann erinnerte Nash an ein altes Pferd, das seine besten Tage bereits hinter sich hatte.

»Herrin!«, kreischte der Mann. »Entschuldigt meine Unachtsamkeit! Ich war in meine Forschung vertieft«, sagte er und blickte auf die Papiere auf seinem Schreibtisch herab.

»Wer seid Ihr?«, verlangte Kali zu erfahren.

Der Mann verbeugte sich ungelenk. »Erenjin, Herrin. Der Voyant dieser Cotir.«

Interessant, dachte Nash. *Ich hätte nicht gedacht, so weit von Triah entfernt auf einen Voyant zu treffen.*

»Wenn Ihr mir die Frage gestattet, Herrin«, sagte Erenjin, »wer erweist mir die Ehre, diesen einfachen Außenposten zu besuchen?«

»Kali«, antwortete sie. Mehr musste sie nicht sagen, sie und Nash hatten sich längst einen Namen gemacht. »Mein Gefährte Nash«, fügte Kali hinzu und nickte zu ihrem Begleiter hinüber. »Und unsere Lacuna Dahlin. Habt Ihr hier eine komplette Cotir, Voyant?«

Der Mann nickte. »Allerdings, Herrin. Vera und Ohme sind unterwegs, aber sie müssten jeden Augenblick zurückkehren. Ja, in der Tat, jeden Augenblick.« Er nickte weiter, während Kali ihn anstarrte. »Vera ist unsere Acumantin«, sprudelte es aus ihm heraus, »und Ohme unser Teleniker. Sie sind beide sehr erfahren, und Ohme und ich sind Aktuale. Wir werden alles in unserer Macht Stehende tun, um Euch zu helfen. Wirklich alles.«

Nash beäugte Erenjin und nahm ihn von Kopf bis Fuß in Augenschein. Zwei Aktuale, das war gut, auch wenn er in Bezug auf ihre Fähigkeiten skeptisch war. Jeder wahrhaft talentierte Voyant wäre schon vor Jahren nach Triah zurückberufen worden.

»Wie gut seid Ihr?«, wollte Kali wissen. »Wir suchen eine Gruppe von Reisenden, die gerade erst in der Stadt eingetroffen ist. Könnt Ihr herausfinden, wo sie sich aufhalten?«

Erenjin schaute zu Boden. »Ich muss mich entschuldigen, Herrin. Ich bin zwar wirklich ein Aktual, aber meine Fähigkeiten als Voyant sind leider sehr begrenzt. Ich habe nur einen geringen Einfluss auf meine seherischen Fähigkeiten.«

Nash runzelte die Stirn. Mächtige Voyante waren in der Tat sehr selten. Die Hellsicht war häufig eher eine Novität denn eine wirkliche Gabe. Nash hatte neben Rune nur wenige Voyante kennengelernt, die den Zwecken der Nazaniin tatsächlich nützlich gewesen waren.

Jetzt konnte er spüren, wie Kalis Frustration in ihr brodelte. Noch wirkte sie gelassen, aber wenn sie sehr nervös oder gereizt war, konnte sie jeden Augenblick die Fassung verlieren.

»Ich werde es natürlich versuchen«, fügte Erenjin rasch hinzu, »aber ich rate Euch, nicht zu viel zu erwarten. Falls ich versagen sollte, verfügen wir über ein hervorragendes Netzwerk aus Spionen und Informanten in der Stadt. Es wird ein Kinderspiel werden, diese Reisenden zu finden.«

Nash nickte und sah Erenjin an, der jetzt etwas zuversichtlicher wirkte. Zumindest zeigte er Einsatz. Die wichtigste Rolle eines Voyant in einer Cotir war die Beschaffung von Informationen, und dieser Erenjin schien trotz seiner Einschränkungen seine Rolle zu erfüllen.

»Sehr schön«, sagte Kali. Ihr Tonfall ließ vermuten, dass sie nicht beeindruckt war, aber sie war zumindest vorübergehend besänftigt. »Dann setzt Euch mit Eurem Netzwerk in Verbindung.« Sie trat nah an Erenjin heran und sah ihm in die Augen. Obwohl sie ihm gerade bis zur Brust reichte, wirkte sie wie die größte Person im Raum.

»Enttäuscht mich nicht, Erenjin. Hier bin ich die Triada.«

Erenjin nickte, aber Nash war beeindruckt, wie selbstsicher der Mann auf einmal wirkte. Er hatte ihn offenbar falsch eingeschätzt. Er mochte geistesabwesend sein, war aber auch intelligent.

Falls er versagte, konnte ihm das jedoch auch nicht helfen.

Nash schüttelte den Kopf. »Das ist doch verrückt. Wie können wir erwarten, gegen die Vorbotin zu gewinnen? Was ergibt das überhaupt für einen Sinn?«

Sie machten es sich in dem Zimmer bequem, das Erenjin ihnen zugewiesen hatte. Kali stand am Fenster. Der bisher klare, sonnige Himmel war jetzt wolkenverhangen, und es schneite, so dass die Straße und die Dächer langsam weiß wurden.

»Kosarin sagte, sie wäre nicht die Vorbotin. Er hat uns einen Befehl gegeben, Nash. Mehr gibt es dazu nicht zu sagen.«

Nash seufzte. »Aber sie ist die Vorbotin. Kannst du es denn nicht spüren?«

Kali schwieg und starrte aus dem Fenster in den fallenden Schnee hinaus.

»Falls ihre angeborene Fähigkeit und die Tatsache, dass sie eine tiellanische Psimantin ist, nicht ausreichen, dann möchte ich dich an das Massaker in Navone erinnern. Sie hat dich besiegt, Kali.«

»Sie hat mich nicht besiegt«, fauchte Kali.

»Das mag sein«, sagte Nash etwas leiser, »aber ich spüre etwas, und ich fühle mich zu ihr hingezogen. Von einer derartigen Macht habe ich nur ein einziges Mal gehört, Kali.«

Sie drehte sich zu ihm um, und Nash wusste es. Er wusste es in dem Augenblick, in dem er ihre wunderschönen, klaren grauen Augen sah. Augen, die nur wenige Wochen zuvor noch blau gewesen waren, und doch immer die gleiche durchdringende Klarheit besaßen, unabhängig von ihrer jeweiligen Farbe. Er hatte die Härte und den Trotz schon früher darin gesehen. Genau das liebte er an ihr. Aber jetzt würde es sie entzweien.

»Das ist alles unwichtig«, flüsterte Kali. »Es ist nicht von Bedeutung, was ich gesehen oder gespürt habe. Es zählt auch nicht, was ich fühle. Ich habe meine Befehle, Nash, und ich werde sie ausführen. Du kannst mir dabei helfen, so wie du es immer getan hast, oder du entscheidest dich für einen anderen Weg. Aber ich habe meine Entscheidung längst getroffen.«

Kali stellte sich auf die Zehenspitzen, und Nash spürte ihre weichen Lippen auf seiner Wange.

»Wofür du dich auch entscheidest, so sollst du wissen, dass ich … dankbar für deine Gesellschaft bin. Ich bin dankbar dafür, dass ich an deiner Seite reisen durfte, Nash.«

Nash senkte den Kopf. »Ich liebe dich auch, Kali.« Das, was Kali eben gesagt hatte, kam einer Liebeserklärung näher als alles, was ihr bisher über die Lippen gekommen war.

»Du kannst dich noch immer anders entscheiden«, fügte er in einem letzten Versuch hinzu.

»Dies ist der einzige Frieden, den ich in meinem Leben habe. Ohne Befehle werde ich wieder zu dem verängstigten kleinen Mädchen, das auf den Straßen von Mavenil gelebt hat.«

Nash seufzte. »Was haben wir für einen Plan?«

»Wir warten auf die Informationen, die uns Erenjin beschafft, und dann führen wir unsere Befehle aus.«

Kali sah Nash in die Augen. Er wusste genau, was sie mit ihm machen würde, wenn er sie verriet. Nash biss die Zähne zusammen. Wie sollte er diese Entscheidung nur treffen?

Ohne ein weiteres Wort zu sagen, drehte sich Kali um und verließ das Zimmer. Nash setzte sich auf das Bett und dachte darüber nach, welche Möglichkeiten ihm blieben. Jede stellte ein Risiko dar. Alle ließen sich als Verrat auslegen.

KAPITEL 47

Ich möchte mir die Stadt ansehen«, sagte Winter. »Und ich weiß wirklich nicht, warum ihr euch darüber so aufregt.« Das wusste sie natürlich ganz genau.

Winter hatte an diesem Morgen ihren letzten Kristall genommen, obwohl sie vergangene Nacht erst einen geschluckt hatte. So wie gestern Abend. Und gestern Morgen.

Und sie brauchte mehr.

Wenn sie nicht nach Noths Vorrat suchen und sich noch weitere Kristalle von ihm ausleihen wollte, dann blieb ihr nur die Möglichkeit, in die Stadt zu gehen und sich Nachschub zu besorgen.

»Sie ist verrückt«, sagte Astrid und sah Noth an. »Begreift ihr das denn nicht? Sie hat komplett den Verstand verloren.«

Winter sah Noth in die Augen. Sie waren in Noths Zimmer im Gasthaus. Die anderen Menschen saßen unten und aßen etwas. Und Lian … Winter war sich nicht sicher, wo sich Lian gerade aufhielt. Das bereitete ihr Sorgen – oder es hätte ihr zumindest größere Sorgen bereiten müssen, als es tatsächlich der Fall war.

Er ist bestimmt nur im Nebenzimmer, sagte sie sich. Sobald sie mehr Frost gefunden hatte, würde sie sich vergewissern, dass es ihm gutging. Eigentlich hatte Winter mit Noth allein sprechen wollen, bevor sie nach unten gingen, aber Astrid hatte sich in ihre Unterhaltung eingemischt.

»Sie hat recht, Winter«, sagte Noth. »Du bist Tiellanerin, und du wirst auf gar keinen Fall allein hinausgehen.«

Winter sah ihn zornig an. Dann fiel ihr Blick auf Noths Rucksack. Sie konnte nichts dagegen sagen, zumindest nichts, was die beiden überzeugen würde.

»Erinnerst du dich an die Ceno-Mönche?«, fragte Astrid. »An die Männer, vor denen ich dich erst vor wenigen Tagen gerettet habe und die wir eben auf den Straßen der Stadt bei dieser verdammten Parade gesehen haben?«

»Ich … ich muss einfach nur nach draußen«, behauptete Winter. »Ich kann nicht hier drin bleiben, dann verliere ich noch den Verstand.« Sie sah Noth an und hoffte, dass ihre Miene flehentlich wirkte. Überzeugend.

Unschuldig.

»Es ist zu gefährlich«, beharrte er. »Ich kann nicht glauben, dass du mich überhaupt davon überzeugen willst. Du bleibst hier. Ende der Diskussion.«

»Die Mönche?«, warf Astrid ein und sah zwischen Winter und Noth hin und her. »Verrückte Psychopathen, die dich entführen und uns andere umbringen wollten?«

Winter starrte den Vampir an. »Ist ja gut«, knurrte sie. »Wie ihr wollt. Wir treffen uns in ein paar Minuten unten.«

Mit diesen Worten stürmte sie aus dem Zimmer und hoffte, wütend genug gewirkt zu haben, damit die beiden sich wenigstens schlecht fühlten, weil sie sie nicht gehen ließen.

Was ist nur los mit mir? Wollte sie wirklich, dass sich Astrid und Noth schlecht fühlten, weil sie etwas derart Dummes vorhatte?

Ein Teil von ihr war wirklich froh, dass man sie aufgehalten hatte. Ihr Plan war nicht nur überaus gefährlich – sondern auch vollkommen verrückt, wie Astrid richtig erkannt hatte.

Aus genau diesem Grund war Winter auch selbst überrascht über das, was sie als Nächstes tat.

Als sie in ihr Zimmer stürmte, schloss sie die Tür hinter sich. Ihr Zimmer lag im ersten Stock, und man sah aus dem Fenster auf eine schmale Gasse hinaus. Winter wickelte ihren Umhang eng um sich und zog die Kapuze tief ins Gesicht. Es war recht tief, aber sie war schon von höheren Plätzen heruntergesprungen. Glaubte sie zumindest.

Winter schwang die Beine aus dem Fenster und sah zu, wie sie an der Wand baumelten. Sie holte tief Luft.

Dann ließ sie sich fallen.

Winter brauchte länger als erwartet, um die Elendsviertel zu finden, vor allem weil sie sich bei ihrem Sprung den rechten Knöchel verstaucht hatte. Sie folgte den Hinweisen, die nicht zu übersehen waren, und humpelte durch die trostlosen Straßen. Überall ausgemergelte Gesichter und zusammengekauerte Gestalten, die sich in Ecken und Gassen zwängten. Verstohlene Blicke.

Sie hatte auf ihrem Weg ständig das Gefühl, neben sich zu stehen, als würde sie eine andere beobachten, die durch die Gassen humpelte, sich den Umhang eng um den Körper und die Kapuze tief ins Gesicht zog. Eigentlich sollte sie vor Angst fast außer sich sein. Sie lief allein durch eine von Menschen bewohnte Stadt in einem fremden Land und wurde von einer Gruppe todbringender Mönche verfolgt.

Doch diese Gefühle nahm sie nur flüchtig wahr. Die Gefühle schienen zu der anderen zu gehören, die da durch die Straßen von Izet lief, und sie lauerten nur am Rande ihres Bewusstseins. Winter ging einfach immer weiter.

Viele der Menschen, an denen Winter vorbeikam, widerten sie an. Die meisten waren Split- oder Heldsüchtige und hatten alles verloren, nur um sich ein bisschen Pulver oder eine Phiole mit der begehrten Flüssigkeit beschaffen zu können. Sie konnte nicht verstehen, wie man sich derart verlieren konnte, denn sie gewann wenigstens etwas, wenn sie Frost nahm. Diese Menschen hatten jedoch nichts zu gewinnen und alles zu verlieren.

Sie näherte sich einer blassen, dürren Frau mit so tief eingesunkenen Augen, dass ihr Kopf aussah wie ein Totenschädel mit Haaren. Winter fragte die Frau, wo sie Faltira bekommen konnte, und benutzte die Schlüsselworte und Umschreibungen, die sie inzwischen sehr gut beherrschte. Die Frau starrte sie mit leerem Blick an, und Winter fragte sich plötzlich, ob ihr Gegenüber überhaupt noch am Leben war oder ob sie gerade mit einem verwesenden Leichnam sprach. Aber dann hob die Frau ihren skelettdünnen Arm und deutete die Gasse entlang.

Der Händler war leicht zu finden. Diese Leute waren immer gesünder und sauberer als die Süchtigen. Sie trugen bessere Kleidung und waren nicht so verzweifelt, aber dafür umso gefährlicher.

Winter trat unbefangen auf den Mann zu und legte eine Hand auf den Dolch an ihrem Gürtel. Zwar hatte sie keinen Frost, der ihr helfen konnte, aber sie würde es schon schaffen. Sie musste das hier tun, und nichts konnte sie davon abhalten.

Der Mann war groß, schlank und jung. Er konnte nicht

viel älter als Winter sein und trug eine dunkle Hose und ein langes dunkles Hemd unter einem langen, fadenscheinigen Mantel. Als er Winter bemerkte, lächelte er sie an.

»Was kann ich für dich tun?«, wollte er wissen. Seine Augen waren strahlend blau wie der Mittagshimmel, aber sein Lächeln war schief und gab zahlreiche Zahnlücken frei.

Winter sagte ihm, was sie brauchte.

Das Grinsen des Mannes wurde breiter. »Du hast Glück«, meinte er. »Ich bin hier einer der wenigen, die das Zeug haben. Aber es ist selten, und seitdem der Ceno wiedereingesetzt wurde, ist es sogar noch heißer begehrt. Es kostet dich ein Goldstück pro Kristall.« Winter bemerkte, dass der Mann sie von oben bis unten musterte. »Aber ich wäre auch mit einer anderen Bezahlung einverstanden, falls du das Gold nicht hast.«

»Ich habe das Gold«, versicherte Winter ihm. »Aber zeig mir zuerst die Kristalle.«

Der Mann runzelte die Stirn und sah sich rasch um. »Nicht hier«, murmelte er. »Komm mit.« Er drehte sich um, ging in eine schmale Gasse und blickte über die Schulter zurück.

Winter zögerte. Etwas nagte an ihr und schien sie anzuflehen, dem Mann nicht zu folgen.

»Was ist?«, fragte er.

Doch die Gier nach dem Frost war stärker. Winter brauchte mehr. Sie nickte und folgte dem Mann. Die Schatten wurden bereits länger, die Abenddämmerung brach an, und in der Gasse war es dunkler als auf der Straße. Sie hielt es für das Klügste, die Sache einfach so schnell wie möglich hinter sich zu bringen.

Der Mann griff unter seinen langen Mantel. Winter beobachtete sich selbst dabei, wie sie sich unwillkürlich verkrampfte, aber als er nur einen kleinen Beutel hervorholte, entspannte sie sich wieder. Er griff hinein und zog einen Kristall heraus.

Winter starrte den Kristall an und rang mit sich. Ihr ganzer Körper gierte danach, als würde ein Teil von ihr fehlen und könnte nur durch diesen kleinen Kristall wieder ersetzt werden.

Doch der Mann zog die Hand zurück und steckte den Kristall zurück in den Beutel, bevor Winter überhaupt verstand, dass sie danach gegriffen hatte.

»Zuerst die Bezahlung«, verlangte er.

Winter nickte und griff nach ihrem Geldbeutel, der sich unter ihrem Umhang befand. Aber ihre Hand ging ins Leere.

Der Geldbeutel war nicht da.

Sie geriet in Panik. Jemand musste sie bestohlen haben, ihr den Geldbeutel geraubt haben, als sie …

Nein. Sie war nicht bestohlen worden. Sie hatte schlichtweg vergessen, ihn mitzunehmen, als sie aus dem Fenster gesprungen war. Der Beutel lag noch immer im Gasthaus an der Stelle, an der sie ihn in ihrem Zimmer auf den Tisch gelegt hatte. Sie konnte ihn vor ihrem inneren Auge deutlich sehen.

Winter stand schweigend da und wusste nicht, was sie jetzt tun sollte. Sie brauchte Frost. Und zwar sofort.

»Und?«, fragte der Mann. »Wo ist das Gold?«

Winter stammelte etwas, wusste jedoch, dass ihre Worte keinen Sinn ergaben. Sie hörte sich an wie eine geistlose Irre.

Die Miene des Mannes wirkte jetzt versteinert, und sein dämliches Grinsen war verschwunden. »Keine Bezahlung, kein Geschäft«, erklärte er. Dann streckte er plötzlich eine Hand aus, und Winter sah seine Finger mehr, als dass sie spürte, wie er ihr über die Wange und den Hals strich.

»Es sei denn, du willst mich auf andere Weise entschädigen.«

Bevor Winter auch nur darüber nachdenken konnte, was der Mann damit meinte, griff ihre rechte Hand fast wie von selbst nach ihrem Dolch und zog ihn aus der Scheide.

Winter stieß dem Mann die Klinge ins Herz.

Er sah sie mit runden, weit aufgerissenen Augen an, verzog das Gesicht und riss den Mund auf, als wollte er schreien, doch es kam kein Ton heraus. Sie sah seine Zahnlücken, seine aufgerissenen Lippen, die Sehnen und Muskeln an seinem Hals, die er anspannte. Dann brach er auf dem Boden zusammen.

Winter zog den Dolch heraus und wischte ihn am Mantel des Mannes ab. Sie griff sich den Beutel und öffnete ihn. Darin lagen drei Kristalle. Drei mussten reichen. Sie steckte den Beutel in eine Tasche ihres Umhangs, drehte sich um und wollte die Gasse wieder verlassen.

Doch schon nach drei Schritten hielt sie inne. Plötzlich fühlte sie sich, als würde sie aus einem Traum erwachen. Sie blickte auf ihre Hände hinab, die voller Blut waren. Dann drehte sie sich zu dem Mann um, der tot in der Gasse lag.

Winter fiel auf die Knie, ihr Magen zog sich zusammen, und sie erbrach sich in den Schneematsch. Dann ließ sie sich auf den Boden sinken. Sie spürte die Nässe des geschmolzenen Schnees und ihr Erbrochenes unter sich, drehte sich auf den Rücken, schaute zum Himmel hinauf und sah, wie die Schneeflocken auf sie herabfielen. Ihr schoss durch den Kopf, dass sie gar nicht mitbekommen hatte, dass es wieder schneite. Warum war ihr das nicht aufgefallen?

Sie wusste nicht, wie lange sie dort gelegen hatte, aber irgendwann wurde ihr klar, dass sie aufstehen musste. Hier konnte sie nicht bleiben. Sie rappelte sich auf und starrte die Leiche des Mannes an.

Dann riss Winter entsetzt die Augen auf. Der Mann stand da und schaute sie an. Er umklammerte mit einer Hand den Dolch, der in seiner Brust steckte, und streckte die andere nach ihr aus. Winter schrie. Sie wollte weglaufen, rutschte jedoch aus und fiel hin. Als sie sich wieder nach dem Mann umdrehte, lag er erneut tot auf dem Boden.

Mörderin.

Plötzlich befand sich Winter wieder in Navone. Sie schrie, während sie Männer packte und ihre Körper gegeneinanderstieß, Schilde und Speere in hohem Bogen wegschleuderte und sich nicht im Geringsten darum scherte, wie viele Söhne von Canta, Göttinnenwachen und Unschuldige sie tötete. Sie war wieder in Navone, und sie war eine Mörderin.

Und jemand schüttelte sie.

Winter keuchte, schlug die Augen auf, und ihr wurde klar, dass der durchdringende Schrei, den sie hörte, aus ihrer eigenen Kehle kam.

»Was bei der Unterwelt machst du hier?«

Astrid hatte ihren Hals gepackt und schüttelte sie, und Winter bebte am ganzen Körper, so unglaublich stark war der Vampir.

»Was ist nur los mit dir? Du hast uns alle in Gefahr gebracht. Mit deiner verdammten Sucht setzt du unser aller Leben aufs Spiel! Ist dir das eigentlich klar? Weißt du überhaupt, was du da tust?«

Winter stammelte eine Antwort, wusste aber selbst nicht, was sie da sagte. Was sollte sie darauf auch erwidern? Vielleicht würde der Vampir sie ja einfach erwürgen. Winters Blick fiel auf den Leichnam des Mannes. Sie hatte nichts Besseres verdient.

»Bei der aufsteigenden Canta«, flüsterte Astrid. »Du bist wirklich verrückt geworden.«

Zum ersten Mal überhaupt sah sich Winter so, wie sie war. Die Person, die sie in ihrem Inneren war, und die, die sie von außen beobachtet hatte, verschmolzen miteinander. Sie sah sich selbst schreiend in der Gasse liegen, in einer Lache aus Blut und ihrem eigenen Erbrochenen. Sie sah, wie sie aus einem Fenster im ersten Stock sprang. Sie sah, wie sie jene, die sie liebte, ignorierte, ihnen aus dem Weg ging und sie anlog. Sie sah, wie sie ihr Leben ebenso wie das anderer in Gefahr brachte. Winter beobachtete das alles mit einem Entsetzen, das nur die spüren, die sich selbst plötzlich bewusst wahrnehmen. Sie musste an die leeren Gesichter und die schwarzen Gliedmaßen der Süchtigen in Cineste denken. Die Worte ihres Vaters gingen ihr wieder durch den Kopf. Diese Leute hatten alles verloren, was ihnen wichtig gewesen war, weil sie nur noch an eine einzige Sache denken konnten.

Da verstand Winter es endlich. Sie hatte ebenfalls alles verloren. Ihr Mann kannte sie eigentlich gar nicht – und es hätte sie überrascht, wenn ihm etwas an ihr lag. Sie hatte ihren besten Freund weggestoßen. Sie hatte sich selbst verloren, und das, wonach sie gierte, war ihr wichtiger geworden als was und wer sie war. Und ihr eigentliches Ziel, nämlich jene zu beschützen, die sie liebte … sie tat das genaue Gegenteil und brachte sie selbst unnötig in Gefahr.

Sie hatte sich ihr ganzes Leben lang nach einem Zuhause gesehnt. Vielleicht war der einzige Platz auf der Sphaera, an den sie gehörte, in den Elendsvierteln zwischen den sterbenden Süchtigen.

Astrid ließ Winter los, und Winter keuchte auf, als sie endlich wieder Luft bekam.

»Komm mit«, sagte Astrid. »Schnell. Und leise. Du musst jetzt mit Noth reden. Und wenn du es ihm nicht sagst, dann werde ich es tun, verdammt.«

Winter wusste, dass Astrid recht hatte.

Sie musste mit ihm sprechen.

Winter stand allein in Noths Zimmer. Anscheinend hatten sich Astrid, Noth und Lian auf die Suche nach ihr gemacht, während Cinzia, Jane und Kovac im Gasthaus geblieben waren, falls Winter zurückkehrte. Noch waren weder Noth noch Lian aufgetaucht.

Sie fingerte an dem Beutel an ihrem Gürtel herum, den sie dem Dealer abgenommen hatte. Winter erschauderte. In ihr schien nur noch Schmerz zu sein, wegen des Mannes, den sie getötet hatte, wegen der Dinge, die sie in Navone getan hatte, wegen der Kluft zwischen sich und Noth und Lian, und weil sie ihren Vater verloren hatte.

Doch sie konnte diesem Schmerz entkommen. Winter griff in den Beutel, steckte sich einen Frostkristall in den Mund und schluckte ihn. Sie wartete ungeduldig und hoffte darauf, dass die Euphorie sie mit sich tragen würde. Sie wartete und wartete.

Und wartete.

Nach einigen Augenblicken nahm Winter einen weiteren Kristall, aber auch der zeigte keine Wirkung. Panisch griff sie erneut in den Beutel und schlang auch den letzten herunter.

Nichts passierte.

Der Mann hatte ihr gefälschte Kristalle andrehen wollen, und sie hatte ihn dafür umgebracht.

Sie ließ sich auf das Bett sinken und schlug die Hände vor das Gesicht. Ihr Umhang stank nach Erbrochenem und Blut. Sie war völlig erschöpft, und dennoch rasten ihre Gedanken. Vor ihrem inneren Auge sah sie erneut, wie sie dem Mann den Dolch ins Herz gestoßen hatte. Sie sah es ebenso deutlich, wie sie all die anderen aus Navone sah, für deren Tod sie verantwortlich war.

Sie war tatsächlich eine Mörderin. Bisher hatte sie es immer zu leugnen versucht, aber jetzt …

Es gab noch eine andere Möglichkeit. Der Dolch hing noch immer an ihrem Gürtel. Sie musste ihn sich nur ins Herz stoßen, ebenso wie sie es bei dem Händler gemacht hatte. Dann musste sie all das nicht mehr spüren.

Sie hob den Kopf, und ihr Blick fiel auf den Rucksack, der in einer Ecke der Kammer stand. Noths Rucksack.

Winter sprang auf und schüttete den gesamten Inhalt des Rucksacks auf den Boden. Der Beutel mit den Kristallen war nicht schwer zu finden. Sie drückte ihn an ihr Herz und spürte das beruhigende Gewicht der Kristalle. Es mussten noch neun oder zehn darin sein. Sie würden für ein paar Tage reichen. Damit konnte sie sich betäuben.

Sie hob gerade einen Faltirakristall an die Lippen, als hinter ihr die Tür geöffnet wurde.

Winter wirbelte herum und ließ die Hand wieder sinken. *Bei Cantas Tod*, dachte sie. *Das hatte ja so kommen müssen.*

»Hallo, Prinzessin.«

Es war Lian.

Sofort wich Winter vor ihm zurück, setzte sich auf das Bett und schlang die Arme um ihren Oberkörper. Dabei war sie sich des Kristalls in ihrer Faust überdeutlich bewusst.

»Wo ist Noth?«, fragte Winter.

Lian schloss die Tür hinter sich. »Er ist noch nicht zurück.«

»Falls du mir eine Lektion erteilen willst, weil ich euch alle in Gefahr gebracht habe, kannst du dir das sparen. Ich weiß, was ich getan habe, und muss es mir von dir jetzt nicht auch noch unter die Nase reiben lassen.«

Lian stand einfach nur da und sah sie an.

»Was willst du, Lian?«

»Ich möchte, dass du mir zuhörst«, sagte er leise und setzte sich neben sie auf das Bett. »Sieh mich an, Winter.«

Sie drehte den Kopf zur Seite. Wie konnte sie ihm ins Gesicht sehen nach dem, was sie getan hatte?

»Bitte«, beharrte er. »Ich möchte, dass du mich ansiehst.«

Winter merkte, dass sie zitterte. Sie drehte sich zu Lian um. Seine Wangen waren feucht.

»Es tut mir so leid«, flüsterte Lian und sah ihr direkt in die Augen. Er wollte sie verlassen, so viel stand für sic fest. Neben der Angst und den Schuldgefühlen empfand Winter auch Erleichterung. Wenigstens musste er sie dann nicht mehr ertragen.

Sie lachte freudlos auf. »Jetzt wünschst du dir bestimmt, du hättest Pranna gar nicht erst mit mir verlassen. Ich habe dich ja gewarnt, du Dummerchen.« Sie nickte. »Aber es ist gut, dass du gehst. Du musst wieder nach Hause.«

»Was bei der Unterwelt redest du denn da? Ich gehe

nirgendwohin. Warum kannst du dir nicht einfach in Ruhe meine Entschuldigung anhören?«

Winter starrte Lian entsetzt an. Wofür auf der ganzen Sphaera wollte er sich denn entschuldigen?

»Ich habe dich im Stich gelassen, als du mich am nötigsten gebraucht hast. Ich war neidisch, das muss ich zugeben. Ich wollte die Kräfte, die du auf einmal hattest, selbst haben. Aber das ist nicht der einzige Grund gewesen. Ich hatte Angst, ich war egoistisch, und ich … Ich habe mich einfach geirrt, Winter.«

Sie konnte Lians Worte kaum noch verstehen. Sie war es doch gewesen, die ihn im Stich gelassen hatte, sie hatte sich von ihm abgewandt, und jetzt entschuldigte er sich bei ihr? Plötzlich spürte sie das Gewicht all der Heimlichtuerei, der Lügen auf sich lasten, als würde alles auf einen Schlag auf sie niederstürzen.

Winter schlang die Arme um Lian und drückte ihn fest an sich, während ihr die Tränen über die Wangen liefen.

»Ich habe getötet, Lian«, stieß sie schluchzend hervor und weinte an seiner Schulter. »Das in Navone, das war ich. Ich habe all diese Leute umgebracht. Und ich habe andere ermordet, nur um an mehr Faltira zu gelangen. Ich weiß nicht, was mit mir geschieht. Ich weiß nicht, wie ich so geworden bin, ich verstehe es einfach nicht …«

Lian hielt sie in seinen Armen, während sie weinte. »Ich weiß«, flüsterte er. »Ich weiß, was du getan hast. Und es ist mir egal. Ich liebe dich noch immer.«

Winter wand sich aus seinen Armen. »Wie kannst du so etwas sagen? Ich habe dich angelogen, Noth und auch alle anderen. In Navone habe ich Unschuldige einfach abgeschlachtet. Wie kannst du mich nach alldem noch lieben?«

Lian zuckte mit den Schultern. »Ich habe nie behauptet, dass du perfekt bist, Prinzessin. Ich habe nur gesagt, dass ich dich liebe.«

Trotz allem musste Winter lachen. Sie wischte sich die Tränen von den Wangen.

Lian grinste sie an. »Aber komm jetzt nicht auf dumme Gedanken. Du bist eine verheiratete Frau. Ich rede hier von Liebe im freundschaftlichen Sinne, die nichts mit Anfassen zu tun hat. Aber du sollst wissen, dass du mir sehr viel bedeutest und dass ich immer für dich da sein und dir helfen werde.«

»Danke«, flüsterte Winter und umarmte ihn noch einmal.

»Das bedeutet aber nicht, dass jetzt alles wieder gut ist. Du hast Probleme. Ich wollte dir nur sagen, dass du dich ihnen nicht allein stellen musst.«

Winters Schmerz war noch immer da, aber er hatte sich irgendwie verändert, war weniger geworden. Nicht so, wie der Frost ihn dämpfte – nein, dies war etwas anderes. Sie fühlte sich erleichtert. Als wäre der erste Schritt auf ihrem Weg der Heilung getan.

Lian verließ die Kammer, und Winter wartete. Sie musste noch immer mit jemandem reden.

Noth kam herein, nicht lange nachdem Lian gegangen war. Er sah Winter kurz an und schloss dann die Tür hinter sich. Im Zimmer herrschte heilloses Chaos. Winter hatte Noths Habseligkeiten auf der Suche nach dem Faltira aus dem Rucksack gezerrt und auf dem Boden verteilt, bevor Lian zu ihr gekommen war.

»Entschuldige die Unordnung«, sagte sie und blickte zu Noth auf.

»Was hast du getan?«

Das ist deine Chance. Du kannst ihm jetzt und hier alles sagen. Lass es raus. Wenn dich Lian nach all dem, was du getan hast, noch lieben kann, dann kann Noth es vielleicht auch.

Und so erzählte Winter ihm alles, angefangen bei ihrer ersten Unterhaltung mit Kali und Nash über die Aktuale und Potenziellen sowie über das Faltira. Sie sah, wie er die Augen aufriss, als sie ihm berichtete, wie sie das erste Mal Frost genommen hatte. Sie sprach über die Kristalle, die Kali und Nash ihr gegeben hatten, über die Kräfte, die sie dadurch einsetzen konnte, wie die Gier nach Frost in ihr erwacht und immer stärker geworden war und wie mächtig sie sich fühlte, wenn sie Faltira nahm.

Noth sah sie die ganze Zeit aufmerksam an. Sie sehnte sich danach, dass er zu ihr kam, die Arme um sie legte, ihr sagte, dass alles wieder gut werden würde und dass er ihr helfen würde, das durchzustehen, doch er blieb an der Tür stehen, die Arme locker an den Seiten.

Beinahe hätte sie ihm nichts von den Ereignissen in Navone erzählt, aber irgendwie fand sie dann doch den Mut dazu. Das Massaker war ihre Schuld gewesen, und Noth musste das wissen. Dann sprach sie über alles andere, wie sie entschieden hatte, alles geheim zu halten, dass sie beschlossen hatte, eine Weile keinen Frost mehr zu nehmen, dass die Gier danach zu stark gewesen war, wie sie sich weggeschlichen hatte, um sich Nachschub zu besorgen. Winter erzählte auch von den vielen Malen, bei denen sie tatsächlich vorgehabt hatte, ihnen alles zu sagen.

Und dann hörte sie auf. Ihre Stimme klang schon seit einer Weile sehr heiser.

Noth starrte sie weiter nur an, das wusste Winter ganz genau, aber sie wollte ihm jetzt nicht in die Augen sehen.

Sie blickte zu Boden und spürte, wie ihre Wangen vor Scham brannten.

Aber ihre Last war irgendwie leichter geworden. Der Schmerz war noch immer da, aber nicht mehr so intensiv. Ihr wurde klar, dass sie sich besser fühlte, als es je mit Frost der Fall gewesen war. Eine große Last, die sie vorher nicht einmal bemerkt hatte, war von ihr genommen worden.

Die Bodendielen knarrten. Winter sah Noths Stiefel aus dem Augenwinkel. Er kniete sich vor sie hin. Sie sehnte sich nach seiner Berührung, aber er begann stattdessen, seine Sachen aufzuheben, die Kleidung zusammenzufalten und ordentlich auf das Bett zu legen.

Winter blieb, wo sie war, und wusste nicht, was das zu bedeuten hatte. Sie hatte ihm gerade alles gesagt, ihre Seele vor ihm entblößt, und er räumte auf?

»Willst du denn gar nichts sagen?«, flüsterte sie.

Er machte weiter, als hätte er sie nicht gehört.

Winter spürte, wie sich ein Schluchzen tief in ihrer Brust aufbaute, unterdrückte es jedoch. Sie hatte genug geweint. Tränen brachten sie jetzt auch nicht weiter.

Dann seufzte Noth. »Ich will nicht behaupten, dass es nicht deine Schuld gewesen ist«, sagte er schließlich. »Ich behaupte auch nicht, dass du mir und anderen nicht weh getan hättest. Du hast uns alle angelogen und uns in Gefahr gebracht. Du bist eine größere Last für uns, als wir es je vorausgesehen haben, so viel steht fest.«

Er sah ihr in die Augen und kniete sich schließlich vor sie auf den Boden.

»Aber ich liebe dich«, fügte er hinzu.

Winter kämpfte gegen den Kloß an, der ihr den Hals zuschnürte. War das nicht sogar mehr, als sie sich erhofft hatte? Sie konnte ihren Ohren kaum trauen.

»Ich liebe dich auch«, flüsterte sie und meinte es, vielleicht zum ersten Mal überhaupt, tatsächlich ernst.

Noth half ihr beim Aufstehen, und dann legte er die Arme um sie und hielt sie fest.

»Ich würde dir sagen, dass ich dir verzeihe, aber das geht aus zwei Gründen nicht.« Noth rückte etwas von ihr ab und sah ihr in die Augen. »Erstens habe ich dir bereits in dem Augenblick, in dem du etwas gesagt hast, verziehen. Und zweitens brauche ich wohl ebenso Vergebung wie du. Daran können wir also gemeinsam arbeiten, Liebes.«

Winter lächelte und gab ihm einen Kuss. »Das gefällt mir«, sagte sie. Tief in ihrem Inneren fragte sie sich allerdings immer noch, ob es nicht zu einfach gewesen war. Nichts von alldem war wirklich Vergebung. Sie wusste, dass sie beide noch einen langen Weg vor sich hatten. Aber sie konnten es schaffen.

KAPITEL 48

Noth starrte die Umhänge an, die Lian ihm vor die Füße geworfen hatte. Es waren zwei, und sie waren dunkelgrün.

»Du willst doch in den Palast, oder etwa nicht? Ich dachte, die sind dabei bestimmt hilfreich«, sagte Lian.

Sie standen alle in dem Zimmer, in dem Noth und Winter die Nacht zusammen verbracht hatten. Lian hatte sie an diesem Morgen zusammengeholt, um einen Plan auszuarbeiten, wie sie in den Palast gelangen konnten. Cinzia, Jane, Kovac, Lian, Astrid, Noth und Winter – sie alle standen in der Kammer.

Noth musste immer wieder an das denken, was mit Winter passiert war. Falls überhaupt jemand schuld daran war, dann er selbst. Wäre Noth nie in Pranna aufgetaucht, dann wäre all das niemals passiert. Das änderte jedoch nichts an der Tatsache, dass er sich verraten fühlte. Zwar hatte er letzte Nacht behauptet, ihr vergeben zu haben, und er wünschte sich auch, dass das wahr wäre, aber Noth fragte sich langsam, ob das nicht weitaus länger dauern würde, als er gehofft hatte.

Astrid stieß ihn an. »Bist du überhaupt hier, Nomade?«

Noth kaute auf der Innenseite seiner Wange herum. »Wo hast du die her?«

»Vom Angriff am Fluss. Bevor Jane und ich euch gefolgt sind, habe ich den Leichen die beiden Roben ausgezogen. Ich dachte, die könnten uns noch mal nützlich sein.«

»Wie sollen sie uns dabei helfen, in den Palast zu gelangen?« Noth rieb sich das Kinn, er ahnte den Plan bereits, aber er wollte es von Lian hören.

»Ich habe die Palasttore beobachtet«, erwiderte Lian.

Astrid schnaubte. »Wann willst du denn dafür Zeit gehabt haben?«

»Ich habe mich gestern rausgeschlichen, als ihr alle beim Essen wart.«

Kovac starrte ihn mit finsterer Miene an. »Du sollst nicht allein rausgehen. Für einen Tiellaner ist das in der Stadt viel zu gefährlich.«

Lian zuckte mit den Schultern. »Verzweifelte Maßnahmen ... Jedenfalls ist mir dabei etwas aufgefallen. Die Einzigen, die den Palast betreten oder verlassen, sind Adlige und diese Ceno-Mönche. Die Grünroben spazieren da einfach so rein. Die Wachen schicken jeden anderen weg, es sei denn, er ist in Begleitung einer Grünrobe. Einer wie dieser hier.« Er sah Noth an. »Winter und ich müssen sowieso unsere Kapuzen tragen. Da können wir dich auch einfach durch das Tor geleiten. Danach steht es dir frei, den Kaiser aufzusuchen.«

»Was ist mit Astrid?«, fragte Noth. Er hatte das Mädchen nicht gefragt, war aber davon ausgegangen, dass sie sie begleiten würde.

Astrid grinste ihn an. Einen Augenblick lang empfand Noth dasselbe wie am Tag zuvor in der Menge, als er den Jungen auf den Schultern seines Vaters gesehen hatte, und Zuneigung und Sorge machten sich gleichermaßen in seinem Kopf bemerkbar.

»Ich komme schon allein zurecht«, erklärte Astrid. »Ihr geht schön durch das Tor rein, und wir treffen uns dann im Palast. Es dürfte kein Problem sein, über die Mauer zu gelangen.«

Noth sah sie skeptisch an. »Bring niemanden um.«

Astrids Grinsen wurde noch breiter, so dass sie aussah wie ein Kind, das sich auf ein süßes Gebäck freute. »Nur wenn es unbedingt sein muss.«

»Was machen wir, wenn wir drin sind?«, wollte Noth wissen.

»Das Adelsviertel liegt nördlich von hier und zwischen uns und dem Palast«, erwiderte Lian lächelnd. »Ich bin heute Morgen dort gewesen – und die Adligen laufen in ihrem Viertel herum, als wäre es das sicherste Pflaster der ganzen Sphaera. Es dürfte ein Kinderspiel sein, einen von ihnen abzufangen, an einen geschützten Ort zu bringen und ihm ein paar Fragen über den Palast zu stellen.«

»Warum sollte dir ein Adliger Fragen beantworten?«

Noth musterte Jane, die offensichtlich nicht richtig verstanden hatte, wie Lian das meinte.

»Weil er einen wilden Vampir vor sich haben wird, der ihm damit droht, ihn auszusaugen, wenn er es nicht tut«, warf Astrid ein.

»Ihr meint, ihr wollt … ihr wollt …«

»Wir entführen einen Adligen«, bestätigte Noth. »Und wir jagen ihm ein bisschen Angst ein. Gerade so viel, dass er uns alles sagt, was er weiß.«

Noth glaubte erst, Jane würde protestieren, aber sie überraschte ihn.

»Ihr werdet tun, was getan werden muss«, war alles, was sie schließlich sagte.

»Was ist, wenn der Adlige, den ihr entführt, noch nie im Palast gewesen ist und euch nichts sagen kann?«, warf Cinzia ein.

Noth sah Lian an. Es war schließlich sein Plan.

Erneut zuckte Lian mit den Schultern. »Dann suchen wir uns einen anderen? Keine Ahnung. Ich habe nie behauptet, dass mein Plan perfekt wäre.«

Noth nickte. Es war ein einfacher, aber auch machbarer Plan. Die grünen Roben würden ihnen sehr weiterhelfen. Hätte Noth Zeit zum Nachdenken gehabt, dann wäre ihm bestimmt noch etwas Besseres eingefallen, aber so musste das, was sie hatten, eben reichen.

Astrid hob eine Hand. »Ich bin vermutlich die Einzige, die das interessiert, aber nur, um es ausgesprochen zu haben: Der Plan ist nicht perfekt.«

»Er ist gut«, meinte Winter leise. »Nicht perfekt, aber wir sind ganz Ohr, falls du eine bessere Idee hast.«

»Das ist nicht meine Aufgabe«, erklärte Astrid achselzuckend. »Ich kritisiere Strategien, aber ich entwerfe sie nicht.«

»Dann führen wir Lians Plan durch«, bestimmte Noth. »Lian, Winter, Astrid und ich gehen heute Nachmittag ins Adelsviertel und versuchen, möglichst viel in Erfahrung zu bringen. Danach gehen wir in den Palast.«

Winter drückte seine Hand.

»Was ist mit euch?«, fragte Lian an Cinzia gewandt.

»Ich denke, wir halten uns da raus«, erwiderte Jane und sah Noth fragend an.

»Das ist für mich in Ordnung«, sagte er. »Ihr wolltet nach Roden, aber eure Geschäfte hier gehen mich nichts an. Allerdings halte ich es für das Beste, wenn ihr im Gasthaus bleibt.« Noth ließ lieber unerwähnt, dass er sich nicht sicher war, ob er zurückkehren würde.

»Und was ist, wenn es zu gefährlich ist, uns hier zu treffen?«, fragte Jane. »Wenn ihr nicht herkommen könnt oder wir aus irgendeinem Grund hier wegmüssen … Wo sollen wir uns dann treffen?«

Noth nickte. Das war eine gute Frage. Er hatte eigentlich noch nicht darüber nachgedacht, was nach seinem Gespräch mit dem Kaiser passieren würde.

»Wie wäre es mit unserem letzten Lagerplatz?«, schlug Astrid vor. »Außerhalb der Stadt.«

Jane nickte. »Ich denke, den finden wir wieder. In Ordnung.« Sie sah erneut Noth an. »Möge Canta uns beistehen, damit wir alle sehr viel erreichen, bis wir uns wiedersehen.«

»Meinst du eure geheimnisvolle Übersetzung?«, wollte Astrid wissen.

Jane nickte. »Wir liegen bereits hinter unserem Zeitplan zurück. Es ist für uns alle von großer Bedeutung, dass wir wieder aufholen.«

Noth erwartete ein verächtliches Wort von Astrid, doch das Mädchen überraschte ihn. »Möge Canta euren Weg leiten«, sagte sie nur.

Jane und Cinzia neigten daraufhin die Köpfe.

Noth räusperte sich. »Dann haben wir einen Plan. Wir treffen uns nach dem Mittagessen wieder, um letzte Vorbereitungen zu treffen und die Details zu besprechen. Bis dahin … ruht euch aus.«

Astrid schnaubte. »Ruht euch aus? Mehr fällt dir nicht ein? Kein Schlachtruf, keine ermutigenden Worte? Nur ›Ruht euch aus‹?«

Noth runzelte die Stirn. Er hätte es sich ja denken können, dass das Mädchen nicht lange ernst bleiben würde. Doch dann merkte er, dass alle anderen lachten.

Bevor sie zum Adelsviertel aufbrachen, trat Winter zu ihm. Sie trug eine der Roben, die Lian mitgebracht hatte.

Die Robe war ihr etwas zu groß, aber Noth fand, dass sie durchaus als Ceno-Mönch durchging.

»Mir ist immer noch nicht klar, warum ich nicht wenigstens einen Kristall haben kann«, protestierte Winter und starrte ihn wütend an.

Noth schüttelte den Kopf. »Ich weiß wirklich nicht, warum du dich darum mit mir streiten musst. War das nicht Teil unserer Vereinbarung? Wir haben nicht abgemacht, dass du einen Kristall bei dir tragen darfst.«

»Das könnte bei einem Kampf aber hilfreich sein«, beharrte sie. »Wenn irgendetwas schiefläuft, wenn wir in einen Hinterhalt geraten, kann ich mich nützlich machen. Ich kann uns beschützen.«

»Du kannst uns so, wie du bist, am besten helfen. Andernfalls stellst du ein zu großes Risiko dar.«

Noth bemerkte, dass Winter den Dolch an ihrem Gürtel so fest umklammerte, dass ihre Knöchel weiß hervortraten. Dann holte sie tief Luft.

»Entschuldige«, murmelte sie. »Es ist nur ... es ist schwer, wenn ich nichts nehmen kann. Aber du hast recht.«

»Sobald wir hier fertig sind, gehen wir zu diesen Schamanen, die Astrid erwähnt hat. Wir werden tun, was immer nötig ist. So lange musst du noch durchhalten, und wenn du es schon nicht für dich tust, dann tu es für uns.«

»Denkst du, sie hat das ernst gemeint?«, wollte Winter wissen.

Früher am Morgen hatte ihnen Astrid von einigen Schamanen im westlichen Khale erzählt, die angeblich ein Heilmittel gegen die Held-, Teufelsstaub- und Splitsucht gefunden hatten. Noth konnte nur hoffen, dass sie damit richtig lag. Ansonsten wusste er beim besten Willen nicht, was sie tun sollten, wenn sie in Roden fertig waren. So wie jetzt konnten sie jedenfalls nicht weitermachen.

»Ich denke schon.« Er hielt es für klüger, seine Zweifel jetzt noch nicht auszusprechen. Schließlich wusste er nicht einmal, ob sie die kommende Nacht überleben würden.

»Könntest du wenigstens einen Kristall griffbereit halten?«, bat Winter ihn und sah ihn erneut an. Sie hatte ihre Hand am Dolch ein wenig entspannt. »Du könntest ihn mir geben, wenn es sein muss – wenn du denkst, dass ich euch so helfen kann. Lass mir zumindest diese Hoffnung, sonst drehe ich noch ganz durch.« Sie lachte freudlos auf.

Noth glaubte ihr, dass sie kurz vor dem Durchdrehen war. In den letzten Tagen hatte er genug gesehen. Er tätschelte den Beutel an seinem Gürtel. »Ich habe sie immer in Reichweite«, versprach er ihr. »Aber ich entscheide, ob du einen Kristall bekommst oder nicht. Bitte mich nicht darum, denn du kennst die Antwort.«

Winter nickte.

»In Ordnung«, sagte Noth erleichtert.

»Eine Sache wäre da noch«, sagte sie.

Sie machte einen Schritt auf ihn zu. Noth verkrampfte sich und rechnete damit, dass sie ihm den Beutel abnehmen wollte. Das würde ihr zwar nicht gelingen, doch er wünschte sich, dass sie es gar nicht erst versuchte.

Aber sie hob die Hände und nahm die Halskette mit den dunklen Steinen ab. Die Halskette ihrer Mutter.

»Ich möchte, dass du sie hast.«

»Ich … ich kann sie nicht annehmen.«

Winter verdrehte die Augen. »Hör mal, das ist doch wirklich keine große Sache, oder? Ich möchte einfach … ich brauche ein Symbol. Etwas, auf das ich hinarbeiten kann. Das ist mein Angebot: Ich gebe dir jetzt die Halskette, und wenn es mir bessergeht, wenn wir uns von alldem erholt haben, dann kannst du sie mir zurückgeben. Das ist alles.«

Zögernd nahm Noth die Halskette entgegen. »Es ist nur ein Symbol«, wiederholte er.

Winter nickte. »Genau. Nur vorübergehend.«

Als Noth die Kette in der Hand hielt, stellte er überrascht fest, wie schwer sie war. Erst wollte er sie in den Beutel stecken, in dem er das Faltira aufbewahrte, aber dann legte er sie sich doch um den Hals. Das Gewicht fühlte sich merkwürdig und gleichzeitig richtig an.

Winter schenkte ihm ein aufrichtiges Lächeln, und Noth konnte nicht anders, als es zu erwidern.

»Sind wir bereit?«, fragte er.

»Ja.«

»Dann lass uns jetzt zum Kaiser gehen.«

KAPITEL 49

Winter hielt Ausschau nach Noth, während sie an ihrer Position vor dem Adelsviertel stand und bedauerte, nicht beharrlicher um einen Frostkristall gebettelt zu haben. Warum war sie denn sonst hier? Sie konnte nicht kämpfen. Sie hatte ihren Bogen nicht dabei, da das Tragen dieser Waffe ein zu großes Risiko darstellte, vor allem wenn sie in der Ceno-Robe unterwegs war. Unter der Robe verbarg sie eine der kleinen Armbrüste, die ihr Noth aus seinem Rucksack gegeben hatte, aber die Waffe fühlte sich in ihren Händen ungewohnt an. Außerdem zitterte sie so stark, dass sie die Armbrust ohnehin nicht ruhig halten konnte. Sie sehnte sich nach ihrem glatten, geschwungenen Bogen. Die Armbrust schien nur aus harten Kanten, Hebeln und Kurbeln zu bestehen, und es brauchte kein so großes Können wie bei einem Bogen, um damit schießen zu können, aber Winter wusste, dass sie mit ihrer eigenen Waffe weitaus gefährlicher gewesen wäre.

Und selbst mit ihrem Bogen konnte sie nicht so viel ausrichten wie unter dem Einfluss von Frost.

Aber Winter verdrängte jeden Gedanken an das Faltira. Sie hatte es Noth versprochen.

Winter zog ihre Robe enger um sich. *Ich hätte nie gedacht, dass ich die Kälte in Pranna vermissen könnte.* Sie trug unter der Robe die Kleidung, die Kali ihr gegeben hatte, da sie sich inzwischen daran gewöhnt hatte und sie außerdem sehr praktisch war. Doch sie hatte auch ihre Siara umgelegt, obwohl sie selbst nicht sagen konnte, warum. Sie war ihr an diesem Morgen in die Hände gefallen, und plötzlich hatte Winter das starke Verlangen gespürt, sie zu tragen. Sie war natürlich unter der Robe verborgen, und es konnte sie niemand als Tiellanerin erkennen, solange sie ihre Kapuze trug. Aber sie war froh darüber, die Siara bei sich zu haben. Es fühlte sich richtig an, vor allem jetzt, nachdem sie Noth ihre Halskette gegeben hatte.

Sie blickte zum grauen Himmel hinauf und schickte ein verbittertes Gebet in die Wolken. *Falls du da oben bist, du Vettel, dann lass es endlich gut sein mit dem vermaledeiten Schnee. Wir haben schon genug durchgemacht, und das weißt du auch.*

Lian stieß sie von der Seite an. Sie drehte den Kopf, und er nickte die Straße hinunter.

Noth ging am Straßenrand entlang und hatte sich dem Tempo der anderen Fußgänger angepasst, während sich Wagen und Pferde in der Mitte der Kopfsteinpflasterstraße bewegten.

Winter und Lian blieben, wo sie waren, und beobachteten das schmale Tor, das ein Stück weiter die Straße hinunter in das Adelsviertel führte. Alle schienen einen großen Bogen um sie zu machen, und Winter fragte sich, ob das an den Ceno-Roben lag. Unauffällig warf sie einen Blick in eine angrenzende Gasse, in der sich Astrid verbarg.

Sie hofften, dass nur Noth und Astrid in die Befragung verwickelt sein würden. Winter und Lian waren nur da, falls etwas schiefging, hatte Noth gesagt.

Winter beobachtete eine Schneeflocke, die durch die

Luft segelte und schließlich vor ihren Füßen landete. Sie fluchte leise, als eine weitere vom Himmel flog, gefolgt von vielen mehr. Lian starrte sie mit finsterer Miene an, aber sie ignorierte ihn, zog ihre dicke grüne Robe erneut enger um ihren Körper und stampfte mit den Füßen auf den Boden. Bei Cantas verdammten Knochen, es war wirklich unglaublich kalt.

Noth ging an ihnen vorbei. Winter versuchte, ihn nicht anzusehen, konnte jedoch nicht verhindern, dass ihr Blick immer wieder zu ihm hinüberhuschte. Er ging ruhigen Schrittes am Straßenrand entlang und trug seine übliche braun-grüne Wollkleidung und den dicken Umhang, hatte jedoch die Kapuze nicht aufgesetzt, so dass man sein Gesicht sehen konnte.

Einige Augenblicke später stieß Winter Lian an. Es wurde Zeit, ihm zu folgen.

Vor ihnen sah Winter, dass die schmale Straße breiter wurde. Sie gelangten auf einen kleinen, hübschen Platz, der vielleicht drei oder vier Mal so breit war wie die Straße und in dessen Mitte ein runder Brunnen aufragte. An jeder Ecke des Platzes befand sich ein weiterer Brunnen in der Form eines Drachen mit ausgestreckten Flügeln und aufgerissenem Maul, der zur Mitte zeigte. Sie führten jedoch alle kein Wasser, das man während des Winters anscheinend abgestellt hatte.

Der Platz war nicht besonders beeindruckend, und soweit Winter wusste, gab es zahlreiche ähnliche Plätze im Adelsviertel, immer an den Stellen, an denen die Hauptstraßen aufeinanderstießen. Dieser Platz war nur einer von vielen. Einige Adlige standen plaudernd herum, während andere über die freie Fläche schlenderten. Winter zählte insgesamt ein Dutzend Menschen. Mit etwas Glück fand Noth einen ahnungslosen Adligen, konnte ihn in die Gasse zerren und ihm alle Informationen entlocken, die sie brauchten.

Das war es also. Das war ihr Ziel. Hier würde alles …

Auf einmal stutzte Winter und starrte eine kleine Gruppe an, die gerade zum mittleren Brunnen ging. Sie hatten den Platz nicht lange nach Noth betreten.

Einer von ihnen interessierte Winter ganz besonders. Zuerst hatte sie es für eine bloße Ähnlichkeit gehalten. Aber als sie und Lian näher kamen, stellte sie fest, dass es weitaus mehr war.

Das kurze blonde Haar, die auffälligen grauen Augen, die schlanke Gestalt. Die Frau sah Winter direkt an und lächelte. Elsi hatte während ihrer gemeinsamen Reise kaum ein Wort gesprochen und so gut wie keine Gefühlsregung gezeigt. Und doch sah sie Winter jetzt an und schenkte ihr ein Lächeln, das ihr so vertraut erschien, als wäre sie …

Winter entdeckte Nash, der neben Elsi stand.

Mehr musste sie nicht sehen. Sie griff unter ihre Robe und holte die Armbrust hervor.

So viel zu Lians Plan. Sie war so stolz auf ihn gewesen, und es hätte funktionieren können. Winter hob die Armbrust und zielte auf Nashs Brust.

Dann schoss sie und spürte, wie der Bolzen losflog. Im gleichen Augenblick wurde sie von jemandem gepackt, und Hände legten sich um ihre Taille und ihren Hals. Sie schrie auf, und ihre Stimme durchdrang die Nachtluft, während der Bolzen, den sie gerade abgefeuert hatte, direkt an Nash vorbeisegelte, als hätte eine unsichtbare Hand ihn von seinem Kurs abgebracht.

Noth wusste, dass es eine Falle war, als er sich dem Platz näherte. Das vertraute Klacken einer Assassinenarmbrust und Winters Schrei, der von der Straße herüberdrang, verrieten ihm, dass ihr Plan gescheitert war.

Er hatte die drei Gestalten, zwei Frauen und einen Mann, bereits am Brunnen in der Mitte entdeckt und als Gefahr erkannt. Zwei andere Männer in der Nähe der Straße machten ebenfalls einen verdächtigen Eindruck. Die anderen Adligen schrien auf und stoben verschreckt in alle Richtungen davon.

Noth musste sich zuerst der Bedrohung stellen, die ihm am nächsten war. Er griff in seinen Ärmel und zog eines der Wurfmesser heraus, die er mit Klammern an seinen Unterarmen befestigt hatte. Dann wirbelte er herum und schleuderte das Messer auf den Mann, der Winter gepackt hatte, bemerkte dann jedoch, dass Lian diesem bereits mit einer Armbrust in den Rücken geschossen hatte. Noths Messer drang tief in das rechte Auge des Mannes ein, aus dem Blut spritzte, aber die Waffe war damit weg. Er hatte sie vergeudet, der Mann hatte Winter längst losgelassen. Sie stieß ihn von sich weg und schaute Noth mit weit aufgerissenen Augen wütend und gleichzeitig flehentlich an.

Er wusste, was sie wollte, würde es ihr aber nicht geben.

Schon wandte sich Noth den dreien auf dem Platz zu. Die ältere der beiden Frauen war braunhaarig und knochig und ging mit einem Schwert auf Lian und Winter los. Lian hielt jetzt sein Langschwert in der Hand und ging in Verteidigungshaltung. Noth konnte nur hoffen, dass Lian mit der Frau fertig wurde.

Die blonde Frau vor ihm zog ein Schwert, das er schon einmal gesehen hatte. Es war leicht geschwungen und sah genauso aus wie die Waffe, die er auf dem Rücken trug. Noth umklammerte seinen Stab. Die Frau griff ihn an, bevor er sein Schwert ziehen konnte.

Winter legte schnell einen weiteren Bolzen in ihre Armbrust, sie bekam das Chaos um sich herum nur am Rande mit. Ihre Finger zitterten noch immer, aber sie war sich nicht sicher, ob das am Kampf lag oder daran, dass ihr Körper noch immer keinen Frost bekommen hatte. Sie fühlte sich irgendwie fern von allem, als könne sie ohnehin nichts ausrichten.

Sie schob den Bolzen in die Messingschiene, doch ihre Finger kamen mit dem Spannen nicht zurecht. Da es eine so kleine Armbrust war, gab es keinen Fußbügel, mit dem man die Waffe ruhig halten konnte. Die dunkelhaarige Frau vor ihr drängte Lian immer weiter in die Ecke. Winter konnte Astrid nirgendwo sehen, und auch Nash schien verschwunden zu sein. Noth und Elsi kämpften in der Nähe des Brunnens gegeneinander, und Winter sah, wie sie ihre Waffen rasend schnell bewegten. Winter blinzelte. Hatte Elsi ihr die ganze Zeit etwas vorgespielt? Bei der Frau, die Winter jetzt beobachtete, schien es sich nicht um die Elsi zu handeln, an die sie sich erinnerte. Wenn Winter es nicht besser gewusst hätte, wäre sie glatt auf den Gedanken gekommen, die Frau erinnerte sie an …

Winter zuckte zusammen, als sie hinter sich eine Bewegung hörte.

Sie wirbelte herum und schlug mit der Armbrust zu. Die Waffe war zwar kompakt, bestand jedoch aus Holz und Metall und traf mit hörbarem Knacken ihr Ziel, so dass die Knochen in Winters Hand vibrierten.

Der Angreifer steckte den Schlag besser weg, als Winter gehofft hatte. Er starrte sie schnaubend an, während ihm das Blut von der Stirn über Nase und Mund rann.

Wieder schlug Winter mit der Armbrust zu, aber er wich ihr dieses Mal problemlos aus und schlug sie ihr aus der Hand. Die Waffe fiel auf die Straße, und schon stürzte sich der mit einem schweren Streitkolben bewaffnete Mann auf sie. Winter hob die Hände, obwohl sie sich der Sinnlosigkeit ihrer Geste bewusst war. Da stand ihre Welt plötzlich Kopf.

Im nächsten Augenblick lag sie auf der Straße und spürte das Kopfsteinpflaster unter ihrer linken Wange. Ihr Kopf und ihr Arm taten weh. Sie hatte den Geschmack von Blut im Mund. Einen Moment lang verfiel sie in Panik und glaubte schon, Nash wolle sie mit einer Tendra aufspießen, doch dann fiel es ihr wieder ein: Sie hatte gar keinen Frost genommen. Es war ihr eigenes Blut, das sie da schmeckte.

Winter kniete sich hin und hätte sich beinahe übergeben. Als sie sich mit dem Handrücken die Wange abwischte, war dieser rot. Sie sah einen Schatten. Der Mann stand über ihr.

Winter ließ sich fallen und rollte sich gerade noch rechtzeitig weg, so dass der Streitkolben auf dem Boden aufkam. Mit derselben fließenden Bewegung zog sie ihren Dolch und rammte ihn dem Mann von hinten in den linken Fußknöchel. Er schrie vor Schmerz auf, ließ den Streitkolben fallen, stürzte zu Boden und umklammerte sein Bein.

Sofort sprang Winter den Mann an und bohrte ihm den Dolch in die Brust. Euphorie überkam sie. Sie war doch nicht so hilflos. Sie konnte kämpften. Sie konnte noch immer die beschützen, die sie liebte.

Dann spürte sie einen heftigen Schlag auf den Hinterkopf und brach zusammen.

Zum ersten Mal in seinem Leben wusste Nash nicht, was er tun sollte.

Er hatte den Vampir entdeckt und durch eine Seitenstraße verfolgt, dann jedoch aus den Augen verloren. Kali hatte ihm befohlen, das Mädchen zu beschäftigen, aber es gefiel Nash gar nicht, von dem Platz, auf dem sie kämpften, wegbeordert zu werden. Er hatte Winter durch einen Schlag auf den Kopf bewusstlos geschlagen, nachdem sie Erenjin getötet hatte, und konnte jetzt nur hoffen, dass der Hieb keinen zu großen Schaden angerichtet hatte. Es war weitaus besser, sie blieb bewusstlos, als dass sie Frost in die Hände bekam – oder, schlimmer gar, getötet wurde.

Nash sah, dass Lian gegen die Acumantin Vera kämpfte, aber er konnte sich nicht dazu überwinden, in den Kampf einzugreifen. Er hatte Kalis Befehl, den Vampir abzulenken, aus gutem Grund angenommen.

Der Vampir war der Einzige, den Nash ohne zu zögern zu töten bereit war.

Aus dem Augenwinkel nahm er eine Bewegung wahr, und er rollte sich instinktiv auf die Seite und landete in der Hocke.

Als er aufblickte, stand der Vampir grinsend vor ihm.

Nash griff in seine Westentasche und zog vier kleine scharfe Dolche heraus. Er warf sie in die Luft und griff gleichzeitig mit mehreren Tendrae danach. Die Projektile rasten auf den Vampir zu, dem es irgendwie gelang, dreien davon auszuweichen, doch das vierte streifte den Arm des Mädchens. Das war bei weitem nicht genug. Vampire ließen sich nicht so leicht töten.

Also zog Nash sein Schwert und umkreiste das Mädchen. In der anderen Hand hielt er eine große Tasche. Er gestattete sich einen schnellen Blick in Winters Richtung. Das Mädchen lag noch immer am Boden und bewegte sich nicht. Wenn sie während des restlichen Kampfes so liegen blieb, dann konnte Nash sie möglicherweise retten. Er wusste nicht, ob ihm das auch bei einem der anderen möglich sein würde, aber das Mädchen würde er retten. Er musste es einfach tun.

Aber zuerst musste er sich um den Vampir kümmern. Nash ließ die Tasche auf den Boden fallen, griff mit neun Tendrae hinein – der höchsten Zahl, die er gleichzeitig kontrollieren konnte – und holte eine Vielzahl von Waffen heraus. Schwerter, Kurzspeere, Dolche und seine beiden runden Klingen tanzten vor ihm in der Luft.

Der Vampir musterte die Waffen und lächelte noch immer.

Nash griff an. Er attackierte seinen Gegner, als würde er neun Waffen mit neun verschiedenen Armen bewegen, und ließ seine Tendrae durch die Luft wirbeln. Doch das Mädchen war schnell. Sie machte einen Satz, wich seinem ersten Ansturm aus und prallte gegen die Steinwand hinter sich. Nash griff erneut an, aber sie wich Waffe um Waffe aus, glitt zur Seite, sprang hoch oder ließ sich von der Wand auf den Boden fallen, nur um sofort wieder in die Luft zu springen.

Nash, bohrte sich Kalis Stimme in seine Gedanken, unerwünscht und unangemeldet. *Was in Hades Namen tust du denn? Töte das Mädchen. Töte sie jetzt.*

Bitte.

Nash knirschte mit den Zähnen. Der Vampir war schnell und stark, aber er hatte schon gegen schlimmere Gegner gekämpft. Sobald er ihre Haut mit etwas Holz durchbohrt hatte, wäre sie geschwächt und er könnte sie rasch ausschalten.

Doch das Hauptproblem bestand daran, dass Nash bereits entschieden hatte, was er bei diesem Kampf tun würde. Es war Gehorsamsverweigerung und Verrat, aber je länger er darüber nachdachte, desto überzeugter war er, dass es das Richtige war. Er kannte die Risiken. Einen Acumanten zu verärgern, noch dazu einen mit Kalis Fähigkeiten, war Selbstmord. Aber damit konnte er leben – ganz im Gegensatz zu dem, was der Triadin von ihm verlangte. Irgendwie tat ihm Kali sogar leid. Er wusste, dass sie glaubte, die Vorbotin gefunden zu haben. Und dennoch wollte sie so unbedingt die Befehle befolgen und Kosarin zufriedenstellen, dass sie sich die Wahrheit einfach nicht eingestehen konnte.

Ihm war klar, dass er keinen von ihnen töten würde, nicht einmal dieses Mädchen, diesen Vampir. Und ganz bestimmt nicht die Vorbotin.

Er war es leid, seinesgleichen umzubringen.

Kali musste seine Gedanken gehört haben. *Das ist es dann also?*, fragte sie in seinem Kopf.

Es tut mir leid. Er war überrascht, dass sich Kali darauf konzentrieren konnte, so klar in seinem Kopf zu kommunizieren, während sie gleichzeitig gegen Lathe kämpfte, wusste aber auch, dass sie ihn hören konnte.

Wir tun, was wir tun müssen. Viel Glück, Nazaniin. Dann war ihre Präsenz aus seinem Kopf verschwunden.

Astrid sprang von dem Gebäude, so dass Steine, Schlamm und Schnee in die Luft gewirbelt wurden, als sie auf der Straße landete. Sie bewegte sich sofort nach links, sprang wieder los, machte einen Salto nach hinten und landete an einer Mauer, wo sie ihre Klauen zwischen die Steine bohrte.

Der Mann spielte nur mit ihr, so viel war ihr inzwischen klar. Er hätte sie vermutlich längst töten oder zumindest verletzen können, aber er sorgte nur dafür, dass sie in der Defensive blieb. Astrids Gedanken rasten, während sie zu erkennen versuchte, wo die Falle lauerte, in die sie tappen sollte, aber ihr fiel nichts auf. Sie konnte nichts weiter tun, als den unzähligen psimantischen Angriffen des Mannes auszuweichen und sich zu verteidigen.

Noth und die Frau kämpften immer noch am Brunnen gegeneinander. Astrid konnte weder Lian noch Winter sehen, aber sie bemerkte, dass sich die braunhaarige Frau, die eben noch gegen Lian gekämpft hatte, Noth näherte.

Astrid rollte sich zur Seite und sprang sofort wieder in die Luft. Sie klammerte sich an einem Gebäude fest und zog sich aufs Dach. Die Braunhaarige schlich sich gerade hinter Noths Rücken an. Astrid rannte über das Dach, während hinter ihr Waffen gegen den Stein donnerten. Dann sprang sie, segelte über die Blondine und über Noth hinweg und landete direkt auf der Braunhaarigen, die sie zu Boden drückte. Sie rollten sich herum, und die Frau saß schließlich rittlings auf Astrid – genau, wie sie es geplant hatte.

Die Braunhaarige riss die Augen auf, als sich eines der psimantisch geführten Schwerter in ihren Rücken bohrte.

Zwar wurde Astrid ebenfalls davon durchbohrt, aber

für sie waren es nur Schmerzen. Für die Frau auf ihr bedeutete es den Tod.

Astrid schob die Frau von sich herunter und zuckte zusammen, als die Klinge aus ihrem Bauch gezogen wurde. Sie kam taumelnd wieder auf die Beine und sah gerade noch, wie die Blondine Noth entwaffnete.

Anscheinend hatte Astrid Noth abgelenkt, als sie hinter ihm gelandet war. Sie fluchte leise. Noth starrte die Frau an, die ihm ihr Schwert an die Kehle hielt. Die Waffen, die um Astrid herumgeflogen waren, fielen klappernd zu Boden. Der andere Mann, Nash, stand ruhig da und verschränkte die Arme vor der Brust.

Astrid wandte Noth den Rücken zu und spannte die Beine an, um loszuspringen. Die Frau drückte Noth das Schwert noch immer gegen den Hals.

»Dich hebe ich mir bis zum Schluss auf«, flüsterte die Frau. Dann drehte sie sich zu Astrid um. »Einen Vampir und einen Nazaniin-Assassinen in einer Nacht zu töten, das wird mich berühmt machen.« Sie ging auf Astrid zu. Hinter ihr stand Noth reglos da, ließ die Arme an die Seiten sinken und hatte die Augen weit aufgerissen.

Warum bewegst du dich nicht, du Idiot?, fragte sich Astrid.

Der Blick der Frau wanderte von Astrid zu Nash. »Ich muss heute keine zwei Nazaniin töten«, sagte die Frau. »Komm zu mir zurück, Nash. Du kannst dich noch immer der Seite der Gewinner anschließen.«

»Ich bleibe lieber auf der richtigen Seite«, erwiderte der Mann.

Plötzlich konnte sich Astrid nicht mehr bewegen.

Schmerz durchdrang ihren Körper und ihre Knochen, aber er war weder brennend noch bohrend, sondern ein allumfassender Schmerz, der alle Macht und Wut der

Sphaera zu beinhalten schien. Sie stand stocksteif und mit weit aufgerissenem Mund da, und ihr tropfte der Speichel von den Fangzähnen. Ein leises, langgezogenes Krächzen entrang sich ihrer Kehle.

Die Frau hatte Nachtbann in der Hand.

Kali runzelte die Stirn, hielt die mit dem Kraut umwickelte Klinge vor sich und sah zu, wie der Dämon litt. Eigentlich mochte sie es nicht, andere leiden zu sehen. Aber wenn diese kleine Schlampe nicht gewesen wäre, dann hätten sie Lathe schon vor sehr langer Zeit erwischt. Daher war es ihr jetzt fast schon ein Vergnügen, mit anzusehen, wie sich die Kleine vor Schmerzen wand. Aber nur fast. Zumindest lenkte es Kali von ihrem eigenen Schmerz ab.

Hinter ihr wand sich Lathe unter dem Geistbann, den sie um ihn herum gewebt hatte. Sie hätte den Psimanten gern in Hochform getötet, aber so musste sie eben mit dem Mann vorliebnehmen.

Sie schickte einen kleinen psionischen Stoß in Lathes Geist, der ihn davon abhalten sollte, sich noch länger gegen sie zu wehren.

Doch der Stoß ging daneben. Kali drehte sich überrascht zu Lathe um. Ihr Geistbann war noch immer aktiv, aber ihr Stoß war einfach durch den Mann hindurchgeglitten, als wäre …

Als wäre dort gar nichts.

Kali kniff die Augen zusammen. Das kam unerwartet.

»Lathe, nutze deine Fähigkeiten!«, rief Nash. »Das ist deine einzige Chance gegen sie!«

Kali starrte Nash wütend an und zog den Geistbann,

den sie bereits um ihn gelegt hatte, noch enger zusammen.

»Es tut mir sehr leid, dass es dazu kommen musste«, sagte Kali und meinte die Worte aufrichtig.

»Winter ist die Vorbotin«, erwiderte Nash. »Du weißt es, Kali. Akzeptiere es. Tu das Richtige, du weißt, was das ist.«

Kali schluckte schwer. Sie hatte ihre Befehle. Ihre Befehle waren das Richtige.

»Es tut mir leid, Nash. Du hast das Ziel aus den Augen verloren.«

»Das habe ich nicht«, entgegnete Nash gepresst. »Ich habe nur ein besseres gefunden.«

Aus dem Augenwinkel sah Kali eine schnelle Bewegung. Der Stab, den Lathe kurz zuvor noch in der Hand gehalten hatte, flog in die Luft und raste auf sie zu.

Kali konzentrierte sich und schickte einen gewaltigen psionischen Stoß direkt in Nashs Geist. Er riss den Kopf nach hinten und verdrehte die Augen. Dann brach der Körper ihres einstigen Geliebten auf dem blutrot verschmierten Schneematsch zusammen. Sein Geist war in seinem Körper explodiert, und jetzt war nichts mehr von ihm übrig.

Kali musterte wieder den Vampir, der steif dastand. Ihre mit Nachtbann umwickelte Klinge würde die Bestie so lange bewegungsunfähig machen, wie sich Kali in einer bestimmten Entfernung aufhielt. Sie runzelte die Stirn und stieß dem Vampir die Klinge in die schmale Brust. Das Mädchen stieß noch einen erstickten, abgehackten Schrei aus und sackte dann zuckend auf den Boden.

Kali drehte sich zu Lathe um, während sie mit ihrem Verstand nach den anderen suchte. Sie fand Lian und danach auch Winter, die beide bewusstlos waren. Sie griff auf ihre mentalen Reserven zu und bereitete einen weiteren psionischen Stoß vor. Eigentlich hatte sie vorgehabt, ihnen allen einen schnellen Tod zu bringen.

Aber dann hatte sie sich gezwungen gesehen, Nash zu töten. Jetzt wurde Kali immer zorniger und beschloss, sie erst noch leiden zu lassen.

Noth sah entsetzt zu, wie sich Astrid auf dem Boden wand, wie sie zuckte und schrie. Das Mädchen erbrach einen Blutschwall, der den Schnee unter ihr rot färbte. Noth war noch immer gefangen, als wäre die Verbindung zwischen seinem Verstand und seinen Gliedmaßen durchtrennt worden. Er konnte sich nicht bewegen. Aber da war noch etwas anderes in seinem Kopf, wie eine schwache Erinnerung, fast schon greifbar, ein winziger Riss im Gefüge.

Dann hörte er einen Schrei. Zuerst von Lian und dann auch von Winter. Die Stimmen der beiden vereinten sich im Schmerz. Sie waren beide bewusstlos gewesen, Noth hatte selbst gesehen, wie sie zu Boden gestürzt waren. Diese Frau machte etwas mit ihnen. Noth spürte einen seltsamen Druck in seinem Schädel, aber was immer es auch war, es schien nicht zu ihm durchzudringen. Die Frau sah ihn mit finsterer Miene an.

Was immer sie da auch tat, er musste sie aufhalten.

Noth konzentrierte sich auf den Riss in seinem Geist und zerrte weiter daran. Nichts geschah. Er kratzte an dem Loch und warf sich mit seiner ganzen Existenz dagegen.

»Wer bist du?«, fragte Noth. Er musste sich mehr Zeit verschaffen. Wenn er doch nur durchbrechen könnte …

Die Frau lachte, aber darin lag eine Traurigkeit, die Noth an ein einsames, melancholisches Lied erinnerte. »Aber natürlich. Nach all dieser Zeit weißt du es nicht. Mein Name ist Kali.«

Noth blieb still. Er war die Sache völlig falsch angegangen. Im vergangenen Jahr war jedes wiedergefundene Talent einfach so zu ihm zurückgekehrt, waren es nun Knoten, das Fischen oder das Kämpfen. Es war einfach passiert. Vielleicht war es hier ja genauso. Wenn er sich nur entspannen konnte, würde sich sein Verstand möglicherweise wieder daran erinnern.

In diesem Augenblick veränderte sich etwas. Was immer die Frau auch mit ihm gemacht hatte, es war plötzlich verschwunden.

Noth griff in das Bündel, das er auf dem Rücken trug, und zog sein Schwert heraus, dessen Griff ihm gleichzeitig vertraut und fremdartig in der Hand lag. Seine Schulter schmerzte bei der Bewegung, aber der Schmerz ließ nach, als er auf die Frau zurannte. Auf Kali.

Sie reagierte schnell und zog einen Dolch aus ihrem Gürtel, doch ihr Schwert steckte noch immer in Astrids Brust. Noth wartete nicht, bis sie diese Waffe wieder an sich genommen hatte.

Er stürmte auf sie zu, parierte Kalis ersten Schlag, rammte ihr den Ellbogen gegen die Nase und vergrub dann sein Schwert bis zum Griff in ihrer Brust. Warmes Blut sickerte langsam auf seine Hand.

Kali blickte überrascht zu ihm auf. Sie hatte die Augen weit aufgerissen, den Mund noch weiter und klappte ihn jetzt wie ein Fisch auf und zu. Sie keuchte, wobei ihr Blut und Galle über die Lippen liefen, und sah sich angstvoll um.

Schneller, als Noth erwartet hatte, riss die Frau den

Dolch hoch und zielte auf seine Kehle. Aber Noth war noch schneller, er duckte sich und zog sein Schwert wieder aus der Brust der Frau heraus. Er machte einen Schritt nach hinten, als Kali auf die Knie ging.

»Lathe«, keuchte sie. »Es tut mir leid ... ich habe nur ... Befehle ...«

»Mein Name ist Noth«, unterbrach er sie und hob sein Schwert.

Er stürzte vor und stieß Kali die Klinge durch den Hals. Ihre Augen wurden glasig, und sie sackte nach hinten. Noth zog das Schwert wieder heraus, als sie auf den blutigen Schnee fiel.

Mit der Klinge an der Seite drehte sich Noth zu seinen Freunden um.

Ihre Schreie waren verstummt, aber keiner von ihnen stand auf. Noth wusste nicht, ob sie tot oder bewusstlos waren, und bevor er es auch nur herausfinden konnte, hörte er bereits den Klang näher kommender Hufe und Schritte. Ein ganzes Aufgebot Schnitter betrat in Begleitung des mit einer Robe bekleideten Ceno den Platz.

»Nehmt ihn lebendig in Gewahrsam«, ordnete irgendjemand an, »ebenso wie jeden anderen, der noch atmet.«

Noth fiel das Schwert aus den gefühllosen Fingern. Ihr Plan war gescheitert.

Seine letzten Gedanken galten Winter, bevor er einen stechenden Schmerz am Hinterkopf spürte und ihn Schwärze umfing.

KAPITEL 50

Cinzia blickte um die Absperrung herum, die sie in ihrem Zimmer errichtet hatten. Kovac stand vor der Tür und hatte die Hände hinter dem Rücken verschränkt. Er trug seine Plattenrüstung, sah ohne den Wappenrock und die Insignien der Göttinnenwache jedoch irgendwie nackt aus. Sein Langschwert und sein Dolch steckten in den Scheiden an seinem Gürtel.

»Bitte, setzt Euch doch, Kovac. Ihr müsst Euch ausruhen. Mir ist, als wärt Ihr schon den ganzen Tag auf den Beinen.«

»Ich kann noch länger stehen, Herrin.«

Sie waren gerade vom Essen im Schankraum zurückgekehrt. Cinzia hatte wieder einmal Eintopf gegessen. So langsam fragte sie sich, ob in Gasthäusern auch noch etwas anderes serviert wurde. Doch an diesem Abend hatte sie sich dazu ein Glas gewürzten Wein gegönnt. Das Getränk hatte nach Zimt geschmeckt und ein warmes, wohliges Gefühl in ihrem Bauch zurückgelassen.

»Ich glaube nicht, dass wir etwas zu befürchten haben«, sagte Jane. »Ihr solltet Euch wirklich ausruhen, Kovac. Ihr könnt die Ruhe gebrauchen.« Cinzia warf ihrer Schwester einen dankbaren Blick zu und war froh, dass sie auch etwas gesagt hatte.

»Ich werde mich ausruhen, wenn Ihr es tut. Bis dahin erfülle ich meine Pflicht.«

Cinzia schüttelte den Kopf. Sie hatte gewusst, dass sie es ihm nicht ausreden würde.

»Ob sie es wohl in den Palast geschafft haben?«, fragte Cinzia niemanden im Besonderen. Sie musste an Noth und die anderen denken, seit diese aufgebrochen waren. Die Ablenkung hatte ihr das Übersetzen erschwert, da die Worte und Symbole so noch verschwommener wirkten als sonst.

Jane schürzte die Lippen. »Sie sind jetzt in Cantas Händen. Ich weiß nicht, wie es ihnen heute Nacht ergehen wird, aber unsere Wege werden sich erneut kreuzen. Wir werden zumindest einige von ihnen wiedersehen.«

Cinzia schüttelte den Kopf. »Das kannst du doch gar nicht wissen, Jane. Warum sagst du so etwas?«

Jane lächelte Cinzia traurig an. »Ob du es mir nun glaubst oder nicht, ich weiß, was ich weiß.«

Cinzia sah unter das Bett, wo sie den Kodex von Elwene hinter ihrem Gepäck versteckt hatten. »Hilfst du mir?«

Sie zogen das Buch zusammen heraus und legten es auf das Bett. Dann drehte sich Jane zu Cinzia um. »Erzähl mir von deiner Offenbarung«, sprudelte es aus ihr heraus. »Was genau ist in Navone passiert?«

Cinzia verdrehte die Augen. »Willst du ausgerechnet jetzt darüber reden?«

»Ich … ich wusste die ganze Zeit nicht, was ich sagen soll. Doch dann wurde mir klar, dass das auch gar nicht wichtig ist.« Jane hatte ihr blondes Haar nicht gekämmt, und in ihren blauen Augen spiegelte sich das Licht der Kerze.

Cinzia schüttelte den Kopf. Sie ärgerte sich einerseits darüber, dass Jane dieses Thema jetzt ansprach, nach so langer Zeit, andererseits war sie auch erleichtert. Sie musste unbedingt darüber reden.

»Ich weiß nicht, was passiert ist«, sagte Cinzia. »Ich war das nicht, die da gesprochen hat, so viel steht fest. Es fühlte sich an, als ob … als ob ich neben mir stünde und mir das alles von außen ansehe.« Sie war sich bewusst, dass Kovac auf der anderen Seite der Abtrennung stand und sie hören konnte. Anscheinend vertraute Jane ihm ebenso wie Cinzia. Das war gut. Kovac war ein Mann, der ihr Vertrauen verdient hatte. »Ich weiß, dass sich das merkwürdig anhört. Für dich mag es so aussehen, als würde ich an meine eigene Offenbarung glauben, während ich an deinen zweifle, und das ist … unfair, gelinde gesagt. Aber in Wahrheit habe ich nicht die geringste Ahnung, was in Navone passiert ist.«

Jane atmete erleichtert auf. »Es gibt da etwas, das ich dir sagen muss, Cinzia. Es geht um das, was passiert ist.« Sie nahm Cinzias Hand. »Vielleicht sollten wir uns hinsetzen«, schlug sie vor und führte Cinzia zum Bett. »Ich hatte letzte Nacht einen Traum, in dem mir Canta erschienen ist.«

Cinzia setzte sich gerade hin. »Was?«

»Ich hatte einen Traum, in dem mir Canta erschienen ist. Was mir gleich aus mehreren Gründen merkwürdig vorkommt«, sagte Jane und legte den Kopf leicht schief. »Sie ist mir noch nie zuvor im Traum erschienen, sondern immer nur von Angesicht zu Angesicht.«

Cinzia sah ihre Schwester fragend an. Wäre sie derartige Aussagen nicht inzwischen längst von Jane gewohnt gewesen, dann hätte sie eine solch verrückte Behauptung sofort angezweifelt.

»Und da ist noch etwas anderes.« Jane blickte ihre Schwester entschlossen an. »Ich hatte seit Navone nicht mehr mit der Göttin gesprochen. Seit dem Tag, an dem ich mich der Heiligen Hexenjägerin ausgeliefert habe.«

»Was hat das zu bedeuten? Was willst du mir damit sagen?«

»In meinem Traum hat sie mir erklärt, warum sie nicht mit mir gesprochen hat. Etwas – jemand – hat sie blockiert. Seit dieser Nacht in Navone. Etwas hat ihre Verbindung zur Sphaera unterbrochen.«

Cinzia schüttelte den Kopf. »Das ist unmöglich. Canta ist allmächtig. Nichts könnte sie davon abhalten, mit der Sphaera Kontakt aufzunehmen, wenn sie das möchte.«

»Genau das habe ich auch immer gedacht. Aber denk doch mal an das, was wir gerade übersetzen. Denk an die Prophezeiungen. Die Nacht bricht an. Die Dämmerung ist längst über uns gekommen. Dinge verändern sich, und ich glaube, nicht einmal Canta hat die Macht, sie aufzuhalten.«

»Selbst wenn das stimmt«, sagte Cinzia, »was bedeutet es dann? Dass meine Vision – oder was immer es auch war – nicht von Canta kam? Das ergibt doch keinen Sinn. Wenn es nicht Canta war, wer war es dann?«

»Das weiß ich nicht«, flüsterte Jane, die Cinzias Hand fest umklammerte. »Aber es war nicht Canta. Das hat sie mir versichert. Sie war es nicht, Cinzia.«

Cinzias Gedanken überschlugen sich. Sie hatte auf jeden Fall irgendetwas in Navone erlebt, und außerdem konnte sie jetzt auf unerklärliche Weise eine Sprache übersetzen, die sie gar nicht beherrschte. Aber wenn sie Jane glaubte …

Nein.

»Du musst dich irren«, hörte sich Cinzia sagen. Sie stand auf. »Was immer du da sagst … Jane, das kann nicht stimmen. Deine Visionen sind nicht echt. Dein Traum war nicht real. Nichts von alldem ist möglich, das kann einfach nicht sein.«

Cinzia marschierte um die Abtrennung herum und stürmte an Kovac vorbei.

»Cinzia!«, rief Jane ihr nach. »Wo willst du hin?«

»Priesterin …«, begann Kovac, aber Cinzia blieb nicht stehen, um sich seinen Protest anzuhören. Sie riss die Tür auf und ging auf den Flur hinaus, während ihr die Worte ihrer Schwester wie Steine auf der Seele lagen.

Doch anstatt in den Schankraum zu gehen, stellte Cinzia fest, dass sie sich auf den Weg nach oben machte. Das Gasthaus hatte drei Stockwerke, und Cinzia erinnerte sich daran, dass es kein Kuppeldach besaß, auch wenn diese in Izet so beliebt waren. Sie brauchte Raum zum Atmen. Sie brauchte frische Luft.

Was mache ich hier in Roden? Sie hatte Noth und Winter, Lian und Astrid in diesen Schlamassel mit hineingezogen. Bei der Göttin, Cinzia hatte Kovac den weiten Weg zurücklegen lassen, und wozu? Anfangs hatte sie sich eingeredet, sie hätte die Führung übernommen. Aber jetzt wurde ihr bewusst, dass sie alle Marionetten gewesen waren.

So, wie sie das sah, hatte sie drei Möglichkeiten. Wenn Canta ihr die Vision geschickt hatte, dann würde vielleicht alles wieder gut werden. Aber tief in ihrem Herzen wusste Cinzia, dass das nicht der Wahrheit entsprach. Was immer sie damals vor dem Feuer erlebt hatte, die Göttin war nicht der Grund dafür gewesen. Die Offenbarung hatte niemals stattgefunden, und Janes Worte bestärkten sie nur weiter in diesem Glauben.

Vielleicht gab es ja gar keine Göttin. Möglicherweise war ihre Vision nur ein verrückter Unfall gewesen, eine seltsame Kombination aus Rauchschwaden in der Luft und aus dem Gleichgewicht gebrachten Körpersäften. Das war auch nicht weiter hergeholt als die Vorstellung, es könnte eine unsterbliche, allmächtige Frau im Himmel existieren, die alle Geschicke auf der Sphaera lenkte. Ihre Familie war getrennt worden, ihre Heimatstadt zum Schauplatz eines Massakers geworden, ihre Stellung innerhalb der Denomination ins Wanken geraten. Die Göttin, die Cinzia angebetet hatte, hätte so etwas niemals zugelassen, zumindest hatte Cinzia das immer geglaubt. Nur ihre Fähigkeit, diese Texte zu übersetzen, hatte sie nachdenklich gemacht. Diese seltsame Kraft musste doch irgendwo herkommen.

Die letzte Möglichkeit ängstigte Cinzia am meisten. Wenn ihre Vision nicht von Canta stammte und es auch kein natürlicher Zufall gewesen war, dann musste etwas anderes dahinterstecken. Wenn das, was sie aus den Neun Schriften übersetzten, ein Hinweis war, dann musste es sich dabei um etwas sehr Finsteres handeln.

Sie erreichte eine schmale Tür am Ende der Treppe, die mit einem Schloss versperrt war. Cinzia trat wütend gegen die Tür, erinnerte sich dann jedoch an den Dolch, der an ihrem Gürtel hing. Nach dem Angriff am Fluss hatten Jane und sie sich Waffen zugelegt. Cinzia rammte den Dolchgriff so fest sie konnte gegen das Schloss, aber es hielt. Sie versuchte es wieder und wieder, bis das Schloss schließlich aufsprang. Beinahe wäre Cinzia in den Schnee gestürzt, als sie die Tür aufriss und in die kalte Nacht hinausstürmte.

Sie hatte keinen Umhang dabei, und der Wind wehte eisig über ihre Haut. Es schneite, und die weißen Punkte schienen sich bis in das unendliche Dunkel über ihr auszubreiten. Sie ging an den Rand des Daches und blickte auf die Stadt unter sich herab, während sie den Dolch fest umklammerte.

Völlig unvermittelt bewirkten die gewaltige Stadt, der Schnee, der um sie herum vom Himmel fiel, und der weite dunkle Himmel über ihr, dass sie sich winzig klein fühlte. Die Schuldgefühle und Verwirrung der vergangenen Monate brachen mit einem Mal über sie herein. Sie hatte das Gefühl, sie verdiene es nicht, zu leben. Cinzia hob den Dolch hoch und starrte die Klinge an. Sie strich mit einem Finger über die Klinge, und sie begann sofort zu bluten, aber sie spürte es nicht einmal.

Wenn sich Cinzia jetzt einfach den Dolch in die Brust stieß, welchen Unterschied machte das schon? Ihre Familie würde überleben. Ihre Schuldgefühle, weil sie Jane und Kovac nach Roden gebracht hatte, würden sie nicht mehr heimsuchen. Sollte die Dunkelheit sie doch holen. Cinzia war nur ein winziger Fleck auf der gewaltigen Sphaera, und der Verlust eines dieser Flecken hatte nicht das Geringste zu bedeuten.

Doch da überkam es sie.

Schlagartig verließ sie die Finsternis, und Cinzia spürte nichts als Gelassenheit. Es war, als hätte sie sich in einer dunklen Kammer aufgehalten, und plötzlich waren die Fensterläden geöffnet worden, so dass das Sonnenlicht eindringen und ihr Herz erfüllen konnte. Sie spürte all das und noch etwas anderes.

Sie spürte Liebe.

»Canta?«, flüsterte Cinzia.

Sie bekam keine Antwort.

»Ist es denn wirklich so einfach?«, murmelte sie staunend.

Wieder herrschte nur Schweigen, aber Cinzia wusste dennoch genug. Sie spürte die kalte Luft um sich herum und hörte unter sich in der Stadt Schritte und leise Stimmen. Vielleicht hatte sich Cinzia bewusst für dieses Wissen entschieden, aber das war nicht weiter wichtig. Das Gefühl war auf jeden Fall echt. Sie war nur ein Fleck auf der Sphaera, das stimmte, aber da draußen gab es eine Macht, die sie liebte.

Cinzia ließ den Dolch sinken, machte einen Schritt nach hinten und blickte in den Schnee hinaus. Das, was eben noch überwältigend auf sie gewirkt hatte, war auf einmal eine wundervolle unermessliche Weite. Eine Weite, von der Cinzia ein Teil war.

Sie traf ihre eigenen Entscheidungen. Ihre Taten ließen sich nicht rückgängig machen. Aber jetzt würde Cinzia mit der Zeit, die ihr gegeben worden war, tun, was sie konnte.

Cinzia wandte sich vom Dachrand ab und sah, dass Jane auf sie zustürzte.

»Cinzia! Was machst du denn? Wir haben überall nach dir gesucht und dachten, du wärst nach unten gegangen!«

»Es geht mir gut«, sagte Cinzia, und das entsprach auch der Wahrheit. Sie ging zurück zur Tür.

»Was tust du?«, rief Jane ihr hinterher.

»Wir haben zu arbeiten.« Möglicherweise sollten sie gar nicht in Roden sein, aber sie konnten sich dennoch der Übersetzung widmen. Sie konnte dabei etwas bewirken.

Sie konnten damit vielleicht sogar etwas Gutes tun.

❖

»Priesterin, ich muss darauf bestehen, dass Ihr nicht noch einmal allein fortgeht. Das ist viel zu gefährlich.«

Ohne nachzudenken, umarmte Cinzia Kovac. »Es tut mir leid. Ich weiß, dass Ihr Euch um mich gesorgt habt, aber jetzt geht es mir wieder gut.« Anfangs lag Kovac steif in ihren Armen, aber nun entspannte er sich langsam. »Ihr müsst Euch keine Sorgen machen«, versicherte sie ihm. »Ich werde es nie wieder tun.«

Aber Kovacs Stimme klang weiterhin steif. Ihre Göttinnenwache war immer so ernst. »Meine Herrin, ich denke nicht, dass sich das ziemt.«

Cinzia lächelte und lehnte den Kopf an seine Brust. »Ich weiß«, murmelte sie.

Als sie sich von ihm löste, blickte Kovac stirnrunzelnd auf sie herab. »Ihr könntet Euch wenigstens ein bisschen ausruhen, Herrin. Ihr habt kaum geschlafen. Das kann so nicht weitergehen.«

Sie schenkte ihm noch ein Lächeln und trat hinter die Abtrennung. »Schlafen kann ich, wenn meine Arbeit vollbracht ist«, rief sie ihm über die Schulter zu. Dann setzte sie sich mit dem Kodex auf das Bett. Als sie aufblickte, bemerkte sie, dass Jane sie anstarrte.

»Was ist?«

»Irgendetwas ist in dich gefahren, Schwester. Bist du dir sicher, dass es dir gutgeht?«

Cinzia holte tief Luft. Sie konnte ihre Gefühle nicht einmal ansatzweise beschreiben. »Es geht mir gut, Jane. Versprochen. Lass uns jetzt weitermachen.«

Doch Jane starrte sie noch immer an.

Cinzia seufzte. »Bist du müde? Ich glaube, ich könnte die ganze Nacht lang übersetzen, wenn du weiterschreiben kannst.«

Endlich schien sich Jane zu entspannen und lehnte sich auf ihrem Stuhl zurück. »Ich bin einerseits müde, andererseits aber auch wieder nicht. Ich spüre die Erschöpfung, aber gleichzeitig auch noch etwas, das mich antreibt.«

»Mir geht es genauso«, bestätigte Cinzia. Es war seltsam, sie hatten so viele Nächte hindurch übersetzt, aber Cinzia fühlte sich eigentlich nicht wirklich müde. Es kam ihr vielmehr so vor, als hätte sie seit Beginn der Übersetzung viel mehr Energie, was bei so wenig Schlaf eigentlich unmöglich sein sollte.

»Canta stärkt uns«, sagte Jane. »Die Übersetzung ist sehr wichtig. Da ist etwas, das wir finden müssen, denke ich. Etwas, das wir ihrer Meinung nach herausfinden müssen.« Jane hielt inne. »Ich bin nur besorgt, dass wir nicht schnell genug sein könnten.«

»Dann sollten wir keine Zeit mehr vergeuden«, erwiderte Cinzia. Aber als sie das Buch aufschlug, konnte sie die richtige Stelle nicht mehr wiederfinden. Bisher war es immer so gewesen, dass sie den Kodex von Elwene an genau dem Punkt aufgeschlagen hatte, an dem sie aufgehört hatten. Das war ein kleines Wunder, das sie derselben Macht zuschrieb, die es ihr überhaupt erst ermöglichte, den Text zu übersetzen. Aber dieses Mal klappte es nicht. Cinzia starrte die Worte an und überlegte, was sie als Letztes gelesen hatte. Sie wusste, dass sie sich dem Ende des Buches von Arcana näherten. Mit etwas Glück gelang es ihnen im Laufe der Nacht sogar noch, das Buch von Cinzia abzuschließen.

Aber das würde ihnen erst gelingen, wenn Cinzia die richtige Stelle wiederfand. Sie runzelte die Stirn und blätterte Seiten um, die ihr völlig unbekannt vorkamen. Normalerweise dauerte es einen Augenblick, bis die Worte Gestalt annahmen und sie sie verstehen konnte. Aber irgendetwas stimmte nicht.

Sie konnte die Worte der Neun Schriften nicht mehr lesen. Die Symbole waren bedeutungslos geworden.

»Cinzia … Spürst du das?«

Cinzia schüttelte den Kopf und blätterte immer schneller. Das konnte einfach nicht wahr sein. Die Symbole blieben für sie weiterhin rätselhaft.

»Cinzia, irgendetwas stimmt nicht.«

Warum sollte Canta ihr das antun, noch dazu ausgerechnet jetzt? Genau in dem Augenblick, in dem sie eine solche Verbindung zur Göttin gespürt hatte, wurde ihr die Fähigkeit genommen, den Text zu übersetzen.

»Cinzia!«

Cinzia sah mit aufgerissenen Augen zu Jane hinüber. Dann hörte sie die Stimme.

Sie war leise und tiefer als jede Stimme, die sie in ihrem ganzen Leben gehört hatte. Ihr Klang vibrierte und schien ihre Knochen zu erschüttern. Gleichzeitig schien die Stimme von einer feurigen Resonanz umgeben zu sein und klang, als hätte man einen dicken Ast auf ein Signalfeuer geworfen.

Die Stimme drang durch die Abtrennung zu ihnen herüber, und mit ihr kam die Furcht.

»Ihr seid zu spät«, erklärte die Stimme. *»Es hat bereits begonnen.«*

»Kovac?«, flüsterte Cinzia. Es war nicht seine Stimme, dessen war sie sich sicher. Und dennoch war er der Einzige, der sich auf der anderen Seite befand. »Geht es Euch gut?«

»Kovac ist fort. Ich kam auf dem Dach nicht an Euch heran, und ich kann Eure Schwester nicht erreichen, aber dieser Mann gehört jetzt mir.«

Cinzia sah Jane an. Ihre Schwester hatte die Augen vor Angst weit aufgerissen, und ihr liefen Tränen über die Wangen.

»Ihr seid beide zu spät. Eure Bemühungen sind vergebens. Ihr habt meine Macht gespürt, seitdem ich in

Navone Eure Seelen berührt habe. Und jetzt, heute Nacht, beginnt die Auferstehung. Heute Nacht erobern wir die Sphaera zurück. Die heutige Nacht steht für das Ende Eurer Göttin.«

»Wer seid Ihr?«, fragte Cinzia mit zitternder Stimme. Sie wagte es nicht, hinter die Abtrennung zu blicken.

»Wir sind die Neun. Und ich … bin die … Furcht.«

Etwas stürmte auf Cinzia zu, und sie schrie. Eine Hand legte sich um ihre Kehle, und sie wurde gegen die Wand gedrückt. Sie blinzelte, da ihr die Tränen in die Augen schossen. Kovac stand vor ihr und hatte eine Hand an ihrem Hals. Mit der anderen hielt er Jane ebenfalls am Hals fest und drückte sie gegen die Wand. Cinzia kratzte an seiner Hand, schlug danach, hämmerte mit aller Kraft darauf ein, aber Kovacs Arm war wie Stein. Sie trat und schlug um sich, doch Kovac bewegte sich nicht einmal.

Die Stimme drang aus Kovacs Kehle.

»Fürchtet mich.«

Durch den Tränenschleier sah Cinzia Kovacs Gesicht. Er hatte den Mund zu einem grotesken Schnauben verzogen, und in seinen Augen brannte ein grünes Feuer. Schimmernde Rauchschwaden stiegen von seinen Augen auf, und Cinzia spürte, wie ihre Kraft schwand.

»Fürchtet mich und sterbt.«

Doch Cinzia trat weiter um sich und stieß mit dem Oberschenkel gegen etwas, das an Kovacs Taille hing.

Es war sein Dolch.

Cinzia griff danach, streckte den Arm aus, so weit sie konnte, und berührte den Griff mit den Fingerspitzen. Sie kämpfte gegen die Hand an, die ihr die Kehle zudrückte. Sie bekam keine Luft mehr. Dunkelheit machte sich am Rand ihres Sichtfeldes breit.

Canta, steh mir bei!

»Fürchtet mich und sterbt!«

Endlich konnte Cinzia die Hand um den Dolchgriff legen. Sie zog ihn aus der Scheide und stach ihn ihrer Göttinnenwache ins linke Auge. Dabei spürte sie, wie die Klinge über Knochen schabte.

Kovac schrie, und dabei vermischte sich seine Stimme mit der tiefen, feurigen, die nicht zu ihm gehörte. Cinzia stürzte zu Boden, als er sie ebenso wie Jane losließ.

Kovacs Schrei verstummte, und der große Mann taumelte nach hinten und sackte in sich zusammen.

Das grüne Licht in seinen Augen war verschwunden. Der schimmernde Rauch stieg nicht länger auf. Das unverletzte Auge gehörte erneut Kovac und sah aus, wie Cinzia es seit Jahren kannte: blassblau wie das ihrer Göttinnenwache.

Cinzia erhob sich auf allen vieren und rang nach Luft. Sie fühlte sich, als könnte sie nie wieder genug Atem holen. Dann sah sie zu Jane hinüber. Ihre Schwester lag mit weit aufgerissenen Augen auf dem Boden und schnappte nach Luft.

»Jane«, keuchte Cinzia und half ihrer Schwester, sich aufzurichten. »Jane«, wiederholte sie, brachte aber nicht mehr heraus.

Jane nickte nur. Sie schickte Cinzia mit einer Handbewegung fort und deutete auf etwas hinter sich.

Cinzia drehte sich voller Angst um und glaubte schon, Kovac wäre noch am Leben – sie befürchtete, der Dämon, der von ihm Besitz ergriffen hatte, wäre noch immer in ihm. Aber Kovac war tot, und sein Blut lief am Dolch herunter. Er hatte das andere Auge weit aufgerissen und schien Cinzia damit anzusehen.

»Es tut mir so leid«, wollte Cinzia flüstern, aber die Worte kamen ihr einfach nicht über die Lippen.

»Der Kodex«, murmelte Jane, die sich den Hals hielt. »Die Übersetzung. Wir müssen sie beenden.«

Cinzia nickte. Sie kroch an Kovacs Leiche vorbei zum Bett. Seltsamerweise empfand sie kein Entsetzen, auch wenn sie spürte, dass sie kurz davor war, in Panik auszubrechen.

Die Buchseiten öffneten sich an der Stelle, an der sie mit der Übersetzung aufgehört hatte.

Bleich und mit schmerzendem Hals las Cinzia die letzten Worte auf der letzten Seite des Buches von Arcana.

»›Und so wird es geschehen, dass die Vorbotin in das Herz des Drachen reist, zusammen mit jenem, dessen Geist verloren ist, der uralten Jungen sowie dem reinen Herzen. Dennoch werden sich alle danach sehnen, nie ihr Heim verlassen zu haben, nie das Land ihres Volkes hinter sich gelassen zu haben. Was verloren ist, soll gefunden werden, was gefunden wurde, soll verloren gehen. Die Unschuldigen werden vergehen, die Verfluchten werden weiterleben. Und alle sollen die Furcht kennenlernen, wenn der Drache erschlagen wird, die Königin des Chaos aus der Asche der Vorbotin aufersteht und sich die Dämonen erneut auf der Sphaera erheben.‹«

KAPITEL 51

Astrid träumte.

Sie träumte von sich, aber nicht so, wie sie jetzt war, sondern von früher, von der unschuldigen, schwachen Astrid. Sie saß auf einem Stuhl in einer Hütte, in der es nur einen Raum gab. Die Wände bestanden aus Holz, der Boden aus festgetretener Erde, und in jeder Wand war ein Fenster, durch das man nichts als Dunkelheit sehen konnte. Die einzige Tür, die sich direkt vor ihr befand, war geschlossen.

In ihrem Traum wartete Astrid.

Astrid wartete jahrelang, wie es schien, vielleicht sogar jahrhundertelang. Sie wartete anfangs geduldig, aber dann fragte sie sich immer häufiger, wann *sie* endlich eintreffen würde. Astrid wurde nervös, spürte, wie sich ihr Brustkorb zusammenzog und wie ihr Herz flatterte. Ihre Nervosität wurde zu Furcht. Sie umklammerte die Armlehnen des Stuhles mit den Händen, so dass die Knöchel weiß hervortraten.

Sie würde kommen. *Sie* würde hier sein. Astrid wusste nicht, wann, doch es konnte nicht mehr lange dauern. Sie blickte immer wieder von einem Fenster zum nächsten. Jeden Augenblick musste es an der Tür klopfen. Das Entsetzen verzehrte alles und ließ nichts als Schrecken zurück. Ihr tropfte der Schweiß von der Stirn, und sie erschauderte.

Jeden Moment musste es klopfen, jeden Moment, klopfen, jetzt jeden Moment, klopfen, klopfen, klopfen, klopfen, klopfen, klopfen …

»Wach auf, Kleine.«

Astrid riss die Augen auf. *Sie* würde kommen. Jetzt musste es gleich so weit sein. Klopfen, klopfen …

Sie schaute einer alten Frau in cantischer Kleidung in die Augen, die lächelnd auf sie herabblickte. Eine Priesterin. »Es ist alles gut«, sagte die Frau mit gütiger Stimme. »Du hast nur geträumt. Es war bloß ein Alptraum.«

Astrid kniff die Augen zusammen und sah sich um. Sie war in einem hellen weißen Raum. Überall standen Kerzen und Fackeln. Eine cantische Kapelle. Astrid versuchte, einen Arm zu heben, um ihre Augen abzuschirmen, und spürte einen stechenden Schmerz. Sie konnte den Arm nicht bewegen.

Als sie an sich herabblickte, stellte sie fest, dass man sie auf einen Tisch genagelt hatte: Lange, weiße Holzstäbe ragten aus ihren Armen und Beinen. Das Holz brannte in ihrem Fleisch wie Feuer.

»Wo bin ich?«, fragte Astrid und versuchte, sich zu befreien, obwohl sie wusste, dass es sinnlos war. »Was macht Ihr mit mir?« Es gelang ihr nicht, ihre Furcht zu unterdrücken.

»Ich helfe dir, zu heilen, mein Kind«, antwortete die Frau lächelnd. »Du hast Glück, dass wir dich gefunden haben. Die Schwarze Matrone sagte, dass du hier sein würdest, und sie hat uns von deiner Mission erzählt. Die Wachen hielten dich für tot. Aber wir haben dich gefunden und wussten, dass das nicht stimmt.«

»Warum behaltet Ihr mich hier?«, wollte Astrid wissen.

»Die Schwarze Matrone hat uns gesagt, wie wir dich läutern sollen«, sagte die Priesterin. »Wir werden dich gehen lassen, keine Sorge. Dein Leiden wird nicht ewig andauern. Dein Schmerz wird vergehen.«

Astrid zwang sich, ruhig weiterzuatmen. »Ihr werdet mich gehen lassen?«

Die Priesterin hörte nicht auf zu lächeln. »Aber natürlich, Kind. Die Schwarze Matrone befiehlt, dass wir dich zu diesem Noth zurückschicken. Es werden große Dinge geschehen. Große Dinge, die die Sphaera verändern werden, und sie beginnen hier in Roden. Sobald wir dich freigelassen haben, musst du Noth und seine Gefährten im Kaiserpalast suchen.«

Astrids Gedanken rasten. Sie mochte Noth. Sie mochte Winter. Sie hatte gehofft, der Denomination und dem Einfluss der Schwarzen Matrone zu entkommen und dass sie drei ein normales Leben führen konnten. Sie hatte sie niemals verraten wollen.

Doch jetzt wurde ihr klar, wie sehr sie sich geirrt hatte.

Man würde sie wieder gehen lassen. Aber diese Priesterin schien noch etwas mit ihr vorzuhaben.

Die Priesterin griff unter den Tisch und holte einen Eimer hervor.

»Die Schwarze Matrone besteht darauf, dass du dich öfter bei ihr meldest. Sie hat zuletzt von dir gehört, als ihr in der Wildnis am Arden gewesen seid. Und zuvor aus Brynne. Wenn sie es nicht besser wüsste, würde sie glauben, du versuchst dich deiner Pflicht zu entziehen.«

Die Priesterin tauchte eine Hand in den Eimer. Als sie sie wieder herauszog, schien sie mit Wasser benetzt zu sein. Sie bespritzte Astrid damit.

Instinktiv schloss Astrid die Augen und zuckte zusammen, als die Tropfen sie trafen. Warum bespritzte man sie mit Wasser? Was erwartete die Frau …

Da brannte Astrids Gesicht. Sie wimmerte und schüttelte den Kopf.

»Was ist das?«, fragte sie mit erstickter Stimme.

»Das, mein Kind, ist Wasser. Wasser, in dem Nachtbann für einige Stunden eingeweicht worden ist, um genau zu sein.«

Es klopfte an der Tür.

»Herein«, sagte die Priesterin. Astrid verdrehte den Hals, aber sie konnte nicht erkennen, wer sich ihr näherte. »Das Wasser ist perfekt«, sagte die Priesterin. »Ich benötige noch ein Dutzend weitere Eimer. Hol sie sofort.«

Die Tür fiel wieder ins Schloss, und die Priesterin sah Astrid erneut an.

»Hast du dich jemals gefragt, warum du atmest, Kind?« Die Frau lächelte sie an und griff erneut unter den Tisch. Astrid hörte, wie sie eine Kurbel betätigte, und der Tisch bewegte sich. Bisher hatte sie flach auf dem Rücken gelegen, aber jetzt wurde der Tisch gekippt, so dass ihre Füße in die Luft ragten und ihr Kopf nach unten zeigte.

»In Anbetracht der Tatsache, dass du unsterblich bist, sollte man doch meinen, dass das gar nicht nötig ist. Aber aus irgendeinem Grund tust du es trotzdem. Wir haben deine Art ausgiebig studiert, um zu verstehen, warum ihr atmet, warum die Sonne eure Haut in Brand setzt und warum eure Augen leuchten, aber es scheint keine physikalische Erklärung dafür zu geben.

Viele von uns haben deshalb einfach beschlossen, dass es Teil eures Fluchs ist. Ihr müsst dasselbe durchleben wie wir und auch all das durchstehen, das uns töten würde.«

Astrid war vor Furcht wie gelähmt.

»Wir haben beide unsere Rolle zu spielen, meine Liebe.« Die Priesterin entfaltete einen dicken Stofflappen und tauchte ihn in den Eimer. »Und meine beinhaltet deine Reinigung. Du musst wissen, dass wir dich immer finden werden, wo immer du dich auch aufhältst. Du bist an uns gebunden. Wir sind deine einzige Hoffnung.«

Die Priesterin legte das feuchte Tuch über Astrids Gesicht, das daraufhin von Flammen zerfressen zu werden schien. Der Schmerz war derart durchdringend, dass sie kaum noch atmen konnte.

Dann kam das Wasser.

KAPITEL 52

Winter fragte sich, ob sie tot war.

Sie hatte schreckliche Kopfschmerzen, die noch schlimmer waren als nachdem sie Faltira geschluckt hatte. Der Ort, an dem sie sich befand, war dunkel. Und feucht. Und kalt. Sie lag auf dem Steinboden, der ihrem Körper Wärme zu entziehen schien, aber sie war viel zu erschöpft, um sich zu bewegen. Es tat schon weh, wenn sie nur versuchte, den Kopf anzuheben.

Ist das die Unterwelt? Viele Leute glaubten, die Unterwelt sei ein Ort, an dem man verbrannt und gefoltert wurde, aber die Beschreibungen, die Winter immer am meisten verängstigt hatten, verhießen eine undurchdringliche Dunkelheit und immerwährenden Schmerz, eine Kälte, die sowohl den Körper als auch den Geist erfasste.

Völlige und absolute Isolation.

Sie konnte sich an den Kampf auf dem Platz erinnern. Und an den Mann mit dem Streitkolben. Alles andere war verschwommen. Nash war dort gewesen und auch Elsi. Nein, nicht Elsi. Kali. Da war sich Winter ganz sicher.

Mühsam stieß sie ein Krächzen aus. Sie rief nach Noth, Lian und Astrid – sogar nach Cinzia und Jane, aber sie bekam keine Antwort. Sie war allein. Wie lange war sie schon hier? Gewiss länger als einen Tag. Sie erinnerte sich daran, dass jemand versucht hatte, ihr Wasser einzuflößen, aber sie hatte sich nur böse verschluckt. Jetzt war ihre Kehle wie ausgedörrt. Wieder rief sie, und ihre Stimme hallte schaurig durch die Dunkelheit. Sie stemmte die Hände auf den Boden und versuchte mit aller Kraft, sich aufzurichten. Die Muskeln in ihren Armen brannten, als sie sie anspannte, und trotz der Dunkelheit schien sich alles um sie herum zu drehen. Sie sackte wieder zu Boden und zuckte vor Schmerz zusammen.

So viel dazu, sich hinzusetzen oder gar aufzustehen.

Dann hörte sie ein Klappern, das erste Geräusch seit einer Ewigkeit, wie es ihr schien.

»Hallo?«

Ein Lichtstrahl blendete sie. Winter schloss die Augen, aber das Licht drang sogar durch ihre Lider hindurch.

»Sie ist wach«, sagte eine tiefe Stimme. Winter war sich nicht sicher, ob die Stimme nur in ihrem Kopf oder auch im Kerker widerhallte. Denn dort musste sie sein, in einem Kerker.

»So ist es«, erwiderte eine zweite Stimme. »Die Prinzessin ist aus ihrem Schönheitsschlaf erwacht.« Ein trockenes, heiseres Kichern.

Prinzessin. Das Wort hallte in Winters Verstand wider.

»Das reicht«, sagte die erste Stimme. »Wir haben unsere Befehle.«

Winter kniff die Augen zusammen, die sich langsam an das Licht gewöhnten. Zwei Männer standen über ihr, und sie trugen Kettenrüstungen und lange, spitze Helme.

»Sie ist ein Glückspilz«, sagte einer der beiden. Winter erkannte die hohe, grelle Stimme als die des zweiten Sprechers wieder. »Sie darf am gleichen Tag vor den Kaiser und den Tokal-Ceno treten. Sie ist wahrlich gesegnet.«

»Ich sagte, das reicht«, schimpfte der erste Mann. »Oder hast du mich das erste Mal nicht verstanden?«

»Ich hab's ja gehört«, murmelte der Zweite.

Grobe Hände packten Winter unter den Achseln und zerrten sie auf die Beine. Es dauerte einen Moment, aber dann gelang es ihr endlich, sich schlurfend in Gang zu setzen, wobei die Wachen den Großteil ihres Gewichts trugen. Sie überlegte, ob sie ein Stoßgebet zum Himmel schicken sollte, doch dann fiel ihr wieder ein, an welche Göttin sie es richten musste. An die Göttin, die sie schon vor langer Zeit verlassen hatte. Und was sollte sie ihr schon sagen?

Segne meine Freunde, damit sie das überstehen und damit es ihnen besser ergeht als mir.

Aber wenn nicht, dann segne sie mit einem schnellen Tod. Empfange sie rasch in deinen Armen.

KAPITEL 53

Die Wachen stießen Noth grob in den Thronsaal des Kaiserpalastes, aber er konnte nur an den Traum denken, den er im Kerker gehabt hatte. Es war ein neuer Traum gewesen. Er hatte niemanden getötet. Er hatte darin überhaupt nicht gekämpft.

Noth war Getreidebauer gewesen mit einem kleinen Stück Land und einer Familie. Er erinnerte sich daran, wie er morgens seine Frau geküsst hatte, eine rundliche Frau mit einem herzlichen Lachen, und seine beiden Kinder, einen Jungen und ein Mädchen. Beide jünger als zehn Sommer. Der Junge stand immer sehr früh zusammen mit Noth auf, um ihre Kuh zu melken, und als sie gemeinsam in die Morgendämmerung hinausgetreten waren, hatte Noth seinem Sohn eine Hand auf die Schulter gelegt.

Jetzt taumelte er, stürzte und fiel hart auf den Marmorboden. Die Schnitter um ihn herum lachten laut auf. Er wurde grob gepackt und wieder auf die Beine gezogen. Noth sah sich in dem riesigen Saal um, bis er jemanden entdeckte.

Winter lag mit dem Gesicht nach unten vor dem Thron auf dem Boden, Lian neben sich. Sie sahen beide angeschlagen und schmutzig aus und hatten getrocknete Blutspuren um die Augen und die Nase.

Aber wenigstens hatten sie überlebt.

Noch immer hörte Noth Astrids Schreie in seinem Kopf, als sie sich im Schnee gewunden hatte. Das mit Nachtbann umwickelte Schwert musste das Mädchen getötet haben. Selbst wenn das nicht ausgereicht hätte, dann hätten die Schnitter bald herausgefunden, was sie war, und ihr den Rest gegeben. Sie hätten sie auf keinen Fall am Leben gelassen.

Noth konnte seine Trauer um den Vampir kaum fassen, aber es war sowieso besser, sich jetzt auf andere Dinge zu konzentrieren.

Winter und Lian wandten ihm die Köpfe zu, und Noth sah Winter in die Augen. Bevor er ihr auch nur hatte zunicken können, schlug sie ein Schnitter hart mit dem Speerknauf und zwang sie, das Gesicht wieder auf den Boden zu drücken.

»Madzin Moraine. Ich hätte nie gedacht, dass wir uns wiedersehen. Nicht nach dem, was wir dir angetan haben.«

Noth richtete den Blick auf den Thron, einen großen, himmelblau lackierten verzierten Sessel auf einer Plattform mit goldenen Stufen. Darauf saß Kaiser Grysole.

Er war groß, noch größer als Noth. Der Schädel und die Wangen des Mannes waren glatt und sahen aus, als wären sie frisch rasiert worden. Er trug eine schlichte weiße Hose und einen engen himmelblauen Übermantel, den er sich um den Körper gewickelt hatte. Abgesehen von einem großen Goldring am kleinen Finger seiner linken Hand trug er keinen Schmuck und auch keine Krone.

Noth hob den Kopf und sah sich den gewaltigen Saal genauer an. Der Thronsaal war rund, mit einem weißblauen Marmorboden ausgelegt und von massiven Säulen umrundet. Ihr Umfang entsprach mit Leichtigkeit Noths Körpergröße. Über Noth ragte die größte Kuppel auf, die er je gesehen hatte. Ein kunstvolles Gemälde bedeckte die geschwungene Decke und zeigte das Zeitalter der Wunder mit epischen Schlachten und mystischen Kreaturen. Große Buntglasfenster ließen das Sternenlicht herein.

»Nicht Madzin«, keuchte Noth schließlich und starrte den Kaiser an. Wer immer Noth wirklich war, dieser Mann konnte es ihm sagen. Aber das war unwichtig, wenn sie hier nicht mehr lebend herauskamen. Noth betrachtete seine Umgebung erneut. Zwei Schnitter bewachten die Tür, durch die man ihn hereingebracht hatte, und zwei weitere waren vor dem Podest, auf dem der Thron stand. Die drei Schnitter, die Noth hergebracht hatten, standen um ihn herum, und zwei weitere bewachten Winter und Lian. Ein Diener verharrte in der Nähe einer kleineren Tür links des Throns. Elf Gegner. Man hatte Noth nicht gefesselt, aber er befürchtete, dass elf selbst für ihn zu viele waren. Und selbst wenn er sie überraschte, würde gewiss einer entkommen und die anderen warnen.

Wo steckt der verdammte Vampir, wenn man ihn mal braucht? Aber dieser Gedanke stimmte ihn nur traurig.

Der Kaiser lächelte, so dass seine dünnen Lippen sich verzogen. »Das hätte ich mir denken können. Wer bist du dann? Darcen? Elenar? Hoc? Jemand ganz anderes? Oder hast du dich etwa ganz auf Lathe zurückbesonnen?«

Noth runzelte die Stirn. »Lathe« war ihm vertraut, ebenso wie »Madzin«, aber die anderen Namen sagten ihm nichts.

Ein Zusammenschluss mehrerer Seelen, die in einen Körper gepfercht wurden. Das hatte der Tokal gesagt. *Eine Schöpfung aus Wissenschaft und Magie.*

»Mein Name ist Noth«, erwiderte er.

Der Kaiser sah ihn fragend an. »Noth? Ein neuer Name? Das kommt unerwartet und ist außerdem wenig kreativ.«

Hinter Noth wurden die Türen des Thronsaals aufgerissen, und von draußen drangen wütende Schreie herein. Noth drehte sich um.

Am Kopf der Truppe marschierte der Tokal, dessen langes blondes Haar hinter ihm herwehte. Ihm folgten ein Dutzend Ceno-Mönche, deren grüne Kapuzen ihre Köpfe verdeckten und die die Hände in ihren weiten Ärmeln verbargen.

Und noch dreizehn weitere Gegner, dachte Noth. Seine Chancen standen immer schlechter. Als der Ceno hereinkam, spürte Noth, wie sich eine schwere Last auf ihn legte. Das Gefühl war viel zu greifbar und real, als dass es sich um Verzweiflung handeln könnte. Es war, als hätte sich ein Schleier über ihn gelegt, der ihn blockierte. Von was er dadurch abgehalten wurde, wusste er nicht.

»Ah, Tokal-Ceno«, sagte der Kaiser. »Willkommen bei unserer kleinen Anhörung. Schön, dass Ihr kommen konntet.«

Der Mann starrte den Kaiser mit finsterer Miene an. »Wäre ich tatsächlich darüber informiert worden, dann hätte ich viel früher hier sein können, Euer Gnaden.«

»Ihr seid jetzt hier«, erwiderte der Kaiser und winkte ab, »und das ist alles, was zählt. Zählt die Spatzen in der Hand, nicht die Tauben auf dem Dach.« Er deutete mit dem Kinn auf Noth. »Erinnert Ihr Euch an unseren guten Freund Madzin? Oder Noth, wie er sich jetzt nennt.«

Der Tokal musterte Noth lächelnd. »Aber natürlich. Wir sind einander erst vor kurzem begegnet.«

»Noth war keine Sift, die wir ihm beigegeben haben, Tokal. Warum nennt er sich dann jetzt so?«

Der Tokal zog eine Augenbraue hoch und drehte sich wieder zum Kaiser um. »Das weiß ich beim besten Willen nicht, Euer Gnaden. Ich hatte gehofft, es herauszufinden, vorausgesetzt Ihr übergebt ihn wieder in meine Obhut?«

»Was ist eine Sift?«, knurrte Noth.

Der Kaiser und der Tokal starrten ihn beide überrascht an.

»Hast du die grundlegende psimantische Terminologie vergessen?«, fragte der Tokal.

Noth kniff die Augen zusammen. Er wusste das, was Winter ihm erzählt hatte, doch sie hatten sich nicht lange damit aufgehalten. Das Wort »Sift« war dabei nicht gefallen, wenn er sich recht erinnerte, und er wusste nicht, was es mit ihm zu tun haben sollte.

»Das hätte ich mir denken können«, murmelte der Tokal. »Ich werde es einfach ausdrücken, damit du und deine Elfenfreunde es auch verstehen. Laut der Kunst der Acumantie ist eine Sift eine Seele, die aus dem Körper herausgezogen wird und mit der man etwas anderes markieren kann. Einen Leerstein, einen anderen Körper oder eine bestimmte Anzahl weiterer Repositorien. Normalerweise kann ein Repositorium nur eine Sift beherbergen.« Der Tokal wandte sich den Ceno-Mönchen zu, die hinter ihm standen. »Aber wir haben Experimente durchgeführt. Du, mein werter Noth, warst unser erstes erfolgreiches Experiment, bei dem wir einen Körper mit mehreren Sifts markieren konnten.«

»Eine Verschmelzung von Seelen«, flüsterte Noth.

Der Tokal lächelte. »Ganz genau. Psimanten geben schließlich die besten Repositorien ab. Sie sind weitaus besser als ein normaler Körper. Doch wir verabscheuen es, einen der Unsrigen zu töten.«

»Als die Nazaniin dich hergeschickt haben, um mich zu ermorden«, schaltete sich der Kaiser ein, dessen Stimme durch den Saal dröhnte, »konnten wir zwei Fische mit einem Speer aufspießen.«

»Ja, natürlich«, meinte der Tokal. »Danke, Euer Gnaden.« Er sah erneut Noth an. »Wir mussten dich zuerst auslöschen und deinen Geist aus deinem Körper entfernen, was auch deinen Gedächtnisverlust bewirkt hat. Als wir dich mit den anderen Sifts markiert haben, gingen wir allerdings davon aus, dass du ihre Erinnerungen übernehmen würdest ... aber bei dem Vorgang ging wohl irgendetwas verloren.«

»Wie viele Sifts waren es insgesamt, Tokal?«, wollte der Kaiser wissen. »Mit wie vielen haben wir ihn markiert?«

Der Tokal runzelte die Stirn, und Noth bemerkte, dass die beiden Männer sich nicht immer gut zu verstehen schienen. Möglicherweise konnte er das später noch für sich nutzen.

»Wir haben mit neun begonnen, Euer Gnaden«, antwortete der Tokal. »Lathes ursprüngliche Sift nicht mitgezählt.«

Noth richtete den Blick wieder auf den Kaiser und wusste nicht, was er glauben sollte. Er war nicht einfach nur Lathe. Er war Lathe sowie neun andere Personen, die in denselben Körper gestopft worden waren? Allein die Vorstellung erschien ihm völlig verrückt, und dennoch war sie eine Erklärung für die vielen Dinge, die ihm einfach so zufielen.

»Du bist nach den Prozeduren natürlich sehr lange Zeit nicht aufgewacht«, berichtete der Tokal. »Die Sifts ruhten in dir. Wir hatten dich auf unserem Forschungsschiff im Golf von Nahl untergebracht und haben monatelang gewartet. Wir hatten die Hoffnung schon fast aufgegeben, dass du den Vorgang überhaupt überlebt hattest. Doch dann bist du aufgewacht. Und du bist entkommen!« Der Tokal lachte auf. »Unser eigener Ehrgeiz ist uns zum Verhängnis geworden, das muss ich leider zugeben. Die Talente, die du von deinen Sifts übernommen hast, waren zu stark, als dass wir sie kontrollieren konnten. Anfangs dachten wir, du wärst im Meer umgekommen. Aber stell dir unsere Überraschung vor, als wir von einem Menschenmann hörten, der in einer kleinen Stadt im nördlichen Khale eine Tiellanerin heiraten will. Von einem Mann, der ein Jahr zuvor aus heiterem Himmel aufgetaucht war und sich nicht daran erinnerte, wer er war oder woher er kam.«

»Es zahlt sich eben aus, ein ausgedehntes Netzwerk kleiner Vögelchen zu haben«, stellte der Kaiser fest.

Der Tokal ignorierte ihn. »Wir haben eine Truppe losgeschickt, um dich und deine tiellanische Braut zu holen. Schließlich brauchten wir euch beide für das, was kommen sollte. Unglücklicherweise hast du uns eine unterhaltsame, kleine Verfolgungsjagd geboten. Eigentlich hatten wir darauf gehofft, dass das Rückkehrprotokoll funktionieren würde und du aus eigenem Antrieb zu uns zurückkehren würdest. Aber ein Jahr schien uns dann doch eine sehr lange Reaktionszeit zu sein, daher mussten wir davon ausgehen, dass das Protokoll beschädigt wurde. Und dennoch bist du jetzt hier und stehst vor unserer Tür. Das Rückkehrprotokoll hat funktioniert – du erinnerst dich doch an das blaue Licht, nicht wahr? Und was für ein Glück für uns, dass du auf dem Weg hierher sogar noch eine Nazaniin-Cotir besiegt hast. So haben wir zwei Fische mit einem Spieß erlegt, wie es der Kaiser so schön ausgedrückt hat. Das ist wirklich recht zufriedenstellend.«

Noth blickte zu Winter hinüber. Er konnte ihr Gesicht nicht sehen. Was sie wohl jetzt von ihm dachte? Er war daran schuld, dass ihr Vater gestorben war und dass sie diese ganze Reise hatte machen müssen. Bestimmt hasste sie ihn jetzt.

»Warum braucht Ihr uns beide?«, fragte Noth. »Ihr habt gesagt, Ihr hättet uns in Pranna beide mitnehmen wollen. Aber als Ihr uns am Fluss angegriffen habt, wurde nur Winter entführt. Warum?«

Der Tokal sah ihn an und hob eine Augenbraue. »Ich darf annehmen, dass Winter deine Frau ist? Natürlich ist sie das. Wir brauchen sie, das ist alles. Wofür, das wirst du schon früh genug herausfinden, alter Freund.«

Der Kaiser verzog das Gesicht. »Was hat das zu bedeuten, Tokal? Ihr habt nie erwähnt, dass Ihr das Elfenmädchen ebenfalls braucht.«

»Habe ich das nicht?« Der Tokal kicherte. »Entschuldigt bitte. Wir brauchen sie für ein kleines Ritual, das wir durchführen werden. Es betrifft sogar Euch, Euer Gnaden. Wir hatten eigentlich darauf gehofft, dass wir gleich jetzt damit beginnen können, falls es Euch beliebt, dabei anwesend zu sein.«

»Es betrifft mich?«, wiederholte der Kaiser mit gerunzelter Stirn. »Was soll das für ein Ritual sein, das mich betrifft, Tokal? Ich dachte, ich hätte schon genug Eurer schaurigen Artefakte zu Gesicht bekommen.«

»Nur noch dieses eine, wenn es Euer Gnaden beliebt. Ich muss zum Wohle Rodens leider darauf bestehen.«

Der Kaiser schürzte die Lippen. »Nun gut, Tokal. Aber danach«, sagte er und machte eine Geste in Richtung des Dieners, der an der Seitentür wartete, »werde ich ein heißes Bad nehmen. Und eine Flasche 152er Cordonat genießen. Direkt im Anschluss daran.«

Der Diener nickte eifrig und huschte hinaus.

»Nun denn, Tokal. Ihr mögt beginnen«, erklärte der Kaiser.

Noth knirschte mit den Zähnen. Er wusste nicht das Geringste über Rituale, aber er wollte auf keinen Fall, dass Winter Teil eines Rituals wurde. Als er um sich blickte, musste er sich jedoch eingestehen, dass es nicht gut für ihn aussah. Selbst wenn Astrid da gewesen wäre, hätte das nicht viel geändert. Und doch musste Noth irgendetwas unternehmen.

»Wir brauchen leider den Thron dafür«, sagte der Tokal und stellte einen Fuß auf die unterste vergoldete Stufe. »Machtrituale sollten schließlich immer an Orten ausgeführt werden, die mit Macht verbunden sind.«

Der Kaiser starrte ihn erzürnt an. »Ihr könnt das Ritual auch sehr gut von da unten durchführen, Tokal. Verzeiht meinen Aberglauben, aber ich werde den Thron nicht freiwillig aufgeben, weder metaphorisch noch sonst wie.«

Der Tokal grinste. Noth drehte sich der Magen um.

»Ich hatte gehofft, dass Ihr das sagen würdet«, erwiderte der Tokal. »Auf diese Weise wird es nur noch amüsanter.« Er nickte dem Kaiser zu, und da wusste Noth Bescheid.

Dies war ein Umsturz.

»Ergreift ihn«, befahl der Tokal. Die beiden Schnitter, die vor dem Thron gestanden hatten, drehten sich um und gingen die Stufen hinauf.

»Was hat das zu bedeuten, Tokal? Was tut Ihr denn?«, fragte der Kaiser.

»Ich tue das, worauf ich viele Jahre gewartet habe, Euer Gnaden.«

Der Kaiser, dessen Gesicht hochrot angelaufen war, stand auf und blickte auf den Tokal hinab. »Ihr seid ein

Narr. Was immer Ihr auch vorhabt, ist zum Scheitern verurteilt.«

»Ich scheitere nie«, entgegnete der Tokal. »Tötet den Diener«, rief er, »und verriegelt die Türen. Wir werden gleich Zeuge einer schrecklichen Tragödie: der Ermordung unseres Kaisers durch die Hände von Assassinen aus Khale.«

Aber natürlich, dachte Noth. Der Ceno gierte nach Macht, und Noth und seine Gefährten hatten ihm die perfekte Gelegenheit geliefert, diese zu ergreifen.

Grysole wurde sehr blass, als die beiden Schnitter auf ihn zutraten. »Henrik. Foval. Ihr habt mir beide jahrelang gute Dienste geleistet. Verteidigt mich!«

Doch die beiden Schnitter reagierten nicht. Sie nahmen den Kaiser in ihre Mitte und sahen dann den Tokal an.

Sie wurden gekauft, begriff Noth. Dasselbe musste für die beiden anderen gelten, die jetzt die Tür hinter Noth verschlossen und verriegelten. Aber die Schnitter, die Noth hereingebracht hatten, sowie die beiden bei Lian und Winter schienen dem Kaiser treu ergeben zu sein. Sie zogen ihre Waffen und sahen die Ceno-Mönche an, die jetzt ebenfalls Schwerter in den Händen hielten. Zwei Mönche waren dem Diener durch die Seitentür gefolgt, sobald der Tokal den Befehl gegeben hatte.

»Haltet ihn fest«, verlangte der Tokal und erklomm die goldenen Stufen.

»Das könnt Ihr nicht tun!«, rief der Kaiser, der jetzt gar nicht mehr majestätisch wirkte.

»Und ob ich das kann.« Der Tokal zog einen langen Dolch aus seiner Robe. »Es ist sogar ganz leicht.« Er legte dem Kaiser eine Hand auf den kahlen Schädel und drückte diesen nach hinten. Während er in einer fremdartigen Sprache zu singen begann, hob er den Dolch.

Dann schlitzte er dem Kaiser die Kehle auf.

Als das Blut des Kaisers auf die vergoldeten Stufen spritzte, wurden die Schnitter, die um Noth herumstanden und die dem Herrscher offensichtlich noch treu ergeben waren, zunehmend nervöser.

Jetzt musste Noth ebenfalls handeln. Es schien ihm sinnlos, sich auf die Seite des Kaiserreiches zu stellen, nach allem, was sich gerade vor seinen Augen abgespielt hatte. Doch der Tokal wollte auch Winter umbringen, und das ließ Noth keine Wahl. Einerseits sehnte er sich verzweifelt danach, den Mann auszufragen, denn er wollte natürlich wissen, wer die neun waren, die zusammen mit Lathe in seinem Kopf steckten. Aber viel wichtiger war ihm, Winter in Sicherheit zu bringen. Er konnte später immer noch herausfinden, wer er wirklich war. Falls diese Mönche auch nur annähernd so waren wie die am Fluss, dann würde er bei dem Versuch vermutlich sterben, aber er hatte keine andere Wahl. Er musste kämpfen.

Noth stürzte sich auf den Ceno-Mönch, der ihm am nächsten stand, schlug ihm gegen die Kehle und griff nach seinem Schwert.

»Bringt sie zu mir!«, rief der Tokal.

Winter zuckte zusammen. Ein Trupp Mönche griff die Schnitter an, die sie und Lian bewachten. Es stand vier gegen zwei, aber die Schnitter setzten sich zur Wehr und schalteten zwei Gegner aus. Dann wurden sie überwältigt. Einer der Mönche packte Winter und schleifte sie in Richtung Thron. Der andere Mann lief mit gezücktem Schwert auf Lian zu. Wie die Männer am Fluss schienen auch diese Mönche sich zu verständigen, ohne dass man es sah oder hörte.

Winter setzte sich zur Wehr, aber sie hatte keine Waffe. Wieder bereute sie es, keinen von Noths Frostkristallen bei sich zu haben. Wenn sie nur einen Kristall nehmen könnte, würde sie all diese Männer vernichten können. Allerdings hatte sie beim letzten Mal in der Gegenwart der Ceno ihre Kräfte nicht einsetzen können. Gab es da eine Verbindung?

Winter versuchte, sich aus dem Griff des Ceno zu befreien, aber er war zu stark. Als sie ihm auf den Fuß treten wollte, geriet sie nur selbst ins Stolpern und wurde schließlich die Stufen bis zu dem wartenden Tokal hinaufgeschleift. Die Schnitter, die den Kaiser verraten hatten, rannten an ihr vorbei. Winter blickte über die Schulter. Lian wehrte sich noch immer gegen den Ceno-Mönch. Irgendwie war es ihm gelungen, sich ein Schwert zu beschaffen, doch er konnte die Angriffe des Mönchs kaum parieren. Das würde er nicht lange durchhalten. Nicht einmal fünfzehn Ruten vom Thron entfernt kämpfte Noth zusammen mit den letzten beiden kaisertreuen Schnittern gegen vier weitere Ceno-Mönche. Die beiden Schnitter, die den Thron bewacht hatten, stürzten sich ebenfalls in den Kampf, aber Winter konnte nicht erkennen, auf welche Seite sie sich schlagen wollten.

»Noth!«, schrie Winter. »Zwei vom Thron, zwei von der Tür!« Wahrscheinlich wusste er schon, dass die vier Männer näher kamen, aber sie wollte ihn dennoch warnen. Er führte sein Schwert, als wäre es ein Teil von ihm, bewegte sich in einem komplizierten Tanz, wandte sich plötzlich um und schmetterte einem Mönch die Faust gegen den Schädel, um gleich darauf einem anderen die Klinge in den Bauch zu rammen. Sie erinnerte sich daran, wie er bei ihrer Hochzeit gegen die Mönche gekämpft und sie an die Drachenmuräne unter Tiefseefischen erinnert hatte. Blitze in dunklem Wasser.

Zwei weitere Mönche verloren durch Noths Hand ihr Leben, rissen die restlichen Schnitter dabei aber mit sich in den Tod. Die vier anderen Schnitter rückten immer näher.

Und dann hatte Winter den Thron erreicht. Der Mönch hielt ihre Arme fest, und sie stand vor dem Tokal.

Der Tokal sang in einer Sprache, die Winter noch nie gehört hatte und deren Silben weich und fließend ineinander übergingen. Winter hätte den Gesang wunderschön gefunden, wenn der Mann ihr keinen Dolch an die Kehle gehalten hätte. Am Griff zeichnete sich eine Kerbe ab. *Seltsam, dass mir das jetzt auffällt, wo ich doch gleich sterben werde.*

Hinter ihr schrie Noth ihren Namen. Winter blickte zu Boden. Der letzte Schnitter, der für den toten Kaiser gekämpft hatte, war gefallen. Die drei gekauften Schnitter hatten Noth umzingelt, und alle Mönche schienen tot zu sein, mit Ausnahme des einen, der Winter festhielt.

Wenn Noth ihr nicht helfen konnte, dann war sie verloren.

Der Tokal hörte auf zu singen und lächelte auf sie herab. »Dein Opfer wird nicht vergebens sein, meine Liebe. Dein werden Ruhm und Ehre sein, denn die Dämmerung bricht an, und du wirst uns durch den Anbruch der Nacht geleiten.«

Winter sah voller Angst zu, wie der Tokal die Klinge hob. Sie dachte an ihren Vater, an seine kräftigen Hände und an sein vom Wetter gegerbtes Gesicht und wie er sie an ihrem Hochzeitstag umarmt hatte. Sie dachte an Lians Entschuldigung und an Noths vorsichtige Vergebung.

War denn alles umsonst gewesen?

Plötzlich blickten alle zu der Kuppel hinauf, von wo das Geräusch zersplitternden Glases erklang. Scherben regneten auf sie hinab. Und dann war ein leiser Aufprall zu hören. Eine kleine Gestalt landete auf dem Marmorboden zwischen den Schnittern, die Noth festhielten, und der Tür. Sie war nicht größer als ein Kind.

Gleichzeitig stürzten zwei Mönche – die dem Diener des Kaisers gefolgt waren – durch die Seitentür herein und rannten auf den Thron zu.

Und Winter sah, wie Lian schreiend und mit einem Schwert in der Hand die Stufen heraufstürmte.

Der Mönch, der Winter festhielt, schien von dem Glasregen abgelenkt, denn sein Griff lockerte sich, als er Lians Angriff mit einiger Mühe auswich. Doch es gelang ihm nicht, Winters Faust zu entgehen, die direkt in seinem Gesicht landete. Lian stieß dem Mönch das Schwert in die Brust, und dieser brach zusammen und stürzte die Stufen hinunter.

Lian schob Winter vom Tokal weg, sobald der Mönch sie losgelassen hatte. »Immer musst du gerettet werden, Prinzessin. Du hast schon immer …«

Der Tokal machte eine Bewegung, schnell und leise wie ein Flüstern. Eine rote Linie zeichnete sich auf Lians Hals ab, die immer breiter wurde, dann fiel er auf die Knie, während sich Blutblasen an seinen Lippen bildeten. Winter spürte, wie ihr heißes Blut ins Gesicht spritzte.

»Narr«, sagte der Tokal. »Tiellanisches Blut war alles, was ich brauchte. Deins oder ihres, völlig egal. Der Tod des Mädchens wäre poetisch gewesen, aber deiner … deiner reicht vollkommen.«

Lian stürzte mit dem Gesicht voran zu Boden, und sein Blut bespritzte die goldenen Stufen.

»Nein«, flüsterte Winter. Ihr Blick wanderte von Lians Leiche zum Tokal, der ein Triumphgeheul ausstieß. Er hob die Hände hoch in die Luft, wobei er den Dolch weiterhin festhielt, und setzte seinen Gesang fort.

Winter lief die Stufen hinauf und rutschte auf dem Blut beinahe aus, als sie sich bückte und Lians Schwert aufhob. Dann rammte sie es dem Tokal mitten ins Herz.

Der Mann zuckte nicht einmal zusammen, sondern blieb einfach stehen, sang weiter und blickte nach oben.

Winter zog das Schwert heraus und stach erneut zu, dieses Mal in den Bauch. Auch jetzt zeigte der Tokal keinerlei Regung.

Schluchzend zog Winter das Schwert erneut aus ihm heraus und schwang es dann ein weiteres Mal, um es dem Tokal in den Hals zu stoßen. Der unheimliche Gesang hörte endlich auf, und der Mann stürzte die Stufen hinunter und blieb reglos auf dem Marmorboden liegen.

Winter blickte an sich herab und stellte fest, dass sie über und über mit Blut besudelt war. Sie ließ sich auf den Thron sinken und musterte die Leichen zu ihren Füßen. Der Kaiser, der Tokal, der Mönch und Lian. So viel Tod.

Erst dann merkte sie, dass alle zu ihr heraufblickten. Noth, die Schnitter, der letzte Ceno-Mönch. Sogar das Mädchen. *Astrid,* dachte Winter, die wie betäubt war. Es war egal. Ihre Mutter. Ihr Vater. Lian. Tod und Chaos schienen ihr auf Schritt und Tritt zu folgen, und sie konnte einfach nicht entkommen.

Noth rief Winters Namen. Die Schnitter hatten ihn in dem Augenblick losgelassen, in dem sie den Tokal getötet hatte. Fast taten sie ihm leid. Sie hatten gleich zwei

Anführer an einem Tag verloren. Ihr Entsetzen erleichterte ihm seine Aufgabe.

»Winter, bitte«, sagte Noth. Zwei Ceno-Mönche waren noch übrig, aber sie hatten keine Bedeutung mehr. Er schaute zu Astrid hinüber. Als sie durch die Kuppel gesprungen war, hatte er wieder Hoffnung geschöpft. Noth wusste nicht, warum sie überhaupt noch am Leben war, doch eigentlich war es ihm auch völlig egal. Mit ihrer Hilfe konnten sie vielleicht sogar lebend aus dem Palast entkommen.

Doch dann hatte Noth mit ansehen müssen, wie Lian starb, und er hatte es nicht verhindern können.

Astrid raste durch den Thronsaal auf die beiden letzten Ceno-Mönche zu. Sie schaltete sie beide mit Leichtigkeit aus. Im gleichen Augenblick spürte Noth, wie sich der seltsame Schleier hob, den er gespürt hatte, seit der Tokal zusammen mit seinen Ceno den Saal betreten hatte. Eine fremdartige, aber vertraute Macht schoss durch ihn hindurch.

»Es tut mir leid«, flüsterte Astrid. »Ich bin zu spät gekommen.«

Noth schüttelte nur den Kopf und wusste nicht, was er sagen sollte. Er sah erneut zu Winter hinauf, die noch immer in sich zusammengesunken auf dem Thron saß.

»Winter«, flehte er, »wir müssen hier weg.«

Sie sah ihm in die Augen und stand dann auf, ohne auch nur ein Wort zu sagen.

»Ich weiß nicht, wie wir das schaffen wollen«, sagte Astrid. Noth blinzelte. Der Vampir stand neben ihm und schaute zu ihm auf.

Direkt über dem Thron bewegte sich ein zuckender Schatten in der Luft.

»Komm da runter, Winter!« Was immer das auch für ein Schatten war, Noth wollte sich ihm auf gar keinen Fall stellen müssen, und auch Winter sollte nicht in seiner Nähe sein.

Endlich kam Winter die Stufen herunter. Noth nahm sie in die Arme. »Es tut mir so leid«, murmelte er.

Sie erwiderte nichts, schien aber langsam wieder zu sich zu kommen. Ihre Benommenheit machte ihm Angst. Über ihren Köpfen wand sich der Schatten, verformte sich und wurde immer größer. Er sah aus wie ein klaffender schwarzer Riss, der schimmerte und zuckte wie Mondlicht, das sich auf dem Wasser spiegelte, und doch war er gleichzeitig vollkommen dunkel, und es sah aus, als schlucke er jegliches Licht.

Dann kroch ganz langsam dunkler Nebel aus dem Schatten. Der Nebel wand sich, ergoss sich über den Thron, breitete sich immer weiter aus und wirbelte über den Marmorboden, den er in Schwärze tauchte. Der lackierte Thron, die goldenen Stufen, das Blut, der weißschwarze Marmor, all das war nicht mehr zu sehen. Stattdessen erblickte Noth nichts als Dunkelheit.

»Ähm, Leute?« Astrid wich einen Schritt zurück, da der Nebel auf sie zuwaberte.

Noth nahm Winters Hand. In dem Moment hörte er die Stimme. Sie war tief und dunkel und klang, als wäre sie aus Flammen geboren worden.

»Ihr könnt nicht entkommen. Wir werden euch verschlingen.«

»Was …?« Noth ging langsam rückwärts und zog Winter mit sich. Sie starrte den Nebel mit leerem Blick an. Die herumwirbelnde schwarze Wolke war nur noch drei oder vier Schritte von ihnen entfernt.

Und sie bewegte sich immer schneller.

»Das«, sagte Astrid, »ist der Stoff, aus dem meine Alpträume sind.«

Noth sah das Mädchen an. Sie hatte die Augen weit aufgerissen und zitterte am ganzen Körper.

»Lauft«, rief Astrid. Dann rannte sie los, und Noth zog Winter mit sich. Ein lautes Donnern erschütterte den Raum.

Der Nebel breitete sich jetzt rasend schnell aus und erfüllte den gesamten Thronsaal. Noth umklammerte Winters Hand noch fester, während der schwarze Nebel sie beide umgab. Er konnte gerade noch erkennen, wie Winter voller Angst die Augen aufriss, und dann wurde sie ihm auch schon entrissen, als sie gerade den Mund öffnete, um zu schreien.

Nun war Noth allein in der Finsternis.

KAPITEL 54

Der Nebel verschluckte Winters Schrei, als er sie Noth entriss. In einem Augenblick hielt sie noch seine Hand, und im nächsten versank er in der Schwärze und Winter war allein.

Um sie herum war nichts als Schwärze. Sie blickte nach unten, konnte ihren eigenen Körper jedoch nicht mehr sehen. Spüren konnte sie ihn, denn sie betastete ihr Gesicht, ihre Arme und ihren Bauch, doch zu sehen war nichts. Die Dunkelheit war fast greifbar und überwältigend, und Winter hatte das Gefühl, darin zu ertrinken.

Vielleicht ist das hier die Unterwelt. Vielleicht bin ich tot.

Dann hörte sie die Stimme. Ein tiefes donnerndes Grollen, und jede Silbe schien von Flammen umhüllt zu sein. Es war dieselbe Stimme, die sie gehört hatte, als der Nebel aus dem Schatten über dem Thron gekrochen war.

»Das ist nicht der Tod. Der Tod ist der leichte Weg, aber ich bringe etwas ganz anderes.«

Winter blickte auf und schüttelte zornig die rechte Faust.

»Ich habe keine Angst! Du hast mir schon alles genommen, was mir teuer ist. Du hast keine Macht über mich!«

Die Stimme lachte tief und grollend. *»Alle Dinge fürchten etwas, Tochter, und daher habe ich Macht über alle Dinge.«*

Schreie in der Ferne. Anfangs glaubte Winter, es wären ihre eigenen. Es fiel ihr in dieser Schwärze schwer, das genau zu sagen. Aber noch während sie lauschte, wurden die Stimmen lauter. Eine gehörte einer Frau. Da waren noch zwei andere … zwei Männer, vermutete Winter. Sie hörten sich vertraut an, aber sie konnte sie nicht einordnen.

»Wenn du glaubst, ein paar Schreie könnten mich einschüchtern, dann hast du …«

Winter stockte. Eine der Personen rief ihren Namen. Und jetzt erkannte sie endlich die Stimme. Ein unglaubliches Entsetzen erfasste sie.

»Papa!«

Der Schrei verstummte. Vor ihr standen drei Gestalten. Ihr Vater, in Felle und Wolle gekleidet, und Lian. Die Frau zwischen den beiden erkannte Winter nicht. Ihr Haar und ihre Augen waren rabenschwarz, genau wie Winters. Sie trug ein rotes Kleid, das einfach, aber elegant war. Außerdem duftete sie leicht nach Zimt.

»Mutter?«

Winters Vater schüttelte den Kopf. »Rede nicht mit ihr, Winter. Du hast nicht das Recht dazu. Du hast sie mir gestohlen und mein Leben ruiniert, indem du mir die Einzige genommen hast, die ich je geliebt habe. Dafür habe ich dich gehasst.« Die sanften braunen Augen ihres Vaters wurden hart. »Ich habe dich jeden Augenblick meines Lebens gehasst.«

Entsetzt machte Winter einen Schritt nach hinten. So hatte ihr Vater noch nie mit ihr gesprochen.

»Und wie vergiltst du mir meine Güte? Wie entschädigst du mich für mein Opfer? Indem du dich selbst zerstörst. Indem du dich im Faltira verlierst und in dieser lächerlichen Welt aus Psimantie und Magie.«

»Mörderin«, flüsterte ihre Mutter.

Winter brach das Herz. »Es tut mir so leid, Papa. Ich wollte nie, dass es so weit kommt. Ich wollte nicht, dass all das passiert, das musst du mir glauben!«

Ihr Vater schüttelte den Kopf. »Was geschehen ist, ist geschehen, Winter. Vergeude meine Zeit jetzt nicht mit Ausreden.«

Winter starrte ihren Vater an und bekam kein Wort heraus. Wie konnte er so etwas sagen? Er hatte sie doch geliebt, er hatte sie ihr ganzes Leben lang geliebt.

Oder etwa nicht?

»Mörderin«, sagte ihre Mutter.

»Ich habe dir nie verziehen«, fiel Lian kopfschüttelnd ein. »Alles, was ich gesagt habe, war gelogen. Ich wusste, dass wir hier sterben werden und dass du der Grund dafür sein wirst. Ich habe dich angelogen, aber jetzt ist mir klar, dass ich dir besser die Wahrheit gesagt hätte. Ich hätte dich durch diese Lüge nicht schonen sollen. Ich bin sehr enttäuscht von dir, Winter. Du bist nicht die Frau, für die ich dich gehalten habe. Bei weitem nicht.«

»Mörderin!« Winters Mutter trat vor und verzog das schöne Gesicht. »Du hast diese Leute in Navone getötet. All diese Unschuldigen. Du hast den Händler in Izet getötet und noch viele mehr. Du bist eine Mörderin. Wie die Jahreszeit, deren Namen du trägst, lässt du alles kalt und erstarrt hinter dir zurück. Du bist eine Mörderin, und das ist alles, was du jemals sein wirst.«

»Mutter, ich …«

»Du hast auch mich ermordet, Tochter. Denkst du, dafür könnte es Vergebung geben? Glaubst du wirklich, du würdest mir je etwas bedeuten, wo du mir doch das Leben genommen hast?«

Winter ließ den Kopf sinken. Sie hatte darauf nichts zu erwidern.

Sie hatten recht.

In einem Moment rannte Astrid noch weg und hörte Noths und Winters Schritte hinter sich, und im nächsten wurde sie von der Schwärze verschlungen und war ganz allein.

»Verdammt«, flüsterte sie. Sie kannte die Stimme, sie hatte sie schon früher in ihren Alpträumen gehört. Alle Dämonen kannten und fürchteten *ihn.*

»Astrid, mein Kind. Du solltest ein schöner und entsetzlicher Teufel sein. Warum hast du den Weg des Leidens gewählt?«

»Warum bist du hier?«, fragte Astrid. »Wie machst du das? Ich bin wach, das weiß ich ganz genau.«

»Damals konnte ich es nicht, Kind. Aber jetzt stehen die Dinge anders. Die Tür wurde geöffnet. Unser Weg ist festgelegt. Die Auferstehung beginnt.«

Astrid schüttelte den Kopf. »Nein«, flüsterte sie. »Du kannst nicht an mich herankommen, wenn ich wach bin!«

»Die Dinge haben sich geändert, Tochter.«

Astrid schloss ungeachtet der immerwährenden Dunkelheit die Augen und wiegte sich vor und zurück. Wann war sie auf den Boden gefallen? Sie wusste es nicht.

»Nein, Astrid. Öffne deine Augen. Dein Alptraum erwacht.«

Astrid riss die Augen wieder auf. Sie saß allein in einer

Hütte. Direkt vor ihr befand sich eine geschlossene Tür. Astrid umklammerte die Armlehnen des Stuhles mit beiden Händen so fest, dass ihre Fingerknöchel weiß hervortraten. Sie atmete schnell und flach. Ihr Herz klopfte so laut, dass es in ihrem Kopf und in ihren Ohren dröhnte. *Sie* kam. *Sie* würde hier sein. Astrid wusste nicht, wann es so weit sein würde, aber es konnte nicht mehr lange dauern.

Dann, ein Klopfen an der Tür.

Noth tastete um sich und rief Winters Namen. Die Schwärze schien seine Gedanken zu reflektieren, und er war gefangen, allein, besiegt.

»Winter!«, schrie er noch einmal. Er konnte absolut nichts sehen, noch nicht einmal seinen eigenen Körper. »Astrid!«

Keine Antwort. Er hörte nichts, mit Ausnahme der Stimme.

»Du bist allein, mein Sohn. Du bist allein, und du gehörst mir.«

»Wer bist du?«

Keine Antwort.

»Wer bist du?«, fragte Noth noch einmal. Auch jetzt antwortete die Stimme nicht.

Dann hallte die Stimme durch die Leere. *»Du kennst meinen Namen.«*

»Ich weiß überhaupt nichts über dich«, entgegnete Noth. »Was willst du von uns?«

»Du kennst meinen Namen, so wie ich deinen kenne. Dein Herz hat ihn dir bei deiner Hochzeit genannt. Dein Herz hat ihn dir in Navone zugeflüstert, als du sie gefun-

den hast, und auch an jedem Tag danach. Deine Seele schreit ihn jedes Mal, wenn du tötest. Ich trage viele Namen. Ich bin der Erste. Ich bin die Angst. Sprich meinen Namen und erzittere.«

Noth wusste nicht, wie das möglich war, aber auf einmal lag ihm der Name auf der Zunge. Er sprach ihn aus, er fürchtete ihn, und die Stimme hatte recht: Er zitterte.

»Azael.«

Die Stimme polterte wie ein tosendes Feuer in der Leere. Sie lachte.

»Und was ich von euch will … Es gibt da etwas, eine einzige Sache.«

Plötzlich kam ein kleines Mädchen aus der Dunkelheit auf ihn zugelaufen. Zuerst glaubte Noth, es wäre Astrid, und er rannte ihr entgegen. Aber noch im Laufen sah er, dass es nicht der Vampir war. Dieses Mädchen war zu jung, und ihr Haar war zu dunkel. Außerdem sah sie ihn anders an als Astrid. Sie sah ihn an, als wäre er …

»Papa!«

Es war das Mädchen aus seinem Traum, dem Traum, den er im Kerker gehabt hatte. Dort hatte Noth davon geträumt, einen kleinen Hof zu haben und eine Familie, und sie war seine Tochter gewesen. Als Noth sie erkannte, blühte Liebe wie eine gewaltige Blume in seinem Inneren auf. Warm und mächtig breitete sie sich in ihm aus. Das Mädchen sprang in seine Arme und umarmte ihn fest.

»Papa, ich bin so froh, dass du wieder zu Hause bist.« Sie vergrub den Kopf an seiner Schulter. Er spürte ihre weiche Haut an seinem Hals und ihr feines Haar in seinem Gesicht.

»Ava«, sagte Noth, der sich jetzt an ihren Namen und an alles andere erinnerte, an die Art, wie sie seine Wange getätschelt hatte, wenn er sie ins Bett brachte, wie sie lachte, wenn er sie in die Nase zwickte, wie sie nach einem langen Wintertag im Freien seine Ohren küsste, weil sie die Kälte an ihren Lippen so gern mochte.

»Du hast mir gefehlt«, murmelte Noth.

»Deine Wangen sind feucht, Papa«, stellte Ava fest, tätschelte sie lächelnd und riss die braunen Augen auf.

Dann hustete sie. Ihr kleiner Körper zuckte. Als Ava erneut zu ihm aufblickte, hatte sie sich verändert. Ihr Gesicht war jetzt blass und dünn, ihre Lippen aufgeplatzt, ihre Augen leer.

»Ich bin krank, Papa«, sagte sie und hustete erneut. Blut rann ihr aus dem Mund und der Nase.

»Oh, Göttin«, flüsterte Noth. Er legte Ava auf das Bett, neben dem er stand. Noth erinnerte sich dunkel daran, dass dort, wo das Bett jetzt war, zuvor nichts als Schwärze geherrscht hatte, dass er zuvor an einem anderen Ort gewesen war und nicht an dem, an dem er sich jetzt befand, aber all das war unwichtig.

Seine Tochter lag im Sterben.

»Göttin«, flehte Noth. »Bitte.« Er legte eine Hand auf Avas Stirn, die heiß wie Feuer war.

Ava hustete wieder und begann zu weinen. Dieses Geräusch drohte Noth das Herz zu zerreißen.

»Es tut weh«, stieß seine Tochter schluchzend hervor. »Es tut so weh, Papa.«

»Das weiß ich«, erwiderte Noth, der auf seine Tochter herabblickte und ganz genau wusste, dass er nichts tun konnte. »Das weiß ich.«

Dann riss Ava die Augen auf. »Da ist ein Licht, Papa. Ich sehe ein Licht.«

Noth zitterte. »Lass das Licht herein, Ava. Lass es herein.«

Als Ava erneut etwas sagte, klang ihre Stimme traurig. »Das Licht geht weg, Papa. Da ist nur noch … nur noch Dunkelheit.« Sein kleines Mädchen riss die Augen noch weiter auf. »Sie kommen mich holen! Rette mich vor der Dunkelheit! Rette mich vor den Monstern, Papa!« Ava umklammerte fest seine Hand, und Noth konnte ihre Furcht spüren, die unter ihrer Haut herumzukriechen schien. Ava hörte nur auf zu schreien, als sie wieder husten musste. Der Husten war feucht und heftig, und danach schrie sie wieder.

»Rette mich, Papa! Rette mich!«

Husten.

»Die Monster …«

Husten. Noch mehr Blut.

»Sie kommen mich holen …«

Ava hustete noch einmal und blickte dann auf. Sie bekam keine Luft mehr. Ihre Augen, in denen sich Entsetzen spiegelte, wurden glasig.

Dann herrschte Stille.

Ava war tot, und Noth war wieder einmal allein in der Schwärze. Er blickte auf.

»Warum?«

Der Schmerz über das, was er gerade mit angesehen hatte, die schmerzliche Erkenntnis, dass es eine echte Erinnerung war, schien ihn innerlich in Stücke zu zerreißen. Doch das wurde nur noch überlagert von der Angst, dass er das noch einmal mit ansehen musste.

»Warum?«, schrie er.

»Weil wir alle Schmerz erleiden, mein Sohn. Mein Vergnügen ist es, dich daran zu erinnern.«

Ganz langsam zog sich der schwarze Nebel zurück. Die Dunkelheit, die Noths Verstand und den Raum eingehüllt hatte, verschwand, und Noth fand sich im

Thronsaal von Roden wieder. Er kniete auf dem Marmorfußboden und hatte die Hände vor das Gesicht geschlagen. Nun blickte er auf. Die goldenen Stufen zum Thron waren direkt vor ihm und noch immer mit Blut bedeckt. Hinter ihm war die große Doppeltür, und sie war so nah, dass er sie hätte berühren können, wenn er den Arm ausgestreckt hätte. Links von ihm saß Astrid auf dem Boden, umklammerte ihre Knie und schaukelte vor und zurück. In einiger Entfernung sah er Winter, die reglos auf dem Boden lag.

Noth wollte gerade zu ihr laufen, als er die Gestalt bemerkte, die neben dem Thron stand. Es war eine große, finstere Gestalt in einem schwarzen Mantel. Der Mann hatte die Kapuze aufgesetzt, so dass sein Gesicht im Schatten verborgen war. Der Saum des Mantels lag um die Füße des Mannes in Falten auf dem Boden. Noth sah, dass die Falten mit dem schwarzen Nebel verschmolzen, der immer noch über den Marmor glitt. Noth blinzelte, konnte aber nicht genau sehen, wo der Mantel endete und der Nebel begann.

Über der Gestalt zuckte der schimmernde Schatten noch immer in der Luft.

»Es ist zehntausend Jahre her, dass ich derart direkten Einfluss auf das Volk auf der Sphaera nehmen konnte!«

Der Mann war der, der in der Dunkelheit gesprochen hatte, da war sich Noth sicher. Er erkannte den namenlosen Schrecken, den er spürte, und die Art, wie sich sein Urteilsvermögen trübte, sobald er etwas sagte. Er kannte das alles, weil er vor Angst wie gelähmt war; er konnte sich nicht bewegen und Winter oder Astrid auch nichts zurufen. Die Stimme schien sich nun zu verdichten, als die Gestalt etwas sagte. Zuvor hatte sie gehallt, nun schien sie näher der Stimme eines Mannes zu sein, immer noch unfassbar tief und polternd, aber anders.

»Ich bin sehr froh, dass meine Fähigkeiten noch immer hervorragend sind. Ihr drei wart hervorragende Testpersonen. Aber nun muss ich leider gehen. Meine Gefährten treffen ein.«

Langsam zog sich der schwarze Nebel enger um die Gestalt zusammen.

»Ich werde euch in der Gesellschaft einiger alter Freunde zurücklassen. Man könnte sagen, dass sie nach Freundschaft hungern. Zehntausend Jahre können eine furchtbare Sehnsucht auslösen. Das wirst du gewiss verstehen, werte Astrid.«

Der schimmernde Schatten über der dunklen Gestalt wurde größer.

»Lebt wohl, meine Kinder«, sagte der Mann. »Bis wir uns wiedersehen.«

Dann zog sich der schwarze Nebel zusammen, und die Gestalt war verschwunden.

Im gleichen Augenblick ballte sich der Schatten über dem Thron zusammen, und eine große, dunkle Form fiel aus dem Portal. Noth spürte, wie seine Erstarrung und die lähmende Angst verschwanden.

»Astrid!«, schrie Noth. »Wir müssen gehen. Sofort!«

»Das habe ich schon vor einer Ewigkeit gesagt, weißt du nicht mehr? Warum bei der Unterwelt hast du nicht gleich auf mich gehört?«

Noth lief zu Winter hinüber, die sich langsam aufrappelte. Er war unglaublich erleichtert. *Sie ist nicht tot,* schoss es ihm durch den Kopf. *Sie ist noch bei mir. Möge mich die Unterwelt verschlingen, aber wenigstens ist sie noch bei mir.*

Bevor Noth auch nur drei Schritte gemacht hatte, hallte ein ohrenbetäubender Schrei durch den Thronsaal.

Noth blickte auf. Da, über dem Thron war ein Monster, mindestens doppelt so groß wie er und mit nichts vergleichbar, was Noth in seinem ganzen Leben je gesehen hatte.

Winter stand schwankend da, und ihre Beine zitterten. Als das Monster kreischte, hätten ihre Knie beinahe unter ihr nachgegeben. Sie hielt sich die Ohren zu und schaute entsetzt zu der Bestie hinauf, die plötzlich vor dem Thron stand. Ihr dünner, schlangenartiger Körper, auf dem sich Sehnen und Muskeln abzeichneten, wand sich, und doch stand es hoch aufgerichtet auf den Hinterbeinen. Zwei dünne Arme, die in Klauen in der Länge von Schwertern endeten, ragten aus dem Körper der Kreatur heraus. Der Kopf dieses Wesens war ein gewaltiger klaffender Schlund, so lang wie ein Mensch und fast halb so lang wie der ganze Körper der Kreatur und von Hunderten langer, schmaler Fangzähne gesäumt. Der Unterkiefer schien die ganze Kreatur nach unten zu ziehen, so dass sie leicht bucklig wirkte. Ein dornenbesetzter Schwanz bewegte sich langsam am Rücken der Bestie.

Eine solche Schreckgestalt hätte sich Winter niemals vorstellen können, und sie existierte noch nicht einmal in den Geschichten aus dem Zeitalter der Wunder.

»Astrid«, hörte Winter Noth sagen, »was bei der Unterwelt ist das?«

Astrids Antwort war kurz: »Eine Schattenbrut.«

Das Monster kreischte erneut und riss sein langes Maul

sogar noch weiter auf. Dann drehte es den Kopf, und auf einmal begriff Winter, dass das Wesen sie mit seinen tiefen, dunklen Augen direkt ansah.

Noth schrie ihren Namen und kam auf sie zugerannt. Doch Winter wusste, dass er sie nicht mehr rechtzeitig erreichen konnte. Wenn die Kreatur lossprang, dann war das Winters Ende.

Da hörte Winter einen ganz anderen Schrei. Ein Wirbel raste durch den Raum, und die Zeit schien stillzustehen, als Astrid mit der Kreatur zusammenprallte und sie aus dem Gleichgewicht brachte. Die Schattenbrut taumelte und blickte auf Astrid herab. Der Vampir reichte ihr noch nicht einmal bis zum Knie.

Winter hörte, wie sich ein tiefes Knurren in der Brust des Monsters zusammenbraute, als es nach Astrid schlug, schneller, als Winter blinzeln konnte, und das Mädchen flog quer durch den Saal und prallte gegen eine der riesigen Marmorsäulen, die in unzählige Stücke zersprang.

Astrid stand mühsam wieder auf. Wenn das Monster ihr so etwas antun konnte, wie sollten sie es dann besiegen?

»Im Namen des Kaisers befehlen wir euch, stillzustehen!«

Winter drehte sich um. Die Türen des Thronsaals flogen auf, und knapp zwei Dutzend Schnitter marschierten herein. Als die Soldaten die Kreatur vor dem Thron stehen sahen, erstarrten sie.

»Was bei der Unterwelt …?«, hörte Winter einen von ihnen murmeln. Irgendwie schafften sie es dennoch, sich zu formieren und die Bögen anzulegen.

Für einen kurzen Moment war nichts außer Noths Schritten zu hören, der auf Winter zurannte. Die Schnitter hatten die Bögen gespannt und zielten auf die Schattenbrut. Die Kreatur wandte den Blick langsam von Winter ab und sah die Schnitter mit glänzenden schwarzen Augen an. Dann riss sie das Maul weit auf und schrie so laut, dass Winter zusammenzuckte und sich die Ohren zuhielt.

»Feuer!«, rief einer der Schnitter.

Noth erreichte Winter, als der erste Pfeilhagel die Bestie traf. »Geht es dir gut?«, erkundigte er sich.

Winter starrte ihn mit leerem Blick an. Natürlich ging es ihr nicht gut. Lian war gestorben. Sie hatte erlebt, wie … sie konnte nicht einmal daran denken, was in der Dunkelheit passiert war. Und jetzt starrte sie ein Monster an, das sie sich in ihren schlimmsten Alpträumen nicht hätte vorstellen können, als wäre es ein hungriges Kind und Winter ein frisch gebackenes Kirschtörtchen.

»Es geht mir gut«, erwiderte Winter.

Die Schattenbrut kreischte, als sie von den Pfeilen getroffen wurde, und stampfte wütend mit den Füßen auf.

»Lügnerin«, murmelte Noth.

»Beschwerden haben noch niemandem geholfen«, sagte Winter. Trotz ihres Versprechens konnte sie nicht anders und sah immer wieder den Beutel an, der an Noths Gürtel hing. Er war noch immer da. Noch immer voll mit Faltirakristallen. Wenn sie nur einen Kristall in die Finger bekam, dann könnte sie ihnen helfen …

»Nein, Winter. Wir schaffen das auch so.«

Dann lächelte Noth und wandte sich der Schattenbrut zu. »Außerdem habe ich in den letzten Tagen eine Menge über mich gelernt, denke ich.« Er nickte zu den Schnittern hinüber. »Hoffentlich können wir ihre Anwesenheit ausnutzen, um hier rauszukommen.«

»Das klingt nach einem guten Plan.«

Winter drehte sich um und sah, wie Astrid auf sie

zuhumpelte. Sie sah müde aus, schien abgesehen von dem Hinken jedoch unverletzt zu sein.

Die Schattenbrut sprang plötzlich von dem Podest, überbrückte fast zwei Drittel der gesamten Länge des Saals und landete dann mitten in der Formation der Schnitter.

Winter fluchte leise. Die Kreatur hatte einen Sprung von wenigstens fünfzig Ruten gemacht. Das Wesen stürzte sich kreischend auf die Schnitter, die zur Seite wegstoben, sich aber schnell wieder erholten und angriffen. Die Soldaten hackten mit ihren Waffen auf die Bestie ein, während ein paar von ihnen weiter Pfeile abschossen. Mit jedem Klauenschlag und jedem Schwanzhieb setzte die Schattenbrut mehr Soldaten außer Gefecht. Die Schnitter schrien, zuerst einen Schlachtruf, der bald schon in Schreie des Entsetzens umschlug, um schnell, viel zu schnell, zu verstummen. Zerschmetterte Rüstungen, zerbrochene Waffen und blutige Leichen waren alles, was zurückblieb.

»So viel zu unserem Ablenkungsmanöver«, murmelte Astrid.

Die Schattenbrut hob eine der Leichen mit einer gewaltigen Klaue auf und stopfte sich den Schnitter in ihr riesiges Maul. Metall und Knochen knackten und quietschten, und innerhalb von Sekunden hatte die Bestie den Mann komplett verschlungen. Winter konnte genau beobachten, wie sich eine Auswölbung am schlangenartigen Körper des Wesens bildete und weiter nach unten wanderte. Dann drehte die Schattenbrut den Kopf und starrte Winter erneut an. Sie konnte das Blut auf den Klauen und Zehen der Kreatur deutlich sehen. Die Bestie verzog ihr riesiges Maul, und Winter hätte schwören können, dass sie lächelte.

»Ich mache das«, sagte Noth.

»Beeil dich lieber«, antwortete Astrid. »Ich glaube, da kommt gleich noch eins.«

Winter riss die Augen auf und drehte sich zu dem seltsamen Portal um. Astrid hatte recht. Eine weitere Gestalt fiel zu Boden, und als sich die Schatten zusammenzogen, formten sie eine weitere Schattenbrut von ähnlicher Gestalt und Größe.

Noth machte einen Schritt nach vorn. »Astrid, du musst dich um den Neuankömmling kümmern. Ich glaube, ich kann den anderen töten, aber dazu brauche ich ein bisschen Zeit.« Als Winter ihn ansah, stellte sie fest, dass er plötzlich … verändert war. Kontrollierter. Trotz seiner Prellungen und seiner schmutzigen Kleidung wirkte er ruhig.

»Ich werde tun, was ich kann«, sagte Astrid und lief auch schon auf den Neuankömmling zu.

Winter wollte gerade fragen, was sie tun sollte, als sie sah, wie sich die Waffen der Schnitter in die Luft erhoben. Sie blinzelte. Einen Augenblick lang fürchtete sie schon, die Kreatur setzte Magie ein, doch als sich ein Schwert in den Oberschenkel des Monsters und ein Speer in seine Schulter bohrte, wusste sie es besser.

Bei der aufsteigenden Canta. Er hat es geschafft.

Noth hatte sich daran erinnert, wie er die Psimantie einsetzen musste.

Die Schattenbrut schrie, als ihr ein Streitkolben den Kiefer zertrümmerte, und wandte den Blick von Winter ab, um Noth anzustarren.

Es weiß Bescheid, erkannte Winter. Das Monster konnte die Psimantie spüren. Es wusste, was Noth tat. Aber es war zu spät. Die Kreatur war von den Schnittern bereits schwer verletzt worden und blutete aus mehreren Wunden. Noth griff mit einer Waffe nach der anderen an, durchbohrte die Haut des Wesens, zerschmetterte Knochen und Muskeln.

Winter spürte, dass ihre eigenen psimantischen Kräfte das, was Noth da einsetzte, bei weitem übertrafen. Die Erkenntnis traf sie unverhofft, ebenso wie der Drang, einfach nach Noths Beutel zu greifen und den Frost zu nehmen. Aber sie widerstand der Versuchung.

Zwar schien Noth nicht so mächtig zu sein wie Winter, aber die Geschicklichkeit, mit der er die Telesis einsetzte, die ausgeklügelten Muster und die fließenden Bewegungen der Objekte, die er kontrollierte, waren einfach unfassbar. Eine Waffe, die Noth mit einer Tendra festhielt, flog plötzlich los und direkt durch die Schattenbrut hindurch, nur um auf der anderen Seite des Körpers von einer anderen Tendra aufgefangen und erneut hineingerammt zu werden. Gleichzeitig hackten, hieben und stachen fast ein Dutzend anderer Tendrae auf die schreiende Schattenbrut ein, die gegen ein Dutzend unsichtbarer Gegner anzukämpfen hatte. Winter konnte die Tendrae natürlich nicht sehen, sie konnte sie auch kaum spüren, aber während sie den Kampf beobachtete, konnte sie sich die Bewegungen förmlich vorstellen.

Es war wunderschön.

Mit einem letzten Stöhnen brach die Schattenbrut zusammen und ließ den Boden erbeben.

Astrid schrie, und Winter drehte sich um. Das Mädchen raste um die zweite Schattenbrut herum, wich einem Schlag nach dem anderen aus, sprang über den Schwanz der Kreatur hinweg und rutschte unter ihren schweren Füßen hindurch.

»Da kommen noch mehr!«, brüllte Astrid.

Winter blickte zu dem verdrehten Schattenportal über

dem Thron hinauf, aus dem zwei weitere dunkle Formen herausfielen und bereits Gestalt annahmen. Eine schien auf jeder Seite des Kopfes zwei Hörner zu haben.

Jetzt hatte Winter genug.

»Hol mir einen der Bögen und einen Köcher«, rief sie. »Ich kann helfen.«

Noth zögerte, nickte dann aber. Ein Bogen und ein Köcher flogen durch die Luft auf sie zu, und Winter fing beides auf.

»Bleib im Hintergrund«, ordnete Noth an.

Winter legte einen Pfeil auf die Sehne. Sie sah mit an, wie Noth sein Schwert fester packte, wie ein Dutzend blutiger Waffen rings um ihn herum in die Luft flogen und ihn begleiteten, als er auf die Monster zurannte.

Zuerst hatte die Macht ihn belebt, und ihr reines Brennen schien ihn richtiggehend zu läutern. Es fiel ihm plötzlich ganz leicht, und sie ließ sich von seinen Instinkten lenken. Noth vermutete, dass es ihm in dem Augenblick, in dem er am Vorabend Kalis Geistbann durchbrochen hatte, irgendwie auch gelungen war, sich neuen Zugang zu seiner Telesis zu verschaffen. Er hatte seine Kräfte schon früher an diesem Abend gespürt, nur nicht in der Gegenwart der Ceno-Mönche. Und dann hatte er sich erinnert – oder zumindest seine Instinkte hatten es getan.

Noth rannte auf die Schattenbrut zu, schob seine Tendrae vor sich und sah mit an, wie die Waffen das zweite Monster verletzten, das Astrid bedrängte. Die fünfzehn Waffen bahnten sich einen Weg durch die Kreatur und traten auf der anderen Seite wieder aus. Die

Bestie schwankte auf ihren dünnen, sehnigen Beinen und brach dann zusammen.

Zwei hätten wir, zwei sind noch da.

»Da kommen noch mehr!«, schrie Winter hinter ihm. »Wir müssen das Portal schließen!«

Noth musterte die wabernde Schwärze. Vier weitere Gestalten – vier! – fielen heraus. Er holte angespannt Luft und stellte fest, dass er in der Nähe des Portals etwas spürte, etwas Vertrautes, auch wenn er nicht wusste, was es war.

Er duckte sich, rollte sich über den Boden und konnte gerade noch dem Schlag einer riesigen Klaue ausweichen. Sofort sammelte Noth seine Tendrae um sich und schickte sie mit blutigen Waffen bewehrt zu der Kreatur zurück. Die beiden Monster kreischten und jaulten um ihn herum auf. Sie sahen alle ähnlich aus, es gab nur kleine Unterschiede: Eines hatte lange, geschwungene Hörner, ein anderes etwas längere Klauen, und dem dritten schien eine Art Knochenrüstung gewachsen zu sein. Der Marmorboden bebte unter ihren Schritten. Noth schlug mit seinem Schwert nach den Armen einer Schattenbrut und schaffte es, diesem eine Klaue abzutrennen. Das Untier schrie kurz auf, aber da sprang Astrid auch schon in die Luft, landete auf dem Rücken der Kreatur und stieß ihre rechte Faust – und dann den gesamten Arm – in den Hinterkopf des Wesens. Das Monster erschlaffte, als Astrid wieder lossprang, doch sie wurde in der Luft von einer riesigen Klaue erwischt und quer durch den Saal gegen eine Säule geschleudert.

Etwas war anders. Irgendetwas hatte sich kaum merklich verändert. Noth kontrollierte fünfzehn Tendrae auf einmal und rückte gegen die vier Schattenbruten vor, die gerade aus der Schwärze gefallen waren.

Er musste das Portal schließen. Irgendetwas nagte an ihm, etwas Vertrautes, aber er hatte keine Zeit, um darüber nachzudenken. Es hatte irgendwie mit seinen Tendrae zu tun und war etwas, an das er sich erinnern musste. Dabei ging es um eine Verbindung.

Doch bevor es ihm wieder einfallen wollte, verstummte die Welt um ihn herum mit einem Schlag.

Eben hatte er die Schreie der Monster, die Geräusche seiner Waffen, die Haut aufschlitzten und Knochen brachen, sowie den Klang seines eigenen Atems noch hören können. Noth hatte ein weiteres Geräusch bemerkt, ein lautes, tiefes Brüllen, viel lauter und tiefer als das Kreischen der anderen Kreaturen, und nun manifestierte sich eine weitere Gestalt, noch größer als alle anderen, in dem Portal. In einem Augenblick hörte Noth all diese Geräusche, und im nächsten war da nichts mehr. Totenstille.

Das überraschte ihn, und er zögerte. Obwohl Noth wusste, dass jeder Moment des Zögerns Folgen haben würde.

Eine riesige Klaue traf ihn, und er flog durch die Luft. Es konnte kein gezielter Schlag gewesen sein, denn er landete schnell wieder auf dem Marmorboden und kam rutschend zum Liegen. Zitternd rappelte sich Noth auf und versuchte, die Kontrolle über seine Tendrae zurückzugewinnen. Seine Waffen waren mit ihm durch den Raum geschleudert worden, als hätte er sie in den Händen gehalten. Wieder näherte er sich den Kreaturen.

Er musste das Portal schließen, aber diese neue Gestalt, die viel größer war als ihre Vorgänger, stürzte bereits mit lautem Gepolter auf den Boden. Risse zogen sich durch den Marmor. Dennoch kämpfte Noth weiter und nutzte die Macht, die ihn umgab, die ihn einhüllte, die in ihm brannte. Seine Brust und seine Knochen vibrierten, und obwohl er nichts mehr hören konnte, wusste Noth, dass die große Kreatur, die sich langsam unter dem Portal zusammensetzte und immer riesiger wurde, ein weiteres Mal gebrüllt hatte.

Eine weitere Veränderung, die er dieses Mal in seinem ganzen Körper spürte. Er hatte keine Kontrolle mehr über seine Gliedmaßen. Noth erschlaffte, ging auf die Knie und ließ den Kopf hängen. Er fühlte sich so hohl und leer. In seinem Inneren schien nichts mehr zu sein.

Aber er konnte noch immer etwas sehen, und so kämpfte er weiter. Sein Körper gehorchte ihm nicht mehr, seine Tendrae aber schon. Er griff die Monster aus purem Instinkt mit den Tendrae an, aber es waren einfach zu viele, und er konnte nicht wirklich etwas gegen sie ausrichten. Aus dem Augenwinkel sah er, wie Astrid erneut auf die Kreaturen zurannte, von denen eine quer durch den Raum sprang und auf ihr landete. Eine weitere Gestalt stieß sich von einer Säule ab, flog durch die Luft und traf auf die Schattenbrut, die Astrid ohnehin schon zerquetschte.

Noth hätte am liebsten geschrien, ihr etwas zugerufen und sie gewarnt, er wollte ihr helfen, aber seine Tendrae waren bereits damit beschäftigt, die anderen Monster abzuwehren.

Er konnte nichts für sie tun.

Dann spritzte helles Blut auf, und Noth sah eine Gestalt oben durch die Bauchdecke einer Schattenbrut herauskommen und den Oberschenkel einer anderen durchbohren. Astrid segelte durch die Luft und landete auf dem Boden. Sie war über und über mit Blut beschmiert.

Plötzlich zuckte Noths Körper, und er verkrampfte sich. Er glaubte, er würde sterben, bis sein Kopf zur Seite rollte und er sah, dass Winter ihn schüttelte. Ihr strömten Tränen über die Wangen, ihre Lippen bewegten sich und sie schrie etwas, aber Noth konnte nichts hören. Hinter Winter ragte eine dunkle Gestalt auf, die weitaus größer war als alle Monster, die er bisher gesehen hatte.

Dann war da nichts als Dunkelheit.

Winter schluchzte auf, als sie sah, wie Noth zu Boden ging. Eben hatte er noch gekämpft, und es hatte ausgesehen, als könnte er siegen, doch dann hatte ihn eines der Monster quer durch den Thronsaal geschleudert.

»Wir haben verloren«, flüsterte Winter und kauerte über ihm. »Wir sind verloren.«

Es waren noch mindestens drei der Monster übrig, die sich jetzt Astrid näherten. Das Portal war noch immer geöffnet, und der riesige Schatten, der zuletzt herausgefallen war, erhob sich und stieß ein tiefes, langanhaltendes Knurren aus. Winter hob den Kopf. Das Monster schien so groß zu sein wie die Säulen, die die gewaltige Kuppel stützten. Es hatte gewaltige Beine, die noch dicker waren als die Säulen und jetzt rechts und links von Winter aufragten. Vier weitere Gliedmaßen, Arme oder Beine, da war sich Winter nicht sicher, stützten sich um sie herum auf den Boden, der erneut bebte. Das gigantische Monster riss sein Maul auf, das so groß war wie die erste Schattenbrut, die durch das Portal gekommen war. Das tiefe, ohrenbetäubende Gebrüll der Kreatur hallte in ihrer Brust wider. Weitere Schnitter kamen in den Thronsaal gestürmt, aber Winter wusste, dass sie in ihren sicheren Tod liefen. Wenn zwei Dutzend Soldaten nicht mit einer dieser Bestien fertig wurden, dann brauchte man eine ganze Armee, um das riesige Scheusal, das hinter ihr aufragte, zu besiegen.

Winter ließ den Kopf sinken. Sie konnte es nicht fassen. Sie wollte es einfach nicht glauben, dass es so enden würde, dass …

Dort, zu ihren Füßen, lag der Beutel mit den Faltirakristallen.

Winter hatte ihre Entscheidung getroffen, sie hatte sie zusammen mit Noth gefällt und beschlossen, keinen Kristall mehr zu nehmen. Sie hatte es ihm *versprochen.* Doch als sie jetzt auf den Beutel herabblickte, wusste sie einfach nicht, was sie tun sollte. Sie erinnerte sich daran, wie sie von oben auf sich geblickt hatte, auf das, was sie geworden war. Auf die Frau, die sich in der Gasse in Blut und Erbrochenem wälzte. Auf die Frau, die aus einem Fenster sprang. Auf die Frau, die jene verraten hatte, die sie liebte, die alles bis auf ihre Sucht vergessen hatte. Winter wusste, was der Frost ihr angetan hatte, ebenso wie all ihren Freunden. Sie hasste die Droge. Auch wenn sie sie gleichzeitig liebte und sich nach ihr verzehrte, verabscheute sie sie.

Dann blickte Winter Astrid an, die über und über mit Blut beschmiert auf der anderen Seite des Saals saß und die Monster anschnaubte, die sich ihr näherten. Doch alles, was Winter sah, war das kleine Mädchen, dem etwas an Winter lag, auch wenn es versucht hatte, sich das nicht anmerken zu lassen.

Winters Blick fiel auf Lian, der tot auf den goldenen Stufen lag. Das, was Lian in der Schwärze zu ihr gesagt hatte, zählte nicht mehr. Winter hatte beschlossen, es nicht zu glauben. Dies war ihr Freund, der bis zuletzt an ihrer Seite geblieben war. Ihr Freund, der sie am Ende gerettet hatte.

Sie blickte auf Noth hinab. Dann kniete sie sich hin und streichelte seine Wange. Sie beugte sich vor und küsste ihn.

»Ich liebe dich«, flüsterte sie und hatte es noch nie so aufrichtig gemeint wie in diesem Moment.

Alles in ihr schrie danach, es nicht zu tun. Sie wusste, dass es sie zerstören würde. Es würde sie vernichten, obwohl sie gerade erst wieder Hoffnung geschöpft hatte.

Doch dann bemerkte sie einen Unterschied. Jedes Mal, wenn sie Faltira genommen hatte, war sie in Gassen verschwunden und hatte sich den Kristall in den Mund gesteckt, wenn niemand hingesehen hatte; sie hatte es immer nur für sich getan. Sie hatte es getan, weil sie dieses brennende Eis spüren wollte.

Das war jetzt anders. In diesem Augenblick wusste Winter, was wirklich zählte. Sie gehörte zu ihnen. Sie waren ihr Zuhause. Und um ihr Zuhause zu beschützen, musste sie es aufgeben. Als sie die ansah, die sie liebte, wusste Winter, dass sie es nicht für sich tat. Sie tat es für eine größere Sache.

Sie tat es für sie.

Sie griff in den Beutel, holte einen Faltirakristall heraus und steckte ihn sich in den Mund.

Dann nahm sie noch einen.

Einen dritten.

Und einen vierten.

Winter schluckte alle Kristalle, die in dem Beutel waren. Die Macht überkam sie schneller denn je, strömte durch sie hindurch, so vertraut und stark. Sie vervielfachte sich, brannte in ihren Adern, schien ihr Knochenmark zu versengen. Schon wurde sie noch intensiver, und Winter keuchte auf und verdrehte die Augen. Aber die Macht wurde noch stärker, und wieder und wieder warf Winter den Kopf in den Nacken und schrie.

Das Portal zu versiegeln war leicht. Winter erkannte, dass es einer Tendra ähnelte. *Such die Verbindung.* Sie tat, was Nash sie gelehrt hatte, und griff die Quelle an und nicht das, was dieses Tendra-artige Ding festhielt, diese seltsame Verbindung zu ihrer Welt. Mit einem Mal blitzte der schimmernde Schatten auf und war verschwunden.

Winter streckte ihre Tendrae aus und packte vier der gewaltigen Säulen auf beiden Seiten des Saals. Die Kuppel wankte. Das große Monster, das letzte, das durch das Portal gekommen war, blickte hungrig auf sie herab. Es wusste Bescheid.

Winter lächelte. Die Macht floss nicht länger durch sie hindurch. Sie verbrannte sie nicht mehr und verursachte weder Schmerz noch Euphorie. All das war fort, es war bedeutungslos.

Jetzt war sie diese Macht.

EPILOG

Als um sie herum Ruhe eingekehrt war, hob Astrid den Kopf und sah die Sterne über sich. Jetzt konnte sie sie nicht nur durch die Deckenfenster in der gewaltigen Kuppel des Thronsaals sehen, nein, jetzt waren sie überall.

Die Kuppel war verschwunden. Winter hatte sie zertrümmert und eine Hälfte in die Nacht hinausfliegen lassen. Die andere Hälfte war in den Saal gestürzt und hatte die letzten Kreaturen getötet. Doch zuvor hatte Winter das riesige Monster mit vier der gewaltigen Säulen erschlagen, sie hatte die Bestie damit wieder und wieder in den Marmorboden gerammt. Sie hatte die Dämonen in einem gigantischen Wirbelwind aus Steinen zerschmettert. In den langen Jahren, die Astrid jetzt schon auf der Sphaera weilte, hatte sie so etwas noch nie gesehen.

Astrid bahnte sich so schnell sie konnte einen Weg zwischen dem Geröll und den Leichen hindurch und schleppte eine schlaffe Gestalt dabei mit sich. Sie konnte nur einen retten und hatte die ganze Zeit über gewusst, wer das sein würde. Ihr war auch gar keine andere Wahl geblieben. Winter musste tot sein, denn niemand konnte eine derartige Macht in sich überleben. Lian war ebenfalls gestorben. Da war ihr die Entscheidung nicht schwergefallen.

Sie knirschte mit den Zähnen, während sie über gewaltige Schuttberge kletterte und versuchte, auf die Palastmauer zu gelangen. Dabei verfluchte sie sich bei jedem einzelnen Schritt.

Wenn sie doch nur früher gekommen wäre, dann hätte alles anders laufen können. Wenn diese verdammte Priesterin sie früher hätte gehen lassen, wäre ihr mehr Zeit geblieben, um sich von den Qualen der Folter zu erholen. Allein der Gedanke an die vergangene Nacht ließ Entsetzen in Astrid aufsteigen. Sie hatte den gesamten Tag darauf warten müssen, dass der Nachtbann aus ihrem Körper verschwand und sie ihre Kraft zurückgewann.

Warum war sie nicht zu Lian gekommen, bevor er hatte sterben müssen?

Stattdessen hatte Astrid versagt, und jetzt musste sie die Scherben aufsammeln.

Noth regte sich auf ihrer Schulter.

Astrid blieb sofort stehen. Sie legte ihn ab und sah ihm in die Augen.

»Bist du da, Nomade?«, flüsterte sie. Er hustete, und seine Augen waren matt. Sie stieß die Luft aus.

Noths Augenlider flatterten. Er klappte den Mund auf, aber es kam kein Ton heraus. Astrid spürte, wie sich ihr Brustkorb zusammenzog. Sie musste ehrlich zu ihm sein, ansonsten würde er ihr das niemals vergeben. Vielleicht konnte er ihr auch so nie verzeihen, aber sie musste es wenigstens versuchen.

»Sie ist tot«, sagte Astrid. »Es tut mir so leid, Noth. Sie ist tot.«

Noth schüttelte den Kopf und stieß ein unverständliches Keuchen aus.

»Es tut mir so leid«, wiederholte Astrid und wünschte, sie könnte ihn irgendwie trösten. Er schob sie weg und versuchte, sich aufzurichten. »Warte«, rief sie. »Du bist nicht stark genug.«

Da hörte sie am Fuß des riesigen Geröllbergs Stimmen. Astrid legte einen Finger an die Lippen. Sie wusste nicht, ob Noth die Soldaten unter ihnen hören konnte, aber er musste um ihrer beider willen leise sein.

Noth war vernünftig genug, um sich nicht zu wehren und ganz ruhig liegen zu bleiben.

Astrid reckte den Hals. Wenigstens ein Bataillon Soldaten war unter ihnen zu sehen, und Astrid glaubte, weitere Gestalten in der Ferne zu erkennen, die rasch näher kamen.

»Bei der aufsteigenden Canta«, sagte einer. »Die gesamte Kuppel …«

»Du hast gesagt, da wären noch andere gewesen«, sagte ein zweiter. »Wo sind sie?«

»Sie sind da hoch gegangen.«

Einige der Soldaten kamen auf den Geröllberg zu.

»Wir müssen hier weg«, sagte Astrid. »Sie werden uns sonst entdecken.«

Noth sah sie einen Augenblick lang an und schüttelte dann den Kopf. »Winter«, sagte er lautlos.

»Nein«, erwiderte Astrid. »Sie ist tot, Noth. Wir müssen von hier verschwinden. Das hätte sie auch so gewollt.«

Seine Miene versteinerte, und er schüttelte erneut den Kopf.

Noths kalte Augen und sein entschlossener Gesichtsausdruck ließen ihr keine andere Wahl. Sie schlug ihm fest gegen den Kopf, und er brach zusammen.

»Na, dann los«, flüsterte sie ihm zu und hievte ihn sich wieder auf die Schulter. »Wir haben nicht viel Zeit.«

Als sie den Gipfel des riesigen Schutthaufens erreicht

hatten, waren die Soldaten unter ihnen auf sie aufmerksam geworden. Sie riefen ihnen etwas zu, und ein Armbrustbolzen flog an Astrids Ohr vorbei. Sie fluchte lautstark.

Unter ihr befand sich die Palastmauer, die an eine niedrige Klippe grenzte, die auf das Meer hinausragte.

Astrid kniff die Augen zusammen. Nicht weit von der Klippe entfernt war ein kleines Fischerboot zu sehen, das entweder noch sehr spät oder schon sehr früh unterwegs war. Es war nicht sehr weit weg. Aber das Wasser würde kalt sein, und sie wusste nicht, ob Noth das überleben würde.

Aber wenn sie nicht sprang, wäre es um sie beide geschehen.

Astrid fluchte. Sie konnte Schwimmen nicht ausstehen.

Ein weiterer Bolzen raste an ihr vorbei. Sie sprang.

Die Stimme war tief, wie ein Feuersog, der in Dunkelheit getaucht war.

»Wach auf, Daval.«

Daval Amok, einer der Großkanzler von Izet, setzte sich in seinem Bett auf. Er hatte diese Stimme noch nie zuvor gehört, aber der Tokal-Ceno hatte sie ihm beschrieben. Daval hatte in den vielen langen Tagen seines Lebens davon geträumt und darauf gehofft.

Davals Knochen knackten, als er sich umdrehte und die Füße auf den warmen Hartholzboden setzte. Diener sorgten dafür, dass der Boden auch nachts warm blieb, da sie wussten, wie gereizt Daval reagieren konnte, wenn er des Morgens auf kalten Fußböden herumlaufen musste.

Wenn seine Füße morgens nicht warm waren, dann blieben sie den ganzen Tag über kalt. Und wenn Daval eines auf den Tod nicht ausstehen konnte, dann waren das kalte Füße.

Er zögerte. Hatte er wirklich eine Stimme gehört? Vielleicht hatte er das ja bloß geträumt.

»Ich bin echt, Daval. So echt wie die Sterne. Und ich benötige deine Hilfe.«

Eine Woge namenloser Furcht brach über Daval herein. Genau wie der Tokal sie beschrieben hatte, war diese Angst, als hätte man Wahnsinn und Tod miteinander vereint. Er zitterte ebenso vor Aufregung wie vor Entsetzen.

»Mein Leben gehört Euch, Herr«, flüsterte Daval. Es war dunkel in seiner Kammer, zu dunkel, als dass er etwas erkennen konnte.

War der Meister hier bei ihm? Hielt sich Azael in Davals Schlafgemach auf?

»Der Tokal ist tot. Er hat das Werk vollendet, das ich ihm aufgetragen habe, und sein Opfer wird nicht vergessen sein. Aber ich benötige ein neues Sprachrohr, Daval. Du warst der Stellvertreter des Tokal, und jetzt gehörst du mir.«

Daval blinzelte. »Herr, ich … ich fühle mich geehrt.« Dann zögerte er. Konnte das wirklich sein? »Der Tokal war erfolgreich, Herr? Heißt das …« Daval tastete neben seinem Bett nach der Kerze und der Zunderbüchse. Seine Finger fanden das Gesuchte, und er schlug Feuerstein und Feuerschläger gegeneinander. Daval spürte, wie sie sich berührten und wie die Hitze der Funken aufstob.

Er spürte es, aber er sah es nicht. Um ihn herum herrschte weiterhin Dunkelheit.

»Ja, Daval. Nach Abertausenden von Jahren wurde das Ritual endlich vollendet. Der Tokal-Ceno hat ein neues Zeitalter eingeleitet. Die Auferstehung hat begonnen.«

Daval versuchte mit rasendem Herzen erneut, Licht zu machen.

Doch die Dunkelheit blieb weiterhin undurchdringlich, auch wenn es eigentlich ohne Bedeutung war. Ihm entrang sich ein Kichern. Daval würde die Auferstehung miterleben. Er würde auf der Sphaera sein, wenn die Neun sterbliche Gestalt annahmen. Er wäre Zeuge ihrer Wiederkehr.

»Das sind … wunderbare Neuigkeiten, Herr«, sagte Daval und legte die Zunderbüchse beiseite. So etwas brauchte er jetzt nicht mehr. Azael würde sich um ihn kümmern. Stattdessen berührte er mit der rechten Hand die dunkelgrüne Robe, die er immer neben dem Bett liegen hatte. Trotz seiner Furcht lächelte Daval.

»Das sind sie in der Tat. Bist du bereit zu beginnen, Daval?«

»Womit, Herr?«

»Mit deiner Verwandlung.«

Daval nickte langsam. »›Wer erschaffen will, muss zuerst zerstören‹«, zitierte er.

Dann schrie Daval Amok, der Großkanzler von Izet, in der Dunkelheit.

Cinzia und Jane standen auf dem Dach des Gasthauses und blickten zum Palast hinüber, als die Sonne über der kaiserlichen Kuppel aufging.

Zumindest über dem, was davon noch übrig war.

Die riesige Kuppel war fort. Cinzia und Jane waren mitten in der Nacht von einem Donnern geweckt worden und auf das Dach gelaufen. Sie wussten nicht, was passiert war, aber sie vermuteten beide, dass Noth, Winter und Astrid daran beteiligt gewesen waren.

Und natürlich die Stimme, die sie in der vergangenen Nacht gehört hatten.

»Die Sonne geht auf, aber die Dämmerung hält Einzug«, sagte Jane. »Die Auferstehung hat begonnen.«

»Das ist nicht die Auferstehung, die wir uns erhofft hatten«, erwiderte Cinzia.

»Nein. Die Neun Dämonen sind kein Ersatz für die Göttin. Aber wir müssen unser Bestes geben. Noch besteht Hoffnung.«

Cinzia nickte. Es gab nur zwei Dinge, deren sie sich noch gewiss war: dass es Canta wirklich gab und dass die Göttin sie liebte und einen Plan hatte. Das war gut und schön. Aber es war außerdem noch etwas da draußen. Die Neun Dämonen. Und andere Dinge. Cinzia wusste noch immer nicht, ob sie an Janes Visionen glauben konnte. Aber sie glaubte daran, dass das, was sie taten, wichtig war. Irgendjemand musste die Sphaera doch vor dem schützen, was kommen würde.

Das konnten genauso gut sie sein.

Cinzia hob ihren Rucksack hoch. Sie hatten im Laufe der Nacht ihre Habseligkeiten zusammengesucht und sich so lange ausgeruht, wie sie nur konnten. Außerdem hatten sie Kovac … Kovacs Leiche … zugedeckt und unter das Bett geschoben. Sie konnten nur hoffen, dass sie bereits lange weg waren, bevor man ihn fand.

Es fiel ihr schwer, die Tränen zurückzuhalten. Der Schrecken der letzten Nacht schien ihr immer noch weit entfernt. Sie konnte noch immer nicht glauben, dass ihre

Göttinnenwache tot war. Aber die Zeit der Trauer würde schon noch anbrechen.

»Mir ist, als hätte sich alles verändert«, sagte Cinzia.

»Es wird nichts mehr so sein wie früher«, entgegnete Jane. »Die Welt ist jetzt eine andere. Wir werden mit ansehen, wie sie sich verändert, zum Besseren oder zum Schlechteren.«

Cinzia war sich nicht sicher, was das zu bedeuten hatte, aber ihr fehlte die Kraft, um nachzufragen.

»Bist du bereit?«, wollte Jane wissen. Cinzia spürte die Hand ihrer Schwester auf ihrem Arm.

Sie holte tief Luft. »Ich bin bereit«, antwortete sie.

Tief unten in den Kerkern des Kaiserpalastes schob Enri Crawn eine Schüssel mit Wasser durch einen Schlitz unter einer mit Eisen verstärkten Tür hindurch.

Er wusste nicht, warum man ihm diese neue Gefangene gebracht hatte, und es war ihm eigentlich auch egal. Es stand ihm nicht zu, Fragen zu stellen.

Außerdem gingen interessantere Dinge vor sich. Angeblich war die kaiserliche Kuppel über dem Thronsaal völlig zerstört worden. Enri wusste nicht, was für eine Macht eine solche Zerstörung bewirken konnte. Einige behaupteten, es wäre schlechte Handwerkskunst gewesen, und wenn das der Fall war, dann beneidete Enri die dafür Verantwortlichen nicht. Jeder, der den Thronsaal schon einmal renoviert, gestrichen oder auch nur geputzt hatte, würde vermutlich schon sehr bald sein Leben verlieren – oder ihm hier unten Gesellschaft leisten. Vielleicht war das Mädchen aus diesem Grund hier, aber er bezweifelte, dass eine Tiellanerin etwas mit der Zerstörung zu tun haben konnte. Ihm war jedoch völlig unklar, warum man das Mädchen nicht einfach sofort hingerichtet hatte.

Es ging das Gerücht um, dass sich der Kaiser und der Tokal-Ceno im Thronsaal aufgehalten hätten, als die Kuppel eingestürzt war. Einige behaupteten, sie wären beide tot, während andere sagten, es wäre das Werk von Assassinen aus Khale gewesen. Enri kannte die Wahrheit nicht, aber er wusste, dass der Ceno jetzt die Geschicke von Roden lenkte.

Enri stellte sich auf die Zehenspitzen und sah zwischen den Gitterstäben hindurch in die Zelle, in der die junge Tiellanerin lag. Sie schien noch immer bewusstlos zu sein. Möglicherweise war sie auch tot, das wusste Enri nicht so genau.

Auf einmal schlug das Mädchen die Augen auf. Sie starrte Enri an, und Enri keuchte auf und wich zurück.

Er stand einen Augenblick lang schwer atmend da. Was bei den Neun Dämonen stimmte nicht mit diesem Mädchen? Sie hatte ihn fast zu Tode erschreckt.

Ganz langsam stellte sich Enri erneut auf die Zehenspitzen und sah wieder in die Zelle. Das Mädchen schien jetzt zu schlafen und hatte die Augen geschlossen.

Enri schauderte. Das war wirklich ein seltsames Mädchen. Kein Wunder, dass man die Tiellaner schon vor einer Ewigkeit aus dem Land vertrieben hatte. Sie waren ein eigenartiges Völkchen und sahen auch nicht normal aus. Enri hatte die seltsamen Besonderheiten des Mädchens bewundert: ihre spitzen Ohren, das schwarze Haar und die dunklen Augen, die ihn an den Nachthimmel erinnerten. Enri überlegte, seine Frau zu fragen, ob sie schon einmal von solchen Eigenschaften gehört hatte. Er hatte jedenfalls noch nie jemanden mit schwarzen Augen gesehen.

Nein, eigentlich wusste er, dass er das nicht tun konnte. Er würde nach Hause gehen, das angebrannte Essen in sich hineinschaufeln, das sie ihm zubereitete, die Beine hochlegen und ein Pfeifchen rauchen. Er würde das tun, was er immer tat.

Denn Enri stellte nie Fragen.

DANK

Zuallererst danke ich meinem Agenten Sam Morgan dafür, dass er mich nicht ausgelacht hat, als ich ihm meine Romanidee vorgestellt habe. Aus mir unerklärlichen Gründen hat er meine mangelhafte Sozialkompetenz ignoriert, die nahezu unverständliche Erklärung von *Frostflamme* überstanden und beschlossen, das Risiko einzugehen. Seitdem hört er nicht auf, sich für mich einzusetzen, und er hat es mit seiner hervorragenden Erzählkunst (merken Sie, worauf ich hinauswill?) geschafft, einen viel besseren Roman daraus zu machen. Außerdem danke ich Joshua Bilmes, Krystyna Lopez und dem ganzen Team von JABberwocky für jede Menge Input, Lob, Kritik und natürlich die hervorragende Repräsentation. Ihr leistet wirklich Unglaubliches!

Immer wenn ich dachte, der Roman könnte wirklich nicht besser werden, trat meine Redakteurin Miranda Jewess auf den Plan und hat *Frostflamme* dem Lektoratsfegefeuer ausgesetzt. Der Feinschliff und die Klarheit des Buches, das meine Leser jetzt in den Händen halten, sind vor allem ihrem ebenso gründlichen wie kritischen Auge zu verdanken.

Scott Morris, Marc Cameron, Rachel Husberg, Chris Welton und Christopher English waren großartige Testleser. Ihr Feedback war für mich von unschätzbarem Wert, und ich bin wirklich sehr dankbar dafür, dass sie mir für eine Weile ihr Gehirn zur Verfügung gestellt haben. Steve Diamond verdient ebenfalls eine lobende Erwähnung. Er ist einer der intelligentesten Leser, die ich kenne, und hat sich bei mehr als einer Gelegenheit für mich und meine Bücher eingesetzt, während ich zu schüchtern war, um es selbst zu tun. Überdies ist er ein großartiger Schriftsteller und ein guter Freund.

Ich hatte im Laufe meines Lebens viele großartige Lehrer, und sie alle haben dazu beigetragen, mich als Mensch und Autor zu formen. Besonders dankbar bin ich, dass ich Martin Lang, Sally Cook, Kelly Kirk, Kathy Steele, Madison Sowell und Steve Tuttle kennenlernen durfte. Brandon Sanderson hat mir sehr viel über die Kunst, Science-Fiction und Fantasy zu schreiben, beigebracht, aber er hat mich auch vieles über die ganze Branche gelehrt, und ohne ihn wäre ich nicht da, wo ich heute bin. Seine Ermutigung und seine enthusiastische Kritik meiner ersten Fassung von *Frostflamme* in seinem Kurs vor acht Jahren haben mich erst dazu motiviert, die Geschichte weiterzuschreiben und immer wieder zu überarbeiten. Ich hatte sehr großes Glück, so viel von einem so phänomenalen Autor lernen zu können.

Mom und Dad: Danke, dass ihr mir als Kind vorgelesen habt und mir geholfen habt, Geschichten zu erzählen. Ihr habt mir gesagt, dass es richtig ist, zu träumen, und auch dabei an mich geglaubt. Dafür kann ich euch gar nicht genug danken.

Meine Schwiegereltern haben eine besondere Erwähnung verdient. Es ist eine Sache, einen angehenden Schriftsteller zu unterstützen, aber eine ganz andere, das auch dann noch zu tun, wenn dieser die eigene Tochter heiraten will. Ihr habt in der Hinsicht großen Mut bewiesen, und dafür danke ich euch.

Auch so viele andere Familienmitglieder haben meinen Dank verdient, da sie mich alle während der Zeit, in der ich dieses Buch geschrieben habe, sehr unterstützt haben. Ihr Enthusiasmus und ihre Begeisterung bedeuten mir sehr viel, und ich bin froh, dass ihr alle Teil meines Lebens seid.

Dieses Buch war mein Baby, bis mein richtiges Baby Buffy auf die Welt kam, und auch wenn sie erst gegen Ende des ganzen Prozesses in mein Leben getreten ist, muss ich ihr natürlich dennoch danken und bin froh über jeden Augenblick, den ich mit ihr verbringen kann. Sie bereichert mein Leben.

Nimmt man die Liebe, Unterstützung, Geduld und Teilnahme all der oben genannten Menschen und fasst sie zusammen, wäre das dennoch nur ein schwaches Ebenbild meiner Frau Rachel. Nur dank ihres unerschütterlichen Vertrauens in mich konnte dieses Buch überhaupt Gestalt annehmen.